D1983684

rororo

rororo

«‹R. E. M.› von Michael Marshall Smith ist ein Buch für Leser, die Lucas' Sternenkriegs-Saga lieben und noch zwei Gänge darüber im Niveaubereich vertragen. Wer zudem in Douglas Adams und William Gibson gute Bekannte hat, der wird ‹R. E. M.› lieben.» *(Österreichischer Rundfunk)*

«‹R. E. M.› spielt im Reich finsterer Utopien. Dass man sie sich vorstellen kann, macht die Spannung der Geschichte aus.» *(Berliner Morgenpost)*

Michael Marshall Smith, geboren 1965, studierte in Cambridge Philosophie. Er schrieb Komödien für die BBC, bevor er seine Science-Fiction-Geschichte «Geklont» (rororo Nr. 22699) veröffentlichte, die ihm sofort den British Fantasy Award einbrachte. Er lebt in London.

MICHAEL MARSHALL SMITH

R.E.M.

ROMAN

Deutsch von Thomas Stegers
und Claus Varrelmann

ROWOHLT TASCHENBUCH VERLAG

Die Originalausgabe erschien 1998
unter dem Titel «One of Us»
bei HarperCollins, London
Redaktion: Isabel Beisenkötter

Veröffentlicht im Rowohlt Taschenbuch Verlag
GmbH, Reinbek bei Hamburg, Dezember 2000
Copyright © 1999 by Rowohlt Verlag GmbH,
Reinbek bei Hamburg
«One of Us» Copyright © 1998 by Michael Marshall Smith
Alle deutschen Rechte vorbehalten
Umschlaggestaltung C. Günther / W. Hellmann
Foto: Premium / First Light / L. Acland
Gesamtherstellung Clausen & Bosse, Leck
Printed in Germany
ISBN 3 499 22895 5

Für Tracy,
Schwester und Freundin

und für jene, die unsichtbar geworden sind:
Sue, Peggie, Betty, Clarice und Mabel

DANK AN ...

Nick Royle, der mir von Anfang an mit Freundschaft, Ermutigung und sonderbaren quiekenden Geräuschen zur Seite stand; an meine Agenten – Ralph Vicinanza, Nick Marston, Bob Bookman, Caradoc King, Linda Shaughnessy und Lisa Eveleigh – für ihre zahlreichen guten Taten zu meinen Gunsten; an Jane Johnson, Jim Rickards, Stuart Proffitt, Kate Miciak, Nita Taublib und Dave Hinchberger; an Alistair Giles, Susan Corcoran, Jack Thomas, Fiona McIntosh und BeatWax; an David Baddiel; an Ariel und die Leute bei Deansgate und an die BFS; an Ellen Datlow und Ed Bryant; an Colin Wilson dafür, daß er über lange Zeit eine Quelle der Inspiration war, und an Eric Bazilian für einen Song; an Tim und Suzy, und zwar nicht nur fürs Katzehüten; an Howard dafür, daß er unser Haus nach und nach niedergerissen hat; an Sarah und Randy und Pete und Dana und Chris und Lorraine – und an die üblichen Verdächtigen in London; an Adam Simon dafür, daß er das Unsichtbare deutlicher sieht als die meisten anderen, und an Steve Jones für gelegentliche Hygienekontrollen; an Don Johnson und Cheech Marin dafür, daß sie uns geholfen haben, die langen dunklen Nächte eines englischen Frühlings zu überstehen, und an Paula wie immer dafür, daß sie mein wahres Leben ist; und an meine Eltern, in Liebe.

Das Unsichtbare ist das geheime Gesicht
des Sichtbaren.

M. Merleau-Ponty

PROLOG

Nacht. Eine Kreuzung, irgendwo in einem trostlosen Viertel von L. A. Ich kenne die Gegend nicht, und ich würde nicht freiwillig herkommen. Zwei Straßen, breit und eben, quälen sich in vier Richtungen von hier fort, bergauf zu Orten, die auch nicht besser sind, vorbei an solchen, die wahrscheinlich noch übler sind.

Verlassene Gebäude ducken sich still und verschlafen an jeder Ecke im Dunst. Es sieht so aus, als beugten sie sich über uns, wie in einem gruseligen Zeichentrickdorf, aber das kann nicht sein. Zweistöckiger Beton kann sich nicht krümmen. Das entspricht nicht seiner Natur. Die Stadt wirkt wie ein Gitter aus Leere, als würden die Strukturen, die wir ihr gegeben haben, durch die unberührten Flecken um ein Vielfaches verkleinert, als sei das, was nicht da ist, viel realer als das, was wir sehen.

Im Eingang eines durchgehend geöffneten Spirituosenladens liegt ein Hund in den letzten Zügen. Drinnen ist das Licht so gelblich, daß es aussieht, als schwimme der alte Mann hinter der Theke in Formaldehyd. Früher hätte die Frau etwas unternommen, um dem Hund zu helfen. Jetzt ist sie zu Mitleid nicht mehr fähig. Das Gefühl ist zu alt, zu tief begraben – und der Hund wird sowieso sterben.

Ich weiß nicht, wie lange wir dort im Schatten des Eingangs warten, eingehüllt in ihren teuren Mantel. Sie schafft in der Zeit eine halbe Packung Kims, aber sie raucht auch hastig, und sie trägt keine Uhr. Es kommt mir wie eine Ewigkeit vor, als sei diese öde Straßenecke der einzige Ort, den ich kenne oder je zu Gesicht bekommen werde; als sei die Zeit stehengeblieben und sähe keinen zwingenden Grund, weiter voranzuschreiten.

Dann schält sich das Geräusch eines Autos aus dem Hintergrundlärm heraus und dringt in unsere Sphäre. Sie blickt auf, sieht Scheinwerferlicht über die Straße huschen, hört das Sirren von Autoreifen auf Asphalt, das behagliche Brummen eines Motors. Ihr Herzschlag verlangsamt sich, während wir zuschauen, wie das Auto näher kommt. Ihr Verstand arbeitet kaltblütig und konzentriert. Sie verspürt nicht mal mehr Haß, weder heute abend noch sonst. Wenn das Krebsgeschwür des Leidens größer wird als der Körper, in dem es wohnt, hört man nur noch die Stimme des Tumors. Sie hat aufgehört, dagegen anzukämpfen. Sie will nur noch ihren Frieden.

Das Auto hält knapp dreißig Meter von uns entfernt am Straßenrand vor einem Wohnhaus. Sie hat zwei Monate lang nach der Adresse geforscht und zum Schluß einen Hacker dafür bezahlt, sie herauszufinden. Der Motor wird abgestellt, und die Frau erhascht durch die schmutzige Windschutzscheibe einen Blick auf das Gesicht des Fahrers. Seine Züge bleiben schemenhaft, während er gedankenversunken das Licht ausschaltet und den Sicherheitsgurt löst. Das Wiedersehen mit ihm bedeutet keinen Höhepunkt und wird nicht von Trommelwirbel begleitet. Es macht uns nur müde, gibt uns das Gefühl, alt zu sein.

Es dauert ewig, bis er aussteigt; er beugt sich noch vor, um eine Schachtel Zigaretten vom Armaturenbrett zu nehmen. Ich selbst kann nicht genau erkennen, was er da macht, aber für sie sieht es so aus. Ihr scheint das wichtig zu sein, und was sie über den Mann denkt, ist so kompliziert, daß ich es nicht deuten kann. Sie ist äußerlich ruhig, ihre Gedanken bewegen sich in einem so engen Kreis, daß er eigentlich gar nicht wahrnehmbar ist, aber ihr Herz schlägt inzwischen wieder schneller, und als der Mann endlich die Tür öffnet und aussteigt, gehen wir auf ihn zu.

Er ist noch mit dem Abschließen des Wagens beschäftigt und merkt zuerst nichts. Sie bleibt ein paar Meter vor dem Auto stehen, er schaut mit verschwommenem Blick zu ihr hoch. Betrunken vielleicht, aber das glaubt sie nicht wirklich. Er hatte sich immer viel zu gut unter Kontrolle. Möglicherweise ist er einfach nur erschöpft und versucht auch nicht, das zu verbergen, weil niemand in der Nähe ist. Er ist älter, grauer, als sie erwartet hat, aber die leicht zusammengekniffenen Augen sind noch dieselben. Er sieht aus wie Anfang Fünfzig, schlank, ein bißchen traurig. Er erkennt sie nicht, lächelt aber trotzdem. Es ist ein freundliches Lächeln, früher war es vielleicht einnehmend, aber inzwischen breitet es sich nicht einmal mehr bis zu den Augen aus.

In diesem Moment taucht in der anderen Straße, ein ganzes Stück entfernt, das zweite Auto auf. Mir ist es beim ersten Mal nicht aufgefallen, und ihr fällt es nie auf. Sie sieht ihn bloß abwartend an. Ein unverbindliches Lächeln reicht ihr nicht, er soll erkennen, wer wir sind. Die Verbindung ist beiderseitig. Die Frau kann sie nicht allein lösen.

«Ja, bitte?» fragt er schließlich und schaut sie an. Sie steht kerzengerade neben dem Auto. Er hat keine Angst, dafür sieht er keinen Grund, aber er merkt allmählich, daß dies keine alltägliche Begegnung ist. Er nimmt nur eine schlanke Frau in einem eleganten Mantel wahr, ein selbstbewußtes Auftreten, das zu häufig benutzt wurde, um etwas dahinter zu verbergen. Aber irgend etwas an uns macht ihn stutzig, erinnert ihn an den Menschen, der er früher war.

«Hallo, Ray», sagt sie, nichts weiter, und wartet darauf, daß er sich erinnert.

Vielleicht ruft ihm einer ihrer Gesichtszüge ein Grinsen ins Gedächtnis, das er vor langer Zeit einmal gut kannte. Seine Augen weiten sich, und seine Selbstsicherheit kehrt zum Teil zurück, sein Gesicht entspannt sich ein bißchen. Die Verläßlichkeit in Person. Die beiden schauen sich eine Zeitlang an, aber ich richte meine Aufmerksamkeit mittlerweile ganz auf das Geräusch des herannahenden Autos. Ich weiß, es wird gleich kommen, es ist groß und silberfarben und schnell.

«Laura, stimmt's?» sagt Ray schließlich. Ihr Name ist ihm immer noch präsent. Vielleicht war er das immer, so wie auch sein Name ihr immer präsent war. Er nickt. «Ja. Du bist es.» Er lacht verdutzt auf und steckt sich eine Zigarette in den Mund. «Ich vergesse nie ein Gesicht.» Sein linkes Augenlid senkt sich langsam, ein wenig zitternd, nach unten. Er zündet sein Feuerzeug an und führt es an die Zigarette.

Das Zwinkern ist wie die Rückkehr zu einem Kinderspielplatz, bei der man feststellt, daß die Schaukel noch schwingt, so als sei man gerade erst heruntergestiegen. Es reicht.

Der erste Schuß geht direkt durch sein linkes Auge, sprengt einen Klumpen Gehirnmasse durch die hintere Schädeldecke. Er versucht noch zurückzuweichen, als der nächste Schuß ihm die Hüfte aufreißt und ein dritter klatschend seinen Hals zerfetzt. Dann liegt er am Boden, die Beine zucken spastisch, und wir treten vor und stellen uns über ihn.

Der Hund verfolgt alles von seinem Platz an der Tür aus, aber er hat seine eigenen Sorgen, und Ray wird sowieso sterben.

Sie hört erst auf abzudrücken, als das Magazin leer ist. Ray rührt sich nicht mehr, vom Hals an aufwärts ist kaum etwas von ihm übrig. Nur die Zigarette ist fast heil geblieben, sie klemmt zwischen den Lippen, die aussehen, als stammten sie aus Obduktionsabfall. Sie beschließt, es dabei bewenden zu lassen.

Ich stecke meine Hand in ihre Tasche und hole ein neues Magazin heraus. Ihre Hände zittern stark, und ich glaube, sie weiß bereits, daß es nichts gebracht hat. Während sie die Waffe neu lädt, nimmt sie endlich das Geräusch des Autos wahr, das auf sie zurast. Ruckartig reißt sie den Kopf hoch.

Ich weiß sofort, daß es keine Cops sind und daß ich das Auto schon einmal irgendwo gesehen habe. Im Gegensatz zu Laura. Sie weiß nicht, was sie davon halten soll. Ihr Verstand ist viel zu ausgebrannt, um sich zu entscheiden, also trifft ihr Körper die Entscheidung für sie.

Wir weichen zurück, stolpern und lassen die Waffe fallen. Dann drehen wir uns um und laufen weg, erwarten jeden Moment, getötet zu werden, und fragen uns bloß, warum es so lange dauert.

Wir werfen einen kurzen Blick zurück und sehen, daß der Wagen mitten auf der Kreuzung angehalten hat. Die Türen stehen offen, und zwei Männer beugen sich über Rays Leiche. Sie sind beide gleich groß, tragen identische hellgraue Anzüge und haben ungewöhnliche Augen.

Einer hebt die Waffe auf, der andere schreit: «Scheiße! Scheiße! Scheiße! *Scheiße!*» mit einer so lauten und tiefen Stimme, daß ich mich frage, warum die Gebäude um uns herum nicht einstürzen. Er dreht sich langsam zu uns um, das Licht der Straßenlaterne hinter seinem Kopf entfaltet einen gelblichen Strahlenkranz.

Wir verschwinden um die Ecke, noch bevor er uns entdeckt, und laufen, bis wir uns in Dunkelheit auflösen.

TEIL 1

R.E.M.-Jobs

EINS

Ich saß in einer Kneipe in Ensenada, trank zügig ein lauwarmes Bier und versuchte gerade, mir klarzumachen, daß ich niemanden umgebracht hatte, als mein Wecker mich aufspürte. Der kleine Scheißkerl.

Im Housson war es rappelvoll, und es herrschte ein irrer Lärm, nicht nur, weil alle so laut redeten. Zwei Alfalfabarone aus der Gegend hatten die Kneipe in Beschlag genommen, um irgendeinen Geschäftsabschluß zu feiern, vielleicht die Fusion ihrer Plantagen. Eine achtköpfige Mariachi-Band hatte sich fröhlich zu ihnen gesellt und bereitete sich auf eine lange Nacht vor. Die übrigen Gäste boten das übliche Lokalkolorit im Jackson-Pollock-Stil: schäbig gekleidete Fotografen, die versuchten, den Touristen Geld für ihre Bilder abzuknöpfen, Einwanderer mit lederner Haut, die sich umschauten wie beleidigte Eulen, und Mexikaner, die sich mit löblicher Ernsthaftigkeit betranken. Die Kneipe sah aus, als sei sie zuletzt vor vierzig Jahren von jemandem renoviert worden, der eine Vorliebe für die praktischen Aspekte des Wildwest-Stils hatte: dreckige Fußbodendielen, die Wände künstlich rauchvergilbt, die Stühle aus einer Kirche geklaut. Das einzige dekorative Element waren die verblaßten Zeichnungen von ehemaligen Kellnern, legendären Alkoholikern und ähnlich berühmten Lokalgrößen an den Wänden. Ein Bild war bereits zu Bruch gegangen, Opfer eines wütenden Gastes, der im Suff eine Flasche danach geworfen hatte. Kurzum, es war ein wildes Durcheinander.

Ich war müde und hatte Kopfschmerzen, und ich wäre besser gar nicht erst hergekommen. Ich hätte durch die Stadt laufen, in anderen Kneipen nachschauen oder gleich nach L. A. zurückfahren sollen. Alles, bloß nicht hier rumhängen. Sie war nirgends zu entdecken, und weil ich vor meiner Abfahrt aus L. A. nicht mehr dazu gekommen war, bei einem Zufallshändler vorbeizuschauen, konnte ich auch nicht damit rechnen, daß sie mir einfach so über den Weg lief. Ich hielt die Spur, die nach Chicago wies, nach wie vor für eine absichtlich gelegte falsche Fährte, aber ich hatte auch keinen Grund zu der Annahme, daß sie sich statt dessen in Ensenada versteckt hielt. Ich war bloß hier, um Bier zu trinken und dem Problem aus dem Weg zu gehen.

Der ältere von den beiden Geschäftsmännern sah so aus, als ernähre er sich selbst hauptsächlich von seinem Schneckenklee, in grauer Vorzeit aber schien er auch des öfteren gesungen zu haben und mühte sich jetzt zur Freude seiner versammelten Kumpane und Untergebenen durch sein Repertoire. Einer der zuletzt Genannten, ein schleimiger Typ, in dem ich den Buchhalter und Schwiegersohn von einem der Chefs vermutete, beäugte lüstern eine Gruppe junger Frauen, die am Nachbartisch eifrig mitklatschten. Ich sah, wie er dem weniger gesangsfreudigen Baron ein Zeichen gab, woraufhin der die Mädchen ebenfalls musterte. Sein Lachen verwandelte sich in ein derart feistes Grinsen, daß ein Werwolf im Vergleich zu ihm schüchtern und charmant gewirkt hätte, und er winkte mit ein paar Geldscheinen in der Hand den Bandleader zu sich herüber.

Ich saß zwischen Touristen eingequetscht an einem Tisch. Als ich vor zwei Stunden die Kneipe betreten hatte, war dies der einzige freie Platz gewesen. Die jungen Frauen hatten von der Sonne gerötete Gesichter und sprudelten über vor margaritaseliger Munterkeit; die Männer tranken mürrisch ihr Pacifico-Bier und ließen ihre Blicke durch die Kneipe schweifen, wahrscheinlich um herauszufinden, welcher der Einheimischen als erster ihre Frauen anbaggern würde. Ich hätte ihnen verraten können, daß es aller Wahrscheinlichkeit nach ein Landsmann sein würde, zum Beispiel einer der draufgängerischen Saufbrüder von der Studentenverbindung, die sich wegen irgendeines bescheuerten Motorradrennens in der Stadt aufhielten, aber schließlich kannte ich die Leute ja nicht, und es war mir auch egal. Sie gingen mir nur auf die Nerven. Die Frauen bewegten sich auf ihren Stühlen rhythmisch zur Musik, so wie Leute, die mal ein bißchen über die Stränge schlagen wollen. Meine Nachbarin stieß immer wieder gegen meinen Arm, woraufhin Bier und Zigarettenasche auf meiner Jeans landeten, die schon vor zwei Tagen, als ich sie angezogen hatte, nicht die sauberste gewesen war.

Jemand klopfte mir auf die Schulter, und ich drehte mich genervt um, weil ich dachte, es sei der Kellner, der für meinen Tisch zuständig war. Ich schätze aufmerksame Bedienung, so wie jeder andere auch, aber der Geschwindigkeit, mit der ein Mensch trinken kann, sind Grenzen gesetzt. In meinem Fall ist diese Grenze weit gesteckt, und trotzdem drängte mir dieser Kerl jedesmal, wenn ich das Bier erst halb ausgetrunken hatte, schon ein neues auf. Es war zwar ganz angenehm, daß es überhaupt einen Kellner gab, denn den Weg zur Theke hätte man sich mit einer Motorsäge bahnen müssen, aber ich fand, er hätte es etwas geruhsamer angehen lassen können. Ich wollte ihm gerade sagen, er solle mich gefälligst in Ruhe lassen – wenigstens nach dem nächsten Bier –, da stellte ich fest, daß es gar nicht der Kellner war, sondern ein dicker Amerikaner, der aussah, als hätte er ein verdrecktes Schaf geschlachtet und sich das Fell ans Kinn geklebt.

«Da fragt ein Typ nach Ihnen», brüllte er.

«Bestellen Sie ihm, er soll abhauen», sagte ich. Ich kannte niemanden mehr in Ensenada, und ich verspürte kein Bedürfnis, neue Bekanntschaften zu schließen.

«Er ist ziemlich hartnäckig», sagte der Kerl und wies mit dem Daumen ruckartig nach hinten zum Tresen. Ich warf einen Blick in die Richtung, aber es standen zu viele Leute im Weg. «Es ist der kleine schwarze Typ.»

In diesen Breiten konnte das bedeuten, daß es sich tatsächlich um eine Person schwarzer Hautfarbe handelte, oder aber um einen mexikanischen Indio. Das war mir allerdings egal – ich wollte so oder so nicht mit ihm reden –, es erstaunte mich jedoch, daß mein Landsmann sich offenbar nicht in der Lage sah, ihm zu sagen, er solle abhauen. Der Bärtige wirkte nicht wie jemand, der sich als Laufbursche für ethnische Minderheiten hergab.

«Dann geben Sie ihm durch die Blume zu verstehen, daß er sich verpissen soll», fauchte ich in einem Moment relativer Ruhe zurück und wandte mich wieder der Mariachi-Band zu.

Die Musiker stimmten umgehend und lärmend ein neues Lied an, das auf gespenstische Weise allen vorherigen glich. Das konnte jedoch nicht sein, denn sie ernteten dafür noch heftigeren Beifall als vorher, und der Geschäftsmann kletterte mühsam auf seinen Stuhl, um sich die Seele aus dem Leib zu singen. Ich trank einen Schluck Bier, wünschte, der Kellner würde endlich kommen und mir das nächste aufdrängen, und wartete mit gehässiger Vorfreude darauf, daß der Alfalfakönig vornüber auf den Tisch mit den Frauen knallte. Es wäre ein Bild für die Götter gewesen.

Plötzlich vernahm ich ein Geräusch. Es war leise und in all dem Stimmengewirr und Trompetengeheul kaum hörbar, aber es wurde immer lauter.

«Ich habe es ihm ausgerichtet, wie Sie wünschten», dröhnte der Amerikaner hinter mir. «Er war nicht gerade sehr erfreut.»

Ein Piepton. Fast wie ein ...

Ich schloß die Augen.

«Hap Thompson!» quäkte plötzlich eine blecherne Stimme, die scharf den Lärm in der Kneipe durchschnitt. Dann verwandelte sie sich wieder in den Piepton, der lauter und lauter wurde, bis sie erneut meinen Namen hinausposaunte. Ich versuchte, die Stimme zu ignorieren, aber ich wußte, sie würde mich nicht in Ruhe lassen. Sie läßt mich nie in Ruhe.

Nach einer Minute war der Piepton so laut, daß die Musiker der Mariachi-Band in meine Richtung schauten. Dann hörten sie auf zu spielen, ein Instrument nach dem anderen verstummte, so als würden die Musiker der Reihe nach von einer Klippe gestoßen. Ich fluchte und drückte meine Zigarette in dem überquellenden Aschenbecher aus. Die Leute verdrehten die Köpfe, und Stille senkte sich über den Raum. Als letzter verstummte der singende Geschäftsmann. Mittlerweile stand er auf dem Tisch in gewundener Körperhaltung, die Arme ausgebreitet. So wäre er fast als Opernsänger durchgegangen, wenn seine Visage nicht eher an die eines Supermittelgewichtsboxers erinnert hätte, der zu oft im Ring gestanden hat.

Ich holte tief Luft und drehte mich um.

Eine Gasse hatte sich hinter mir in der Menge aufgetan, und ich konnte bis zum Tresen blicken. Dort stand, auf einem trokkenen Fleck zwischen den Bierpfützen, mein Wecker.

«Ach. Hallo», sagte er in die Stille hinein. «Ich dachte schon, du hättest mich nicht gehört.»

«Was hast du hier zu suchen, verfluchte Scheiße?» sagte ich.

«Zeit aufzustehen, Hap.»

«Ich bin bereits aufgestanden», sagte ich. «Wie du siehst, bin ich in einer Kneipe.»

«Ach so?» sagte der Wecker und schaute sich um. «Na gut.» Er hielt einen Moment inne, bevor er schnarrend fortfuhr: «Aber es ist trotzdem Zeit aufzustehen. Du kannst noch einmal meine Weckunterbrechung drücken, aber um halb zehn mußt du dich auf die Socken machen.»

«Hast du keine Augen im Kopf, Arschloch», sagte ich. «Ich *bin* aufgestanden. Und es ist Viertel nach neun – *abends.*»

«Nein.»

«Doch. Das haben wir doch schon mal durchgekaut.»

«Bei mir ist es genau neun Uhr siebzehn. Morgens.» Der Wecker drehte sich zur Seite, damit ich und alle Umstehenden das Zifferblatt deutlich erkennen konnten.

«Bei dir ist es *immer* vor zwölf Uhr mittags», brüllte ich ihn an und stand auf, um auf das Zifferblatt zu zeigen. «Weil du kaputt bist, du nutzloses Dreckstück, deswegen.»

«He, Sie da», mischte sich einer der Touristen an meinem Tisch ein. «Der Kleine tut doch nur seine Pflicht. Kein Grund, gleich solche Wörter in den Mund zu nehmen.» Beipflichtendes Gemurmel von den Nachbartischen.

«Ganz genau», stimmte der Wecker mit ein, zehn Quadratzentimeter gekränkte Unschuld auf zwei spindeldürren Beinen. «Ich tu nur meine Pflicht, mehr nicht. Was würdest du wohl sagen, wenn du nicht geweckt würdest? Wir wissen doch beide, was *dann* los wäre ...»

«Was denn?» wollte eine Frau am anderen Ende des Raums wissen, ihre Augen drückten Mitgefühl aus. «Vergreift er sich an dir?» Ich biß die Zähne fest zusammen, nahm Zigarettenschachtel und Feuerzeug vom Tisch und starrte die Frau wütend an. Sie erwiderte tapfer meinen Blick und rümpfte die Nase. «Aussehen tut er danach.»

«Er schlägt mich. Er wirft mich sogar aus dem Fenster.» Das wurde mit Raunen aus einigen Ecken quittiert, und ich beschloß, mich zu verdrücken. «Von *fahrenden* Autos.»

Die Leute rumorten bedrohlich. Ich überlegte, ob ich ihnen sagen sollte, daß die kaputte 0–12/12–24-Uhr-Anzeige das geringste Problem darstellte, weil der Wecker außerdem die Angewohnheit hatte, mich nach Lust und Laune mitten in der Nacht zu wecken und mich dadurch am Arbeiten zu hindern, aber ich kam zu dem Schluß, daß es keinen Zweck hatte. Das sah dem kleinen Dreckskerl ähnlich, mich in der einzigen Kneipe der

Welt aufzuspüren, in der die Gäste offenbar Mitleid mit defekten Geräten hatten. Ich zog meine Jacke an und bahnte mir einen Weg durch die Menge. Vor mir tat sich ein Pfad auf, gesäumt von finsteren Mienen, und ich schlich peinlich berührt zur Tür.

«Hap! Warte auf mich!»

Als ich die Füßchen des Weckers auf den Boden auftreffen hörte, legte ich einen Zahn zu und rannte zum Ausgang, vorbei an den beiden bewaffneten Polizisten draußen im Korridor, die nach Dienstschluß als Wachmänner arbeiteten. Ich stürmte durch die Pendeltür am Ende, in der Hoffnung, einer der Flügel würde zurückschwingen und das Gerät zurück in die Kneipe katapultieren, und trat auf die Straße.

Es klappte nicht. Der Wecker holte mich ein und lief neben mir die Straße entlang, vor Erschöpfung leise vor sich hin keuchend. Die Erschöpfung war nur vorgetäuscht, glaube ich, eine seiner typischen Lügen. Wenn es ihm gelungen war, mich aufzuspüren, nachdem ich ihn zuletzt in San Diego aus dem Fenster geworfen hatte, hätte ihn ein kleiner Sprint kaum außer Atem bringen dürfen.

«Vielen Dank auch», schnaubte ich. «Dafür, daß jetzt jeder in der Kneipe meinen Namen kennt.» Ich trat nach ihm, er duckte sich, wich ein paar Schritte zur Seite aus, kam dann wieder angetrippelt und schaute mich an.

«Aber das ist doch prima!» sagte er. «Vielleicht gewinnst du auf diese Weise ja ein paar neue Freunde. Ich bin nicht nur ein nützlicher Chronometer, ich kann auch deine gesellschaftlichen Ambitionen unterstützen, indem ich die Kluft zwischen den menschlichen Seelen in dieser aus den Fugen geratenen Welt überbrücke. Bitte, wirf mich nicht andauernd weg. Ich kann dir helfen.»

«Mir kann keiner helfen», sagte ich und kam abrupt zum Stehen. Die Nacht war finster, die Straße nur von der flackernden, gelblichen Außenbeleuchtung von Ensenadas diversen

Kneipen, Eßlokalen und versifften Motels erleuchtet, und ich fühlte mich plötzlich einsam und hatte Heimweh. Ich war im falschen Viertel der falschen Stadt gelandet, und ich wußte nicht einmal, warum ich überhaupt hier war. War es die Schuld eines anderen, mein eigener Verfolgungswahn, oder war ich hier, weil ich mich schon früher oft hierher verdrückt hatte? Vielleicht traf alles drei zu – aber eigentlich spielte das gar keine Rolle. Ich mußte Laura Reynolds auftreiben, die möglicherweise nicht einmal hier war, bevor ich für etwas eingelocht wurde, das ich nicht getan hatte, an das ich mich aber erinnerte. Erklären Sie das mal einem Wecker.

«Du hast meine Organizer-Funktionen noch gar nicht richtig ausprobiert», warf der Wecker ein.

«Ich besitze bereits einen Organizer.»

«Aber ich bin viel besser! Du brauchst mir nur deine Termine zu nennen, und ich erinnere dich daran. Du hast die Auswahl zwischen fünfundzwanzig hübschen Klingelzeichen. Keine Geburtstage mehr vergessen! Nie wieder zu spät zu einem wichtigen Termin kommen. Nie mehr …»

Diesmal traf mein Fuß ihn, und mit einem ersterbenden Schrei segelte der Wecker über eine Ladenzeile, deren Geschäfte alle haargenau die gleichen billigen Teppiche und Gipsbüsten von E. T. anboten. Kaum, daß ich fünfzig Meter zurückgelegt hatte, war die Mariachi-Band schon wieder voll im Gange, und der inbrünstige Gesang des Geschäftsmannes schwang sich empor, es war die Stimme eines Mannes, der wußte, wer er war, wo er wohnte und was ihn zu Hause erwartete.

Ich war tags zuvor spätabends in Mexiko angekommen. Das war jedenfalls der Moment, an dem ich aufwachte und mich in einem mir unbekannten Wagen wiederfand, der mit laufendem Motor neben einer schlecht asphaltierten Straße stand. Ich stellte den

Motor ab und stieg benommen aus. Ich hatte ein Gefühl, als ob mir jemand mit eiskalten Nägeln ein seltsames Muster in die linke Schläfe gehämmert hätte. Dann sah ich mich in der Dunkelheit um und versuchte herauszufinden, wo ich war.

Die Antwort folgte schon bald, in Form der scharf umrissenen Landschaft um mich herum. Hinter dem Auto erhob sich eine steile Felswand, und auf der anderen Straßenseite ging es jäh in die Tiefe – die einzige Vegetation bestand aus Büschen und knorrigen grauen Bäumen, die viel Aufhebens darum zu machen schienen, wie schwer sie es hatten. Es war warm, die Luft war staubig, und ohne den Widerschein der Lichter einer Stadt funkelten die Sterne in der Finsternis über mir.

Ich befand mich auf der alten Landstraße, die von Tijuana nach Ensenada die Baja California entlangführt und sich kurvenreich durch öde Berggegenden windet. Früher einmal war das die einzige Straße gewesen, aber heute ist sie nicht einmal mehr beleuchtet, voller Schlaglöcher, und kein vernünftiger Mensch benutzt sie noch.

Jetzt, da ich aus dem Wagen ausstieg, erkannte ich ihn als meinen eigenen wieder und erinnerte mich vage daran, daß ich irgendwann vormittags in L. A. in den Wagen eingestiegen war. Dann aber wich diese Erkenntnis dem flackernden Fernsehbild eines Senders mit Übertragungsstörungen. Andere Erinnerungen funkten dazwischen, drängten sich vorlaut ins Rampenlicht. Sie waren unnatürlich scharf und deutlich, jedoch bemüht, das zu verbergen, indem sie sich mit meinen eigenen inneren Bildern vermischten; es gelang ihnen aber nicht, denn die Erinnerungen gehörten nicht mir, sie waren heimatlos. Sie konnten allenfalls das, was da war, überlagern, wie bei einer Doppelbelichtung, und manchmal gerieten sie in den Vordergrund, wie ein Wort, das einem auf der Zunge liegt.

Ich ging zurück zum Auto und durchsuchte das Handschuhfach in der Hoffnung, auf etwas zu stoßen, das eindeutig mir gehörte. Ich fand jede Menge Zigaretten, darunter eine geöffnete Packung, allerdings nicht meine Marke. Ich rauche Camel Lights, schon seit langem, das hier jedoch waren Kims. Trotzdem war es sehr wahrscheinlich, daß ich sie gekauft hatte, denn auf der unteren Hälfte der geöffneten Packung steckte noch die Zellophanhülle. Ich habe die Angewohnheit, sie steckenzulassen, was meinem besten Freund Deck schon viele vergnügliche Stunden bereitet hat, weil er sie jedesmal über die obere Hälfte stülpt, während ich auf dem Klo bin. Urplötzlich kam mir die Erinnerung an sein typisches gackerndes Lachen, wenn ich anschließend fluchend an der Packung zerre, und das verschaffte mir für einen Moment Gewißheit darüber, wer ich in Wirklichkeit war.

Ich kniff die Augen zu, und als ich sie wieder aufschlug, fühlte ich mich besser.

Auf dem Beifahrersitz lagen verstreute Folienschnipsel und zerbrochene Ampullen, und ich brauchte nicht lange, um herauszufinden, was sie bedeuteten. Vor langer Zeit hatte ich mal mit einer Droge namens Fresh gehandelt. Fresh vertreibt die Langeweile, die sich aus Gewohnheiten und Altbekanntem speist, und läßt einen alles, jeden Anblick, jedes Gefühl und jede Erfahrung, so erleben, als sei es das erste Mal. Das wird unter anderem dadurch erreicht, daß die Erinnerungen verschleiert werden, damit sie sich nicht der neuen Erfahrung bemächtigen und sie in Altes, Vertrautes einbringen können. Offenbar hatte ich den Versuch unternommen, diese Wirkung mit Hilfe eines Cocktails aus anderen Designerdrogen nachzuahmen, und war dann bewußtlos geworden. Nachts, auf einer unbeleuchteten Bergstraße in Mexiko.

Echt Spitze.

Trotzdem hatte es offenbar funktioniert, denn vorläufig war ich wieder einigermaßen klar im Kopf. Ich ließ den Wagen an und gab vorsichtig Gas, nachdem ich mich kurz vergewissert hatte, daß die Richtung stimmte. Ich brach von einer Kim den Filter ab, zündete sie an und fuhr gen Süden.

Mir kam unterwegs nur ein einziges Auto entgegen, aber das war mir ganz recht, denn so konnte ich auf der Mitte der Straße fahren und mich soweit wie möglich von den steilen Abhängen fernhalten, die die Hälfte der Strecke säumten. Ich hatte jetzt Gelegenheit für eine innere Inventur und geriet darüber in Panik. Die letzten sechs Stunden waren weitgehend ausgelöscht, dazu einige Wörter und Fakten. Ich wußte zum Beispiel noch, wo ich wohnte – im zehnten Stock des Falkland, einem der etwas lebhafteren Apartmenthäuser von Griffith Park –, aber nicht mehr die Wohnungsnummer. Sie war mir schlicht und einfach entfallen. Wahrscheinlich würde ich mich beim Anblick der Tür erinnern, jedenfalls hoffte ich das, denn alle meine Sachen befanden sich in der Wohnung, ich hätte also nichts zum Anziehen gehabt.

An Laura Reynolds' Namen konnte ich mich erinnern, auch an das, was sie mir angetan hatte. Vermutlich hatte sie mich auf einem Teil der Fahrt hierherbegleitet, wenigstens im Geiste; sie mußte die Zigaretten gekauft haben, ich hatte die Packung bloß geöffnet. Ich wußte eigentlich gar nicht genau, wie sie aussah, nur, wie sie auf sich selbst wirkte, und ich hatte keine Ahnung, wo sie war. Wahrscheinlich hatte ich einen guten Grund gehabt, nach Ensenada zu fahren, irgendeinen Grund auf jeden Fall – vorausgesetzt, daß ich selbst die Entscheidung getroffen hatte. Wie auch immer, jetzt, wo ich schon mal hier war, konnte ich auch gleich weiterfahren.

Ich kam schnell voran und brauchte nur einmal anzuhalten, als eine Herde Kaffeemaschinen vor mir die Straße überquerte. Irgendwo hatte ich gelesen, daß eine Menge von ihnen sich nach Mexiko durchzuschlagen versuchte, auch wenn ich nicht wußte, welchen Grund sie dazu haben sollten. Es waren ziemlich viele, sie kamen schweigend den Berg hinunter, zockelten in einem

Pulk über die Straße, indem sie sich gegenseitig Deckung gaben, und stiegen dann im Gänsemarsch den Abhang hinunter, auf der Suche nach einem neuen Zuhause, etwas zu essen, vielleicht gar ein paar Kaffeebohnen.

Ich kam um kurz nach Mitternacht in Ensenada an und legte mich am Stadtrand im Wagen schlafen. Ich träumte von einer silberfarbenen Limousine und von Männern mit Lichtkegeln hinterm Kopf, aber die Botschaft war unklar und verstörend, und ich durchquerte angstvoll eine Landschaft, in der Türen aus dem Boden aufragten, die sich nicht öffnen ließen.

Als ich aufwachte, ging es in meinem Schädel wieder ein Stück geordneter zu, und ich brachte es fertig, Kontakt mit Stratten aufzunehmen. Ich schaltete den Anruf über das Netz meines Hackers, damit es so aussah, als riefe ich aus L.A. an. Ich sagte, ich hätte Migräne und könne ein paar Tage lang nicht arbeiten. Zwar hatte ich das Gefühl, daß Stratten mir nicht glaubte, aber er sagte nichts weiter. Den Rest des Tages klapperte ich ergebnislos Tacoimbisse und heruntergekommene Hotels ab oder fuhr ziellos durch schlechte Straßen. Am Abend gelangte ich zu dem unausweichlichen Schluß: Sie war nicht hier.

Vom Housson aus ging ich schnurstracks Richtung Auto. Am späten Nachmittag hatte die Gegend noch ein gewisses ursprüngliches Flair gehabt, jetzt um Mitternacht kam sie mir wie ein Heimwerkermarkt für Kleinkriminelle vor. Beängstigend wirkende Einheimische standen in Trauben herum und glotzten mich an, die Füße naß von den Bächen aus Bier, Urin und Blut, die aus den Kneipen flossen, aber ich kam unversehrt zum Wagen. Er stand in einer Sackgasse, vor begehrlichen Blicken geschützt, und erst als ich die Schlüssel aus meiner Hosentasche zog, merkte ich, daß sich auf der anderen Straßenseite Schatten bewegten. Das Licht war zu unregelmäßig, um zu erkennen, wer sie waren, aber ich legte sowieso keinen Wert auf ihre Bekanntschaft. So bin ich nun mal. Nicht sonderlich gesellig.

Binnen kurzem konnte ich drei Männer ausmachen, die auf mich zukamen. Sie hatten es nicht eilig, aber das beruhigte mich keineswegs, vor allem, als das Schimmern eines angelaufenen Messingabzeichens bestätigte, was ich bereits geahnt hatte. Cops. Beziehungsweise deren örtliches Pendant, was noch schlimmer war. Womöglich führten sie nur ihre Brieftaschen spazieren und wollten in den Kneipen abkassieren; womöglich hatten sie es auf Touristen abgesehen und wollten deshalb bei mir abkassieren.

Oder ihre Kollegen im Housson hatten ihnen gesteckt, daß gerade ein verdächtiges Individuum von einem durchgeknallten Chronometer aus der Kneipe vertrieben worden war, ein Mann, dessen Namen man deutlich hatte hören können. Es gab zwar keinen Grund zur Annahme, daß mein Name hier irgend jemandem etwas sagte, es sei denn, zu Hause in L. A. wäre irgend etwas passiert, von dem ich noch nichts wußte, aber ich wollte kein Risiko eingehen. Ich öffnete leise die Wagentür und wartete ab, hörte, wie sie mit den Schuhen über die holprige Straße schlurften.

«'n Abend», sagte ich mit fester Stimme. «Was kann ich für euch tun, Jungs?»

Sie antworteten nicht, musterten mich aber von oben bis unten, wie solche Typen das eben tun. Der dritte blieb ein paar Schritte zurück und warf einen Blick auf das Nummernschild meines Autos.

«Der Wagen gehört mir», sagte ich. «Die Papiere sind im Handschuhfach.»

Zu spät fiel mir ein, was neben den Papieren lag, unter einer Straßenkarte. Eine Pistole. Sie gehörte mir, amtlich zugelassen, legal – mit Seriennummer und allem –, aber trotzdem würde das wohl eher keinen guten Eindruck machen. Die Baja California ist keine Verbrecherhochburg, aber auf dem besten Weg dorthin.

Vor zwanzig Jahren hatte es noch so ausgesehen, als ob sie von der Kapitalflucht aus Hongkong profitieren und dadurch an Ansehen gewinnen würde, aber das Kapital war weitergezogen, und jetzt hatte das Verbrechen sein Terrain zurückgewonnen, kam von den Bergen heruntergeschwemmt, und die Menschen verschlossen die Augen davor. Die Cops sind scharf darauf klarzustellen, daß sie diejenigen sind, die mit Waffen auf andere Leute zielen, und nicht umgekehrt.

«Mr. Thompson?» sagte der Cop in der Mitte. Ich hielt den Türgriff noch fester umklammert.

«Ja», erwiderte ich. Wozu es abstreiten? Es war jeder Zelle meines Körpers mit einem Aminosäure-Stempel aufgedrückt. «Wie haben Sie das erraten? Sehe ich aus wie jemand, der Thompson heißt, oder was?»

«Jemand dieses Namens hatte gerade Ärger im Housson», sagte er, wobei die Andeutung eines Lächelns seine Lippen nach oben zog. «Mit einem Wecker.»

«Na ja, Sie wissen ja, wie das ist.» Ich zuckte die Achseln. «Manchmal können diese Geräte einem den letzten Nerv rauben.»

«Ich könnte mir so ein Ding nicht leisten», sagte der Cop in der Mitte. «Meiner läuft immer noch mit Batterien.»

«Deswegen funktioniert er wahrscheinlich auch», sagte ich in bemüht kumpelhaftem Ton. «Und Sie brauchen ihn nicht zu füttern.»

«Was machen Sie in Ensenada?» fragte der zweite Cop unvermittelt.

«Urlaub», sagte ich. «Hab mir ein paar Tage freigenommen.»

«Was machen Sie beruflich?»

«Kellner.» Früher war ich das mal gewesen. Ich habe in meinem Leben schon alles mögliche gemacht. Wenn sie überprüfen wollten, ob ich ein Bier zapfen und Wechselgeld herausgeben konnte, dann hatte ich nichts dagegen.

Alle drei nickten. Ein knappes, gleichgültiges Kopfnicken. Die Tatsache, daß alles so locker ablief, hätte mich beruhigen sollen. Tat sie aber nicht. Sie beunruhigte mich. Keiner wollte Geld von mir haben. Keiner verlangte meine Papiere. Keiner suchte die Hohlräume in meinem Wagen nach Drogen ab.

Was wollten sie also von mir? Ich hatte doch nichts verbrochen. Nicht direkt.

Dann hörte ich es. Zuerst sehr leise. Das Geräusch eines herannahenden Autos, aus einer anderen Straße. Das war nichts Ungewöhnliches. Mir ist die Bedeutung des Verbrennungsmotors für die moderne Zivilisation bekannt. Trotzdem fiel mir auf, wie der Cop in der Mitte, scheinbar der Anführer der Streife, die Straße hinunterschaute. Ich folgte seinem Blick.

Anfangs war nichts zu sehen, außer Touristenpärchen, die einträchtig die Straße entlanggingen, und man hörte undeutlich, wie sie sich gegenseitig auf Souvenirs aufmerksam machten. In einem Flashback erinnerte ich mich an meinen ersten Aufenthalt in Ensenada, vor vielen Jahren. Damals war mir mit einem Schlag klargeworden, daß jeder Armreif, jeder Teppich, jeder Aufkleber zum «Tag des Jüngsten Gerichts», jedes Produkt der Markenpiraterie Fabrikware war und daß hier nirgends etwas Authentisches oder Einzigartiges angeboten wurde. Das war mir klargeworden, und es war mir egal gewesen. Ich hatte mich tagelang von Fischtacos mit Beilagen und Chili satt ernährt, zwei Stück für einen Dollar, unten am Fischmarkt, wo die verrufensten Pelikane der Welt in Wolken von Federn um Fischreste kämpften. Nachmittags war ich durch die Gegend gefahren, im Radio lief Countrymusik, an jeder Straßenecke standen Indiokinder und verkauften Kaugummi, um die schlechten Gewohnheiten ihrer Mütter zu finanzieren. Nächte voller Schatten und fernem Gebrüll, Lichtreflexe auf dem Wasser, Holzfeuer in morschen Hütten, die frische Brise am Meer, der warme Körper einer Frau, die mich liebte.

Deswegen kam ich immer wieder hierher. Um mich an diese Zeit zu erinnern und an die Person, die ich damals war.

Das Auto, das langsam näher kam, war jedoch kein zerbeulter alter Ford, und es saß niemand darin, den ich kannte. Es war ein Streifenwagen, und offenkundig hatten die drei Cops auf ihn gewartet. Es war eine Falle. Entweder sie wußten, wer ich war, oder sie langweilten sich und hatten nichts Besseres zu tun. Auf jeden Fall wurde es Zeit abzuhauen.

Ich packte mit beiden Händen die Autotür, riß sie ruckartig auf und stieß sie zwei von den Cops in die Magengrube, die sich daraufhin vor Schmerz krümmten und rückwärts taumelten. Der dritte Cop nestelte am Verschluß seines Halfters herum, ich aber holte mit einem Bein aus, traf ihn mit voller Wucht am Handgelenk, und die Pistole schlidderte über den Gehsteig. Heute abend war Treten angesagt. Zum Glück war ich in Übung.

Die Cops in dem Auto am anderen Ende der Straße sahen, was los war, und rasten plötzlich direkt auf mich zu. Ich stieß meinen Wagenschlüssel ins Zündschloß und gab Gas, noch ehe ich die Tür zugeschlagen hatte. Die Cops hinter mir brüllten, während ich meinen Wagen aus dem Stand herumschleuderte, Schotter spritzte hoch wie eine Maschinengewehrsalve, dann hielt ich direkt auf den Streifenwagen zu.

Ich fuhr stur geradeaus, das Gaspedal bis zum Anschlag durchgedrückt, aber mir war klar, daß ich ausweichen mußte. Mit mexikanischen Cops sollte man sich lieber nicht auf eine Mutprobe einlassen. Gewöhnlich sind sie die Gewinner. Während ich die Straße entlangbretterte, erhaschte ich die Blicke einiger Touristen, denen der Kiefer herunterfiel, als sie merkten, daß ihr Urlaub ein paar Farbtupfer bekommen würde und daß diese Farbtupfer aller Wahrscheinlichkeit nach rot sein würden.

Die beiden Cops, die mir mit hoher Geschwindigkeit entgegenkamen, starrten mich durch die Windschutzscheibe an. Der

Beifahrer wirkte ein bißchen nervös, aber ein Blick in das Gesicht des Fahrers verriet mir, was ich ohnehin wußte. Wenn hier jemand ein pflegeleichter, weichgespülter Waschlappen war, dann garantiert nicht er.

In letzter Sekunde riß ich das Steuerrad nach rechts, fuhr in eine Querstraße und konnte gerade noch eine Karambolage mit einem Schaufenster verhindern. Die Leute stoben in alle Richtungen auseinander. Ich verfluchte mein Pech und überlegte blitzschnell, was ich als nächstes tun sollte. Ich hörte quietschende Reifen hinter mir, die Cops vollführten eine unvollkommene Kehrtwende und schrammten bei diesem Manöver an einigen parkenden Autos entlang. Hoffentlich hatten die Besitzer die richtige Versicherung. Es zahlt sich nicht aus, wenn man keine hat, müssen Sie wissen, und keine hundert Meter hinter der Grenze gibt es einen Ort, wo Leute einen beinahe glauben machen, daß das, was man sich dort aufschwatzen läßt, tatsächlich etwas wert ist. Ich vergesse den Namen immer wieder, aber überzeugen Sie sich selbst.

Mir boten sich nicht viele Möglichkeiten: Man verläßt Ensenada über die Küstenstraße entweder in südlicher oder in nördlicher Richtung. Ich wollte nach Norden, aber zuerst mußte ich die Cops davon überzeugen, daß ich in die entgegengesetzte Richtung fuhr. Ich bog mehrmals abrupt ab, immer nach Süden – ignorierte Ampeln, donnerte mit hundert die Hauptstraße entlang und beachtete auch ansonsten keinerlei Straßenverkehrsregeln. Einige Autos wichen auf den Gehsteig aus, und einige Fahrer brüllten schon hinter mir her, noch ehe ihre Wagen zum Stehen gekommen waren. Ich hatte ja Verständnis für sie, aber ich hielt nicht an, um mich deswegen mit ihnen auseinanderzusetzen.

Nach einigen hektischen Minuten konnte ich meine Verfolger nicht mehr im Rückspiegel sehen, also bog ich scharf nach links ab, trat auf die Bremse und lenkte meinen Wagen in eine Parklücke zwischen zwei zerbeulten Lastwagen. Ich rollte langsam so weit nach vorne, bis ich die Kreuzung überblicken konnte, und schaltete dann den Motor aus. Mit pochendem Herzen wartete ich ab.

Es klappte. Die meisten Leute erwarten nicht, daß man mitten in einer Verfolgungsjagd einfach seinen Wagen abstellt. Sie nehmen an, daß man immer weiterfährt. Nach wenigen Sekunden sah ich die Polizeiwagen über die Kreuzung fegen, aber ich blieb noch eine Weile sitzen und wischte mir die verschwitzten Hände an der Jeans ab.

Dann parkte ich in aller Seelenruhe den Wagen rückwärts aus und gondelte gemütlich die Straße hinunter.

Auf dem Weg zur Grenze rief ich einen Freund im Net an, einen Typen namens Quat, aber er ging nicht ran. Ich hinterließ ihm die Nachricht, daß er mich so schnell wie möglich kontaktieren solle, danach konzentrierte ich mich nur noch darauf, den Wagen nicht ins Meer zu steuern. Ich hatte mich wieder beruhigt und redete mir ein, daß die mexikanischen Cops bloß auf Beute aus waren und nur so zum Spaß einen auffälligen Americano hatten schikanieren wollen.

Kurz hinter Tijuana hielt ich an einer heruntergekommenen Tankstelle. Ich hätte bis hinter der Grenze warten können, aber der Laden sah so aus, als könne er Kundschaft gebrauchen. Während der Tankwart mich freudestrahlend bediente, nutzte ich die Gelegenheit, die restlichen Kims wegzuwerfen und mir geschmuggelte Zigaretten einer anständigen Marke zu besorgen.

Außerdem entschied ich mich, die Herrentoilette aufzusuchen, was sich als Fehler erwies. Die Tankstelle hatte angeblich einen neuen Manager, für die Toiletten dagegen war offensichtlich immer noch der alte Manager zuständig oder eine Organisation aus der Zeit, bevor es den Begriff des Managers überhaupt gab. Womöglich die spanische Inquisition. Der Geruch war, milde ausgedrückt, würzig. Beide Pißbecken waren zertrümmert, und eine der Kabinen sah aus, als würden sich dort die Pferde aus der Umgebung entleeren. Wenn das zutraf, hätte man sie wenigstens im Gebrauch von Toilettenpapier unterweisen und ihnen erklären sollen, wo man sich hinsetzt.

Die andere Kabine war einigermaßen erträglich, und ich schloß mich ein, um mein Geschäft zu erledigen. Mit den Gedanken war ich woanders, und als ich gerade überlegte, was ich bloß machen würde, wenn ich zu Hause war, vernahm ich ein Klopfen an der Tür.

«Bin gleich fertig», sagte ich und zog den Reißverschluß hoch. Vielleicht befürchtete der Tankwart, daß ich ohne zu bezahlen abhaute.

Es kam keine Antwort. Ich radebrechte den gleichen Satz noch mal in Pidgin-Spanisch, als mir plötzlich klar wurde, daß es gar nicht der Benzinheini sein konnte. Er hatte meine Wagenschlüssel. Ohne die konnte ich nicht weg.

Es klopfte erneut, diesmal lauter.

Ich schaute mich rasch um, aber es gab keine Möglichkeit, die Kabine zu verlassen, außer natürlich durch die Tür. Das ist immer so. Ich gebe Ihnen einen guten Rat: Sollten sie je auf der Flucht sein, benutzen sie keine Toilettenkabine als Versteck. Sie zeichnet sich nicht gerade durch funktionale Flexibilität aus.

«Wer ist da?» fragte ich. Keine Antwort.

Ich hatte meine Pistole dabei, aber das war auch keine Antwort. Ich würde gerne glauben, daß ich inzwischen erwachsen bin, aber ich fürchte, ich bin einfach nur ängstlicher geworden. Ich war noch nie ein Freund von Schußwaffen, und eine Situation heraufzubeschwören, in der ich von Kugeln durchsiebt würde, besaß für mich noch weniger Reiz als früher. Die Pistole ist eigentlich nur ein Souvenir, ich habe seit vier Jahren keinen

Schuß mehr aus Wut daraus abgefeuert. Ich habe einmal einen aus Langeweile abgefeuert, was mein alter CD-Spieler bestätigen kann, aber das genügt nicht. Man muß die Anwendung sinnloser Gewalt regelmäßig trainieren, ansonsten vergißt man den Zweck der Übung.

Ausgesuchte Höflichkeit war die einzig vernünftige Vorgehensweise.

Ich zog also die Pistole, riß die Tür auf und schrie, ohne zu wissen, wer davorstand: «Los, runter auf den Boden!»

Der Raum war leer, nur dreckige Wände und das Geräusch von drei asynchron tropfenden Wasserhähnen.

Ich sah mich verständnislos nach allen Seiten um. Es war nach wie vor niemand zu sehen. Meine Augen juckten und brannten.

«Hallo, Hap», hörte ich eine Stimme, die von weiter unten kam, als ich erwartet hatte. Langsam senkte ich den Kopf und neigte parallel zu meinem Blick auch die Pistole.

Von unten winkte mir der Wecker zu. Er wirkte müde und war über und über mit Dreck bespritzt.

Mir platzte der Kragen.

«Also gut, du Arschloch», schrie ich ihn an, «das war's. Ich knall dich jetzt endgültig ab.»

«Hap, das kannst du doch nicht tun …»

«Und ob ich das kann.»

Der Wecker zog sich hastig Richtung Tür zurück. «Nein. Das kannst du nicht tun.»

«Nenn mir einen vernünftigen Grund», rief ich und lud die Waffe durch. Kein Grund, der dem Gerät einfallen könnte, würde mich umstimmen. Mittlerweile standen wir draußen neben der Tankstelle, und ich merkte, wie uns der Tankwart blöde, mit gefrorenem Lächeln anstarrte. Vielleicht war es unfair, seine Wut an einem Wecker auszulassen, aber das war im Moment egal. Er war das einzige potentielle Opfer weit und breit, und ich war kräftiger als er. Außerdem baute ich rapide ab. Meine Schläfen fühlten sich an wie aus Eis, und das Blickfeld meines rechten Auges verfärbte sich in Teilen grau.

Der Wecker hatte anscheinend begriffen, daß ihm die Zeit davonlief, und er redete sehr schnell. «Ich wollte dir drüben auf dem stinkenden Klo etwas mitteilen. Etwas sehr Wichtiges.»

Ich zielte direkt auf das Display. «Und das wäre? Daß ich um vier einen Termin beim Frisör habe?»

«Daß ich meine Qualitäten habe. Zum Beispiel kann ich Leute aufspüren. Immerhin habe ich dich gefunden, oder?»

Ich hatte den Finger am Abzug, ein Zucken und der Wecker wäre in die ewigen Jagdgründe eingegangen. Ich zögerte. «Und? Was willst du mir damit sagen?»

«Ich weiß, wo sie ist.»

ZWEI

Ich bin da wahrscheinlich auf dieselbe Weise wie die meisten anderen hineingeraten. Durch Zufall.

Es war vor anderthalb Jahren. Ich machte über Nacht Station in Jacksonville, hauptsächlich, weil ich nicht wußte, wo ich sonst hinsollte. Damals schien es, als würde ich, wenn sich keine Gelegenheit anbot, etwas ganz Neues zu entdecken, immer wieder in dieser Stadt landen, wie ein Jojo, das in die Hand zurückschnellt, von der es gerade erst weggeschleudert wurde. Am nächsten Tag wollte ich aus Florida verschwinden. Ich war getrampt, und nachdem mich der Fahrer abgesetzt hatte, begab ich mich in die Nähe des Busbahnhofs, wo alles billiger ist. Ich hatte seit zwei Wochen nicht mehr gearbeitet. Zuletzt hatte ich in einer Kneipe in der Nähe von Cresota Beach, meinem Heimatort, gekellnert. Dem Chef mißfiel meine Art, mit den Gästen umzugehen. Mir mißfielen seine Zahlungsmoral und die Arbeitsbedingungen. Es war nur ein kurzes Gastspiel.

Ich schlenderte durch die Straßen, bis ich eine Unterkunft mit dem originellen und poetischen Namen «Pete's Rooms» fand. Der Mann hinter dem Tresen trug das häßlichste Hemd, das ich je gesehen hatte. Es sah aus wie ein Gemälde, das einen Autounfall darstellte, von einem Maler, der kein Talent, aber jede Menge Farbe besaß. Ich fragte den Mann nicht, ob er Pete war, aber die Vermutung lag nahe. Er sah aus wie jemand, der

Pete heißt. Der Preis betrug fünfzehn Dollar pro Nacht, und jedes Zimmer hatte Net-Anschluß. Ziemlich günstig – allerdings sah das Hemd, so abstoßend es auch war, nach einer Sonderanfertigung aus. Das hätte mir zu denken geben sollen, aber es war spät, und ich dachte nicht weiter darüber nach.

Mein Zimmer lag im dritten Stock, es war klein, und es roch, als wäre dort schon seit Urzeiten nicht mehr gelüftet worden. Ich holte mir etwas zu trinken aus meiner Reisetasche und zog den einzigen, schmuddeligen Sessel im Zimmer vors Fenster. Draußen war eine Feuerleiter, die wahrscheinlich nicht einmal die Ratten zu benutzen wagten, und von der Straße drangen gelbliches Licht und Lärm herauf.

Ich lehnte mich aus dem Fenster in die feuchte Nachtluft und beobachtete die Menschen, die unten entlanggingen. Man trifft sie in jeder Stadt an – räudige Hunde, die herumschnüffeln, als ob sie ganz in der Nähe Witterung aufnehmen würden. Manche Menschen glauben an Gott oder an UFOs, andere daran, daß sich hinter der nächsten Ecke der Weg zum Reichtum auftut, zu Drogen oder zu irgendeinem anderen Heiligen Gral, auf den sie programmiert sind. Ich wünschte ihnen Glück, allerdings ohne Hoffnung oder Begeisterung. Ich hatte die meisten gängigen Methoden, das schnelle Geld zu machen, ausprobiert, und es war zwecklos. Wege, die hinter der nächsten Ecke beginnen, führen in der Regel zum Ausgangspunkt zurück.

Ich bin zwar in Florida aufgewachsen, aber in den letzten zehn Jahren hatte ich meistens an der Westküste gelebt, und ich sehnte mich jetzt dorthin. Auf absehbare Zeit aber konnte ich nicht zurück und fühlte mich deshalb irgendwie entwurzelt. Es kam mir so vor, als wäre mein Leben zum Stillstand gekommen, als bedürfte es eines großartigen Ereignisses, um es wieder in Schwung zu bringen. Wiedergeburt, zum Beispiel. Ich kannte diese Art von Stimmung bereits, aber sie war noch nie so bedrükkend gewesen. So etwas kann einen wirklich runterziehen.

Also legte ich mich aufs Bett und schlief ein.

Ich wachte frühmorgens auf und fühlte mich eigenartig. Benommen. Mein Magen knurrte, und mir war, als steckten kleine kratzige Bälle aus zusammengeknülltem Papier in meinen Augen. Auf meiner Uhr war es sieben. Das konnte unmöglich sein. Um sieben Uhr morgens bin ich nur dann wach, wenn ich die Nacht zuvor durchgemacht habe.

Dann ertönte ein Signal, und ich sah auf dem Terminal im Nachttisch ein Wort blinken: Message. Ich kniff die Augen zusammen und schaute ein zweites Mal hin. Es stand immer noch da. Ich drückte auf den Annahme-Knopf. Der Bildschirm wurde einen Moment lang dunkel, dann füllte er sich mit Text.

«Sie hätten heute nacht 367,77 Dollar verdienen können», stand da. «Kommen Sie im Laufe des Tages in die Highwater Road 135, wenn Sie Näheres erfahren wollen. Bitte geben Sie das Aktenzeichen PR/43 an.»

Dann druckte der Computer einen Stadtplan aus. Ich nahm ihn in die Hand und betrachtete ihn mit halb geschlossenen Augen.

Für 367,77 Dollar müßte ich nächtelang kellnern.

Ich zog mir ein frisches Hemd an und verließ das Hotel.

Als ich in der Highwater Road ankam, ließ meine Neugier bereits nach. Mir war schwindelig, und mein Kopf war wie ausgetrocknet, so als hätte ich im Schlaf die ganze Nacht lang Rechenaufgaben gelöst. Am liebsten wäre ich jetzt erst mal frühstücken gegangen, hätte mich dann in einen Bus gesetzt und so lange die Sonnenstrahlen in den Fensterscheiben beobachtet, bis ich irgendwo anders angekommen wäre.

Aber ich tat nichts dergleichen. Wenn ich erst mal in Gang gekommen bin, verfalle ich in einen unaufhaltsamen Trott. Ich folgte also der auf dem Stadtplan eingezeichneten Route und war erstaunt, daß sie mich immer weiter in Richtung Geschäftsviertel führte. Die Sorte von Leuten, die die Terminals in billigen Hotels mit Nachrichten vollmüllen, arbeitet gewöhnlich von virtuellen Büros aus, Highwater Road dagegen war eine breite, von hohen Gebäuden gesäumte Straße. Die Nummer 135 war ein Koloß aus schwarzem Spiegelglas mit einer Drehtür am Eingang. Im Gegensatz zu den meisten anderen Gebäuden, an denen ich vorbeigekommen war, hing an den Außenwänden keiner der üblichen Videoschirme, die mit ermüdender Ausführlichkeit Leistungen und Erfolge der drinnen Beschäftigten rühmten. Dieses Bauwerk stand bloß massig da und gab nichts preis. Ich ging hinein, nicht zuletzt, weil ich endlich in den Schatten wollte.

Die Eingangshalle war ähnlich unkommunikativ und ebenfalls ganz in Schwarz gehalten. Als hätte jemand eine Wagenladung Farbe erstanden und sie um jeden Preis aufbrauchen wollen. Ich schritt über den Marmorboden auf den Empfang am anderen Ende der Halle zu, meine Absätze klapperten durch die klimatisierte Stille. Am Tisch saß eine Frau im gelben Schein einer Lampe und sah mich mit hochgezogenen Augenbrauen an.

«Kann ich etwas für Sie tun?» fragte sie. Ihr Tonfall machte deutlich, daß sie das für ziemlich unwahrscheinlich hielt.

«Man hat mich gebeten hierherzukommen und ein Aktenzeichen anzugeben.»

Meine Redeweise ist gepflegter als mein Aussehen. Ihre Miene hellte sich zwar kein bißchen auf, aber sie drückte eine Taste an ihrem Computer und schaute auf den Bildschirm. «Und das wäre?»

Ich nannte es ihr, worauf sie eine Weile in einer Datei blätterte. «Also», sagte sie. «Zwei Möglichkeiten. Entweder, ich händige Ihnen 171,39 Dollar aus, und Sie können ohne weitere Verpflichtungen gleich wieder gehen. Oder Sie nehmen den Aufzug dort rechts und fahren in die vierunddreißigste Etage, wo Mr. Stratten Sie umgehend empfangen wird.»

«Und wie errechnen sich diese 171,39 Dollar?»

«Ihre potentiellen Einnahmen, abzüglich einer Gebühr von 25 Dollar, geteilt durch zwei und auf den nächsten Cent gerundet.»

«Warum bekomme ich nur die Hälfte?»

«Weil Sie nicht bei uns unter Vertrag stehen. Fahren Sie hoch zu Mr. Stratten, dann wird sich das vielleicht ändern.»

«In diesem Fall würde ich dann die ganzen 367 Dollar bekommen.»

Sie zwinkerte mir zu. «Sie sind ein ganz Schlauer, stimmt's?»

Der Aufzug war sehr angenehm. Getönte Spiegel, Dämmerlicht, ruhig, bequem. Es roch nach Geld, nach viel Geld. Während der Fahrt passierte nichts weiter.

Als sich die Tür öffnete, sah ich vor mir einen Flur. Auf einem großen Chromschild an der Wand war in angemessen gleichförmiger Schrift R.E.M.-Jobs zu lesen, darunter der Slogan: «Schlafen Sie wohl.» Ich ging in die Richtung, in die das Schild wies, und kam wieder zu einem Empfangstisch. Die junge Frau, die dahinter saß, trug ein Namensschild, auf dem Sabrina stand. Ihr Haar war zu einer komplizierten Frisur aufgetürmt, zweifelsohne das Resultat stundenlanger Bemühungen irgendeines bescheuerten Hairstylisten.

Ich hatte das Mädchen unten im Erdgeschoß schon gönnerhaft hoch drei gefunden, aber verglichen mit Sabrina war sie die Unterwürfigkeit in Person gewesen. Sabrinas Verhalten gab mir zu verstehen, daß ich in ihren Augen ein Parasit von primitivster Gattung war, eindeutig primitiver als eine Ratte, höchstens vergleichbar mit einer besonders häßlichen Wühlmaus, und nach einer halben Minute in ihrer Gegenwart fingen auch die Bakterien in meinem Magen an, über mich die Nase zu rümpfen. Sabrina sagte mir, ich solle bitte Platz nehmen, aber ich nahm nicht Platz, zum einen, weil ich sie ärgern wollte, aber hauptsächlich, weil ich es nicht ausstehen kann, in Wartezimmern herumzusitzen. Ich habe einmal irgendwo gelesen, daß einen das von Anfang an in die Rolle des Unterlegenen zwingt. Meine Taktik bei Vorstellungsgesprächen ist meisterhaft, bloß schade, daß ich mir hinterher immer alles versaue.

«Guten Morgen, Mr. Thompson. Mein Name ist Stratten.»

Ich drehte mich um, und vor mir stand ein Mann mit ausgestreckter Hand. Er hatte ausgeprägte Gesichtszüge und schwarze, an den Schläfen ergraute Haare. Ein ganz normaler hochgewachsener Mann mittleren Alters in einem unauffälligen Anzug, allerdings gepflegter als die meisten. Als sei er ein menschlicher Prototyp und keine der üblichen Betaversionen, die man sonst sieht. Sein Händedruck war nüchtern und verbindlich, sein Lächeln ebenso.

Er bat mich in einen kleinen Raum, der vom Hauptkorridor abging. Stratten setzte sich hinter einen Schreibtisch, ich machte es mir in dem einzigen anderen Stuhl bequem.

«Worum geht's?» fragte ich in bemüht unverkrampftem Tonfall. Der Mann mir gegenüber hatte irgend etwas Irritierendes an sich. Ich konnte seinen Dialekt nicht unterbringen, wahrscheinlich Ostküste, aber geglättet, absichtlich auf unauffällig getrimmt – wie bei einem Schauspieler, der seine Herkunft verbergen will.

Er beugte sich vor und drehte den Terminal auf seinem Schreibtisch so, daß ich den Bildschirm im Blick hatte. «Schauen Sie mal, ob Ihnen irgend etwas bekannt vorkommt», sagte er und drückte auf einen Schalter. Der Computer surrte und brummte einen Moment lang, dann leuchtete die Zeichenfolge ‹PR/43@ 18.5.2016› auf.

Der Schirm verfärbte sich schwarz, wurde dann wieder hell, und die Aufnahme eines Korridors war zu sehen. Die Kamera, wenn es denn eine war, bewegte sich ein Stück vorwärts. Triste, grüne Wände verloren sich in der Ferne. Linker Hand ging ein zweiter Korridor ab. Die Kamera schwenkte herum, und ich sah, daß er dem anderen haargenau glich. Sie beschleunigte das Tempo etwas, lief eine Weile geradeaus, bog dann ein zweites Mal ab, wieder in einen identisch aussehenden Korridor. An Korridoren und Abzweigungen herrschte hier offenbar kein Mangel. An einigen Stellen blätterte die Farbe an den Wänden ab, was etwas Abwechslung in das eintönige Oliv brachte, aber ansonsten ging es immer so weiter.

Ich schaute nach fünf Minuten auf und sah, daß Stratten mich beobachtete. Ich schüttelte den Kopf. Stratten machte sich auf einem Zettel Notizen und tippte dann schnell etwas in den Computer ein. «Nicht sonderlich prägnant», sagte er. «Der Absender scheint nicht gerade phantasievoll zu sein. Und es entgeht einem viel, wenn man nur das Bildmaterial hat. Wie wär's hiermit?»

Das Bild auf dem Schirm zeigte jetzt zwei Hände, die ein Stück Wasser hielten. Ich weiß, der Ausdruck «ein Stück Wasser» ergibt wenig Sinn, aber so sah es aus. Die unruhigen Hände umfaßten die Flüssigkeit, und aus dem Lautsprecher des Computers drang eine leise männliche Stimme.

«Ach, ich weiß nicht», sagte die Stimme in zweifelndem Ton. «Ungefähr fünf? Sechseinhalb vielleicht?»

Die Hände legten das Stück Wasser auf ein Regalbrett und nahmen ein neues. Dieses Wasser war etwas kleiner. Die Stimme schwieg einen Augenblick, dann sagte sie, mit mehr Nachdruck: «Auf jeden Fall eine Zwei. Höchstens zwei ein Drittel.»

Die Hände stellten das Stück Wasser auf das erste Stück. Die beiden Stücke vermischten sich nicht miteinander, sondern blieben jeweils ganz. Eine Hand verschwand aus dem Blickfeld, und man vernahm ein anderes Geräusch, ein metallisches Kratzen. An dieser Stelle zuckte ich zum ersten Mal zusammen.

Stratten bemerkte es. «Erkennen Sie was wieder?»

«Schon möglich», sagte ich. Ich beugte mich vor, um mir das Bild genauer anzusehen. Der Blickwinkel hatte sich leicht verändert, und ich sah jetzt einen zerbeulten Aktenschrank. Eine Schublade stand offen, und die Hände hoben vorsichtig einzelne Wasserstücke heraus – die, wie ich jetzt erkannte, alle in Stapeln unterschiedlicher Höhe sortiert waren – und legten sie nacheinander in verschiedene Hängekarteien. Ab und zu schimpfte die Stimme mit sich selbst. Die Hände nahmen ein Stück Wasser heraus und legten es zurück auf den Stapel – nicht unbedingt auf denselben, von dem sie es genommen hatten. Die Hände bewegten sich allmählich immer schneller, legten Wasserstücke ab, holten welche heraus, und die ganze Zeit über hörte man die Stimme im Hintergrund verschiedene Zahlen nennen.

Ich starrte wie gebannt auf den Schirm, und mir war gar nicht mehr bewußt, daß ich mich in einem Büro befand. Ich vergaß sogar, daß Stratten anwesend war, und als ich etwas sagte, sprach ich mehr mit mir selbst als zu ihm.

«Jedes Wasserstück hat einen anderen Wert, der nicht auf seiner Größe beruht. Er liegt irgendwo zwischen null und siebenundzwanzig. Jede Schublade in dem Aktenschrank muß mit dem gleichen Wasserwert gefüllt werden, aber niemand hat dem Mann gesagt, wie man den Wert jedes einzelnen Stückes errechnet.»

Der Schirm wurde dunkel. Ich wandte den Kopf und sah, daß Stratten lächelte. «Sie erinnern sich also», stellte er fest.

«Das habe ich kurz vorm Aufwachen geträumt. Was geht hier vor, verdammt noch mal?»

«Wir haben uns gestern nacht die Freiheit herausgenommen, Sie zu testen», sagte er. «Es besteht eine Vereinbarung zwischen dem Eigentümer des Hotels, in dem Sie abgestiegen sind, und uns. Wir beteiligen uns an den Betriebskosten und stellen die Terminals zur Verfügung.»

«Warum?» Ich holte mir ohne nachzudenken eine Zigarette aus der Tasche. Statt mich anzubrüllen oder eine Waffe auf mich zu richten, zog Stratten einfach eine Schublade auf und gab mir einen Aschenbecher.

«Wir sind ständig auf der Suche nach neuen Leuten. Nach Leuten, die unter Geldmangel leiden und nicht wählerisch sind, wenn es darum geht, sich welches zu besorgen. Wir haben festgestellt, daß dies die beste Möglichkeit ist, an solche Leute heranzukommen.»

«Na schön, Sie haben mich also gefunden. Und was jetzt?»

«Ich möchte Sie als R.E.M.-Jobber engagieren.»

«Das müssen Sie mir näher erläutern.»

Das tat er dann auch. Ausführlich. Hier die Zusammenfassung:

Vor einigen Jahren hatte man eine Methode entwickelt, um die Träume von Menschen in Echtzeit aus ihrem Kopf herauszulösen. Ein Gerät, das neben dem Kopf von hinreichend gut betuchten Kunden aufgestellt wurde, war in der Lage, bestimmte elektromagnetische Felder zu erkennen und die dazugehörigen Geisteszustände aus dem Unterbewußtsein des Träumenden in ein Löschgerät abzuleiten. Die Behörden waren nicht gerade begeistert, aber die Erfinder hatten sich einen auf Quantenrecht spezialisierten Anwalt genommen, so daß im Moment keiner mehr genau durchblickte, wie die juristische Lage war. «Das kommt auf den Einzelfall an», war die präziseste Auskunft, die man bekam.

Mittlerweile war eine im verborgenen tätige Branche entstanden.

Das Naheliegendste schienen Alpträume zu sein, aber die hat man nicht allzu häufig, und potentielle Kunden schreckten davor zurück, ein Gerät zu kaufen, das sie nur alle paar Monate brauchten. Man war eher bereit, pro Traum zu bezahlen, und diejenigen, die die Technik entwickelt hatten, wollten natürlich möglichst viel Profit machen. Außerden sind Alpträume gewöhnlich nicht besonders schlimm, und wenn doch, dann liefern sie einem im allgemeinen nützliche Informationen. Wenn man eine Scheißangst vor etwas hat, dann gibt es dafür meist einen guten Grund.

Der Markt verlagerte sich also allmählich auf Angstträume. Sie ähneln Alpträumen, nur sind sie in der Regel nicht so furchterregend. Es sind die Träume, die man hat, wenn man gestreßt oder müde ist, oder wenn man sich wegen irgend etwas Sorgen macht. Meistens muß der Träumende darin eine gleichzeitig banale und komplizierte Aufgabe unendlich häufig erledigen. Er begreift den Sinn der Aufgabe nicht und muß immer wieder von vorne anfangen. In dem Moment, in dem er das Prinzip erfaßt hat, wird er mit der nächsten Aufgabe konfrontiert, und der ganze Zirkus geht von vorne los. Meistens fangen diese Träume gleich nach dem Schlafengehen an – in diesem Fall verderben sie einem die ganze Nacht –, oder in den frühen Morgenstunden. So oder so wacht man gerädert auf, unfähig zu arbeiten, weil man das Gefühl hat, gerade ein anstrengendes Tagespensum erledigt zu haben.

Angstträume kommen häufiger vor als Alpträume, und sie suchen vorwiegend das mittlere und gehobene Management heim, die Hauptzielgruppe der Traumentsorger. Man veränderte also die Marketingstrategie, schrieb alle Werbeprospekte um und verdiente von da an das große Geld.

Es gab nur ein Problem.

Wie sich herausstellte, konnte man Träume nicht ohne weiteres löschen. Bei der Firma häuften sich die Beschwerden, bis man nach anderthalb Jahren herausfand, wo der Hund begraben lag.

Wenn man einen Traum löscht, zerstört man lediglich die Bilder, die visuellen Darstellungen, die vor dem inneren Auge des Träumenden ablaufen. Der Kern des Traums, eine nicht faßbare Substanz, die offenbar unmöglich zu isolieren ist, bleibt bestehen. Je mehr Träume ein Kunde sich abnehmen läßt, desto öfter bleibt diese Substanz erhalten: unsichtbar, unzerstörbar und mit einigem Gewicht behaftet. Sie schwebt in dem Zimmer, in dem der Traum ausgelöscht wurde, und nach etwa dreißig Auslöschungen wird das Zimmer unbewohnbar. Es ist, als geriete man in einen Gewittersturm aus widerstreitenden Reflexen – absolut geräuschlos, aber unerträglich. Nach einigen Wochen scheinen die Traumreste miteinander zu verschmelzen, und die Luft wird so undurchdringlich, daß man das Zimmer überhaupt nicht mehr betreten kann.

Leider gehörten die Kunden, die sich die Traumentsorgung leisten konnten, zu der Sorte Menschen, für die es ein großes Vergnügen ist, jemanden auf Schadenersatz zu verklagen. Nachdem die Firma einige außergerichtliche Vergleiche über riesige Entschädigungssummen für verseuchte Schlafzimmer hatte schließen müssen, konzentrierte man sich darauf, eine Lösung des Problems zu finden. Man versuchte zunächst, die Träume in Datenbanken zu speichern, statt sie einfach zu löschen, aber das funktionierte nicht. Einige Träume sickerten von den Festplatten, selbst bei völlig luftdichten Gehäusen.

Dann hatte jemand den entscheidenden Einfall. Die Träume würden nie ganz verschwinden. Was also, wenn sie einfach …

Man machte einen Versuch. Das Sendegerät eines Kunden wurde mit dem Empfänger neben dem Bett einer freiwilligen Testperson verbunden, und zwei Angstträume wurden erfolgreich von dem Gehirn des einen in das des anderen übertragen. Der Kunde wachte ausgeruht auf und konnte sich mit frischem Schwung der anstrengenden Tätigkeit des Geldscheffelns widmen. Die Testperson hatte eine schlimme Nacht mit lästigen Träumen hinter sich, an die sie sich nicht mehr genau erinnerte, aber für diese Unannehmlichkeiten wurde sie bezahlt.

Im Schlafzimmer blieben keine Rückstände übrig. Der Traum war verschwunden. Die Geldquelle sprudelte wieder.

«Und das haben Sie also heute nacht mit mir gemacht?» fragte ich, leicht angesäuert, weil jemand in mein Unterbewußtsein eingedrungen war.

Stratten hob beschwichtigend die Hände. «Sie werden mir noch dankbar dafür sein, glauben Sie mir. Die Fähigkeit, Träume anderer Leute aufzubrauchen, ist bei Menschen unterschiedlich ausgeprägt. Die meisten können mit zwei Träumen pro Nacht ohne große Probleme fertig werden, höchstens mit drei. Sie wachen am nächsten Morgen auf, fühlen sich zerschlagen und schleppen sich mühsam durch den Tag. Gewöhnlich arbeiten sie nur jede zweite Nacht für uns, aber sie verdienen trotzdem immer noch acht- bis neunhundert Dollar die Woche. Sie, Mr. Thompson, sind anders.»

«Inwiefern?» Mir war klar, daß er mir höchstwahrscheinlich schmeicheln wollte, aber das war mir egal. So was erlebe ich nicht alle Tage.

«Sie haben gestern nacht vier Träume übernommen, ohne schwerwiegende Folgen. Die beiden, die Sie vorhin gesehen haben, und noch zwei andere – von denen einer so langweilig war, daß ich es kaum aushielt, mir das Bildmaterial anzusehen. Wahrscheinlich hätten Sie noch ein paar mehr übernehmen können. Sie könnten damit viel Geld verdienen.»

«Was meinen Sie mit viel?»

«Wir zahlen je nach Dauer des Traums, und es gibt Zuschläge, falls die Träume besonders verworren oder besonders öde sind. Je nachdem, wie häufig Sie arbeiten, können Sie zwischen zwei- und dreitausend Dollar verdienen. Pro Woche.» Er kam zum Ende seines Vortrags. «Und wir zahlen bar. Traumentsorgung ist rechtlich gesehen immer noch eine heikle Angelegenheit, und wir halten es für angebracht, den Charakter unserer geschäftlichen Tätigkeit gewissen Behörden gegenüber zu verheimlichen.»

Er lächelte. Ich erwiderte das Lächeln.

Für dreitausend Dollar müßte ich verdammt lange kellnern. Die Entscheidung fiel mir nicht schwer.

Ich unterschrieb einen Vertrag, der mich zu Stillschweigen verpflichtete. Ich mußte einen Empfänger mieten und ließ ihn mir erklären. Prinzipiell konnte ich mich auf dem gesamten Festland der Vereinigten Staaten frei bewegen, solange ich sicherstellte, daß das Gerät, während ich schlief, nicht weiter als zwei Meter von meinem Kopf entfernt stand. Ich mußte auch nicht zu einer festgesetzten Zeit ins Bett gehen, denn die Träume, für die ich gebucht war, wurden im Speicher gepuffert. Sobald das Gerät merkte, daß bei mir der R.E.M.-Schlaf eingesetzt hatte, leitete es das aufgelaufene Traummaterial in meinen Kopf. Am nächsten Morgen standen die Angaben über meine nächtliche Arbeit wie eine Liste von E-Mails auf dem Schirm: die Dauer der Träume, der Beginn und das Ende, ob sie die Anforderungen für eine Bonuszahlung erfüllten, oder ob es bloße Routinearbeit gewesen war.

Am Ende der Liste kam das erfreuliche, eine Dollarzahl. Ich stellte fest, daß ich mühelos sechs oder sieben Träume pro Nacht aufnehmen konnte. An manchen Tagen fühlte ich mich abgespannt, konnte mich kaum konzentrieren und war zu keiner anspruchsvolleren Tätigkeit fähig, als Zigaretten zu rauchen. In solchen Fällen nahm ich mir einfach die nächste Nacht frei.

Nach einem halben Jahr wurde ich wieder in das Büro von R.E.M.-Jobs bestellt und gefragt, ob ich bereit sei, eine noch größere Anzahl von Bonus-Träumen zu übernehmen. Ich sagte, na klar, und mein Einkommen stieg noch einmal sprunghaft an. Über das Net lernte ich einen Hacker namens Quat kennen, den ich beauftragte, mir einen Daemon zu schreiben, um meine Einnahmen auf diverse virtuelle Konten zu verteilen. Ab und zu sperrten die Leute vom Finanzamt oder irgendwelche anderen

Arschlöcher eines der Konten, in solchen Fällen schrieb ich den Verlust einfach ab und schob das übrige Geld weiter hin und her. Darüber hinaus zahlte ich Quat eine stattliche Summe dafür, daß er einen bestimmten Eintrag in der Verbrechensdatenbank im Los Angeles Police Department löschte, was bedeutete, daß ich wieder nach Kalifornien konnte.

Es war ein angenehmes Leben. Ich zog von einem Ort zum anderen, aber diesmal hatte ich Geld und brauchte keine krummen Dinger mehr zu drehen. Nach einer Weile kam es mir ganz normal vor, teure Kleidung zu tragen und in vornehmen Hotels abzusteigen. Ich gewöhnte mich an die anderen Vorteile, die Geld mit sich bringt, ein gewisses Maß an Respekt, der einem entgegengebracht wird, und an Bettgefährtinnen, die nicht am nächsten Morgen die Hand aufhalten. Mit den wenigen Leuten, die mir wichtig waren, hielt ich per Telefon und übers Net Kontakt oder flog gelegentlich zu ihnen. Ein paarmal traf ich Deck zufällig in L. A., und die Stadt verlor für mich ihre düstere Atmosphäre. Ich erwog, wieder dorthin zu ziehen, dort vielleicht wieder heimisch zu werden.

Gelegentlich hatte die Arbeit auch Nachteile. Langeweile. Die Erschöpfung nach einer Nacht voller Bonusträume, die gefühlsmäßige Abstumpfung, weil ich ständig unterwegs war, nie eine Beziehung hatte, die länger als drei Tage dauerte. Es gab Phasen, in denen ich ein bißchen seltsam wurde, und mir war klar, woran das lag. Ich war so viele Nächte hindurch mit den Träumen anderer Menschen beschäftigt, daß ich keine Zeit mehr für meine eigenen hatte. Wenn es soweit war, nahm ich mir frei, ließ mein Unterbewußtsein alles nachholen und gab ihm Zeit, ein bißchen herumzutwisten. Nach ein paar Tagen ging es mir dann wieder gut.

Ich hatte eine Arbeit gefunden, die sicher war, die ich gut machte und die mir einen Batzen Geld verschaffte.

Damit hätte ich mich zufriedengeben sollen.

Doch dann, vor fünf Monaten, kam ein Anruf von Stratten. Es war in aller Herrgottsfrühe, und ich schlief tief und fest im Doppelbett meines Zimmers im obersten Stock eines Hotels in New Orleans, um mich verstreut lagen die Überreste eines aufreibenden abendlichen Vergnügens. Zu diesem Zeitpunkt hatte ich mich bereits wieder mehr oder weniger fest in L. A. niedergelassen und besaß eine Wohnung in Griffith Park, die ich mein Zuhause nannte. Eigentlich durfte ich mich nicht dauerhaft an einem Ort aufhalten, aber ich war häufig genug unterwegs, um R.E.M.-Jobs in dem Glauben zu lassen, ich sei immer noch ohne festen Wohnsitz.

Die Frau neben mir, an deren Namen ich mich bereits nicht mehr erinnern konnte, ging blitzschnell ans Telefon. Als ich merkte, daß es klingelte, hatte sie bereits abgehoben und hielt den Hörer ans Ohr. Sie reichte ihn mir, und ich setzte mich auf, noch ganz benommen, den Kopf voll von vagen Erinnerungen an irgendwelche Aufgaben und von anderem wirren Zeug. Ich unterdrückte den Reflex, einen Blick auf den Empfänger zu werfen, um festzustellen, wieviel ich verdient hatte. Angesichts meiner Verfassung mußte es sich um eine beträchtliche Summe handeln.

«Mr. Thompson», sagte die Stimme am anderen Ende, und ich war schlagartig hellwach. «Wer war da eben am Apparat?»

«Ich weiß es nicht», sagte ich dummerweise. «Warum? Das ist doch egal.»

«Ich nehme an, es handelt sich um eine Dame, die Sie kürzlich kennengelernt haben.»

«Ja.» Ich sah zu der Frau hinüber, die inzwischen aufgestanden war. Ich glaube, ihr Name war Candy, wahrscheinlich schrieb sie sich lieber mit ‹i›. Hinten, meine ich. Sie schien ganz nett zu sein, und ich hatte das Gefühl, als würde sie mich wirklich mögen. Vielleicht hatte sie ja Lust, sich für eine Weile mit mir zusammenzutun, vielleicht sogar für eine ganze Woche, bis ich wieder nach L.A. fuhr. Sie kochte gerade Kaffee, war unbekleidet, und ich hoffte, Stratten würde das Gespräch bald beenden.

«Sie haben sie gestern abend kennengelernt. Richtig?» fragte er. Ich gab zu, daß er recht hatte. «Und sie befindet sich in Ihrem Hotelzimmer. Aber sie hat bereits nach dem ersten Klingeln abgehoben.»

Ich nahm einen Schluck aus der Bierflasche, die auf dem Nachttisch stand. «Na und?»

«Überlegen Sie mal.»

Ich beobachtete Candy dabei, wie sie genau die richtige Menge Zucker in meinen Kaffee schüttete. Ich begriff, worauf er hinauswollte. «Reden Sie keinen Blödsinn», sagte ich. Candy zwinkerte mir zu und schlüpfte ins Bad.

«Sehen Sie zu, daß Sie die Frau loswerden, und kommen Sie in mein Büro», sagte Stratten. «Ich habe ein Angebot für Sie.» Die Leitung wurde unterbrochen.

Ich stand auf und verstaute den Traumempfänger in meiner Reisetasche. Die Anzeige versprach, daß ich über tausend Dollar verdient hatte. Ich zog mich an, und als Candy aus dem Bad kam, frisch geduscht und bereit zu neuen Schandtaten, teilte ich ihr mit, daß ich für eine Weile verschwinden müßte. Erst war sie böse mit mir, dann nicht mehr, und dann war sie wieder böse. Sie versuchte alles mögliche, um mich zum Bleiben zu bewegen. Als deutlich wurde, daß das alles nichts nutzte, sagte sie, sie werde in meinem Zimmer bleiben und auf mich warten. Egal, wie lange es dauerte.

Mag sein, daß ich ein Mensch mit geringem Selbstwertgefühl bin, aber normalerweise reagieren Frauen nach einer Nacht mit mir nicht so. Ich bin gewöhnungsbedürftig. Das war zwar kein Beweis, aber trotzdem hatte ich Verdacht geschöpft. Ich packte meine Sachen, ging zur Tür hinaus und ließ Candy, die wütend hinter mir herbrüllte, allein zurück. Im Fahrstuhl tat ich, was man mir unter derlei Umständen zu tun befohlen hatte, und drückte den seitlich am Traumempfänger eingelassenen Knopf. Ein kurzes Knirschen drang aus dem Gehäuse, und die Anzeige verlosch. Der Apparat war jetzt tot, die Hauptplatine geschmolzen und unbrauchbar.

Im Flugzeug nach Jacksonville fragte ich mich, warum Candy, falls sie eine FBI-Beamtin war, ihren Auftrag nicht einfach erledigt hatte, während ich schlief. Auf eins konnte man sich bei einem R.E.M.-Jobber verlassen: Nachts wurde geratzt. Vielleicht sollte sie mich aushorchen, mir Namen oder Details entlocken. Ich hatte bisher immer nur auf der anderen Seite des Gesetzes gestanden, ich wußte also nicht, mit welchen Methoden die Guten arbeiteten. Vielleicht wollten sie mich zum Kronzeugen gegen Stratten aufbauen, aber das hätte bedeutet, daß sie den Kerl noch nicht persönlich kannten. Egal. Ich mußte sowieso ins Büro, schon um mir einen Ersatzempfänger zu besorgen.

In einem gediegenen Café in der Nähe der Firma hockte ich mich an einen Tisch und zog mir literweise Kaffee und eine halbe Schachtel Zigaretten rein, bevor ich zum Appell bei R.E.M.-Jobs antrat. Normalerweise blieb von dem Nebel im Kopf schon nach wenigen Stunden nur noch ein Gefühl leichter Verwirrung übrig, an diesem Vormittag aber kam es mir so vor, als hätte ich in meinem ganzen Leben noch kein Auge zugetan. Ich wollte Strattens Angebot bei klarem Verstand anhören, mußte mich aber am Ende damit zufriedengeben, gerade mal halbwegs wach zu sein, und so schlurfte ich hinüber zum Bürogebäude.

Diesmal trafen wir uns nicht im Konferenzzimmer, sondern in Strattens Allerheiligstem. Der Raum war nicht größer als ein normales Fußballfeld, aber zum Glück saßen wir am gleichen Ende, so daß wir nicht schreien mußten. Ich sagte ihm, daß ich seine Anweisungen befolgt hatte, und er lächelte. Ich fügte hinzu, daß ich das Gerät vorschriftsgemäß zerstört hatte und ein neues brauchte. Er lächelte wieder. Dann begann er zu sprechen.

Einige wichtige Kunden der Firma verlangten seit einiger Zeit ausdrücklich meine Dienste. Davon hatte ich keine Ahnung gehabt. Bei den meisten R.E.M.-Jobbern blieben Rückstände übrig, charakteristische Bestandteile des Träumenden, die nicht verarbeitet werden konnten. Ich aber hatte alles immer restlos zu löschen vermocht, jeden Schatten und jedes geflüsterte Wort. Daher die Bonuszahlungen. Daher sein Angebot für ein noch lukrativeres Arbeitsfeld.

Erinnerungen.

Kaum hatte er das Wort ausgesprochen, schüttelte ich schnell und energisch den Kopf. Erinnerungen lassen sich externalisieren, aber das funktioniert nicht so wie bei Träumen. Sie lassen sich nicht löschen, weil sie eine Reproduktion von etwas sind, das sich tatsächlich ereignet hat. Sie können lediglich ausgeblendet oder vorübergehend oder dauerhaft ausgelagert werden, und beides ist strengstens verboten.

Zunächst einmal heißt das, daß Lügendetektoren nicht funktionieren. Wenn ein Verdächtiger sich nicht an seine Tat erinnert, läßt sich das Gerät mit Leichtigkeit austricksen. In gewisser Weise ist das nicht einmal Betrug. Was den Verdächtigen betrifft, hat das Ereignis nicht stattgefunden.

Hinzu kommt: Der Mensch ist die Summe seiner Erinnerungen. Man ist, was man erlebt hat. Wenn man jemandem die Kindheitserlebnisse wegnimmt, durch die er den Unterschied zwischen richtig und falsch kennengelernt hat, kommt ein ziemlich unerträglicher Kerl dabei heraus. Ohne Moral. So jemand versteht nicht, warum man nicht stehlen, niemanden vergewaltigen oder gar umbringen darf – und das macht ihn zum besseren Verbrecher. Sollte er doch einmal geschnappt werden, was höchst unwahrscheinlich ist, dann läßt sich durch die nächste Erinnerungsentsorgung auch noch der Lügendetektortest als mögliche Beweisführung ad absurdum führen.

Vor anderthalb Jahren hatte ein Präzedenzfall in dieser Angelegenheit für Klarheit gesorgt. Ein freischaffender Ersatzträumer, der die Erinnerung eines Verbrechers an ein bestimmtes Ereignis für die Dauer von dessen Prozeß übernommen hatte, war zu zweimal lebenslänglich verurteilt worden – genau die Hälfte der Haftstrafe, die der eigentliche Angeklagte bekommen hätte, wenn er verurteilt worden wäre.

Mit anderen Worten, Erinnerungen waren kein Geschäftsbereich mit rosigen Aussichten, und genau das sagte ich auch Stratten gegenüber. Er ließ mich ausreden, und als ich fertig war, herrschte lange Schweigen. Nachdem es mir langsam schon so vorkam, als hätte ich gegen eine Wand geredet, hob er an.

«Ja», sagte er. «Das Verwahren von Erinnerungen an kriminelle Handlungen ist illegal.»

«Na gut», erwiderte ich freundlich. «Das wäre also geklärt. Wann kann ich mein neues Empfangsgerät abholen?»

«Allerdings», fuhr Stratten unbeeindruckt fort, «beziehen sich die Erinnerungen, die ich meine, nicht auf Straftaten. Ich rede hier von trivialen Dingen und nur von vorübergehenden Übertragungen.»

«Wenn es um Trivialitäten geht, sollen die Kunden doch allein damit fertig werden», schlug ich ihm vor. «Und wenn es nur vorübergehend sein soll, raten Sie ihnen, statt dessen ein paar Bier zu trinken. Es bleibt dabei. Nein, danke.»

«Fünftausend Dollar pro Erinnerung», sagte er. Die Antwort erstarb mir auf den Lippen. «Die Erinnerungen beziehen sich manchmal nur auf einen kurzen Moment, ein einzelnes Erlebnis, und Sie würden sie für höchstens eine Woche übernehmen. Meistens nur für ein paar Stunden. Sie könnten mit links pro Jahr eine Viertelmillion Dollar verdienen. Und zusätzlich wäre da noch die Traumarbeit.»

Er gab mir Zeit, das zu verdauen, und ich dachte darüber nach, wie es wäre, ein sechsstelliges Jahreseinkommen zu haben. Ich hatte in den vergangenen Jahren gut verdient, aber Reichtum funktioniert wie eine gleitende Skala. Wenn man sich alles gekauft hat, was man sich von dem, was man hat, leisten kann, entdeckt man die Dinge, die noch immer unerschwinglich sind. Und: Man will sie haben.

Anders formuliert: Ein paar Jahre Arbeit, sinnvolle Investitionen, und ich würde nie wieder einen Finger rühren müssen.

«Nein», sagte ich. Bei meinem jetzigen Job wußte ich, woran ich war, und ich hatte mein Auskommen.

«Sie werden feststellen, daß die Antwort ja lautet», sagte Stratten, «sobald Sie mich fragen, wo Sie Ihr neues Empfangsgerät abholen können.»

Mein Verstand war noch ein bißchen schwerfällig von der Nachtarbeit, und ich begriff nicht gleich, worauf er hinauswollte. Ich lieferte ihm das Stichwort. «Wo?»

«Wenn Sie mein Angebot nicht annehmen, kriegen Sie keins», sagte er. «Entweder Sie machen Erinnerungsarbeit, oder Sie sind entlassen.»

Ich starrte ihn an. «Sie sind ein mieses Arschloch, wissen Sie das?» sagte ich.

«Mit dieser werten Meinung stehen Sie nicht allein da.» Er lächelte unbeirrt weiter, und mir wurde klar, daß es gar kein Lächeln war und wahrscheinlich nie eins gewesen ist.

Ich sah eine Zeitlang aus dem Fenster, nur, um ihn warten zu lassen. Ich kapierte jetzt, daß Candy mich gar nicht gemocht hatte und daß sie auch nicht vom FBI kam. Sie war lediglich ein Werkzeug von Stratten gewesen. Er mußte gewußt haben, daß ich noch schlief, als er anrief, und nicht in der Lage sein würde, nach einer Nacht voller schwerer Bonusträume und Herummachens im Bett die Situation richtig einzuschätzen. Er hatte recht. Candy hatte gute Arbeit geleistet.

In diesem Moment wurde mir erstens klar, daß ich keine Ahnung hatte, wozu Stratten fähig war, und zweitens, daß ich mir in Zukunft bei keiner Frau mehr sicher sein konnte. Ich weiß nicht, was schlimmer war.

Stratten hatte mich am Wickel, und das wußte er genau. Ohne die Traumarbeit stand ich wieder auf der Straße. Ich hatte einiges Geld gebunkert, und es kreiste irgendwo im Äther auf den von Quat für mich angelegten Bahnen, aber es war nicht genug. Zuviel davon war schon in den Wind geschossen.

Von dem Geld aus der Erinnerungsarbeit würde ich mir, wenn es dazu käme, eine eigene Kneipe kaufen können.

«Okay», sagte ich.

DREI

Um halb drei Uhr morgens sah ich sie die Straße zu einem kleinen Hotel entlanggehen, das ein paar Häuserblocks vom Santa Monica Boulevard entfernt lag. Es hieß Nirvana Inn, aber wenn wir mal davon ausgehen, daß jene unfaßbare Sphäre keinen abblätternden Außenanstrich und keinen Zimmerservice hat, der um zehn Uhr abends Schicht macht, war dieser Name ziemlich irreführend, fürchte ich. Ich saß gegenüber in einem Diner, trank scheußlichen Kaffee und schlug die Zeit tot. Ich erkannte sie sofort. Es war Laura Reynolds. Keine Frage.

Zum ersten Mal sah ich jemanden, für den ich als Erinnerungsverwahrer arbeitete, und ich fand es verstörend, unpassend. Als würde einem wieder einfallen, daß man gestorben ist, oder als würde man seinem Doppelgänger begegnen, der einem kein bißchen ähnelt. Sie war Ende Zwanzig, dünn und sehnig – auf mich wirkte sie, als wollte sie sich daran erinnern, wie jemand aussieht, der sich treiben läßt, nachdem sie sich jahrelang bemüht hatte, es zu vergessen. Ihr Gesicht war knochig und hübsch, ihre Miene angespannt. Sie ging wie ein Mensch, der den größten Teil des Abends in einer Kneipe verbracht hatte, und im schräg herabfallenden Regen, angestrahlt von flackernden Neonlichtern, glich sie einer Videogame-Figur, die sich plötzlich orientierungslos in einem falschen Spiel wiederfindet.

Für einen kurzen Moment hatte sie mein Mitgefühl. Mir ging es ähnlich wie ihr.

«Das ist sie, stimmt's?» sagte der Wecker, der auf der Theke neben dem Becher mit lauwarmem Kaffee stand. Ich hatte ihn im Auto mit nach L. A. genommen. Das war ich ihm wohl schuldig.

Ich nickte. «Du hast was gut bei mir.» Der Wecker hatte mir nicht verraten wollen, woher er den Aufenthaltsort der Frau kannte, er hatte bloß gesagt, das sei ein Chronometer-Geheimnis. Früher oder später würde ich es ohnehin herauskriegen, und fürs erste spielte es keine große Rolle. Ich hatte sie gefunden.

Ich blieb noch eine Weile sitzen, für den Fall, daß sich der Hotelportier, mit dem ich vorhin gesprochen hatte, nicht mehr an die fünfzig Dollar erinnerte, die ich ihm zugesteckt hatte, und der Frau vielleicht gerade erzählte, daß jemand nach ihr suchte. Nachdem fünf Minuten ohne besondere Vorkommnisse verstrichen waren, stand ich leicht schwankend vom Hocker auf. Ich lehnte mich kurz an die Theke, blinzelte energisch und wartete darauf, einen klaren Kopf zu bekommen.

Der Wecker warf mir einen skeptischen Blick zu, während er sich immer noch den Dreck mit einer Serviette und ein paar Tropfen aus dem Glas Wasser, das ich für ihn bestellt hatte, abwischte. «Was wirst du tun?»

«Das wirst du schon sehen», sagte ich, ohne genau zu wissen, was. Die eine Möglichkeit war, einfach mit ihr zu reden. Ihr zu sagen, daß sie etwas Schlimmes verbrochen hatte, und sie dazu zu bringen, die Erinnerung zurückzunehmen. Ich bin eben ein unverbesserlicher Optimist. Sollte das nicht klappen, würde ich ihr die Erinnerung gewaltsam rückübertragen. Auf jeden Fall würde sie mich begleiten. Ich mußte sie in das Zimmer bringen, in dem mein Empfänger stand, und mir irgendwoher einen Transmitter besorgen – daher mein Anruf bei Quat. Sollte es nötig sein, größere Überzeugungsarbeit bei ihr zu leisten, müßte ich meine Pistole zu Hilfe nehmen, aber bestimmt nicht hier im Diner. Die

Jungs an der Theke sahen wesentlich furchteinflößender aus als ich: Beim Anblick meiner Waffe würden sie vermutlich ihre Bazookas zücken. Wenn sie irgendwo unter Vertrag standen, käme ich vielleicht heil davon, aber wenn sie Freiberufler waren, würden sie mich womöglich prophylaktisch kaltmachen, um sich dann zu erkundigen, ob jemand im nachhinein bereit wäre, dafür zu bezahlen. Das traurige in meinem Leben ist, daß es mehrere Leute gibt, die das sein könnten. Ich steckte den Wecker in die Tasche, legte ein paar Dollar neben meinen Becher und ging.

Draußen war es kalt, und ich verfluchte kurz den Chef eines gewissen Filmstudios. Vor ein paar Jahren sollte auf dem Mitsubishi-Gelände eine Außenaufnahme gefilmt werden, die im nördlichen Maine spielte, aber die Crew hatte keine Lust, sich mit Sprinkleranlagen, Windmaschinen und so weiter abzumühen. Also holte man die Erlaubnis ein, einen Nachmittag lang das Mikroklima zu verändern. Natürlich wurde es dabei vermurkst, und deshalb weiß man jetzt nie, wie das Wetter wird. Man hat noch stärker als früher das Gefühl, im Kopf eines Verrückten zu leben, aber der Film war ein Riesenerfolg in Europa, also wagt es niemand, sich zu beschweren.

Ich joggte über die Straße, die Hände in den Taschen, den Kopf gesenkt, und versuchte, nicht anders zu wirken als jemand, der einfach nur ins Trockene will. An der nächsten Straßenecke war ein Auto von einem Streifenwagen angehalten worden. Zwei Kerle standen mit gespreizten Beinen da, die Hände auf der Motorhaube. Einer der Cops trampelte systematisch auf etwas herum, und das beruhigte mich ein bißchen. Bloß eine gewöhnliche Zigaretten-Razzia.

Im schwach erleuchteten Foyer des Hotels war nichts los. An den Wänden hingen ein paar Pflanzen teilnahmslos in ihren Töpfen herum, und der Boden war einigermaßen sauber. Dies war eines jener Hotels, bei denen man sich unwillkürlich fragt, welchen Zweck sie erfüllen: weder so teuer, daß man es sich absichtlich als Quartier aussucht, noch so billig, daß es einem als letzte Zuflucht dienen könnte. Bloß eine der Inseln, die Handelsvertreter und andere nicht seßhafte Gehaltsempfänger ansteuern, jedes Zimmer keimfrei und bibelbewehrt, zum Schutz und Wohlbefinden der Gäste. Ich selbst habe schon in Hunderten solcher Zimmer übernachtet, jedes ist wie eine eigene kleine Welt. Triste, anonyme Suiten; Angestellte, deren wenige Gehirnzellen vor Langeweile absterben; das Restaurant abends nur von einer Handvoll Männer unbestimmten Alters bevölkert, jeder sitzt für sich allein an einem Tisch, das Haar noch feucht von der Dusche nach einer langen Autofahrt, Bügelfalten in den Jeans, beim Essen starren die Augen ins Leere, der Blick ist getrübt vom vorsorglichen Studium der abendlichen Pornokanal-Programme. Ich war immer ein wenig erstaunt, daß solche Hotels keine eigenen Friedhöfe hatten, daß ihren Gästen offenbar gestattet wurde, sich wieder in die Gesellschaft der normalen Menschen einzugliedern, wenn sie schließlich ihren Herzinfarkt erlitten.

Den Portier, den ich ausgehorcht hatte, konnte ich nirgends sehen, aber das war mir nur recht. Sollte ich auf dem Rückweg eine widerspenstige Frau mitschleifen, wäre ich über sowenig Außeneinwirkung wie möglich dankbar. Laura Reynolds' Zimmer befand sich im zweiten Stock, also nahm ich die Treppe. Man sollte Fahrstühlen nicht erlauben, sich allzu wichtig zu nehmen. In jeder Biegung der Treppe lungerten weitere Pflanzen herum, und sie verhielten sich verdächtig ruhig, so als hätten sie gerade noch miteinander getratscht.

Der Flur war lang und leer. Ich blieb einen Augenblick vor Laura Reynolds' Zimmer stehen, aber von drinnen waren keine Geräusche zu hören. Ich hätte den Portier dazu überreden sollen, mir einen Nachschlüssel zu geben, damit ich gerüstet war, falls sie sich weigerte, mich hineinzulassen. Vielleicht hätte er ein paar läppische Einwände gehabt, aber ich war routiniert im Umgang mit solchen Widrigkeiten. Früher wenigstens. Schon allein der Umstand, daß ich nicht darüber nachgedacht hatte, wie ich mir Zutritt zum Zimmer verschaffen wollte, verriet, wie sehr ich aus der Übung war. Klar, man kann eine Tür auch eintreten, aber das ist nicht so einfach wie es manchmal aussieht, und in der Regel schmerzhaft für die Füße. Außerdem macht es einen Höllenlärm, was selten erstrebenswert ist. Leise fluchend drehte ich probehalber den Türknauf herum, obwohl ich mich schon damit abgefunden hatte, wieder nach unten trotten und einem gewissen Herrn auf die Nerven fallen zu müssen.

Die Tür war unverschlossen.

Ich verharrte einen Moment regungslos, in der Erwartung, daß gleich das Geschrei losginge. Aber nichts dergleichen. Also öffnete ich vorsichtig die Tür.

Drinnen bot sich mir der übliche Anblick, die künstliche Flora eines Hotelzimmers der Mittelklasse. Das Fußende eines Bettes. Eine lädierte Kommode, auf deren Rand ein altmodischer Teleputer stand. Dahinter ein runder Tisch mit einer Lampe und einem Stapel Prospekte, die wahrscheinlich für die örtlichen Sehenswürdigkeiten warben. Was auch immer man darunter verstand. Ich hörte nach wie vor kein Geräusch, nicht einmal das monotone Summen oder gelegentliche Seufzen, zu dem sich die meisten Leute, wenn sie allein sind, bemüßigt fühlen, um die Stille zu überdecken.

Ich betrat den Durchgang und schloß hinter mir leise die Zimmertür. In einem offenstehenden Wandschrank zu meiner Rechten hingen ein paar Kleider auf jenen Bügeln, die so konstruiert sind, daß sie nicht geklaut werden können, vermutlich weil man glaubt, Gäste, die siebzig Dollar pro Nacht für ein Zimmer bezahlen, würden nichts lieber tun, als Kleiderbügel im Wert von einem Dollar pro Stück zu klauen. Warum sollten sie? Im nächsten Hotel gibt es schließlich wieder welche. Außerdem kann man diese Bügel nicht benutzen, um seine Hemden beim

Duschen im Badezimmer aufzuhängen, wodurch meine einzige Bügelmethode vereitelt wird.

Ich betrat vorsichtig das Zimmer. Die Badezimmertür war geschlossen, und ich hörte ein leises Plätschern.

Ich ließ die Pistole in meiner Tasche los und schaute mich um. Auf dem unbenutzten Bett lag eine geöffnete Reisetasche, gefüllt mit lauter teuren Dessous. Auf einem der Nachttische stand eine Flasche Wodka, die bereits zu einem Drittel geleert war. Davon abgesehen hatte Laura Reynolds so wenige Spuren im Zimmer hinterlassen wie ein Geist, der vorsichtig herumschwebt und aufräumt, ehe er verschwindet. Ein Kombigerät aus Wecker und Teemaschine auf dem Nachttisch sah mich mit großen Augen an, aber ich legte einen Finger auf die Lippen, und es gab keinen Laut von sich.

Ich schlich zurück zur Tür und verschloß sie. Dann nahm ich, ohne auf größeren Widerstand zu stoßen, die Kleider von den Bügeln und verstaute sie halbwegs ordentlich zusammengelegt in der Reisetasche, ich zog den Reißverschluß zu, schenkte mir einen kleinen Wodka ein, setzte mich in den Sessel und wartete. Aller Wahrscheinlichkeit nach würde sich Laura Reynolds in ein Handtuch wickeln, ehe sie das Bad verließ – das tun die meisten Leute, selbst wenn sie allein sind. Wenn nicht, würde ich den Blick abwenden. Ich wollte sie auch nicht im Badezimmer stören. Ich gebe mir immer Mühe, höflich zu sein, und die Frist von einigen Minuten war nützlich, um sicherzugehen, daß die Cops unten an der Ecke verschwunden waren.

Ich vertrieb mir die Zeit, indem ich in der Hotel-Broschüre las, und wurde auf diese Weise ausführlich über den sehnlichen Wunsch des gesamten Hotelpersonals in Kenntnis gesetzt, all meine Bedürfnisse zu befriedigen. Wahrscheinlich war das an die Person adressiert, die tatsächlich für das Zimmer bezahlte, aber ich kritzelte dennoch auf den Zettel für Vorschläge meine Bitte um anständige Kleiderbügel. Ich erfuhr weiterhin, daß im Übernachtungspreis ein kontinentales Frühstück inbegriffen war, eine Information, die mich wie üblich auf die Palme brachte. Kontinentales Frühstück? Kontinentaler Scheiß träfe eher zu. Man schläft acht Stunden, überquert Jungsche Abgründe des Unbewußten, und was wird einem bei der Rückkehr in das gefürchtete Gefängnis unseres Alltags geboten?

Ein Croissant.

Ich meine – *wie bitte*? Keine Würstchen? Keine Eier, noch nicht einmal Bratkartoffeln? Was soll man morgens, gleich nach dem Aufstehen, mit einem Croissant anfangen? Und dennoch sitzen immer alle Gäste da, kauen darauf herum und tun so, als sei es eine richtige Mahlzeit, obwohl sie zu Hause so etwas nie anrühren würden. Überall auf der Welt haben sich Hotels dem kontinentalen Frühstück verschrieben, aber nicht etwa, weil es etwas taugt oder weil irgend jemand es haben will, sondern weil es billig ist und keine Mühe macht. Wenn in einem Hotelprospekt steht, daß im Übernachtungspreis ein kontinentales Frühstück inbegriffen ist, heißt das in Wirklichkeit: «Es gibt kein ordentliches Frühstück.» Oder: «Es gibt zwar ein ordentliches Frühstück, aber das kostet extra.»

Als ich merkte, daß ich kurz vor einem Schreikrampf stand, legte ich die Speisekarte zur Seite und wartete einfach untätig ab.

Nach dem Treffen in Strattens Büro verlief mein Leben, oberflächlich betrachtet, etwa so wie bisher. Ich konnte mich noch immer mehr oder weniger frei bewegen, allerdings gab ich mir jetzt größere Mühe, meine Spuren zu verwischen. Ich gewöhnte mir die One-night-Stands ab, ohne ihnen besonders nachzutrauern. Wenn man sich nur beim Streicheln eines unbekannten Busens lebendig fühlt, dann tut man beiden Beteiligten keinen Gefallen. Ich gab alle meine Kreditkarten zurück und besorgte mir unter falschem Namen neue. Ich arbeitete regelmäßig ein, zwei Nächte mit Träumen, nur um in Übung zu bleiben, und ein paarmal pro Woche bekam ich telefonisch die Anweisung, mich zu einer bestimmten Zeit mit meinem neuen Gerät an einem abgelegenen Ort einzufinden. Ich mußte täglich meinen genauen Aufenthaltsort durchgeben, denn Erinnerungen wiegen schwerer als Träume und können nur an spezielle Plätze übertragen werden, aber ich achtete darauf, daß ich bereits eine Stunde später wieder unterwegs war. Ich achtete ebenfalls darauf, daß ich im Augenblick der Übertragung allein war, denn wenn man Erinnerungen abgibt oder empfängt, öffnet sich der Geist sehr weit, und es wäre für jemand anderen ein leichtes, einem eine fixe Idee einzugeben.

Nur ein momentaner Blackout, dann befand sich ein Fragment eines fremden Lebens in meinem Kopf. Bisweilen dauerten diese Abschnitte mehrere Stunden, aber im allgemeinen waren sie wesentlich kürzer. Ich behielt sie einen Nachmittag lang oder ein paar Tage, im Höchstfall eine Woche, und dann wurden sie bei einer ähnlich ablaufenden Sitzung wieder entfernt.

Die meisten Erinnerungen waren unkompliziert. Mir wurde nie gesagt, warum ein Kunde sie bei mir ablud, aber es war meist nicht schwer zu erraten. Beispielsweise wollte ein Typ an einem Nachmittag pro Woche nicht wissen, daß er verheiratet war, damit er kein schlechtes Gewissen hatte, wenn er diese Zeit mit seiner Geliebten verbrachte. Ein Manager verbannte den Vortrag über moralisches Verhalten, den ihm seine Mutter vor Jahren gehalten hatte, aus seinem Gedächtnis, um einen Kollegen leichter aufs Kreuz legen zu können. Eine Frau vergaß, nur um ein wenig Frieden zu finden, die kränkenden Worte, die sie zu ihrer kleinen Schwester gesagt hatte, wenige Minuten ehe diese am Straßenrand von einem Auto erfaßt und getötet worden war.

Erfahrungen mit gleichgeschlechtlichem Sex während der Pubertät. Indiskretionen in Geldangelegenheiten. Erlebnisse in billigen Absteigen mit beinah minderjährigen Prostituierten. Die übliche Palette gängiger Sünden.

Andere waren ausgefallener. Fragmente wie das, in dem eine Katze auf einem Mauersims entlangläuft, hinunterspringt, heil auf dem Boden landet, um eine Ecke läuft und verschwindet. Das Gesicht eines lachenden Mädchens unter einem Baum, dessen Äste sich anmutig im Wind bewegen. Das Geräusch eines Flusses, der nachts plätschernd unter einem geöffneten Fenster vorbeifließt. Nie wurde mir der Zusammenhang mitgeteilt, ich bekam nur diese Fetzen und hatte keine Möglichkeit herauszufinden, wieso jemand fünf Riesen dafür bezahlte, von diesen Erinnerungen Urlaub zu machen.

Es war irgendwie abgefahren, ein paar Stunden pro Woche überzeugt davon zu sein, mit jemandem namens David verheiratet zu sein, aber ich bin ein ziemlich gut geerdeter Mensch, und wahrscheinlich hätte ich so etwas nicht vergessen, wenn es der Wahrheit entsprochen hätte. Manchmal enthielten die Übertragungen allgemeinere Aspekte der Persönlichkeit des Absenders. Es waren kleine Paralleluniversen, kurze Einblicke in das Leben oder Schicksal anderer Menschen. Die meisten Erinnerungen waren jedoch schon jahrelang an den Rand gedrängt worden und stifteten bei mir eigentlich keine Verwirrung. Ich begegnete ihnen mit einem hinreichenden Maß an Selbstbewußtsein, um die angeblichen Tatsachen, die sie schilderten, abzuschwächen, und nach der vereinbarten Zeit nahm der Kunde sie zurück, und sie waren aus meinem Kopf verschwunden. Ich wußte noch, woran ich mich kurzzeitig erinnert hatte, aber ich kam nie durcheinander. Ich konnte, sobald es vorbei war, genau zwischen eigenen und fremden Erfahrungen unterscheiden.

Ich habe keine Ahnung, ob es irgendwelche Nebenwirkungen gab. Vielleicht ein paar. Ich ermüdete schneller als früher und benahm mich seltener daneben, aber dafür hätte es auch andere Gründe geben können. Ich war zu lange herumgereist. Vielleicht würde bald der Moment da sein, an dem ich das Bedürfnis verspürte, wieder seßhaft zu werden. Dieser Schritt würde bedeuten, daß ich die Erinnerungs- und Traumarbeit aufgeben mußte, denn als unbewegliches Ziel wäre ich für die Leute vom FBI leichter aufzuspüren. Ich war überzeugt, daß die Dinge, die ich tat, harmlos waren, aber die Cops sahen das wahrscheinlich anders. Ich war mir weder sicher, ob ich es mir leisten konnte, auf diese Einkommensquelle zu verzichten, noch, ob Stratten mich gehenlassen würde. Außerdem gab es da noch das kleine Problem, mit wem ich zusammenleben wollte. Ich hatte gute Freunde in L. A., zum Beispiel Deck, kannte dort aber keine erwähnenswerte Vertreterin des anderen Geschlechts. So jemanden hatte es, um die Wahrheit zu sagen, schon seit drei Jahren nicht mehr gegeben. Die meisten Männer sind aus tiefstem Herzen davon überzeugt, daß sie jederzeit in der Lage sind, sich grundlegend zu ändern und auf diese Weise die Frau fürs Leben zu finden. Am besten so viele wie möglich, vor allem solche, die hübsche bisexuelle Freundinnen haben. Für mich war Herumreisen angesagt, aber ich suchte nur nach einer Frau. Der richtigen. Vermutlich glaubte ich, ich bräuchte bloß weiter durch die Gegend zu fahren, dann würde ich früher oder später in irgendeiner Kleinstadt in der tiefsten Provinz um eine Straßenecke biegen und sie vor mir sehen – die Frau, die auch schon immer nach mir gesucht hatte. Das war vermutlich meine Variante des Wegs zum Glück, der irgendwo losgehen muß. Ich hatte außerdem den Verdacht, daß ich mit dieser einen Frau bereits zusammengewesen war und der Weg dort sein Ziel erreicht hatte.

Also machte ich weiter, verwahrte einzelne Teile aus dem Leben anderer Leute und wünschte mir, daß mir hin und wieder jemand zur Abwechslung mal eine *schöne* Erinnerung ausleihen würde. Ich setzte mir gelegentlich einen Schuß, nur um das Dröhnen zu dämpfen, das der Schrott anderer Leute in meinem Kopf verursachte. Ich fand heraus, wie es sich anfühlt, jemand anders zu sein, und verspürte weniger Neigung denn je, eine

Waffe zu besitzen. Bisweilen hatte ich so schlimme Kopfschmerzen, daß ich ein paar Tage lang aussetzen mußte.

Aber größtenteils war es erträglich, und wenn mich Zweifel überkamen, brauchte ich mir bloß die Geldbeträge anzuschauen, die auf mein Konto flossen.

Bis vor drei Tagen war alles prima gelaufen.

Es hätte mir viel früher auffallen müssen. Schon die unverschlossene Zimmertür war ein deutlicher Hinweis, und außerdem wußte ich besser als jeder andere, wie es in ihrem Kopf aussah. Aber es gab keinen Anlaß für die Vermutung, daß sie eine Dummheit begehen würde – vielmehr hatte ich einen guten Grund, anderer Ansicht zu sein.

Nach etwa zehn Minuten stand ich auf und ging zur Badezimmertür. Frauen liegen zwar gern endlos lange in der Badewanne, aber nur selten um drei Uhr morgens. Sie gönnen sich dieses Vergnügen zumeist abends, wenn man gemeinsam mit ihnen ausgehen will und bereits zu spät dran ist. Ich hätte mich gerne rücksichtsvoll verhalten, denn ich weiß, wie wichtig Körperhygiene ist, aber mir lief die Zeit davon. Die Cops draußen waren bestimmt schon längst verschwunden, und ich wollte los. Ich mußte mit ein paar Leuten sprechen, ein paar Dinge regeln. Mein Kopf war einigermaßen klar, aber das mußte nicht unbedingt anhalten. Außerdem wollte ich mir die Nachrichten anschauen.

Dann wurde mir bewußt, was fehlte. Ich beugte den Kopf vor und lauschte. Es war kein Geräusch zu hören, kein Summen, noch nicht einmal ein leises Plätschern, verursacht durch eine beiläufige Handbewegung. Ich drehte den Knauf. Die Tür war abgeschlossen.

Ich trat die Tür ein.

Laura Reynolds lag, mit Slip und BH bekleidet, in einer Wanne voll lauwarmem Wasser. Ihre übrigen Sachen befanden sich ordentlich zusammengelegt auf dem heruntergeklappten Toilettendeckel. Ihr Kopf war zur Seite gekippt, die Augen waren geschlossen. Ihr markantes, hübsches Gesicht sah entspannt aus. Das Wasser war rot gefärbt, und die Fußbodenkacheln waren voller Blut. Ihre Haut war bleich, die Lippen blau angelaufen.

Ich handelte blitzschnell.

Ich riß den Stöpsel aus der Wanne und griff mir ein paar Handtücher vom Halter. Ihr rechter Arm schwebte kurz unterhalb der Wasseroberfläche. Als ich ihn hochhob, sah ich, daß der Schnitt nicht so tief war wie befürchtet und daß sie die wichtigen Sehnen verfehlt hatte. Ich umwickelte den Unterarm fest mit einem Handtuch, hängte ihn über den Badewannenrand und packte dann den linken Arm.

Der Schnitt dort war viel tiefer, wahrscheinlich hatte sie sich diesen zuerst zugefügt. Vielleicht aber auch nicht: Möglicherweise handelte es sich bei dem anderen Schnitt um den ersten, und sie hatte beschlossen, so schnell wie möglich durch den Tunnel zu laufen, der sich im Geiste vor ihr auftat. Immer noch strömte Blut aus ihren Pulsadern, und als ich das Handtuch um ihr Handgelenk gewickelt hatte, merkte ich, daß das nicht reichte. Das heiße Wasser und der Alkohol hatten ihr Blut verdünnt, und es schien große Lust zu haben, sich einmal die Welt draußen anzusehen. An der Badezimmertür hing ein Hotelbademantel, und ich zog den Gürtel aus den Schlaufen und band damit ihren Oberarm ab. Daraufhin zuckte sie zum ersten Mal kurz, und eines ihrer Augenlider zitterte wie der Flügel eines müden Insekts.

Ich stützte mich mit einem Fuß am gegenüberliegenden Badewannenrand ab, beugte mich über Laura und versuchte, sie hochzuziehen. Obwohl sie schlank war, ließ sie sich nicht leichter anheben als ein nasser Sack Zement, und ich kippte beinah vornüber. Nach einer Weile gelang es mir, sie an die Rückwand des Badezimmers zu lehnen, und ich hielt sie mit einer Hand fest, während ich ihr mit der anderen den Bademantel um die

Schultern schlang. Ich versuchte, ihre Arme durch die Ärmel zu stecken, aber das war zu mühsam, und die Handtücher wollte ich nicht abnehmen. Schließlich schulterte ich sie einfach und trug sie nach nebenan.

Sie stöhnte leise, als ich sie auf dem Bett ablud, blieb aber regungslos liegen. Ich zog den Reißverschluß der Reisetasche wieder auf, nahm ein paar Sachen heraus und stopfte sie in meine Jackentaschen. Dann warf ich mir Laura Reynolds wieder über die Schulter und trug sie hinaus auf den Flur. Ich schaute rasch nach rechts und links, sah aber niemanden, was ein Glück war, denn die Angelegenheit gestaltete sich ohnehin schon unerfreulich genug. Erst als sich die Fahrstuhltüren hinter mir geschlossen hatten, fiel mir ein, daß ich ihre Handtasche hätte mitnehmen sollen, aber jetzt würde sie eben ohne auskommen müssen.

Ich hatte das Foyer schon halb durchquert, als ich hinter mir jemanden rufen hörte. Ich drehte mich schwankend um – Bewußtlose sind sehr sperrig – und sah den Portier, der mich mit offenem Mund anstarrte und bereits die Hand nach dem Telefonhörer ausstreckte.

«Kleiner Scherz unter Freunden», sagte ich.

Der Portier beäugte die blutgetränkten Handtücher: «Wie bitte?»

«Sie schläft immer wie ein Murmeltier. Manchmal gehe ich zu ihr und bringe sie an einen ungewöhnlichen Ort, damit sie sich beim Aufwachen fragt, wo sie bloß gelandet ist.»

«Das glaube ich Ihnen nicht, Sir.»

«Könnte Sie das umstimmen?» fragte ich, zückte meine Pistole und zielte direkt auf seinen Kopf.

«Sehr lustig», sagte er und ließ die Hand sinken.

«Dann lachen Sie doch in Ruhe», schlug ich vor. «Sonst komme ich zurück und erkläre es Ihnen noch mal.»

Ich schlurfte in die Seitenstraße, in der ich mein Auto geparkt hatte, und legte Laura Reynolds auf die Rückbank. Dann stieg ich ein und fuhr los. Wenn ich die Frau nicht schnell zu einem Arzt brachte, würde sich meine Lage noch weiter verschlimmern.

Als ich mit Karacho auf den Santa Monica Boulevard einbog, hätte ich fast den Wagen zu Schrott gefahren, denn ich schaffte es nur mit Mühe, einer Gruppe Tiefkühltruhen auszuweichen, die gerade die Straße überquerten. Ich hätte stur auf sie draufhalten können, aber ich vermeide generell Zusammenstöße mit solcherlei Haushaltsgeräten. Sie sind verdammt schwer.

Als wir ein paar Kilometer unbehelligt in die richtige Richtung gefahren waren, rief ich Deck an. Er brauchte eine Weile, um zu kapieren, was los war, aber dann versprach er, das zu tun, worum ich ihn bat. Anschließend schaltete ich das Telefon aufs Net um und versuchte erneut, Quat zu erreichen. Es klingelte etliche Male, aber auch dieses Mal ging niemand dran. Stirnrunzelnd unterbrach ich die Verbindung und drückte auf Wahlwiederholung. Zugegeben, es war spät, aber Quat schlief so gut wie nie, und immer, wenn er wach war, war er im Net. Es ging immer noch niemand ran.

Ich aktivierte die Callback-Funktion mit einer automatischen Weiterleitung zu meiner Wohnung und konzentrierte mich auf den Verkehr, während wir den Wilshire Boulevard in Richtung Beverly Hills überquerten. Ich sollte vielleicht erwähnen, daß ich nicht gerne Auto fahre. Das war schon immer so. Mir ist klar, daß ich dadurch in der Achtung eines jeden aufrechten Amerikaners sinke, aber was soll's. Viele Leute beklagen sich immer noch, weil die Kids andauernd vor Computerspielen sitzen. Ich finde jedoch, diese Spiele sind die einzig richtige Methode, sie auf das spätere Leben vorzubereiten. Autofahren bedeutet oft endlose Stunden voller Langeweile, während deren ab und zu Verrückte wie zufällig neben einem auftauchen und versuchen, einen umzubringen – und regelmäßig durchquert man höllenähnliche Gebiete, in denen absolut alles und jeder einem feindselig gesonnen ist. Man nennt diese Gebiete «Städte», und es empfiehlt sich, sie zu meiden, außer man wohnt dort. Ich kann mich in jeder Kneipenschlägerei behaupten. Aber in der Rush-hour die Stadtautobahn benutzen – kommt nicht in Frage. Da nehme ich mir lieber ein Taxi. Oder gehe zu Fuß.

Ich schaute mich beim Fahren regelmäßig nach Laura Reynolds um, und nachdem ich in die Western Avenue eingebogen war, fuhr ich an den Straßenrand und sah sie mir genauer an. Sie atmete noch, aber ihre Brust hob und senkte sich nur schwach. Das Blut an der Wunde im rechten Arm gerann schon ganz ordentlich, aber die andere klaffte noch weit auseinander. Ich lokkerte die Aderpresse ein bißchen, zog sie aber wieder fest, ehe ich weiterfuhr. Ich hoffte inständig, Deck hätte Woodley erreicht, denn sonst wäre ich echt am Arsch. Die einzige Alternative war, sie in ein Krankenhaus zu bringen, aber in dem Fall wäre sie ein für allemal weg, denn ich konnte sie nicht rund um die Uhr bewachen, und sie hatte schon bewiesen, daß sie fest entschlossen war, sich auf die eine oder andere Weise aus dem Staub zu machen.

Als ich vom Los Feliz Boulevard abbog, sah ich, daß die Schlange vor der Einfahrt nach Griffith Park zum Glück nicht allzu lang war. Es gibt insgesamt nur zwanzig Eingänge zu diesem Stadtteil, und zu gewissen Tageszeiten ist es echt zum Kotzen. Wir näherten uns der Mauer, und ein paar bewaffnete Wachmänner schauten in unsere Richtung. Mit Dankbarkeit nahm ich zur Kenntnis, daß sie selbst zu dieser vorgerückten Stunde noch ihren Dienst zum Schutz der Bürger versahen.

Im Jahr 2007 kamen einige Leute zu dem Schluß, daß das Potential von Griffith Park nicht optimal ausgeschöpft war. In ihren Augen war das «Park»-Konzept ein Relikt aus dem zwanzigsten Jahrhundert. Es war ja schön und gut, eine riesige freie Fläche mit ein paar Golfplätzen und Gebieten, wo sich Pfadfinder austoben konnten, zu haben, aber es gab auch andere Möglichkeiten, das Gelände zu nutzen. Für exklusive Wohnanlagen beispielsweise. In den teuren Gegenden von L. A. war es damals schon zu eng geworden, und die Wohlhabenden verlangten nach neuem *Lebensraum* – besonders seit seismologische Untersuchungen ergeben hatten, daß Brentwood nach dem nächsten Erdbeben in Belgien liegen würde. Es kam zu einem offenen Streit mit den Fanatikern von der Bürgerinitiative Griffith Park und den ärmeren Leuten, die einen Platz zum Grillen haben wollten, aber das Problem dieser Menschen ist, daß sie nur über wenig Mittel verfügen. Im Gegensatz zu den Investoren. Also setzten sich letztere durch, jedenfalls mehr oder weniger. Man kam zu einer Einigung.

Ein Gebiet wurde abgesteckt, begrenzt vom Ventura Freeway im Norden, dem Golden State Freeway im Osten und vom Los Feliz Boulevard im Süden. Man baute eine hundert Meter hohe Mauer um dieses Gebiet herum, das im Westen bis zum Mount Sinai Memorial Park reichte, so daß ein abgeschlossenes Areal entstand. An die Außenseite dieser Mauer wurden LED-Tafeln mit hoher Auflösung angebracht, die alle an einen Zentralrechner angeschlossen wurden. Einige landschaftliche Besonderheiten im Inneren, wie der Mount Hollywood und auch ein kleiner Teil der ursprünglichen Grünflächen, blieben erhalten. Selbst die Investoren begriffen, daß das berühmte riesige «Hollywood»-Schild tabu war. All dies wurde, gemeinsam mit Aufnahmen vom Park aus der Zeit vor der Bebauung, rund um die Uhr auf der Videowand abgebildet – und so der Eindruck erweckt, als existiere die Mauer überhaupt nicht. Von jedem Punkt in L. A. konnte man im Nordosten die riesigen Buchstaben und die Berge und den Park sehen. Die Illusion war perfekt, es sei denn, man trat dicht an die Mauer heran und berührte sie – was die Wachmänner allerdings zu verhindern wußten. Es war, als hätte sich nichts verändert.

Im Inneren des Areals wurde diese Methode ebenfalls praktiziert und ständig aktualisierte Ansichten von Burbank, Glendale und Hollywood projiziert, die bis hinauf in den Himmel reichten. L.A. bekam einen völlig neuen Stadtteil, aber die Silhouette blieb die alte, und da von außen mehrere Zubringertunnel zu den drei im bisherigen Zustand belassenen Gebieten führten, gab es zumindest theoretisch immer noch einen öffentlichen Park. Die Umweltschützer waren ziemlich sauer wegen der ganzen Sache und behaupteten, das sei nicht der entscheidende Punkt, aber sie hatten kein Geld und wurden nicht einmal zu den Sitzungen des Planungsausschusses geladen.

Als wir uns dem Tor näherten – ein drei mal zwei Meter großes Loch in dem ansonsten makellosen Panorama –, legte ich einen Finger auf den Sensor im Armaturenbrett. Dadurch wurden mein Name, mein Genom und der Grad meiner Kreditwürdigkeit zur Matrix übertragen, die in der Karosserie des Autos installiert war, damit der Computer am Eingang die Daten prüfen konnte. Die Matrix war mit Hilfe eines hochmodernen, von einer staatlichen Behörde entwickelten DES-Algorithmus dreifach verschlüsselt, und man brauchte vielleicht zwanzig Minuten, um ihn zu knakken. Ich kann mir nämlich beim besten Willen nicht vorstellen, daß die vielen Leute, die man in Griffith Park herumfahren sieht, es sich allesamt leisten können, dort zu wohnen. Vor allem nicht die Leute, die in meiner Nachbarschaft herumlungern.

Ich erreichte die Kontrollstelle und durfte passieren. Die Außentore schlossen sich hinter mir, und ich fuhr durch den Tunnel in der Mauer. Der Wagen machte ein summendes Geräusch, während er zum Innentor geleitet wurde. Schließlich öffneten sich die Tore mit einer anmutigen Bewegung, und ich tauchte wieder in die Welt ein.

Ich schloß den Wagen an das Selbststeuerungs-System von Griffith Park an und gab ihm Anweisung, mich so schnell wie möglich nach Hause zu schaffen.

Drinnen sieht Griffith Park aus, als sei es von jemandem entworfen worden, der in Disneyland zu viele Trips eingeworfen hat. Die Berge bieten Hanglage für kostspielige, schicke Halbgeschoßhäuser, aber der Rest ist ein Eldorado für Vergnügungssüchtige. Die Gebiete im Tal sind in unzählige gleich große Parzellen mit Läden und Restaurants aufgeteilt, und von keinem Punkt braucht man länger als fünf Minuten mit dem Auto zur nächsten Starbucks-, Borders- oder Baby-Gap-Filiale, den Bausteinen von Generica. Große Teile sind in Fußgängerzonen umgewandelt, und die Schaufenster sind Ausdruck des reinsten Konsumterrors. Restaurants in der Form von Speisen und Läden, die ihren Produkten gleichen: Die Schuhgeschäfte sehen aus wie Schuhe, die Videotheken sind flach und rechteckig, und Herbies Croutons – wo ein gewisser Herbie kleine geröstete Brotwüfel in über zweihundert verschiedenen Geschmacksrichtungen anbietet – sieht aus wie ein überdimensionaler Crouton. Man braucht nicht lesen zu können, um dort einzukaufen: die ideale postverbale Welt. Es gibt eine nagelneue U-Bahn, vom Hersteller mit Designer-Graffiti geliefert, eine Ansammlung großer Hotels im Zentrum, und in den Canyons verbargen sich kleine Enklaven mit Fachgeschäften. Nichts ist mehr als zehn Jahre alt, und sogar der Smog ist künstlich und garantiert schadstofffrei.

Alles hier ist kitschig, banal und hohl. Hier bin ich zu Hause.

Als der Wagen in die Straße einbog, in der ich wohne, schaltete ich das Selbststeuerungs-System ab. Mein Haus war früher einmal eins der schicksten Hotels in der Gegend gewesen, aber eines Tages verkündete jemand, daß es angesagter sei, sich bei der Konkurrenz zweihundert Meter weiter einzuquartieren. Alle Gäste zogen buchstäblich über Nacht aus dem Falkland aus, und einige trugen sogar ihr Gepäck selbst. Innerhalb einer Woche war das Gebäude geräumt. Zu dem Zeitpunkt, als ich beschloß, mir eine feste Bleibe zu suchen, hatte der Besitzer mit Erfolg das Prädikat «pittoresk» beantragt – und anschließend das Gebäude in Wohnungen aufgeteilt. Eine schnelle Eingreiftruppe aus Innenarchitekten wurde engagiert, um Bruchbuden-Flair zu erzeugen. Sie haben das ziemlich gut hingekriegt, aber wenn man ein bißchen an den Wänden in den Wohnungen kratzt, merkt man, daß der Schmierfilm nur aus Farbe besteht, Ambiente aus der Dose sozusagen.

Ich bat einen der Stammgäste des Hauses, meinen Wagen gegen Bezahlung zum bewachten Parkplatz zu bringen, und sagte dem Wagen wie üblich im Geiste Lebewohl. Inzwischen hätte ich mir ein Faltauto leisten können, wenn ich eins gewünscht hätte, aber mir war diese Erfindung suspekt. Ich habe schon oft gehört, daß Leute sich so ein Auto in die Tasche gesteckt haben, zum Mittagessen in ein Restaurant gegangen sind und dann erleben mußten, wie es sich bei Tisch von selbst auseinanderfaltete. Und wer will schon ein zwei Tonnen schweres Fahrzeug auf dem Schoß haben, wenn er gerade seine Tagliatelle verspeist.

Laura Reynolds war immer noch bewußtlos, aber auch immer noch am Leben, und ich warf sie über die Schulter und lief ins Haus. Das gesamte Erdgeschoß hat sich zu einer Art Monstrositäten-Basar entwickelt, auf dem sich Amüsierwillige und Damen des horizontalen Gewerbes drängen – akustisch untermalt vom ununterbrochenen Lärm der unzähligen Marktstände. Auf den ersten Blick wirkt die Atmosphäre ziemlich cool, nach dem Motto «der schlimmste Alptraum für alle über vierzig», aber ich kann nur jeden warnen. Die Drogen sind im allgemeinen bis zur Wirkungslosigkeit verschnitten, und mit den Damen sollte man sich besser nicht einlassen. Die meisten sind Straßberg-Nutten. Die Krankenschwestern haben echte Katheter dabei, die Politessen stellen Strafzettel aus, die man tatsächlich bezahlen muß, und die Schulmädchen sind Fans von grauenvollen Bands und haben sich immer gerade mit ihrer Mutter gestritten. Der einzige Lichtblick sind die homöopathischen Kneipen, in denen man bereits von einem einzigen Schluck Bier besoffen wird: Hinterm Haus stehen rund um die Uhr Krankenwagen mit laufendem Motor, die ein Klinikbetreiber dort postiert hat.

Deck wartete direkt hinter dem Eingang und wirkte angespannt. Die Anti-Raucher-Gesetze sind in Griffith Park besonders streng, und das macht ihn stinksauer. Außerdem war er allein.

«Wo bleibt der Idiot denn?» fragte ich und marschierte schnurstracks zu den Fahrstühlen auf der anderen Seite der Halle.

«Ist schon unterwegs.» Deck streckte den Arm aus, um die Türen offenzuhalten, während ich mich hindurchquetschte. Zum Glück war mir inzwischen meine Wohnungsnummer wieder eingefallen. «Als ich anrief, war er noch im Halbschlaf.» Zwei Typen wollten zuerst mit in den Fahrstuhl, aber Decks Anblick ließ sie lieber draußen warten. Er ist einen halben Kopf kleiner als ich und eher von der drahtigen Sorte, aber es wäre ein großer Fehler, daraus voreilige Schlüsse zu ziehen. Sein Gesicht sieht ein bißchen schief aus, aber die Selbstverständlichkeit, mit der er seine Narben zur Schau stellt, ist Ausdruck eines unerschütterlichen Vertrauens in sich selbst. Er ist ständig in Übung, was körperliche Auseinandersetzungen angeht, weil er neben legalen, langweiligen Teilzeitjobs gelegentlich die Drecksarbeit für einige örtliche Geschäftsleute erledigt. Wir haben uns schon vor Ewigkeiten geschworen, daß wir nie zusammenarbeiten werden, dennoch wußte ich, daß ich mich hundertprozentig auf ihn verlassen konnte, falls ich eines Tages jemanden brauchte, der mir Rückendeckung gab.

Als wir vor meiner Tür standen, nahm er mir Laura ab und hielt sie fest, während ich aufschloß.

«Erklärst du mir bei Gelegenheit, was los ist?» fragte er gelassen.

«Ja, bei Gelegenheit.» Ich stieß die Tür auf, lauschte einen Moment und half Deck dann, sie hereinzuschleppen.

VIER

Wir legten sie aufs Sofa, und ich wollte gerade Kaffee kochen, als es an der Tür summte. Reflexartig zog ich meine Pistole, aber Deck hob beschwichtigend die Hände.

«Cool bleiben», sagte er, linste durch den Spion und kickte dabei den kleinen Stapel Zeitungen beiseite, der sich in meiner Abwesenheit angesammelt hatte. «Ist nur der Onkel Doktor.»

Woodley schlurfte herein. «Ihnen ist hoffentlich klar, daß ich hierfür doppeltes Honorar bekomme», keuchte er und stellte seine beiden Taschen ab. «Es ist fast vier Uhr früh.»

«Halten Sie einfach den Mund und legen Sie los», sagte ich. «Sie kriegen das Vierfache, sofern Ihnen klar ist, welche unabsehbaren Folgen es haben kann, Sie über das hier mit jemandem reden. Und zwar für Sie, nicht für die Frau.»

Woodley schnaubte und versuchte, sich seinen zufriedenen, gierigen Blick nicht anmerken zu lassen. Es gibt, soweit ich weiß, nichts auf der Welt, woran ihm mehr liegt als an Geld. Er sah kurz hinüber zu Laura Reynolds. Als er die blutgetränkten Handtücher sah, erbleichte er und wedelte mit der Hand in Decks Richtung. «Würden Sie die bitte entfernen, junger Freund?»

Während der Fahrt nach Hause war ich eingermaßen ruhig gewesen, aber Woodleys Zaudern machte mir wieder bewußt, wie schlecht es Laura Reynolds ging. Bislang habe ich den alten

Trottel nur dann in meinen vier Wänden empfangen, wenn es wirklich hart auf hart ging. Ich griff mir eine seiner Taschen und schob ihn ins Schlafzimmer. Inzwischen machte Deck die andere Tasche auf und ließ die Chirobs heraus – kleine krebsähnliche Chirurgie-Roboter, so groß wie Taranteln. Angezogen von dem Geruch nach Blut, kletterten sie sofort auf das Sofa und begannen herumzuschnüffeln.

Deck und ich hatten die Dienste von Woodley fünf Jahre lang hin und wieder in Anspruch genommen, damals in der schlechten alten Zeit. Er behauptete, früher einmal Telechirurg bei Geheimmissionen der Armee gewesen zu sein und aus der Ferne via Satellit Operationen vorgenommen zu haben. Es ist mir nie gelungen herauszufinden, ob das stimmt oder nicht, aber es war eine bewiesene Tatsache, daß er kein Blut sehen konnte. Wir haben ihm nämlich einmal probehalber welches gezeigt. Der Anblick störte ihn nicht, solange er von den Kameras in den Chirobs übertragen wurde – aber er ertrug es einfach nicht, mit dem Zeug direkt konfrontiert zu werden. Nachdem Woodley von einem Militärgericht verurteilt worden war (zu Unrecht, behauptete er stets, ohne je die angeblich falschen Anschuldigungen näher zu erläutern), wurde ihm seine Approbation entzogen, und seitdem verdiente er sich seinen Lebensunterhalt mit Gelegenheitsaufträgen von Leuten wie mir. Von Leuten, die ab und zu ein gesundheitliches Problem hatten, aber nicht ins Krankenhaus gehen konnten. Er mochte ein Idiot sein, und ich hatte die starke Vermutung, daß er seine gesamte Habe mit sich herumtrug und am Strand schlief, aber der alte Knabe konnte verdammt gut nähen. Meine tadellos verheilten Narben an Schulter, Brust und Bein – alles Folgen von Schußwunden – bezeugten das.

Ich stellte mich an einen Platz, von dem aus ich sowohl Laura als auch Woodley im Blick hatte, und sah zu, wie er sich an die Arbeit machte. Die Hände des alten Mannes zitterten wie wild, aber das war kein Grund zur Sorge: Die Regler hatten eine eingebaute Anti-Vibrations-Automatik. Er setzte die Brille auf, streifte die Handschuhe über, und Sekunden später flitzten die Chirobs auf den Armen der Frau hin und her. Nach einer Weile hüpfte einer vom Sofa und holte einen Beutel mit Tiefkühlplasma aus der Tasche. Vor lauter Konzentration runzelte Woodley die Stirn und gab schnalzende Geräusche von sich.

Deck kam zu mir und hielt mir eine Zigarette hin. Ich steckte einen Prismen-Filter auf das Ende und zündete sie dankbar an. Solche Filter sind eine wahre Pest, weil sie das halbe Aroma schlucken, aber in geschlossenen Räumen braucht man sie, sonst verpetzen einen die Sensoren in der Wand. Die Zigaretten lösen sich nach dem Rauchen vollständig auf, was ganz praktisch ist, denn der Besitz ist strafbar. Rauchen erfordert in L.A. heutzutage mehr Planungsgeschick als ein kleinerer Krieg.

«Also?» fragte Deck.

«Später», sagte ich.

Deck lächelte und nahm Platz, um die Chirobs zu beobachten. Er hat viel Geduld – wesentlich mehr als ich. Man könnte Deck mitten in der Wüste Gobi aussetzen, und er würde sich bloß umschauen und sagen: «Gibt's hier irgendwo Bier?»

«Nein», würde man logischerweise antworten.

«Wasser?» Man würde den Kopf schütteln, und er würde eine Weile nachdenken.

«Kann man sich hier irgendwo hinsetzen?» Und dann würde er zum nächsten einigermaßen bequem aussehenden Stein gehen und dort so lange sitzen bleiben, bis entweder ein Bier, ein Glas Wasser oder ein Paralleluniversum auftauchte.

Nach einer Weile wurde ich nervös und hörte den Anrufbeantworter ab. Er funktioniert eigentlich ganz ordentlich, nur selten teilt er mir mit, daß 67#0*3˜ wegen ;,,,t[({+@3 angerufen hat, und daher war ich überrascht, daß er keine Nachrichten für mich hatte. Ich war zwei Tage lang weggewesen. Ich habe keinen besonders großen Bekanntenkreis, dennoch rufen mich des öfteren und regelmäßig Menschen an, um mich mit Nichtigkeiten zu belästigen. Ich haute einmal probehalber gegen den Apparat.

«Zieh Leine», sagte er. Er ist sauer, seit ich meine Kaffeemaschine weggeschmissen habe. Ich glaube, die beiden hatten ein Verhältnis.

«Hat wirklich niemand angerufen?»

«Seit Mitternacht keiner mehr. Die meisten Leute gehen irgendwann schlafen.»

Ich starrte ihn an. «Wovon redest du?»

«Welches der Worte hast du nicht begriffen?»

«Wann hast du zuletzt Nachrichten abgespielt?» fragte ich, betont langsam.

«Gestern, 23 Uhr 58.»

«Heute nacht?»

«Ich erinnere mich ganz deutlich. Du hast zum allerersten Mal sanft auf die Taste gedrückt.»

«Probleme?» fragte Deck.

Ich ersparte es mir, den Apparat zu fragen, ob er sich in bezug auf den Zeitpunkt sicher war. Die Kreuzung zwischen zwei Geräten aus meiner Wohnung, die den größten Nutzen bringen würde, wäre die zwischen dem Anrufbeantworter und meinem Wecker.

«Heute nacht war jemand in meiner Wohnung», sagte ich.

«War?»

Die Wohnung ist nicht groß. Wir sahen überall nach, wo wir noch nicht gewesen waren. Deck ging mit wachsamen Schritten ins Gästezimmer, durchsuchte den Wandschrank, schaute unterm Bett nach – und kam achselzuckend zurück. Ich überprüfte das Schlafzimmer.

«Fast fertig», sagte Woodley, als ich hinter ihm vorbeiging, da er offenbar glaubte, ich wolle ihn zur Eile drängen. «Nur zu Ihrer Information: die Frau ist Teilzeit-Junkie. Heroin – allerdings nicht in letzter Zeit – und ein bißchen Fresh.»

Das überraschte mich nicht. «Was soll ich jetzt tun? Genesungstechnisch, meine ich.» Im Schrank war niemand. Anscheinend war nichts gestohlen worden. Jemand, der aus meinem Schlafzimmer etwas stiehlt, muß schon recht spezielle Bedürfnisse haben. Der Erinnerungs-Empfänger stand immer noch im Schrank, und das allein zählte.

Der alte Mann zuckte die Achseln. «Keine Ahnung. Mit so was kenne ich mich nicht aus. Den Jungs, die ich früher operiert habe, drückte man eine Knarre in die Hand und befahl ihnen weiterzukämpfen.»

«Immerhin sind Sie Arzt, Woodley. Sie müssen mir doch irgendeinen Tip geben können.»

Er zuckte erneut die Achseln. «Hühnersuppe. Ein paar Tage lang keinen Alkohol. Oder regelmäßig einen doppelten Scotch. Je nachdem, was besser anschlägt. Verbieten Sie ihr Bungee-Springen.»

«Woodley ...» Ich verstummte abrupt und starrte auf das Kopfteil meines Bettes. Die Laken und die Decke waren penibel aufgeschlagen, wie von einem Zimmermädchen. Der Anblick war so unerwartet, so grotesk, daß es mir zuerst gar nicht aufgefallen war. «Haben Sie das getan?»

«Ich behaupte zwar immer, einen Rundumservice anzubieten, aber Bettenmachen gehört garantiert nicht dazu.»

Ich bezahlte ihn und wartete ungeduldig, bis er endlich seinen Kram eingepackt hatte. Ich schaute mich kurz im Wohnzimmer um, ohne Ergebnis. Es fehlte nichts, und glauben Sie mir – meine Wohnung ist derart spartanisch eingerichtet, daß es mir nicht entgangen wäre, wenn etwas gefehlt hätte.

Als Woodley verschwunden war, faßte ich Deck am Arm und zerrte ihn ins Schlafzimmer. «Das Bett», sagte ich.

«Wir sind ja schon ziemlich lange befreundet», sagte er behutsam, «aber so weit reichen meine Gefühle für dich dann doch nicht.»

«Jemand hat die Decke aufgeschlagen.»

Deck zog eine Augenbraue hoch. «Bist du dir sicher?»

«Natürlich bin ich mir sicher. Meinst du im Ernst, *ich* würde so etwas tun?»

«Höchstens, um Geld darunter zu verstecken.»

«Genau.»

«Also hat jemand deinen Anrufbeantworter abgehört und dein Bett gemacht. Hast du vielleicht eine imaginäre Freundin?»

«Nicht mal eine richtige.»

«Hat außer dir noch jemand einen Schlüssel? Beispielsweise der Hausmeister?»

«Der Hausmeister sitzt wegen Einbruch im Knast.»

«Fehlt denn etwas?»

«Nicht, daß ich wüßte.»

«Gut, fassen wir also zusammen: Jemand ist in deine Wohnung eingebrochen und hat ein bißchen aufgeräumt. Du bist hibbeliger als ein Schwein auf dem Weg zum Schlachthof und wedelst wie ein Fahnenschwenker mit deiner Pistole herum. Auf dem Sofa liegt eine Frau, deren Handgelenke wie eine Straßenkarte aussehen, und du hast Woodley vierfaches Honorar gezahlt, damit er den Mund hält. Jetzt wäre vielleicht eine gute Gelegenheit, mir zu erzählen, was los ist.»

Ich nahm meinen Bademantel vom Haken hinter der Tür und zog ihn Laura Reynolds an. Den blutigen Hotel-Bademantel stopfte ich in meinen Mülleimer, wo er wahrscheinlich für die nächsten zwei Jahre bleiben würde, sofern sich an meiner Haushaltsführung nichts änderte. Laura war immer noch bewußtlos, aber das lag vermutlich an der Narkose. Ihre Wangen hatten etwas mehr Farbe bekommen, und dank der sauberen Nähte und der Hautklebe sahen ihre Arme schon etwas besser aus. Jetzt, da das Blut abgewischt war, wurde deutlich, daß die Wunden nicht lebensbedrohlich waren, aber auch nicht die ersten. Weiße, verblaßte Linien direkt daneben verrieten, daß Lauras Eintauchen in den Tunnel heute nacht keine Premiere gewesen war. Das machte die Angelegenheit aber nicht minder bedeutsam, dachte ich, und sie war auch nicht besonders klug.

Ich trug sie so behutsam, wie ich nur konnte, ins Gästezimmer, legte sie aufs Bett, breitete ein paar meiner alten Jacken über ihr aus und drehte die Heizung etwas höher.

Dann ging ich zurück ins Wohnzimmer und ließ mir vom Anrufbeantworter die Nachrichten vorspielen, die bereits von jemandem abgehört worden waren. Es waren bloß drei Stück, und sie stammten alle von Stratten. Die erste war höflich, die zweite geschäftsmäßig, und die dritte lautete bloß: «Rufen Sie in der Firma an. Sofort.»

Mir lief die Zeit davon. Ich holte uns Kaffee und erzählte Deck, was Sache war.

In den fünf Monaten, in denen ich Erinnerungsarbeit gemacht hatte, war Miß Reynolds Stammkundin bei mir gewesen. Sie lud sechsmal dieselbe Erinnerung bei mir ab, allerdings kannte ich ihren Namen damals noch nicht.

Die Erinnerung ging so: Sie befand sich an einem Fluß in einem Waldstück hinter dem Haus, in dem sie wohnte. Ich weiß nicht, wie alt sie war, aber wahrscheinlich zwischen zwölf und fünfzehn. Es war heiß, später Nachmittag, und sie war aus einem wichtigen Grund in den Wald gegangen. Die Haupteindrücke, die mir vermittelt wurden, waren gespannte Erwartung und Verletzlichkeit, und durch die Erinnerung bekam ich immer das Gefühl, sehr jung zu sein. Sie stand abwartend da, plötzlich legte sich ein Schatten über sie, sie schaute hoch und erkannte ihre Mutter. Die Mutter war sehr groß, mager und hatte dichtes rotbraunes Haar. Laura hob den Blick langsam, bis sie das Gesicht ihrer Mutter sah. Der Gesichtsausdruck der Mutter war jener Teil der Erinnerung, von dem sie für eine Weile verschont sein wollte. Ein wütender Blick – mit einem Hauch Schadenfreude.

An dieser Stelle brach die Erinnerung jedesmal abrupt ab, und ich weiß nicht, was der Blick bedeutete oder was anschließend passierte. Ich war immer irgendwie froh darüber. Es war eine der Erinnerungen, bei denen ich nachvollziehen konnte, warum jemand das Bedürfnis verspürte, sie ab und zu los zu sein.

Letzte Woche fand ich dann, nachdem ich den Nachmittag faulenzend am Pool meines Hotels in Santa Barbara verbracht hatte, bei der Rückkehr in mein Zimmer eine E-Mail von einem mir unbekannten Absender vor. Ehe ich die Nachricht las, überprüfte ich den Quell-Code. Manche Leute stellen ihr Mail-Programm nämlich so ein, daß sie eine elektronische Empfangsbestätigung bekommen, wenn die E-Mail geöffnet wird. Die Domain-Adresse ließ bei mir nicht die Alarmglocken schrillen, dennoch zog ich eine Hartkopie, ohne die Mail durchs Programm zu öffnen.

Die E-Mail stammte von besagter Frau. Wir hatten noch nie Kontakt miteinander gehabt – alle Transaktionen wurden von R.E.M.-Jobs mit Hilfe eines Doppelblindverfahrens diskret abgewickelt –, aber sie erwähnte die Erinnerung, und ich wußte gleich, um wen es ging. In der Nachricht bat sie mich, ihr etwas abzunehmen, und sie schrieb, es würde sich für mich lohnen.

Ich starrte ein paar Sekunden lang auf das Blatt Papier und verbrannte es dann in einem Aschenbecher. Den Rest des Tages verbrachte ich am Pool und den Abend in einer Kneipe dicht am Strand in der State Street, wo ich Billard spielte und mit ein paar Einheimischen quatschte.

Als ich zurückkam, hatte ich eine weitere Nachricht vom selben Absender bekommen. Es war eine Telefonnummer angegeben. Außerdem wurde ein Betrag von zwanzigtausend Dollar genannt.

Eine Zeitlang schaute ich mir einen Film auf dem hoteleigenen Kanal an. Aber es ist immer dasselbe. Man hat sich unbewußt längst entschieden, und es steht bereits fest, wie man sich verhalten wird, selbst wenn man es noch so lange hinauszögert.

Gegen Mitternacht verließ ich das Hotelzimmer, und kurz darauf war ich erneut in der Kneipe. Im rückwärtigen Teil befand sich, vor fremden Blicken geschützt, eine Telefonkabine, und ich wählte die Nummer aus der E-Mail.

Eine nervös klingende Frau meldete sich. Sie ließ sich ihre Erinnerung von mir in allen Einzelheiten schildern. Dann erzählte sie, was sie wollte. Es handelte sich um eine andere Erinnerung, eine, die für sie normalerweise nicht problematisch war. Vor zehn Jahren hatte sie mit einem Mann, den sie damals noch nicht lange kannte, in einem Ort in Baja California, wo sie in den Jahren zuvor schon mehrmals gewesen war, Urlaub gemacht. Ensenada. Sie blieben eine Weile dort, lagen in der Sonne, aßen Fisch, amüsierten sich. Dann kehrten sie zurück.

«Das ist alles?» fragte ich.

Sie hatte kürzlich wieder einen Mann kennengelernt. Sie mochte ihn sehr. Sie dachte sogar daran, mit ihm vor den Traualtar zu treten. Vorher aber wollten beide, um sicherzugehen, eine gemeinsame Reise unternehmen. Er wollte an denselben Ort fahren, den sie vor all den Jahren schon mit dem anderen Mann besucht hatte. Sie versuchte, ihn zu überreden, woanders hinzufahren, aber der Name Ensenada war bei den beiden zu einer Art Beziehungs-Insider-Witz geworden, und es hätte einen merkwürdigen Eindruck gemacht, wenn sie auf ihrem Einwand bestanden hätte.

Ich begriff das Problem immer noch nicht und sagte ihr das ganz offen. Solange man sich von bestimmten Taco-Ständen fernhält, ist ein Urlaub in Ensenada eine prima Sache.

Sie aber wollte ohne die Erinnerung daran, wie es mit dem anderen Mann gewesen war, dorthin zurückkehren. Sie hoffte, daß sie dadurch diesmal in der Lage sein würde, alles mit anderen Augen zu sehen. Sie liebte diesen neuen Typen wirklich, und sie wollte die Reise nicht verderben.

Ich weiß, das klingt komisch, aber ich kann aus Erfahrung sagen: andere Leute ticken so. Ihr Leben ist gleichzeitig abstruser und banaler, als man es sich vorstellen kann. Die meisten Kunden hatten schlechtere Gründe, etwas eine Zeitlang vergessen zu wollen. In gewisser Hinsicht respektierte ich ihre Motive, und ich wünschte mir, eine Frau zu kennen, der es mit mir ebenso ernst war.

Ich begriff immer noch nicht, was die Heimlichtuerei sollte. Sie brauchte bloß nach mir zu verlangen, wenn sie einen Termin für die Verwahrung buchte.

Also ließ sie die Katze aus dem Sack. Sie wollte zehn Tage lang wegbleiben.

Stratten würde eine Buchung über einen längeren Zeitraum als eine Woche auf keinen Fall annehmen, das wußte ich genau. Da er fast ein Monopol auf dem Erinnerungsmarkt besaß, schmierte er garantiert ein paar hochrangige Cops, und sollten die spitzkriegen, daß er die Zeitbeschränkungen überschritt, wären alle Vereinbarungen mit ihnen hinfällig. Außerdem war die Erinnerung, die die Frau loswerden wollte, kein Fragment. Es ging um das komplette Erlebnis, drei volle Tage.

Noch nie hatte sich jemand an einen auch nur annähernd so langen Zeitraum herangewagt.

Im ersten Moment wollte ich ablehnen, aber statt dessen hörte ich mich sagen, daß mir die angebotene Summe nicht reichte. Ich müßte mir bei R.E.M.-Jobs anderthalb Wochen freinehmen. In dieser Zeit könnte ich genausoviel Geld verdienen, wie sie mir angeboten hatte, ohne dabei zu riskieren, es mir mit Stratten zu verderben.

«Fünfzigtausend», sagte sie.

Ich habe meine eigene Methode, wie ich auf Versuchungen reagiere. Ich gebe ihnen einfach nach, und das war's.

Am frühen Nachmittag des nächsten Tages saß ich in meinem Zimmer und wartete auf die Übertragung. Ein Drittel des Honorars war bereits bei mir eingetroffen und unterwegs zu drei verschiedenen Konten. Der Rest sollte später gezahlt werden. Die Frau hatte einen Hacker mit einem selbstgebastelten Transmitter aufgetrieben, und dieser Typ hatte es geschafft, sich den Code meines Empfängers zu besorgen. Das erschreckte mich etwas. Ich nahm mir fest vor, Stratten gegenüber bei Gelegenheit vorsichtig anzudeuten, daß sein System nicht so bombensicher war, wie er dachte. Wenn er nicht aufpaßte, würden ihm kriminelle Anbieter das Geschäft streitig machen. Und was noch schlimmer war, Erinnerungsjobber würden plötzlich mit allem möglichen Scheiß vollgestopft, mit dem sie nicht gerechnet hatten und für den sie nicht bezahlt wurden.

Ich telefonierte mit der Frau und machte den Termin ab, an dem sie die Erinnerung zurücknehmen würde. Es war eine andere Nummer als die, unter der ich sie beim ersten Mal angerufen hatte: Vermutlich war sie gerade bei dem Hacker.

Dann schloß ich die Augen und bereitete mich auf den Empfang der Erinnerung vor.

Die Übertragung erfolgte nach wenigen Sekunden. Eine Kombination aus pulsierendem Lärm und Gestank, die sich in meinem Gehirn ausbreitete wie der heftigste Migräneanfall, den man sich vorstellen kann, nur hundertmal schlimmer. Ich grunzte laut, da ich nicht einmal mehr schreien konnte, kippte vornüber aus dem Sessel und landete, Arme und Beine von Krämpfen geschüttelt, auf dem Teppich. Mir kam es so vor, als würde ich taub und halb blind werden, aber das war mein geringstes Problem. Ich dachte, ich würde sterben.

Nach ein paar Minuten ließ das Zittern etwas nach – so weit, daß ich nun in der Lage war, zum Nachttisch zu kriechen und mir eine Zigarette zu holen. Ich hievte mich aufs Bett, lag eine Zeitlang da und wartete, daß die Schmerzen weggingen.

Eine halbe Stunde später setzte ich mich auf und trank ein paar Schlucke, was half. Ich konnte wieder einigermaßen klar sehen und die Geräusche der Leute hören, die am Pool unter meinem Fenster herumalberten. Ich fühlte mich nach wie vor beschissen, aber immerhin lebte ich noch.

Das menschliche Gehirn ist dazu geschaffen, die Wirklichkeit häppchenweise aufzunehmen – nicht in Form von akustischen, optischen, taktilen und emotionalen Eindrücken, die zu einer einzigen Kanonenkugel aus Erinnerungen verdichtet sind. Unser Verstand wird durch die Zeit strukturiert, und er bekommt die Dinge am liebsten hübsch nacheinander geliefert. Ich hatte nicht bedacht, daß es ein Unterschied ist, ob man ein einzelnes kleines Fragment eines fremden Lebens übermittelt bekommt oder auf einen Schlag die Erfahrungen von drei ganzen Tagen empfängt. Das war, als hätte jemand die Welt völlig neu konfiguriert, die Trennung von Ort und Zeit aufgehoben, und alles war eins. Ohne mein jahrelanges hartes Training hätte ich wahrscheinlich sabbernd in einer Ecke gekauert und ins Leere gestiert.

Aber auch so summte und pochte es in meinem Schädel, während mein Verstand versuchte, sich durch die Lieferung zu wühlen und sie chronologisch und thematisch zu sortieren. Ich konnte zahllose Datenstränge fühlen, die sich wie Schlangen umeinander wanden, ohne daß ich eine Ordnung darin fand. Ein Sonnenbrand auf meiner Schulter; Salz von einer Margarita auf meinen Lippen; ein Sonnenstrahl auf einem Autofenster. Tausend Sätze auf einmal, von denen manche aus meinem Kopf herausströmten, manche in ihn eindrangen. Mein Verstand brach unter dem Gewicht fast zusammen und hatte Aussetzer wie ein Herz kurz vor dem Stillstand.

Ich griff schwankend nach dem Telefon. Mir stand der Sinn nach einer größeren Bestellung beim Zimmerservice, aber zuerst mußte ich die Frau anrufen und ihr sagen, daß die Übertragung geklappt hatte. Ich bin in diesen Dingen sehr gewissenhaft. Ich wählte die Nummer, und während es klingelte, hielt ich mir schwer atmend ein Glas mit Gin und Eiswürfeln an die Stirn.

Niemand hob ab. Ich versuchte es noch einmal und legte erst nach dem dreißigsten Klingeln wieder auf. Ich wußte, daß sie erst am nächsten Tag wegfahren wollte, also war das jetzt nicht weiter tragisch. Inzwischen war seit dem Abladen der Erinnerung eine Dreiviertelstunde verstrichen. Wahrscheinlich war sie unterwegs, um letzte Reisevorbereitungen zu treffen – oder sie war nach Hause gefahren.

Später mampfte ich langsam einen Hamburger, den mir ein aufdringlich selbstbewußter Hoteldiener gebracht hatte, und verfolgte nebenbei, was sich in meinem Kopf abspielte. Er kam mir vor wie eine Festplatte, auf der Optimierungs-Software läuft, ohne daß genügend Kapazität vorhanden wäre, um die Daten hin- und herzuschieben. Einige Bruchstücke aus Miß Reynolds' legendärem Urlaub fügten sich zusammen, aber der Rest war immer noch ein einziges verschwommenes Durcheinander.

Nachdem ich aufgegessen hatte, wählte ich noch einmal die Nummer. Ich ließ es lange klingeln, und ich wollte gerade auflegen, als doch noch jemand abhob. «Hallo», sagte eine mir unbekannte Stimme. «Wer ist da?» Im Hintergrund war ein sonderbares Geräusch zu hören, das sich wie eine Lautsprecherdurchsage anhörte.

«Hap Thompson», sagte ich, leicht erstaunt. «Ist meine Kundin bei Ihnen?»

«Woher soll ich das wissen, Sie Idiot?» knurrte mich die Stimme an, dann wurde die Verbindung unterbrochen.

Ich wählte gleich noch mal. Es klingelte, aber niemand hob ab. Dann rief ich die Vermittlung an. Die Frau dort sagte mir, der Anschluß sei nicht gestört, aber die dazugehörige Adresse wollte sie mir nicht geben.

Ich rief Quat an. Er sagte, er werde zurückrufen. Zehn Minuten lang wankte ich durch das Zimmer und schüttete Aspirin wie Bonbons in mich hinein.

Quat rief zurück, mit einer Erfolgsmeldung. Die Nummer gehörte zu einer Telefonkabine in der Erste-Klasse-Lounge auf dem O'Hare-Flughafen.

Ich rief die andere Nummer an, die ich von der Frau bekommen hatte. Die Leitung war tot. Dann wurde mir schwarz vor Augen.

Als ich wieder zu mir kam, war ich ziemlich verängstigt. Aus zwei Gründen. Erstens war mir etwas Derartiges, abgesehen von dem kurzen inneren Flackern, das man kurz nach dem Empfang einer Erinnerung spürt, noch nie passiert. Und zweitens hatte mich meine Kundin eindeutig übers Ohr gehauen.

Ich bezahlte die Hotelrechnung, raste über den Highway One zurück nach L. A., stürmte in meine Wohnung und bekam einen Riesenschreck, als ich sah, daß mir jemand eine Nachricht unter der Tür durchgeschoben hatte, aber sie stammte nur von meinen Nachbarn, den Dickens'. Sie waren ein sympathisches junges Paar mit drei Kindern und stammten ursprünglich aus Portland. Letztes Jahr waren ein paar Leute vom Amt für Statistik auf die Idee gekommen, den Bürgern unseres Landes weiszumachen, wie gut es ihnen ging. Sie dachten sich eine Musterfamilie aus: Eltern in einem bestimmten Alter, von der und der Abstammung, ihren beruflichen Werdegang, ihr Freizeitverhalten, Geschlecht und Alter ihrer Kinder, deren Schulnoten und Augenfarbe – sie machten sehr präzise Angaben. Dann zogen sie damit eine ganze Kampagne auf, gaben ihr Ehrenwort, daß eine solche Familie jede Woche soundso viel Dollar mehr im Portemonnaie hatte – im festen Glauben, niemand werde ihnen das Gegenteil beweisen können. Nur hatten sie leider Mist gebaut. Es gab diese Familie wirklich – die Dickens'. Einer der Bürokratenärsche geriet in Panik und setzte einen Killer auf sie an, und seitdem sind sie auf der Flucht. Die Nachricht lautete lediglich, daß sie mitbekommen hatten, wie jemand auf unserer Etage herumgeschnüffelt hatte, und daß sie deshalb verschwinden würden. Sie hinterließen mir ihren Wohnungsschlüssel und schrieben, ich könne mir die Milch in ihrem Kühlschrank nehmen.

Ich versteckte den Erinnerungs-Empfänger im Schlafzimmer, verbrachte den Rest des Tages in der Badewanne und betrank mich langsam, aber sicher. Danach war ich über die ersten beiden Tage der Erinnerung im großen und ganzen im Bilde. Die Frau war in Ensenada gewesen, allerdings allein, und hatte die meiste Zeit im Housson und etlichen anderen Kneipen Margaritas getrunken. Der erste Abend verlief ziemlich ruhig, und um Mitternacht war sie wieder in ihrem Zimmer in einem kleinen heruntergekommenen Strandhotel namens Quintas Papagayo, das knapp einen Kilometer nördlich vom Zentrum lag. Ich war vor Jahren auch einmal dort abgestiegen, und schon damals hatte der Laden seine besten Tage längst hinter sich gehabt. Am zweiten Abend hätte sie sich, betrunken, wie sie war, beinah von einem amerikanischen Matrosen abschleppen lassen. Ich war ehrlich gesagt froh, daß sie sich eines Besseren besann und den Matrosen draußen auf der Straße anschrie, er solle verschwinden. Sie rief ihm noch ein paar Schimpfworte hinterher, als er wegrannte, ging dann zurück in die Kneipe und trank weiter, bis die Kneipe schloß. Weiß der Himmel, wie sie nach Hause gekommen war: Sie konnte sich daran nicht erinnern. Es war wohl kaum ein Traumurlaub, aber ich habe zugegebenermaßen schon schlimmere Reisen hinter mich gebracht.

Und es hatte sich auch nicht vor zehn Jahren abgespielt. Sie hatte einen Organizer mitgenommen und schaute immer wieder geradezu zwanghaft nach, ob neue E-Mails eingegangen waren – die Daten auf dem Bildschirm verrieten, daß ihr «Urlaub» nur wenige Tage vor der Kontaktaufnahme mit mir stattgefunden hatte. Schließlich erhielt sie die E-Mail, auf die sie wartete. Die Nachricht war kurz. Nur eine Adresse. Sie verließ sofort die Kneipe, stieg ins Auto und war am frühen Abend zurück in L. A.

Es dauerte lange, bis ich mir den nächsten Teil der Erinnerung, den Mord an der Straßenkreuzung, zusammengereimt hatte. So etwas habe ich noch nie erlebt. Obwohl das Ereignis erst kurz zurücklag, waren die Bilder bereits verzerrt und von schwarzen Flecken durchzogen. Mir kam es vor, als hätte bereits ein Verdrängungsprozeß begonnen, ehe Miß Reynolds beschloß, die Erinnerung loszuwerden. Ich weiß nicht, warum sie auch die Zeit in Ensenada verschwinden lassen wollte. Wenn man die Erinnerungen anderer Leute übernimmt, bekommt man ihre Gedanken aus der fraglichen Zeit nicht immer restlos mit. Es ist, als würden die Daten der Sinneseindrücke und die der gedanklichen Abläufe bei einigen Menschen in verschiedenen Gehirnregionen abgespeichert, als hätte sich ein Teil des Verstandes antrainiert, stets Distanz zu wahren. Alles, was ich von ihrer Zeit in Baja California mitbekam, waren ein kräftezehrendes Gefühl der Niedergeschlagenheit und der Wunsch, entweder betrunken oder tot zu sein – unterbrochen von kurzen Anfällen bedrohlicher Euphorie. Gewiß kein schöner Gemütszustand, aber ich hatte den Eindruck, als würde es ihr häufig so gehen. Zwei solche Tage rauszuschmeißen würde nicht viel bringen. Vielleicht hatte sie die beiden Tage damit verbracht, sich auf das Kommende einzustellen – sich gewisse Dinge erneut zu vergegenwärtigen, sich zu wappnen. Ich weiß auch nicht.

Aber am Ende schaffte ich es, mir eine zusammenhängende Vorstellung von den Ereignissen des letzten Abends zu machen, und ich erfuhr ihren Vornamen von dem Mann namens Ray, als er ihn, kurz bevor sie ihn tötete, aussprach. Ich erzählte Deck alles, an das ich mich erinnern konnte, angefangen mit der Beschreibung der Straßenkreuzung, über die Art, wie Ray gezwinkert hatte, bis hin zu der Anzahl der Kugeln, die sie in seinen Körper gejagt hatte. Das Gefühl der Leere, als sie auf die Leiche hinabstarrte und unwillkürlich die Waffe neu lud.

Die dumpfe Verzweiflung, als sie wegrannte und ihr klar wurde, daß sich nichts geändert hatte.

Laura Reynolds atmete entspannt, offenbar schlief sie inzwischen. Nachdem ich die Erinnerung wiedererzählt hatte, empfand ich ein neuartiges Gefühl für sie, obwohl ich nicht genau wußte, was es war. Vielleicht hatte ich ein schlechtes Gewissen. Ich hatte etwas ausgeplaudert, das bisher nur in unseren Köpfen vorhanden gewesen war. Das hatte ich noch nie getan, denn ich hatte die Schweigepflicht in meinem Beruf immer aus einem albernen Stolz heraus eingehalten. Ich versuchte, dieses Gefühl zu ignorieren, in der Hoffnung, es würde dann weggehen. Sie hatte absichtlich etwas bei mir abgeladen, das mich lebenslänglich ins Gefängnis bringen konnte.

Als ich zurückkam, stand Deck am Fenster und schaute auf die Straße. Der Himmel wurde an den Rändern langsam heller, und irgendwo fingen die Smogmaschinen an zu arbeiten. Es sah so aus, als stünde uns ein heißer Tag bevor, es sei denn, die Chemikalien im Himmel sorgten für einen Schneesturm. Die Meteorologen in L. A. haben auch keinen so lauen Job mehr wie früher.

Als Deck zu reden begann, klang es, als wolle er auf etwas Bestimmtes hinaus, habe sich aber entschieden, zuerst die nebensächlichen Details abzuhaken. «Hast du eine Ahnung, wer die Typen waren, die zum Schluß aufgetaucht sind?»

«Nein. Jedenfalls keine Cops. Da bin ich mir ziemlich sicher.»

«Wieso?»

«Ich weiß nicht. Etwas an ihrem Auftreten. Außerdem kamen sie mir irgendwie bekannt vor.»

«Mir kommen ziemlich viele Cops irgendwie bekannt vor.»

«So hab ich das nicht gemeint. Die Erinnerung liegt weiter zurück.»

«Deine?»

«Vermutlich schon. Ich glaube auf keinen Fall, daß die Männer in ihr etwas ausgelöst haben.»

«Könnte es sein, daß diese Typen hier in deiner Wohnung waren?»

Ich schüttelte den Kopf. «Denk dran, sie haben mich nicht gesehen. Ich war ja eigentlich gar nicht anwesend. Ich habe nichts verbrochen. Es kommt mir nur so vor.»

Er schaute mich an. «Weißt du, was passiert, wenn du mit dem Zeug in deinem Kopf geschnappt wirst?» Er hatte mich davor gewarnt, seit ich mit der Erinnerungsarbeit angefangen hatte.

«Ich werde wegen Mord angeklagt. Und kriege die halbe Strafe. Mindestens.»

Er schüttelte den Kopf: «Es kommt noch viel dicker.»

«Was meinst du damit?»

Deck ging zur Tür und durchwühlte den Stapel mit den alten Zeitungen, der daneben lag. Ich sollte vermutlich das Hartkopie-Abo kündigen, um dadurch ein paar Bäumen das Leben zu retten: Aber die Sachen von einem Bildschirm abzulesen ist einfach nicht dasselbe. Deck fand die Ausgabe, nach der er suchte, und gab sie mir.

Ich überflog die erste Seite.

Demnächst könnte es wieder ein Erdbeben geben.

Ein Bauunternehmer namens Nicholas Schumann hatte sich auf spektakuläre Weise umgebracht, angeblich wegen finanzieller Probleme. Ich erinnerte mich vage an den Namen – vielleicht hatte er die Finger bei der Umwandlung von Griffith Park mit im Spiel gehabt. In diesem Fall würde es von geradezu phänomenaler Blödheit zeugen, wenn er sein ganzes Geld verloren hatte.

Das Wetter war immer noch vermurkst, und die Fachleute würden das wahrscheinlich nicht in Ordnung bringen können.

«Also, was ist?» fragte ich.

«Seite drei», antwortete Deck.

Ich blätterte um und entdeckte einen Artikel über einen Mord, der sechs Tage zuvor begangen worden war. Dem Text zufolge war ein unbewaffneter Mann durch mehrere Schüsse auf einer Straße in Culver City getötet worden. Es hieß, die Polizei verfolge etliche Spuren, was bedeutete, daß sie bis jetzt im dunkeln tappten, sich aber voll ins Zeug legten. Das Alter, der Beruf und der Name des Verstorbenen wurden ebenfalls genannt.

Captain Ray Hammond, LAPD.

Ich schloß die Augen.

«Sie hat einen Cop umgebracht», sagte Deck. «Und es kommt noch schlimmer. Schau dir mal die letzte Zeile an. Sonst würde ich mich gar nicht an die Meldung erinnern. Rate mal, wer für den Fall zuständig ist.»

Ich las es laut vor, und die Worte klangen wie das Geräusch einer schweren, sich hinter mir schließenden Eisentür. «Lieutenant Travis, LAPD-Mordkommission.»

Ich sah langsam zu Deck hoch und hatte plötzlich richtig Schiß. Bisher war die Lage bloß katastrophal gewesen. Jetzt hatte sie im Handumdrehen eine Ebene erreicht, die man nicht mehr in Worte fassen konnte. Zur Erklärung wäre ein Schaubild nötig gewesen, das unvorstellbares Grauen und völlige Hoffnungslosigkeit verdeutlichte.

Deck erwiderte meinen Blick. «Du steckst echt in der Scheiße», sagte er.

FÜNF

Um sechs Uhr klappte ich zusammen. Ich saß auf dem Sofa und unterhielt mich mit Deck, und plötzlich wurde mir schwarz vor Augen. Ich war seit achtundvierzig Stunden auf den Beinen, und mein Gehirn verwahrte eine größere Ladung als üblich. Ich war zu erschöpft, um viel zu träumen, und als ich kurz nach neun aufwachte, hatte ich nur noch das Bild des silberfarbenen Autos am Ende von Lauras Erinnerung im Gedächtnis. Ich stand an einer Straße, ich weiß nicht, wo, aber sie kam mir bekannt vor. Zu beiden Seiten erstreckte sich bis zum Horizont ein sumpfiges Waldgebiet, das in der Hitze eigenartig flimmerte. Ein Gegenstand raste auf mich zu, so schnell, daß ich zuerst gar nicht erkennen konnte, was es war. Dann sah ich, daß es sich um ein Auto handelte. Die Sonne knallte so heftig darauf, daß man den Eindruck haben konnte, es würde schlingern. Als es nicht mehr weit von mir entfernt war, verlangsamte das Auto sein Tempo, und kurz bevor es mich erreichte, wachte ich auf.

Ich hatte keine Ahnung, was das bedeutete, aber ein Teil meines Gehirns war offenbar dabei, Ordnung zu schaffen, und zwar bereits, seitdem ich Ensenada verlassen hatte. Ich konnte ihm nur viel Erfolg dabei wünschen. Mein Verstand war schon, bevor er zur Abstellkammer für das Gerümpel fremder Leute wurde, nicht gerade messerscharf gewesen, und ich hatte momentan dringendere Probleme.

«Sie scheint aufzuwachen», sagte Deck.

Ich stand in der Gästezimmertür und wartete ungeduldig, während Miß Reynolds allmählich das Bewußtsein wiedererlangte. Sie sah dabei aus, als mache sie eine lange Reise, und es dauerte seine Zeit. Jetzt, da ich richtig wach war, meldete sich auch die panische Angst zurück, aber ich packte Miß Reynolds nicht an den Schultern, um sie zu schütteln. Ich hatte nach wie vor die Hoffnung, daß sich die ganze Sache gütlich regeln ließe.

Schließlich schlug sie die Augen auf. Sie waren blutunterlaufen, ließen einen Kater und die Nachwirkungen eines Schocks vermuten. Sie stierte mich eine Zeitlang regungslos an.

«Wo?» krächzte sie.

«Griffith Park», sagte ich. Ich hielt ein Glas Wasser in der Hand, aber das wollte ich ihr vorerst nicht geben.

«Wie?»

«Ich habe Sie hierhergebracht.»

Sie stützte sich auf die Arme und zuckte vor Schmerzen zusammen. Es schien ihr entfallen zu sein, was deren Ursache sein könnte, denn als sie die Nähte an ihren Handgelenken sah, preßte sie die Lippen aufeinander, und ihre Gesichtszüge entgleisten: ein Aufblitzen von Kummer und Enttäuschung. Ich hätte nicht beurteilen können, ob sie traurig war, weil sie es getan hatte, oder weil es schiefgegangen war.

Ich gab ihr das Glas Wasser, und sie trank.

«Warum haben Sie das getan?» fragte sie, als sie ausgetrunken hatte.

«Sie wären sonst gestorben. Übrigens dürfen Sie vorerst nicht Bungee springen. Möchten Sie etwas Hühnersuppe?»

Sie starrte mich wieder an. «Ich bin Vegetarierin.»

«Ja, ja – mein Körper ist ein Heiligtum. Voll mit lauter Geldwechslern wie Wodka und Heroin.»

«Wer sind Sie eigentlich?»

«Hap Thompson», sagte ich.

Sie schoß in einem wirklich beeindruckenden Tempo aus dem Bett hoch, schwankte allerdings bedenklich, sobald sie sich in die Vertikale begeben hatte. «Die Wohnungstür ist abgeschlossen, und die Fenster lassen sich nicht öffnen», sagte ich. «Sie können nicht weg.»

«Ach so? Das wollen wir doch mal sehen», sagte sie, schob mich beiseite und rauschte ins Wohnzimmer. Deck blickte hoch, und sie sah ihn bleich vor Zorn an. «Und wer sind Sie?»

«Deck», sagte er gleichmütig. «Ein Freund von Hap.»

«Ist ja toll. Wo sind meine Klamotten?»

Ich nahm meine Jacke von der Sofalehne und kramte in den Taschen. Zwei BHs, ein Höschen und ein Kleid aus dünnem, grünem Stoff. Ich hielt ihr die Sachen hin. Laura musterte mich, als hätte ich ihr angeboten, eine Walnuß zwischen den Pobacken zu knacken.

«Und?»

Ich zuckte die Achseln. «Mehr konnte ich nicht einstecken.»

«Und wo bitte ist meine Handtasche?»

«In Ihrem Hotelzimmer.»

«Was fällt Ihnen ein? Entführen eine Frau und vergessen, ihre Handtasche mitzunehmen!»

Deck grinste mich an. «Wirklich nett, die Dame.»

Laura wandte sich ihm zu. «Hören Sie, Sie Hirnwichser – ich darf Sie doch so nennen –, Entführung ist ein Kapitalverbrechen. Sie können von Glück sagen, daß ich noch nicht die Polizei angerufen habe.»

«Erinnerungsübertragung ist auch ein Verbrechen», sagte ich. «Von Mord ganz zu schweigen. Sie werden den Teufel tun und zur Polizei gehen, das wissen Sie genauso gut wie ich.»

Ihr Blick wurde ausdruckslos, und sie simulierte gekonnt einen völligen Gedächtnisverlust. «Was für einen Mord?» sagte sie. Für einen Moment konnte ich kaum glauben, daß ich diese Frau erst vor wenigen Stunden aus einem blutüberströmten Badezimmer geschleppt hatte. Entweder hatte Woodley erstklassige Arbeit geleistet, oder sie war eine knallharte Nummer.

«Alle Achtung», sagte ich, ihrem Blick standhaltend, «aber das funktioniert bei mir nicht. Sie haben das Ereignis als solches vergessen, aber Sie wissen noch, was Sie vergessen haben. Sie erinnern sich daran, daß Sie mit mir Kontakt aufgenommen haben, und auch daran, warum.»

«Sie haben den Job übernommen. Sie wurden dafür bezahlt.»

«Sie haben mich angelogen. Außerdem habe ich nur ein Drittel des Honorars bekommen.»

«Ich überweise Ihnen den Rest.»

«Ich bezweifle langsam, ob Sie überhaupt soviel Geld besitzen, außerdem will ich es auch gar nicht mehr haben. Keine Sorge, ich erstatte Ihnen die bereits gezahlte Summe. Nach den Ereignissen der letzten Nacht zu urteilen hat die Übertragung für Sie sowieso nicht den gewünschten Effekt erzielt.»

Laura funkelte mich wütend an, lief dann schnurstracks auf die Wohnungstür zu und drückte den Griff hinunter. Die Tür war, wie angekündigt, verschlossen. «Schließen Sie auf», befahl sie.

«Kaffee?» fragte Deck, der in der Kochnische stand und den Kessel in der Hand hielt.

Laura trat gegen die Tür und wäre dabei fast hingefallen. «Aufmachen!»

«Entzückend», sagte ich. «Ich glaube, ich habe noch irgendwo Mokka mit Minzgeschmack.»

Sie stürmte auf mich zu. Ich dachte schon, sie würde mir gleich eine runterhauen, aber sie schnappte sich bloß ihre Sachen und rannte ins Badezimmer, schmiß die Tür hinter sich zu und schloß sich ein. Ich entschied, daß «knallharte Nummer» auf jeden Fall zutraf.

«Kann sie denn auch nichts anstellen, da drin?» fragte Deck.

«Solange sie nicht das Fenster einschlägt und sich zehn Stockwerke tief abseilt.»

«Nein», sagte er geduldig. «Ich meine, was anstellen.»

Ich begriff, was er meinte. «Ich glaube nicht.» Ich nahm an, ein Selbstmordversuch fällt morgens, gleich nach dem Aufstehen, mit einem Kater und in Gesellschaft zweier Männer, die einem höllisch auf den Geist gehen, entschieden schwerer als mitten in der Nacht, ganz allein.

Deck hatte das Kaffeepulver gefunden und schüttete es in die Cafetiere. Früher hatte ich eine der üblichen Kaffeemaschinen. Man erklärt ihr, wo der Kaffee ist, wie man den Wasserhahn benutzt, und der Kaffee wird immer frisch gebrüht. Durch einen Konstruktionsfehler befindet sich jedoch das Loch, aus dem der Kaffee fließt, ziemlich dicht am Hinterteil der Maschine, und es verdarb mir jedesmal den Appetit, die kleine Biomaschine angestrengt grunzend über einer Tasse hocken zu sehen. Wenn sie nicht richtig funktioniert, was andauernd vorkommt, schmeckt das Gebräu ziemlich seltsam. Meine Maschine erkrankte, vermutlich an dem, was bei Kaffeemaschinen einer Lebensmittelvergiftung entspricht, und ich ertrug es nicht länger, sie um mich zu haben. Ich stellte sie spätabends nach draußen, in die Gasse hinterm Haus, und am nächsten Tag war sie weg. Vielleicht hat sie sich ja zu ihren Artgenossen nach Mexiko durchgeschlagen. Wenn ja, dann gehörte sie allerdings nicht zu der Gruppe, der ich auf dem Weg nach Ensenada begegnet war. Solche Geräte sind nämlich verdammt nachtragend, und mit vereinten Kräften hätten sie mich durchaus von der Straße drängen können. Vielleicht hatten sie auch einfach mein Gesicht nicht genau gesehen.

Deck gab mir eine Tasse. «Sie wird die Erinnerung nicht freiwillig zurücknehmen.»

«Sag bloß?» Nachdem ich Laura Reynolds kennengelernt hatte, bereute ich inzwischen, sie nicht doch gewaltsam aus dem Schlaf gerissen zu haben. Außerdem war mir schleierhaft, wie ich jemals hatte erwarten können, daß die Sache anders laufen würde. «Wir verfahren also jetzt nach unserem beliebten, altbewährten Plan B.»

«Und der wäre?»

«Wie ursprünglich vorgesehen, mit der Ausnahme, daß wir sie hier so lange einsperren, bis ich den Transmitter besorgt habe.» Den Geräuschen, die aus dem Bad drangen, fließendes Wasser und gelegentliches, wütendes Aufstampfen mit den Füßen, entnahm ich, daß Laura gerade duschte. Ich freute mich schon darauf, bei ihrer Rückkehr aus dem Bad von ihr angeschnauzt zu werden, weil ich vergessen hatte, ihr Shampoo und ihre Wattestäbchen mitzunehmen.

«Ach, übrigens», sagte Deck, «dieser merkwürdige Typ hat angerufen. Quat.»

Endlich konnte ich den nächsten Schritt unternehmen. «Warum hast du mir das nicht eher gesagt?»

Deck zuckte die Achseln. «Ich wußte nicht, daß es wichtig ist, außerdem hat er aufgelegt, bevor ich abgehoben habe. Du hast offenbar die Callback-Funktion eingeschaltet. Er hat nur gesagt, du hättest ihn sprechen wollen und er sei jetzt wieder da.»

Ich stand auf. «Kannst du mir einen Gefallen tun?»

«Vergiß es. Auf gar keinen Fall.»

Ich wartete.

Deck grinste. «Babysitten, nehme ich an.»

«Ich muß mich unbedingt mit ihm treffen.»

«Warum rufst du ihn nicht einfach an?»

«Er macht am Telefon keine Geschäfte.»

«Wie lange dauert es?»

«Nicht lange.»

Deck machte es sich auf dem Sofa bequem und zeigte mit einem Finger auf mich. «Das will ich auch hoffen. Mit Laura Reynolds ist bestimmt nicht gut Kirschen essen, wenn die einen Anfall kriegt. Da ist dann dein unwiderstehlicher Charme gefragt.»

«Spätestens in einer halben Stunde bin ich wieder da», sagte ich.

Die Eingangshalle unten war leer, bis auf ein paar Leute, die ihre Stände aufbauten. Die meisten verkauften tagsüber Kunsthandwerk – unbrauchbare Dinge aus Holz, die ursprünglich für etwas anderes verwendet worden waren, Dinge, die man nacheinander in alle Zimmer stellt, bis sich zeigt, daß sie auf dem Dachboden am besten aufgehoben sind. Vorzugsweise auf dem Dachboden von jemand anderem. Ich bin fest davon überzeugt, daß nach dem Untergang unserer Zivilisation, wenn alles von Menschenhand Gefertigte zerstört ist und unser Planet wieder vor sich hindämmert – nur noch von den widerstandsfähigsten Geschöpfen, wahrscheinlich Käfern, bewohnt, die genug Kraft haben, sich des Schicksals zu erwehren, das wir Mutter Erde bereitet haben –, außerirdische Wesen landen und sich ein bißchen als Archäologen betätigen werden. Und vor allem in Küstenregionen werden sie nichts anderes finden als massenweise Spiegel mit Rahmen aus ausrangierten Bodendielen, in die mit Lötkolben Lebensweisheiten eingebrannt sind, sowie Skulpturen aus Treibholz von Fischerbooten, die schaukeln, wenn man sie anstößt, und die Außerirdischen werden sich bekümmert zunicken und sich einig sein, daß es sich um eine Kultur gehandelt haben muß, deren Zeit reif war.

Ich entdeckte Tid, den Mann, der meinen Wagen abgestellt hatte, sofort und gab ihm die üblichen zehn Dollar. Ich würde mich gerne dem Glauben hingeben, das sei eine freiwillige Zahlung, die die Großzügigkeit unterstreicht, aber ich vermute, ohne das Trinkgeld würde ich meinen abgestellten Wagen niemals wiederfinden. Tid ist ein kleiner, wenig vertrauenerweckend aussehender Mann, der sich scheinbar ausschließlich von M & Ms ernährt, aber wir kommen ganz gut miteinander aus.

Das hat Geld so an sich: Es fördert unkomplizierte Beziehungen. Ich legte noch einen Zwanziger drauf und bat ihn um einen Gefallen, dann lief ich runter zum Parkdeck im Keller.

Der Wagen stand ganz am anderen Ende, in einer finsteren Ecke. Das war mir recht, denn ich wollte nirgendwo hinfahren. Ich stieg ein, stellte den Wecker und verschloß die Türen.

Die meisten Menschen gehen natürlich zu Hause in ihrer Wohnung ins Net, das liegt nahe. Obwohl auch bei mir die Gebühren inzwischen zusammen mit der Wohnungsmiete abgebucht wurden, war die ganze Vorrichtung noch in meinem Wagen installiert, denn in den vergangenen Jahren hatte er den verläßlichsten Mittelpunkt meines Lebens gebildet. Ich hatte ihn mir einige Monate nach meinem Einstieg bei R.E.M.-Jobs angeschafft und ihn mit allen Schikanen ausstatten lassen. Je mehr Geld ich verdiente, desto mehr Upgrades und Extras kamen hinzu, bis ich den Überblick über die ganzen Drähte verlor. Den ganzen Krempel auszubauen und ihn in meiner Wohnung zu installieren gehörte zu den Dingen, zu denen ich irgendwie nie kam, wie zum Beispiel Kugelschreiber wegzuwerfen, die nicht mehr richtig schrieben. Oder mein Leben zu ändern.

Der Terminal in meinem Wagen überspielt das Bildmaterial direkt ins Gehirn, weshalb man keine VR-Brille zu tragen braucht. Ich brauchte nur einen Schalter zu betätigen und die Augen zu schließen, um auf die andere Seite transferiert zu werden.

Das Licht änderte sich, und statt im Parkdeck befand ich mich jetzt in meiner Standard-Homepage-Auffahrt und schaute auf eine von Bäumen gesäumte Wohnstraße in einer amerikanischen Kleinstadt. Ich gab Gas und bog in die Straße ein. Mein Net-Auto sieht aus wie ein aufgemotzter 59er Caddy, mit Retro-Flossen und taubenblauer Lackierung, aber die Motoreigenschaften entsprechen dem neuesten Stand der Technik. Im Net macht es mir nichts aus, schnell zu fahren, schon wegen des eingebauten Kollisions-Protokolls – manchmal rase ich sogar aus Spaß direkt auf andere Leute zu. Besonders lustig ist es dann, wenn man einem von den Sturköpfen begegnet, die sich weigern, mit der Zeit zu gehen und immer noch auf Surfbrettern durchs Net streifen. Gelegentlich sieht man sie noch die Straße entlangschlittern, die Althippies, auf Brettern, die mit kleinen Skateboardrädern ausgerüstet sind. Sie beklagen sich über den Verkehr und trauern den guten alten Zeiten der Browserkriege nach.

Ich bog von meiner Straße nach links ab und raste zuerst die Hauptstrecken entlang, machte dann eine Rechtskurve und fuhr eine Abkürzung in die Privat-Domain-Hügel auf der anderen Seite. Heutzutage muß man sich durch endlose Cyber-Vorstädte quälen, Familien-Sites vollgestopft mit digitalisierten Urlaubsvideos und nervtötenden Einzelheiten über die schulischen Leistungen des kleinen Todd, bevor man zu den finsteren Regionen gelangt. Früher gab man einfach einen URL ein und sprang direkt auf die gewünschte Homepage. Mit dem Aufkommen der dreidimensionalen Räume, die wie echte Häuser aussahen und in denen sich die Besitzer wirklich aufhielten, änderte sich alles. Jetzt wurde von einem erwartet, daß man wie ein zivilisierter Mensch durch den Vorgarten ging und die Türklingel drückte. Meistens kann man immer noch gleich bis in den übergeordneten Bezirk seines Zielorts springen, aber das gilt nicht für die Gegend, in die ich wollte – und die Staus an den Jump-Links sind manchmal so lang, daß man besser einfach Gas gibt und den Umweg in Kauf nimmt. Was einmal als alternative Realität geplant war, ist inzwischen zu einer Variante des altbekannten Altbekannten geworden, die nach mehr oder weniger denselben Regeln funktioniert.

So sind die Menschen eben. Phantasielos.

Ich nahm mir vor, meinen Großeltern endlich mal einen Besuch abzustatten, aber jetzt war nicht der richtige Zeitpunkt dafür. Es war selten der richtige Zeitpunkt. Vor sechs Jahren, zwei Wochen bevor der Sensenmann kam, hatten sie sich ins Net zurückgezogen. Sie kauften sich am Rand von Australasia Net eine winzige virtuelle Farm und ließen sich transferieren. Leider hat der Immobilienmakler sie übers Ohr gehauen und ihnen eine beschissene Bildauflösung verkauft. Dort, wo sie leben, sieht man lauter Polygone und große Farbklötze, und die Stimmen hören sich an, als kämen sie aus Lautsprechern, die früher Dienst bei einer Trash-Ambient-Band getan haben. Vermutlich könnte ich meine Großeltern von der realen Welt aus anrufen, aber bei dem Gedanken läuft es mir kalt über den Rücken: Ich hätte zu sehr das Gefühl, als wären sie noch am Leben. Es sind – oder waren, wie man's nimmt – liebe Menschen, und ich bin froh, daß ich in gewisser Hinsicht noch Zugang zu ihnen habe, aber bestimmte Grenzen sollte man nicht überschreiten. Wir wissen längst noch nicht soviel über den menschlichen Verstand, wie wir vorgeben, und die beiden wirken jetzt irgendwie komisch, als hätten sich ihre Ecken und Kanten bei der Übertragung abgeschliffen. Menschen, die keine Macken haben, sind mir unheimlich.

Ich kam etwas langsamer voran, was daran lag, daß der Verkehr allmählich zunahm – die Leute schauten in ihrer Mailbox nach und erledigten ihre Online-Einkäufe. Die Straßen sahen noch leer aus, aber nur, weil mir das so am liebsten ist und ich bei meiner Ausrüstung die Einstellung wähle, durch die alle anderen Fahrzeuge ausgeblendet werden, es sei denn, sie gehören Bekannten von mir.

Deck verabscheut das Net. Er betritt es nur im Notfall. Er vertraut keiner mittelbaren Erfahrung. Ich habe ihn mal gefragt, aus welcher Zeitschrift er das hat, und er gestand, eine ehemalige Freundin von ihm habe das immer behauptet. Ich mag das Net. Mir gefällt es, mich anderswohin zu begeben, ohne einen Fuß vor die Tür zu setzen, die Möglichkeit zu haben, in Null Komma nichts an einen anderen Ort zu gelangen. Ich benutze es jedoch hauptsächlich, um mich mit Leuten zu treffen, die auf normalem Weg keine Geschäfte tätigen. Quat zum Beispiel, der keine Transaktionen übers Telefon abwickelt. Er traut diesem Medium nicht, was tierisch nervt, wenn man dringend etwas braucht.

Unterwegs arbeitete mein Verstand auf Hochtouren, um die verschiedenen Aspekte der Sache im Lichte der neuen Informationen über den Mann, den Laura getötet hatte, zu durchdenken. Das Ergebnis war eindeutig. Es war für mich jetzt noch wichtiger, ihr die Erinnerung in meinem Kopf rückzuübertragen. Und zwar umgehend. Denn es gibt nichts, was Cops mehr in Rage bringt als ein Mord an jemandem aus ihren Reihen. Ich wußte nicht, ob es für sie eine Rolle spielen würde, daß ich ihren Kollegen in Wirklichkeit nicht erschossen hatte, aber vermutlich würden sie sich nicht mit metaphysischen Betrachtungen aufhalten, wenn sie mich erst einmal geschnappt hatten.

Vorteilhaft für mich war, daß der Fall nicht leicht zu lösen sein würde und ich mich deshalb vorerst einigermaßen in Sicherheit wiegen konnte. Die einzige Spur zu mir führte über Laura, und irgendwie hatte ich das Gefühl, als würden die Cops ein bißchen brauchen, um auf die Verbindung zwischen ihr und Hammond zu stoßen. Der ausgeliehenen Erinnerung an seinen Blick zufolge war er ein Mann, der ein Geheimnis für sich behalten konnte, und seine Beziehung zu Laura war wohl eins davon. Der unbekannte Faktor waren die Typen in Grau, die zum Schluß aufgetaucht waren. Wie ich Deck schon gesagt hatte, wirkten sie auf mich nicht wie Cops – und jetzt, da ich wußte, wer Ray Hammond war, war ich mir in diesem Punkt noch sicherer. Das lag zum einen an ihrem Verhalten am Tatort und zum anderen irgendwie an ihrer ganzen Art. Sie hatten nichts gegen mich in der Hand, und deswegen mußte ich auch nichts weiter unternehmen, als sie im Gedächtnis zu behalten.

Es war möglich, daß die Cops Stratten und auch andere Leute, die ähnliche Dienste anboten, in die Mangel nahmen, um zu erfahren, wer in letzter Zeit Kunde bei ihnen gewesen war. Stratten hatte keine Ahnung von meiner kleinen Nebentätigkeit, aber ich mußte mich bemühen, ihm gegenüber so normal wie möglich aufzutreten, denn sonst würde er noch Verdacht schöpfen. Mit anderen Worten, ich mußte ihn anrufen und mich kooperativ zeigen.

Ich überlegte hin und her und kam doch immer zu dem gleichen Schluß. Wenn wir uns eine Weile unauffällig verhielten und Quat mir das Gewünschte besorgte, standen die Chancen nicht schlecht, daß mir nichts passieren würde. Es blieb nur eine Frage, die zwar nebensächlich war, mich aber dennoch beschäftigte.

Warum wohnte ein höherer Polizeibeamter in einem so miesen Viertel von L. A.?

Der Himmel verdunkelte sich allmählich, und ich gewann wieder an Tempo, als ich mich dem Erwachsenenbereich näherte. Eine Net-Nanny musterte mich an der nächsten Kreuzung und ließ mich passieren, denn sie stufte mich korrekt als volljährig ein, auch wenn sie mich vielleicht nicht unbedingt für erwachsen hielt. In der Erwachsenenzone ist es nicht gerade anheimelnd – ewig dunkel, Tankstellen und rund um die Uhr geöffnete Minimärkte, Bushaltestellen, an denen kein Mensch wartet, einsame Gestalten, die über die Straßen schlurfen – aber ich mußte da durch, um zu den Freaks zu gelangen. Miteinander konkurrierende Werbetafeln hielten mit dem Tempo des Wagens Schritt, während ich durch die Gegend raste, und priesen aufdringlich die Angebote der Sex-Sites entlang des Weges an. Irgendwann fingen sie an, sich gegenseitig abzudrängen, und fielen zurück. Einmal tauchte eine nackte und silikonverstärkte Frau auf dem Beifahrersitz auf und flötete mir zu, was ich für 19,95 Dollar die Stunde alles zu sehen bekäme, aber ich behielt meinen Fuß auf dem Gaspedal und verließ den Bereich, ehe die Sache außer Kontrolle geriet. Die Frau zog einen Schmollmund, als ihr Bild sich auflöste und ich die Grenze zum Hackerterritorium überfuhr, zum Abschied hörte ich noch das schmatzende Geräusch eines Kusses.

Hier befinden sich wieder ausschließlich private Domains, aber die Häuser sind prunkvoller, und in jedem Vorgarten schläft ein Kampfhund. Wenn man im Dämmerlicht vorbeifährt, öffnen sie kurz ein Auge und knurren, damit man auch weiß, daß sie da sind. Hauptsächlich sollen sie vor den Machenschaften anderer Hacker schützen, und sie werden mit allem außer Superviren fertig. Es gab mal eine Zeit, da sah man Löwen, Drachen und durch die Luft schwirrende Wurfsterne Wache halten, aber dann breitete sich unter den Hackern ein neuer Trend aus, und Hunde übernahmen wieder die Stellung.

Die Zeit in der Hackerzone scheint wegen der hohen Anforderungen, die die ganzen Hackertricks und -kniffe an die Rechenleistung stellen, langsamer zu verstreichen. Die wenigsten Straßen führen zum erhofften Ziel, und sofern man nicht den genauen Weg kennt und eine Durchfahrtserlaubnis hat, wird man irgendwo am anderen Ende des Net ausgespuckt.

Schließlich kam ich doch noch in Quats Straße und fuhr bis zu seinem Eingangstor. Sein Kampfhund stemmte sich hoch und blinzelte mich übellaunig an, als ich näher kam. Es ist eine überholte Version, und er wird langsam alt, aber Quat hat sich bisher aus Sentimentalität kein Upgrade angeschafft. Ich hielt dem Hund meine Hand hin und sagte, wie jedesmal, meinen Fingern in Gedanken Lebewohl, aber er erkannte meine Präferenz-Datei und ließ mich durch. Als ich weiterfuhr, versuchte er noch, mir über den Link ein Cookie unterzuschieben, aber ich wehrte es wie üblich ab. Eins von Quats harmloseren Cookies übersetzt das Betriebssystem in den Amish-Dialekt, und einmal machte er aus meinem Avatar einen Serienmörder. Ich legte vierzehn virtuelle Menschen in der Cyberstadt um, bevor die sysCops mich erwischten, aber zum Glück hatte Quat eine Funktion zum Rückgängigmachen eingebaut, und es entstand kein bleibender Schaden.

Ich stellte meinen Wagen vor dem Haus ab und ging zur Tür. Die Klingel hörte sich an wie eine Zufallssymphonie, die aus den Eingeweiden des Hauses erscholl, ich trat ungeduldig von einem Fuß auf den anderen und blickte durchs Fenster in Quats Wohnzimmer. Es war sehr ordentlich. Das ist es immer. Quat ist ein Sauberkeitsfanatiker, und es geht das Gerücht, daß er selbst dann, wenn er in der wirklichen Welt eine Party gibt, darauf besteht, daß seine Gäste den Abend in Gestalt elektronischer Simulationen in einer virtuellen Version seiner Wohnung verbringen. Dann kann er seine Einrichtung hinterher mit Hilfe eines Backups, ohne die Weinflecken und das Erbrochene, wiederherstellen. Ich habe Quat noch nie persönlich kennengelernt, aber ich halte das für durchaus möglich.

«Yo», sagte er, als er mir aufmachte. «Also hast du meine Nachricht erhalten.»

«Schicken Anzug hast du da an, Quatty», erwiderte ich. Quat zieht sich immer an wie ein besonders konservativer FBI-Agent aus den fünfziger Jahren, was vermutlich eine ironische Anspielung sein soll. Sein virtuelles Gesicht ist ebenfalls ein Abbild grundsolider Korrektheit, obwohl ich annehme, daß er in Wirklichkeit genauso schlampig aussieht wie der typische Hacker und nicht genug Geld für anständige Kleidung ausgibt.

«Ich kann nicht lange bleiben», sagte ich, und er nickte.

«Ich habe mir schon gedacht, daß du wohl kaum morgens um drei Uhr anrufst, um ein bißchen mit mir zu plaudern. Was kann ich für dich tun?»

«Ich brauche ein Gerät.»

«Was für ein Gerät?»

Ich schaute ihm direkt in die Augen. «Einen Erinnerungs-Transmitter.»

Er hob eine Augenbraue. «Ist das dein Ernst?»

«Ja. Und zwar bald.»

Er schüttelte langsam den Kopf, ohne den Blick von mir zu wenden. «Bald ist unmöglich. Ob überhaupt, ist mehr als fraglich. Das kannst du dir denken. Und wenn, dann wird es teuer. Ich kenne nur zwei Leute, die vielleicht in der Lage wären, einen aufzutreiben, und beide sitzen gerade, ohne Zugang zum Net.»

«Es gibt jemanden hier, der einen hat», sagte ich.

«Kennst du seinen Namen?»

Ich schüttelte den Kopf und wünschte mir, ich hätte Laura danach gefragt, aber wußte auch, daß sie mir den Namen nicht verraten hätte. «Glaub mir, es gibt ihn. Und ich brauche das Gerät, egal, wieviel es kostet. Sofort.»

«Da hat wohl jemand einen Auftrag angenommen, von dem er besser die Finger gelassen hätte.»

«So ungefähr.»

«Und du hast keine Angst, daß Stratten ziemlich sauer sein wird, wenn er dahinterkommt? Ich meine *mordsmäßig* sauer.»

«Ich habe keine Wahl, Quat. Der letzte Batzen Geld, den dein Daemon für mich fragmentiert hat, war die erste Rate für den Auftrag. Der Kram ist schon in meinem Kopf. Du mußt diesen Kerl finden, und zwar schnell.»

Mimik hat im Net nicht allzu viel zu bedeuten, aber Quats ernster Gesichtsausdruck war jetzt ganz besonders ernst. «Was trägst du denn mit dir herum?»

«Einen Mord. An einem Cop. Und da ist irgend etwas faul an der Sache. Ich muß den Kram unbedingt loswerden.»

Er drehte den Kopf und ließ seinen Blick über seine makellos saubere Diele schweifen. Wahrscheinlich war er schon längst dabei, mit seinen Kontaktleuten Verbindung aufzunehmen.

«Ich muß los», sagte ich. «Hast du eine Ahnung, wie lange es dauern wird?»

«Vierundzwanzig Stunden.»

Ich bekam einen Schreck. «Mist. So lange?»

«Wenn du Glück hast. Wo kann ich dich erreichen?»

«Weiß ich noch nicht», sagte ich und ging.

Quat und sein Haus lösten sich in einem Pixelschauer auf, und ich war wieder auf dem Parkdeck. Ich wollte schon gerade mit meinem üblichen jugendlichen Schwung aus dem Wagen springen, aber dann überkam mich die Lust, schnell noch eine Zigarette zu rauchen, ohne mir das Gejammere von Laura Reynolds anhören zu müssen. Währenddessen schaltete ich den Teleputer ein, um die Schlagzeilen der aktuellen Nachrichten zu lesen. Die Menschen hatten dieses und jenes angestellt, aber nichts davon war irgendwie von Belang für mich. Es sollte ein sonniger Tag werden, es sei denn, es würde nachher noch einen Wolkenbruch geben. Nichts über den Fall Hammond. Das Leben ging seinen geregelten Gang, vorerst jedenfalls.

Ich rauchte die Zigarette zu Ende, stieg aus dem Wagen und paßte dabei auf, daß kein Rauch entwich.

Ich wußte gleich, daß etwas nicht stimmte, als ich die Wohnungstür hinter mir schloß. Statt anzuklopfen hatte ich meinen Schlüssel benutzt, weil ich befürchtete, Laura könne in der Stimmung für einen Fluchtversuch sein. Wie sich herausstellte, brauchte ich mir deshalb keine Sorgen machen. Im Wohnzimmer war niemand, und ein kurzer Blick zur Seite verriet mir, daß für das Badezimmer das gleiche galt. Ich ging rasch in die beiden anderen Räume und schaute mich dann überflüssigerweise noch einmal im Wohnzimmer um. Natürlich waren Deck und Laura immer noch nicht da.

Ich mußte mich zusammenreißen, um die anderen Zimmer nicht erneut zu überprüfen. Die Wohnung war leer. Man spürt so etwas. Die Gegenstände in den Räumen wirkten selbstgefällig und dominant, was sie nur tun, wenn keiner zu Hause ist. Ich blieb einen Augenblick lang regungslos stehen, unsicher, was ich machen sollte, allerdings beschlich mich das Gefühl, daß eine panische Reaktion angebracht wäre. Ich hatte Deck nicht ausdrücklich untersagt, mit Laura rauszugehen, um einzukaufen oder so, aber er war kein Dummkopf. Bestimmt hatte er mich richtig verstanden. Auf dem Küchentresen stand eine dritte gebrauchte Tasse, daher ging ich davon aus, daß Laura Zeit gehabt hatte, ihre Toilette zu beenden und das Angebot, eine Tasse Kaffee zu trinken, vermutlich übellaunig akzeptiert hatte. Laut der Anzeige auf dem Anrufbeantworter hatte niemand angerufen, und das Gerät bestätigte mir das auf Nachfrage mürrisch.

Keine Nachricht, keine Spuren eines Kampfes. Es war schlicht und ergreifend niemand da. Ich kam mir vor, als sei ich auf der «Marie Celeste», nur daß es sich bei meiner Wohnung nicht um ein Schiff handelte und der Boden mit Teppich ausgelegt war.

Das Telefon klingelte. Ich griff nach dem Hörer. «Deck?»

«Nein, hier ist Tidster.»

«Tid – hast du Deck gesehen? Zusammen mit einer Frau?»

Er lachte. «Nein. Das wäre mir bestimmt aufgefallen.»

«Du hast ihn nicht aus dem Haus gehen sehen?»

«Nein.»

«Warum rufst du eigentlich an?»

«Interessiert es dich immer noch, ob irgendwelche verdächtig aussehende Typen draußen vorgefahren sind?»

Mir gefror das Blut in den Adern. «Was soll das heißen?»

«Ein silbermetallicfarbener Wagen. Zwei Männer. Vor zehn Sekunden.»

«Verdammte Scheiße.» Ich legte einfach auf, obwohl Tid immer noch redete, nahm meine Jacke und lief aus der Wohnung. Im Flur zögerte ich einen Augenblick lang, dann rannte ich zu den Aufzügen an der Nordseite des Gebäudes, weil ich erwartete, daß die Männer durch den Haupteingang kommen würden.

Im Laufen stellte ich mir vier Fragen: Wie hatten sie meine

Adresse herausgefunden? Warum waren sie hinter mir her? Woher wußten sie von meiner Existenz? Und wer waren sie überhaupt?

Mir fielen keine Antworten ein. Am Ende des Flurs verlangsamte ich mein Tempo und blieb an der Ecke kurz stehen. Ich hatte eine Heidenangst, nicht nur wegen meiner allgemeinen Lage. Ich saß in der Falle. Ich blickte zurück in Richtung meiner Wohnungstür: Es war noch niemand in Sicht, aber sobald die Männer im Flur auftauchten, würden sie mich sofort sehen, und ich war zu weit weg, um die Aufzugtüren zu hören. Eine laute Stimme in mir drängte mich, einfach weiterzulaufen, zu dem anderen Aufzugschacht, und möglichst schnell runter in ein anderes Stockwerk zu fahren. Eine andere Stimme riet mir, auf der Hut zu sein. Ich beschloß, eher letzterer zu trauen.

Ich holte den Wecker aus der Tasche und schüttelte ihn energisch, bis er aufwachte.

«Meine Güte. Wie spät ist es?» fragte er gereizt. «Ich bin todmüde.»

«Du mußt was für mich erledigen», sagte ich.

Bei diesen Worten stieg seine Laune beträchtlich. «Toll. Was denn?»

«Geh um die Ecke und den Flur entlang, bis du die Aufzugtüren siehst.»

«Warum?»

«Frag jetzt nicht. Wenn die Tür aufgeht und jemand aus dem Aufzug kommt, der gefährlich aussieht, schrei so laut du kannst und komm wieder hierher.»

Ich stellte den Wecker auf den Boden. Er sah mich mißtrauisch an, und ich forderte ihn mit einer Handbewegung auf loszugehen. Er watschelte um die Ecke, hielt sich dabei dicht an der Wand, und ich kam mir ziemlich dämlich vor. Kurze Zeit war es mucksmäuschenstill, dann vernahm ich das Geräusch der sich öffnenden Aufzugtüren. Der Wecker schrie nicht.

Ich wollte gerade um die Ecke biegen, als ich ein anderes Geräusch hörte.

Ein Pistolenschuß.

Nach einem Moment, in dem ich wie angewurzelt dastand, kam der Wecker um die Ecke gesaust. «Scheiße!» kreischte er atemlos, ohne anzuhalten. Ich lief so schnell ich konnte hinter ihm her, aber erst nachdem ich mit einem raschen Blick festgestellt hatte, wer aus dem Fahrstuhl gestiegen war.

Zwei Männer. In Grau.

Ich wetzte den Flur entlang, aber ich ahnte, daß die Falle zugeschnappt war. Als ich den Wecker einholte, sprang er an mein Bein, klammerte sich fest und krabbelte meine Jeans hoch. Oben angelangt, huschte er in meine Jackentasche und versteckte sich in der hintersten Ecke. Er würde mir in der nächsten Zeit sicher keine große Hilfe sein.

Ich hörte ein Klingeln. Gleich würde jemand aus dem Hauptaufzug aussteigen. Ich schaute mich um und sah, daß die beiden Männer hinter mir hergelaufen kamen. Sie rannten schnell, mit knappen Bewegungen und im Gleichschritt. Blitzartig fiel mir etwas auf, das ich in der Erinnerung nicht bewußt wahrgenommen hatte: Die beiden trugen altmodische Sonnenbrillen mit Gläsern wie schräg stehende Insektenaugen.

Der eine musterte mich, ein Schuß ertönte und ging pfeifend einen halben Meter an meinem Bein vorbei. Ich fand meinen Rhythmus wieder und legte noch einen Zahn zu. Als ich um die Ecke sprintete, sah ich vier Rentner paarweise aus dem Aufzug steigen. Sie wirkten ziemlich verschreckt. Ich stürmte zwischen ihnen hindurch in den Aufzug und riß dabei drei von ihnen zu Boden. Ich haute auf den Knopf und preßte mich an die Wand, während die Alten sich noch lautstark beschwerten. Zum Glück schlossen sich die Türen rasch. Ich stierte leise keuchend vor mich hin und ersparte es mir, einen Blick durch den schmaler werdenden Spalt zu werfen.

Dann waren die Türen zu, und es ging abwärts. «Die haben auf mich geschossen», tönte es mit gedämpfter Stimme ziemlich aufgeregt aus meiner Tasche.

«Arschlöcher», sagte ich und zückte meine Waffe. «Das lasse ich ihnen nicht durchgehen.»

«Meinst du das ernst?»

Ich stieß ein Magazin in den Pistolengriff. «Todernst. Du bist mein Wecker. Wenn jemand auf dich schießen darf, dann ich.»

Ich beschloß, mich erst gar nicht in einem der unteren Stockwerke rumzutreiben, sondern fuhr gleich bis in den Keller. Mit einem Satz war ich aus dem Aufzug, schwenkte meine Waffe in alle Richtungen, aber es war niemand da. Ich drehte mich um und schoß die Bedienungsknöpfe auf beiden Seiten kaputt, woraufhin in ohrenbetäubender Lautstärke eine Alarmanlage losging.

Ich durchquerte das Parkdeck, mit verkrampften Nackenmuskeln, weil ich erwartete, daß sie jeden Moment von etwas Kleinem, Hartem getroffen wurden. Ich brauste mit hundertfünfzig Sachen vom Grundstück des Falkland und fand zum ersten Mal, daß die Antikollisions-Software für Schwächlinge war. Meine Hinterreifen hoben ab, als ich auf die Straße schwenkte, was mir den Unmut der anderen Verkehrsteilnehmer einbrachte, aber dann trat ich das Gaspedal durch und fuhr in Richtung Ausgangstor.

Erst nachdem ich einen halben Kilometer gefahren war, fiel mir ein, daß ich den Erinnerungs-Empfänger in meiner Wohnung liegengelassen hatte.

SECHS

Vom Auto aus rief ich bei Deck an, obwohl ich wußte, daß es keinen Zweck hatte. Er wohnt in Santa Monica, fast am Meer, und in der Zeit, in der ich im Net gewesen war, hätte er es unmöglich bis zu sich nach Hause schaffen können, sofern er überhaupt dorthin wollte. Nach mehrmaligem Klingeln schaltete sich der Anrufbeantworter ein. Ich brüllte eine knappe, präzise Nachricht in den Hörer, dann legte ich auf.

Als ich die Begrenzungsmauer hinter mir gelassen hatte und mich wieder im echten L. A. befand, drosselte ich das Tempo und fuhr mit halbwegs legaler Geschwindigkeit auf derselben Route wie gestern abend zum Santa Monica Boulevard zurück. Mir war nämlich der Gedanke gekommen, daß Laura Deck überredet haben könnte, zum Hotel zu fahren, um ihre Feuchtigkeitscremes und Hautpeelings zu holen. Zugegeben, das war nicht sehr wahrscheinlich, aber entweder, es traf doch zu, oder sie befanden sich immer noch in Griffith Park, und ich zog es in jedem Fall vor, die nächsten paar Stunden woanders zu verbringen. Ich hatte keine Ahnung, wer die Typen in Grau waren oder was sie von mir wollten – aber sie waren eindeutig Experten darin, Menschen aufzuspüren, sogar jemanden, den sie vorher noch nie gesehen hatten. Ich wollte den Abstand zwischen uns so groß wie möglich halten. Ich sagte mir, daß Deck ja meine Nummer kannte, und er würde sich schon bei mir melden.

Es überraschte mich nicht, im Nirvana Inn denselben Heini hinterm Tresen zu sehen wie beim letzten Mal, und er schien von meinem Anblick ebenso wenig erstaunt.

«Chip», sagte ich. Der Name stand auf dem Schild an seinem Revers. «Wie geht's denn so?»

«Wie bitte?» sagte er nach einer Pause.

«Auch gut. Hier meine Frage: Ist Miß Reynolds heute vormittag in Begleitung eines Mannes hierher zurückgekommen?»

«Nein, Sir», sagte Chip. «Aber ein Mann war hier, zusammen mit einem anderen Mann, und die haben nach ihr gesucht.»

«Wie sahen sie aus?»

«Mittelgroß. Sie wirkten sehr ernst. Trugen die gleichen Anzüge. Sie kamen ungefähr zehn Minuten nachdem Sie gestern nacht weggegangen waren.»

Ich starrte ungläubig. «Und was haben Sie den beiden erzählt?»

«Daß Miß Reynolds soeben entführt worden sei. Ich habe ihnen eine genaue Beschreibung Ihrer Person gegeben und vom Videoüberwachungsschirm Ihre Autonummer abgelesen.»

«Ach so. Und wieso?»

Er zuckte die Achseln. «Die beiden haben ebenfalls gedroht, mich umzubringen, und sie waren sogar noch überzeugender als Sie.»

Jetzt wußte ich zumindest, wie sie auf meine Spur gekommen waren. «Kann ich ihnen nicht verübeln. Waren irgendwelche Cops hier?»

«Nein», sagte Chip munter. «Das steht mir wohl noch bevor.»

«Nicht unbedingt. Könnten Sie mir einen Gefallen tun, falls doch welche auftauchen?»

«Vielleicht. Was denn?»

«Vergessen Sie, daß ich hier war.»

«Wieso sollte ich?»

Ich zückte mein Portemonnaie hervor. Der einzige Geldschein, den ich hatte, war ein Fünfziger. «Das ist der eine Grund», sagte ich und legte ihn auf den Tresen. «Aber hauptsächlich, weil es mir helfen würde und ich momentan ein bißchen Unterstützung gut gebrauchen könnte.»

Das Geld verschwand. «Mal sehen, was ich tun kann.»

«Danke», sagte ich und wandte mich zum Gehen. Der Adrenalinschub, der mich von Griffith hierhergetrieben hatte, verlor seine Wirkung, und ich hatte keine Lust mehr, den Rüpel heraushängen zu lassen. Entweder würde Chip mir helfen oder nicht, beeinflussen konnte ich das kaum.

Ich war erst ein paar Meter gegangen, als er hinter mir herrief. Ich drehte mich um und sah, daß er etwas in der Hand hielt. «Miß Reynolds' Tasche», sagte er. «Die haben Sie im Zimmer liegengelassen.»

Ich nahm ihm die Tasche ab, schaute hinein. Ihre restliche Kleidung, ihre Handtasche, sogar die halbleere Flasche Wodka.

«Warum haben Sie sie nicht den beiden Typen gegeben?»

«Die haben nicht danach gefragt. Außerdem sind Sie nicht der einzige Mensch, der Hilfe braucht.»

Ich sah ihn mir an. Er war jung, kräftig, gehörte eindeutig zur Gattung «Hotelangestellte, die sich große Chancen ausrechnen, binnen fünf Jahren zum Empfangschef aufzusteigen», aber offensichtlich steckte noch mehr dahinter.

«Was meinen Sie damit?»

«Die Frau. Sie wirkte ganz nett, schien aber irgendwie in der Klemme zu stecken. Eine hübsche Frau, die betrunken ist, bevor sie abends ausgeht, kann nicht besonders glücklich sein. Sie verlangen ganz schön viel von einem, aber ich vermute mal, daß Sie der Dame freundlicher gesonnen sind als die beiden anderen. Ich glaube nicht, daß die irgend jemandem etwas Gutes tun wollten.»

Ich zog den Reißverschluß der Reisetasche zu. «Danke», sagte ich. «Man sieht sich.»

«Lieber nicht», entgegnete Chip. «Bei allem Respekt.»

Der Wagen stand auf dem Parkplatz vom Diner gegenüber. Ich rief noch mal vergeblich bei Deck an. Die Alternativen waren, draußen vor seinem Haus zu warten oder nach Griffith Park zurückzufahren. Jemand hat mir mal den guten Rat gegeben, sich nicht zu beeilen, wenn man sowieso nicht weiß, wohin man will, also kramte ich erst mal ein bißchen in Lauras Handtasche herum, schloß dann den Wagen ab und ging was essen.

Am hellichten Tag wirkte der Diner deutlich weniger gefährlich, obwohl es immer noch kein Lokal war, in das man einen Menschen mit schwachem Nervenkostüm ausführen sollte. Mich zum Beispiel. Außerdem war das Lokal leer, abgesehen von einem gutgekleideten Mann, der am anderen Ende des Raumes vor einer Tasse Kaffee hockte. Der Koch nickte mir beim Eintreten zu, so daß ich mir nicht wie ein Fremder vorkam, was ich ganz nett fand. So wie die Dinge lagen, würde ich den Rest meines Lebens an solchen Orten meine Mahlzeiten einnehmen.

Der Speisekarte zufolge stammten die Schweine, die hier als Wurst auf dem Teller landeten, von Biohöfen und waren ihr Leben lang besonders freundlich behandelt worden. Aller Wahrscheinlichkeit nach kümmerte die Kundschaft des Diners das einen Scheißdreck. Es sind Typen, deren Haar noch feucht ist, weil sie bis vor kurzem noch in der Ursuppe gesteckt haben. Aber das ist nun mal L.A.: Vielleicht üben sich hier alle in der Kunst des gewaltfreien Raubüberfalls. Ich persönlich mag nur Schweine essen, die in Schuhschachteln gehalten wurden und denen man allabendlich Gemeinheiten ins Ohr geflüstert hat, trotzdem bestellte ich ein kleines Frühstück. Ich konnte ja immer noch auf die Wurst auf meinem Teller einprügeln. Die Miene der Kellnerin gab mir zu verstehen, daß sie hier nur arbeitete, um die Zeit zu überbrücken, bis die Welt auf jene grauenvolle Weise untergegangen war, die sie schon immer vorausgesehen hatte. Meine Bestellung schien sie nur noch mehr zu deprimieren.

Während ich auf mein Essen wartete, sah ich mir an, was ich aus Lauras Tasche mitgenommen hatte. Ihren Organizer.

Zum Glück war er nicht auf Fingerabdruck codiert, denn in dem Fall hätte ich keine Chance gehabt. Er war auf herkömmliche Weise paßwortgeschützt, aber ich brauchte nicht lange, um den Code zu knacken – vor allem, da ihre Erinnerung an die Tage in Ensenada mir eine vage Vorstellung davon vermittelt hatte, wie es lauten könnte. Ich schloß den Organizer an meinen eigenen an, der mit Software von dubioser Herkunft, die ich mir im Net besorgt hatte, vollgestopft ist. Ich hatte meine erste Tasse Kaffee zur Hälfte getrunken, da kapitulierte das Betriebssystem, und ich war drin.

Die Tatsache, daß sie überhaupt ein Paßwort hatte, sagte viel über Laura Reynolds aus. Diese Entscheidung bleibt jedem Benutzer eines Organizer selbst überlassen, und es gibt die Fraktion derer, die eins benutzen, und derer, die keins benutzen. Hat man sich für ein Paßwort entschieden, muß man jedesmal beim Einschalten, auch wenn man bloß eine Telefonnummer braucht, die Zeichenfolge eingeben. Ein bißchen lästig, und kein echter Schutz vor Leuten, die etwas von der Materie verstehen. Geheimnisse lassen sich nicht so leicht hüten, und wer sein ganzes Leben auf ihnen aufbaut, muß sich ständig vor Enthüllungen fürchten. Hinzu kommt: Wenn man eine Sache zum Geheimnis erklärt, verleiht man ihr so viel Bedeutung, daß sie schließlich im verborgenen die Regie über das eigene Leben führt. Jeder, der das, was ihn im Kern ausmacht, seinen Mitmenschen zu lange vorenthält, enthält es irgendwann auch sich selber vor und wacht eines Tages auf und weiß nicht mehr, wer er ist.

Lauras Paßwort lautete 16.4.2003. Nach meiner Rechnung mußte sie damals vierzehn oder fünfzehn Jahre alt gewesen sein, vorausgesetzt, ich lag mit der Vermutung richtig, daß sie jetzt

Ende zwanzig war. Ich überprüfte den Termin im Kalender, aber es war nichts vermerkt. Natürlich konnte sie diesen Organizer damals noch nicht besessen haben, denn es war ein ziemlich neuer Apple Groovy™, aber es hätte ja sein können, daß sie es trotzdem eingetragen hatte. Viele machen das in der ersten Begeisterung über ihren neuen Organizer und tragen ihre bisherige Lebensgeschichte ein. Ich gab außerdem den Suchbefehl «Mein Geburtstag» ein, den vermerkt jeder, um für sich selbst den Tag zu etwas Besonderem zu machen, als wäre der Organizer eine geschützte Sphäre, in der man sich verletzlich zeigen darf. Lauras war am vierten November, das war es also auch nicht. Wie dem auch sei. Jedenfalls bedeutet das Datum etwas für sie.

Ich wußte, daß es für die Zeit, in der sie in Ensenada war, keinen Eintrag gab, und ich fand auch keinen an dem Tag, als sie mir die Erinnerung übertragen hatte. Ich blätterte ein bißchen im Adressenverzeichnis, entdeckte aber nichts Auffälliges, danach startete ich eine Suche nach den im Terminkalender am häufigsten genannten Namen. Offenbar traf sich Laura regelmäßig mit einer Frau namens Sabi, aber das war auch schon alles. Das übrige waren Geschäftstermine und Arbeitsessen. Ich kannte keinen der Firmennamen. Ich wußte nicht einmal, womit Laura ihr Geld verdiente.

Das Essen kam, und während ich es herunterschlang, beauftragte ich den Organizer, in allen Dateien nach meinem und Ray Hammonds Namen zu suchen. Die Wurst schmeckte übrigens sehr gut, aber bei den Eiern kam mir der Verdacht, daß es den Hühnern lange nicht so gut ergangen war wie den Schweinen. Der Kerl am anderen Ende des Raumes schien inzwischen eingeschlafen zu sein, seine Stirn ruhte auf der Tischplatte. Schon bei seinem Anblick bekam ich Durst auf ein Bier.

Die Überprüfung der Suchergebnisse dauerte nicht lange. Es gab nämlich keine. Entweder hatte nie etwas über mich oder den toten Cop dringestanden, oder, was wahrscheinlicher war, sie hatte alles gelöscht. Nicht mal die E-Mail von ihrem Hacker, die Hammonds Adresse enthielt, war mehr zu finden, überhaupt keine Net-Adresse von offensichtlichen Hacker-Domains, und im Terminkalender fehlte an den Tagen, an denen sie die Dienste von R.E.M.-Jobs in Anspruch genommen hatte, jeglicher Vermerk. Irgendwann zwischen dem Datum der Erinnerungsübertragung und gestern abend hatte sie gründlich in ihrem Leben aufgeräumt, möglicherweise in dem Glauben, daß es in Wirklichkeit gar nicht existiert hatte, wenn sie nichts darüber nachlesen konnte.

Schließlich überprüfte ich die Besitzerinformationen des Organizers, eine Sache, auf die ich schon viel früher hätte kommen sollen. Es war keine Adresse angegeben – vernünftigerweise, und dennoch ein weiteres Zeichen für Geheimniskrämerei –, dafür aber eine Telefonnummer, eine E-Mail-Adresse, und bei Verlust wurde dem Finder des Geräts eine kleine Belohnung versprochen. Ich beschloß, meinen Anspruch auf das Geld anzumelden, und wählte die Nummer. Es klingelte eine ganze Weile, dann wurde abgehoben.

«Laura?» sagte ich überrascht.

Keine Antwort. Ich dachte, es sei ihr Anrufbeantworter, und wartete darauf, wieder eine folgenlose Nachricht aufsprechen zu können, und nahm mir fest vor, heute noch mit einem Menschen zu sprechen, der tatsächlich anwesend war. Ich kam mir allmählich vor wie in einem Paralleluniversum, wo mich niemand hörte, außer Maschinen.

In der Leitung blieb es stumm. «Laura? Sind Sie zu Hause?» sagte ich, etwas verunsichert. «Deck?» versuchte ich es weiter. «Bist du das?»

«Hier ist niemand», sagte eine Stimme. Männlich. Tief.

«Wer spricht da?» fragte ich und überlegte. Ihr Freund? Die Cops?

«Sie wissen, wer ich bin», sagte die Stimme. Je länger ich ihr zuhörte, desto weniger mochte ich sie. Sie klang viel zu deutlich, so als würde sie gar nicht durch den Telefonhörer in mein Ohr dringen. Irgend etwas sagte mir, daß es sich hier weder um einen Polizisten noch um irgendeinen x-beliebigen Liebhaber handelte.

«Nein», entgegnete ich. «Wollen Sie mir nun sagen, wie Sie heißen, oder nicht?»

Es folgte eine lange Pause. «Er wird Ihnen schon noch einfallen», sagte die Stimme.

«Ist Laura bei Ihnen?» fragte ich ungeduldig. Meine eigene Stimme klang inzwischen nicht mehr besonders tief.

«Um die Schule gingen wir», sagte die Stimme, und die Leitung wurde unterbrochen.

Ich blieb für einen Moment regungslos sitzen, den Hörer noch an meinem Ohr. Ich hatte das Gefühl, etwas stiege wirbelnd aus der Finsternis auf, so wie ein Wort, das einem nach langem Überlegen endlich auf der Zunge liegt. Eine Erinnerung. Vieles war im Weg, die Erinnerungen anderer und meine eigenen, aber es kam näher.

«Fehlt Ihnen etwas?» fragte jemand, und das Gefühl verschwand. Ich rieb mir die Augen und sah, daß es der Mann am anderen Ende des Raumes war, der mit mir sprach. Er hatte seinen Kopf von der Tischplatte gehoben und schaute mich an. Er war etwas älter als ich und hatte mittellanges, welliges, blondes Haar. Markante Gesichtszüge, eine beruhigende Ausstrahlung, und sein Blick war klarer, als man es bei jemandem, der einen höllischen Kater hat, erwartet hätte. «Sie sehen aus, als wären Sie einem Geist begegnet.»

Ich legte mein letztes Geld auf den Tisch und rannte hinaus. Ich fuhr ziellos und schnell durch die Gegend, ohne zu wissen, wohin ich sollte. Mir schien es wichtig, in Bewegung zu sein. Schließlich bog ich vom Santa Monica Boulevard ab und gondelte durch ein Wohnviertel, dann hielt ich am Straßenrand an und saß bloß da. Binnen kurzem fingen meine Hände an zu zittern.

Ich hatte die Stimme am Telefon nicht wiedererkannt, aber sie klang vertraut. Genaugenommen war mir die Art der Stimme vertraut, so, wie die Männer, die offenbar Jagd auf Laura machten, mir auch vertraut waren. Den ersten Ziffern der Telefonnummer zufolge mußte der Apparat irgendwo im nördlichen Teil von Burbank stehen. Es wird behauptet, jeder Punkt in L. A. sei innerhalb einer halben Stunde von jedem anderen Punkt der Stadt aus zu erreichen, aber es wird auch behauptet, der Mond sei aus Käse und das Empire State Building ein Phallussymbol. Meiner Ansicht nach konnten es die Männer in der ihnen zur Verfügung stehenden Zeit nicht von meinem Hotel bis zu Lauras Haus geschafft haben, aber ich wußte nicht, welche Schlußfolgerungen sich daraus ergaben.

Ich hatte den Tag mit einer banalen, dennoch nicht ganz einfachen Aufgabe begonnen. Mir einen Transmitter zu beschaffen. Ich hatte jedoch bisher kaum Erfolge vorzuweisen, im Gegenteil, das Problem weitete sich noch aus und erfaßte Bereiche, die mir gänzlich fremd waren. Es war, als würde mich etwas auf der Stelle treten lassen, mich daran hindern voranzukommen. Es steckte eine Methode dahinter, aber ich durchschaute sie nicht. Laura Reynolds war die Schlüsselfigur, und ohne ihre Hilfe würden die Ereignisse für mich auch weiterhin keinen Sinn ergeben.

Während ich in meinem Wagen saß, durch die Windschutzscheibe starrte und meine nächsten Schritte überdachte, öffnete sich die Tür eines Hauses auf der anderen Straßenseite. Es war ein nettes Haus, zweistöckig, nicht protzig, mit einer hübschen Holzterrasse. Eine junge Frau in einem fliederfarbenen Kleid sah mißtrauisch zu mir herüber, warf ein Auge auf die Nachbarhäuser und hielt das Chaos auf Distanz. Ein winziges Kätzchen trottete hinter ihr her, und sie rief nach ihm. Das Kätzchen huschte einen

Augenblick lang unschlüssig auf der Terrasse hin und her, scheinbar überwältigt von dem vielen Platz, den es plötzlich hatte, und hoppelte dann wieder hinein. Ich hoffte nur, daß es noch Geschwister hatte, denen es heute nachmittag etwas von seinen Abenteuern vorflunkern konnte. Die Frau sah sich ein letztes Mal nach meinem Wagen um, folgte dann dem Kätzchen ins Haus und schloß die Tür.

Für einen Moment wünschte ich mir sehnlichst, daß ich hier zusammen mit der Frau lebte. Daß sie meinen Namen kannte, daß das Kätzchen uns beiden gehörte, daß ich Holzwerkzeuge besaß und einen festen Platz, an dem ich sie aufbewahrte. Von außen betrachtet sieht das Leben anderer Menschen immer geordneter aus als meins, ausgefüllter, in sich geschlossener. Hoffentlich sieht es nur so aus.

Manchmal kommt es mir so vor, als wäre das Leben in Leistungsstufen eingeteilt und ich säße in der hintersten Reihe in der Klasse, die nichts anderes kennt als Unstetigkeit, Hotels und Restaurantessen. Als müsse man eine Prüfung bestehen, ehe man dorthin versetzt wird, wo die netten Leute leben, und als sei es mir bisher nur nicht gelungen herauszufinden, wo diese Prüfung stattfindet.

Weil ich nichts Besseres zu tun hatte, biß ich in den sauren Apfel und wählte die Nummer von R.E.M.-Jobs. Ich hatte immer noch den Traumempfänger im Kofferraum, und ich wollte wenigstens eine Angelegenheit regeln. Sabrina verbannte mich in die Warteschleife, dann meldete sich Stratten.

«Sie sind gar nicht so leicht aufzutreiben, Mr. Thompson», sagte er.

Er klang ungeduldig, aber nicht unfreundlich. Ich schlug einen lässigen Tonfall an. «Ich verwische nur gern meine Spuren. Jedenfalls bin ich wieder da, und ...»

«Wieder da?» sagte er sofort, und ich merkte, daß ich einen Fehler begangen hatte. Als ich in Mexiko war, hatte ich meine

Anrufe über Quats System geschaltet, damit es so aussah, als wäre ich noch in L. A.

«Ich war gestern unterwegs», fuhr ich fort, so ruhig ich konnte. «Deswegen konnte ich Ihre Anrufe nicht entgegennehmen.»

«Geschäftlich?»

So blöd bin ich nun auch wieder nicht. «Privat natürlich.» Dabei ließ ich es bewenden. Unnötige Details hören sich immer nach Lügen an.

«Richten Sie das nächste Mal eine Weiterleitung ein. Hier türmt sich die Arbeit für Sie.»

«Erinnerungen kann ich im Moment nicht übernehmen» sagte ich. «Mein Kopf ist noch nicht ganz wieder in Ordnung.»

«Migräne?»

«Ja», sagte ich, und das kam der Wahrheit im Moment auch ziemlich nahe. Der Hauch einer Erinnerung an Lauras Urlaub schwirrte plötzlich durch meinen Kopf, an Katerstimmung und abgestandene Margaritas.

«Aber Träume übernehmen Sie trotzdem, oder?» Stratten war viel zu gewieft, um in seinem Tonfall Mißtrauen anklingen zu lassen, aber ich spürte es.

«Wie Ihnen bekannt sein dürfte, ist das eine andere Sache. Außerdem brauche ich das Geld.» Das stimmte nicht. Ich hatte ungefähr eine Viertelmillion an diversen Stellen im Net versteckt, das Geld nicht eingerechnet, das ich Laura Reynolds erstatten wollte. Aber ich dachte mir, es würde Stratten freuen zu hören, daß ich auf ihn angewiesen war.

Ich hatte recht. «Also gut», sagte er, offenbar zufrieden über meine Antwort. «Ruhen Sie sich für den Rest des Tages aus. Aber erholen Sie sich auch gut. Die heutige Nacht wird sehr anstrengend.»

Wenn Sie wüßten, dachte ich.

Ich kehrte nach Griffith Park zurück und fuhr am Falkland vorbei. Es fiel mir nichts Besonderes auf, aber ich hatte immer noch ein komisches Gefühl und stellte den Wagen am hinteren Ende der Straße ab, setzte mich an einen Tisch vor einer Kneipe und trank ein Bier, das ich mit Kreditkarte bezahlte. Bei Deck ging immer noch keiner an den Apparat, auf meinem Anrufbeantworter waren keine Nachrichten, und Tid sagte mir über sein Handy, daß die Männer im grauen Anzug nicht mehr in Erscheinung getreten waren. Bei Laura rief ich nicht noch mal an.

Ich war gerade bei meinem dritten Bier und überlegte, wie ich in meine Wohnung gelangen konnte, ohne das Risiko einzugehen, getötet zu werden, als das Telefon klingelte.

«Wo steckst du bloß, verdammt noch mal?» brüllte ich und schreckte damit einige der anderen Leute auf, die sich bereits zu dieser Stunde einen Schluck genehmigten.

«Im Net, wo sonst!» antwortete die Stimme gelassen. «Kein Grund zur Aufregung, Hap.»

«Quat», sagte ich leiser. «Ich dachte, es sei jemand anders.»

«Sei froh, daß ich es bin. Ich habe gute Nachrichten.»

Das wurde aber auch Zeit. «Und die wären?»

«Du hast Glück. Ich habe jemanden aufgetrieben, der vor knapp einer Woche ein halbwegs funktionierendes Gerät zusammengebastelt hat, und zwar für eine Frau, die eine große Übertragung abwickeln wollte. Klingelt da was bei dir?»

«Und ob.» Das mußte Lauras Hacker sein. «Wann kann ich es kriegen?»

«Er ist gerade in der Gegend. Reicht heute abend?»

Das lief ja besser als erwartet. Ich war fast benommen vor Erleichterung. «Was habt ihr ausgehandelt?»

«Dreißigtausend, für einmaligen Gebrauch. Er bringt es dir, wartet, bis du fertig bist, und nimmt es wieder mit zurück.»

«Das geht nicht. Es gibt logistische Probleme.» Zum Beispiel hatte ich meinen Empfänger nicht parat. «Ich brauche es mindestens die ganze Nacht.»

«Einen Moment.» Nach einer kurzen Unterbrechung meldete Quat sich wieder. «Also gut, der Preis erhöht sich auf fünfzig, und das Gerät muß bis spätestens sechs Uhr am nächsten Morgen zurückgegeben werden. Er kommt mir da entgegen. Er will es möglichst schnell wieder in Einzelteile zerlegen.»

«Abgemacht.» Es war günstiger, als ich gedacht hatte, und angesichts meiner momentanen Situation geradezu spottbillig. «Was ist mit der Übergabe. Wann und wo?»

«Wie wäre es mit deiner Wohnung?»

«Bei mir wird gerade das Farbauswahlmenü ausgetauscht.» Ich überlegte einen Augenblick. «Kennst du das Prose Café?»

Quat gluckste. «Ich habe davon gehört.»

«Sag ihm, wir treffen uns um acht Uhr dort. Kümmerst du dich um die Überweisung?»

«Wird gerade erledigt. Und komm bitte allein, Hap. Ich glaube, der Kerl ist ein bißchen schreckhaft.»

Zumindest traut er sich manchmal hinaus in die wirkliche Welt, dachte ich. «Woran erkenne ich ihn?»

«Du wirst ihn schon erkennen», sagte Quat und legte auf.

Ich genehmigte mir in Feierstimmung einen kräftigen Schluck und strahlte die anderen Gäste wohlwollend an. Das wichtigste Stück des Puzzles war jetzt an seinem Platz. Zugegeben, die anderen Teile – an mein eigenes Gerät und an die Frau heranzukommen, die ihre Erinnerung zurücknehmen sollte – bereiteten mir noch einige Schwierigkeiten, aber wenigstens kam ich voran.

Mir kam eine Idee, und ich wählte noch mal Tids Nummer. Er ging gleich beim ersten Klingeln ran. Das tut er immer. Er hat anscheinend nichts anderes zu tun, als Botengänge für Leute wie mich zu erledigen.

«Ich hätte einen Fünfzig-Dollar-Job für dich. Du hast zehn Minuten Zeit.»

«Für das Geld auch einen halben Tag. Was soll ich tun?»

«Ich habe ein Gerät in meiner Wohnung liegengelassen, das ich brauche. Ich würde dir gerne die Schlüssel geben, und du holst es.» Mit einemmal konnte ich gut verstehen, warum Woodley ausschließlich mit Hilfe von Chirobs operiert. Vielleicht war er mehr auf der Höhe der Zeit als ich.

«Klar. Aber warum gehst du nicht selbst?»

«Ich habe meine Gründe. Hör mal, klopf unbedingt an, ehe du die Wohnung betrittst. Platz nicht einfach so herein.»

«Wie du meinst, du bist der Chef. Wo bist du gerade?»

«Gegenüber vom Haus.» Ich brach plötzlich ab, weil mir klar wurde, daß ich ihm das nicht antun konnte. Egal, ob Tid an die Tür klopfte oder, was viel wahrscheinlicher war, meinen Rat in den Wind schlug und einfach aufschloß: Wenn die beiden Männer sich in meiner Wohnung befanden, würden sie ihn, so wie ich sie einschätzte, auf jeden Fall erschießen. Wenn sie nicht dort waren, hatte er sich fünfzig Dollar verdient. Das war nicht fair. Keine Summe Geld würde so ein Risiko rechtfertigen. Außerdem fiel mir ein, daß ich gar kein Bargeld hatte.

«Hör mal, Tid», sagte ich. «Ich habe es mir anders überlegt.»

«He, hallo», sagte er, und seine Stimme klang ein wenig abseits, «... ich habe gerade jemanden am Apparat, der nach Ihnen gesucht hat.»

«Was soll das heißen?» fragte ich, aber er hatte gar nicht ins Handy gesprochen. Gespannt lauschte ich ein paar undeutlich gesprochenen Sätzen, dann kam jemand anders an den Apparat.

«Hap», sagte eine eindringliche Stimme. «Wo zum Teufel hast du gesteckt?»

Zum Glück war mein Telefon aus dem Material, aus dem früher Spaceshuttles hergestellt wurden. «Deck? Alles in Ordnung? Ist Laura bei dir?»

«Zweimal ja. Mir geht der Arsch ziemlich auf Grundeis. Ich habe den ganzen Vormittag über versucht, dich zu erreichen.» Deck hörte sich erleichtert an.

«Wie denn?»

«Telefonisch, Hap. Wie denn sonst? Glaubst du per Telepathie?»

«Geh bloß nicht rauf in die Wohnung. Ich bin direkt gegenüber in der Twelve Bar. Komm sofort her.»

Ich stand auf, schaute über die Straße. Nach ein paar Sekunden öffneten sich die Eingangstüren des Falkland. Deck tauchte auf, mit einer Hand hielt er Laura am Oberarm fest. Sie trug das grüne Kleid und sah hübsch aus, allerdings ziemlich abgenervt. Wenigstens tat sie uns den Gefallen, sich nicht zu wehren.

Deck war noch nicht ganz bei mir angekommen, da fing er schon an zu reden. «Verflixt noch mal, Hap. Hattest du das Telefon ausgeschaltet?»

«Nein», sagte ich. «Und ich hatte es immer in Reichweite. Bist du sicher, daß du die richtige Nummer gewählt hast?»

Er ratterte sie herunter.

«Ich habe die Schnauze gestrichen voll», sagte Laura. «Ich kann mir echt was Schöneres vorstellen, als den ganzen Vormittag von diesem Affen durch die Gegend geschleift zu werden.»

«Halten Sie den Mund», sagte ich. «Ich hab Ihnen Ihre Sachen geholt, also regen Sie sich nicht so auf.»

«Oh, soll ich jetzt vor Dankbarkeit vor Ihnen auf die Knie fallen, oder was?»

Ich beachtete sie nicht weiter, drehte mich um und schloß den Wagen auf. «Was ist passiert?»

«Weiß nicht», sagte Deck und sah mich ratlos an. «Bin nervös geworden. Etwas Merkwürdiges geht hier vor, Hap.»

«Sagen Sie bloß, Scully?»

Deck hielt Laura die Tür auf, sie setzte sich auf den Rücksitz, er selbst nahm auf dem Beifahrersitz Platz. Ich betätigte die Zentralverriegelung, gab bei der Selbststeuerungsanlage «Stadtrundfahrt» ein und ließ mir von Deck erzählen, was passiert war, während wir durch die Gegend schlichen.

Deck hatte abgewartet, bis Laura aus dem Bad gekommen war, und ihr dann eine Tasse Kaffee eingeschenkt. Sie waren gerade dabei, Unhöflichkeiten auszutauschen, als das Telefon klingelte. Eigentlich wollte Deck den Anrufbeantworter laufenlassen, aber dann dachte er, ich riefe vielleicht aus dem Net an, weil sich meine Pläne geändert hätten. Also nahm er ab.

Eine tiefe Stimme meldete sich. Ob sie Laura Reynolds sprechen könne. Deck sagte, sie sei nicht da. Die Stimme lachte leise, dann fragte sie nach mir. Deck gab die gleiche Antwort noch mal und wurde daraufhin gebeten, eine Nachricht auszurichten. «Der Zorn des Nichts wird sich alsbald entladen.»

«Nicht sehr liebenswürdig», sagte ich.

«Nein. Klang sogar ziemlich bedrohlich. Und ein bißchen nebulös. Ich wartete also ein paar Minuten ab, überlegte, ob ich dich vielleicht anrufen sollte, aber dann bekam ich ein mulmiges Gefühl. Der Tonfall dieses Typen weckte in mir den Verdacht, daß er mit ‹alsbald› nicht ‹morgen› oder ‹irgendwann im Laufe der Woche, möglicherweise Freitag›, meinte. Es könnte auch *sofort* heißen. Ich trat ans Fenster und sah hinunter auf die Straße. Ich konnte nichts Ungewöhnliches entdecken, allerdings wußte ich auch nicht, wonach ich Ausschau halten sollte. Dann rief ich dich an, aber die Leitung war besetzt.»

«Wann war das?»

«Genau eine halbe Stunde nachdem du gegangen warst.» Zu diesem Zeitpunkt hatte ich im Parkdeck unterm Falkland gesessen, eine Zigarette geraucht und mit niemandem telefoniert. Deck zuckte die Achseln. «Na ja, du weißt ja, wie das manchmal bei mir ist.»

Ja, das wußte ich. Deck hat den sechsten Sinn. Klingt abgedroschen, aber es stimmt. Vor einiger Zeit hatte er einer Person, die ich sehr mochte, das Leben gerettet, einfach indem er das Gespräch mit ihr nicht abreißen ließ. Aus verschiedenen Gründen war ich nicht dabei, aber ich habe kurz danach davon erfahren. Sie waren zusammen in einer Kneipe, tranken etwas und schlugen die Zeit tot. Sie wollte sich hinterher noch mit jemandem treffen und aufs Land fahren, aber Deck bekam es mit der Angst zu tun und sorgte dafür, daß die Frau blieb, redete dummes Zeug und tat so, als wolle er sie zu etwas anderem überreden. Es gelang ihm nur, sie zehn Minuten lang aufzuhalten, aber das reichte. Der Typ, der auf sie wartete, verlor die Geduld und ging zu seinem Wagen, um nach ihr zu suchen. Sekunden später rieselte sein Körper gemeinsam mit unzähligen Fahrzeugteilchen in einem feinen, roten Sprühregen auf die Straße nieder.

Der Wagen war in die Luft gesprengt worden. Das konnte Deck unmöglich gewußt haben. Egal, was man davon auch halten mag, wenn Deck eine Sache nicht geheuer ist, dann tue ich, was er sagt.

«Also schnappte ich mir unseren charmanten Gast, und wir sind abgehauen.»

«Im Parkdeck unter dem Hotel hast du nicht zufällig nachgeguckt, oder?»

Deck sah mich verlegen an. «Äh, nein. Jedenfalls nicht gleich. Wenn du sagst, ich gehe mal eben zu Quat, denke ich nie daran, daß du ja gar nicht wirklich hinfährst. Wie dem auch sei, wir sind kreuz und quer durch Griffith Park gelaufen, um immer in Bewegung zu bleiben. Ich hatte das Gefühl, na ja, ich weiß auch nicht.»

«Was meinst du?»

Deck zuckte die Schultern. «Ich hatte das Gefühl, als würde uns jemand folgen. Aber ich konnte niemanden sehen. Ich habe alle Viertelstunde versucht, dich über Handy zu erreichen. Dauernd besetzt. Am Ende dachte ich, es gibt keine Wahl, wir müssen zurück in deine Wohnung. Vorher habe ich auch im Parkdeck nachgesehen, aber du warst nicht da.»

«Ich habe ungefähr fünfmal telefoniert, nachdem ich nicht mehr im Net war», sagte ich, «immer nur ganz kurz. Hauptsächlich mit deinem Anrufbeantworter.»

«Dann ist dein Telefon eben kaputt. Red doch mal mit dem Spinner im Net darüber. Wo warst du überhaupt die ganze Zeit?»

«Du hattest übrigens recht», sagte ich. «Der Typ, der in der Wohnung angerufen hat, meinte wirklich ‹sofort›. Fünf Minuten nachdem ihr weg wart, sind sie aufgekreuzt. Ich muß dich um wenige Sekunden verfehlt haben.»

«Wen meinen Sie mit ‹sie›?» fragte Laura.

Ich sah sie an. «Die Männer im grauen Anzug.»

«Was zum Teufel wollten die da?»

«Die suchten vermutlich nach Ihnen», sagte ich. «Wie stehen die Chancen, daß Sie mir jetzt ein paar Fragen beantworten?»

«Was für Fragen?» sagte sie, während sie in ihrer Handtasche kramte. «Wie bescheuert ich euch beide finde?»

«Warum Sie Ray Hammond erschossen haben. Und wer die anderen Männer sein könnten.»

«Ich weiß nicht, wovon Sie reden», sagte sie und lächelte freundlich. «Das war ich nicht. Sie können mich an einen Lügendetektor anschließen, wenn Sie wollen. Ich habe ein reines Gewissen.»

«Ja, aber nicht mehr lange», sagte ich, kurz davor, die Geduld zu verlieren. «Ich bekomme einen Transmitter – von demselben Mann, der auch Ihnen einen geliehen hat.» Lauras Lachen gefror. «Er bringt ihn mir heute abend, und zehn Minuten später wird alles wieder zurück in Ihren Kopf wandern. Und wissen Sie was: Dann sind Deck und ich aus der Sache raus. Sie nicht. Die Polizei wird einzig und allein Sie mit dem Mord in Verbindung bringen, aber das wird noch Ihr geringstes Problem sein.»

«Und welches ist das größte, Ihrer bescheidenen Meinung nach?» fragte sie mit eiskaltem Blick.

«Diese anderen Typen, die im grauen Anzug. Die sind in

dem Fall schon weiter als die Polizei. Sie waren heute früh im Nirvana. Vorhin habe ich bei Ihnen zu Hause angerufen, und einer von ihnen ging an den Apparat.»

«Das glaube ich Ihnen nicht. Woher haben Sie denn meine Nummer?»

«Aus Ihrem Organizer», sagte ich. «Ihre beste Freundin heißt Sabi, und Sie haben im November Geburtstag.»

«Das geht sie *nichts* an!» rief sie. «Das ist *mein* Leben.»

«Das gleiche gilt für das, was jetzt in meinem Kopf ist, und das haben Sie gerne weitergegeben. Die Frage ist eher, woher die beiden anderen Männer wußten, wo Sie wohnen.»

«Keine Ahnung. Ich weiß nicht, wer die Männer sind.»

«Aber die wissen offenbar, wer *Sie* sind. Übrigens haben sie die Strecke vom Falkland bis zu Ihnen schneller zurückgelegt, als eigentlich möglich ist. Entweder, sie sind nicht bloß zu zweit, oder hier geht etwas höchst Seltsames vor sich, was auch der Grund ist, warum ich nicht gerade scharf darauf bin, in die Wohnung zu gehen. Wer diese Typen auch sein mögen, sie sind Ihnen dicht auf den Fersen.»

«Nicht nur mir», erwiderte sie schnippisch. «Sie haben ja gehört, was Ihr reizender Freund gesagt hat. Sie haben nicht nur nach mir, sondern auch nach Ihnen gefragt.»

«Mich suchen sie nur, weil sie wissen, daß Sie bei mir sind. Sie haben den Hotelportier unter Druck gesetzt. Er hat mich verpfiffen.»

«Quatsch. Sie wissen genau, daß ich die Wahrheit sage.»

Ich sah aus dem Fenster. Wir fuhren gerade bei Herbies Croutons vorbei, das in die Stadtrundfahrt aufgenommen wurde, weil es zu den herausragenden architektonischen Glanzstücken von Griffith Park gehört. Ich schleuderte ihm meine übliche Haßtirade entgegen, allerdings eher zerstreut. Als ich mich wieder umdrehte, schaute Deck mich an.

«Stimmt das?» fragte er.

Ich nickte. «Höchstwahrscheinlich. Der Kerl, mit dem ich gesprochen habe, hat etwas Merkwürdiges gesagt. Ich weiß nicht, was es bedeuten sollte, aber irgend etwas bedeutete es.»

«Man kann nicht einfach so weglaufen», sagte Laura leise. «So läuft das im Leben nicht.» Dem konnte ich nicht widersprechen. Sie wirkte klein im Rückspiegel, einsam, und für einen Moment war ich nicht mehr wütend auf sie.

SIEBEN

Das Hard Prose Café liegt im Speicherviertel von Griffith Park. Natürlich ist es kein richtiges Speicherviertel, sondern bloß ein weiteres mit Realitäts-Aroma gewürztes Häppchen Leben. In den achtziger und neunziger Jahren gewöhnten sich die Leute so sehr an überteuerte Kneipen und Restaurants in höhlenartigen ehemaligen Fabriketagen, daß sie vergaßen, zu welchem Zweck solche Gebäude ursprünglich gedient hatten. Daher errichtete man bei der Bebauung von Griffith Park eine Reihe mehrstöckiger Lagerhäuser und gestaltete sie noch *während* der Bauphase um – man zog Wände hoch und riß sie dann sofort wieder ein, um ein authentisches Flair zu erzeugen. Vor dem Café befindet sich sogar ein Pier, und erst wenn man an den Rand tritt und hinunterschaut, sieht man, daß die Wasseroberfläche im «Hafenbecken» nur das Plexiglasdach über der U-Bahn ist. Ich glaube manchmal, wir haben uns inzwischen so sehr an Getränke mit Schokoladenaroma gewöhnt, daß wir von echter Schokolade einen allergischen Ausschlag bekämen.

Laura verzog beim Betreten des Cafés angewidert das Gesicht. Wahrscheinlich verletzte der Anblick ihr ästhetisches Empfinden. Das Café war von einer Gruppe Drehbuchautoren aus Hollywood eröffnet worden, die zwischen ihren geschäftlichen Terminen schlecht gelaunt an einem finsteren Ort hocken wollten. Der Service ist, das muß leider gesagt werden, unter aller Sau.

Man muß einen Tisch für eine Stunde früher reservieren, als man ihn tatsächlich braucht, da die Geschäftsleitung von der Voraussetzung ausgeht, daß alle Gäste grundsätzlich zu spät kommen. Es dauert eine Ewigkeit, bis einer der Kellner einen zur Kenntnis nimmt, das Küchenpersonal ändert willkürlich die Bestellungen – und wird das Essen endlich serviert, taucht plötzlich jemand, den man seit Monaten nicht mehr gesehen hat, wie aus dem Nichts auf und ißt einem 10 % der Portion weg. Die Innenausstattung ist nie endgültig fertiggestellt worden, denn die Handwerker hatten den Auftrag erst zur Hälfte erfüllt, als sie von Gestaltungshemmung befallen wurden. Jetzt verbringen sie ihre Zeit damit, an der bislang geleisteten Arbeit zu feilen und sich zu beklagen, weil sie an den Vermarktungsrechten nicht beteiligt sind.

Deck und ich gehen gerne hin, weil es der einzige öffentliche Ort in ganz Kalifornien ist, an dem man rauchen darf. Außerdem gefällt mir die räumliche Aufteilung ziemlich gut, auch wenn ich glaube, in dem Punkt einer Minderheit anzugehören. Es ist ein riesiger Saal, der sich über zwei Etagen erstreckt, mit einer großen runden Bar in der Mitte. Getränke werden relativ prompt serviert. Ich glaube, diese Bestellungen genießen Priorität. Außerdem steht vor einer der Seitenwände eine wuchtige Skulptur, die – na ja, ich weiß ehrlich gesagt gar nicht, was sie darstellt. Bestimmt soll sie zu Gesprächen anregen, aber ich stelle mir vor, daß diese Gespräche meist wie folgt ablaufen:

«Was ist denn *das*, verdammt noch mal.»

«Verdammt, woher soll ich das denn wissen.»

«Das Ding ist echt verdammt scheußlich.»

«Yo. Los, fackeln wir's ab.»

Der Rest des Raums wird von hölzernen Sitznischen eingenommen, die wie Reisfelder terrassenförmig angelegt sind. In einer Ecke kann, wer Lust hat, auf eine Plattform knapp unter der Decke klettern und von dort würdevoll auf eine Mini-Wolkenformation aus Secondhand-Qualm herunterschauen.

Ich schlug diese Richtung ein, und Laura und Deck folgten mir. Ich habe nicht sehr oft Gelegenheit, mich würdevoll zu benehmen.

Der am höchsten gelegene Tisch bot zusätzlich noch den Vorteil, daß es Laura dort besonders schwerfallen würde zu fliehen. Sie hatte sich den Rest des Nachmittags ruhig verhalten, schweigend auf dem Rücksitz gesessen und das Angebot, ihr einen Tofu-Borrito zu holen, ausgeschlagen. Was Deck und mich mit Erleichterung erfüllt hatte, um ehrlich zu sein: Wir wollten unseren guten Ruf als Fleischesser nicht aufs Spiel setzen, indem wir an unserem Taco-Stand so etwas bestellten. Wir ließen sie ein paarmal allein, wenn wir uns die Beine vertreten wollten, entfernten uns allerdings nie weit vom Wagen. Sie wirkte friedlich, aber mich konnte sie nicht täuschen. Ich war überzeugt, daß sie im Laufe des Abends noch Schwierigkeiten machen würde. Die Frage war nur, wann.

Nachdem wir uns an den Tisch gesetzt hatten, bot Deck an, uns etwas zu trinken zu holen, und ließ uns beide allein. Ich zündete mir zufrieden eine Zigarette an und hielt Laura die Pakkung hin, aber sie schaute mich bloß ungläubig an. «Ich rauche nicht.»

«Und ob. Kims.»

«Ich habe mein Leben inzwischen im Griff und das Rauchen aufgegeben.»

Ich mußte lachen. «Wann? Vor zwei Tagen?»

«Nein, vor drei.»

«Alle Achtung», sagte ich und wandte mich ab. Es war erst sechs Uhr, aber trotzdem waren die meisten Tische auf den Ebenen unter uns bereits besetzt. Also lehnte ich mich zurück und beobachtete eine Zeitlang die Leute. Früher konnte ich mir kaum vorstellen, daß andere Menschen ein eigenständiges Leben führen, daß sie mehr waren als bloß Kleindarsteller in dem B-Movie über mein Leben. Nur wenn man sie an einem Ort wie beispielsweise einer Kneipe sieht, wird deutlich, daß sie sich aus einem bestimmten Grund dort aufhalten, daß eine Beziehung zwischen ihnen und den Leuten, mit denen sie sich treffen, besteht und daß sie – obwohl es auf den ersten Blick manchmal nicht den Anschein hat – richtige Menschen sind. Seit ich Erinnerungsarbeit mache, kann ich mir das leichter vorstellen. Gelegentlich, wenn ich müde bin, kommt es mir so vor, als würden die Unterschiede verschwimmen, und ich glaube dann beinah, statt eines Individuums bloß Teil eines Erfahrungs-Kontinuums zu sein. Aber meine flüchtigen Einblicke in die Wirklichkeit des Lebens anderer Leute machen es mir leider nicht leichter, sie zu verstehen. Soweit ich weiß, hat noch nie zuvor ein Mensch an einem so langen Abschnitt des tatsächlichen Lebens eines anderen teilgehabt wie ich im Fall von Laura Reynolds, und dennoch blieb sie mir ein Rätsel. Ich begriff nicht, wie aus dem Mädchen, das sie früher gewesen war, die Frau werden konnte, die sie heute war.

«Muß das denn so sein?» fragte sie plötzlich, zu meiner Überraschung. Ich hatte erwartet, sie werde mich mit dauerhaftem Schweigen strafen.

«Was?» sagte ich. «Ich meine, okay, die Einrichtung ist ein bißchen zusammengewürfelt, aber ...»

«Die Übertragung», sagte sie. «Muß ich die Erinnerung wirklich zurücknehmen?» Sie wirkte erschöpft und hatte bläuliche Schatten unter den Augen, die wie leichte Blutergüsse aussahen. Die langen Ärmel ihres Kleides verdeckten die Wunden an den Handgelenken, die aber bestimmt weh taten.

«Ja», erwiderte ich. «Tut mir leid, aber es muß sein. Wenn man mich mit Ihren Erinnerungen im Kopf schnappt, wird mir die Strafe aufgebrummt, die Sie bekommen hätten. Oder sogar noch eine härtere.»

Sie stützte die Ellbogen auf den Tisch, legte den Kopf in die Hände und schaute mit einem Blick zu mir hoch, der eindeutig anziehend wirken sollte. Zufällig war er das auch. «Wieso noch eine härtere? Bloß, weil Sie ein Mann sind oder weil Sie ein langes Vorstrafenregister haben?»

«Ich habe keins. Bin nie erwischt worden, und es liegt kein einziger Haftbefehl gegen mich vor.» Ich zögerte, dann dachte ich: Ach Gott, wieso nicht. Solange sie nicht patzig war, fühlte ich mich ganz wohl in ihrer Gegenwart. «Vor ein paar Jahren habe ich zusammen mit anderen ein ziemlich übles Ding gedreht. War aber nicht meine Schuld, ich hatte vorher nicht ahnen können, daß es so ausgeht. Aber es gab ein paar Tote, und vor allem ein spezieller Cop war stinksauer auf mich. Er hat mich einige Jahre lang kreuz und quer durchs Land gejagt, aber dann habe ich jemanden engagiert, um das Verbrechen im Computer zu löschen. Danach hatte er nichts mehr gegen mich in der Hand und mußte aufgeben.»

«Hätte er Sie nicht trotzdem um die Ecke bringen können? Oder Ihnen was anderes anhängen?»

Ich schüttelte den Kopf. Derselbe Gedanke war mir auch schon unzählige Male durch den Kopf gegangen. «Offenbar nicht. Soweit ich das beurteilen kann, ist er ein absolut integerer Mensch.»

Sie verzog mißmutig den Mund. «Der Letzte einer aussterbenden Gattung.»

«Heh – ich bin manchmal auch gar nicht so übel. Wie auch immer, jedenfalls leitet dieser Mann die Ermittlungen bei dem Mord, den Sie begangen haben.»

Laura zog eine Augenbraue hoch und schien zu begreifen, daß dieser Umstand zu einem Problem werden könnte. «Komischer Zufall, was?»

Ich schüttelte den Kopf. «Er ist der Chef der Mordkommission, und Ray Hammond war ein hohes Tier im LAPD. Logisch, daß ihm der Fall übertragen wurde. Und wenn er mich auf legale Weise drankriegen kann, dann bin ich geliefert.»

«Es besteht keine Verbindung zwischen Ihnen und dem Mordfall. Das wissen Sie genau. Wie Sie schon sagten, wenn ich Pech habe, könnte *mich* jemand damit in Zusammenhang bringen. Sie waren noch nicht einmal am Tatort.»

«Jemand hat die Verbindung bereits hergestellt. Die Typen in Grau. Ich habe keine Lust, mich in den nächsten Jahren vor jedem Schritt umzugucken. Das mußte ich in der Vergangenheit schon viel zu lange tun.» Unten sah ich Deck, der sich bis zur Theke vorgekämpft hatte und Getränke en gros bestellte. Kluger Junge.

Laura gab nicht auf. «Können Sie die Erinnerung nicht einfach sonstwohin schießen?»

Ich schüttelte den Kopf. «So wird man sie nicht los. Was dann passieren würde, wäre bloß, daß sie sich irgendwo, über einer Straße oder einem Fluß, zusammenballt und wie eine Wolke in der Luft hängt. Wenn durch diese Wolke dann zufällig jemand geht, gerät zumindest ein Teil davon in seinen Kopf. Solche Leute bekommen das Gefälschte-Erinnerung-Syndrom. Sie glauben, ihnen sei etwas Schlimmes zugestoßen, und machen die Menschen in ihrer nächsten Umgebung dafür verantwortlich. Anfangs haben viele Familien unter so etwas gelitten.»

«Aber …»

«Und auch wenn Ihnen Ihre Mitmenschen scheißegal sind», unterbrach ich sie, «gibt es immer noch die kriminologischen Memoristen, die ein Profil des ursprünglichen Trägers der Erinnerung erstellen können. So oder so, ich tu es nicht.»

«Das war's dann also? Sie laden die Erinnerung einfach wieder bei mir ab und machen sich aus dem Staub?»

Ich zuckte die Achseln. «Geben Sie mir Ihre Kontonummer. Ich werde Ihnen Ihr Geld zurücküberweisen – was ich ziemlich großzügig von mir finde, wenn man bedenkt, daß ich Ihretwegen eine Woche Arbeitsausfall hatte und bei meinem Chef jede Menge Minuspunkte angesammelt habe.»

«Aber was soll ich denn ...»

Plötzlich war ich es leid. «Ich habe keine Lust mehr, Fragen zu beantworten, Laura. Warum tauschen wir nicht mal die Rollen? Dieses Chaos ist auf Ihrem Mist gewachsen, nicht auf meinem. Warum haben Sie den Mann umgebracht? Warum haben Sie gestern nacht versucht, sich umzubringen? Was für Probleme haben Sie, und warum kriegen Sie die nicht geregelt?»

«Kümmern Sie sich um Ihren eigenen Kram, Sie Arschloch», sagte sie und wandte sich ab.

Genau in diesem Moment kam Deck zurück, gefolgt von zwei Kellnern, die unter der Last ihrer mit Drinks beladenen Tabletts ächzten.

«Na, amüsiert ihr euch gut?» fragte Deck.

«Spitzenmäßig», sagte ich.

Einige Zeit später stand ich an der Theke und schaute auf die Uhr. Es war zwanzig vor acht. Ich überlegte, wie ich am schnellsten meine Bestellung für eine weitere Runde Drinks loswerden konnte. Laura hatte, wie schon mehrfach zuvor, Nachschub verlangt. Sie war ziemlich betrunken, schon nach ganz kurzer Zeit. Es dauerte eine Weile, bis mir dämmerte, daß sie womöglich im Laufe des Nachmittags die Flasche in ihrer Handtasche geleert hatte. Als mir dieser Verdacht kam, schämte ich mich für sie. Ich bin kein Verächter alkoholischer Getränke, und die Folgen ihres Genusses sind mir durchaus vertraut. Aber ich trinke, weil es mir Spaß macht und weil es mir schmeckt. Gelegentlich benutze ich Alkohol als billige Flucht aus dem Leben, dem richtigen oder dem anderen. Für Laura galt das offenbar nicht. Nur die Russen trinken Wodka, weil sie ihn mögen, und sie mischen ihn selten mit Preiselbeersaft. Laura trank ihn in großen Schlucken, so als nähme sie ein Medikament, und mit einer sturen Entschlossenheit – so als hätte sie sich selbst eine Behandlung verschrieben, obwohl sie wußte, daß dadurch alles nur noch schlimmer würde. Das ging mich jedoch nichts an, und ich konnte ihr sowieso nicht helfen. Sie sollte nur dort bleiben, wo sie war, und uns keinen Ärger machen, deshalb bestellte ich ihr noch etwas zu trinken.

Es bestand Anlaß zur Hoffnung, daß der Barkeeper demnächst sein arrogantes Gehabe ablegen und meine Bestellung ausführen würde. Er gehörte zu den Leuten, die alles, was sie tun, mit besonders schwungvollen Handbewegungen begleiten, und er ging mir langsam auf die Nerven. Ich will von Barkeepern keine Show geboten bekommen. Ich will meinen Drink und basta.

Mein Plan war, daß Deck zusammen mit Laura am Tisch sitzen bleiben und ich um acht wieder nach unten gehen würde, um nach dem Hacker Ausschau zu halten. Quat hatte ihm vermutlich eine Beschreibung von mir gegeben, und außerdem hatte er angedeutet, daß der Typ ziemlich leicht zu erkennen war. Sobald ich den Transmitter bekommen hatte, würden wir ins Falkland zurückkehren. Ich würde jemanden beauftragen, für ein paar Minuten bei Laura den Babysitter zu spielen, oder sie im Wagen einschließen, und Deck und ich würden den Empfänger aus meiner Wohnung holen. Deck war mit diesem Plan nicht einverstanden und hatte schon den ganzen Nachmittag hindurch immer wieder betont, daß er fand, wir hätten uns als erstes um den Empfänger kümmern sollen. Sich in der Wohnung blicken zu lassen war jedoch ein Risiko, das ich so spät wie möglich eingehen wollte. Anschließend würde ich mir, vorausgesetzt, daß bis dahin keine Zwischenfälle aufgetreten waren, ein Motel suchen, den Transfer durchführen und Laura freilassen. Dann noch eine Nacht mit bezahlten Träumen, und morgen würde wieder alles so sein wie vor einer Woche. Ich war etwas unruhig, mehr aber auch nicht.

Ich wartete noch darauf, daß mir der Rechnungsbeleg vorgelegt würde, und starrte derweil auf den gemalten Fries über der

Bar, als der Abend eine sonderbare Wendung nahm. Das Gemälde zeigte die Götter und Göttinnen der klassischen Mythologie in Form stilisierter Kleckse, und ich dachte, wie einfallslos doch unsere Vorstellung von Göttern ist. Eine Göttin der Liebe, ein Gott des Krieges, ein Gott fürs Betrinken: Alle kamen mir vor wie die Mitglieder des Aufsichtsrats einer «Welt AG», dessen Vorsitz Herr Zeus sen. innehatte. Keine unfaßbaren Geister, keine schattenhaften Wesen, keine Materie in Lücken und Spalten; bloß die typische hierarchische Firmenstruktur. Moderne Religionen sind noch schlimmer: Sie sind schlicht und einfach stromlinienförmig. Früher war Gott zumindest noch eine Art Howard-Hughes-Gestalt mit etwas Pfiff, jetzt gibt er das Bild eines alternden Seniorpartners einer Anwaltskanzlei in der Provinz ab. Ein kleines Büro an der Hauptstraße irgendeines Kaffs, das Tikken der Uhren an verschlafenen Nachmittagen, verstaubte Zimmer voller Männer, allesamt Rotarier, die ganz aus dem Häuschen geraten, wenn ein neuer Buick auf den Markt kommt.

Dennoch sehnen sich die Leute nach einem göttlichen Wesen, so wie sie immer noch an UFOs glauben wollen. Man sollte doch meinen, daß wir inzwischen, nachdem es derart oft falschen Alarm gegeben hat und wir schon so lange vergeblich auf das Auftauchen des schwarzen Monolithen warten, das Interesse an der Vorstellung, es gäbe außerirdisches Leben, verloren hätten. Aber wir warten immer noch auf kleine Männchen mit spitzen Ohren, die höflich darum bitten, zu unserem Anführer gebracht zu werden, genau wie wir immer noch zu Psychiatern und Wunderheilern rennen, obwohl das einzig Konkrete, was sie uns bieten können, ihre Rechnung ist. Wir trauen uns nicht zu, selbst die Verantwortung für unser Leben zu übernehmen, und wir warten immer noch auf den Deus ex machina.

Aus irgendeinem Grund drehte ich mich um. Ich hatte bereits ein paar Bier intus und glaubte, im Spiegel hinter der Bar ein bekanntes Gesicht gesehen zu haben. Ich wußte nicht, ob es ein Mann oder eine Frau gewesen war, und als ich mich umschaute, sah ich nur fremde Gesichter. An den Tischen saßen ein Haufen Leute, und sie redeten laut und schnell; junge Typen in lächerlichen Designeranzügen; übermütige Frauen von jener plakativen Schönheit, die in mir immer den Wunsch hervorruft, daß sie sich gefälligst bald verziehen, damit ich nicht den Abend damit vergeude, sie heimlich anzustarren. Ich ließ den Blick langsam über die Menge schweifen, sah aber nichts, was ungewöhnlicher war, als man es in einer Kneipe in Griffith Park erwarten konnte. Dennoch war ich plötzlich nervös.

«Sir?» Der Barkeeper wedelte mit dem Rechnungsbeleg in meine Richtung, und seine Miene legte die Vermutung nahe, er habe schon mehrere Tage statt nur ein paar Sekunden warten müssen. Während ich, immer noch abgelenkt, die Gäste beäugte, legte ich meinen Finger auf den Sensor am unteren Rand des Belegs, damit meine DNA abgelesen, eine Verbindung zu meinem Konto hergestellt und der angezeigte Betrag abgebucht werden konnte. «Dort ist das Feld fürs Trinkgeld», klärte mich der junge Mann hilfsbereit auf.

«Ach so», sagte ich und machte einen Strich in der Zeile. «Danke für die Warnung.» Er schnappte sich beleidigt den Beleg und ging weg, um jemand Netteres zu bedienen.

Ich winkte einen vorbeikommenden Kellner heran und stellte meine Drinks auf sein Tablett. «Sie kennen doch sicher den beim Personal unbeliebtesten Tisch im Café?» fragte ich. Ich mußte fast brüllen, um die Musik zu übertönen, die inzwischen von ein paar Musikern in einer Ecke gespielt wurde. Der Kellner nickte bedrückt. Er war klein und verschüchtert; ich fand ihn wesentlich sympathischer als den Barkeeper. «Bringen sie die dahin. Und warten Sie noch einen Moment.»

Ich holte ein Stück Papier aus der Tasche und kritzelte eine Nachricht für Deck darauf. Ich schob den Zettel unter sein Glas, griff dann nach meiner Brieftasche, und erst als ich sie in der

Hand hielt, fiel mir wieder ein, daß ich kein Bargeld mehr hatte. «Richten Sie ihm von mir aus, er soll Ihnen ein dickes Trinkgeld geben», sagte ich dem Gnom und schickte ihn mit einer Handbewegung los.

Anschließend entfernte ich mich von der Bar und mischte mich unter die Leute. Die Nachricht an Deck lautete, er solle bleiben, wo er war, aber die Augen offenhalten. Vielleicht war es bloß ein kleiner Anfall der üblichen Nervosität vor einer illegalen Transaktion, aber ich wollte in Bewegung bleiben. Ich trank ab und zu einen Schluck von meinem Bier und lief herum, versuchte mich unauffällig zu geben und gleichzeitig distanziert das Geschehen um mich herum zu beobachten. Es war wie ein Flashback in eine frühere Zeit meines Lebens – Drogendeals und Gefahren –, und das gefiel mir nicht. Jedenfalls nicht besonders.

Dann sah ich einen Typen an der gegenüberliegenden Seite der Bar stehen. Er war Mitte zwanzig, hatte langes Haar, eine große Nase, trug eine Brille und ein schmuddeliges rotes Sweatshirt mit der Aufschrift «Programmierer tun es rekursiv». In einer Hand hielt er ein Glas mit einer Flüssigkeit, die wie Jolt aussah, und zu seinen Füßen stand ein kleiner Koffer.

Irgendwie sah er so aus, als könnte er der Typ sein, auf den ich wartete.

Ich ging langsam zu ihm, um ihm genug Zeit zu geben, mich zu erkennen.

«Hi», sagte ich. Er war etwa fünfzehn Zentimeter kleiner als ich, und das wußte er sehr genau. Er nickte ein paarmal kurz und ruckartig und drehte sich von der Theke weg. Aus dem Mundwinkel die Frage: «Bist du Hap?»

«Ich glaube schon. Und wer bist du?»

Diesmal schüttelte er den Kopf – ein nervöses Zucken nach rechts und links. Quat hatte recht gehabt, was diesen Typ betraf: Er war die Verkörperung des Wortes «verschroben».

Jetzt melodramatisch: «Das braucht dich nicht zu interessieren.»

«Stimmt», sagte ich und unterdrückte dabei den Drang, die Augen zu verdrehen. «Hast du das Geld bekommen?»

Ein gieriger Ausdruck erhellte für einen Moment seine verkniffene Miene. «Ja. Ähm, vielen Dank.»

«Prima. Ich schlage also vor, du sagst mir, wo ich den Koffer morgen früh hinbringen soll, trinkst in Ruhe aus und verschwindest dann von hier.»

«Das geht nicht. Ich muß dir erst erklären, wie die Maschine funktioniert.»

«Ich kenne mich mit solchem Silizium-Schrott gut aus – das schaff ich schon.»

Ein weiteres Kopfschütteln. «Garantiert nicht, Kumpel. Ich hab das Ding gebaut, und selbst ich muß beim Bedienen auf die Anleitung gucken. Alle Codes müssen von Hand in Echtzeit eingegeben werden.»

«Dann schick mir die Gebrauchsanweisung per E-Mail, wenn du wieder in deiner Bude bist.»

«Ich trau dem Net bei so was nicht.»

«Meine Güte – Quat und du, ihr müßt euch ja bestens verstehen.» Ich atmete tief durch. «Okay, dann schieß mal los», sagte ich, in dem Wunsch, die Sache möglichst schnell hinter mich zu bringen.

«Laß mich dir zuerst die Codierung erklären», sagte er und holte ein Notizbuch aus der Gesäßtasche. «Der Transfer läuft in drei Phasen ab. Zuerst muß die Erinnerung von dem Gerät aufgenommen werden, dann wird sie für die Übertragung zu einem bestimmten Empfänger codiert, danach erfolgt die eigentliche Übertragung. Die erste Phase ist kinderleicht – man braucht nur eine Reihe von Paßwörtern, die ich hier aufgeschrieben habe –, die beiden anderen sind kniffliger Kombinatorik-Kram. Der Übertragungscode wird in Echtzeit mit einer Zufallsfunktion aus den Seriennummern des Transmitters und des Empfängers erzeugt. Du mußt abwarten, bis die beiden Maschinen synchronisiert sind, und dann auf das Matchcode-Signal achten.»

«Wo leuchtet das auf? Zeig mir die Stelle am Gerät.»

«Hör dir erst mal den genauen Ablauf an», sagte er. «Und würde es dir was ausmachen, ein bißchen leiser zu sprechen.»

Langsam wurde ich ungeduldig. «Ich habe einen Haufen Geld für diese Aktion hingeblättert. Also zeig mir endlich das Scheißgerät.»

Der Hacker hob beschwichtigend die Arme. «Okay, hör mal: Ich hab vorhin gesehen, daß es hier ein großes leeres Hinterzimmer gibt. Können wir da vielleicht hingehen?»

Ich drehte mich um und marschierte los, bemüht, nicht die Beherrschung zu verlieren. Freitags und samstags finden abends große Partys im Café statt, und jenseits eines Durchgangs hinter der Bar ist eine große Chillout-Zone, wohin sich die Leute zurückziehen, wenn sie sich so ausgepowert haben, daß sie sich kaum noch auf den Beinen halten können. Ehe ich hineinging, warf ich einen Blick nach oben, weil ich hoffte, Deck würde mich sehen, aber wegen der dichten Rauchschwaden in der Luft war ich wahrscheinlich jenseits der zweiten Sitzebene nur noch schemenhaft zu erkennen.

Der Raum war düster, nur erleuchtet von elektrischen Kerzen, die vor den Wänden und in einer Kreisfläche mitten auf dem Fußboden standen, und er war leer bis auf zwei Typen, die knutschend auf einem Sofa saßen. Einer von ihnen war jung und kräftig, der andere wesentlich älter und dicklich. Sie waren viel zu sehr mit sich selbst beschäftigt, um uns zu stören. Ich ging in die von den beiden am weitesten entfernte Ecke und setzte mich hin. Der Spinner folgte mir, beäugte die Turteltauben mißtrauisch und hockte sich schräg neben mich auf eine Sofakante.

«Ich warte», sagte ich.

Nach kurzem Zögern hob er seinen Koffer auf den Schoß.

Nachdem er ihn so hingestellt hatte, daß nur wir beide den Inhalt würden sehen können, klappte er die Verschlüsse auf. Drinnen war ein Gewirr aus Komponenten, Platinen und Anzeigeeinheiten, die durch Kabel in allen Regenbogenfarben kreuz und quer miteinander verdrahtet waren.

«Ach, herrje», sagte ich.

«Begreifst du jetzt, was ich meine? Das eignet sich nicht gerade als Ausstellungsstück.»

«Aber es funktioniert?»

«Klar», sagte er mit einem energischen Nicken. Er schaute noch einmal zum Eingang, und endlich wurde mir der Grund für mein Unbehagen klar. Ich beobachtete den Typen genau, während er zwischen den vielen Kabeln eine Mini-Tastatur hervorholte, und sah, daß seine Hände nicht zitterten. Er sandte widersprüchliche Signale aus: Seine ungeheure Nervosität paßte nicht zu dem Bestreben, alles bis ins letzte Detail zu erklären; seine Stimme überschlug sich fast, aber seine Hände blieben ruhig. Er vermittelte deutlich, wie unwohl er sich in meiner Gesellschaft fühlte, so als hielte er mich für ein gefährliches, nur halbwegs gezähmtes Raubtier, und dennoch hatte er etwas dagegen, daß ich mir das Gerät einfach nahm und selber herausfand, wie es funktionierte. Er hatte sein Geld schon – was kümmerte ihn die Sache jetzt noch? Das kam mir merkwürdig vor. Außerdem gefiel mir sein Sweatshirt nicht.

Ich beugte mich dicht zu ihm hinüber, damit wir vor neugierigen Blicken geschützt waren. «Du hast alles aufgeschrieben, stimmt's?» Er nickte und wollte etwas sagen. «Okay», fuhr ich fort, «dann gib mir die Zettel.»

«Ohne Erklärung wirst du's nicht schaffen, das Ding zu bedienen.»

Ich griff nach dem Koffer und schlug den Deckel zu, wobei ich ihm fast die Finger einklemmte – dann zog ich meine Pistole und hielt sie dem Hacker an die Stirn. Sein Adamsapfel hüpfte wie ein Lachs, der stromaufwärts will, und seine Kinnlade fiel mit einem trockenen Knacken herunter. «Gib mir endlich die dämlichen Zettel. Ich will hier weg.»

«Sie gehen nirgendwohin», sagte jemand, und ich hörte, wie ein Sicherungshebel umgelegt wurde. Der Lauf einer Waffe wurde mir in den Nacken gehalten. «Stehen Sie auf und werfen Sie die Waffe weg.»

«Wer sind Sie, wenn ich fragen darf?» erkundigte ich mich, während ich langsam aufstand, die Mündung meiner Waffe jedoch genau dort ließ, wo sie war.

«LAPD», sagte ein Mann mit einer jungen, etwas zittrigen Stimme. Er packte meinen freien Arm und drehte ihn auf den Rücken.

Der Hacker wirkte erleichtert. «Wichser», sagte ich zu ihm. «Du hast mich reingelegt.»

«Stimmt genau», sagte eine weitere Stimme, und jemand baute sich schräg links vor mir auf. Die ältere Hälfte des knutschenden Paares. Er hielt mir seinen Dienstausweis vor die Nase und machte einen ziemlich selbstzufriedenen Eindruck. «Runter mit der Knarre», sagte er, und mir wehte ein starker Geruch nach billigem Alkohol entgegen. «Ich will wieder mit Barton fummeln. Hatte das Gefühl, daß es ihm ganz gut gefiel.»

«Schnauze, Opa», sagte Barton. Er stieß seine Waffe fester in meinen Nacken. «Los, lassen Sie endlich die Pistole fallen.»

«Ich weiß nicht, ob ich das wirklich will», sagte ich, um Zeit zu schinden. «Mir scheint, Sie beide können momentan nicht viel unternehmen. Wenn Sie mich anrühren, wird möglicherweise meine Waffe losgehen. Und dann muß ein unbescholtener Bürger dran glauben.»

«Das kratzt uns kein bißchen», fauchte Barton, woraufhin der Hacker wieder äußerst nervös zu werden schien.

Ich schaute zum Durchgang. Ich würde hier niemals lebend herauskommen, selbst wenn Deck sich blicken ließ, was aber unwahrscheinlich war. «Fünf Riesen», sagte ich ruhig zu dem älteren Cop. «Um unsere Meinungsverschiedenheit zu bereinigen.»

«Hast du das gehört?» sagte Bierfahne zu seinem Partner. «Das Stück Dreck zweifelt an der moralischen Integrität des Los Angeles Police Department.»

«Ich marschiere mit dem Koffer raus, und Sie kriegen das Geld. Es sind schon seltsamere Dinge passiert.»

«Kommt nicht in Frage, Thompson.» Eine neue Stimme. Ich drehte mich um und sah, daß zwei weitere Cops den Raum betreten hatten und mit raschen Schritten auf uns zugingen. Derjenige, der gesprochen hatte, war groß, grauhaarig und eine elegante Erscheinung – sein Anzug war so teuer, daß man sofort seinen höheren Dienstgrad erkannte, aber nicht so teuer, daß man ihn für korrupt hielt.

Lieutenant Travis.

Für ein paar Sekunden verschlug es mir die Sprache. Zum einen versuchte ich, mir zusammenzureimen, was passiert war, zu verstehen, wieso die Sache plötzlich eine so üble Wendung genommen hatte. Hauptsächlich jedoch schaute ich bloß benommen zu, wie ein Teil meines Gehirns beiläufig all das abhakte, was ich nie mehr erleben würde. Draußen vor einer Kneipe sitzen und ein Bier trinken; beim Blick aus dem Fenster etwas anderes als graue Wände sehen; keine stupide, harte Arbeit verrichten, die bloß dazu diente, so lange die Zeit herumzukriegen, bis ich eines Morgens tot in meiner Zelle lag. All diese Bilder rauschten wie ein Sturzbach vor meinem inneren Auge nieder, so als hätten sie nur darauf gewartet, sichtbar zu werden.

Travis blieb ein paar Meter vor mir stehen und musterte mich. Er war kaum gealtert. Hauptsächlich sein Gesicht war schmaler geworden, und er trug das Haar inzwischen etwas kürzer. Er sah noch fast so aus, wie ich ihn mir in jenen Jahren vorgestellt hatte, als ich tagtäglich befürchtete, er werde in der Stadt auftauchen, in der ich mich gerade versteckte. Das merkwürdige war, daß wir bei unserem letzten Zusammentreffen beinah als Freunde auseinandergegangen waren und nicht mehr als mißtrauische Bekannte, die auf verschiedenen Seiten des Gesetzes standen. Wir waren in unterschiedlichen Bereichen tätig gewesen und hatten beschlossen, «leben und leben lassen» zu unserem Motto zu machen. Wir kannten die Spielregeln und waren bereit, fünf gerade sein zu lassen. Dann hatte ich zusammen mit anderen in einem kollektiven Anfall von Dummheit eine Grenze überschritten, und nun verriet mir jede einzelne Falte um seine Augen, daß nichts mehr so war wie früher.

«Lassen Sie die Waffe fallen, Hap», sagte er.

Ich zögerte einen Moment, dann senkte ich den Arm, so daß die Pistole auf den Fußboden zielte. Ich drehte sie um und hielt ihm den Griff entgegen.

Er nahm sie und steckte sie in die Tasche. «Ich verhafte Sie wegen versuchter Beschaffung eines Geräts zum Erinnerungstransfer und wegen der Benutzung des besagten Geräts für die Verwahrung von Erinnerungen an Straftaten.» In sachlichem Ton, ohne sich das Gefühl des Triumphs anmerken zu lassen, das er mit Sicherheit empfand. «Und Sie können sich geehrt fühlen, denn ich unterbreche eine wesentlich wichtigere Ermittlung für ein paar Minuten, nur, um mich mit Ihnen zu befassen.»

«Was den ersten Vorwurf angeht, so bin ich von der Polizei dazu angestiftet worden, und den zweiten können Sie mir nicht beweisen.»

«Wir werden es Ihnen schon beweisen», sagte er. «Ich werde Sie in einen Raum einschließen, Sie mit Natriumverital vollpumpen und zu jedem Verbrechen seit Menschengedenken befragen, wenn es sein muß, sogar zum Falschparken im Garten Eden. Früher oder später kriegen wir genug zusammen, um Sie festnageln zu können.»

Mir wurde zweierlei klar: Es ging hier nicht um Ray Hammond, und nach wenigen Sekunden in jenem Raum würde sich das ändern. Für einen Moment glaubte ich genau zu wissen, was der Begriff Ehre bedeutet, denn ich wäre auf keinen Fall bereit, Laura Reynolds zu verpfeifen, selbst wenn mir die Cops einen Handel anboten. Aber dann merkte ich, daß das bloß Pragmatismus war. Mir würde es so oder so an den Kragen gehen. Es hatte keinen Zweck, jemand anderen mit in den Abgrund zu reißen, selbst wenn die betreffende Person die eigentlich Schuldige war.

«Ähm, darf ich jetzt gehen?» fragte der Hacker. Er faßte unter sein Sweatshirt und holte das versteckte Funk-Mikro hervor.

«Ich bitte darum», sagte Travis.

«Und bin ich jetzt wieder sauber?»

Travis drehte sich zu ihm um. «Was Ihr Vorstrafenregister angeht, das wird vernichtet, sofern ich es je wiederfinde. Ansonsten sind Sie ein mieses Arschloch, und sollten Sie jemals wieder ein Gesetz auch nur um einen Zentimeter übertreten, werde ich Sie zerquetschen wie eine Laus.»

Der Hacker ging vorgebeugt mit wippenden Schritten zur Tür, bemüht, nicht zu rennen. Er durfte in seinen armseligen Alltag zurückkehren, weil er das Leben eines anderen Menschen, den er nicht einmal kannte, zerstört hatte.

Travis betrachtete mich erneut, mit einem Gesichtsausdruck, den ich nicht deuten konnte, und nickte dann Barton zu, der meinen Arm immer noch auf dem Rücken verdreht hielt. Das tat langsam weh, aber mit Sicherheit würde ich in absehbarer Zukunft noch ganz andere Schmerzen aushalten müssen. Travis mochte ja auf Drogen und umfassende Verhöre setzen, aber es gab Polizisten, deren Befragungsmethoden sehr viel handfester waren. Die Chancen standen gut, daß ich schon bald einige von ihnen kennenlernen würde.

«Legen Sie ihm Handschellen an», sagte Travis, und dann zu

mir: «Ich hoffe, Sie haben in den letzten drei Jahren Ihr Leben ordentlich genossen, Hap.»

Ich hatte keine Gelegenheit zu antworten.

Als die Schüsse ertönten, wandten wir fünf unsere Blicke gleichzeitig zum Durchgang. Der Hacker lag ein paar Meter von der Tür entfernt auf dem Boden, und das Blut spritzte in hohem Bogen aus seinem Körper.

«Ach du Scheiße», krächzte Barton, ließ meinen Arm los und griff nach seiner Waffe. Aus dem Hauptraum des Cafés hörte ich Schreie und das Geräusch von einer Horde Menschen, die wild durcheinanderliefen. Die Cops um mich herum nahmen eine schußbereite Haltung ein, nur Travis war so geistesgegenwärtig, mich am Arm festzuhalten.

Vier Männer betraten den Raum.

Sie waren alle gleich groß, trugen identische graue Anzüge und Sonnenbrillen. Jeder hielt ein Pump-Action-Gewehr quer vor dem Körper, und ihr Gang wirkte so, als hätten sie vor nichts Angst. Sie gingen fünf Meter in den Raum hinein und blieben direkt vor dem Meer von Kerzen stehen. Mit synchronen Bewegungen wurden die vier Gewehre in Anschlag gebracht und je eine Mündung starr auf einen der Cops gerichtet. Vier 38er zielten in die Gegenrichtung, allerdings waren die Hände, die sie hielten, deutlich zittriger.

Niemand sagte ein Wort. Ich konnte förmlich hören, wie allen Cops derselbe Gedanke durch den Kopf ging:

Wenn irgend jemand schießt, wird Hackfleisch aus uns.

«Lassen Sie die Waffen fallen», sagte Travis mit bewundernswert fester Stimme. Ich an seiner Stelle hätte vermutlich nur hohe Pieps-Laute zustande gebracht, die bloß Hunde hätten hören können. Die Männer schüttelten synchron den Kopf.

«Geben Sie uns Hap», sagte einer von den beiden, die außen standen, mit einer so tiefen Stimme, daß eigentlich der Boden hätte vibrieren müssen.

«Nein», erwiderte Travis und packte mich fester am Arm. «Lassen Sie die Waffen fallen. Sofort.» Und dann zu mir, aus dem Mundwinkel: «Wer zum Teufel sind diese Typen?»

«Keine Ahnung», antwortete ich genauso leise.

«Geben Sie uns Hap», wiederholte ein anderer der Männer. Die Stimme war genauso tief, und auch der Tonfall war derselbe. Es kam mir vor, als sei ich so betrunken, daß ich nicht doppelt, sondern vierfach sah.

Es entstand eine unwillkürliche, kreischende Stille, eine Pattsituation, und dann schlang plötzlich jemand seinen Arm um meinen Hals und drückte mir eine Pistole an die Schläfe.

«Los, lassen Sie gefälligst die Waffen fallen», schrie Barton den Männern zu, den Mund dicht an meinem Ohr. «Oder ich schieß ihm ein Loch in den Schädel.»

Die einzige Reaktion war das Geräusch von vier Gewehren, die durchgeladen wurden, und ich schloß mit dem Leben ab.

ACHT

Einen Herzschlag lang herrschte Stille, dann ging das Licht aus. Alle Kerzen, alle zugleich. Die Cops schossen zuerst. Ein abgehacktes Knattern wie von Feuerwerkskörpern ertönte rechts und links neben mir. Ich rammte Barton den Ellbogen ins Gesicht und riß mich gleichzeitig von Travis los.

Barton taumelte nach hinten, und ich warf mich in dem Moment zu Boden, als die erste Salve auf der anderen Seite des Raumes abgefeuert wurde. Ich landete unsanft, schlug mit dem Kinn auf, und mir blieb für einen Moment die Luft weg. Dann stemmte ich mich hoch auf alle viere, während um mich herum die Kugeln durch die Luft pfiffen. Ich rollte zur Seite, robbte so schnell wie möglich vorwärts, ohne zu sehen, in welche Richtung ich mich bewegte.

Hinter mir gellten Schreie, offenbar hatte es mindestens einen der Cops erwischt. Die anderen schossen und luden in Windeseile nach, und niemand achtete auf mich. Als ich an der Wand angekommen war, richtete ich mich auf. Das Mündungsfeuer war gerade hell genug, um den Ausgang sehen zu lassen. Die Cops wurden in den hinteren Teil des Raums zurückgedrängt und sprangen hinter die Sofas, in der vergeblichen Hoffnung, dort Deckung zu finden. Die Männer im Anzug rückten geschlossen vor, und ich schob mich so unauffällig wie ich konnte an der Wand entlang, bis ich mich hinter ihnen befand.

Sobald ich nicht mehr in ihrem Blickfeld war, ging ich rasch in Richtung Tür. Ein Zwanzig-Meter-Sprint, und ich hätte sie erreicht. Aber die Pistolenschüsse ertönten inzwischen wesentlich seltener, vermutlich weil noch weitere Cops getroffen waren. Ich wußte, die Typen im Anzug würden mich hören, wenn ich zu rennen begann. Vielleicht hatten sie anfangs gewollt, daß ich ihnen lebend ausgehändigt werde, momentan jedoch leisteten sie keinen großen Beitrag zu meiner körperlichen Unversehrtheit.

Und abgesehen davon feuerten die übriggebliebenen Cops direkt in meine Richtung.

Einen Augenblick lang verharrte ich unentschlossen in der Startposition eines Sprinters. Schließlich kroch ich vorwärts, bis ich über die Hälfte der Strecke zurückgelegt hatte, aber ich war zu langsam. Zwei der Schützen drehten sich um und sahen mich. Ich blieb regungslos stehen. Nur noch drei Schritte, und ich wäre vorübergehend in Sicherheit: Mir kamen sie jedoch wie Hunderte von Kilometern vor.

Und dann stürmte jemand von der Bar aus herüber in den Raum und feuerte noch im Laufen aus einer halbautomatischen Pistole. Es war zu dunkel, um zu erkennen, wer es war, aber ich wußte, es konnte nur Deck sein, die treue Seele. Er entdeckte mich sofort, packte mich am Kragen und stieß mich wortlos in Richtung Tür. Ich ließ mich nicht zweimal bitten. Ich rannte, was das Zeug hielt.

Es kam mir so vor, als sei schon eine Stunde vergangen, seitdem der Hacker niedergeschossen worden war, aber es konnte bloß ein paar Minuten her sein. Im Café ging alles drunter und drüber – ein Gewühl aus schattenhaften Gestalten, durch den Lärm in Panik versetzt. Männer und Frauen versuchten, von den Terrassen herunterzuklettern, purzelten übereinander, rempelten andere an und fielen zu Boden. Ich fühlte mich etwas sicherer, als ich mich in der Menschenmenge befand, merkte dann aber, daß ich zum Ausgang geschoben wurde. Ich versuchte, mich der Strömung entgegenzustemmen, denn ich mußte unbedingt Laura finden und anschließend Deck zu Hilfe eilen, aber gegen die entfesselte Menge kam ich nicht an. Weit aufgerissene Augen, offenstehende Münder, Haare – und unablässige Entsetzensschreie aus allen Richtungen, immer lauter und lauter, bis sie fast greifbar wurden, wie eine zusätzliche Kraft, die mich vorwärts schubste. Ich mußte schon froh sein, wenn ich es schaffte, nicht zu stürzen und zu Tode getrampelt zu werden.

Es gelang mir noch nicht einmal, mich umzudrehen, bis ich zusammen mit der Menge auf die Straße vor dem Café gespült wurde: Die Hälfte der Leute fiel zu Boden, die übrigen trampelten einfach über sie hinweg, so als gehorchten sie einem instinktiven Drang, sich möglichst schnell an die Ostküste zu begeben. Ich hielt mich mühsam aufrecht und entfernte mich weit genug vom Eingang, um einen Blick zurückwerfen zu können. Es sah aus, als sei in der Hölle verkündet worden, der Teufel habe gute Laune, und jeder sei frei, der es schaffe, innerhalb von fünf Minuten zu verschwinden.

Ich mußte wieder hinein. Laura war mir momentan scheißegal, aber ich mußte zu Deck. Ich hoffte, daß er nur so lange im Hinterzimmer geblieben war, wie er mir Feuerschutz gab, aber ich hatte ihn auf dem Weg zum Ausgang nicht gesehen. Er hatte mich nicht im Stich gelassen, und ich konnte ihn nicht im Stich lassen – aber ich sah keine Chance, gegen die Flut von Körpern anzukommen, die sich immer noch auf den Bürgersteig ergossen. Ich überlegte gerade, ob es noch einen zweiten Eingang zum Café gab, als ich Deck in dem nächsten Pulk Menschen erblickte, die durch die Tür taumelten. Mit einer Hand drückte er Lauras Kopf nach unten, er selber reckte den Kopf in die Höhe, ließ den Blick schweifen, um den sichersten Weg zu finden. Ich schrie seinen Namen, und er schaute in meine Richtung und sah mich. Er kämpfte sich mit den Ellbogen durch die Menge – der einzige Mensch in dem Gewühl, der klug genug war, stur die eingeschlagene Richtung beizubehalten.

«Meine Güte», sagte ich, als die zwei bei mir angekommen waren, «bin ich froh, dich zu sehen.»

«Das beruht wie üblich auf Gegenseitigkeit», sagte Deck. «Aber ich glaube, wir verschwinden jetzt besser von hier.»

Laura atmete schwer, und ihr grünes Kleid war an drei Stellen eingerissen. «Wollen Sie mitkommen?» fragte ich.

«Ja, ich will», stieß sie mühsam hervor. Der Schreck hatte sie offenbar so aufgerüttelt, daß sie wieder nüchtern war.

«Wie hast du *das* bloß geschafft?» fragte ich Deck, während wir den Pier entlang in Richtung Auto rannten.

«Was meinst du?» sagte Deck und warf einen kurzen Blick auf den Tumult vor dem Café. Massen von Menschen verstopften noch immer den Eingang. Wir hatten einen kleinen Vorsprung, denn es würde bestimmt noch ein paar Minuten dauern, bis die Männer im Anzug es nach draußen schafften, selbst wenn sie sich den Weg freischossen.

«Laura wiederzufinden und so schnell rauszukommen.»

«Wovon redest du?» fragte er und verlangsamte die Schritte, da wir uns dem Wagen näherten. Sein Gesicht glänzte vor Schweiß; aus einem langen Kratzer in seiner Wange floß Blut. «Ich bin, wie befohlen, die ganze Zeit bei ihr geblieben.»

Ich drehte mich um, schaute Laura an. Ihre Miene verriet, daß Deck die Wahrheit sagte. Sie fragte: «Was ist dadrinnen passiert?»

«Ihr Hacker hat mich verpfiffen», sagte ich. «Aber die Cops haben keine Ahnung von der Verbindung zu Hammond. Dann sind die Typen im Anzug aufgetaucht. Schwer bewaffnet.»

«*Die* Typen?» fragte Laura verängstigt.

«Ja. Sie sind zu viert, was zumindest erklärt, warum sie zur selben Zeit an zwei verschiedenen Orten sein konnten. Sie wollten, daß die Cops mich hergeben.»

Deck starrte mich stirnrunzelnd an. «Wie zum Teufel hast du's geschafft, da rauszukommen?»

«Jemand hat dafür gesorgt, daß die Lichter ausgingen, und daraufhin fing die Schießerei an. Ich hab's fast bis zur Tür geschafft, und dann hätten sie mich beinah abgeknallt, aber es kam jemand rein und hat mich aus der Schußlinie geholt. Ich dachte, das warst du.»

«Nein. Tut mir leid. Wäre meine Pflicht gewesen, aber ich war's nicht.»

«Aber wer war es denn dann?» fragte Laura. Sie schien kurz vor einem hysterischen Anfall zu stehen.

Ich konnte bloß den Kopf schütteln.

«Ist ja auch egal», sagte Deck und schaute erneut zurück zum Café. «Danke deinem Schöpfer. Unter all den Spinnern in dem Laden war wenigstens einer auf deiner Seite. Und jetzt müssen wir schleunigst hier weg.»

«Also los, steigen wir ein.»

Deck schüttelte den Kopf. «Die Cops kennen garantiert deine Autonummer, und die anderen Typen vielleicht auch. Ich nehm den Wagen und versteck ihn irgendwo. Und ihr beide verdrückt euch.»

«Und was passiert, wenn du geschnappt wirst?»

Deck zuckte die Achseln. «Dann sag ich einfach, ich hätte den Wagen geknackt. Keiner kommt auf die Idee, daß wir Komplizen sind, wir haben ja schließlich nie zusammengearbeitet.»

Ich schaute den Pier entlang. Der Eingang zur U-Bahn-Haltestelle Wharfland war nicht weit. «Und wo treffen wir uns?»

«Bei mir. Wenn ich noch nicht da bin, dann mach selbst auf.» Er holte seine Pistole aus der Jackentasche und gab sie mir. «Benutz sie nur, wenn du Lust dazu hast.»

Ich schloß den Kofferraum auf, nahm mir den Traumempfänger und gab Deck die Schlüssel. «Versuch, immer zwei Reifen gleichzeitig auf der Straße zu halten», riet ich ihm.

Deck stieg ein und brauste davon. Ich rannte zum U-Bahn-Eingang, Laura schwer keuchend im Schlepptau. Ein paar Kerle drückten sich auf der Treppe herum und stierten hinüber zum Café. Ich konnte hören, wie sich aus einiger Entfernung Polizeisirenen näherten. «Was ist da hinten passiert?» fragte einer der Männer.

«Seltsamer Fall von Lebensmittelvergiftung», sagte ich, während ich Laura an ihnen vorbei die Treppe hinunter zum Bahnsteig zog. Reflexartig streckten wir unsere Zeigefinger dem Fahrkartenautomaten entgegen: Gerade noch rechtzeitig riß ich Lauras Hand zurück.

«Was ist?» sagte sie.

Ich griff nach meiner Brieftasche. «Wenn wir unseren Fingerabdruck auf die Rechnung drücken, können die rausfinden, wo wir hingefahren sind.» Dann fiel mir ein, daß ich kein Bargeld mehr hatte.

«Mist – haben Sie Geld dabei?»

Sie zog ein langes Gesicht. «Meine Handtasche liegt im Auto.»

Wir rannten die Treppe wieder hoch, bogen scharf nach rechts ab und überquerten eine Brücke. Ein Mannschaftswagen der Polizei raste in entgegengesetzter Richtung an uns vorbei, aber inzwischen liefen so viele Leute die Straße entlang, daß es aussah, als würden sie ein spontanes Wettrennen veranstalten – allerdings ohne ein festgelegtes Ziel –, und niemand schenkte uns besondere Beachtung. Ich steuerte eine Seitenstraße an, in der sich ein Geldautomat befand. Die Cops würden erfahren, daß ich dort Geld abgehoben hatte, aber meine Anwesenheit in dieser Gegend war ihnen ohnehin bekannt. Jedenfalls war es so eindeutig besser, als ihnen zu verraten, welche U-Bahn wir genommen hatten.

Der Geldautomat funktionierte. Das ist neuerdings die Regel, nachdem die Banken die lange angekündigten Anti-Personen-Mechanismen installiert haben und jetzt mit jedem, der versucht, einen Automaten zu knacken, kurzer Prozeß gemacht wird. Ich stieß meinen Finger in den Schlitz und wartete ungeduldig darauf, meine Anweisungen loszuwerden.

«Eine Kontostandsanzeige?» sagte die Maschine sofort und nahm mir dadurch den Wind aus den Segeln.

«Ein sehr verlockendes Angebot, aber danke, nein. Ich will bloß zweihundert Dollar.»

«Ersuchen abgelehnt», sagte die Maschine, und mein Finger wurde aus dem Schlitz geschoben. Ich runzelte die Stirn und schob ihn erneut rein. «Sie schon wieder», sagte die Maschine. «Was wollen Sie denn dieses Mal?»

«Mein Geld», sagte ich. «Und erzählen Sie mir nicht wieder so einen Scheiß.»

«Wer erzählt hier Scheiß?» erwiderte sie. «Ihr Konto ist leer, Sie Versager. Los, hauen Sie ab.»

Mein Finger wurde wieder hinausgeschoben, und die Lampen am Automaten erloschen.

Ich drehte mich um, und in meinen Ohren fing das Blut an zu rauschen, als mir klar wurde, was passiert war.

Laura schaute mich ängstlich an. «Stimmt was nicht?»

«Mein Geld ist weg», sagte ich.

«Hap – hi Alter, wie geht's?»

«Beschissen», sagte ich. «Laß uns rein und schließ hinter uns gut ab.»

Vent trat mit einer kleinen Verbeugung zur Seite, und ich schob Laura vor mir durch die Tür. Drei Bolzen fielen ins Schloß – und ich fühlte mich beinah sicher.

Wir hatten weit über eine Stunde vom Geldautomaten bis hierher nach The Dip gebraucht, denn um nicht gesehen zu werden, waren wir nur durch Nebenstraßen gelaufen. Nach einer Weile verstummte das Sirenengeheul, entweder weil sich die

Lage am Café entspannt hatte oder weil sämtliche Cops der Gegend bereits vor Ort waren. Ich hoffte, letzteres war der Fall. Laura sagte unterwegs kaum ein Wort, und es schien, als dächte sie über irgend etwas nach. Ich hatte keine Ahnung, worüber, und es gab schon genug Dinge, über die ich mir Sorgen machen mußte. Sie ging immer ein paar Schritte neben mir, wie ein kleines Mädchen, das für sich allein sein will.

The Dip ist eine Enklave, die in einen der Canyons im westlichen Teil von Griffith Park hineingebaut worden ist. Rolltreppen an den Enden, Straßenbeleuchtung und Strom, aber ansonsten sieht alles sehr ursprünglich und szenig aus. An den Hängen befinden sich Lokale und verschiedene kleine Geschäfte, zu denen man über Leitern gelangt. Fast ausschließlich Feinkostläden, Kneipen und Fachbuchhandlungen. Vent betreibt allerdings andere Geschäfte.

Vent ist der jüngere Bruder von Tid. Sein Ruf ist wesentlich schlechter, er ist schlanker, gutaussehender, hat bessere Verbindungen, und ich habe ihn noch nie Karamelbonbons mit Schokofüllung essen sehen. Seine Höhle, die nur schwer zu finden ist und zu der nicht jeder Zutritt hat, ist eine Fundgrube für alles Illegale.

«Bier?» fragte er.

«Nein», antwortete ich zuerst. Dann aber: «Ja.»

Vent öffnete eine Tür mitten in der Wand und holte drei Flaschen Bier heraus. Eine gab er Laura, die sofort den Verschluß aufdrehte und die Flasche an den Hals setzte. «Willst du mir deine Freundin nicht vorstellen?»

«Laura – Vent; Vent – Laura», sagte ich. «Und sie ist nicht meine Freundin. Hör mal, Vent, ich brauche verschiedene Dinge, und dann müssen wir gleich weiter.»

Vent, grinsend: «Immer unterwegs, der gute Hap, wie in alten Zeiten. Ich hab dich ja seit Ewigkeiten nicht gesehen. Dachte schon, du hättest dich zur Ruhe gesetzt.»

«Das hatte ich auch, mehr oder weniger», sagte ich. Laura war ein bißchen weiter in die Höhle hineingegangen und beäugte die in die Wände eingelassenen Schubladen. «Eine gewisse Dame hat mein Leben wieder böse in Wallung gebracht», fügte ich leise hinzu.

«Tja, davon kann ich ein Lied singen.» Vent nickte weise. «Darum stehe ich neuerdings auch auf Virtual Reality. Also, was willst du haben?»

«Geld», sagte ich. «Kurzfristiges Liquiditätsproblem. Ich brauche einen Vierundzwanzig-Stunden-Kredit. Tausend Dollar.» Eigentlich brauchte ich bloß fünfzig, als Überbrückung, bis ich ins Net reinkam, aber wenn ich um einen so kleinen Betrag gebeten hätte, wäre das ein allzu deutliches Anzeichen für echte finanzielle Probleme gewesen.

Vent schüttelte den Kopf. «Bei Bargeld muß ich passen. Ich habe gerade ein paar größere Ankäufe getätigt. Du kannst aber einen Finger von mir kriegen.»

«Mist.» Zuviel des Guten – und absolut illegal. «Mir bleibt wohl nichts anderes übrig.»

Vent öffnete erneut die Kühlschranktür, beugte sich zu einem der unteren Ablagefächer hinunter und richtete sich mit einem Alubeutel in der Hand wieder auf. «Ganz frisch», sagte er. «Hab ich gerade erst reinbekommen.» Er riß den Streifen Klebeband an einem Ende des Beutels ab und zog den Inhalt heraus: der Zeigefinger eines weißen Mannes mit einem kleinen Apparat an der Stelle, wo er abgetrennt worden war.

«Wie hoch ist das Risiko?» fragte ich, im vollen Bewußtsein, daß Laura uns anstarrte.

«Gleich null», sagte Vent. «Meine Freunde haben den guten Mann bis vor seinem Ableben überwacht. In den nächsten Tagen wird ihn niemand vermissen. Und auch nicht finden. Die Leiche ist zu gut versteckt.»

«Was, zum Teufel, ist das?» fragte Laura. Ich erklärte es ihr.

Der Finger eines toten Mannes mit verfügbarem Geld auf der Bank, der durch einen Plasmagenerator am Leben erhalten wurde. Mit anderen Worten: die Möglichkeit, etwa zwei Tage lang Geld von jemandem abzuheben, der es selber nicht mehr ausgeben konnte. Sie wurde blaß und wandte sich ab.

«Noch was?»

«Zigaretten, wo ich schon mal hier bin.» Während Vent sie holte, versuchte ich mir vorzustellen, was ich eventuell noch gebrauchen könnte, aber mir fiel nichts ein. Dann erinnerte ich mich an einen Gedanken, den ich in Ensenada gehabt hatte. «Hast du Zufälle da?»

«Nur drei», sagte er. «Und keine besonders bedeutenden.»

«In meiner momentanen Lage hilft mir alles», sagte ich. «Ich muß übrigens alles anschreiben lassen.»

«Okay», sagte er und zog eine Schublade auf. Er nahm ein Fläschchen und eine Spritze heraus. «Ich hab keine Ahnung, wie die Qualität ist – es ist kein Etikett dran. Beschwer dich also nicht, wenn das Zeug dir nicht bekommt.» Er stach mit der Nadel in den Deckel und zog die Flüssigkeit auf, während ich einen Ärmel hochrollte. Dann injizierte er mir das Serum in die Vene. Ein kurzer Kälteschauer überlief mich, dann war alles wieder normal. Es wirkt nicht bei allen; bei mir glücklicherweise schon.

Ich trank das Bier aus und warf die Flasche in den Müll. «Also, wieviel schulde ich dir?»

«Den Schicksals-Schuß kriegst du für vierhundert, den Finger zum Standard-Preis – hundertfünfzig Prozent des Kontostands. Die Sargnägel gibt's für dreißig.»

«Abzüglich des üblichen Rabatts, stimmt's?»

Vent lachte und zwinkerte Laura zu. «So ist er, unser Hap», sagte er. «Ein echter Witzbold.»

Um kurz vor elf kamen wir bei Deck an. Nachdem wir uns von Vent verabschiedet hatten, ging ich zum nächstgelegenen Geldautomaten und schob den Finger in den Schlitz.

Laura tat angewidert: «Wollen wir das Ding wirklich benutzen?»

«Haben Sie einen besseren Vorschlag?» fauchte ich sie an. «Entweder ich beschaffe uns auf diese Weise Geld, oder wir sind so lange ein Fall für die Fürsorge, bis ich wieder ins Net reinkomme.» Sie schaute weg.

Der Tote hieß Walter Fitt und hatte knapp viertausend auf der Bank, was bedeutete, daß mich der Finger sechs Riesen kosten würde. Vents Lieferanten hatten bestimmt den Kontostand überprüft, ehe sie den Finger verkauften. Ich hob hundert ab und schrieb mir die Kontonummer und die BLZ auf.

Mit dem Geld kaufte ich uns U-Bahn-Fahrkarten, und wir fuhren durch Griffith Park bis zur Endhaltestelle am Tor in Barham. Ich näherte mich unaufällig dem Tunnel, und dort bot sich mir der erwartete Anblick: Zwei Cops kontrollierten jeden, der hinauswollte. Ich hatte keinen rechten Plan, aber zum Glück brauchte ich auch gar keinen. Gerade war ich zu dem Schluß gelangt, daß wir wohl umdrehen und es bei einem anderen Ausgang versuchen mußten, da rannte plötzlich ein Typ in der Schlange vor uns weg. Da einer der beiden Cops ihn verfolgte, winkte sein Kollege uns zusammen mit den anderen einfach durch. Ich war ziemlich erleichtert, als wir uns eilig von Griffith Park entfernten, aber dann wurde mir klar, daß wahrscheinlich eben der erste von den Zufällen gewirkt hatte. Nützlich und zur rechten Zeit, aber nicht gerade weltbewegend – und jetzt waren nur noch zwei übrig. Es ist unmöglich vorherzusagen, wann und wie sie zum Zuge kommen: Man muß sein Glück wagen. Selbst Schicksalsschüsse sind von den Launen des Schicksals abhängig.

Ich knackte einen Kilometer vom Tor entfernt einen Wagen, und wir fuhren den Mulholland Drive und den Coldwater Canyon Drive entlang und bogen dann in den Sunset Boulevard ein. Anschließend ging es quer durch Westwood bis zum Wilshire Boulevard und dann einfach immer geradeaus in Richtung Meer. Auf den Straßen herrschte wenig Verkehr, und der Himmel war klar. Als wir uns der Ocean Avenue näherten, tat sich vor uns ein schmaler Spalt Meerblick auf, der bis zum Horizont reichte und seitlich von den Blättern der Bäume am Rand des Palisades Park begrenzt wurde. Ich bog nach rechts in die Ocean Avenue ab, hielt an und schaute aufs Wasser. Der dunkelblaue Ozean sah im Mondlicht aus wie eine computergenerierte Oberflächenstruktur, nur schlichter und normaler. Scheinbare Einfachheit, die immerwährende Fragen verdeckt, anstelle der künstlichen Einzelheiten, die das Net über dem Nichts errichtet. Natürlich muß man in Wirklichkeit erst noch den dreißig Meter tiefen Abgrund jenseits des Geländers und dann eine vielbefahrene Straße überqueren, ehe man am Wasser ist. Wahrscheinlich ist darin irgendeine Metapher auf das Leben verborgen, aber ich war bisher immer zu faul gewesen, sie zu ergründen.

«Ich bin an der Küste aufgewachsen», sagte ich. «Ich fühle mich sofort wohler, wenn ich am Wasser bin.»

«Ich nicht», sagte sie. «Ich krieg bloß ein klammes Gefühl. Hören Sie mal – meine Knochen tun mir weh, und ich langweile mich, also lassen Sie uns endlich zur Wohnung fahren.»

Deck wohnt in einem Haus mit acht Parteien, ein paar Blocks vom Meer entfernt, in einer hübschen, von Bäumen gesäumten Straße. Er hat die Gewinne aus seinen Straftaten vernünftig angelegt und führt jetzt das Leben eines respektablen Kleinbürgers. Er macht heutzutage nur noch aus Spaß Geschäfte und streicht dabei genug Geld ein, um gut zurechtzukommen. Leute verprügelt er nur noch, weil er der alten Zeiten wegen in Übung bleiben will. Ich fuhr mit dem Wagen auf die Rückseite des Hauses und parkte ihn außer Sichtweite dicht an der Mauer. Bei Deck brannte kein Licht, was bedeutete, daß wir schneller gewesen waren als er. Das wunderte mich zwar, aber ich wußte ja nicht, welche Strecke er gefahren war und wo er den Wagen abgestellt hatte.

Wir gingen über die Hintertreppe in den dritten Stock, und ich schloß die Tür zur Küche auf. Deck ist in solchen Dingen steinzeitlich, er weigert sich, Schlösser mit Fingerabdruck- oder Stimm-Identifizierung einzubauen. Es irritiert mich allerdings etwas, daß deswegen bei ihm seltener eingebrochen wird als üblich. Einen Code zu knacken oder ein Stimm-Muster zu fälschen geht geräuschlos; ein Schloß aufzubrechen ist immer mit Lärm verbunden.

Als wir die Wohnung betraten, schaltete sich automatisch eine Art Standlicht ein. «Bier ist im Kühlschrank, die härteren Sachen stehen in dem Schrank darüber», sagte ich und ging ins Wohnzimmer, setzte mich im Dunkeln aufs Sofa und schloß die Augen.

Jetzt erst überkam mich das große Zittern: Das Dröhnen in meinen Ohren war ein Echo der Schüsse und der tiefen Stimmen. Als der Lärm langsam verstummte, tauchten die Männer in Grau wieder vor meinem inneren Auge auf. Ich sah sie überdeutlich, fast wie im Traum – Lauras Erinnerung überschnitt sich mit meinen eigenen Erlebnissen. Und da war noch etwas, etwas Zugeschüttetes, Verdrängtes, und ich spürte, daß es beständig näher kam. Für einen Moment war es zum Greifen nah, die Vision eines Lichtkranzes um einen Kopf, wie ein Heiligenschein, und dann war es verschwunden.

Ein paar Minuten später hörte ich ein Rascheln, schlug die Augen auf und sah Laura, die dicht vor mir stand. In der einen Hand hielt sie ein mit irgendeiner Flüssigkeit gefülltes Glas und in der anderen ein Bier.

«Möchten Sie was trinken?»

Ich nahm das Bier und trank es in kleinen Schlucken, während sie sich im Zimmer umsah. Die Wände in Decks Wohnung sind mit Standfotos aus alten Filmen, eingerissenen Plakaten und anderem Zeug, das er im Laufe der Zeit zusammengesammelt hat, gepflastert. Dem Ganzen liegt garantiert eine Ordnung zugrunde, aber mir ist es bisher ums Verrecken nicht gelungen herauszufinden, was für eine. Deck ist mein bester Freund, aber irgendwie nervt mich diese Sammlung. Ich glaube, der Anblick verunsichert mich, als würden mir auf sarkastische Weise meine Schwächen, meine Unzulänglichkeiten vorgeführt. Die meisten Leute bringen zur Party des täglichen Lebens ein Geschenk mit, eine Flasche Wein für die Gastgeber; Deck hat seinen ganzen Kram, seine Gelassenheit und ein phantastisches Wissen darüber, wo es die besten Chili-Dogs gibt; andere Leute haben Freunde, Lebensstil, eine Vorstellung davon, wer sie sind und warum sie so sind.

Ich habe das alles offenbar nicht, ich kämpfe mich taumelnd durch ein Leben voller Unsicherheit und Angst, die sich normalerweise in Ungeduld und einem panischen Gefühl der Entwurzelung äußert. Bin ich *wirklich* die ganze Zeit hier gewesen, frage ich mich manchmal, und wenn ja – was bitte schön habe ich gemacht?

Laura hockte am anderen Ende des Sofas. Sie hatte sich mit einem Gummiband die Haare zu einem Pferdeschwanz zusammengebunden. «Was passiert jetzt?»

Ich zündete mir eine Zigarette an. In Santa Monica ist man in diesem Punkt großzügiger als anderswo. Rauchen in den eigenen vier Wänden gilt hier bloß als Ordnungswidrigkeit und wird im allgemeinen toleriert. «Wir hängen hier rum und warten, bis Deck auftaucht oder bis ich die Nase voll habe und einschlafe», sagte ich. «Dann hauen Sie ab, und ich habe weiterhin einen Mord im Kopf, den ich nicht loswerden kann. Nachts träume ich den Schrott anderer Leute und kriege nicht einmal Geld dafür, weil das Konto, auf das R.E.M.-Jobs mein Honorar überweist, offenbar gesperrt ist. Irgendwann schnappen mich die Cops, und ich kriege lebenslänglich für etwas, das ich nicht getan habe.»

Sie lachte kurz auf. «Akuter Anfall von Selbstmitleid, was?»

«Ja – und mit gutem Grund. Abgesehen von allem anderen ist auch noch auf mich geschossen worden, und ich habe heute abend mitangesehen, wie ein Typ abgeknallt wurde. Er war zwar ein mieses langhaariges Arschloch, aber das machte das Zuschauen auch nicht zu einem besonderen Vergnügen.»

«Von wem reden Sie?» sagte sie. «Wen meinen Sie mit ‹langhaarig›?»

«Den Hacker», sagte ich. «Erinnern Sie sich nicht mehr an ihn?»

«Doch, sehr gut. Er hatte kurze Haare.»

«Nicht Mitte zwanzig, große Nase, ein Computer-Freak, wie er im Buche steht?» fragte ich sie und fixierte sie dabei.

Laura sprach es zuerst aus: «Es war eindeutig nicht derselbe Typ.»

«Aber wer war er dann?»

«Woher soll ich das wissen? Wie hat er Sie gefunden?»

«Überhaupt nicht.» Plötzlich blitzte die erste in einer Reihe von Erkenntnissen auf, die die ganze Zeit zum Greifen nah gewesen waren. Ich holte meinen Organizer aus der Tasche und startete die Basisversion der Net-Software. Inzwischen hatte das Gerät per Funk eine 2-D-Verbindung hergestellt, und das Betriebssystem wünschte mir einen wunderschönen guten Abend.

«Was haben Sie vor?» fragte Laura.

«Der Typ entsprach perfekt dem Bild eines Hackers», sagte ich, wütend auf mich selbst. «So als hätte ihn eine Casting-Agentur geschickt – er trug sogar ein Sweatshirt mit einem blöden Slogan drauf. Aber Quat hatte gesagt, er sei leicht zu erkennen, also habe ich mir nichts dabei gedacht. Außerdem benahm er sich merkwürdig, einerseits ängstlich, andererseits total cool. Als dann die Schießerei losging, dachte ich, daß der Typ mich in die Falle gelockt hat.»

«Aber?» Ich loggte mich auf verschlungenen Pfaden ein, gab dann dem Organizer die Anweisung, einen Zufallslokalisierungs-Server zu benutzen, um meinen Konto-Daemon zu finden und ihn loszuschicken – und die Aktion abzubrechen, sollte es so aussehen, als würde sie länger als dreißig Sekunden dauern.

«Hap, wovon reden Sie?» fragte Laura. Ich machte «Schsch» und schaute auf die Statusanzeige. Zehn Sekunden vor Ablauf der Zeit verkündete der Organizer, der Daemon sei auf dem Rückweg: Zwei Sekunden später erschienen die Resultate auf dem Bildschirm.

Der Daemon listete sechs Konten auf, die er für mich verwaltete: zwei reale, zwei virtuelle und zwei, die nur so konkret waren wie per Zufallsgenerator erzeugte Bewegungen in den Ritzen des Geldmarktes. Alle Konten waren leer. Lauter Nullen in den Anzeigefeldern.

Laura warf einen Blick auf das geballte Nichts. Ich kappte die Verbindung zum Net, ehe die Quelle des Funkkontakts aufgespürt werden konnte.

Dann starrte ich geradeaus ins Leere.

Ich war total blank, und es gab nur einen einzigen Menschen, der daran schuld sein konnte. Derselbe Mensch, der als einziger in der Lage gewesen war, sich heute vormittag in meinen Apparat einzuklinken, und der plötzlich übers Telefon Geschäfte machte, um sicherzustellen, daß ich mich zu einer bestimmten Zeit an einen bestimmten Ort begab. Ein Mensch, dem ich über ein Jahr lang in allen geschäftlichen Angelegenheiten vertraut hatte, der alles über mich wußte.

«Es ist Quat», sagte ich. «Er hat mich reingelegt.»

«Ihr Hacker? Warum?»

«Der Transmitter, den Ihr Kerl benutzt hat – war das ein Koffer voller Computerschrott?»

Laura nickte. «Ich hätte nie gedacht, daß das Ding funktionieren würde – hat es aber. Hören Sie, ich bin es leid, andauernd ‹Warum› zu sagen, könnten Sie zur Kenntnis nehmen, daß mein Beitrag zu dieser Unterhaltung ab jetzt ein einziges großes Fragezeichen ist?»

«Haben Sie Hammonds Adresse von demselben Typ bekommen? Von dem Hacker, der die Übertragung abgewickelt hat?»

Laura nickte. «Ich habe mit einer verschlüsselten Kleinanzeige in der Rubrik ‹Nur für Erwachsene› nach einem Hacker gesucht. Ein paar Stunden später meldete sich dieser Typ.» Quat war also ihr Hacker gewesen, war die ganze Zeit im Besitz des Transmitters gewesen und wußte über den Mord an Hammond Bescheid. «Heißt das, dieser Quat ist jetzt getötet worden?»

«Nein.» Mir schwirrte immer noch der Kopf. «Der Typ im Café war bloß ein Schauspieler, der die Rolle eines Computer-Freaks spielte. Quat hat mich verpfiffen und im Hintergrund die Fäden gezogen.»

Ich reimte mir die Sache so gut es ging zusammen:

Laura will aus irgendeinem Grund Hammond töten, weiß aber nicht, wo er steckt. Sie sucht sich einen Hacker – Quat – oder umgekehrt. Er besorgt ihr die Adresse. Am nächsten Tag liest er, daß der Typ abgeknallt worden ist – dann will Laura auf illegale Weise Erinnerungen loswerden. Er muß wissen, daß es dabei um den Mord geht, und er arrangiert den Transfer in meinen Kopf. Ich verschwinde für zwei Tage aus der Stadt – er weiß nicht, wo ich bin, und er ist ungewöhnlich schwer zu erreichen. Ich komme zurück, nehme Kontakt mit ihm auf, und er zögert die Übergabe der Maschine, die sich schon längst in seinem Besitz befindet, so lange hinaus, bis er mich an die Cops verpfiffen hat.

Das Ganze paßte zusammen, allerdings war es mit ein paar

sonderbaren Zufällen durchmischt, die sich nicht nahtlos einfügten. Und es blieb noch eine wichtige Frage ungeklärt, die Laura auch sofort ansprach.

«Ja, okay», sagte sie. «Aber warum sollte der Kerl so etwas tun? Gab es mal Ärger wegen seines Honorars?»

«Nein. Er hatte Vollmacht über alle meine Konten. Ich hätte mich nicht weigern können, ihn zu bezahlen, selbst wenn ich gewollt hätte. Ich habe ihm blind vertraut.»

Laura trank den Rest ihres Drinks in einem Zug aus und schaute mich anschließend strahlend an. «Dann sind wir jetzt beide angeschissen.»

Draußen vor der Hintertür ertönte ein Geräusch. Deck vermutlich. Dann hörte ich, wie sich Schritte auf der Treppe entfernten.

Ich stand auf und zückte die Pistole. Ging nach nebenan und spähte durchs Küchenfenster. Draußen war niemand zu sehen. Die Pistole im Anschlag, schlich ich durch die Küche und wünschte mir, in der Hintertür wäre eine Glasscheibe.

Als ich bei der Tür ankam, griff ich so leise wie möglich nach dem Knauf, atmete durch und riß die Tür auf.

Niemand da.

Die Nachtluft war abgekühlt, ein leichter Dunstschleier hing in der Luft und ließ das Licht der Straßenlaternen glitzern. Ich schaute nach unten und sah einen kleinen Koffer, der mir bekannt vorkam.

Ich rannte ans Ende des Fluchtbalkons und lehnte mich über das Geländer, sah aber niemanden, der sich vom Haus entfernte. Als ich ein Geräusch hörte, wirbelte ich herum und hätte Laura beinah den Kopf weggepustet. Sie schaute in den Koffer. «Der Transmitter?» fragte sie.

Ich nickte und schluckte mehrmals. «Was ist das?» fügte sie hinzu und holte ein Blatt Papier aus dem Koffer.

Ich nahm den Zettel in die Hand. Sie reckte den Hals, um

mitlesen zu können. Der Text bestand nur aus einem Wort: HELENA.

«Wer ist Helena?» fragte Laura.

Mir wurde klar, wer mir im Café das Leben gerettet hatte.

«Meine Ex-Frau», sagte ich und ging zurück in die Wohnung.

TEIL 2

Vermißt

NEUN

Ein Junge geht an einem frühen Sonntagabend allein spazieren. Er schlendert den Berg hinunter, in Richtung Schule, aber er hat kein Ziel, gehorcht nur seinen Füßen. Einige hundert Meter hinter ihm steht das Haus, in dem er wohnt, eine Ferienanlage, die erste, die an diesem Küstenabschnitt errichtet wurde und die jetzt, in der Wintersaison, die meiste Zeit leer steht. Er weiß noch nicht, daß diese Anlage seine Vorstellung von Wohnraum prägen wird, daß er immer Häuser mit sauberen Zimmern und leeren Fluren aussuchen wird, in denen man Fremden aus gebührendem Abstand zunickt und wo man nur vorübergehend bleibt. Es ist sein Zuhause, das ist es schon immer gewesen. Sein Vater ist der Hausmeister – Herrscher über die Klimaanlagen, Kammerjäger, Poolreiniger. Seine Mutter arbeitet in einer Kneipe, ein Stück den Strand hinunter, und das tut sie schon ihr Leben lang. Sie ist auch jetzt dort, serviert Burger und eiskaltes Bier, plaudert mit ihrer Freundin Marlene und hört dem Gitarristen zu, der heute abend zum ersten aber nicht zum letzten Mal ‹The Great Filling Station Hold-up› spielt.

Als der Junge von zu Hause losging, saß der Vater gemütlich vor der Glotze und schaute sich, wahrscheinlich zum achtzehnten Mal, ein Band mit einem Spiel der Atlanta Braves an. Doritos, Bohnendip und sein mit Bier gefülltes Lieblingsglas standen griffbereit auf dem Beistelltisch: Ihn würden, wie er sich immer ausdrückte, keine zehn Pferde dazu bringen aufzustehen. Die Eltern hatten noch nie etwas dagegen gehabt, daß der Junge allein spazierenging. Das hatte er vorher schon oft getan, und bisher war ihm noch nie etwas Schlimmes zugestoßen.

Den Bürgersteig an der Straße zur Schule kennt der Junge genau. Nach jedem kräftigen Regenschauer wird er von reißenden Bächen durchzogen, und vor ein paar Monaten verlief dort die Marschroute einer Ameisenkolonne. Der Junge hockte eine ganze Stunde neben der Prozession der kleinen Geschöpfe, die still an ihm vorbeizogen, und er fragte sich, wohin sie wohl wollten. In der Schule hatte Miß Bannerham ihren Schülern in dieser Woche von einer bestimmten Sorte Schmetterlinge erzählt, die sich zu Anfang des Jahres in Südamerika aufhalten und sich dann plötzlich, alle zusammen, in Bewegung setzen und nach Norden fliegen, manche bis nach Kanada. Es war eine lange Reise, und unterwegs paarten sie sich, legten Eier und starben: Bei den Schmetterlingen, die später im Jahr die Rückreise zu haargenau denselben Bäumen, von denen aus sie aufgebrochen waren, unternahmen, handelte es sich nicht um dieselben, die die Reise angetreten hatten. Einige waren nur auf die Welt gekommen, um nach Norden zu fliegen, andere kannten nur den Flug nach Süden: Sie folgten gemeinsam einem Zyklus, Jahr für Jahr, der offenbar einem Zweck diente, auch wenn er dem Jungen unklar blieb.

Miß Bannerham sagte, es habe etwas mit einer bestimmten Pflanze zu tun, auf die die Tiere angewiesen seien, oder mit dem Klima, oder irgend etwas anderem, aber der Junge glaubte das nicht. Wenn die Pflanze so wichtig war, warum ließen sie sich nicht einfach bei so einer Pflanze nieder und machten sich ein faules Leben? Wenn jemand gern am Meer war, zog er an die Küste, das war doch nur logisch. Er zog nicht nach Utah oder so.

Bei den Ameisen war es das gleiche. Sie hatten etwas vor, das wußte er, aber sie verrieten nicht, um was es sich handelte.

An jenem Abend war der Bürgersteig menschenleer, er war

trocken, und es gab, ehrlich gesagt, nicht viel zu sehen. Der Junge trottete den Hügel hinunter, die Hände in den Taschen, schaute in die Häuser, an denen er vorbeikam. Breite Vorgärten, gepflegte Rasenflächen, zumeist eingeschossige Häuser. Das Tageslicht hatte bereits so weit nachgelassen, daß in vielen Wohnzimmern Lichter brannten: Er erhaschte Blicke von Menschen, die im Sessel saßen, durchs Zimmer gingen, fernsahen. Ein Rumpf und ein Arm bewegten sich langsam hinter einem Fenster, dann verschwanden sie; jemand stand auf und setzte sich wieder hin; gelegentlich erhob sich Gemurmel und verstummte wenig später, genauso wenig zu verstehen wie der Schlag von Flügeln in der Ferne. Wahrscheinlich war alles viel leichter zu begreifen als das mit den Ameisen und den Schmetterlingen, andererseits wußte der Junge nicht, wie ihm das gelingen sollte. All das gehörte zum Leben anderer Leute, zu einem Leben, das er nie verstehen würde.

Der Abhang wurde flacher, und zur Rechten kam das Schulgelände in Sicht, ein rechteckiges Grundstück, das die gesamte Fläche zwischen zwei Querstraßen einnahm. Am hinteren Ende lagen die Klassenzimmer, vorne war ein großer Schulhof mit Rasenflächen und Bäumen, umgeben von einem schwarzen Eisenzaun. Der Junge blieb davor stehen und schaute über das Gelände. Er empfand nichts Besonderes bei dem Anblick, er wußte nur, daß er hier die meiste Zeit des Tages verbrachte. An Schultagen versammelten sich in dem Gebäude viele Kinder, manche kannte er und hatte nichts gegen sie, manche kannte er nicht oder hatte einen leichten Widerwillen gegen sie. Ein riesiger Behälter für Menschen, die anders waren als er, die andere Eltern hatten und ein anderes Leben. Die einzige Person darin, für die er sich interessierte, war Miß Bannerham, denn er war in dem Alter, in dem Jungs ihre Lehrerin anhimmeln.

Mit so einem Begriff hätte er jedoch nichts anfangen können, er wußte, daß er Miß Bannerhams Unterricht spannender fand als den der anderen Lehrer und daß er sie gerne zur Mutter gehabt hätte, wenn seine Mom nicht gewesen wäre. Zu Hause bewahrte er an einem sicheren Versteck ein Abzeichen auf, das sie ihm gegeben hatte. Vor zwei Wochen waren einige Leute in die Schule gekommen, um die Lehrer zu beurteilen. Der Junge hatte sich darüber gewundert, daß auch Lehrer Zeugnisse bekommen, aber Miß Bannerham schien das nichts auszumachen. Die Kinder saßen vorne im Klassenraum vor ihr auf dem Boden, und sie erzählte ihnen etwas. Die anderen Erwachsenen hielten sich im Hintergrund und hörten ebenfalls zu. Der Junge stellte Fragen und beantwortete Fragen; es war eine interessante Stunde, und das Lernen machte Spaß. Am Ende dieses Schultages, als er seine Bücher zusammenschnürte und nicht mehr viele Kinder im Klassenzimmer waren, kam Miß Bannerham auf ihn zu, nahm ihn zur Seite und gab ihm das Abzeichen. Es war schmal und silberfarben, und es stand «Für vorbildlichen Fleiß» darauf, und sie sagte, er dürfe es einen Monat lang behalten. Er verlor kein Wort darüber in der Schule, denn er spürte instinktiv, daß es so am klügsten war, aber er zeigte das Abzeichen seinen Eltern, und sie schienen sich für ihn zu freuen.

Es war ein trüber Tag gewesen, und der Junge hatte ihn am Strand verbracht, gegen den Wind angekämpft und Seeigel gesucht. Sein Vater hatte die Sitte eingeführt, daß jeder aus der Familie, der einen heilen Seeigel fand, beim nächsten Restaurantbesuch der Familie Anrecht auf, wie er es nannte, «ein Getränk nach Wahl» hatte. Der Junge entschied sich immer für eine Cola, die er sowieso bekommen hätte, aber er verstand, daß es um etwas anderes ging.

An jenem Tag hatte er nur einzelne Splitter gefunden und ein kleines, zermatschtes Tier, dessen Anblick ihn ekelte, aber das spielte keine Rolle. Er war angenehm erschöpft und beschloß, nur noch einmal um die Schule zu gehen und dann wieder nach Hause zurückzukehren.

Er schaute durch die Gitterstäbe, als er am Schulhof vorbeikam, hinüber zu den Bäumen auf der anderen Seite. Die hatten sich zur allgemeinen Freude als die beste Stelle in der ganzen Gegend erwiesen, um Ritter zu finden. Dabei handelte es sich um große Käfer, auf die die Jungen ganz versessen waren und die sie in Marmeladengläsern mit durchlöcherten Deckeln aufbewahrten, und wahrscheinlich hießen die Tiere auch gar nicht Ritter, aber die Jungen nannten sie nun einmal so. Stundenlang veranstalteten sie voller Begeisterung Kämpfe zwischen den Insekten, allerdings ging es bei diesen Wettbewerben meist friedlich zu, denn es wurden lediglich die Charakteristika der Tiere – Länge, Breite, die Ausgefallenheit ihrer Flügel – verglichen. Im allgemeinen waren die Käfer grün, aber ab und zu fand sich auch ein schwarzer, und die gewannen widerspruchslos. Schwarze Ritter gewannen immer. Earl, der beste Freund des Jungen, besaß schon einen schwarzen Ritter, und der Junge fand, es sei langsam an der Zeit, daß er mit ihm gleichzog.

In der vagen Hoffnung, daß es am morgigen Tag soweit sein würde, ging er weiter und kam zum Schulhaus, dort gab es nicht viel zu sehen, auch nicht, nachdem er um die nächste Ecke gebogen war: nur dunkle Fenster in einem noch dunkleren Gebäude. Unterwegs dachte er über die Worte eines Fernsehpredigers nach, die er heute morgen gehört hatte – daß der Herr den Menschen, die Böses getan hatten, Gnade zuteil werden ließ und ihre Sünden dem Meer übergeben würde. Das widersprach der Ansicht seiner Mutter, die meinte, daß Menschen, die etwas ins Meer kippten, böse seien, besonders, wenn dadurch den Möwen Leid angetan wurde. Der Junge hatte seinen Vater besorgt gefragt, an welchen Stellen die Sünden dem Meer übergeben wurden, damit er beim Baden nicht zufällig in sie hineingeriet und als böser Mensch wieder herauskam. Sein Vater hatte schallend gelacht und ein paar Minuten lang nicht mehr über den Mann im Fernsehen geschimpft.

Der Junge bog um die nächste Ecke und ging bis dahin, wo der Spielplatz wieder anfing, blieb stehen und betrachtete die Bäume, die an dieser Stelle direkt hinterm Zaun standen. Mittlerweile war es ziemlich dunkel, nur die Straßenlaternen leuchteten an den Ecken des Geländes, und die Bäume sahen groß und alt aus. Er hätte es bestimmt geschafft, über den Zaun zu klettern, auf den Spielplatz, um den anderen Jungs, die morgen nach Käfern suchen würden, zuvorzukommen, aber er hatte keine Lust. Die Bäume sahen in der Dunkelheit, ehrlich gesagt, ein bißchen furchteinflößend aus. Er wußte, daß er eigentlich keine Angst zu haben brauchte, denn tagsüber, wenn sie grün und einladend waren, kletterte er häufig auf die unteren Äste, aber nachts sah immer alles anders aus. Er fragte sich, wie die Dinge wirklich aussahen, so wie tagsüber oder so wie nachts, und er kam zu dem Schluß, daß es unterschiedlich war.

Die Käfer jedenfalls würden bestimmt schon schlafen.

Wenn er jetzt sofort nach Hause ging, wären vielleicht noch ein paar Doritos übrig, dachte er, und daher bog er um die nächste Ecke, und jetzt brauchte er nur noch die Stirnseite entlangzugehen, um dann nach links abzubiegen und den Hügel hinaufzusteigen. Er befand sich in einem Zustand nahezu tranceartiger Geistesabwesenheit, und zuerst fielen ihm die Schritte hinter ihm gar nicht auf.

Als er sie hörte, drehte er sich um, in der Erwartung, jemanden zu sehen, der seinen Hund spazierenführte. Er war erstaunt, als er niemanden erblickte. Der Gehsteig war leer.

Er ging ein Stück weiter, dann hörte er, daß die Schritte erneut einsetzten. Sie waren nicht hastig, nicht eilig, sondern hatten denselben Rhythmus wie seine. Es war jedoch nicht der Widerhall seiner eigenen Schritte, da war er sich sicher, denn er trug Turnschuhe, die kein Geräusch machten.

Sein Herz schlug heftiger, und der Junge erhöhte sein Tempo. Die Schritte wurden ebenfalls schneller, und er begann, sich ein bißchen zu fürchten. Man hatte ihn vor den schlimmen Dingen gewarnt, die passieren konnten, wenn man mit den falschen Leuten redete oder sich in das falsche Auto setzte. Weder sein Vater noch seine Mutter hatten genauer erklärt, was das für Dinge waren, welche Automarken oder Modelle sie damit meinten, aber plötzlich spürte der Junge, daß er sich jetzt vielleicht in so einer Situation befand, von der sie gesprochen hatten.

Er lief den Bürgersteig entlang, immer schneller, aber er merkte, daß er sich nicht von seinem Verfolger entfernte. Wenn es ein Erwachsener war, dann hatte er keine Chance zu entkommen, Erwachsene hatten längere Beine.

Er blieb stehen, holte tief Luft und drehte sich um.

Diesmal sah er jemanden.

An der Ecke, unter der Straßenlaterne, stand ein Mann. Er trug einen schicken Anzug. Sein Gesicht lag im Schatten, so daß der Junge es nicht deutlich erkennen konnte. Die Laterne schien den Kopf von hinten zu beleuchten. Der Mann war zu weit weg, als daß die Schritte von ihm hätten stammen können, aber außer ihm war niemand zu sehen. Der Mann ging auf ihn zu, und der Junge blieb wie angewurzelt stehen.

Später knabberte der Junge zu Hause Doritos und sah zusammen mit seiner Mutter fern; sein Vater schlief tief und fest im Sessel. Sie schauten sich einen schlechten Film bis zum Ende an, danach gingen alle ins Bett.

Ich wachte auf und sah Laura im Schneidersitz auf dem Fußboden sitzen und einen Toast essen. Sie hielt mir einen Becher Kaffee hin. Ich krächzte etwas Unverständliches und richtete mich auf. Es dauerte eine geschlagene Minute, ehe ich mich zurechtfand, dann holte ich aus meiner Jackentasche den Traumempfänger. Ein Blick auf die Anzeige bestätigte mir, was ich bereits ahnte. Ich hatte nicht gearbeitet. Es war mein eigener Traum.

«Deck duscht gerade», sagte Laura, die mir noch immer den Becher hinhielt. Ihre Augen waren geschwollen.

Ich nahm den Becher, trank einen Schluck. Die Flüssigkeit war heiß, und sie schmeckte nach Kaffee. So weit, so gut. «Wann ist er zurückgekommen?»

«Ungefähr eine Stunde nachdem Sie zusammengeklappt sind. Er sagte, er habe eine kleine Spritztour unternommen. Geht es Ihnen wieder besser? Sie sind ziemlich abrupt bewußtlos geworden.» Ich nickte. Zuerst hatte ich den Transmitter in einem von Decks Schränken verstaut, dann eine Weile aus dem Wohnzimmerfenster geschaut, aber nur eine einzelne Waschmaschine gesehen, die die Straße entlangtrottete. Laura hatte bestimmt von mir erwartet, daß ich ihr erklärte, wieso mir jemand den Transmitter gebracht hatte und wer diese Person war, aber ich schwieg. Ich war kaum in der Lage gewesen zu sprechen. Ich hatte mich auf das Sofa gesetzt, und urplötzlich hatte ich mich um fünfundzwanzig Jahre zurückversetzt gefühlt, so als sei mein Verstand momentan völlig überfordert und sehne sich nach unkomplizierteren Zeiten zurück. Die Trennlinien schienen zu verschwimmen. Ich war nicht nur aus einem Traum erwacht, sondern auch aus einer Erinnerung – ein Erlebnis, das ich längst vergessen hatte. Während ich dasaß und Laura mich fragend ansah, war mir die Erinnerung plötzlich gegenwärtiger als der warme Becher in meiner Hand oder das Rauschen des Wassers in Decks Badezimmer.

Um die Schule gingen wir.

Ich griff zum Telefon und wählte eine Nummer im Net an.

«Hallo?»

«Hallo, Quat. Hier ist Hap.» Laura sah mich an, als wollte sie sagen: Sind Sie noch ganz bei Trost?

Nach einer kurzen Pause sagte Quat: «Hi – wie geht's?»

«Gut», sagte ich. «Der Transmitter hat tadellos funktioniert, aber der Kerl ist noch nicht aufgekreuzt, um ihn abzuholen.»

Quat, sehr geschäftsmäßig: «Ich rufe ihn an.»

«Ja, das wäre nett. Ach, und hör mal, noch eine merkwürdige Sache. Ich kriege kein Geld mehr aus dem Automaten. Kannst du das mal überprüfen?»

«Klar, mache ich», sagte er. «Sag mal, Hap, wo bist du gerade?»

«Unterwegs», sagte ich, den Hörer fest umklammert. «Noch etwas: Kennst du den Cop, den es erwischt hat?»

Er sagte kein Wort, und ich legte auf.

«Was sollte das denn?» fragte Deck von der Tür aus.

«Ein Bluff», sagte ich. «Er weiß, daß ich ihn angelogen habe, aber nicht, in welchem Ausmaß. Und den Transmitter habe ich immerhin. Er hat jetzt keine Ahnung, was los ist oder wieviel ich weiß.»

«Aber du weißt doch rein gar nichts», sagte er.

«Noch nicht.» Über Nacht, im Schlaf, hatte sich einiges verändert. Quats Verrat erschien mir nicht mehr so wichtig, und auch seine Motive dafür nicht – wie immer die aussehen mochten. Ich hatte große Angst um mein Geld, und ich hätte mir auch Sorgen machen sollen, weil Stratten mir entgegen seiner Ankündigung letzte Nacht keine Träume übertragen hatte, aber das kümmerte mich nicht, noch nicht.

Ich wollte wissen, wer die Männer im grauen Anzug waren, was sie hier machten und wieso sie mir bekannt vorkamen. Das war aber nicht weiter tragisch, denn es kam mir so vor, als wiesen sowieso alle Spuren in dieselbe Richtung.

Deck stand draußen auf der Straße Schmiere, als ich in Ray Hammonds Wohnung einbrach. Laura begleitete mich. Das war ihr Wunsch, nicht meiner. Unterwegs hatte ich Nachrichten gehört, der Schußwechsel im Prose Café war die Topmeldung. Travis hatte einen Streifschuß abbekommen, Bartons Zustand war kritisch, wahrscheinlich würde er nicht überleben, die anderen beiden Cops waren tot.

Die «unbekannten Täter» waren offenbar unverletzt entkommen. Es wurde intensiv nach ihnen gefahndet, mein Name wurde nicht erwähnt.

Die Tür zu Hammonds Wohnung war nicht versiegelt, und es stand auch kein Cop Wache, was darauf hindeutete, daß die Polizei nicht wußte, was ihn in diese Gegend verschlagen hatte. Ich fragte Laura danach, und sie antwortete, sein Hauptwohnsitz sei in Burbank. Sie weigerte sich, mir zu sagen, warum sie ihm nicht dort aufgelauert hatte. Sie sagte nur, sie habe gewußt, daß er sich zeitweilig woanders aufhielt, und sie habe den Hacker – Quat, wie sich inzwischen herausgestellt hatte – beauftragt zu ermitteln, wo. Die Cops waren wahrscheinlich von Haus zu Haus gegangen und hatten irgendwann aufgegeben, weil sich niemand über die Gegensprechanlage meldete. Falls sie für eine neuerliche Befragung auftauchen sollten oder sich jemand Verdächtiges blicken ließ, würde Deck uns Bescheid sagen. Bis dahin konnten wir in der Wohnung tun und lassen, was wir wollten.

Das Schloß an der Tür sah teuer und kompliziert aus, aber es zu knacken war für meinen Organizer ein Klacks. Innerhalb von zwei Minuten war die Sache erledigt.

Die Wohnung war klein, die Tür führte direkt in ein quadratisches Wohnzimmer, an das sich eine Küche anschloß. Von dem kleinen Fenster aus hätte man auf die Straße hinausschauen können, wenn die Vorhänge nicht zugezogen gewesen wären. Zwei weitere Zimmer gingen nach hinten raus, ein Schlafzimmer und eines, das fast ganz von einem Schreibtisch eingenommen wurde. Außerdem gab es noch ein Bad, in das sich mit Mühe und Not eine Person hineinquetschen konnte.

Ein Blick auf die Küche genügte, um zu wissen, daß Hammond hier nicht viel Zeit verbrachte. Im Kühlschrank drei Bierdosen und die Reste eines chinesischen Essens, die Nudeln von einer Bakterienkultur bedeckt, die so weit entwickelt war, daß es mich nicht gewundert hätte, wenn sie bereits eine eigene Verfassung mit strengen Ansichten zu ökologischen Grundfragen besaß. Ein einziger Teller, und nur eine Besteckgarnitur in der Schublade. Auch der Rest der Wohnung ließ darauf schließen, daß Hammond für seine Freizeit eine asketische Umgebung bevorzugte. Die Möbel waren billig und funktional: ein Sofa und ein Sessel im Wohnzimmer, ein Einzelbett, ein paar kleine, leere Tische. Die Schränke im Schlafzimmer waren ebenfalls leer, keine Toilettenartikel im Badezimmer, in jeder Ecke Wollmäuse. Keine Bilder an den Wänden. Die Wohnung glich einer Suite in einem Motel, die nicht mehr benutzt wurde, seit vor zwei Wochen dem Zimmermädchen gekündigt worden war, das sich daraufhin als Abfindung die Kunstdrucke mitgenommen hatte.

Ich ging ins Arbeitszimmer. Über dem Schreibtisch hing ein Regalbrett, auf dem nur ein Buch stand. Eine Taschenbibel mit zahlreichen Eselsohren. Auf die Innenseite des Buchdeckels hatte jemand ein Zitat geschrieben: «Und ich sah: mitten zwischen dem Thron und den vier Gestalten und mitten unter den Ältesten stand ein Lamm, wie wenn es erwürget wäre, und hatte sieben Hörner und sieben Augen, das sind die sieben Geister Gottes, gesandt in alle Lande.»

Merkwürdig. Ich ließ das Büchlein in meine Tasche gleiten.

Sonst war das Zimmer leer, aber als ich unter den Schreibtisch schaute, fiel mir etwas auf. Auf dem Boden, nah an der Wand, befanden sich ein paar Linien in der Staubschicht auf dem Teppich, als wären dort bis vor kurzem noch Kabel verlaufen. In den Schränken war es ganz ähnlich: deutlich erkennbare rechteckige Abdrücke im Staub, wo vermutlich früher Aktenkartons gestanden hatten. Ich ging zurück ins Wohnzimmer, drehte die Sitzkissen auf dem Sofa um. Saubere Einschnitte auf jeder Rückseite. Jemand hatte nach etwas gesucht.

«Es hat schon jemand vor uns die Wohnung auf den Kopf gestellt», sagte ich. «Ich glaube, auf dem Schreibtisch stand mal ein Computer, und im Schrank waren Akten, das ist jetzt alles weg. Wer auch immer hier war, er hat außerdem noch nach etwas gesucht, das man in einem Kissen verstecken kann. Haben Sie eine Ahnung, was das sein könnte?»

Keine Antwort. Ich schaute auf und sah Laura mit gesenktem Kopf an der Küchenzeile lehnen. «Laura?»

Sie hob langsam den Kopf, ihre Augen waren ungewöhnlich trocken, die Mundwinkel hingen herab, sie wirkte wie ein vierzehnjähriges Mädchen, durch das Prisma eines Lebens voller Enttäuschungen betrachtet. «Kann ich bitte eine Zigarette haben?» fragte sie.

«Ich dachte, Sie hätten aufgehört.»

Sie lächelte schwach. «Schon hundertmal.»

«Ein Mensch ist entweder Raucher oder Nichtraucher», sagte ich. «Entscheiden Sie sich endlich, zu welcher Gruppe Sie gehören wollen. Das erspart uns allen eine Menge Ärger.»

Ich suchte die Wände nach Sensoren ab und war überrascht, als ich keine entdecken konnte. Dann fiel mir ein, daß Hammond ja Raucher und leitender Polizeibeamter gewesen war. Wahrscheinlich hatte er sich eine Sondererlaubnis besorgt. Ich zündete zwei Camels an und gab eine davon Laura. «Hammond ist der Schlüssel zu allem», sagte ich. «Sie haben ihn getötet. Haben Sie dafür irgendeine Erklärung?»

«Ich kann mich nicht daran erinnern.»

«Ich weiß. Ich brauche auch keine Einzelheiten. Ich will wissen, warum, und daran müssen Sie sich noch erinnern.»

«Es war eine Privatsache», sagte sie.

«Ach, was Sie nicht sagen. Kein Mensch feuert ein ganzes Magazin wegen eines Strafzettels leer.»

«Das hat mit den aktuellen Ereignissen nichts zu tun.»

«Woher wollen Sie das wissen?»

«Ich weiß es eben. Sind Sie fertig hier? Können wir gehen?»

«Irgendwann werden Sie es jemandem erzählen müssen», sagte ich. «Ich meine, nicht der Polizei. Ich meine, irgendeinem Menschen. Sie trinken zuviel und verziehen Ihren Mund andauernd zu einem künstlichen Lächeln. Sie fahren für zwei Tage nach Mexiko und blasen die ganze Zeit Trübsal, wenn Sie nicht gerade dabei sind, sich in einer Kneipe Ärger einzuhandeln. Als Sie die Erinnerung an den Mord auf mich abluden, war sie schon ziemlich verworren, so als wären Sie es gewöhnt, Dinge zu verdrängen. Sie müssen eine Möglichkeit finden, einen Teil des Zeugs in Ihrem Kopf loszuwerden.»

Sie grinste sarkastisch. «Vielen Dank für die Therapiesitzung, Herr Doktor. Darf ich nächste Woche wiederkommen?»

Ich zuckte die Achseln. «Ich will Ihnen nur helfen. Sie sind zwar eine grauenvolle Nervensäge, aber ich mag Sie trotzdem.»

Ein Fehler. Sie wandte sich ab und drückte ihre halb gerauchte Zigarette im Spülbecken aus. «Ja», sagte sie. «Das geht allen Männern so.»

Ihr Blick veränderte sich, wurde trüb, und es gab keinen Zweifel, daß unser Gespräch beendet war.

Die Wohnung brachte mich nicht weiter. Ich säuberte das Spülbecken, damit man nicht sah, daß jemand hier gewesen war, und schloß die Wohnungstür hinter uns zu. Wir holten Deck draußen ab, und spontan ging ich bis zur Kreuzung und schaute durch das Schaufenster des Getränkeladens. Der alte Mann saß, genau wie in der Erinnerung, hinter dem Tresen und sah aus wie ausgestopft. Die anderen blieben draußen stehen, und ich ging hinein.

«Wie geht's Ihrem Hund?» erkundigte ich mich.

Der alte Mann blickte zu mir auf, er schielte. Offenbar konnte er nicht mehr gut sehen. «Er ist tot. Wer sind Sie? Kennen wir uns?»

«Natürlich», sagte ich. «Ich komme jeden Tag hierher.»

«Ach so. Wie schön.» Er beugte sich vor und traf Anstalten, sich zu erheben. Ich wollte ihm schon sagen, es sei nicht nötig: ganze Städte seien mit weniger Kraftanstrengung errichtet worden. Sein Gesicht hatte tiefe Falten, seine Haut war staubtrokken, und je weiter er sich aufrichtete, desto ungesünder sah er aus. Aber es schien ihm viel zu bedeuten, deswegen wartete ich geduldig ab. Ich schaute kurz durchs Fenster, sah Deck und Laura draußen miteinander reden. Schließlich stand der Alte mehr oder weniger aufrecht da, gegen den Tresen gelehnt. «Was kann ich für Sie tun?»

«Eigentlich gar nichts», sagte ich. «Kennen Sie den Cop, der hier erschossen wurde? Das ist doch gleich vor Ihrer Haustür passiert, oder nicht?»

«Ja, ja», sagte er voller Stolz. «Ich habe alles gesehen. Sind Sie von der Polizei?»

Ich überlegte kurz, ob ich ja sagen und mich damit strafbar machen sollte, entschied aber, daß mir schon genug zur Last gelegt wurde. «Nein. Ich frage aus reiner Neugier. Und es stimmt nicht, Sie haben gar nicht alles gesehen. Sie haben geschlafen.»

Seine Hände zitterten. «Woher wissen Sie das?»

«Ich weiß es eben. Hinzu kommt, daß Sie die Stelle, an der der Mann erschossen wurde, von hier gar nicht sehen können. Wollen Sie mir nicht sagen, was Sie wirklich beobachtet haben?» Ich bot ihm kein Geld an. Das hätte er als Kränkung empfunden. Der Mann wollte mit jemandem reden, sonst nichts.

Er befeuchtete sich die Lippen. «Ehrlich gesagt, war ich an dem Abend ein bißchen müde. Ich bin gegen eins eingenickt. Irgendwann habe ich dann Lärm gehört und bin davon aufgewacht. Erst dachte ich, jemand hätte die Tür zugeschlagen, aber es war niemand im Laden, und das Knallen hörte nicht auf. Dann merkte ich, daß es Pistolenschüsse waren. Als ich an der Tür war, herrschte wieder Stille. Ich blieb drinnen.»

«Was ist danach passiert?»

«Ich hörte, wie sich ein Wagen auf der Straße näherte, dann lief jemand an meiner Tür vorbei. Direkt vor meiner Nase, aber ich sehe nicht mehr besonders gut. Hörte sich für mich wie die Schritte einer Frau an, sie entfernte sich und verschwand um die Ecke. Dann hörte ich Rufe, ein Mann, der einen Wutanfall hat. Ich ging zurück zu meinem Stuhl, holte meine Brille, trat an die Tür und sah wieder hinaus.»

«Obwohl Sie von hier aus niemanden erkennen konnten.»

«Zuerst nicht», sagte er. «Dazu komme ich noch. Zuerst höre ich nur zwei Stimmen, ich verstand nicht, was sie sagen. Dann kreuzen auf einmal noch zwei Autos auf.»

Mir schauderte. «Wie bitte?»

«Metallicgrau, mit getönten Fenstern, wie sie Zuhälter und Dealer gern mögen. Aus jedem Auto stiegen zwei Männer.»

«Mittelgroß? In Anzügen?»

«Ja, genau.» Er sah mich an. «Kennen Sie die?»

Ich schüttelte den Kopf. Sechs. Die Scheißkerle waren also zu sechst. «Was ist danach passiert?»

«Nicht viel. Die Männer gehen um die Ecke, bleiben ein paar Minuten stehen. Ich überlege noch, ob ich ihnen Hilfe anbieten soll, aber es sind ja genug Leute da. Was soll ich machen? Und ich weiß nicht, ob Sie's gemerkt haben, aber ich bin alt. Dann kommen die Typen im Laufschritt wieder zurück, steigen in die Autos und brausen davon. Eine Sekunde später fährt der erste Wagen vorbei, und das war's. Danach habe ich die Polizei angerufen.»

«Haben Sie denen von den Männern in den Autos erzählt?»

«Selbstverständlich. Gangstermord habe ich das genannt. So hat man mich in den Zeitungen zitiert. Nur die Anzahl der Beteiligten haben sie verschwiegen.»

Das hatte mir gerade noch gefehlt. Seit gestern abend konnte Travis mich mit dem Mordfall Hammond in Verbindung bringen: Hammond → die asozialen Typen in Grau → Hap. Er kannte natürlich nicht die Wahrheit, denn er wußte nicht, welche Rolle Laura Reynolds bei der ganzen Sache gespielt hatte. Und das reichte.

«Danke», sagte ich zerstreut. «Sie waren mir eine große Hilfe.»

«War mir ein Vergnügen», sagte er. «Und da wir uns kennen, verrate ich Ihnen etwas, das ich den Polizisten lieber nicht gesagt habe. Sie hätten geglaubt, ich wäre nicht ganz richtig im Kopf. Die Kerle, die ich gesehen habe – die hatten nicht einfach nur ihre Anzüge im selben Laden gekauft, ihre Gesichter sahen auch alle gleich aus.» Seine Augen fixierten mich, und für einen Moment erkannte ich in ihm den Mann, der er früher gewesen war – und tippte insgeheim darauf, daß dieser Getränkeladen zu den wenigen gehörte, die nicht allzu häufig überfallen worden waren. «Glauben Sie mir?»

«Natürlich», sagte ich. «Und ich möchte mich bei Ihnen mit einem Rat revanchieren. Wenn Sie die Herren noch mal sehen – gehen Sie in Deckung.»

Draußen lehnte Deck an einer Straßenlaterne, Laura stand ein Stück die Straße hinunter, ungefähr an der Stelle, an der Hammonds Leiche gelegen hatte.

«Was ist los mit ihr?» fragte ich.

«Ich hab ihr einen der Gründe genannt, warum ich gestern abend so lange bis zu mir nach Hause gebraucht habe.»

«Und der wäre?»

«Hab in deiner Wohnung vorbeigeschaut. Weil die ganze Meute gerade damit beschäftigt war, im Café den Aufstand zu proben, hielt ich es für einen günstigen Zeitpunkt. Jemand anders hatte bereits das Schloß geknackt – ich denke, die beiden Kerle haben deine Wohnung durchsucht, nachdem du ihnen entwischt bist. Ich ging rein, holte deinen Erinnerungsempfänger aus dem Schrank und verschwand wieder. Ich habe allerdings weder aufgeräumt noch geputzt.»

Ich lachte, und ich dachte nicht zum ersten Mal, wie schlecht man doch dran war, wenn man sich in brenzligen Situationen nicht auf so jemanden wie Deck verlassen konnte. «Danke», sagte ich. «Du hast übrigens Schwein gehabt. Diese Typen gibt es als Sechserpack.»

Deck sah mich neugierig an. «Scheiße. Jedenfalls habe ich das Laura erzählt. Sie weiß jetzt, daß du die Erinnerung wieder in ihren Kopf rückübertragen kannst.»

Ich streckte eine Hand aus und faßte ihn an die Schulter. «Warte mal eben», sagte ich.

Ich ging ein Stück die Straße entlang und blieb ein paar Meter vor Laura stehen. Sie starrte mit verschränkten Armen und hängenden Schultern auf die Reste eines riesigen Blutflecks auf dem Bürgersteig.

«Wann wollen Sie es machen?» fragte sie.

«Gar nicht», sagte ich.

Sie blickte auf und runzelte die Stirn. «Was?»

«Es hat keinen Sinn. Travis hat mich bereits im Visier, und die Cops können mich wegen der Typen, die hinter Ihnen her sind, mit dem Tod von Hammond in Verbindung bringen. Es ist zu spät, der Transfer würde mir nichts mehr nützen.»

«Aber Sie sind doch unschuldig.»

Ich zuckte die Achseln. «Kann schon sein. Aber ich habe mich an die Erinnerung gewöhnt. Als sei in meinem Kopf schon immer ein Platz für sie reserviert gewesen.»

«Und das ist alles?»

«Und das ist alles.»

Laura atmete erleichtert auf. Einen Augenblick lang sah sie aus wie die Frau, die sie wirklich war, ohne ihre üblichen Stacheln. Sie blickte die Straße hinunter, dann wandte sie sich mir wieder zu. «Und was haben Sie jetzt vor?»

«Herausfinden, was sich hier abspielt.»

«Ist das für Sie wichtig?»

«Ja. An Ihrer Stelle würde ich mich krank melden und für längere Zeit nach Europa in Urlaub fahren. Was machen Sie eigentlich beruflich?»

«Ich arbeite bei einer Bank», sagte sie, lächelte mich an und blinzelte mit einem Auge in die Sonne. «Kundenberatung. Klingt nicht sehr aufregend, was?»

«Ein Beruf wie jeder andere auch.»

«Todlangweilig, würde ich sagen.» Sie sah hinüber zu Deck, der noch immer an der Straßenlaterne lehnte und ins Leere schaute. «Wissen Sie was? Ich glaube, ich habe gekündigt.»

«Kann ich Sie irgendwohin mitnehmen?»

«Ja. Ich komme mit. Egal, wohin Sie beide auch fahren.» Sie lachte über meinen verdutzten Gesichtsausdruck. «Überlegen Sie mal, Hap. Hinter mir sind immer noch die vier apokalyptischen Spinner her, und die wissen genau, was ich getan habe.»

«Es sind sechs», sagte ich. «Nur zu Ihrer Information.»

«Wie auch immer. Wenn ich Sie richtig verstanden habe, sind Sie wild entschlossen rauszukriegen, was los ist. Zusammen mit Ihnen beiden fühle ich mich sicherer als allein.»

«Könnte sich als großer Irrtum erweisen.»

«Es wäre nicht mein erster», sagte sie lächelnd und deutete mit einem Nicken hinüber zu Deck. «Kommen Sie schon. Ich lade Sie zu einem Bier ein.»

ZEHN

Es dauerte im Applebaum lange, bis das Mittagessen kam. Das ist immer so. Wir hatten einen Tisch draußen ergattert, mit Blick über den Sunset Boulevard, und tranken unser erstes Bier. Deck und Laura machten sich über die Passanten lustig, während ich mir den Inhalt meiner Hosentaschen anschaute. Ich hatte in den letzten Tagen soviel Kram in meine Taschen gestopft, daß ich langsam anfing, gebückt zu gehen.

Leider mußte ich das meiste behalten, beispielsweise den Traumempfänger. Vom Restaurant aus rief ich bei R.E.M.-Jobs an, weil ich wissen wollte, warum man mir in der Nacht zuvor keine Träume geschickt hatte. Stratten war nicht da. Sabrina, die blöde Zicke, ließ mich ewig lange in der Leitung warten, schließlich sagte sie, sie werde mich zurückrufen. Decks Pistole wollte ich vorerst behalten, meine lag seit der Schießerei im Prose Café bestimmt in der Asservatenkammer. Ohne meinen Organizer war ich aufgeschmissen, und den Wecker wegzuwerfen brachte ich nicht übers Herz, auch wenn er anscheinend in den Winterschlaf gefallen war. Vielleicht stand er unter Schock. Er war gleich wieder eingepennt, nachdem in meinem Hausflur auf ihn geschossen worden war, und seitdem hatte er keinen Pieps mehr von sich gegeben. Ich schüttelte ihn und drückte versuchsweise auf ein paar Knöpfe, aber ich war mir nicht mal sicher, ob sie überhaupt eine Funktion hatten. Wahrscheinlich gibt es sie nur, weil die

Käufer das erwarten. Wie dem auch sei, er funktionierte nicht. Ich fragte Laura, ob es ihr etwas ausmachen würde, ihn für mich aufzubewahren; sie nahm ihn mir ab und steckte ihn in ihre Handtasche.

Dann fiel mir plötzlich etwas ein. Ich hatte Laura dank des erstaunlichen Wissens des Weckers im Nirvana Inn gefunden. Aber wie hatten die beiden Männer im grauen Anzug sie aufgespürt? Aus Lauras Erinnerung und der Erzählung des alten Mannes ging klar hervor, daß sie ihr nicht gleich hatten folgen können.

«Laura», sagte ich. «Darf ich Sie etwas fragen?»

«Sie dürfen», erwiderte sie entgegenkommend und füllte ihr Glas nach. «Aber erwarten Sie nicht unbedingt eine Antwort.»

«Haben Sie eine Ahnung, wie die Kerle im Anzug herausgefunden haben, daß Sie im Nirvana Inn abgestiegen waren?»

Sie schüttelte den Kopf. «Nein. Nachdem ich Ihnen die Erinnerung übertragen hatte, verhielt ich mich übervorsichtig, war geradezu paranoid. Trotzdem hatte ich nicht das Gefühl, daß mich jemand verfolgte. Obwohl Sie ja hinter mir her waren.»

«Stimmt, aber ich lag derart daneben, daß ich nicht einmal im richtigen Bundesstaat nach Ihnen gesucht habe. Was ist mit der Kneipe, in der Sie an dem Abend waren. Ist Ihnen da irgend jemand aufgefallen?»

«Nein. Aber ich habe einen Mann kennengelernt.» Plötzlich fing sie an zu zittern. Das Wetter schlug innerhalb einer Sekunde um, von sonnig zu wolkenverhangen und kühl. An den Tischen um uns herum erhob sich lautes Gemurmel, die Gäste warteten darauf, daß man ihnen ihre Jacken und Pullover nach draußen brachte, die sie in der Garderobe abgegeben hatten.

«Was für einen Mann?»

Sie zuckte die Achseln. «Irgend so einen Typen eben. Ich saß an einem Ecktisch, schlug die Zeit tot, und dieser Typ fragte, ob er sich zu mir setzen dürfe. Ich wollte gerade sagen, nein, dürfen

Sie nicht, weil ich wirklich nicht in der Stimmung war, angebaggert zu werden, aber dann hatte ich plötzlich doch nichts dagegen und sagte, in Ordnung.»

«Können Sie ihn beschreiben?»

«Ende Dreißig, Anfang Vierzig. Elegant. Schick gekleidet. Dunkler Anzug. Schönes Haar.»

«Und? Hat er sie angebaggert?»

«Nein. Wir haben uns nur unterhalten. Besser gesagt, ich habe geredet. Er hat bloß dagesessen und genickt und es geschafft, daß ich mich wohl fühlte. Ich habe über nichts Besonderes gesprochen, und er hat zugehört. So als würde ihn das wirklich interessieren, und nicht, als würde er nur darauf warten, daß ich endlich fertig war und er mich fragen konnte, wie ich meine Eier morgens am liebsten esse. Nach einer Weile merkte ich, daß es schon spät war und daß ich besser gehen sollte. Er sagte, bleiben Sie doch noch ein bißchen, und ich war in Versuchung nachzugeben, aber dann, ich weiß nicht ...»

«Was dann?»

Sie sah weg. «Es war nicht der richtige Abend dafür. Ich hatte keine Lust auf jemanden, der lieb zu mir war. Das wäre nicht gut ausgegangen.»

«Und dann?»

«Und dann habe ich mich von ihm verabschiedet und ihm gesagt, daß es schön war, ihn kennengelernt zu haben. Er hat mir seine Karte gegeben, und die war wirklich merkwürdig.»

Sie griff in ihre Handtasche und reichte sie mir. Sie war weiß. Ich drehte sie um, die andere Seite war ebenfalls weiß.

«Ein Minimalist», sagte Deck und schrieb dann weiter auf jede Packung Sweet'n'Low in der Schale auf unserem Tisch den Spruch: Dieses Zeug verursacht auch Krebs, wieso darf ich dann hier nicht rauchen?

Ich legte die Karte auf meinen Organizer und ließ ihn nach einem unsichtbaren Strichcode, einem verborgenen Hologramm und diversen anderen graphischen Spielereien und Kinkerlitzchen suchen. Ohne Erfolg. Es war nur eine eierschalenweiße Karte mit leicht aufgerauhter Oberfläche, ganz hübsch, aber nicht gerade sehr informativ. Ich zuckte die Achseln und gab Laura die Karte zurück.

Das Essen kam, und ich mußte mich eine Zeitlang darauf konzentrieren, mein riesiges Bratensandwich zu vertilgen. Zwischendurch holte ich den letzten Gegenstand aus meiner Tasche hervor. Hammonds Bibel.

Es war eine normale Ausgabe der King-James-Bibel, ziemlich klein und in schwarzes, schon abgeschabtes Leder gebunden. Das Papier war hauchdünn und hatte einen Goldrand. Ich blätterte das Buch rasch von hinten nach vorne durch und sah, daß einige Seiten am Rand markiert waren. Im Neuen Testament fünf bis sechs, im Alten Testament einige mehr. Die Auswahl der Abschnitte wirkte auf mich rein zufällig, aber ich kenne mich mit so etwas nicht die Bohne aus – ich stamme aus einer alteingesessenen Familie militanter Atheisten. Meine einzige feste Meinung in Sachen Bibel ist die, daß die *Good News*-Fassung der Bibel das schlimmste Verbrechen an der Sprache darstellt, das je begangen wurde. Wenn das die guten Nachrichten waren, wie lauteten dann erst die schlechten? Selbst einem Ungläubigen wie mir geht es auf den Geist, wenn der Text in der Sprache von Rebirthing-Therapeuten abgefaßt ist.

Dann erinnerte ich mich an die Passage, die auf der Innenseite des Deckels geschrieben stand. Ich hielt Laura die Seite hin. «Sieht das aus wie Hammonds Handschrift?»

Sie warf einen Blick darauf. «Ja. Könnte sein.»

«Sie wissen es nicht genau.»

«Es ist schon eine Weile her.» Sie legte Messer und Gabel beiseite und füllte ihr Glas nach. Das Essen hatte sie kaum angerührt, nur einige Male auf ihrem Teller hin und her geschoben. Sie merkte, daß ich sie anschaute. «Ich habe eben keinen großen

Hunger. Stört Sie das? Und jetzt halten Sie mir bloß keinen besorgten Vortrag von wegen Eßstörungen – ich habe nämlich keine.»

Ich lachte, hob abwehrend die Hände. Sie grinste, aber irgendwie hatte sich ihr Gesichtsausdruck verändert. Das Glitzern in ihren Augen zeugte nicht mehr von Belustigung, sondern von Angst. Nicht vor etwas Speziellem, sondern eher eine generelle Angst vor allem und jedem, einschließlich ihrer selbst.

«Möchten Sie einen Kaffee?» fragte ich. Sie schüttelte den Kopf und schaute weg. Deck bot an, die Rechnung zu übernehmen, was mir ganz recht war, denn ich hatte den Finger in seiner Wohnung gelassen. Es macht sich nicht gut, so etwas in einem Restaurant hervorzuholen.

In der Zwischenzeit ging ich aufs Klo, das im hinteren Teil des Restaurants lag. Im Vorbeigehen hoben die versammelten Möchtegerns an den Tischen verstohlen die Blicke, um abzuschätzen, ob ich so berühmt war, daß ich es mir herausnehmen durfte zu rauchen. Man kam allgemein zu der Überzeugung, daß dem nicht so war, und ich bedachte jeden einzelnen telepathisch mit einer Verwünschung. Ich kenne das Applebaum durch Melk, einen Bekannten von mir, der sich mit Gelegenheitsjobs im Umfeld der Filmindustrie durchschlägt. Momentan arbeitet er als Emissions-Manager oder, wie man in der Branche allgemein sagt, als «Furzableiter»; solche Leute lassen sich von Filmstars engagieren, damit sie bei Partys hinter ihnen herlaufen und, sollte das Mißgeschick passieren, unauffällig mit einem Taschentuch herumwedeln, um den Geruch so schnell wie möglich zu vertreiben. Besonders geschickte Furzableiter schaffen es, den Eindruck zu erwecken, als sei gar nichts passiert, oder den Geruch einzufangen und ihn umzuleiten, damit ein unliebsamer Konkurrent des Stars die Schuld bekommt. Es ist keine Arbeit für einen erwachsenen Menschen, und Melk zählt unter den Kunden des Restaurants schon zu den Erfolgreicheren – was für jämmerliche Versager mußten also erst die anderen Gäste sein? Ich strotze zwar nicht gerade vor Selbstvertrauen, aber ich komme auch gut ohne ihre Wertschätzung aus.

Ein Angestellter im Vorraum der Herrentoilette versuchte, mir alle möglichen Cremes und Handtücher aufzudrängen. Ich sagte ihm, er solle sich verpissen. Er zuckte zusammen, machte einen Diener. Vermutlich hielt er meine Unhöflichkeit für ein Zeichen, daß ich ein bedeutender Filmproduzent war und es mich nur aufgrund eines schrecklichen Irrtums bei der Tischreservierung ins Applebaum verschlagen hatte.

Dann lag ich plötzlich mit dem Gesicht nach unten am Boden, und jemand kniete auf meinem Rücken. Einen Moment lang rang ich nach Atem, denn alle Luft wurde aus meinen Lungen gepreßt. Meine Arme wurden nach hinten gerissen, und mir wurden Handschellen angelegt.

Zwei blankgeputzte schwarze Schuhe tauchten neben meiner Nase auf dem Teppich auf. «Keine verdammte Bewegung», sagte eine Stimme über mir.

Ich verdrehte den Kopf, schaute hoch und sah einen Cop seine 38er auf mich richten. Seine Hände zitterten kein bißchen. «Sie kommen mit.»

«Zu Befehl», sagte ich folgsam, und die beiden Cops stellten mich auf die Beine. Sie waren jung und proper, einer blond mit Bürstenhaarschnitt, der andere hatte braunes Haar. Abgesehen davon konnte ich keinen wesentlichen Unterschied zwischen den beiden feststellen. Sie packten sich beide einen Arm von mir und führten mich aus dem Restaurant.

Die Möchtegerns starrten uns an, als wir an ihnen vorbeigingen, offenbar versuchten sie herauszufinden, ob mein Status durch diesen Zwischenfall stieg oder sank. Ein Mann, vermutlich Anwalt oder Agent, warf mir eine Visitenkarte zu.

Ich verzog keine Miene, als wir nach draußen vor die Tür traten, denn ich wußte, daß Deck so klug sein würde, mich beim

Vorbeigehen keines Blickes zu würdigen. Wie sich zeigte, war er noch einen Schritt weitergegangen. Die beiden waren verschwunden, und neben Decks Teller lag das Geld für die Rechnung.

Der Blonde öffnete die hintere Tür des Streifenwagens, der am Straßenrand abgestellt war, der Braune stieß mich auf den Rücksitz und nahm neben mir Platz.

Ich schaute aus dem Fenster, als sich der Wagen in Bewegung setzte, und wartete geduldig darauf, daß sich mein Leben noch weiter verschlimmerte.

«Wie haben Sie mich gefunden?» fragte ich Travis, als er schließlich zu mir kam.

Er sah mich mitleidig an. «Wir sind Polizisten. Das ist unser Job, Hap.»

Ich saß im Verhörraum eines Polizeireviers in Hollywood, und zwar seit fünf Stunden. Man hatte mir bisher keinen Kaffee angeboten, und ich überlegte, ob ich mich deswegen beschweren sollte. Der Raum hatte kahle graue Wände, die eine deprimierende Wirkung haben sollten. Der monotone Anblick wurde nur von großen Rauchverbotsschildern aufgelockert. Da das Rauchen mittlerweile mehr oder weniger strafbar ist, rauchen fast nur noch Cops und Verbrecher, und auf dem Tisch vor mir stand ein überquellender Aschenbecher.

Travis lehnte sich mit verschränkten Armen gegen einen Spiegel, der die ganze Wand einnahm. Er sah meinen Blick.

«Es guckt keiner zu», sagte er.

«Okay», sagte ich. Ich wußte nicht, ob er die Wahrheit sagte, und es interessierte mich auch nicht. Ob einer oder mehrere, das war mir gleich. «Was macht Ihr Arm?»

«Tut weh», sagte er. Der obere Teil seines Hemdsärmels spannte sich über einem Verband. «Aber Sie wissen ja, was das für ein Gefühl ist. Sie haben doch auch ein paar Kugeln abbekommen, wenn ich mich recht entsinne. Jedenfalls behaupten das die Zeugen.»

Ich antwortete nicht. Er musterte mich eine Weile, dann faßte er in seine Tasche. Er zog ein gefaltetes Blatt Papier hervor, faltete es auseinander und legte es vor mir auf den Tisch. «Sehen Sie sich das mal an.»

Es war ein Auszug aus der Verbrechensdatenbank des LAPD, mit Datum von heute. Der Eintrag bezog sich auf einen bewaffneten Raubüberfall mit mehrfachem Mord am 15. März 2014, also vor etwas über drei Jahren. Die Befragung der Augenzeugen hatte zur Identifizierung von drei Verdächtigen geführt: Ricardo Pechryn (mittlerweile verstorben), Harry ‹Hap› Thompson und Helena Ruth Goldstein. Richterlicher Haftbefehl und die Anweisung, die Verhaftung von Helena Goldstein nur mit Unterstützung eines mobilen Einsatzkommandos vorzunehmen.

Quat hatte den Eintrag in der Datenbank wiederhergestellt. Ich schloß die Augen.

«Ziemlich schwerer Schlag für Sie, was?» sagte Travis zustimmend. «Irgendwie seltsam. Lange Zeit spurlos verschwunden, und dann schaue ich heute morgen in der Datenbank nach, und alles ist wieder da. Wahrscheinlich gibt es dafür eine Erklärung, aber die interessiert mich, ehrlich gesagt, nicht besonders. Herzlichen Glückwunsch, Hap, Sie stehen wieder auf meiner persönlichen Liste der Meistgesuchten.»

«Ich fühle mich geehrt», murmelte ich. Quat ahnte offenbar, daß die Anklage wegen versuchter Beschaffung eines Geräts zur Erinnerungsübertragung auf wackligen Beinen stand, da der Hacker und zwei weitere Augenzeugen tot waren beziehungsweise im Koma lagen. Statt dessen hatte er mich nun mit der alten Sache reingeritten. Warum?

«Fazit: Sie sind erledigt, Thompson. Stimmen Sie mir zu?»

«Ja.» Das Geld konnte nicht der einzige Grund sein, warum

Quat mir das antat. Es mußte noch etwas anderes dahinterstekken. Eins stand jedenfalls fest. Sollte ich ihn jemals in der richtigen Welt zu fassen kriegen, war er ein toter Mann.

Travis runzelte die Stirn. «Was jetzt?»

«Jetzt erlauben Sie mir, meinen Anwalt anzurufen, dann sperren Sie mich in eine Zelle mit fiesen Schlägertypen, die mich fast zu Tode prügeln, nur um sich die Langeweile zu vertreiben, und danach sehen wir weiter. Sollten Sie sich Hoffnungen machen, ich würde Ihnen Helena ans Messer liefern, haben Sie Pech gehabt. Ich habe sie seit drei Jahren nicht mehr gesehen.»

Eigentlich wollte ich noch mehr sagen, aber nach der Erwähnung ihres Namens bekam ich plötzlich keinen Ton mehr heraus. Seit sie gestern abend den Koffer vor Decks Wohnung abgestellt hatte, verdrängte ich krampfhaft jeden Gedanken an sie, und ich hatte nicht vor, das jetzt zu ändern.

Travis schüttelte den Kopf. «Darum geht es nicht, vorerst jedenfalls nicht. Ich möchte mich mit Ihnen über etwas anderes unterhalten. Allerdings sollten Sie wissen, daß unser Gespräch unter bestimmten Rahmenbedingungen stattfindet.»

Ich nahm eine Zigarette aus der Packung vor mir und zündete sie an. «Ich höre?»

«Was wissen Sie über Ray Hammond?»

Ich zuckte die Achseln. «Hoher Polizeibeamter. Vor einer Woche in Culver City erschossen. Gangstermord, soweit ich weiß.»

Travis schüttelte den Kopf. «Noch mal von vorn.»

«Mehr weiß ich nicht.»

«Unsinn. Ich will Sie gerade wegen einer völlig anderen Sache verhaften, da marschieren plötzlich vier Männer auf, die, wie sich im nachhinein herausstellt, eine frappierende Ähnlichkeit mit den Verdächtigen im Mordfall Hammond besitzen, und verlangen, daß wir Sie aushändigen. Beim anschließenden Schußwechsel werden drei Polizisten getötet oder schwer verwundet, was doch für ein mehr als starkes Verlangen nach Ihrer Gesellschaft spricht.»

«Es hat eben nicht jeder so einen Haß auf mich wie Sie», sagte ich. «Eigentlich bin ich sogar ganz beliebt.»

«Das glaube ich Ihnen gern.» Travis zog auf der anderen Seite des Schreibtischs den Stuhl zu sich heran. «Obwohl die vier nicht gerade den Eindruck machten, als seien sie übertrieben besorgt um Ihr Leben.»

Er ballte eine Hand zur Faust und schlug damit auf die Tischplatte. «Das ist ein Hammer, Hap», sagte er und legte dann die andere Hand, ebenfalls zur Faust geballt, ein paar Zentimeter daneben. «Und das ist ein Amboß. Und nun raten Sie mal, wo Sie sich befinden?»

Ich schaute in den Spiegel und sah mich dort allein sitzen. Ich sah alt, müde und blaß aus, und blitzartig kam mir der Gedanke, daß in dem Beobachtungsraum dahinter vielleicht wirklich niemand saß, daß Travis mich aus irgendeinem Grund tatsächlich allein sprechen wollte. Das hätte bedeutet, daß ich vielleicht die Chance hatte, mir die kurzweilige Nacht in der Arrestzelle zu ersparen. Es war also angebracht, freundlich zu sein.

«Ich weiß nicht, wer die Männer sind», sagte ich, und Travis setzte sich. «Gestern morgen sind zwei von ihnen bei mir zu Hause aufgetaucht. Ich konnte ihnen mit Mühe und Not entwischen und habe den Vormittag außerhalb von Griffith verbracht. Danach habe ich sie nur noch einmal im Prose Café gesehen.»

«Und Sie sind dort hingegangen, um ein Gerät zur Erinnerungsübertragung in Empfang zu nehmen.»

Es hatte keinen Zweck zu lügen. «Ja.»

«Werden Sie mir verraten, wozu Sie das Gerät brauchen?»

«Nein», sagte ich. «Wenn Sie weiter auf diesem Thema herumreiten, sage ich keinen Ton mehr ohne meinen Anwalt.»

Travis beugte sich vor. «Wissen Sie was? Ich glaube, Sie haben als Erinnerungsverwahrer gearbeitet.» Er faßte unter den

Tisch und holte eine Schachtel hervor. In der Schachtel lag, versehen mit einem Etikett, der Traumempfänger in einem Beutel zur Sicherung von Beweismaterial. «Den hat man bei der erkennungsdienstlichen Untersuchung in Ihrer Jacke gefunden. Also: Wegen des Rechtsverdrehers, der das Thema Traumtransfer zur Quantenrechtsfrage gemacht hat, kann ich nicht beurteilen, ob der Besitz so eines Geräts strafbar ist oder nicht. Angesichts der Tatsache, daß alle bisher festgenommenen Erinnerungsverwahrer als Ersatzträumer angefangen haben und daß Sie versucht haben, sich ein Gerät zur Erinnerungsübertragung zu beschaffen, kann ich mit ein bißchen Anstrengung durchaus den Beweis erbringen, daß Sie an einer Verabredung zur Begehung einer strafbaren Handlung bezüglich Erinnerungen beteiligt waren oder sind.»

«Soll ich jetzt meinen Anwalt anrufen?»

«Was wissen Sie noch über die Männer im Anzug?»

«Nichts.»

«Warum sind die hinter Ihnen her?»

«Ich habe keinen blassen Schimmer.» Eine Lüge.

«Wir haben Grund zur Annahme, daß außer den vier aus dem Prose Café noch zwei weitere Männer beteiligt sind. Können Sie dem zustimmen?»

Wirf ihm einen Knochen hin. «Möglicherweise.»

«Warum sagen Sie das?»

«Zwei Männer waren bei mir in der Wohnung. Vier waren im Café. Entweder waren zwei von ihnen an beiden Orten, oder nicht. Wenn nicht, dann sind sie zu sechst.»

«Und Sie sagen das jetzt nicht zufällig, weil Sie mit dem alten Mann in dem Laden unweit des Tatortes gesprochen haben.»

«Was für ein alter Mann?»

«Wenn das zuträfe, würde es bedeuten, daß Sie sich für den Mord an Hammond interessieren.»

«Was nicht der Fall ist.»

«Obwohl die Hauptverdächtigen ein starkes Interesse an Ihnen bekundet haben.»

«Sie haben es erfaßt.»

«Woher haben die Typen beide Male gewußt, wo Sie sich aufhalten?»

«Keine Ahnung.» Die Wahrheit.

Travis nickte, schaute hoch zum Fenster in der Wand hinter mir. Ich drückte meine Zigarette aus und wartete ab.

«Ich will Ihnen reinen Wein einschenken», hob er schließlich an, «weil ich Sie früher mal ganz sympathisch fand und weil ich Ihnen damit klarmachen will, daß dies mein letztes Angebot ist. Ihr Verbrechen ist wieder in der Datenbank gespeichert, die Zeugen erfreuen sich alle noch bester Gesundheit, und wir sind im Besitz Ihres Traumempfängers. Sie wandern in den Knast, egal was passiert.»

«Sie sollten mal ein Seminar über Verkaufsstrategie besuchen. Bis jetzt kann ich nämlich kein verlockendes Angebot erkennen.»

Travis überhörte meinen Einwurf. «Aber das betrifft einen Banküberfall, der fünf Jahre zurückliegt, und außer mir interessiert sich sonst niemand mehr dafür. Die Opfer hatten zusammen sechs Angehörige. Zwei kamen bei einem Autounfall ums Leben, eine ist Junkie, die ihren Bruder sowieso nicht ausstehen konnte, und die anderen drei sind arm und schwarz. Sie rufen immer noch ab und zu bei uns an, aber meistens wird die Nachricht nicht mal an mich weitergeleitet. Und dann ist vergangene Woche ein hochrangiger Polizeibeamter ermordet worden. Sie können sich leicht ausrechnen, welcher Fall bei uns Priorität genießt.»

Ich sah ihn an. «Aber Sie können die Verdächtigen nicht aufspüren, obwohl Sie sich alle Mühe geben – dagegen gelingt es den Verdächtigen immer wieder, mich aufzuspüren.»

«Sie sind ein kluges Kerlchen, Hap. Das habe ich immer

schon gesagt. Können Sie sich auch den Rest zusammenreimen?»

«Sie lassen mich laufen, ich treibe mich in der Stadt herum, bis die Männer mit den Gewchren mir auf die Pelle rücken. Ich rufe Sie an, bevor ich abgeknallt werde – und dann kommen Sie und schnappen sich die Schurken.»

«Es ist eine Sünde, daß Sie nichts aus Ihrem Leben gemacht haben, Hap. Bei Ihrem Verstand hätten Sie es weit bringen können.»

«Reden Sie keinen Blödsinn, Travis. Was kriege ich dafür, wenn ich für Ihre Karriere mein Leben riskiere?»

«Ich lasse den Traumempfänger verschwinden, und Sie brauchen sich wegen Ihrer Arbeit als Erinnerungsverwahrer keinem Wahrheitstest zu unterziehen.»

Ich schüttelte den Kopf. «Das reicht nicht annähernd. Sie haben bereits zugegeben, daß das Traumgerät nur von nebensächlicher Bedeutung ist. Der einzige Zeuge für meinen angeblichen Versuch, ein Gerät zur Übertragung von Erinnerungen zu beschaffen, liegt im Koma, und der Tatverdacht gegen mich reicht nicht aus, um eine zwangsweise Verabreichung von Natriumverital zu erwirken.»

«Sie haben wohl zu viel ferngesehen, was? Ich weiß nicht, wie Sie sich selbst einschätzen, aber für Ihre Mitmenschen sind Sie bloß ein ehemaliger Ganove, und niemand interessiert sich für Ihr Schicksal. Für den Überfall auf die Bank muß jemand geradestehen, und Pechryn ist bereits tot. Also halten wir uns an Sie, und glauben Sie ja nicht, daß Ihnen irgendwer zu Hilfe eilt. Es kostet mich ein Lächeln, zweihundert Kollegen aufmarschieren zu lassen, die im Chor bestätigen, daß Sie sich freiwillig dem Natriumveritaltest unterziehen. Sie können es auch zur Melodie von ‹I Got Rhythm› singen, wenn Ihnen das lieber ist.»

«Versuchen Sie's mit was anderem», sagte ich müde. Mir war gerade eingefallen, daß ich bei meinem augenblicklichen Kontostand auf einen Pflichtverteidiger angewiesen wäre. Mir war sowohl klar, daß ich auf das Angebot von Travis eingehen würde, als auch, daß mehr für mich nicht drin war.

Travis trommelte mit den Fingern auf die Tischplatte.

«Helena geht straffrei aus», sagte er.

Es war, als wäre die Zeit versickert und hätte sich geteilt in zwei verschiedene Zeitmaße, die zu zwei verschiedenen Phasen meines Lebens paßten. Zu meinem Instinkt, der sagte, nein, das ist einfach nicht gerecht, und zu dem anderen Instinkt, der ohne zu überlegen zustimmte.

«Ja oder nein», sagte er. «Ihr Name wird aus der Datenbank gelöscht. Ich stelle mir den Versuch, sie zu verhaften, sowieso nicht besonders angenehm vor. Das ist mein letztes Angebot.»

Ich sah hinunter auf den Tisch, fühlte mich schwach, den Tränen nahe. Vermutlich hatte Travis instinktiv gespürt, daß mir die Erwähnung von Helenas Namen den Rest geben würde. Ich verlor auf der Stelle jeglichen Kampfesmut. Ich wollte, daß alles vorbei war. Ich wollte allein sein. Ich wollte, offen gestanden, zu Hause bei meiner Mutter sein – aber sie war weit weg, und wir hatten seit Wochen nicht miteinander gesprochen.

Ich schaute hoch und nickte.

Travis lachte. «Gut. Aber versuchen Sie ja nicht, mich reinzulegen, sonst behaupte ich, daß die Kugeln aus dem Körper der beiden Polizisten, die gestern erschossen wurden, aus der Pistole stammen, die Sie dabeihatten. Sie wissen, was wir Polizisten von Leuten halten, die einen von uns umlegen.»

Er stand auf und öffnete die Tür. Ich erhob mich mühsam und schlurfte los. Meine Gesichtsmuskeln waren wie betäubt. «Sie können Ihre Jacke vorne am Empfang abholen», sagte er, als ich an ihm vorbeiging. «Und noch etwas.»

Ich blieb stehen, drehte mich um und wartete.

«Jemand hat ein Kopfgeld auf Sie ausgesetzt. Eine sehr hohe Summe. Zwei zuverlässige Spitzel behaupten, daß Helena den

Job übernommen hat.» Er lächelte. «Komisch. Dabei habe ich immer gedacht, sie sei die Frau Ihres Lebens. So kann man sich täuschen, was?»

Ich wandte mich ab und ging schnell weg, damit er den Ausdruck auf meinem Gesicht nicht sah.

Ich marschierte schnurstracks in die finsterste Kneipe, die ich finden konnte, und setzte mich in die finsterste Ecke. Dann bat ich die Kellnerin, das Licht ein bißchen zu dämpfen, und bestellte fünf Bier. Während ich auf die Biere wartete, tönte ein Oldie aus der Jukebox, in dem jemand aufgefordert wird, Anwälte, Waffen und Geld zu schicken. Es klang wie eine Dienstleistung, die ich gern in Anspruch genommen hätte. Ich wartete darauf, daß zum Schluß eine gebührenfreie Nummer durchgesagt wurde, aber vergeblich.

In dem Moment, als meine Getränke gebracht wurden, betrat ein Mann die Kneipe und setzte sich an einen Tisch am anderen Ende des Raumes. Billiger Anzug, eine Krawatte, die ihm der Laden bestimmt nachgeworfen hatte. Er bestellte Mineralwasser und eine Schale Nüsse, lehnte sich zurück und musterte die Decke. Kein besonders geschickter Beschatter. Ich übersah ihn geflissentlich und fing an zu trinken.

Nach dem zweiten Bier hatte ich mich einigermaßen beruhigt, und ich rief Deck von meinem Handy aus an und sagte ihm, es sei alles in Ordnung. Er klang erleichtert, sagte aber, Laura sei ziemlich schräge drauf, sie würde durch seine Wohnung tigern und sich betrinken. Sie habe eine halbe Stunde unter der Dusche gestanden, und als er an der Tür vorbeigekommen sei, habe er gehört, wie sie sich selber beschimpfte. Als sie wieder aufgetaucht sei, habe ihre Haut wund ausgesehen, als habe sie sich die ganze Zeit abgeschrubbt. Jetzt sei sie wieder dabei, herumzutigern und zu trinken, allerdings bliebe sie jetzt regelmäßig stehen, rauche eine Zigarette und starre ins Leere. Ich sagte ihm, er solle versuchen sie abzulenken, ihr seine Briefmarkensammlung oder ähnliches zeigen. Ich erklärte ihm auch, was passiert war. Er sagte nicht viel. Es gab dazu auch nicht viel zu sagen.

Ich trank mein drittes Bier, führte mir noch mal meine Lage vor Augen und kaute dabei gedankenverloren auf einer Nikotinbrezel herum. Ich dachte angestrengt nach, aber angesichts der unbestreitbaren Tatsachen waren alle meine Bemühungen zum Scheitern verurteilt. Ich saß in der Scheiße. Sollte ich versuchen, aus der Stadt zu fliehen, würde Travis seine Drohung wahrmachen, die Cops würden mich irgendwann finden und erschießen. Mir blieb nichts anderes übrig, als mich penibel an die Abmachung zu halten. Ich konnte mich so lange frei bewegen, wie die Männer im grauen Anzug brauchten, um mich zu finden, was, wie ich aus Erfahrung wußte, nicht lange dauern würde. Abgesehen davon hatte auch noch irgendein Arschloch ein Kopfgeld auf mich ausgesetzt.

Als ich bei meinem dritten Bier angelangt war, dachte ich, ohne es zu wollen, an Helena. An die Frau, nach der ich gesucht hatte, während ich herumgereist war, auch wenn mir klar war, daß ich sie längst gefunden hatte. An eine billige Hochzeitsreise nach Ensenada vor vielen Jahren, an Morgenstunden in Motels und Abende in Kneipen, einen Spaziergang an einem warmen Nachmittag in Venice, an kühle Nächte in einem Haus, das wir dort für einige Zeit gemietet hatten, an unseren Kater, an sein weiches Fell. Und daran, daß die die einzige Zeit in meinem Leben war, in der es mir so vorkam, als dürfe ich der wirklichen Welt angehören, aus meinen Träumen heraustreten und hellwach sein.

Diese Gedanken kamen ganz allmählich, Bruchstücke, wie Erinnerungen aus dem Leben eines anderen. Dann schneller und vollständiger, bis der Raum um mich herum allmählich verschwand und ich in eine Wirklichkeit eintauchte, die dauerhaft hätte sein können, hätten andere Leute und der Tod dieses Leben nicht unmöglich gemacht.

Ich trank schneller und spürte, wie das Gefühl meiner persönlichen Schwäche nachließ. Ich war die meiste Zeit meines Lebens ein Krimineller gewesen, kein Schwerverbrecher. Ich hatte mit Fresh gedealt, nicht mit Heroin, obwohl man mit letzterem sehr viel mehr verdienen konnte, und ich hatte nur an Leute verkauft, die wußten, was sie taten. Ich hatte Leute bestohlen und betrogen, aber meist nur solche, die es sich leisten konnten. Ich hatte für andere banale und läßliche Sünden verwahrt, die die Erde um keinen Millimeter aus ihrer Umlaufbahn warfen, und so meinen Kunden ein paar friedliche Momente verschafft. Ich habe nur aus Notwehr getötet, nur einmal für Geld und nur Menschen, die es verdient hatten.

Natürlich gibt es ehrbarere Möglichkeiten, sein Leben zu leben. Ich hätte zu den Leuten gehören können, die tagsüber gestreifte Hemden tragen, die zu Meetings gehen und ständig das Wort Kreativität im Mund führen, die sich gegenseitig in die Hände klatschen, wenn sie den großen Etat gewonnen haben. Den Leuten, die in ihrem Leben niemals etwas Wirkliches erschaffen, die statt dessen in einem grotesken Paralleluniversum leben, in dem ein halber Prozentpunkt Marktanteil irgendeines Gefrierkostherstellers tatsächlich von Bedeutung ist. Den Leuten, die ihr gesamtes Leben lang in ein und derselben Stadt wohnen, sich auf vorgegebenen, unsagbar öden Bahnen bewegen, die an ihrem Geburtsort sterben und dann beerdigt werden, damit Platz geschaffen wird für jemanden, der genauso ist wie sie. Im Rahmen meiner eigenen Kategorien habe ich mich bemüht, ein guter Mensch zu sein, wenigstens habe ich etwas unternommen, bin rumgekommen, habe einiges gesehen, spiele eine Sprechrolle in meinem Leben.

Zum zweitenmal innerhalb weniger Stunden sah ich plötzlich wieder meine Eltern vor mir, die Quelle, der ich entsprungen bin. Mom arbeitete nicht mehr in der Kneipe, werkelte mit Dad zusammen in der Ferienanlage herum, tötete Insekten, wechselte Bettlaken und sorgte dafür, daß die Klimaanlage funktionierte. Sie würden sich nie zur Ruhe setzen, würden immer aktiv sein, die Welt um sich herum verändern, und waren die Veränderungen auch noch so klein. Ich war vierunddreißig Jahre alt, und müßte ich jemandem Rechenschaft ablegen, dann weder Travis noch einem Richter oder Gott, sondern meinen Eltern. Sie waren die höchste Instanz.

Beim fünften Bier dachte ich an das, was ich alles getan hatte, an das Gute, das Schlechte, die Toten und die finsteren Zeiten, und ich fragte mich, ob ich meinen Eltern davon erzählen konnte.

Ich kam zu dem Schluß, daß ich es konnte. Meine Mutter würde sagen: «Ach, *Hap*», und mein Vater würde mir eine Zeitlang nicht in die Augen sehen. Nach wenigen Tagen wäre alles vergessen und vergeben. In unserem ganzen Leben begegnen wir nur einer Handvoll Menschen, die tatsächlich an unserer Welt teilhaben, die sich länger als nur für einen Augenblick am selben Ort wie wir aufhalten – als seien sie und man selber Facetten ein und desselben Wesens. Man ist ihnen etwas schuldig, und sich selbst. Mehr nicht.

Ich trank mein Bier aus, ging hinüber zum Tisch am anderen Ende des Raumes und packte den Mann in dem billigen Anzug am Schopf.

«Richten Sie Travis aus, wenn er mich noch mal beschatten läßt, bringe ich meinen Aufpasser um», sagte ich und knallte seinen Kopf auf die Tischplatte.

Ich ließ den Mann, das Gesicht in die Nüsse gedrückt, bewußtlos zurück und machte mich an die Arbeit.

ELF

Hammonds offizieller Wohnsitz war ein großes zweistökkiges Haus mit Vorgarten in der Avocado Road. Keine besonders schicke Gegend, und das Haus war nicht besonders protzig, aber auch keine Bruchbude. Ich bekam die Anschrift von Vent, der einem Cop eine Adressenliste abgekauft hat. Mit dem Auto, das ich mir vor der Kneipe ausgeliehen hatte, war ich in kurzer Zeit dort: Einen Kilometer vom Haus entfernt stellte ich es an einer hell erleuchteten Stelle ab, wo es wahrscheinlich nicht demoliert werden würde, den Rest lief ich zu Fuß.

Ich schlenderte die Avocado Road entlang und musterte das Haus heimlich von der anderen Straßenseite aus. Unterwegs war mir klargeworden, daß ich nichts über Hammonds Privatleben wußte. Kein uniformierter Polizist stand draußen Wache, und in einem Umkreis von zweihundert Metern parkten auch keine auffällig unauffälligen Autos. In einem Zimmer, vermutlich dem Wohnzimmer, brannte Licht, die anderen Fenster waren dunkel. Nachdem ich zweimal vorbeigegangen war und noch immer niemanden gesehen hatte, überquerte ich mit schnellen Schritten die Straße und ging direkt auf die Haustür zu. Unschlüssigkeit ist in solchen Situationen ein Fehler. Man will ja den Eindruck erwecken, als wolle man einem Bekannten einen Besuch abstatten, und nicht, als rechne man damit, jeden Moment von einem Scharfschützen niedergestreckt zu werden.

Ich klingelte und wartete. Keine Reaktion. Ich klingelte erneut, diesmal zehn Sekunden nonstop. Keiner machte auf, kein Geräusch kam von drinnen. Das hatte ich nicht anders erwartet, denn bei den meisten Leuten brennt, wenn sie zu Hause sind, in mehr als nur einem Zimmer Licht. Klar, es gibt Rentner und Öko-Freaks, die jedesmal, wenn sie ein Zimmer verlassen, hinter sich das Licht ausschalten, aber die sind eindeutig in der Minderheit. Nacht bedeutet: macht gefälligst das Licht an, damit wir uns in seinem Schein versammeln können. Die Chancen standen gut, daß die Lampe im Wohnzimmer an einen Timer oder eine Alarmanlage angeschlossen war. Wenn nicht, waren alle, die sich im Haus aufhielten, stocktaub, was mir ebenfalls gut in den Kram passen würde.

Ich ging ums Haus herum, gegen mögliche Blicke von Nachbarn durch eine hohe Hecke abgeschirmt, die das gesamte Grundstück umsäumte. An allen Fenstern waren Schlösser, und sie schauten mir mit ihren winzigen orangefarbenen Augen hinterher. Ich wandte das Gesicht von ihnen ab, für den Fall, daß sie genaue Vorstellungen davon hatten, wie jemand aussehen mußte, der sich abends auf dem Grundstück herumtreiben durfte, und gelangte so ohne Zwischenfälle zur Rückseite des Hauses.

Der Garten war klein und gepflegt, in der Mitte stand ein mächtiger Baum, und eine ausgediente Kabeltrommel diente als Tisch. Ich überprüfte die Hintertür: nur ein Schloß, keine Anzeichen auf Verkabelung. Ich stellte eine Verbindung zu meinem Organizer her und befahl ihm, sich an die Arbeit zu machen. Lichtpunkte blinkten auf dem Display auf, und Zahlenkolonnen schnellten von rechts nach links und von oben nach unten über den Bildschirm. Ich glaube, das war nicht unbedingt nötig, und vermutlich machte der Organizer es nur, um mir zu verstehen zu geben, wie sehr er sich anstrengte.

Nach dreißig Sekunden teilte er mir mit, daß er das Schloß nicht knacken konnte, es aber möglicherweise bestechlich war.

Ich tippte die Kontonummer des verstorbenen Mr. Fitt ein und gestattete dem Schloß, zweihundert Dollar abzubuchen. Weiß der Himmel, was es damit anfangen wollte, aber wie dem auch sei, nach ein paar Sekunden machte es «klick», und die Tür sprang auf.

Ich betrat einen kurzen Flur, von dem seitlich eine Zimmertür abging. Ich schloß die Außentür, verharrte regungslos in der Dunkelheit und lauschte. Mein Herz blieb fast stehen, als ich ein leises rhythmisches Schlurfen hörte, aber gleich darauf ahnte ich, was das sein könnte. Ich schlich vorwärts und schaute in das angrenzende Zimmer.

Es war die Küche, und die Einrichtung bestand aus freilaufenden Geräten. Momentan marschierten der Kühlschrank und die Mikrowelle an der gegenüberliegenden Wand schwerfällig in entgegengesetzte Richtungen, und eine Kaffee- und eine Küchenmaschine liefen gemeinsam mitten im Raum im Kreis herum. An der anderen Wand stand eine wuchtige Kühltruhe und schaukelte vor und zurück.

«Hi», sagte ich leise. Alle außer der Kühltruhe erstarrten. «Ist jemand zu Hause?»

«Nein», flüsterte die Küchenmaschine. «Wir sind schon ein bißchen in Sorge.»

«Wieso?»

«Wir haben Mr. Hammond seit Tagen nicht mehr gesehen», sagte die Kaffeemaschine zutraulich und stellte sich direkt vor mich hin. «Und gestern abend ist dann auch Monica – das ist Mrs. Hammond – weggegangen, ohne zu sagen, wohin sie wollte, und sie ist bisher nicht zurückgekommen.»

«Hatte sie Gepäck dabei?»

«Ja, aber bloß eine kleine Reisetasche.»

«Wißt ihr was», sagte ich, um einen beruhigenden Tonfall bemüht, «vielleicht ist sie bloß für ein paar Tage zu einer Freundin gefahren.»

«Glaubst du wirklich?» fragte die Kühltruhe, die kurzfristig mit dem Schaukeln aufgehört hatte.

«Das muß ja wohl so sein», sagte ich. «Sonst hätte sie euch bestimmt mitgenommen.»

«Vielleicht hast du recht», sagte die Kühltruhe erleichtert. «Danke schön.»

«Hast du Hunger?» fragte der Kühlschrank. «Bei mir ist noch ein Rest kaltes Hühnchen drin.»

«Vielleicht später», sagte ich und ging zurück in den Flur.

Hammond war also verheiratet gewesen, und seine Frau hatte bis gestern noch hier gewohnt. Vermutlich hätte ich das durch aufmerksame Lektüre der Zeitungen der letzten Woche erfahren können, aber dazu war ich bisher nicht gekommen. Die Tatsache, daß sie weg war, erklärte, warum draußen keine Cops standen. Die Tatsache, daß sie hier gewesen war, wahrscheinlich mit Bewachung, konnte noch etwas anderes bedeuten. Derjenige, der in Hammonds Apartment gewesen war, hatte womöglich noch keine Gelegenheit gehabt, das Haus zu filzen.

Sie konnte darüber hinaus einen Anhaltspunkt dafür liefern, warum Laura Ray Hammond in Culver City erschossen hatte – und Aufschluß über die Art ihrer Beziehung geben.

Ich ging rasch den Flur entlang und suchte mit einem Auge nach Hinweisen auf ein Sicherheitssystem. Im vorderen Teil des Hauses befand sich, hinter der Treppe, eine mittelgroße, über beide Etagen reichende Diele, von der rechts und links je eine Tür abging. Ich steckte meinen Kopf in das erleuchtete Zimmer und sah, daß es tatsächlich das Wohnzimmer war. Dann öffnete ich die andere Tür. Das Eßzimmer. Nicht besonders interessant und auch nicht gerade vollgestellt. Die Hammonds mochten es offenbar gerne karg, allerdings sahen die wenigen Möbelstücke teuer aus.

Ich lief auf Zehenspitzen die Treppe hoch und durch den oberen Flur, von dem zur Rechten nur Schlafzimmer abgingen.

Das größte sah aus, als wäre es noch jüngst benutzt worden – und als habe es jemand in Eile verlassen. Über das Bett verstreut lag Frauenkleidung, und die Schranktüren standen offen. Ich machte Licht und schnüffelte ein bißchen im unteren Teil des Schranks herum. Ich entdeckte nichts als Schuhe, und zwar jede Menge. Wieso müssen Frauen immer so viele Schuhe haben? Ich verstehe zwar, daß man verschiedenfarbige Modelle für verschiedene Kleider braucht, aber wie die meisten ihrer Geschlechtsgenossinnen besaß Mrs. Hammond allein sieben Paar in Umbrafarben. Dann sah ich mir die Etiketten von einigen der Kleidungsstücke auf dem Bett an. Fiona Prince, Zauzich, Stefan Jones. Konfektion, zugegeben, aber nicht gerade billig. Ich fragte mich, ob Travis dieselben Beobachtungen wie ich gemacht hatte, als er hier gewesen war, um die Witwe zu befragen, und ob er denselben Schluß gezogen hatte: Hammond war korrupt gewesen.

Ich schaltete das Licht wieder aus und sah mir die Räume auf der anderen Seite des Flurs an. Ein Badezimmer, in dem auf der Ablage über dem Waschbecken leichte Unordnung herrschte. Nicht direkt ein Anzeichen für einen fluchtartigen Aufbruch, aber der Zeitfaktor hatte offenbar eine Rolle gespielt. Ein paar wichtige Damenutensilien waren allerdings noch da, was bedeutete, daß Monica wahrscheinlich vorhatte zurückzukehren. Dann noch ein kleines leeres Zimmer, dessen Funktion unklar war. Vielleicht war es ursprünglich als Kinderzimmer geplant gewesen, aber dazu diente es im Augenblick eindeutig nicht.

Blieb noch ein letztes Zimmer. Es ging nach vorne hinaus, und die Tür war zu. Ich holte tief Luft, drehte den Knauf herum und hoffte inständig, daß kein Alarm losgehen werde. Es blieb still, und ich öffnete vorsichtig die Tür.

Es war Hammonds Arbeitszimmer. Ein Schreibtisch am Fenster und der Umriß eines wuchtigen Sessels. An einer Wand lauter Bücherregale, an einer anderen Aktenschränke. Mich verließ der Mut. Wenn hier etwas versteckt war, würde ich Tage brauchen, um es zu finden.

Dann ging das Licht an, der Sessel schwang herum, und ich sah einen Mann in dunklem Anzug darin sitzen.

«Hallo Hap», sagte er. «Schön, Sie wiederzusehen.»

Ich blinzelte, merkte, daß ich Decks Pistole bereits gezückt hatte, und richtete sie auf den Mann. Nicht, daß ich mich dadurch wohler fühlte, oder er sich aus der Fassung bringen ließ. Dennoch zielte ich weiter auf ihn.

Der Mann hielt ein kleines elektronisches Notizbuch hoch. «Suchen Sie das hier?»

«Keine Ahnung», antwortete ich barsch. «Was ist das? Und wer sind Sie überhaupt?»

Dann erkannte ich ihn wieder. Es war der Typ aus dem Diner gegenüber von Lauras Hotel, der am anderen Ende des Raumes gesessen und offenbar unter den Nachwirkungen von starkem Alkoholkonsum gelitten hatte. Der Mann, der mich nach meinem Telefonat mit dem Typen in Lauras Wohnung angesprochen hatte: der mir ein bißchen fehl am Platz vorgekommen war, der dagesessen hatte, als warte er auf jemanden.

«Ich heiße», sagte er und kniff für einen Moment die Augen zusammen, «Hap.»

«Nein», sagte ich unbeeindruckt. «So heiße *ich*. Versuchen Sie's noch mal.»

Der Mann runzelte die Stirn. «Sie haben natürlich vollkommen recht. Entschuldigung. Ich heiße Travis.»

«Hören Sie auf, mich zu verarschen», riet ich ihm, «und sagen Sie mir endlich, wer Sie sind. Und machen Sie um Himmels willen das Licht aus.»

«Welches Licht?»

Der Lichtschalter befand sich, wie allgemein üblich, an der

Wand hinter mir, neben der Tür. Von seinem Platz aus hatte der Mann ihn unmöglich erreichen können. Das Licht war von ungewöhnlicher Beschaffenheit, beinah greifbar: So könnte es aussehen, dachte ich, wenn man nachts in klarem Wasser schwimmt und von oben mit einem grellen Suchscheinwerfer angestrahlt wird. Es schien auch nicht bis in die hinteren Winkel des Zimmers zu reichen und die Gegenstände wie gewohnt hervortreten zu lassen, so als ob es eigentlich gar nichts mit Sichtbarkeit zu tun hatte.

Ohne den Lauf der Pistole auch nur einen Zentimeter zu bewegen, griff ich nach hinten und drückte auf den Lichtschalter. Die Deckenlampe ging an, und das Zimmer wirkte plötzlich normaler, voller Ecken und ein bißchen staubig. Jedoch nicht heller.

Der Mann zwinkerte mir zu. «Und die Tore sollen niemals tagsüber verschlossen werden», sagte er, «denn es soll dort niemals Nacht sein.»

«Ich verliere langsam die Geduld», sagte ich.

Der Mann rollte mit den Augen, griff in seine Jackentasche und holte einen kleinen taschenlampenähnlichen Apparat heraus. «Eine Ambient-Projektionslampe», sagte er. «Die bekommt man in jedem Elektroladen.»

«Toll. Danke für den Tip. Und jetzt zum letztenmal: Was haben Sie hier zu suchen?»

«Ich habe auf Sie gewartet», sagte er, während er aufstand. «Sie kommen später als erwartet, und ich muß los. Ich habe noch einiges zu erledigen. Wie auch immer – hier ist es.» Er legte das Notizbuch auf den Stuhl, dann zwinkerte er mir erneut zu. «Sie hätten es nie gefunden. Es war mit Klebeband unter einer Ecke der Tischplatte befestigt.»

«Da hätte ich zuallererst nachgeguckt», erwiderte ich patzig. «Egal, wonach ich suchen würde.»

Der Mann lächelte und ging auf mich zu. Als er einen knappen Meter von mir entfernt war und der Lauf meiner Pistole schon fast seine Brust berührte, blieb er stehen und wartete geduldig ab. Ich wußte nicht, was ich tun sollte. Den Typen zu erschießen, fand ich übertrieben, aber ich war mir nicht sicher, ob ich ihn laufenlassen sollte oder nicht. Schließlich ließ ich die Waffe sinken. Ich atmete etwas schwerer als normal, fühlte mich müde, ausgelaugt und leer. Der Typ mußte entweder ein Cop sein oder jemand anders, der in Verbindung zu Hammond gestanden hatte, und er war mir offenbar um mehrere Schritte voraus.

«Was ist hier los?» Die Frage hörte sich für mich an, als täte ich meinen letzten Seufzer. Ich hätte gut ein paar Anhaltspunkte gebrauchen können, eine Art Paßwort, das mir half, auf die nächsthöhere Ebene zu gelangen.

Der Mann zückte eine Brieftasche und gab mir eine Visitenkarte. «Bleiben Sie nicht mehr allzulange hier», sagte er. Dann ging er einfach an mir vorbei zur Tür, und ich ließ es geschehen.

Ein paar Sekunden verstrichen, bis ich auf die Karte schaute und sie herumdrehte. Sie war auf beiden Seiten leer.

Ich rannte zur Tür, durch den Flur, die Treppe hinunter, aber er war schon weg. Ich überlegte kurz, ob ich ihn verfolgen sollte, aber dann fiel mir wieder ein, daß das Notizbuch noch oben lag, daß ich nicht viel Zeit hatte – und daß Deck wahrscheinlich meine Unterstützung gut gebrauchen könnte. Ich ging zurück ins Arbeitszimmer und knipste das Licht aus. Ich hatte vor, nur rasch das elektronische Notizbuch einzustecken und mich dann aus dem Staub zu machen, aber unwillkürlich tastete ich schon nach dem Schalter für die Bildschirmbeleuchtung.

Ein Display voller Zahlen, durch Kommas voneinander getrennt. Es gab kein erkennbares System, nur lauter Zeilen mit Ziffern. Ich blätterte noch ein paar Seiten in dem Notizbuch durch, aber sie waren alle leer. Hammond hatte ein fünfzig Dollar teures Gerät benutzt, nur um eine einzige beschriebene Seite zu speichern: also war es vermutlich etwas Wichtiges. Oder vielleicht seine Golf-Ergebnisse. Darüber sollte ich mir später den Kopf zerbrechen.

Ehe ich ging, warf ich einen Blick auf die Regale. Für einen Cop besaß er ziemlich viele Bücher. Sachbücher über Kriminologie, Geschichtsbücher, Romane, allesamt zerlesen und abgenutzt. Außerdem religiöse Bücher, Bibelinterpretationen und ähnliche Ratgeber für jede Lebenslage. Dieser Schund füllte mehrere Regale und sah neuer aus als der Rest. Aufs Geratewohl nahm ich eines der Bücher aus der weltlichen Abteilung in die Hand und schlug es auf. Die Straßenbeleuchtung reichte knapp aus, um zu erkennen, daß auf der Seite mehrere Fotos von Schußwunden waren. Kein schöner Anblick, aber interessant. Es war bestimmt angenehmer, eine solche Schußwunde in einem Buch zu sehen, als sie in der eigenen Schulter zu haben. Nicht zum erstenmal fragte ich mich, ob ich mich nicht vielleicht bei meiner Berufswahl lieber dafür hätte entscheiden sollen, Cop zu werden, anstatt Krimineller. Einmal habe ich das ernsthaft erwogen. Wie üblich kam ich aber zu dem Schluß, daß ich in meinem jetzigen Beruf wahrscheinlich mehr verdiente, bessere Arbeitsbedingungen hatte und ein etwas höheres gesellschaftliches Ansehen genoß. Andererseits trug man als Cop eine schicke Uniform – und vermutlich wurde man nicht so oft verhaftet und mußte sich seltener Belehrungen anhören. Aber das änderte auch nichts. Ich war sowieso schon zu alt für den Aufnahmetest bei der Polizei.

Als ich das Buch zurück ins Regal stellte, fiel mir etwas auf. In dem Buch daneben lugte ein Blatt Papier ein paar Millimeter zwischen den anderen Seiten hervor. Ich nahm mir das Buch und schlug es auf.

Ich wußte sofort, daß ich einen wichtigen Fund gemacht hatte.

Der Zettel hatte etwa Postkartengröße und war fast bis zum Rand mit Laser-Schrift bedruckt. Der Text ergab keinen Sinn, ein Gewirr aus Buchstaben ohne Zwischenräume. Ein Code. Als ich näher hinschaute, sah ich, daß der Buchstabe X viel zu häufig vorkam, selbst wenn er das E in einem uncodierten Text ersetzte. Möglicherweise diente er als Leerzeichen, und wenn das der Fall war, mußte es sich um einen Text aus Buchstabenkombinationen in Wortlänge handeln.

Da auf dem Schreibtisch kein Drucker stand, war der Zettel vielleicht das Ergebnis von Hammonds Aktivitäten in der anderen Wohnung. Mit anderen Worten, ein Computerausdruck der Informationen, nach denen derjenige, der dort die Bude ausgeräumt hatte, gesucht hatte. Zwei Seitenränder des Zettels waren etwas schief, was darauf schließen ließ, daß er ursprünglich Teil eines größeren Stück Papiers gewesen war. Ein Blatt von normaler Größe könnte man etwa in vier solcher Stücke zerschneiden – gab es also vielleicht noch weitere?

Ich stellte das Buch zurück und nahm mir ein anderes aus einem höheren Regalbrett. Kein Zettel, auch nicht in den nächsten beiden, die ich mir anschaute. In den Regalen standen Hunderte von Büchern, und garantiert war es nur der Zufalls-Injektion zu verdanken, daß ich den ersten Zettel auf Anhieb entdeckt hatte. Alle Bücher zu überprüfen würde die ganze Nacht dauern, daher beschloß ich, nur ein Regal zu filzen.

Das dauerte immer noch über eine halbe Stunde, verschaffte mir aber drei weitere Zettel. Auf jedem standen andere Buchstaben, aber ansonsten glichen sie sich. Oben zwei fettgedruckte Worte, vielleicht ein Name. Dann ein massiver Block aus unverständlichem Text.

Was für Informationen konnten so vertraulich und wichtig sein, daß ein Cop sich derart viel Mühe machte, sie sowohl zu verbergen als auch zu kopieren? Keine dienstlichen, das stand fest.

Ich steckte die Zettel ein und verließ das Haus, nachdem ich in der Küche kurz Station gemacht hatte, um mir ein Stück Brathähnchen zu nehmen und den Geräten alles Gute zu wünschen.

Deck saß am Tisch und wirkte gestreßt. Laura lag ausgestreckt auf dem Sofa und hatte ein großes, halb gefülltes Glas in der Hand, wirkte aber ebenfalls nicht entspannt. Sie sah verkrampft und schreckhaft aus und war offenbar in einer sonderbaren Stimmung. Sie trug Jeans und einen weiten Pullover. Beides war wahrscheinlich von einer Frau, die früher einmal Deck nahegestanden hatte, in seinem Schrank zurückgelassen worden, als sie ihn verlassen hatte, um jemand anderem nahezustehen. Die Sachen waren Laura viel zu groß, und sie sah darin aus wie eine hübsche Vogelscheuche im Sonntagsstaat. Sie hatte die Ärmel hochgekrempelt, und die Narben an ihren Handgelenken sahen frisch aus. Der verängstigte Ausdruck in ihren Augen war schlimmer geworden, wie bei jemandem, der weiß, daß er gleich mit dem Kopf gegen die Wand schlagen wird und gegen diesen Drang machtlos ist.

«Yo, Hap», sagte sie. «Die Rückkehr des verlorenen Verlierers.» So wie sie das aussprach, klang es, als versuche ein Mensch mit einem Sprachfehler Holländisch zu reden, und ich sah Deck fragend an.

«Versuch du mal, sie vom Trinken abzuhalten», sagte er.

Ich ließ mich auf einer Armlehne des Sofas nieder. Laura verdrehte den Kopf, um mich anzuschauen. Mit Mühe gelang es ihr, die Augen auf ein festes Ziel zu richten. «Hi Hap», sagte sie. «Geht's Ihnen gut?»

«Wie's aussieht, nicht so gut wie Ihnen. Wie wär's mit einer Tasse Kaffee?»

«Hmm. Will ich einen Kaffee?» Sie tat so, als dächte sie angestrengt nach, allerdings mißlang diese Darbietung etwas, da sie mit dem Zeigefinger das Kinn verfehlte. Dann schrie sie plötzlich: «*Nein, natürlich will ich keinen Kaffee, verdammte Scheiße.*»

«Laura, wir können uns unmöglich unterhalten, wenn Sie weiter trinken.»

«Ach, unterhalten? Wie nett. Worüber denn?»

«Worüber Sie wollen. Was mit Ihnen los ist. Wie wir Ihnen helfen können.»

«Wollen *Sie* mich etwa retten?»

Mit einemmal fühlte ich mich kaputt und hatte keine Lust mehr auf ihre blöden Spielchen. «Laura, vergessen Sie nicht, auch andere Leute haben Probleme. Ich habe den ganzen Nachmittag in einer Zelle auf der Polizeiwache verbracht. Ich habe Ihnen doch von dieser Riesendummheit erzählt, die ich vor Jahren begangen habe. Der Fall ist wieder in der Datenbank aufgetaucht, und Travis weiß es. Um zu verhindern, daß ich wegen dieser alten Geschichte und obendrein noch wegen der Erinnerungs-Sache verknackt werde, muß ich ihm helfen, die Spinner zu fangen, die hinter Ihnen her sind, denn er glaubt, die hätten Hammond erledigt, und der einzige Lohn, den ich dafür erhalte, ist Straffreiheit für meine Ex-Frau – für die ich zwiespältige Gefühle hege, nicht zuletzt, weil Travis durchblicken ließ, sie könne den Versuch unternehmen, sich ein hohes Kopfgeld zu verdienen, das auf mich ausgesetzt ist. Ich möchte den Menschen sehen, der das nicht einen beschissenen Nachmittag nennt, also hören Sie gefälligst auf, mich zu nerven.»

Sie kicherte. «Warum haben Sie und Ihre Frau sich getrennt?»

«Weil unser Kater gestorben war», fuhr ich sie an. «Trinken Sie nun einen Kaffee oder nicht?»

«Nein. Aber gegen eine Massage hätte ich nichts einzuwenden.»

«Wie bitte?»

«Mein Nacken tut weh», sagte sie und richtete sich mühsam auf dem Sofa auf, «und eine Massage würde mir vielleicht guttun.»

«Sie haben nicht vor, mit mir zu schlafen, oder?»

Sie schaute mich ungläubig an und wirkte einen Moment lang halbwegs nüchtern. «Äh, nein.»

Deck prustete im Hintergrund los und ging rüber in die Küche. Er wußte, was nun folgen würde. Er hatte es sich bereits mehrmals anhören müssen. Ich erläuterte ausführlich meine Ansichten zum Thema Massage. Daß ich es nicht leiden konnte, wenn mir eine verabreicht wurde, daß ich es langweilig und lästig fand, und ich nannte die Gründe dafür. Ich erläuterte außerdem meine Einstellung zu der hinterhältigen Art und Weise, in der Frauen die Massage zum Teil des Vorspiels umfunktioniert hatten, damit die Männer gezwungen waren, sie öfter zu massieren. Nachdem jahrhundertelang nur Sportler oder Leute, die sich eine Sehne gezerrt hatten, massiert worden waren, verkündeten plötzlich alle Sex-Berater – entweder Frauen oder bärtige Softies –, daß es zum Liebesspiel unbedingt dazugehöre. Und seitdem muß der Mann sicherstellen, daß die Frau einen Orgasmus hat (ihr gutes Recht, keine Frage, und eine angenehme Pflicht, aber ich bitte Sie, meine Damen – haben *Sie* das schon mal versucht? Entweder ist es ganz einfach, oder es ist so, als spiele man im Dunkeln Poolbillard: ein Mittelding gibt es nicht. Ich finde, jede Frau sollte einmal im Leben versuchen, eine andere Frau zum Orgasmus zu bringen. Vermutlich würden wir dann etwas weniger über dieses Thema zu hören bekommen), sterbenslangweilige und abtörnende Aktivitäten, wie jemandem die Füße zu massieren, sind zum erotischen Ritual geworden, und wer nicht voller Begeisterung eine halbe Stunde lang die Schenkel seiner Freundin knetet, gilt sexuell als Neandertaler. Männer sind schließlich auch nicht auf einmal mit völlig neuen Ideen angekommen, oder? Mit irgendwelchen neuen Sex-Kunststückchen, die ihre Partnerinnen vollführen sollen, hm? Sie haben nicht festgelegt, daß es zum Geschlechtsleben dazugehört, über ihre Witze zu lachen und ihnen Bier und Chips zu holen, oder daß sie nur dann richtig in Stimmung kommen, wenn man sich vorher zu zweit ein Football-Spiel im Fernsehen anschaut.

Das ist *unfair*, verdammt noch mal – und ich lasse mir das einfach nicht gefallen. Ein für allemal.

Ich laberte sie noch eine ganze Weile voll, muß ich zugeben. Absichtlich. Nach ein paar Minuten sackten Lauras Schultern nach unten, und als Deck ihr einen Becher Kaffee brachte, nahm sie ihn ohne zu murren entgegen.

«Es überrascht mich nicht, daß Ihre Frau Sie verlassen hat», sagte sie und zog die Unterschenkel hoch aufs Sofa. «Klingt so, als wären Sie ein ziemlicher Langweiler.»

Deck sagte mit ruhiger Stimme: «Glaubst du im Ernst, Helena hat vor, dich zu töten?»

«Nein, vermutlich nicht», antwortete ich. «Sie hat mich im Café gerettet. Sie hat das Gerät hierhergebracht. Und wahrscheinlich war sie auch in meiner Wohnung und hat die Bettdecke aufgeschlagen. Das war eine Botschaft. Ich habe sie bloß nicht verstanden.»

«Und das alles bedeutet, daß Helena schon ein paar Tage lang nach dir sucht.»

«Na toll», sagte ich. «Und was hab ich davon?»

«Hap, wenn sie dich wirklich umbringen wollte ...»

«Ja, ich weiß», sagte ich mißmutig. «Dann wäre ich schon längst tot. Hast du eine Ahnung, was es heißt, eine Lebensgefährtin zu haben, die nach allgemeiner Überzeugung viel härter ist als du selbst?»

«Nein, aber ich war ja auch noch nie verheiratet.»

«Sehr witzig. Stand das auf einer Cornflakes-Packung?»

«Schon möglich, aber ich kann ja nicht lesen.»

«Du meine Güte», sagte Laura. «Es wundert mich, daß ihr zwei überhaupt unter Menschen geht. Wenn ihr euch amüsieren wollt, braucht ihr doch nur zu Hause rumzuhängen und zu *reden*.»

«Laura», sagte ich, «was ist mit Ihnen los? Heute morgen waren Sie doch beinahe erträglich. Jetzt ist das Zusammensein mit Ihnen, als würde man auf Glasscherben herumkauen. Wollen Sie darüber reden?»

«O Gott», schnaubte sie. «Schon wieder eine Therapiesitzung bei Doktor Hap.»

«Welches Problem quält Sie?» sagte ich und fügte, ohne groß nachzudenken, hinzu: «Tut Ihnen Monica Hammond leid?»

Ich weiß nicht, was für eine Reaktion ich von ihr erwartete. Vielleicht die Erkenntnis, daß ich mehr über ihr Leben wußte, als sie vermutete. Vielleicht wollte ich ihr auch einfach nur den Mund stopfen.

Aber weit gefehlt. Sie rastete völlig aus.

Sie stürzte sich schreiend auf mich. Ich fiel ungeschickt vom Sofa und landete unter ihr auf dem Fußboden. Ich war so perplex, daß ich einige Sekunden brauchte, ehe ich daran dachte, mich zu verteidigen, aber zu dem Zeitpunkt sah ich bereits Sterne. Laura war wie von Sinnen, sie schlug mir ins Gesicht und brüllte Worte, die ich nicht verstand. Ich versuchte ihre Hände festzuhalten, aber ihre Bewegungen waren zu schnell und unvorhersehbar.

Dann stand Deck hinter ihr und schaffte es, sie an den Schultern zu packen. Er zog Laura von mir weg, bis ihre Fäuste mich nicht mehr erreichten, woraufhin sie anfing, nach mir zu treten. Deck legte relativ sanft einen Arm um ihren Hals und schleifte sie so weit weg, daß ich aus der Gefahrenzone kriechen konnte. Laura brüllte immer noch, aber inzwischen nicht mehr so hysterisch. Ich konnte nach wie vor nicht verstehen, was sie rief, es klang jedoch, als würde sie dieselben vier Worte unablässig wiederholen.

«Verdammte Scheiße», keuchte ich. «Was sollte das denn?»

Deck hatte den Arm immer noch um ihren Hals geschlungen, und ihr Zittern hatte nachgelassen. Er hielt seinen Kopf nah an ihren und strich ihr mit der freien Hand übers Haar. Laura starrte mich an, und aus ihrem Blick sprachen Wut und Scham.

Unablässig wiederholte sie die vier Worte, wie ein sprechender Roboter, dem langsam der Saft ausgeht, und schließlich verstand ich, was sie sagte:

«Monica ist meine Mutter.»

Mehr wollte sie nicht sagen. Wir blieben alle drei ein paar Minuten regungslos sitzen, verschnauften, spürten, wie sich allmählich die Spannung zwischen uns legte. Dann machte sich Laura von Deck los, ging ins Bad und knallte die Tür hinter sich zu. Deck und ich schauten uns an und wußten nicht, was wir sagen sollten. Er nahm ein Kissen und wischte damit Lauras Kaffee auf, der in hohem Bogen auf dem Boden gelandet war. Ich ging in die Küche, um neuen zu machen.

Nach einigen Minuten hörte ich Laura aus dem Bad kommen. Sie murmelte eine Entschuldigung und setzte sich wieder aufs Sofa. Ich blieb außer Sichtweite und vollführte beim Kaffeekochen so langsame Bewegungen, daß es beinahe einer Zen-Meditation glich. Deck stellte Laura eine unverfängliche Frage, und nach einer langen Pause antwortete sie. Zögernd begann er, ihr etwas über den Kram an seinen Wänden zu erzählen. Ich hatte nicht gerade das Gefühl, als würde sie vor Neugier platzen, aber immerhin hörte sie ihm zu.

Ich beschloß, noch ein bißchen länger in der Küche zu bleiben. Deck gehört zu den Leuten, die man einfach gern haben muß. Im Gegensatz zu mir. Es ist ein leichtes, mich nicht zu mögen. Manche Leute nimmt die Abneigung gegen mich so sehr in Anspruch, daß sie niemand sonst hassen können.

Ich setzte mich auf einen Hocker und rauchte eine Zigarette. Mein Gesicht tat weh, und mein Finger war, nachdem ich mir die Nase gerieben hatte, ein wenig blutverschmiert. Außerdem fühlte es sich an, als sei eine Rippe gebrochen. Ich hoffte, daß ich mich irrte, denn Rippenbrüche sind zum Kotzen. Ich habe auf der rechten Seite schon einige gehabt, und jedesmal, wenn eine dieser Rippen wieder bricht, stehen mir vier außerordentlich unbehagliche Wochen bevor, und ich kann nicht einmal eine Wunde vorzeigen.

Um mir die Zeit zu vertreiben, überlegte ich, wie lange es dauern würde, bis Travis mich aufspürte. Ich war der Ansicht, daß das Abschütteln meines Beschatters keine Verletzung unserer Vereinbarung bedeutete, aber das sah der wahrscheinlich anders. Anschließend rechnete ich mir aus, wie groß die Chance war, bei einer Anklage wegen des Banküberfalls Kaution stellen zu können, und ich stufte die Wahrscheinlichkeit auf unter null Prozent ein. Ich trank langsam meinen Kaffee und merkte, wie mein Herzschlag sich normalisierte. Von nebenan drang Decks Gemurmel und das gelegentliche Raunen von Laura herüber.

Dann hörte ich an der Vorderseite des Hauses ein Geräusch. Zuerst wußte ich nicht, was es sein könnte, dann fiel mir ein, wonach es klang.

Es hörte sich an, als käme auf der Straße ein Auto mit Vollgas angebraust. Oder womöglich nicht nur eins. Sondern drei.

Plötzlich schien die Zeit langsamer zu verstreichen, so als verfiele ein Pianist in ein melodramatisches Rallentando. Gerade als ich in Zeitlupentempo den Kopf herumdrehte und meine Lippen bewegte, um Deck zuzurufen, er solle aus dem Fenster schauen, ging die Hintertür auf und jemand steckte den Kopf in die Küche.

«Beeil dich, Hap», sagte Helena. «Du mußt mitkommen.»

Ich starrte sie an. Vor dem Haus quietschten Bremsen. Ich hörte, wie Deck aufsprang und fluchte; dann ertönten rasche Schritte, und die Haustür wurde aus ihren Angeln gesprengt.

Aber ich sah nur Helenas Gesicht. Weiche Haut über scharfkantigen Knochen, eisblaue Augen und dunkelbraunes Haar.

Vielleicht ein paar mehr Falten, etwas hagerer. Ansonsten unverändert.

Eilige Schritte auf der Treppe.

Ich brüllte Decks Namen und riß meinen Blick los. Deck reagierte sofort, packte Laura am Arm und zerrte sie vom Sofa. Als ich meine Pistole zückte, spürte ich, wie jemand mich bei der Hand nahm und zur Tür zog.

Helena zischte: «Verdammt, Hap – mach schnell!»

Laura stolperte über eine Teppichkante und fiel auf die Knie. Deck drehte sich um und half ihr hoch. Die erste Salve landete in seiner Wohnungstür – Holz splitterte ab, gefolgt vom Geräusch eines heftigen Fußtritts. Ich wollte Deck zu Hilfe eilen, aber Helena ließ mich nicht los, sondern zog mich noch heftiger zur Tür. Ich wirbelte zu ihr herum, sie packte mich am Kinn und sah mich eindringlich an. «Jetzt komm endlich», sagte sie. «Sonst verschwinde ich ohne dich.»

Ich hörte, wie Deck und Laura in unsere Richtung gerannt kamen. Helena drehte sich abrupt um. Ich rannte ihr nach, über den Fluchtbalkon zur Treppe. Deck und Laura waren ein paar Schritte hinter uns, aber Helena hatte wie immer recht – ich konnte den beiden nicht helfen. Sie mußten schon allein zurechtkommen.

Man hörte ein heftiges Krachen, als Decks Wohnungstür schließlich in Stücke zerbarst, dann lautes Rufen. Ich stolperte und wäre kopfüber die Treppe hinuntergefallen, wenn ich nicht gerade noch rechtzeitig das Geländer zu fassen gekriegt hätte. Helena trippelte vor mir leichtfüßig die Stufen hinab, und einen Augenblick lang konnte ich mich absurderweise auf nichts anderes konzentrieren als auf den Anblick ihres schlanken Rückens und ihres wippenden, schwingenden Haares.

Ich kam kurz nach ihr unten an, und mir fiel der Wagen ein, den ich am Abend zuvor hinter dem Haus abgestellt hatte. Helena folgte meinem Blick. «Hast du die Schlüssel?» fragte sie und schob ein Magazin in ihre Pistole, die wie aus dem Nichts in ihrer Hand aufgetaucht war. Selbstverständlich war sie größer als meine. Ich schüttelte den Kopf, schaute zurück und sah, daß Deck und Laura erst auf dem oberen Fluchtbalkon angekommen waren. «Das dauert zu lange», sagte sie. «Renn.»

Ich gehorchte, stolperte rückwärts los und brüllte den beiden anderen zu, sie sollten sich beeilen. Und ich sah:

Laura und Deck waren mitten in der Bewegung erstarrt. Deck vorne, gleich hinter ihm Laura, geduckt, mit einem Gesichtsausdruck, der eine Mischung aus Angst und Entschlossenheit war. Deck griff schon nach dem Geländer und setzte zum Sprung auf die Treppe an.

Dann, plötzlich, strahlte hinter ihnen ein gelbliches Licht. Zuerst dachte ich, es sei Mündungsfeuer, aber das Licht war zu weich und zu intensiv und flammte viel zu langsam auf. Es konnte auch nicht von einer Brandbombe stammen, denn außer einem tiefen Summen, das meinen Kiefer vibrieren ließ, ertönte kein Geräusch. Zwei Gestalten kamen aus der Küche gestürmt, es war die Vorhut der Männer im Anzug. Decks Kopf drehte sich langsam; ich hörte einen Schuß aus Helenas Pistole, der aber nichts bewirkte; ein kaum vernehmbarer Schrei von Laura, so als würde er am anderen Ende eines quer durch die Erde führenden Tunnels ausgestoßen.

Das Licht veränderte sich, zog sich zu einem weißen Ball zusammen, der Laura und Deck umhüllte. Der obere Rand dehnte sich himmelwärts aus, bis das Ganze einer Säule glich. Ich rannte nach wie vor rückwärts, brüllte immer noch, dann stolperte ich und fiel zu Boden. Als Helena versuchte, mir auf die Beine zu helfen, geschah es.

Decks Gesicht veränderte sich. Zuerst schien es bloß glatter zu werden, aber kurz darauf verblaßten einzelne Partien. Die Teile, die mir nie richtig aufgefallen waren, lösten sich auf, und es blieben nur noch seine Augen, seine Wangen und sein Mund übrig. Mit Laura passierte das gleiche, bloß schneller. Nach zwei Sekunden sah ich nur noch zwei verschreckt wirkende Kreise. Plötzlich veränderte sich etwas in mir, und ich empfand unangemessene, merkwürdige Gefühle für sie. Einen Moment lang glaubte ich, über dem Haus etwas zu sehen, ein wie aus Luft geformtes, leeres Zimmer. Das Vibrieren wurde lauter und stärker und zerrte innerlich an mir, wie ein Widerhaken, der sich in die Erinnerung eingräbt. Die Überbleibsel von Decks und Lauras Gesichtern leuchteten für einen Augenblick, und es kam mir so vor, als sähe ich sie auf einer alten Fotografie.

Dann waren sie nicht mehr da.

Das weiße Licht verschwand, als sei es ausgeknipst worden. Es kamen keine weiteren Männer auf den Fluchtbalkon, und von den ersten beiden war nichts mehr zu sehen. Ich drehte mich um und schaute die Straße entlang. Die Autos waren weg. Nur noch das Klappern der Hintertür in einem nicht vorhandenen Luftzug war zu hören, ansonsten herrschte völlige Stille.

ZWÖLF

Eine Stunde später waren wir in Venice. Ich saß auf einer Mauer und schaute über den Strand aufs Meer. Helena stand fünf Meter von mir entfernt und lud ihre Pistole neu. Offenbar hatte sie ein ganzes Magazin auf die Gestalten auf dem Fluchtbalkon abgefeuert. Das hatte aber nichts genutzt. Die verbale Kommunikation zwischen uns hatte sich bisher auf den Austausch dieser Information beschränkt, was mir nur recht war. Ich hatte nicht genug Energie, um Helena anzuschreien, und wünschte mir bloß, sie würde mich allein lassen. Der Mond war aufgegangen, und die zerfransten Wolken sahen aus wie Risse in einem dunkelblauen Tuch. Der Strand war zu breit, um von den Wellen, die den Sand massierten, mehr zu hören als ein schwaches Wispern, so als streiche jemand mit den Fingern sanft über ein rauhes Blatt Papier. Hinter uns lief ein Jogger auf dem Bürgersteig vorbei, und seine regelmäßigen Schritte hallten durch die Dunkelheit. Er kam mir vor wie ein Asteroid, der unseren Orbit durchquerte, wie jemand, der auf den Schienen eines Lebens ohne unerklärliche Ereignisse mühelos dahinglitt.

Nachdem das weiße Licht erloschen war, hatten Helena und ich eine volle Minute fassungslos dagestanden und die Köpfe verdreht, wie zwei Katzen, die herausfinden wollen, wohin eine Motte entschwunden ist. Das Klappern der Hintertür dauerte noch eine Weile an, dann hörte es auf. Ich rannte die Treppen hoch und sah in der Wohnung nach. Sie war leer, und abgesehen von ein paar umgekippten Stühlen und etlichen großen Holzsplittern im Flur war sie unverändert. Es gab keine Spuren einer Explosion oder eines Feuers.

Ich wußte, wo Deck sein Werkzeug aufbewahrte, und hob rasch die Schlafzimmertür aus den Angeln, um sie als Ersatz für die Wohnungstür zu verwenden. Das fand ich in dem Moment wichtig. Die Tür paßte einigermaßen, und ich klemmte zur Sicherheit einen Stuhl so gut es ging unter den Griff. Außerdem verstaute ich die Ausrüstung für die Erinnerungsübertragung in einem Schrank und bedeckte sie mit Kleidungsstücken.

Da bestimmt jemand die Polizei wegen nächtlicher Ruhestörung alarmiert hatte, machten wir uns eilig aus dem Staub, aber wir sahen keine Menschen, die sich aus dem Fenster lehnten oder vor den Häusern versammelt hatten. Wir schauten uns um, in der Erwartung, daß uns zumindest einer der Nachbarn anstarrte und rief: «Was war denn *das*?»

Niemand. Als wäre nichts passiert.

Wir schwiegen. Marschierten bloß mit ein paar Metern Abstand immer weiter, bis wir uns in unserem alten Viertel befanden. Es war fast so, als wären wir auf dem Weg nach Hause. Dann hatte ich plötzlich keine Lust mehr, noch länger zu laufen, und ließ mich auf der Mauer nieder.

Helena war inzwischen mit dem Laden der Waffe fertig und steckte sie in ihr Schulterholster. Dann stemmte sie die Hände in die Hüften.

«Also, was da vorhin passiert ist», verkündete sie, «das war doch nicht normal.»

«Stimmt.»

«Das müssen wir melden.»

«Was sollen wir denn melden? Daß zwei Menschen und drei Autos sich in Luft aufgelöst haben? Und wem genau sollen wir das melden?»

«Wer waren diese Typen?»

«Warum verrätst du es mir nicht? Du scheinst mir ja um einiges voraus zu sein.»

Sie setzte sich ein, zwei Meter neben mir auf die Mauer. «Ich bin dir bloß gefolgt, mehr nicht. Ich habe gesehen, wie du vor ihnen aus deiner Wohnung geflohen bist. Ich habe sie im Café ankommen sehen. Und ich habe heute abend die Wagen auf der Straße gesehen.»

«Warum treibst du dich ständig in meiner Nähe herum?»

Sie senkte den Blick und kickte mit dem Fuß etwas Sand weg. «Ich habe auf dich aufgepaßt.»

«Ah ja», sagte ich. «Du machst nicht etwa Jagd auf mich?»

«Red doch keinen Scheiß, Hap.»

«Du hast also nicht vor, dir das Kopfgeld zu verdienen, das auf mich ausgesetzt ist?»

«Doch, mein Lieber, natürlich habe ich das vor. Und warum tue ich das deiner Meinung nach?»

«Weil ich dich nicht oft genug massiert habe.»

«Was zum Teufel meinst du damit?»

Ich stand auf und ging los. «Egal.»

Sie holte mich ein, packte meinen Arm und drehte mich herum. «Ich habe den Auftrag angenommen, weil es das Angebot gab. Jemand will dich unbedingt töten lassen und hat deshalb das Kopfgeld auf dich ausgesetzt. Ich bin Profi, genieße ein gewisses Ansehen. Ich dachte, wenn sich herumspricht, daß ich die Sache übernommen habe, würde sich die Konkurrenz raushalten. Mit anderen Worten: du wärst für eine Weile in Sicherheit.»

Ich schaute ihr in die Augen, und mir war klar, daß es die Wahrheit war. «Vielen Dank», sagte ich.

Sie nickte. «Schon okay. Sei also nett zu mir.»

«Jetzt hör aber mal auf, Helena. Ich hab dich seit einer Ewigkeit nicht gesehen. Du weißt genau, was du damals getan hast. Und plötzlich verfolgst du mich, rettest mir das Leben und ...»

Ich brach ab, ehe ich noch mehr sagte.

Sie lächelte: «Freut mich, dich wiederzusehen, Hap.»

Diese Bemerkung war nicht gerade hilfreich und ziemlich egoistisch von ihr. Schmerz und Zorn rangen in mir um die Vorherrschaft und suchten nach einer Möglichkeit, wie beide gleichzeitig zum Zuge kommen konnten. Ich entgegnete schnippisch: «Wirklich?»

«Glaubst du mir nicht?»

«Ich weiß nicht, ehrlich gesagt. Du hattest ein paar Tage Zeit, dich auf diese Begegnung vorzubereiten, ein bißchen Feldforschung auf dem Gebiet der Lebensgewohnheiten des unbeliebten Hap Thompson zu betreiben. Ich weiß überhaupt nichts mehr über dich.»

«Na ja, ich habe immer noch denselben Job, ich wohne immer noch in L. A., und ich bin mit jemandem liiert.» Sie nannte den Namen eines stadtbekannten Gangsters, der etwa zehn Jahre älter war als ich. Das schmerzte, aber nicht so stark wie erwartet. Ich war eher wie benommen.

«Schön für dich», sagte ich. «Erzähl mir doch bitte, was du jetzt von mir erwartest. Na los, ich höre.»

Sie versuchte, mich erneut am Arm zu fassen. «Ich erwarte, daß du mit mir am Meer spazierengehst und mit mir redest.» Ich schüttelte heftig und unkontrolliert den Kopf. Ich wollte nicht mit ihr dort spazierengehen, nichts von den Dingen tun, die wir früher immer getan hatten. «Wir können auch hierbleiben», fügte sie rasch hinzu. «Das ist mir auch recht. Ich will dir bloß helfen, Hap. Erzähl mir, in was du verwickelt bist.»

Nach einer Weile, und einzig und allein, weil meine Beine vom Herumstehen zu schmerzen begannen, gingen wir doch los. Und bei einem Spaziergang am Strand landet man zwangsläufig irgendwann am Wasser. Das ist nur logisch. Wir liefen über den feuchten Sand, ein paar Meter von dem Streifen entfernt, an dem die Dünung auslief, und bald darauf stellte ich fest, daß ich nach

Seeigeln suchte, auch wenn es zu dunkel und nicht der richtige Wasserstand war. Ich suchte trotzdem weiter. Dafür sind Strände ja da.

Währenddessen erzählte ich Helena von Travis – allerdings nichts über den Handel zwischen ihm und mir – und was in Hammonds Haus passiert war; über Laura und Quat, und wie ich in diese Situation geraten war, angefangen mit meiner ersten Begegnung mit Stratten. Sogar ein bißchen über mein Leben in den Jahren davor, als ich auf der Flucht von einem Bundesstaat zum nächsten gezogen war. Das einzige, was mir zu jener Zeit einfiel, war, daß ich mir selbst beim Älterwerden zugeschaut und daß es mir zu lange gedauert hatte. Also hörte ich auf zu reden, blieb stehen und schaute aufs Meer.

Helena musterte mich. Ich drehte mich nicht zu ihr um. Ich wollte vermeiden, sie allzu genau anzusehen. Bestimmt wollte sie noch andere Dinge von mir wissen, und wenn ich sie anschaute, würde sie das als Erlaubnis deuten, mich danach zu fragen. Ich hatte einen elend langen, beschissenen Tag hinter mir, und auf so etwas war ich nicht vorbereitet. Wieder in ihrer Nähe zu sein löste in mir Gefühle aus, die zu merkwürdig waren, um sie in Worte zu fassen, und die Luft zwischen uns schien mit all den Dingen aufgeladen zu sein, die nicht gesagt werden konnten und auch lieber nicht gesagt werden sollten. In einigen Momenten kam es mir so vor, als habe sich nichts verändert, in anderen hatte ich das Gefühl, mit einem völlig fremden Menschen zusammenzusein. Mit ihr zu reden war für mich früher ebenso selbstverständlich gewesen wie zu atmen, eine Art akustische Stenographie, geprägt von Zuneigung und gegenseitigem Verständnis. Jetzt kam es mir so vor, als befände ich mich auf einem unbekannten Planeten und trüge eine Sauerstoffmaske, weil ich nicht wußte, woraus die Atmosphäre dort bestand, ob sie mich am Leben erhalten oder umbringen würde.

«Ich will dir zwar die Stimmung nicht noch weiter vermiesen», sagte sie schließlich, «aber dieser Stratten ist derjenige, der das Kopfgeld auf dich ausgesetzt hat.»

Ich muß zugeben, das brachte mich schlagartig zur Besinnung. «*Was?*»

Helena nickte. «Vor fünf Tagen. Sechzig Riesen, allerdings darf von deinem Kopf nichts übrigbleiben. Was ich ein bißchen übertrieben fand. Du hast einen ziemlich attraktiven Kopf.»

Ich starrte sie verdattert an und kam mir total dämlich vor. Stratten war kein Idiot, und ich hatte mich, nachdem ich anderthalb Jahre lang sein bestes Pferd im Stall gewesen war, ziemlich merkwürdig benommen. «Natürlich! Mein Gott.»

«Was ist?»

«Irgendwie muß er erfahren haben, daß ich in eine Sache verwickelt bin, die R.E.M.-Jobs schaden könnte. Wenn die Cops rausfinden, daß die Erinnerung an ein Kapitalverbrechen in meinem Kopf ist und für die Übertragung Equipment benutzt wurde, das seine Firma zur Verfügung gestellt hat, dann machen sie ihm die Hölle heiß. Sogar die Leute, die er schmiert, würden ihm das nicht durchgehen lassen.» Deswegen wollte er mich töten lassen, und er hatte das Kopfgeld bereits ausgesetzt, als ich ihn aus Ensenada anrief. Darum waren gestern die bezahlten Träume ausgeblieben: Er versuchte mich hinzuhalten, dafür zu sorgen, daß ich so lange in der Stadt blieb, bis mich jemand aufspürte und umbrachte.

«Wie kann er das herausgefunden haben?»

«Quat», sagte ich. «Das ist die einzige Möglichkeit.» Plötzlich ergab alles einen Sinn und führte zu einer zwingenden Schlußfolgerung. Quat hatte von Anfang an für Stratten gearbeitet. «Etwa zwei Wochen nachdem ich als Ersatzträumer angefangen hatte, lernte ich zufällig diesen Wirehead im Net kennen. Rückblickend würde ich sagen, daß er nach mir gesucht hat. Er erklärte mir, wie ich mein Geld sicher anlegen könne, und ich engagierte ihn, damit er das für mich tat.»

Was bedeutete, daß Stratten mich während der ganzen Zeit, in der ich glaubte, für meine Zukunft vorzusorgen, in der Hand hatte. Meine Unabhängigkeit wurde von jemandem programmiert, der auf der Gehaltsliste von R.E.M.-Jobs stand. Dann fiel mir meine erste Begegnung mit Stratten wieder ein, bei der er mir Bildaufzeichnungen von meinen Träumen während der Nacht im «Pete's Rooms» gezeigt hatte.

«Es muß eine Möglichkeit geben zu kontrollieren, was für Erinnerungen die Kunden abladen», sagte ich. «Genau wie bei Träumen. Quat hat sich von Laura bezahlen lassen, damit sie mit seiner Hilfe die Erinnerung auf mich übertragen konnte, und später hat er sich die Aufzeichnung angeschaut – entweder aus Prinzip oder weil er ein mieser kleiner Voyeur ist. Er kriegt spitz, daß irgendeine krumme Sache läuft, und kontaktiert Stratten. Stratten weiß, daß er deswegen Ärger kriegen kann. Er beauftragt Quat, mir im Café eine Falle zu stellen und meine Konten leer zu räumen.» Mir wurde noch etwas klar, und mir klappte der Kiefer runter. «Verdammt, ich bin wirklich blöd gewesen.»

«Wieso?»

«Nur zehn Minuten, bevor mich Travis' Leute gestern schnappten, habe ich Stratten von einem Telefon in einem Restaurant aus angerufen. Auf diesen Zusammenhang hätte ich eher kommen müssen. Die Frau bei R.E.M.-Jobs ließ mich ewig in der Leitung warten. Währenddessen verfolgte Stratten den Anruf zurück und gab den Cops einen Tip.»

«Aber Stratten kann doch nicht wollen, daß du von der Polizei geschnappt wirst. Darum das Kopfgeld.»

Ich zuckte die Achseln. «Er hat herausgefunden, daß du den Auftrag an dich gezogen hast, hat erfahren, wer du bist, und befürchtet, die Sache könne schiefgehen. Vielleicht hat er in der Zwischenzeit etwas mit der Polizei ausgehandelt – vergiß nicht, Travis hat mir angeboten, die Anklage wegen des Erinnerungs-Vergehens fallenzulassen. Stratten ist an ihn herangetreten, teilt ihm mit, daß er mich vielleicht aufspüren kann – und, daß unsere Namen dank Quat wieder in der Datenbank sind. Hat Travis erst einmal die Typen im Anzug gefaßt, erleide ich in meiner Zelle einen Unfall, noch ehe ein Veritaltest die Verbindung zu R.E.M.-Jobs belegt. Und alle sind zufrieden. Außer mir.»

Helena verschränkte die Arme und schaute mich zweifelnd an. «Glaubst du wirklich, Travis würde so was tun?»

«Es gibt eine Möglichkeit, das herauszufinden.»

Ich traf ihn allein. Rief auf der Wache an, ließ geduldig die Standpauke betreffs der Kopfverletzung eines Polizeibeamten über mich ergehen, sagte ihm dann, er solle allein zur Ecke Riviera Avenue, San Juan Avenue kommen. Unterbrach die Verbindung, ohne eine Antwort abzuwarten.

Helena bot an, im Hintergrund aufzupassen und auf einem anderen Weg als ich hinzugehen. Sie würde die Umgebung im Auge behalten und mich warnen, falls Travis Verstärkung mitbrachte. Ich war einverstanden. Es würde sich gegebenenfalls als vorteilhaft erweisen, wenn er nicht wußte, daß wir zum selben Team gehörten. Helena schenkte mir ein schiefes Lächeln.

«Sind wir das denn? Ein Team?»

Als wir noch zusammen waren, habe ich oft über Leute hergezogen, die den Menschen, mit dem sie eine Liebesbeziehung haben, ihren «Partner» nennen, so als seien Bezeichnungen aus der Wirtschaft inzwischen auch im Privatleben angebracht. So als sei Liebe eine geschäftliche Transaktion zwischen Menschen, die sich in den Rollen des Kunden und des Lieferanten abwechselten und in Form von Werbeslogans miteinander kommunizierten. Den Scheiß mach ich nicht mit, sagte ich immer. Ich war ihr Freund und dann ihr Ehemann – nicht bloß jemand, der in derselben Arbeitsumgebung wie sie schlief.

«Yo», sagte ich. «Genau.»

Augenblicklich verschwand ihr Lächeln. Sie nickte kurz und ging weg.

An der Kreuzung, an der ich mich mit Travis treffen wollte, gibt es einen Laden namens Happy Spatula. Früher war es ein ziemlich bekanntes Restaurant, beliebt vor allem bei Familien. Die Lasagne wurde mit dem unausgesprochenen Kommentar serviert: «Ja, wir kennen die neuesten wissenschaftlichen Erkenntnisse zum Thema Ernährung und scheren uns einen Dreck darum.» Außerdem stand auf jedem Tisch eine kleine Schale mit Parmesan, aus der man sich selbst bedienen konnte. Sollte ich eines Tages in diesem Land an die Macht kommen, wird dieser Service überall obligatorisch sein, auch in Restaurants, wo es keine Pasta gibt. Leider hat es in dem Laden ein paar gewalttätige Auseinandersetzungen gegeben, und danach blieben die Familien weg. Die Besitzer verkauften das Restaurant, und das Niveau der Kundschaft sank rapide. In der Hauptsaison ist es jetzt gerammelt voll mit Psychopathen, während es die restlichen Monate über wie ausgestorben wirkt. Venice liegt ganz am Rand der Zone mit dem versauten Mikroklima, und die Wetterlage ist dort stabiler als in den meisten anderen Vierteln, aber dennoch gibt es alle paar Tage einen Jahreszeitenwechsel. Heute abend war es kühl, und die Tische draußen waren nicht besetzt.

Ich nahm an einem davon Platz, bestellte ein Kännchen Kaffee und wartete ab, was als nächstes passieren würde.

Zumindest versuchte ich das. Mein Kopf fühlte sich an, als verabreichte ihm jemand Elektroschocks mit wechselnder Spannung und Stromstärke. Ich hätte mich vermutlich bemühen sollen, wenigstens ansatzweise eine Erklärung dafür zu finden, was bei Deck passiert war, aber meine innere Stimme sagte mir, daß ich nicht die nötigen Hintergrundinformationen hatte, um die Angelegenheit zu analysieren. Das war jedenfalls meine Entschuldigung. In Wahrheit verdrängte ich das Problem. Ich wollte mich nicht damit beschäftigen. Ich machte mir Sorgen um Deck und vermutlich auch um Laura, aber ich konnte nichts für sie tun. Vor allem deswegen, weil mein Kopf voll mit Gedanken an jemand anderen war.

Auch wenn ich sie nicht sah, wußte ich, daß sie ganz in der Nähe war. Ich spürte sie fast und glaubte, wenn ich mich nur stark genug auf sie konzentrierte, könnte ich in die Richtung ihres Verstecks zeigen. Jetzt, da sie nicht mehr bei mir war, wollte ich unbedingt mit ihr reden, obwohl ich nicht genau wußte, was ich ihr sagen würde. Eine innere Barriere, die ich in den letzten drei Jahren durch antrainierte Gleichgültigkeit errichtet hatte, stand mir im Wege. Es war zu lange her, zu vieles hatte sich verändert, und zu viele schlimme Dinge waren passiert.

Die Zeit vergeht wie im Flug. So ist das nun mal.

Als mein Kaffee kam, wurde dieser erquickliche Gedankengang unterbrochen, und ich nahm einen der Zettel aus Hammonds Arbeitszimmer zur Hand. Ich hatte keinen blassen Schimmer von Geheimschriften, aber vermutlich war auch Hammond nicht gerade ein Experte auf diesem Gebiet gewesen. Mangelnder Sachverstand könnte hier sogar von Vorteil sein. Ich scannte die Seite in meinen Organizer ein und bat ihn, mal einen Blick darauf zu werfen, mehr um mich abzulenken als in der Hoffnung auf ein Ergebnis.

Die Maschine druckste eine Weile herum, sagte, sie könne damit überhaupt nichts anfangen und ich solle doch bitte möglichst bald die Batterien auswechseln.

Dann fiel mir die Liste mit Zahlen aus Hammonds Notizbuch wieder ein. Ich schloß sie an den Organizer an und gab ihm die Anweisung zu ermitteln, ob es irgendeine Beziehung zwischen den beiden Dokumenten gab.

Er arbeitete eine Weile vor sich hin, nicht ohne sich immer wieder über die nachlassende Energie zu beschweren, und dann verkündete er, daß wir es wahrscheinlich mit einem Buch-Code zu tun hatten – bei dem jeder Buchstabe durch einen anderen aus einem bestimmten Buch ersetzt wird – allerdings einem, der relativ kompliziert war. Aufgrund der Zusammenstellung der Buchstaben mußte mehr als eine Passage zur Verschlüsselung gedient haben, und die Zahlen in dem Notizbuch könnten eine Liste von abwechselnd benutzten Abschnitten sein.

Ich sagte dem Organizer, er solle sich ins Net einloggen und die Verbindung zu einer Online-Version der King-James-Bibel herstellen. Fünfzig Sekunden später hatte er die Antwort auf die Frage, was die beiden Worte oben auf dem Zettel bedeuteten.

Nicholas Schumann. Verdammter Mist.

«Schreiben Sie gerade Ihr Testament?»

Ich schaltete den Bildschirm des Organizers aus und steckte den Zettel in meine Tasche. Travis stand hinter mir, trug einen nassen Regenmantel und wirkte äußerst übellaunig. «Es hat auf dem Weg vom Auto hierher geregnet», erläuterte er. «Da, wo Sie sind, ist es natürlich trocken.»

Ich schaute mich um und stellte fest, daß die Bürgersteige bis auf drei Meter Entfernung um mich herum naß waren. Das war mir noch gar nicht aufgefallen. Travis setzte sich mir gegenüber hin, was mich auf unangenehme Weise an unser Gespräch ein paar Stunden zuvor erinnerte. Ich drehte mich in meinem Stuhl zur Seite und zündete mir eine Zigarette an.

«Wollen Sie deswegen von mir verhaftet werden?» fragte er. «Sie wissen, daß ich das Recht dazu hätte.»

«Und ich weiß auch, daß Sie es nicht tun werden», entgegnete ich. «Sie haben andere Probleme.»

Er schenkte sich einen Kaffee ein. «Okay, Hap – dann erzählen Sie mal. Und fassen Sie sich gefälligst kurz, ich lasse mich nämlich nur ungern von Kriminellen durch die Gegend scheuchen, es sei denn, sie haben mir etwas sehr Interessantes mitzuteilen.»

«Ich habe die Typen im Anzug wiedergesehen», sagte ich.

Er warf mir einen wütenden Blick zu. «Und warum haben Sie sich nicht sofort bei mir gemeldet?»

«Dazu hatte ich keine Zeit. Sie sind aufgetaucht und dann wieder verschwunden.»

«Einfach so? Sie haben nur ‹Schönen guten Tag› gesagt und sind dann abgezogen?»

«Nein. Sie haben noch zwei Freunde von mir entführt.» Das war der treffende Ausdruck, wurde mir plötzlich klar.

«Wen? Und was meinen Sie mit ‹entführt›?»

«Ich bin entkommen, und kurz darauf waren die Anzug-Typen weg. Sie waren übrigens zu sechst. Sie haben sich in Luft aufgelöst und meine Freunde mitgenommen.»

«Wie soll ich das verstehen? Sind sie weggefahren, oder was?»

Ich beugte mich zu ihm hinüber. «Nein, Travis. Hören Sie gut zu. Sie haben sich in Luft aufgelöst. In einer weißen Lichtsäule. Kapiert?»

«Glauben Sie im Ernst, daß ich Ihnen das abkaufe?»

«Es ist mir völlig schnurz, was Sie mir abkaufen, Travis. Aber wie hoch ist die Wahrscheinlichkeit, daß ich Ihnen so etwas erzähle, wenn es nicht der Wahrheit entspricht?»

«Vielleicht beabsichtigen Sie ja, auf Unzurechnungsfähigkeit zu plädieren.»

«Ja, klar. Mit Ihnen als meinem einzigen Zeugen.»

Travis atmete tief durch. «Okay, ich habe sowieso nichts Besseres zu tun. Erzählen Sie mir die Geschichte.»

Ich schilderte ihm in allen Einzelheiten, was passiert war. Zwar glaubte ich nicht, daß es viel nützte, aber es war dennoch eine Erleichterung, die Sache zu Protokoll zu geben. Er hörte zu, eine Augenbraue weit hochgezogen, und rührte in seinem Kaffee. Als ich fertig war, lachte er.

«Haben die ein Raumschiff, Hap? Haben Sie es sich genau angesehen?» Ich schaute ihn bloß an. «Zu dumm. Vielleicht hätten wir die Kerle wegen eines kaputten Rücklichts drankriegen können.»

«Arbeitet außer Ihnen noch jemand an diesem Fall?»

Er runzelte mißmutig die Stirn. «Natürlich nicht. Wieso?»

«Vielleicht ein Typ in schwarzem Anzug, gutaussehend, so um die Vierzig?»

«Wovon reden Sie?»

«Ich bin in Hammonds Haus eingebrochen, nachdem ich meinen Beschatter abgeschüttelt hatte», sagte ich. «Wollte das Arbeitszimmer filzen, aber da war bereits jemand, und zwar ein Typ, den ich schon mal gesehen hatte. Er kannte meinen Namen. Und Ihren auch.»

Travis' Miene drückte Verwirrung aus, die jedoch mehr und mehr Verärgerung wich. «An diesem Fall arbeitet niemand, den ich nicht kenne. Und was zum Teufel fällt Ihnen ein, in das Haus einzubrechen?»

«Es gibt zwischen Hammond und mir eine Verbindung, von der Sie nichts wissen», sagte ich. «Abgesehen von den Männern im Anzug. Ich habe ein persönliches Interesse daran, diesen Fall aufzuklären. Ich bin dorthin gegangen, um mich ein bißchen umzuschauen.»

«Und selbstverständlich ohne Erfolg», zischte er. «Wir haben das Haus bereits durchsucht.»

«Ja, aber nicht gründlich genug. Sind Ihnen beispielsweise die Etiketten an Monica Hammonds Kleidung aufgefallen?»

«Ja, klar.» Er wirkte ein ganz klein wenig betreten. «Na und?»

«Sie wissen, was ich damit sagen will. Und Punkt zwei: ich habe etwas im Arbeitszimmer gefunden.»

«Verraten Sie mir auch, was?»

«Vielleicht. Das hängt von Ihrer Antwort auf meine nächste Frage ab. In welcher Beziehung stehen Sie zu Mr. Stratten?»

Ich beobachtete seine Miene genau, doch es lag nichts als Verblüffung darin. «Den Namen habe ich noch nie gehört.»

«Woher wußten Sie denn, daß ich im Applebaum war, Travis? Und erzählen Sie mir jetzt nichts von erfolgreicher Polizeiarbeit. Wenn Sie mich selber aufgespürt hätten, wäre ein mobiles Einsatzkommando dort aufmarschiert, um mich zu verhaften – nicht bloß die beiden Jungbullen, die zufällig in der Nähe waren.»

«Wir haben einen Tip bekommen», gab er zu. «Von einem Anrufer.»

«Und Sie mußten nicht versprechen, als Gegenleistung die Ermittlungen in der Erinnerungs-Sache einzustellen?»

«Nein, und ich finde, es ist eine Frechheit, mir so etwas zu unterstellen.»

«Ich bin schwer beeindruckt. Dieser Anruf kam aus dem Büro des Chefs von R.E.M.-Jobs. Der höchstwahrscheinlich auch das Kopfgeld auf mich ausgesetzt hat.»

«Freut mich zu hören, daß Sie ein gutes Verhältnis zu Ihrem Arbeitgeber pflegen.»

«Das ist einer meiner Grundsätze.»

«Und warum will er Sie dann erledigen lassen?»

«Keine Ahnung», log ich. «Aber vergessen Sie bitte nicht, daß Anstiftung zu Mord strafbar ist, auch wenn ich das Opfer bin.»

«Ich werd's versuchen», sagte er. «Und sollte mir Helena zufällig über den Weg laufen, werde ich sie auch daran erinnern. Ich bin, offen gestanden, überrascht, daß Sie noch am Leben sind.»

«Vielleicht läßt sie langsam nach», sagte ich. Ich holte den Zettel aus der Tasche und legte ihn auf den Tisch. «Der stammt aus Hammonds Haus.»

Travis schaute ihn sich an. «Was ist das?»

«Es war im Arbeitszimmer versteckt. Es ist verschlüsselt.»

«Und wie lautet der Text?»

«Die beiden ersten Worte sind ein Name. Nicholas Schumann, der Millionär, der sich letzte Woche umgebracht hat.

Warum steht Schumanns Name auf einem Stück Papier, das Hammond in seinem Arbeitszimmer versteckt hat?»

Travis wirkte verstört. «Was steht sonst noch drauf?»

«Das habe ich noch nicht entschlüsselt, und ich werde Ihnen den Code nicht verraten und Ihnen auch nicht die anderen Zettel geben, die ich habe. Und da ist noch etwas, das Ihnen nicht bekannt sein dürfte: Hammond wurde vor seiner Zweitwohnung umgebracht, von der niemand etwas wußte. Jemand hat das Apartment durchsucht und einen Computer und ein paar Akten mitgenommen.»

«Verdammt. Warum haben Sie mir nicht ...»

«Erstens hatte ich die Schnauze voll, weil ich in dieser Zelle hocken mußte, und zweitens sah ich keine Veranlassung, Ihnen zu trauen. Die sehe ich immer noch nicht, aber ich habe keine Alternative. Ich schicke Ihnen morgen früh um sechs eine E-Mail mit dem Text des Schumann-Zettels unter der Bedingung, daß Sie mich die nächsten achtundvierzig Stunden in Ruhe lassen.»

«Was haben Sie vor?»

«Versuchen, meine Freunde zurückzuholen.»

«Haben Sie überhaupt eine Idee, wo sie sein könnten?»

«Nicht direkt», räumte ich ein. «Aber ich werde es trotzdem versuchen.»

«Auf dem Stück Papier könnte alles mögliche stehen. Sie könnten den Text selbst geschrieben haben. Warum sollte ich auf Ihren Vorschlag eingehen?»

Ich lehnte mich in meinem Stuhl zurück. «Weil Sie ein guter Mensch sind. Ich erinnere mich noch daran, wie wir öfter zusammen ein Bier trinken gegangen sind, bevor eine gewisse Sache passiert ist, auch wenn Sie das vielleicht vergessen haben. Und weil Sie ein guter Polizist sind und wissen, daß an Hammonds Tod irgend etwas faul ist.»

Ich beschloß, ein Risiko einzugehen: «Und weil Sie außerdem tief im Inneren wissen, daß die Sache bei Transvirtual nicht meine Schuld war.»

Travis wandte den Blick von mir ab. Ich hatte den Eindruck, als habe er noch an der Neuigkeit über Schumann zu kauen, aber wie sich herausstellte, dachte er über etwas anderes nach.

«Wissen Sie, was mich damals am meisten gewurmt hat», sagte er schließlich. «Ich fand Sie sympathisch. Sie waren keine Gefahr. Bloß ein kleiner Gauner, der Geschäfte macht und niemandem wirklich Schaden zufügt.»

«Danke», sagte ich. «Ich habe mich schon immer gefragt, was wohl auf meinem Grabstein stehen wird.»

«Ich hatte geglaubt, daß wir uns gut verstehen und daß Sie wissen, welche Grenzen Sie nicht überschreiten dürfen. Als ich erfuhr, was bei Transvirtual passiert war, hat es mich besonders hart getroffen, daß Sie darin verwickelt waren. Es hat mich persönlich berührt. Ich fühlte mich betrogen.»

«Sie kennen nur einen Teil der Geschichte», sagte ich. «Glauben Sie mir.»

Travis stand auf. «Der Kaffee geht auf Ihre Rechnung», sagte er. «Ich sehe morgen früh um sechs in meinem Briefkasten nach. Wenn ich dort etwas Interessantes entdecke, gebe ich Ihnen zwei Tage Zeit – aber rufen Sie mich trotzdem an, wenn Sie die Anzug-Typen wiedersehen.»

Er schaute hoch auf das Schild über dem Restaurant und spähte dann in den fast leeren Innenraum. Der Koch lehnte am Tresen und sah sich einen Porno an, in einem Fernseher, der am anderen Ende des Tresens stand. Der gierige Blick, mit dem er den Film verfolgte, ließ die Vorstellung, ein von ihm eigenhändig zubereitetes Gericht zu verspeisen, wenig reizvoll erscheinen. Es waren nur zwei Kunden im Happy Spatula: der eine setzte sich gerade einen Schuß, der andere sah aus, als sei er bereits tot.

«Ich bin früher oft hier gewesen», sagte Travis. «Ist schon Jahre her.»

«Ich auch», sagte ich. «So ändern sich die Zeiten.»

Er drehte sich zum Gehen um: «Da haben Sie recht.»

Ich blieb sitzen und wartete. Fünf Minuten später kam Helena an den Tisch. Sie wirkte etwas geknickt. Ich entschuldigte mich für meine Bemerkung, wir seien ein Team, aber sie reagierte mit dem typisch weiblichen Achselzucken, das vordergründig signalisieren soll, es sei egal, aber in Wahrheit bedeutet, daß mehr als nur eine schlichte Entschuldigung vonnöten ist.

«Also, was jetzt?» fragte sie, nachdem ich ihr berichtet hatte, wie es gelaufen war. «Was willst du unternehmen, um die Typen im Anzug zu finden? Scheint so, als wären sie hinter der Person hergewesen, die diesen Hammond umgebracht hat. Die haben sie ja jetzt. Also bist du sie los.»

«Das glaube ich nicht», sagte ich. Ich versuchte mich zu erinnern, ob ich Helena je von einer bestimmten Erinnerung von mir erzählt hatte, einer Erinnerung, die jedesmal unweigerlich an der gleichen Stelle abbrach. «Alles hängt irgendwie mit Hammond zusammen. Je mehr wir über ihn in Erfahrung bringen, desto größer unsere Chance, die Typen zu kriegen.»

Helena zog sich ihre Jacke über die Schultern. «Also?»

Statt mir anzuschauen, was auf dem Stück Papier über Nicholas Schumann stand, holte ich einen der anderen Zettel heraus und schaltete den Organizer wieder an. Ich befahl ihm, die Ergebnisse des letzten Auftrags zu sichern und das Ganze in einer E-Mail an Lieutenant Travis abzuschicken, die aber erst morgen früh zugestellt werden sollte. Unterdessen scannte ich den zweiten Zettel ein und bat den Organizer, den Text, wenn möglich, zu entschlüsseln.

Während ich wartete, schaute ich hoch und sah, daß Helena mich anlächelte. «Was ist?»

«Typisch», sagte sie. «Ständig bist du mit irgendwelchen Geräten beschäftigt.»

«Sie mögen mich», sagte ich. «Die meisten jedenfalls.»

«Dein Anrufbeantworter klang ein bißchen verschnupft.»

«Bloß weil ich eine geräteübergreifende Romanze unterbunden habe. Er hatte sich in meine Kaffeemaschine verknallt.»

«Du warst schon immer ein Puritaner.»

Auf dem Bildschirm des Organizers tauchte ein Name auf: Jack Jamison.

Helena warf einen Blick darauf. «Was hat der damit zu tun?»

«Keine Ahnung: Ich kann mir Namen nicht merken. Wer ist das?»

«Oh, du kennst ihn bestimmt – ein Schauspieler. Mitte Fünfzig, spielt immer den vertrauenswürdigen Senator. Schwul, bestreitet es aber.»

Jetzt erinnerte ich mich wieder: Großer Freund des *National Question-Asker Magazine*, Lieblingsfeind der Schwulenbewegung, populärer Charakterdarsteller, der in letzter Zeit auch größere Rollen bekam. Inzwischen hatte der Organizer den Textblock entschlüsselt, der den Rest des Zettels ausfüllte, und zeigte ihn auf dem Bildschirm an.

Helena beugte sich herüber, und wir lasen ihn gemeinsam. Wir waren gleichzeitig damit fertig und schauten uns an.

Wir schwiegen erstaunt.

Ich nahm mein Handy und rief Melk an. Er arbeitete gerade auf einer Party und sagte, er werde mich in zwei Minuten zurückrufen.

«Das kann nicht wahr sein», sagte Helena. «Unmöglich.»

«Es ergibt einen Sinn», sagte ich. Ich wollte mich aufrichten, um Abstand zwischen uns zu schaffen, aber ich konnte nicht. Ich nahm ihren Geruch wahr, und das erinnerte mich daran, wie ich mich während der zwei Wochen, in denen ich einmal das Rauchen aufgegeben hatte, jedesmal gefühlt hatte, wenn mir Tabakqualm in die Nase stach. Man will nicht rauchen, auf gar keinen Fall, aber man ist froh, daß es noch Zigaretten gibt. Nicht sehr romantisch, aber so bin ich nun mal. Ich will dich nicht massieren und auch nicht mit dir ausgehen.

Melk rief zurück. Es war eine Adresse in den Hollywood Hills, etwa eine Dreiviertelstunde von hier entfernt. Er kannte sie auswendig: vermutlich ein ehemaliger Kunde. Melk legte sofort wieder auf – er mußte schnell wieder zur Party zurück und weiter Fürze ableiten, bevor sich jemand blamierte.

Ich packte meinen Kram zusammen und saß einen Moment lang unschlüssig da, weil ich mir nicht sicher war, was ich zuerst tun sollte. Dann wurde mir plötzlich bewußt, daß Helenas Reserviertheit wahrscheinlich gar nichts mit mir zu tun hatte. «Scheiße, Helena», sagte ich. «Entschuldigung.»

«Wofür?»

«Daß ich dich hergebracht habe. Ich habe einfach ... Ich habe nicht daran gedacht.»

Sie zuckte die Achseln. «Wir sind auch hinterher noch oft hier gewesen. Es macht mir nichts aus.»

«Wir sind damals wieder hergekommen, weil wir es tun mußten. Und weil wir etwas zu beweisen hatten. Aber das ist lange her. Ich habe überhaupt nicht darüber nachgedacht, wie du heute dazu stehst.»

Sie schaute hoch zu dem Schild, fast so wie Travis. Atmete geräuschvoll aus. «Du hast recht», sagte sie. «Eigentlich wäre ich lieber woanders.»

Wir überquerten die Kreuzung und liefen, auf der Suche nach einem Auto, das wir knacken konnten, in eine der dunklen Seitenstraßen. Nach kurzer Zeit kamen wir zu einem zerkratzten weißen Dirutzu, der eine Wäsche nötig hatte. Helena lachte, als ich am Türgriff zog. Der Wagen war offen.

«Was?» sagte ich. «Glaubst du, ich hätte vergessen, wie man so was macht?»

Sie schüttelte den Kopf und wies auf die andere Straßenseite. «Ich habe vorhin mit dem Fahrer Bekanntschaft gemacht», sagte sie. «Travis ist mit einem anderen Wagen gekommen.»

Ich drehte mich um und sah einen Mann, der im Rinnstein den Schlaf des Gerechten beziehungsweise des Bewußtlosen schlief. Billiger Anzug, häßliche Krawatte, lauter kleine, merkwürdige Schrammen auf der Stirn.

Ich lachte und holte die Autoschlüssel aus seiner Tasche. Zwei Minuten später waren wir weg.

DREIZEHN

«Was ist deine Taktik?»

«Es gibt nur eine Möglichkeit», sagte ich. «Ansonsten erzählt er uns gar nichts.»

«Und was machen wir, wenn er nicht allein ist?»

«Das ist dann eben Pech. Versuch, niemanden umzubringen, meine Liebe.»

Helena nickte, trat einen Schritt zurück. Ich klingelte an der Haustür. Eine ungeheuer kunstvolle Tonfolge erklang im Haus. Ich hatte den schrecklichen Verdacht, daß es sich um eine berühmte Filmmusik handelte, bloß um jedem Besucher ins Gedächtnis zu rufen, wer hier wohnte.

Gedämpfte Schritte näherten sich, dann rief jemand: «Wer ist da?»

«Charisma-Lieferservice», sagte ich.

Eine Kette rasselte, die Tür öffnete sich einen Spalt und gab den Blick auf Jack Jamison frei, der einen fliederfarbenen Morgenmantel trug. Herrje, dachte ich, der Kerl übertreibt wirklich ein bißchen. Ich trat die Tür auf, hielt ihm meine Pistole vors Gesicht und schob ihn in die Diele. Helena glitt hinter mir herein und lief an uns vorbei, um die übrigen Räume zu inspizieren.

Jamison wich vor mir zurück, die Augen weit aufgerissen, die Hände erhoben. «Bitte», sagte er, «nehmen Sie sich, was Sie wollen. Ich habe Geld, Wertsachen, nur verletzen Sie mich nicht. Ich habe um sechs Uhr Drehbeginn.»

Ich drängte Jamison zu einer Tür in der Rückseite der breiten Diele. «Aufmachen», sagte ich.

Er gehorchte, und ich erblickte ein fußballfeldgroßes, in zwei Ebenen unterteiltes Wohnzimmer. Ich versetzte Jamison einen Stoß, so daß er nach hinten taumelte. Normalerweise mache ich so etwas nicht, aber in solchen Situationen muß man den Leuten Angst einjagen. Wenn man ihnen Zeit zum Nachdenken läßt, fällt ihnen vielleicht ein, daß sie ja eigentlich das Recht auf ihrer Seite haben, und dann ist man am Arsch.

Ich drückte Jamison in einen Sessel und hielt ihm die Mündung der Pistole vor die Nase. Helena betrat das Zimmer und schloß die Tür. «Keiner da», sagte sie.

«Was wissen Sie über Ray Hammond?» fragte ich Jamison.

«Über wen?» Er starrte mich mit den kornblumenblauen Augen an, die ich schon oft auf der Leinwand gesehen hatte, und spannte seinen Bademantel enger um den durchtrainierten Körper. Er gewann für meine Begriffe viel zu schnell die Fassung wieder. «Ich kenne den Mann nicht.»

Ich entsicherte meine Pistole. Jamisons Augenlider zuckten. Er hatte in genügend Krimis mitgespielt, um zu wissen, was ich da machte. Ich stemmte einen Fuß gegen seine Brust und hielt die Mündung meiner Pistole an seine Stirn.

«Das wird eine schöne Sauerei geben», stellte Helena beiläufig fest.

«Mir scheißegal», sagte ich. «Hören Sie, Jamison. Ich kenne die Namen von zwei Zeugen, die Sie bei heimlichen Rendezvous mit Frauen gesehen haben. Außerdem weiß ich, daß Sie Stammkunde der exklusiven Hostessenagentur Sleep Easy sind und daß Sie ausschließlich die Dienste von Call*girls* in Anspruch nehmen. Der Typ, mit dem Sie vor drei Monaten in Aspen gesehen wurden, war ein heterosexueller Schauspieler, den ihr Manager engagiert hat, und ich weiß aus glaubwürdiger Quelle, daß Sie nicht nur mit alten Collegefreunden heimlich auf die Jagd gehen, sondern daß Sie mehr als einmal triumphierend gerufen haben, ‹Boah – geiler Blattschuß, Jungs!› Sie sind nicht schwul, Jamison, und wenn Sie nicht sofort das Maul aufmachen, wird es die ganze Stadt erfahren.»

Jamison glotzte mich an, seine Halsmuskeln zuckten. Für einen Moment herrschte absolute Stille, dann veränderte sich sein Gesichtsausdruck – fast so, als würde ein Schauspieler mitten in einer Szene vergessen, welche Rolle er spielt.

«Und wenn ich Ihnen alles erzähle?»

«Hauen wir ab, und Sie sehen uns nie wieder.»

«Würde es Ihnen etwas ausmachen, den Fuß von meinem Oberkörper zu nehmen?»

«Ist mir ein Vergnügen», sagte ich. «Ich fand es sowieso eher unbequem.» Ich hob den Fuß hoch und trat zur Seite, hielt aber die Pistole immer noch auf Jamison gerichtet.

«Die brauchen Sie nicht», sagte er. «Und Ihre Begleiterin wirkt, ehrlich gesagt, viel einschüchternder als Sie.»

«Fangen Sie nicht davon an», sagte ich. «Erzählen Sie uns lieber, was Sie über Hammond wissen.»

«Ich weiß nicht, wie gut Sie über mich unterrichtet sind», hob er an, und ich gab mir Mühe, nicht die Augen zu verdrehen. «Es gab einen Bruch, vor ungefähr zehn Jahren. Ich hatte das Glück, in meiner Jugend ausgezeichnete Rollen zu spielen, mit den besten Regisseuren zusammenzuarbeiten, doch dann hatte ich eine Pechsträhne. Innerhalb von zwei Jahren ging es rapide bergab. Erst war ich der Star, dann nur noch Nebendarsteller, und zum Schluß weigerten sich die Anrufbeantworter der wichtigen Leute sogar, meine Nachrichten entgegenzunehmen. Es war eine schwere Zeit, und ich weiß nicht, ob ich das ohne die Unterstützung einiger Freunde überstanden hätte.»

Ich setzte mich neben Helena aufs Sofa. Ich ahnte, daß er noch eine Weile brauchen würde, um zur Sache zu kommen. «Aha. Und dann?»

«Eines Tages ging ich mit dem Sohn eines alten Freundes essen. Er spielte mit dem Gedanken, den Beruf zu wechseln und Schauspieler zu werden, und sein Vater hatte mich dringend gebeten, ihm das auszureden. Ich fand, ich war besser als jeder andere geeignet, ihm die Risiken dieses Berufes vor Augen zu führen, und deswegen willigte ich ein.»

«Und bei diesem Treffen hat Sie jemand gesehen.»

«Genau. Einer der Gäste in dem Restaurant hat mich erkannt und ein Foto von uns beiden gemacht – das er anschließend an den *Global Interrogator* verkauft hat. Es erschien ein kleiner Artikel, vermutlich in der Absicht, mich zu verunglimpfen.»

«Aber das hat nicht funktioniert.»

«Ich wies die Spekulationen natürlich zurück, aus dem einfachen Grund, weil sie falsch waren. Ich habe viele schwule Freunde. Mir ist so was egal. Aber rückblickend ist mir klar, daß ich mit meinem Dementi nur Öl ins Feuer gegossen habe. Umgehend zogen das *National Question-Asker Magazine* und andere Revolverblätter nach und bedienten sich der altbekannten Methode zu behaupten, mein ‹Schwulsein› sei irgendwie von Interesse, aber blieben jede Begründung dafür schuldig. Diverse Fraktionen der Schwulenbewegung mischten sich ein, die einen wollten mich ‹outen›, die anderen setzten sich für mein Recht auf Privatsphäre ein. Das Ganze wurde unglaublich aufgebauscht, jedenfalls in der Regenbogenpresse.»

«Und niemand scherte sich einen Dreck um die Wahrheit.»

«Genau, aber ich inzwischen auch nicht mehr. Wie Sie sicher wissen, ist Publicity immer gut. Die Filmproduzenten erinnerten sich an mich. Schon nach wenigen Wochen wurden mir kleine Rollen in Fernsehserien angeboten, ein Jahr später war ich wieder als Nebendarsteller gefragt, und die Agenten rissen sich um mich. Momentan habe ich zum erstenmal seit zehn Jahren wieder eine Hauptrolle in einem Film. Ich spiele den Präsidenten.» Er zwinkerte mir zu. «Nicht mehr bloß den üblichen Senator.»

«Toll. Und dann?»

«Möchten Sie oder Ihre Kollegin vielleicht etwas trinken? Ein Bier?»

«Ich dachte schon, Sie würden uns nie fragen.»

In der Mitte des Raumes stand ein Tisch mit eingebautem Kühlfach. Nachdem Jamison uns mit Bier versorgt hatte, hakte ich dezent nach. Ich fand den alten Knacker eigentlich ganz sympathisch.

«Ray Hammond», warf ich ein.

Jamison runzelte die Stirn. «Ja. Zunächst ging alles glatt. Ich mußte nur alles dementieren und den Leuten gelegentlich Anlaß geben, mir zu mißtrauen, und die Aufmerksamkeit für meine Person hielt an. Dann fing jemand an, mich zu belästigen. Ich muß sagen, seine Methode war etwas subtiler als Ihre. Zuerst Briefe, dann Telefonanrufe. Warnungen, daß ich mich auf etwas gefaßt machen sollte. Schließlich kam er hierher und konfrontierte mich mit bestimmten Tatsachen, etwa so wie Sie eben. Er stellte mich vor die Wahl: entweder ich bezahlte, oder meine Karriere würde ruiniert.»

«Wieso?»

«Die Menschen sind versessen auf Geheimnisse – die Geheimnisse anderer Leute, versteht sich. Sie sind scharf darauf, das zu erfahren, was andere Leute unbedingt verbergen oder einfach für sich behalten wollen. Die Leser der Massenblätter sind auf vulgäre Art neugierig, aber sie sind dennoch auf meiner Seite. Unser Verhältnis ist sehr heikel, und ihr Wissen um mein ‹Geheimnis› verbindet uns miteinander. Sie schnüffeln in meinem Leben herum, und wir teilen uns die Trüffel.»

«Also Erpressung.»

«Ja. Eine happige Summe, und zwar monatlich. Je erfolgreicher ich wurde, desto höher der Betrag. Die finanzielle Belastung wurde unerträglich, und der Mann selbst wurde immer merkwürdiger.»

«Inwiefern?»

«Von außen betrachtet wirkte er unverändert. Beherrscht, einschüchternd. Aber innerlich ging etwas mit ihm vor. Irgend etwas schien sich zu verändern, und ich glaube, das machte es ihm immer schwerer, zu tun, was er tat. Als Schauspieler lernt man, auf so etwas zu achten. Er verlor an Selbstvertrauen, wurde seiner Rolle nicht mehr gerecht.»

«Aber er kassierte weiter.»

«Bis letzte Woche.» Jamison sah zu mir auf. «Ich habe ihn nicht umgebracht, wenn Sie das meinen.»

«Das ist uns bekannt.» Ich trank mein Bier aus und stand auf. «Wie ist Hammond eigentlich auf Sie gekommen?»

Jamison sah zur Seite. «Ich habe nicht die geringste Ahnung. Zufall, nehme ich an. Die Datenbank von Sleep Easy ist angeblich zugriffssicher, aber vielleicht hat man einen der Angestellten dort bestochen. Sie werden verstehen, daß ich nicht mit einer Frau zusammenleben kann – dadurch würde alles herauskommen. Deswegen muß ich gewisse Aktivitäten anders organisieren.»

«Damit zahlen Sie einen ziemlich hohen Preis, finden Sie nicht?»

Jamison lächelte. «Man kriegt nichts geschenkt im Leben. Und wie Sie wissen, beschränken sich meine Kontakte nicht nur auf Damen aus dem Gewerbe. Wie haben *Sie* das alles übrigens erfahren?»

Ich reichte ihm den Zettel aus meiner Tasche. «Vielleicht ist das irgendwo gespeichert», sagte ich.

Er zuckte die Achseln – ein Mann, der sich mit dem Risiko arrangiert hatte – und steckte ihn ein. «Trotzdem vielen Dank.»

Während er uns zur Tür brachte, plauderte er munter über den Film, in dem er gerade mitspielte. Ich ging hinter ihm und Helena her und überlegte, was mir die Unterhaltung gebracht hatte. Ich wußte es noch nicht, aber das würde sich bestimmt noch ändern.

Draußen ließ Jamison seinen Blick über die Straße schweifen, die sich hoch über dem Tal am Hang entlangwand. Es war ein hübsches, nicht übertrieben großes Haus, und es war an einer traumhaft schönen Stelle erbaut.

«Wissen Sie, wenn Leute erfahren, daß ich wirklich der bin, der ich behaupte zu sein», sagte er, «werden sie mir das nie verzeihen.»

«Keine Sorge», sagte ich. «Ihr nicht vorhandenes Geheimnis ist bei uns in guten Händen.»

Ich stellte den Dirutzu vor dem Applebaum ab, und wir stiegen in meinen eigenen Wagen um. Wir überlegten, ob wir uns zu Deck aufmachen sollten, beschlossen aber, zu mir zu fahren. Auf meinem Anrufbeantworter waren zwei Nachrichten von Stratten. Offenbar war er noch nicht dahintergekommen, daß ich wußte, was er getan hatte. Helena hörte zu, wie ich herumpöbelte, dann bat sie mich, das Telefon benutzen zu dürfen. Vermutlich, um ihren Freund anzurufen. Ich ging ins Badezimmer und stellte mich unter die Dusche und drehte das Wasser voll auf, damit es möglichst viel Lärm machte.

Als ich wieder ins Wohnzimmer kam, lag Helena auf dem Sofa und schlief fest. Sie war schon immer so – eben noch ein Energiebündel, im nächsten Moment wie tot. Ich schaute sie lange an, wie ich es früher oft getan hatte. Weil ich damals manchmal die Gelegenheit gehabt hatte, auf sie aufzupassen, hatte ich mich ihr ebenbürtiger gefühlt. Jetzt wurde ich bloß müde, aber ich war noch nicht reif fürs Bett. Deshalb warf ich einen Blick auf die beiden anderen Ausdrucke. Die Namen von zwei weiteren Personen, einer Frau und einem Mann, beides prominente Einwohner von L. A. Wer sie sind, spielt keine Rolle. Ich las die beiden Texte durch, und auch den über Schumann. Danach fühlte ich mich noch erschöpfter.

Indiskretionen, strafbare Handlungen, Perversionen. Manche lagen schon Jahre zurück, zweifelhafte Abschnitte auf dem Weg zum Erfolg; andere stammten aus jüngerer Zeit und offenbarten ein Doppelleben hinter der Fassade. Alles schlimm genug, um ein florierendes Erpressungsunternehmen darauf zu gründen, und wer weiß, wie viele Dokumente sonst noch in Hammonds Regalen schlummerten.

Ich dachte an die Erpressungsopfer und fügte dies neue Wissen in das Bild ein, das ich mir bereits gemacht hatte. Ich konnte nicht anders: Sobald man einmal etwas erfahren hat, verändert sich die eigene Sichtweise, es färbt die Brille, durch die man die Welt betrachtet. Vermutlich verleiht es manchen Leuten ein Gefühl der Macht, weil sie wissen, welche Filme in den Köpfen anderer Menschen ablaufen, auf welchen Bahnen sich ihr Verstand insgeheim bewegt. Mir nicht. Und ich spreche aus Erfahrung. Jeder hat seine Geheimnisse. Sie sind Teil von einem selbst, eine permanente Wolke am inneren Himmel. Jeder hat mal etwas Verbotenes angestellt oder etwas mit sich machen lassen. Die wichtigsten Bestandteile einer Persönlichkeit, die prägenden Elemente bleiben immer verborgen. Das Unsichtbare ist die zugrundeliegende Determinante. Die Dinge, von denen die anderen nicht erfahren sollen, sind die Dinge, die uns zu Individuen, zu echten Menschen machen. Es sind nicht unbedingt schlimme Dinge, nur private. Es sind Angelegenheiten, die geheim bleiben sollen: denn sobald jemand von ihnen erfährt, stiften sie ein unangenehmes Gefühl von Vertraulichkeit, obwohl man die andere Person in Wirklichkeit gar nicht kennt. Jeder ist durch ein Paßwort geschützt, lebt in einem verborgenen Zusammenhang, den nur er selbst kennt – bis so jemand wie Hammond kommt, der den Code knackt und dadurch die Mauer überwindet, hinter der man verschreckt und einsam hockt.

Ich verbrannte die beiden Zettel und löschte alle drei Entschlüsselungen aus dem Organizer. Ich überlegte, ob ich auch die E-Mail an Travis canceln sollte, aber Schumann war bereits tot, und die Offenlegung seiner Geheimnisse – er hatte zweifellos von allen vieren bei weitem die schlimmsten Verfehlungen begangen – konnte ihm jetzt nicht mehr schaden. Vielleicht würde ich irgendwann noch einmal bei Hammond vorbeigehen und die restlichen Bücherregale durchstöbern, obwohl ich immer noch glaubte, daß er seinen Nebenerwerb hauptsächlich von seiner anderen Wohnung aus betrieb und jemand anders bereits im Besitz der Originalunterlagen war. Wahrscheinlich die Männer im grauen Anzug, obwohl ich keine Ahnung hatte, was für eine Rolle sie dabei spielten.

Mittlerweile war es schon nach zwei, aber mein Verstand war noch hellwach. Ich machte mir Sorgen um Deck, natürlich auch um Laura, aber vor allem um Deck. Zum erstenmal brauchte er meine Hilfe, aber ich wußte nicht, was ich tun sollte.

Ich lehnte mich im Sessel zurück und wartete, aber an Schlaf war nicht zu denken. Statt dessen lief vor meinem inneren Auge eine Kette von Assoziationen ab, beginnend in meiner Jugend. Meine erste Freundin, wir beide waren sechzehn, aufgeregt und hatten Angst, den ersten Schritt zu tun. Ein paar Freunde, die ich seit einer Ewigkeit nicht mehr gesehen hatte. Vor ein paar Jahren hatte mir meine Mutter erzählt, daß Earl bei einem Autounfall ums Leben gekommen war, und die anderen waren unbekannt verzogen.

Ich selbst ging mit siebzehn von zu Hause fort, ließ alles hinter mir zurück und schlug mich bis nach Kalifornien durch. Ich brauchte anderthalb Jahre. Ich ließ mir Zeit, ertrug unterwegs Kälte und Dreck. Damals empfand ich es vermutlich als ein großes Abenteuer, aber von dem Leben unterwegs habe ich nur noch Bruchstücke in Erinnerung: Straßen in dieser oder jener Stadt, Theken von Kneipen, in denen ich gearbeitet habe, der Wasserdruck von Motelduschen – wie eine Geschichte, die von jemandem weitererzählt wird, ohne daß er besonders gut aufgepaßt hätte, als sie ihm erzählt worden ist. Wohin man auch geht, was immer man auch tut – das erste, was man morgens, und das letzte, was man abends zu sehen bekommt, ist die innere Landschaft. Ein ewiggleicher Anblick, ein Standfoto.

Als ich das Meer erreichte, ließ ich mich vorläufig nieder, und dann lernte ich Helena kennen. Ich arbeitete in einer Kneipe in Santa Monica, sie kam eines Abends mit einigen Freundinnen rein. Sie bestellte die erste Runde, und danach stand für mich fest, was ich tun würde. Ich drängelte die anderen Kellner beiseite, damit ich Helena bedienen konnte. Ich höre heute nicht mehr oft Musik, und wenn, dann Klassik. Mein Vater hörte viel klassische Musik – das tut er wahrscheinlich immer noch – sie geht einem durch und durch. Was ich am meisten an ihr schätze, ist ihre Stimmigkeit. Es gibt eine Menge Musik, die beliebig klingt, bei der die Synthese aus verschiedenen Einflüssen rein oberflächlich bleibt; hört man dagegen beispielsweise Musik von Bach, ist es, als würde man den Gedanken eines Gottes lauschen. Es gibt im Leben Dinge, die zwangsläufig so sein müssen, wie sie sind. Dann läßt sich vorhersagen, wie die nächste Phrase klingen wird, weil sie *stimmt*, weil sie nur so und nicht anders sein kann – weil man die Facetten eines perfekten Kristalls betrachtet, der sich langsam vor einem dreht. Wie dem auch sei, als Helena die Kneipe betrat, hatte ich das Gefühl, genau das Musikstück zu hören, auf das ich gewartet hatte.

Earl und ich hatten in unserer Schulzeit einen Ausdruck geprägt: der ausgestorbene Stamm schöner, gesunder Menschen – was wir damit meinten, war, daß sich diese beiden Eigenschaften eigentlich ausschließen. Helena jedenfalls sah aus, als gehörte sie zu diesem Stamm, und die Welt schien sie mir auf einem Silbertablett darzureichen. «Ja», dachte ich, «so und nicht anders muß es sein. Das war Sinn und Zweck von diesem ganzen Evolutionsmist – so jemanden wie sie hervorzubringen.»

Ich war jung und hatte Flausen im Kopf, und ich versuchte,

ein Gespräch anzufangen, und sie war ebenfalls jung, aber vernünftig und bewahrte höflich Distanz. Andererseits drehte sie sich auch nicht zu ihren Freundinnen um und sagte: «He, was ist denn das für ein Spinner. Kommt, wir gehen woandershin», und es kann sogar sein, daß sie mir später zum Abschied zuwinkte. Die Meinungen darüber gehen auseinander: Helena behauptet, sie hätte gewunken, ich habe es jedoch nicht gesehen, und ich habe garantiert keine Sekunde die Augen von ihr gelassen. Immer wenn ich in den vergangenen Jahren in sentimentaler Stimmung war, habe ich versucht, mir dieses Winken vorzustellen. Betrunken am Pool irgendeines Motels hockend, abends, wenn alle anderen Gäste schlafen gegangen waren – in solchen Momenten dachte ich, wenn ich dieses Winken nur ein einziges Mal vor meinem inneren Auge sehen würde, dann wäre unsere Beziehung abgerundet, wäre etwas mit einem Anfang, einem Mittelteil und einem Schluß, das ich in der Vergangenheit begraben und von dem ich mich lösen könnte.

Ich habe es nie sehen können.

Unsere Familien haben uns zusammengebracht, im übertragenen Sinn. Mir fehlte meine Familie, sie stand ihren Eltern sehr nahe. Keiner von uns beiden hatte je der Vorstellung angehangen, daß die vorherige Generation nur dazu da war, übertroffen zu werden. Eines Abends kam sie zusammen mit ihrem Vater in die Kneipe. Ich beobachtete die beiden mit Argusaugen, fragte mich, was für ein Verhältnis zwischen ihnen bestand. Als sie das nächste Mal wieder mit Freunden kam, fragte ich sie, wer das gewesen sei, und sie sagte es mir. Ich erzählte ihr daraufhin von meinem Vater. So fing alles an.

Wir verabredeten uns, wir verliebten uns, wir zogen zusammen in eine gräßliche Wohnung in Venice. Wir hatten beide kein Geld, und ich kann guten Gewissens sagen, daß es die einzige Zeit in meinem Leben war, in der mir das wirklich nichts ausgemacht hat. Wir waren jung und hielten uns für unbesiegbar, und wir dachten, irgendwo würde das Geld schon herkommen. Es war uns damals nicht klar, daß Geld furchteinflößend ist, launisch seine Gunst gewähren und vorenthalten kann und einen, wenn man nicht aufpaßt, schließlich in einer finsteren Straße an die Wand drückt und halbtot schlägt. Man braucht nur durch L. A. zu spazieren, dann sieht man die Menschen, die den Kampf verloren haben, die Getriebenen und die Verwirrten mit ihrem spröden, zerzausten Haar, die ihr zorniges Leben in Wohnungen fristen, deren Wände mit Styroporfliesen bedeckt sind und die jederzeit zum Schauplatz einer Bluttat werden können. Wir gewannen den Kampf, aber es dauerte eine ganze Weile, und der Preis war so hoch, daß ich nie wissen werde, ob es sich gelohnt hat oder nicht.

Wir heirateten aus einer spontanen Laune heraus und riefen meine Eltern vom Standesamt aus an. Unsere Hochzeitsreise dauerte fünf Tage und führte uns nach Ensenada. Wir liehen uns Decks alten Ford und ratterten im Dunkeln die Küstenstraße hinunter, überredeten die Leute in Quintas Papagayo, uns ein Zimmer zu einem Spottpreis zu überlassen, weil Nebensaison und das Hotel leer war. Wir ernährten uns von Fischtacos und gaben unser übriges Geld für Pacifico-Bier und kleine Geschenke aus. Helena kaufte mir eine verzierte Dose für meine Gitarrenpicks, und ich kaufte ihr einen türkisfarbenen Armreifen. Wir sahen den Seemöwen zu, spazierten durch staubige Gassen und kühlten uns ab, indem wir uns auf Felsen am Meer setzten und die Füße im Wasser baumeln ließen. Spätnachmittags suchte ich die Gegend nach Holz und trockenen Palmenblättern ab, und abends machten wir es uns vor dem Feuer gemütlich und lauschten unseren Atemzügen, bis sie zu dem einzigen Geräusch wurden, das von Bedeutung war.

Das scheint endlos lange her zu sein, Teil des Lebens eines anderen. Alles tritt deutlich hervor, reglos und von hinten angestrahlt, ganz anders als der sich ständig vorwärts wälzende

Schlamm der Gegenwart. Nichts ist wirklich, bis es vorbei ist: zuvor sind es nur tanzende Schatten. Das Heute ist ein Witz, zufällig und mit Makeln behaftet. Nur das Gestern glänzt.

Das Leben ging weiter. Allmählich geriet ich in gewisse Kreise, Verbrecherkreise. Wenn man in einer Kneipe arbeitet, kann so etwas leicht passieren. Außerdem brauchten wir das Geld. Ich machte mich nützlich, wurde dafür bezahlt. Ich war kräftig, nicht auf den Kopf gefallen, zuverlässig. Für Leute wie mich gibt es immer Arbeit, nur meistens nichts mit Perspektive. Helena schlug sich mit öden Jobs herum, kam jeden Tag frustrierter und gelangweilter nach Hause. Sie war viel zielstrebiger als ich, härter, gnadenloser, und dennoch verbrachte sie acht Stunden pro Tag in einer tristen Umgebung, zusammen mit Leuten, die offenbar eine andere Sprache sprachen als sie.

Ich lernte mehr Leute kennen, machte ein bißchen Karriere und verdiente etwas mehr Geld. Wir kauften ein kleines Haus, und wir schafften uns einen Kater an, den wir sehr liebgewannen. Es war unsere schönste Zeit. Wir starteten gerade durch. Wir wußten zwar nicht, wohin die Reise gehen würde, aber wir wußten wenigstens, daß wir sie gemeinsam zurücklegen würden. Das hört sich banal an, aber die Liebe ist banal – deswegen brauchen wir sie. Klischees sind wahr. Wir sind auf Archetypen angewiesen, denn ohne sie würde sich das Leben in das Bild eines Bauernhofs verwandeln, der von ungeschickter Kinderhand gemalt ist, auf dem man nicht erkennen kann, welches Tier welches ist und auf dem alle Menschen bloß braune Farbkleckse sind, die sich vor dem schmutziggrauen Hintergrund kaum abheben. Köchinnen sollten vergnügte Frauen mit roten Wangen sein, die ihr Hackbeil auf leicht beunruhigende Weise schwingen, und Priester grauhaarige Männer irischer Abstammung, die gern mal ein Gläschen trinken. Wenn unser Essen von jungen Männern zubereitet wird, die sich für Rock'n'Roll-Stars halten, vergeht uns der Appetit, und wenn uns der Glaube von Frauen mittleren Alters in derben Schuhen gepredigt wird, verkommt er zur Seelenversicherung. Wir setzen uns gegen die Willkür des Lebens mit einfachen Dingen zur Wehr, Dingen, die man mit wenigen Worten ausdrücken kann und die leicht verständlich sind. Liebe und Tod sind Rettungsleinen, an denen man sich in stürmischer See festhalten kann. Ohne sie wäre alles sinnlos.

Eines Tages aßen Helenas Eltern im Happy Spatula zu Abend. Regelmäßig einmal im Monat gönnten sie sich die Pasta des Hauses. Wir sind oft mitgegangen, aber an diesem Abend saßen wir zusammen mit Deck in seiner Wohnung und betranken uns. Um Viertel nach zehn fuhr ein Auto vor dem Spatula vor, und zwei Männer stiegen aus. Sie gingen seelenruhig in das Restaurant und erschossen fünf Personen. Helenas Vater war auf der Stelle tot, ihre Mutter hielt bis zum nächsten Morgen durch, dann starb auch sie. Helena mußte die Leichen mit einem schweren Kater identifizieren.

Ich besaß eine Pistole. Helena nahm sie sich, spürte die beiden Männer auf und erschoß sie. Ich kam von der Arbeit nach Hause und fand sie zusammengerollt auf dem Boden im Badezimmer vor, heulend und blutverschmiert. Ich verbrannte ihre Kleidung, entfernte mit einer Feile die Seriennummer von der Pistole und zerlegte sie. Wir fuhren durch die Stadt und warfen die Einzelteile nacheinander aus dem Fenster. Als wir wieder zu Hause waren, verschloß ich sämtliche Türen, brachte Helena ins Bett und legte mich neben sie.

Sie fragte mich, ob mir das etwas ausmachte, ob ich sie jetzt nicht mehr liebte. Ich sagte ihr, ich sei stolz auf sie, und küßte sie in den Schlaf. Wir verbrachten zwei Wochen in gemeinsamer Angst, aber das Klopfen an der Tür blieb aus.

Vier Wochen später gingen wir wieder ins Happy Spatula. Helena wollte es so. Sie wollte beweisen, daß sie sich in dem Restaurant wieder aufhalten konnte, also gingen wir hin. Wir setzten uns an denselben Tisch wie immer, und wir bestellten dasselbe wie immer. Die Bedienung war sehr viel aufmerksamer als gewöhnlich, und als wir fertig waren, wurde uns mitgeteilt, daß die Rechnung bereits beglichen sei. Während wir noch ziemlich verblüfft unseren Kaffee tranken, setzten sich drei Herren an den Nebentisch. Sie waren sehr charmant. Sie wollten Helena für das danken, was sie getan hatte: die drei anderen Opfer des Anschlags waren Mafiosi gewesen, von einer aufstrebenden rivalisierenden Bande erschossen. Helenas Eltern waren nur versehentlich getroffen worden. Die Männer wußten, daß es Helena gewesen war, die Rache genommen hatte – jemand hatte beobachtet, wie sie den Tatort fluchtartig verließ. Helena lächelte, als ihr der älteste der drei Männer die Hand küßte, und im selben Moment wurde mir klar, daß sich von nun an alles ändern würde.

Sie erwiesen uns einige Gefallen, aber sie forderten auch den einen oder anderen ein, indem sie Helenas Doppelmord als subtiles Druckmittel benutzten. Sie sagten, sie hofften sehr, weder die Polizei oder, noch schlimmer, die andere Bande würde herausfinden, daß es Helena gewesen war. Das hatte nichts mit Sorge um unser Wohlergehen zu tun, es war nicht mal eine Drohung. Es war rein geschäftlich. Sie brachten sie dazu, in ihrem Auftrag einen weiteren Menschen zu töten, und danach war alles zu spät. Es ging immer sehr höflich und freundlich zu, aber wir waren nicht mehr Herr unseres eigenen Lebens. Wie Laura schon sagte, gibt es Situationen, vor denen man nicht davonlaufen kann. Geschäftsbeziehungen mit Gangstern gehören dazu.

Ich tötete auch für sie, aber nur einmal. Zwei fiese Typen, die Frau und Tochter eines Mafiosi-Komplizen vergewaltigt und ermordet hatten. Ich verabredete mich mit ihnen in einer Kneipe, angeblich, um eine größere Menge Koks zu kaufen, lockte sie in eine Nebenstraße und schoß beiden in den Kopf. Danach verlor ich die Nerven, fuhr mit der Pistole in der Hand und mit blutverschmiertem Hemd durch die Gegend und wäre beinahe geschnappt worden.

Selbstverteidigung ist eine Sache, Hinrichtung eine andere. Ich kam nicht darüber weg.

Sie baten mich nicht noch einmal um so etwas. Ich lieh Deck das Geld, das ich von ihnen bekommen hatte, unter der Bedingung, daß er es mir nie zurückzahlte. Er fuhr nach Las Vegas und verspielte es absichtlich in einem Casino, also floß es auf direktem Weg zurück zu ihnen, und ich konnte so tun, als hätte ich es nie besessen. Deck versteht mich sehr gut.

Helena war anders. Sie hatte keine Probleme damit, sie war ein Profi. Sie hatte jetzt einen anständigen Beruf, in dem sie ihre Gnadenlosigkeit ausleben konnte. Sie kam mit der Zeit über den Tod ihrer Eltern hinweg, hörte auf, jedesmal die Stimme ihrer Mutter zu erwarten, wenn das Telefon klingelte, oder an Dinge zu denken, die sie ihrem Vater erzählen wollte. Sie kam auch deswegen darüber hinweg, weil sie zu einem Menschen wurde, den ihre Eltern nicht wiedererkannt hätten, weil sie sich von einer durch die Eltern geprägten Vergangenheit lossagte und ein anderes Leben führte.

Für mich war es schwieriger, mit dem, was sie machte, fertig zu werden. Wenn mich jemand fragte, was meine Frau beruflich tat, konnte ich schlecht sagen, «Ach, die bringt Leute um die Ecke. Gegen Geld. Und Ihre?» Wenn man über eine Sache mit niemandem reden kann, wird sie zum Geheimnis, und man muß sich etwas einfallen lassen, um sie vor sich selbst zu rechtfertigen. Mit der Zeit gewöhnte ich mich daran. Sie war meine Frau. Ich liebte sie.

Ich konnte kaum glauben, was sie alles für schreckliche Dinge gemacht hatte, als ich das sanfte Heben und Senken ihres Brustkorbs beobachtete, während sie neben mir auf dem Sofa lag. Im Schlaf werden wir wieder zu Kindern, unschuldig und unberührt. Geheimnisse zeichnen Falten in unser Gesicht, Straßen, die zu einer inneren Landschaft führen. Nachts werden diese Gebiete wieder zu Neuland. Ich versuchte mir vorzustellen, daß sie jetzt mit jemand anderem liiert war. Das fiel mir nicht schwer. Ich hatte weiß Gott genug Übung darin. Als sie mir gestanden hatte, daß es tatsächlich so war, kam es mir so vor, als würde ein gut geöltes Schloß einschnappen. Das Unvermeidliche war passiert, mehr gab es dazu nicht zu sagen. Vorzeigefreundin eines Gangsters, eine furchteinflößende Frau, die jemand, der nicht wußte, wie sie vorher gewesen war, nie verstehen würde. Ich verstand sie, aber das interessierte sonst niemanden. Die Gestalt auf dem Sofa war lediglich eine Reminiszenz, wie die Gipskopien von Disneyfiguren, die in den Läden von Ensenada angeboten werden. Nicht ganz originalgetreu, ein Copyrightverstoß gegen die Vergangenheit.

Immer wenn ich Tausende von Kilometern von Cresota entfernt bin, verspüre ich gelegentlich spätnachts den Wunsch, dorthin zurückzukehren. Einen Kilometer außerhalb der Stadt gab es einen Sportplatz, auf den wir Jungs zweimal die Woche geschickt wurden, um unsere überschüssige Energie abzulassen; dadurch sollte verhindert werden, daß wir die Lehrer in den Wahnsinn trieben. Vor dem Sportplatz war ein Parkplatz, und am Ende des Parkplatzes ein Gebäude mit Umkleideräumen. Klein, zweistökkig, wie ein geheimer Militärbunker, innen drin zwei Flure mit Kleiderhaken, an denen wir unsere Sachen aufhängten, und Bänke, auf denen wir nach dem Sport schweißgebadet zusammensackten, froh, daß es vorbei war und wir nach Hause gehen konnten. Ein Ort, an dem gelacht und gebrüllt wurde, an dem wir unsere nächsten Schandtaten planten und uns gegenseitig die Abenteuer des vergangenen Wochenendes erzählten. In meinen letzten Schuljahren wurde ein anderer Platz benutzt, und das alte Gebäude wurde verrammelt und nicht wieder in Betrieb genommen. Zuletzt habe ich es vor ein paar Jahren gesehen, und es wirkte immer noch wie eine Gruft.

Ich fragte mich damals, ob irgendein Kleidungsstück zufällig dort liegengeblieben war und noch immer dort lag, mumifiziert in abgestandener Luft, umgeben von Wänden mit abblätternder Farbe, damals von einem Jungen vergessen, der inzwischen eigene Kinder hatte. Zeugnis eines anderen Lebens, verstaubt, aber noch immer faßbare Vergangenheit.

Irgendwann würde ich gern einmal abends an diesem Gebäude vorbeigehen, zu den vernagelten Fenstern hochschauen. Ich fragte mich, ob ich Stimmen aus dem Inneren vernehmen würde, wenn ich genau hinhörte; und ob meine Freundin und Earl und meine Schulkameraden dort auf den Bänken sitzen, dieselbe Kleidung wie früher tragen und auf mich warten würden, wenn ich dort einbräche.

Ob ich mich in der Finsternis im Schneidersitz zu ihnen setzen und für immer und ewig dableiben könnte und nichts sich verändert hätte.

Schließlich schlief ich ein und träumte wieder. Zunächst nahm ich hauptsächlich ein marmoriertes Grün wahr, wie gestreifter Grünspan. Es dauerte eine Weile, bis ich begriff, daß es sich um die Farbe der Zimmerdecke handelte, die sich nur einen knappen Meter über mir befand, und daß ich auf dem Rücken lag. Ich hatte rasende Kopfschmerzen, mein Gehirn und mein Körper fühlten sich ausgedörrt und leer an, so als seien sie zerstört und neu modelliert worden, ohne die Beigabe von genügend Wasser. Meine Unterarme juckten, als würden Spinnen darauf herumkrabbeln, und mir war kalt, aber ich hatte keine Angst. Ich vermochte nicht zu sagen, wie lange ich dort schon lag: aber die Frage interessierte mich auch nicht besonders.

Ich wandte langsam den Kopf zur Seite, und ich sah Deck. Er lag ein Stück von mir entfernt auf dem Boden. Sein Gesicht war nach oben gerichtet, und seine Augen waren geschlossen. Ich wollte nach ihm rufen, aber meine Kehle war zu trocken, und es kam nicht einmal ein Flüstern heraus, sondern nur ein schwacher

Lufthauch. Ich beobachtete Deck eine Zeitlang, aber er rührte sich nicht. Ich drehte den Kopf noch etwas weiter und sah, daß wir uns in einem sehr langen, niedrigen Raum befanden, der so groß war, daß die Wände im Dunkeln lagen. Ich fragte mich, wo die Lichtquelle war, denn ich konnte keine erkennen. Dann schaute ich wieder hinüber zu Deck, und ich merkte, daß ein schwaches Glimmen von ihm ausging, wie von einem Glühwürmchen, nur goldfarben.

Ich fragte mich, ob es bei mir genauso war, und versuchte, meinen Kopf zu heben, um an meinem Körper hinunterzuschauen. Er war nicht festgebunden, aber die Muskeln funktionierten nicht richtig, und es war, als müßte ich mir erst ins Gedächtnis rufen, wie man die einzelnen Muskeln bewegt. Mir war bisher nicht bewußt gewesen, wieviel verschiedene Muskeln bei so einer einfachen Bewegung beteiligt sind. Es kostete ungeheure Anstrengung, meinen Kopf nur ein paar Zentimeter vom Boden zu heben, und in dieser Haltung konnte ich überhaupt nichts erkennen. Ich entspannte die Muskeln, und mein Kopf sank langsam nach hinten, ruhte wieder bequem auf seiner Unterlage, vermutlich einer dünnen Matratze. Ich lag still da, weniger erschöpft als zufrieden über meine Regungslosigkeit, erfüllt von einem Zustand angenehmer Verwirrung. Alles schien in Ordnung zu sein.

Nach einer Weile beschäftigte mich erneut die Frage, woher das Glimmen kam, und ich beschloß, diesmal anders vorzugehen. Ich ließ meinen Kopf liegen und versuchte statt dessen, einen meiner Arme zu bewegen, die ausgestreckt neben meinem Körper lagen. Das ging etwas leichter, und ganz allmählich hob ich ihn in die Höhc. Nach einigen Minuten war er hoch genug, daß ich seinen Umriß am Rand meines Blickfelds verschwommen erkennen konnte. Mit dem Gefühl, einen außerordentlichen Kraftakt der Koordination zu vollführen, hielt ich den Arm in dieser Position und wandte meinen Kopf in seine Richtung.

Von der Hand, die ich sah, ging tatsächlich ein goldfarbenes Glimmen aus, aber es war nicht meine Hand. Sie war schmal, weiblich, und in Höhe der Pulsadern befanden sich Nähte.

Es war Lauras Hand.

Beim Aufwachen saß ich aufrecht im Sessel in meiner Wohnung und hielt eine Zigarette in der Hand. Sie brannte, aber sie war nicht bis zum Filter heruntergebrannt. Sie war erst halb aufgeraucht, und die Asche war sorgfältig im Aschenbecher auf der Armlehne des Sessels abgestreift worden.

Helena schlief immer noch tief und fest auf dem Sofa.

Ich hatte nicht geschlafen. Es war kein Traum gewesen.

Es war eine Erinnerung oder etwas Ähnliches, aber es geschah jetzt gerade. Und es geschah an einem Ort, an dem auch ich gewesen war.

VIERZEHN

Den Rest der Nacht über stand ich am Fenster, sah mit leerem Blick hinunter auf Griffith Park und versuchte mich zu erinnern, aber es gelang mir nicht. Ich brauchte einen konkreten Anhaltspunkt, um weiterzukommen. Oder eine andere Sichtweise.

Um fünf Minuten nach sechs klingelte das Telefon. Ich nahm ab und sagte: «Haben Sie es gelesen?»

«Meine Güte, ja», sagte Travis. Er klang erschöpft. «Ich kann es kaum glauben. Ich habe Schumann einmal getroffen. Er kam mir ganz normal vor.»

«Das ist bei solchen Leuten immer so. Das wissen Sie doch.»

«Wie lauten sie?»

«Was?»

«Die Namen auf den anderen Zetteln.»

«Das braucht Sie nicht zu interessieren.»

«Ich bin seit drei Stunden hier auf der Wache, Hap. Ich habe mir Schumanns Bankkonten vorgenommen, und jemand, der was von der Sache versteht, hat die Schumann Holdings überprüft. Alles in Ordnung. Der Kerl besaß mehr Geld, als man sich vorstellen kann, und sein Geschäft boomte.»

«Na und?»

«Schumann beging Selbstmord, *nachdem* Hammond ermordet wurde, und die Begründung ‹finanzielle Probleme› ist Quatsch. Irgend etwas anderes hat ihn in den Tod getrieben, und ich glaube nicht, daß es plötzliche Schuldgefühle waren. Verstehen Sie, was das bedeutet?»

Ich begriff es. «Sie meinen, jemand anders hat den Platz von Hammond eingenommen. Schumann dachte, jetzt sei alles vorbei, dann hat er feststellen müssen, daß alles nur noch schlimmer wurde, und sich umgebracht.»

«Ich habe bereits fünf Männer losgeschickt, die Hammonds Arbeitszimmer auseinandernehmen sollen. Ich will wissen, wer die anderen Opfer sind. Die können uns vielleicht etwas über die Typen verraten, die neu ins Geschäft eingestiegen sind.»

«Ich glaube nicht, daß die neu eingestiegen sind», sagte ich. «Ich habe gestern abend mit einem der Opfer gesprochen. Diese Person behauptet, Hammond hätte zum Schluß gewirkt, als stünde er unter Druck, als müsse er etwas gegen seinen Willen tun. Ich glaube, es hat immer jemanden gegeben, der im Hintergrund die Fäden gezogen hat.»

«Da bin ich anderer Meinung. Es sind die Männer im grauen Anzug. Die haben Hammond erledigt und seine Nachfolge angetreten. Entweder war es so, oder sie sind zu dem Schluß gekommen, daß sie ihn nicht mehr brauchen. Sie sind ihnen doch begegnet: nicht gerade angenehme Zeitgenossen. Wenn sich jemand weigert zu zahlen, gibt es wieder einen prominenten Toten, und darauf kann ich gerne verzichten.»

«Die Opfer werden bezahlen», sagte ich, «und sie werden Ihnen sicher nichts Brauchbares über die Verbrecher verraten können. Erpresser hinterlassen keine Telefonnummer. Außerdem wäre es doch schön blöd, jemanden umzubringen, den man ausnehmen kann – die Geldquelle würde ja ein für allemal versiegen.»

«Nennen Sie mir die Namen, Hap, oder ich lasse Sie so schnell hierherschaffen, daß man den Düsenknall noch in Nevada hört.»

Ich nannte ihm zwei Namen – den von Jack Jamison nicht.

Es folgte eine Pause, in der er sich die Namen notierte. «Also gut», sagte er. «Sie finden sich morgen abend Punkt elf Uhr hier auf der Wache ein. Sollten Ihnen inzwischen die Herren in Grau über den Weg laufen, rufen Sie mich an. Mischen Sie sich nicht wieder in die Ermittlungen ein, und nehmen Sie auch keinen Kontakt zu den anderen Opfern auf. Schicken Sie mir den Code per E-Mail. Das ist alles.»

«Und unsere andere Abmachung?» hakte ich nach.

«Helena geht straffrei aus – darauf haben Sie mein Wort. Und wo wir schon mal dabei sind: Einer meiner Beamten kam heute morgen mit einer frischen Kopfwunde ins Büro und sagte, er habe den Bus nehmen müssen, weil jemand sein Auto geklaut hat.»

«Ich hatte Ihnen doch gesagt, Sie sollten allein kommen, Travis.»

«Bin ich auch. Romer hat das Gespräch mitangehört, und er ist mir eigenmächtig gefolgt.»

«Sein Wagen steht vor dem Applebaum. Richten Sie ihm aus, er müßte dringend mal gewaschen werden.»

«Seine Erinnerung an die Ereignisse gestern abend ist etwas verschwommen, aber er meint, er sei unmittelbar nach seiner Ankunft in Venice niedergeschlagen worden. Ungefähr zur selben Zeit, als Sie sich mit mir unterhielten. Seltsam, nicht?»

«Mit der Zeit ist das so eine Sache. Man irrt sich schnell mal», erwiderte ich.

«Stimmt. Sehen Sie also zu, daß Sie sich morgen in der Zeit nicht irren. Dreiundzwanzig Uhr.» Er legte auf.

Ich drehte mich um. Helena saß auf dem Sofa und sah mich an. Mit dem Aufwachen ist es bei ihr genauso wie mit dem Einschlafen, im Handumdrehen wechselt sie von einem Zustand in den anderen. Ihre Haare waren nicht mal strubbelig.

«Welche Abmachung?» fragte sie.

«Ich weiß nicht, wovon du redest.»

«Du hast Travis nach irgendeiner Abmachung gefragt.»

«Das habe ich dir doch erklärt», sagte ich. «Er gibt mir etwas Zeit, um nach Deck und Laura zu suchen.»

Sie schüttelte den Kopf. «Unsinn. Das ist die eine Abmachung. Wie lautet die andere?»

«Ich habe ihn dazu überredet, den Haftbefehl wegen ein paar kleinerer Delikte gegen Deck zu vergessen», sagte ich, ihrem Blick ausweichend. «Willst du einen Kaffee?»

«Nein», sagte sie und sah mich mißtrauisch an.

«Trink lieber einen. Und dann geh unter die Dusche.»

«Warum?»

«Weil ich nach Florida fliege», sagte ich, «und möchte, daß du mitkommst.»

Wir kamen nachmittags in Jacksonville an und mieteten uns am Flughafen ein Auto. Ich fuhr quer durch die Stadt und dann über die A1A nach Cresota. Dort sah es genauso aus wie immer. Eine Gegend, in der die Zeit stehengeblieben ist: Wenn hier ein Laden den Besitzer wechselt, ist das eine Meldung in der Zeitung wert. Vor vierzig Jahren hatte man sich überlegt, wie man aus der Stadt einen Ferienort machen konnte, welche Mischung aus urigen Lokalen, gut sortierten Lebensmittelgeschäften und verträumten Gassen am besten geeignet war, Urlauber anzulocken und zum Bleiben zu bewegen. Kunsthandwerksmärkte im Sommer, Restaurants mit Terrassen, die bis in die Marsch reichen, kleine Broschüren mit Hinweisen, wie man am besten zum nächsten Einkaufszentrum kommt. Viele Leute haben von Florida die Schnauze voll: die können mir gestohlen bleiben. Ich mußte erst von dort weggehen, um zu der Erkenntnis zu gelangen, daß Gott, sollte er sich je zur Ruhe setzen, ganz gut beraten wäre, sich hier ein Strandhaus zu kaufen. Er könnte aufs Meer gucken, Krebse essen, Tennis spielen – allerdings wäre es nach allem, was ich weiß, ratsam, ihn gewinnen zu lassen.

Ich stellte den Wagen auf dem fast leeren Parkplatz vor dem Tradewinds ab. Das einzige andere Auto war das meiner Eltern. Die meisten Leute, die sich im Tradewinds einmieten, gehören zu einer Clique alter Freunde aus Gainesville: krokodilhäutige Rentner und Zahnärzte in zweiter Generation. Eigentlich ganz nette Zeitgenossen. Sie treten immer in Scharen auf, und die Ferienanlage ist zu klein und zu alt, um neue Gäste anzuziehen.

«Du kannst hier bleiben, wenn du willst», sagte ich. Das, was ich vorhatte, konnte ich erst in ein paar Stunden erledigen. Es war das beste, zuerst meine Eltern zu besuchen, ihnen zu beweisen, daß ich noch unter den Lebenden weilte, und anzudeuten, daß dies möglicherweise der letzte Besuch für längere Zeit sein würde.

Helena sah aus dem Beifahrerfenster. Sie war schon fünf- oder sechsmal in Cresota gewesen und vertrug sich ganz gut mit meinen Eltern, aber die Heimatstadt eines anderen bleibt immer ein fremdes Territorium. Ständig fragt man sich, ob es irgendwelche Sitten gibt, die man nicht kennt, und versucht, sich die guten alten Zeiten vorzustellen, die man nicht miterlebt hat.

«Wissen sie Bescheid über uns?»

«Sie wissen nur, daß wir nicht mehr verheiratet sind», sagte ich. «Die Einzelheiten habe ich ihnen erspart.» Das stimmte, aber garantiert hatten sie ihre eigenen Schlußfolgerungen gezogen. Sie wußten, wie sehr ich Helena geliebt hatte, und ihnen durfte klar sein, daß uns nur eine echte Katastrophe auseinandergebracht haben konnte.

«Wieso sind wir eigentlich hier, Hap?»

«Das erzähle ich dir später», antwortete ich und machte die Tür auf. Ein leiser Alarmton erklang träge in der Nachmittagshitze, aber keiner beachtete ihn. «Kommst du nun, oder nicht?»

Wir spazierten über den heißen Asphalt und stiegen die Treppe zum Büro hoch. Als ich die Tür öffnete, trat Helena, die hinter mir stand, einen Schritt zur Seite, um nicht gesehen zu werden. Egal, wie alt man ist, was man erreicht hat oder was man getan hat – Mütter bleiben Mütter, und sie können verdammt bissig sein.

Mom stand hinter dem Schreibtisch, summte vor sich hin und sortierte Briefe. Es gibt kaum etwas, das meine Mutter lieber tut, als fremder Leute Post zu ordentlichen Stapeln zu sortieren. An den Wänden des Büros hingen ein paar Seestücke unterschiedlicher Qualität, jeweils mit Preisangabe. Mir schauderte beim Gedanken, wie viele richtig schlechte Künstler sich mit dem Verkauf von Bildern an die Gäste im Tradewinds durchschlugen. Meine Mutter wußte genauso gut wie ich, wie wenig Talent in den meisten von ihnen steckte, aber darum ging es für sie nicht.

Sie schaute zu mir hoch, und ihr Gesicht nahm jenen Ausdruck uneingeschränkter Freude an, den man nur bei einer Frau beobachten kann, die in ihrem Gegenüber den Menschen erkennt, dessen Leben einst in ihrem Körper begann. Im letzten halben Jahr waren ihre Haare grauer geworden und sie ein bißchen dünner, aber ich empfand, was ich schon immer empfunden hatte. Nicht du bist diejenige, die sich verändert, Mutter – die Welt wird jünger, aber du bleibst dieselbe.

«Hallo, mein Junge», sagte sie. «Was für eine schöne Überraschung.»

Ich beugte mich über die Theke und gab ihr einen Kuß auf die Wange. «Was gibt's Neues?»

«Wie du siehst, kriegen wir mehr Falten. Das nimmt bei uns die meiste Zeit in Anspruch. Komm mit nach hinten – dein Vater macht gerade den Pool sauber.» Sie zog die Augenbrauen hoch und fuhr etwas lauter fort: «Und sag Helena Bescheid, daß sie herzlich willkommen ist.»

Ich drehte mich um, als Helena sich zur Tür hereindrückte. Sie sah aus wie ein zwölfjähriges Mädchen. «Hallo, Mrs. Thompson», sagte sie. Die beiden tauschten einen Blick aus. Ich weiß nicht, was er bedeuten sollte, aber mir ist auch schleierhaft, woher meine Mutter überhaupt wußte, daß Helena draußen stand. Frauen sehen die Welt mit anderen Augen, und sie kennen sich mit anderen Dingen aus. Jeder, der meint, wir lebten alle an ein und demselben Ort, sollte sich mal etwas genauer umschauen.

Meine Mutter schloß das Büro ab, und wir gingen hinters Haus, wo mein Vater damit beschäftigt war, Blätter aus dem Pool zu fischen. Wir ließen uns auf Liegestühlen nieder und tranken Limonade und lachten über die Geschichten, die ich zum besten gab.

Natürlich verschwieg ich ihnen das Wichtigste. Anders ging es nicht. Ich brachte es nicht übers Herz, ihnen zu sagen, daß ich wahrscheinlich für längere Zeit ins Gefängnis müßte. Dahinter würde ich nicht mehr zurückkönnen, und ich hielt es deshalb für besser, mir soviel Zeit als möglich damit zu lassen. Besser für mich und für sie. Ich würde ihnen schreiben, wenn es soweit war, wenn sie nichts anderes mehr tun konnten, als das Unvermeidliche zu akzeptieren. Es hat keinen Sinn, einen Schicksalsschlag vorwegzunehmen, dadurch vermiest man sich selbst bloß die Gegenwart.

Sicher, ich hätte mich der Verhaftung eine Zeitlang entziehen können. Es würde ausreichen, einfach nicht nach L. A. zurückzufahren und statt dessen wieder ständig in Bewegung zu sein. Jenes Leben wiederaufzunehmen, das ich eigentlich hatte aufgeben wollen, mit dem Unterschied, daß ich für meinen Lebensunterhalt kämpfen müßte, anstatt fürs Träumen zu kassieren. Ich könnte wieder in Kneipen arbeiten, in Motels wohnen, und in meinen Alltag würden leere Zimmer gehören, der Geruch von verschüttetem Bier und Toiletten, die zu meinem Schutz und für mein Wohlbefinden kcimfrei gehalten werden. Allmählich würde ich mich von einem jungen Herumtreiber in einen alten Herumtreiber verwandeln, und danach blieb nur noch ein langer, staubiger Weg zur ewigen Finsternis. Die Aussicht fand ich unerträglich. Ich glaubte nicht, dazu noch mal fähig zu sein, die

Kraft aufbringen zu können, so zu tun, als würde ich nicht ertrinken, sondern winken. Seit ich Helena wiedergesehen hatte, war das keine Alternative mehr. Die Frage, die ich mir häufig gestellt hatte, war beantwortet: Ja – ich hatte das, was ich mir wünschte, einmal in Händen gehalten und es dann verloren. Ich war schon einmal im Leben um die richtige Ecke gebogen und hatte mich dann verirrt. Jetzt fühlte ich mich wie jemand, der sich bei einem Saufgelage nicht schnell genug betrunken hat. Die Luft ist raus, man ist erschöpft und trübsinnig, und Schlaf erscheint einem als die einzige Erlösung.

Weder meine Mutter noch mein Vater fragte, warum Helena eigentlich mitgekommen war. Sie saß ein Stück von mir entfernt, nickte ab und zu, während sie meinem Vater zuhörte, der ihr erklärte, was die fünf häufigsten Fehlerquellen bei Klimaanlagen waren, welche Ursachen sie hatten und wie man sie am besten reparierte. Wir saßen zusammen wie eine Familie, im Garten einer alten Ferienanlage, die immer mein Zuhause gewesen war, umgeben vom Sirren der Sprinkleranlage und vom Rauschen des Meeres hinter den Dünen. Es kam mir so vor, als hätte ich dieses Leben schon immer geführt und als würde jede zukünftige Inkarnation meiner selbst nach diesem Ort suchen, als sei dies der Ort, an dem ich für immer bleiben sollte. Hier, oder in der Nähe. In der Nähe von zu Hause.

Es kühlte sich allmählich ab, und der Himmel bezog sich mit abendlichen Wolken. Und dann, genau zum richtigen Zeitpunkt, bat mein Vater Helena, sich etwas mit ihm anzusehen, vermutlich die Sicherungskästen – sein ganzer Stolz –, und meine Mutter und ich blieben allein zurück. Wir schwiegen eine Weile, betrachteten die schimmernde Wasseroberfläche des Swimmingpools. Sturmwolken bauten sich über dem Intracoastal Waterway auf und sorgten für ein klares, sonderbares Licht.

«Ma», sagte ich schließlich, «ist mir eigentlich jemals etwas Ungewöhnliches zugestoßen, als ich klein war?»

Sie legte die Hände in den Schoß. «Was meinst du damit?»

«Ich meine, als ich ungefähr acht Jahre alt war.»

«Ich kann mich nicht erinnern», sagte sie. Mein Herz schlug schneller, denn ich wußte, daß sie log.

«Es war an einem Sonntagabend. Du hast im Oasis gearbeitet, und dann bist du nach Hause gekommen, und Dad war schon schlafen gegangen, und wir beide haben uns einen Film angesehen.»

«Klingt wie ein x-beliebiger Sonntagabend.»

«Ich rede von einem ganz bestimmten.»

«Das ist so lange her, mein Schatz.»

«Dads einundzwanzigster Geburtstag ist auch lange her, und erzähl mir nicht, daß du dich an den nicht erinnerst. Bei allem, was mit uns zu tun hat, bist du ein wandelndes Lexikon.»

Sie lachte und versuchte, das Thema zu wechseln. Ich ließ nicht locker.

«Mom, das kommt wirklich nicht oft vor, aber momentan bin ich ziemlich aus dem Takt. Diese Sache ist sehr wichtig für mich. Du weißt, wovon ich rede, und ich bitte dich, mir zu erzählen, was an diesem Tag vorgefallen ist.»

Sie wandte den Blick ab, die Lippen zusammengepreßt. Es folgte eine lange Pause.

Dann sagte sie: «Was glaubst du denn, was passiert ist?»

«Ich weiß es nicht», antwortete ich. «Ich kann mich nicht erinnern.»

Sie sah mir in die Augen. «Ich habe mich immer gefragt, ob du wohl eines Tages darauf zu sprechen kommen würdest. Ich hatte eigentlich nicht damit gerechnet. Ab und zu erinnere ich mich daran, und dann frage ich mich jedesmal, ob es dir genauso geht.»

«Ich hatte es lange Zeit vergessen», sagte ich. «Erst gestern ist es mir wieder eingefallen.»

«Dein Vater weiß nichts davon», ergänzte sie rasch. «Ich fand es besser, ihm nichts darüber zu sagen. Du weißt ja, wie er ist. Er hätte sich nur aufgeregt.»

«Worüber?» fragte ich leise nach.

Wieder eine Pause. Dann sagte sie: «Ich bin spät nach Hause gekommen. Studenten von der Universität Gainesville hatten bei uns eine Party gefeiert und sich ziemlich danebenbenommen, zum Beispiel Hamburger bestellt, um sich gegenseitig damit zu bewerfen. Jed bat mich noch, ihm beim Saubermachen zu helfen, bevor ich Feierabend machte. Das habe ich getan, und dann bin ich nach Hause gegangen.»

Sie brach ab. Es quälte mich zu sehen, daß sie den Tränen nahe war. «Ma», sagte ich, «es ist alles gut. Was immer auch passiert ist, es hat mir nicht allzu sehr geschadet. Es ist etwas aus mir geworden, oder etwa nicht? He – guck dir meine Jacke an. Die war nicht gerade billig.»

«Sie ist sehr schick», sagte sie mit einem leisen Lächeln. «Aber warum mußt du immer Schwarz tragen?»

Ich zog die Stirn kraus. «Ma …»

«Du warst auf dem Parkplatz», sprudelte es plötzlich aus ihr hervor. «Hinter den großen alten Müllcontainern. Ich hätte dich gar nicht gesehen, wenn mir nicht eingefallen wäre, daß sie am Montagmorgen geleert werden, und ich mich nicht gefragt hätte, ob Dad unseren Müll schon rausgetragen hat. Ich sah hinüber und entdeckte etwas, und dann wurde mir klar, daß es ein Fuß war, der da hervorlugte. Ich lief hin, schaute nach, und da lagst du.»

«Und was habe ich gemacht?»

«Du hast geschlafen. Aber deine Augen standen offen. Du lagst zusammengerollt wie ein Ball da, die Arme eng um die Brust geschlungen. Deine Knie waren zerschrammt, als wärst du hingefallen, und dein Hemd war falsch zugeknöpft. Es herrschte Totenstille, und ich fürchtete mich. Ich wollte schreien, aber ich konnte einfach nicht. Ich hatte viel zu große Angst. Ich berührte dein Gesicht, es war heiß, aber ganz bleich, und ich dachte, du hast vielleicht irgendeinen Anfall oder so, und ich wußte nicht, was ich machen sollte. Dann hast du dich bewegt. Du machtest die Augen zu und schlugst sie gleich wieder auf, und dein Gesicht bekam wieder Farbe, aber du sahst immer noch seltsam aus. Ich fragte dich immer wieder, was los sei, aber du wolltest mir nichts sagen, hast ständig nur langsam deine Arme und Beine bewegt, so als müßtest du dich daran erinnern, wie man das macht. Ein paar Minuten später hast du dich aufgerichtet und mich gefragt, warum ich weine.»

«Und ich hatte keine Ahnung, wie ich da hingekommen war?»

«Ich habe dich auf dem Weg in die Wohnung mit Fragen gelöchert, aber du sahst immer noch ganz entrückt aus, und du hast nur gesagt, daß du Durst hast. Ich machte uns die Tür auf, dein Vater schlief schon, und du bist schnurstracks in die Küche gegangen und hast einen ganzen Krug Koolaid in dich hineingeschüttet, die Sorte, die du immer gern getrunken hast.»

«Ich weiß noch», sagte ich. «Tropenfrucht.»

Sie schüttelte den Kopf. «Ich wollte noch mehr Koolaid anrühren, immer noch völlig außer mir, weil ich nicht wußte, was mit dir los war, aber da drehte ich mich um und sah, daß du ins Wohnzimmer gegangen warst und dich vor den Fernseher gesetzt hattest, so als wäre nichts gewesen. Ich ging dir nach und setzte mich zu dir, und dann haben wir einen Film zusammen gesehen, und nach kurzer Zeit war es, als wärst du wieder ganz da, wieder mein Kind. An dem Abend wollte ich nicht mehr darüber reden.»

«Habe ich dir nie erzählt, was genau passiert ist?»

«Ich habe nicht mehr danach gefragt, Hap. Ich machte mir Sorgen, was wohl gewesen sein mochte. Ob dir vielleicht irgendein böser Mann etwas Schlimmes angetan hatte und das, was passiert war, so schrecklich gewesen war, daß du nicht daran erinnert werden wolltest. Ich behielt dich wochenlang genau im Auge, aber du kamst mir nicht verstört vor, du warst ganz der alte, du hast dich nur geweigert, Koolaid Tropenfrucht zu trinken. Wir sind dann auf Traubensaft umgestiegen, und das war dir recht, und daher habe ich die Sache auf sich beruhen lassen. Es tut mir leid, Hap.»

«Das macht nichts, Ma. Wirklich nicht.»

«Bestimmt nicht? Kannst du dich denn jetzt daran erinnern, was passiert ist?» Sie rang die Hände, und ich legte meine Hand auf ihre.

«Nein, aber wenigstens weiß ich jetzt sicher, daß da etwas war. Aber es ist nicht das, was du befürchtet hast. Ich muß nur einige Puzzlestücke zusammenfügen.»

«Du hast Probleme, stimmt's?»

«Ja», gestand ich ihr dankbar. «Wie kommst du darauf? Mütterlicher Instinkt?»

«Vielleicht», sagte sie. «Also mach dich nicht über mich lustig. Außerdem habe ich vor ein paar Tagen mit deiner Großmutter gesprochen. Sie sagte mir, ihr sei da so ein Gerücht zu Ohren gekommen. Sie wollte nicht damit rausrücken, was es war, und hat nur Andeutungen gemacht. Du weißt ja, wie sie ist.»

«Immer noch ein offenes Ohr für Tratsch», sagte ich.

«Sie hat sonst nichts anderes zu tun, da, wo sie ist.» Soweit ich weiß, ist meine Mutter noch nie im Net gewesen. Und ich nehme auch nicht an, daß sie jetzt noch damit anfängt. Sie stellt es sich so vor, wie manche sich früher den Himmel vorgestellt haben, beziehungsweise die Hölle. «Also schaut sie ein bißchen nach uns. Du solltest ihr mal einen Besuch abstatten.»

«Versprochen», sagte ich, und ich meinte es ehrlich. Wie immer. So wie man sich vornimmt, jemanden im Krankenhaus zu besuchen, der langsam vor sich hinsiecht, und man dann doch nie dazu kommt, bis derjenige tot ist und es nichts mehr zu besuchen gibt außer einem leeren Bett.

«Ich frage dich lieber nicht, was das für Probleme sind», sagte sie. «Du hättest es uns gesagt, wenn du gewollt hättest. Aber ich spüre, daß du welche hast, so wie ich spüre, daß du jetzt furchtbar gerne rauchen würdest, aber du rauchst nicht in meiner Gegenwart, weil du weißt, daß ich das nicht mag.» Ich lachte, und wir schauten auf und sahen, daß mein Vater wieder auf dem Weg hinunter zum Swimmingpool war, Helena ging ein paar Schritte hinter ihm.

Meine Mutter musterte mich ernst. «Ist sie darin verwikkelt?»

«Nicht direkt», sagte ich.

«Was macht sie dann hier?»

«Wir sind uns zufällig begegnet», sagte ich. «Ich habe sie mitgenommen.»

Ihre Miene wurde noch ernster. «Seid ihr wieder ein Paar?»

Ich schüttelte den Kopf. «Nein. Sie hat einen anderen Freund.»

«Schade», stellte meine Mutter fest. «Sie war die Richtige für dich.»

Wir hockten noch eine Weile zu viert zusammen, aber der Himmel verdunkelte sich an den Rändern, und für uns wurde es Zeit zum Aufbruch. Wir gingen durchs Büro zurück ins Haus, und ich half meinem Vater noch bei einem Computerproblem, wonach ich mich etwas besser fühlte, weil ich mich in dem Glauben wiegen konnte, etwas zurückzuzahlen, statt einen Vorschuß einzustreichen. Die Aussichten auf einen Vorschuß sahen momentan nicht gut aus, es sei denn, man rechnete die Montage von Produkten für multinationale Konzerne in einer Gefängnisfabrik mit ein.

Ich betrachtete noch mal die Gemälde an der Wand, und statt Unmut empfand ich fast so etwas wie Stolz. Wenn ihr die Welt auf diese Weise seht, dachte ich – all die ganzen Pastellfarben, die weiße Gischt, die kreisenden Seevögel – wie schön für euch.

Möget ihr noch lange durch dieses Fenster auf die Welt blicken. Wenn nur alle Fenster diese Aussicht böten.

Wir gingen durch die Fliegengittertür hinaus, auf den Parkplatz, wo der abgestellte Wagen einsam herumstand und mir zuzuraunen schien: «Die wirkliche Welt wartet auf dich, mein Freund, und sie ist zäher als du.» Ich klopfte Dad auf die Schulter, und er gab Helena einen Kuß auf die Wange. Meine Mutter umarmte mich fest, und ich zögerte erst, dann umarmte ich sie auch. Wir sind eigentlich nicht besonders gefühlsbetont in unserer Familie. Wir tun so etwas normalerweise nicht. Meine Mutter hielt für einen Moment meinen Kopf zwischen ihren Händen, ich ließ sie gewähren, und bevor sie sich von mir löste und ich mich wieder dem widmen konnte, was ich zu tun hatte, flüsterte sie mir etwas ins Ohr.

«Egal, was sie dir erzählt hat», sagte sie, «sie hat keinen Freund.»

Dann gingen wir auseinander, und als ich mich zu ihr umdrehte, verabschiedete sie sich von Helena, und ich konnte sie nicht mehr fragen, wie sie darauf kam.

Der Unterricht war längst aus, als ich den Wagen vor dem Schulhof abstellte, und es waren auch keine Nachzügler zu sehen, die darauf warteten, abgeholt zu werden. Ich stellte mich vor den Zaun und schaute hinüber zu den Bäumen auf der anderen Seite. Ich fragte mich, ob man dort noch schwarze Ritter finden konnte, ob überhaupt noch jemand nach ihnen suchte. Ich habe als Kind nie einen gefunden. Sie sind mir immer entwischt, ganz gleich, wie lange ich oben im Baum auf einem Ast gesessen und so getan hatte, als sei ich ein großes, erstaunlich ungrünes Büschel Blätter. Earl hatte seinen letztendlich fliegen lassen. Eines Tages beschlossen wir einfach, den Deckel zu öffnen. Er kroch erst noch ein Weilchen in seinem Behältnis herum, ganz offensichtlich ahnungslos, wie groß seine Welt plötzlich geworden war – dann schwang er sich unbeholfen in die Lüfte und flatterte weg.

«Und was jetzt?» fragte Helena. Sie hatte während der kurzen Fahrt vom Tradewinds bis hierher geschwiegen. Vielleicht grübelte sie über den Tip meines Vaters nach, was man am besten gegen Ameisen unternahm.

«Wir gehen einmal um die Schule rum.»

«Hap, ich mag Ausflüge in die Vergangenheit wie jeder andere, aber ich frage mich, ob jetzt der richtige Zeitpunkt dafür ist.»

«Ja», sagte ich. «Verlaß dich drauf, es ist der richtige Zeitpunkt. Und Ausflug in die Vergangenheit ist genau das richtige Wort. Also komm.»

«Was meinst du damit?»

«Ich bin mir nicht ganz sicher.» Ich hatte eine vage Vorstellung, und sie nahm in meinem Kopf allmählich Gestalt an. Aber ich war noch nicht soweit, sie in Worte fassen zu können, geschweige denn, jemand anderem davon zu erzählen. «Vertrau mir.»

Wir gingen los. Ich hatte keine Ahnung, ob es funktionieren würde, ich wußte nur, daß ich es ausprobieren mußte, mehr konnte ich nicht tun. Vielleicht wäre es sinnvoller gewesen, es allein zu versuchen, es ganz genau zu wiederholen, aber ich glaubte, jemanden bei mir haben zu müssen, um es real werden zu lassen. Bis zu einem gewissen Grad lebt unsere Vergangenheit in uns weiter: damit sie Gestalt annimmt, brauchen wir den Blick der anderen. Das Licht war genau richtig, und es herrschte die gleiche Jahreszeit. Wir gingen um die Schule herum, so wie ich es vor fünfundzwanzig Jahren gemacht hatte, und ich erzählte Helena, an was ich mich erinnern konnte.

Als wir das zweitemal abbogen, gingen die Straßenlaternen an, und mich schauderte. Ich fühlte mich plötzlich jünger, so als gingen wir in der Zeit zurück, und Helena würde an irgendeiner

Stelle verschwinden, um den kleinen Jungen in kurzen Hosen allein zurückzulassen. Mir war bewußt, wieviel größer ich heute war, wieviel Gewicht ich zugelegt hatte, wie viele Narben ich hatte. Alles, was ich getan hatte, kam mir vor wie Hüllen um ein früheres Ich, wie Moos, das sich um einen Stein herum angesetzt hatte und jetzt allmählich aufhörte zu wachsen. Ich blieb einen Augenblick lang stehen, bevor wir auf die lange, finstere Gerade abbogen, und starrte auf die Laterne am hinteren Ende.

Helena wartete. Sie wußte, daß nichts, was sie sagen oder tun konnte, mir helfen würde. Zunächst tat sich nichts in mir, als wir die Strecke entlanggingen, auch nicht, als wir stehenblieben, um in die Bäume zu schauen, die jetzt näher waren, nur zwanzig Meter von der Ecke entfernt.

Erst als wir unter der Laterne hergingen, fühlte ich etwas wie eine Verdickung in meinem Kopf. Die Empfindung war flüchtig und entglitt mir wie ein Fisch, als ich versuchte, mich auf sie zu konzentrieren. Verschleiß setzt ein, wenn man sich einer Erinnerung allzu häufig bedient, als würde man eine Metallplatte so lange schmirgeln, bis sie durchscheint. Jeder Versuch, sie wieder zu fassen zu kriegen, macht alles nur noch schlimmer. Man muß sich ihr aus einem neuen Winkel nähern, sie von der Seite betrachten, um das Beste aus dem zu machen, was noch übriggeblieben ist. Ich bemühte mich, aber ich bekam sie nicht zu fassen, und ich schaute achselzuckend zu Helena hinüber.

Dann platzte es auf einmal aus dem Nichts hervor, wie glänzender Chrom an den aufgeschrammten Stellen eines Autos, das einen Zusammenstoß hatte.

Ich hatte mich umgedreht und den Mann im Lichtschein der Laterne gesehen. Ich fing an zu laufen, blieb dann aber stehen, weil ich wußte, daß ich ihm nicht entkommen konnte. Rückblickend erscheint es mir seltsam, daß ich diesen Gedanken hatte. Ich war als Kind ein guter Läufer, konnte über Zäune springen und Haken schlagen wie ein Hase. Plötzlich war er näher gekommen, aber die Schritte, die ich vernahm, waren nicht seine, es waren meine, so wie der Widerhall von etwas noch nicht Geschehenem, als präsentierten sich die Dinge in der falschen Reihenfolge, als würden die Kausalzusammenhänge aufgehoben.

Dann stand er auf einmal neben mir, ungefähr einen Meter entfernt, und schaute auf mich herab. Zum ersten Mal sah ich sein Gesicht, es war nicht unsympathisch, aber auch kein Durchschnittsgesicht. «Schnell», sagte er. «Komm.»

Von der anderen Straßenseite, wo ein silberfarbenes Auto parkte, sah ich sechs Männer herüberkommen. Sie waren alle identisch angezogen und gingen im Gleichschritt, und irgendwie sahen sie nicht normal aus. Sie kamen mir nicht böse vor, das nicht, aber ich wußte, mit wem ich lieber ging.

Der Mann packte mich am Arm, und ich ließ mich den Gehsteig entlangzerren, schaute zurück zu den anderen Männern und fragte mich, warum sie nicht rannten. Sie hätten uns einholen können, wenn sie gewollt hätten, aber anscheinend wurden sie langsamer, obwohl sich ihre Bewegungen nicht veränderten.

Um nicht zu stolpern, mußte ich mich wieder umdrehen, und dann geschah etwas höchst Seltsames. Die Straße glitzerte, so als habe jemand unzählige winzige Lichtpunkte in den Ritzen des Asphalts angeknipst, und auch am Himmel schienen eigenartig geformte Lichter auf, die sich bewegten. Vor uns auf dem Gehsteig waren jetzt zwei Personen zu erkennen, die nur dastanden, als warteten sie darauf, daß wir an ihnen vorbeigingen. Sie rührten sich nicht, aber ihre gebeugten Gestalten kamen mir bekannt vor. Dann wurde mir bewußt, wer die beiden waren.

Es waren meine Großeltern väterlicherseits, die schon tot waren. Als wir näher kamen, begannen sie, sich zu bewegen, wie ein Film, der sich nach einer Unterbrechung wieder in Bewegung setzt. Großmutter lächelte, und Großvater streckte mir die Hand entgegen. Ich erkannte die Haare auf seinem Handrücken, die

Anordnung der Leberflecken, und ich schaute hoch in sein Adlergesicht, sah die wenigen, nach hinten gekämmten grauen Haare.

Selbst in meinem damaligen Alter war mir klar, daß es sich nicht um Trugbilder handelte. Die beiden standen leibhaftig vor mir. Ich hatte nicht die geringste Angst. Wenn mir das gleiche heutzutage passieren würde, wäre das wahrscheinlich anders. «Cool», dachte ich, «jetzt kann ich Dad erzählen, daß es ihnen gutgeht.» Dann waren wir auch schon an ihnen vorbei, und alles wurde weiß. Die Welt wurde ausgeknipst wie eine Lampe, und ich war sonstwo. Nicht, daß ich mich an das, was passierte, nicht erinnern konnte, es war vielmehr so, als existierte es einfach nicht. Es war verschwunden, es war anders, es war sonstwo. An diesem Punkt hörte die Erinnerung endgültig auf.

Während sie verblaßte, setzte eine Art Kamerafahrt ein, über Grünspan und Eis, wie etwas, an dem ich auf meinem Rückweg zum heutigen Tag vorbeigekommen war. Ich hörte eine Stimme, es war Deck. Er redete leise, in beruhigendem Tonfall. Einen Moment lang hatte ich Angst, war nervös, und ich wollte eine Kim rauchen. Vor allem aber wollte ich, daß jemand kommt und uns entweder tötet oder befreit.

Dann stand ich wieder an der Ecke des Schulhofs, ein Stück neben der Laterne. Ich blinzelte, ich zitterte, und ich merkte, daß ich wieder in der Wirklichkeit angekommen war, in meiner Gegenwart.

Und daß wir nicht alleine waren.

Helena war zwei Meter neben mir und hatte ihre Pistole auf einen Mann gerichtet, der im Schein der Laterne stand. Jetzt erkannte ich ihn endlich wieder. Er sah genauso aus wie damals, und wie der Mann im Diner, und wie der Mann in Hammonds Arbeitszimmer. Er stand ganz ruhig da, gelassen, ohne Angst, allem entrückt.

«Es ist gut, Helena», sagte ich. «Er ist einer von uns.»

FÜNFZEHN

Sie haben versucht zurückzukehren», sagte der Mann.

«Nein. Ich habe versucht, mich zu erinnern.»

«Das ist dasselbe», sagte er.

«Wo sind meine Freunde?»

«Sie sind dort. Sie erinnern sich an sie, nicht wahr?»

«Was muß ich tun, damit sie wiederkommen?»

Der Mann zuckte die Achseln. «Sie sollten nach L. A. zurückkehren. Vielleicht kann ich Ihnen helfen, vielleicht auch nicht. Die anderen sind in der Überzahl.»

«Aber Sie sind mächtiger, stimmt's?»

«So sagt man. Aber ich kann mich nicht immer durchsetzen.»

Helena, die weiterhin auf den Mann zielte, drehte sich zu mir um: «Hättest du die Güte, mir den Mann vorzustellen? Deine Umgangsformen ließen schon immer zu wünschen übrig.»

«Entschuldigung», sagte ich. «Helena, dieser Mann ist ein Alien.»

«Vielen Dank», sagte sie und wandte sich ihm wieder zu. «Okay, Sie Alien-Arschloch, tun Sie Ihre Hände gefälligst irgendwohin, wo ich sie genau sehen kann.»

Der Mann zog eine Augenbraue hoch, nahm aber langsam die Hände aus den Taschen und streckte sie in die Höhe. «Fühlen Sie sich jetzt sicherer?»

«Nicht so überheblich, sonst knall ich Sie ab.»

«Helena», sagte ich beschwichtigend. «Ich glaube, das ist nicht die richtige Methode.»

Sie stampfte mit dem Fuß auf. «Er ist wie aus dem Nichts aufgetaucht, Hap. Du weißt doch, daß ich so was nicht leiden kann.»

«Du irrst dich. Er stammt aus meiner Erinnerung.»

«Erinnerungen gibt es nur in den Köpfen der Menschen, Hap. Es sind bloß schwache elektrische Funken in einer glibberigen Masse.»

Ich schüttelte den Kopf. «So funktioniert das nicht.» Ich schaute den Mann an. «Hab ich recht?»

«Allerdings», sagte er.

«Warum kann ich mich dann nicht erinnern, daß ich dort gewesen bin? Warum kann sich keiner nach der Rückkehr daran erinnern?»

«Es ist unmöglich. Es ist, als wolle man mit einem schwarzen Stift auf schwarzem Papier schreiben.»

«Wow, echt klasse. Sehr geistreich», schnaubte Helena. «Was soll ich machen, Hap?»

«Nimm die Pistole runter», sagte ich. «Die würde dir auch kaum etwas nützen. Er ist in Wirklichkeit gar nicht richtig hier.»

«Hap, hat deine Mutter dir irgendwas in die Limonade getan?»

«Hören Sie ihm doch mal zu», sagte der Mann. «Er hat recht, und früher oder später wird er schon begreifen, wovon er redet.»

«Sein Sie gefälligst auch ihm gegenüber nicht so überheblich», fauchte Helena ihn an. «Das steht nur mir zu.»

Ich stellte mich dicht neben sie, und sie senkte langsam die Pistole. Man mußte sie schon so gut kennen wie ich, um mitzubekommen, daß sie große Angst hatte.

«Wieso kann ich Decks Stimme hören», fragte ich, «obwohl ich nicht zu ihm kann?»

«Besondere Umstände», sagte er. «Liegt an dem, was Sie im

Kopf herumtragen. So etwas ist noch nie dagewesen. Eine echte Premiere.»

Das ergab für mich keinen Sinn, aber ich hakte trotzdem nach. «Was war so besonders an Hammond?»

«Man hatte Pläne mit ihm. Laura hat sie zunichte gemacht.»

«Was für Pläne?»

«Sie würden mir nicht glauben, wenn ich es Ihnen erzählte.»

«Versuchen Sie's doch mal. Ich bin ziemlich leichtgläubig.»

«Seien Sie einfach dankbar, daß aus den Plänen nichts geworden ist. Er war nicht der Richtige.»

«Wofür? Bereitet ihr Kerle eine Invasion vor?»

«Warum sollten wir das tun?»

«Warum entführen Sie Menschen? Was bringt das, außer daß die Leute eine Heidenangst kriegen?»

Er zuckte die Achseln. «Nichts. Es ist ein Spiel. Eins, bei dem ich nicht mehr mitspiele.»

«Gratuliere! Und außerdem ist es gelogen: Sie haben mich entführt.»

«Das ist viele Jahre her. Und haben Sie dabei sehr gelitten?»

«Ich kann mich nicht daran erinnern.»

Der Mann sprach nun schnell und eindringlich: «Und Sie werden sich auch in Zukunft nicht daran erinnern, Mr. Thompson. So ist das nun mal, und das läßt sich auch nicht ändern. Es liegt nicht in meiner Hand. Also finden Sie sich damit ab. Sie werden es noch früh genug begreifen, aber dann sind Sie tot, und das Wissen wird Ihnen nicht mehr viel nützen.»

«Ist das eine Drohung?»

«Natürlich nicht. Ich will nicht, daß Sie sterben. Ich habe ein persönliches Interesse an Ihnen. Wir sind uns begegnet, als Sie jung waren und die Chance hatten zu begreifen. Ich kann Ihnen dabei nicht helfen. Wenn man die Wahrheit erzählt, wird sie zur Lüge, weil sie durch zu viele Filter geht. Man sieht durch den Schleier, indem man darauf wartet, daß der Wind ihn anhebt, und nicht, indem man ihn beschreibt. Das versuchen die anderen, und ich kann es nicht hinnehmen. Das macht alles nur noch schlimmer.»

Helena drehte sich zu mir um und klatschte in die Hände. «O prima, eine Vorlesung. Schreibst du auch fleißig mit?»

Ich ignorierte sie. «Bei unserem Zusammentreffen in Hammonds Haus kannten Sie Travis' Namen. Also wissen Sie, was wirklich mit Hammond passiert ist, und Sie wissen ebenfalls, daß ich wahrscheinlich dafür eingelocht werde.»

«Mir sind die Hände gebunden», sagte der Mann. «Ich komme nicht direkt von hier. Sie müssen sich selbst darum kümmern. Und, wenn ich Ihnen einen guten Rat geben darf, fangen Sie bald damit an. Am besten sofort.»

Plötzlich hörte ich das Quietschen von Autoreifen. Ich schaute mich schnell nach unserem Leihwagen um und sah einen roten Lexus darauf zu rasen. Der Wagen hielt an, und zwei Männer sprangen heraus. Selbst aus dieser Entfernung konnte ich erkennen, daß es sich um Erdbewohner handelte, und daß sie garantiert bewaffnet waren. Die Männer spähten in unser Auto, sahen, daß es leer war, schauten dann hoch und entdeckten uns.

Als ich mich Helena zuwandte, hatte sie bereits eine zweite Pistole gezückt und hielt jetzt in jeder Hand eine. Der Alien war weg.

«Wo ist er hin?» fragte ich perplex. Mir war noch ganz schwindelig von meinem Bemühen, mir einen Reim darauf zu machen, was der Mann gesagt hatte, und auch vom schwachen und unergiebigen Gefühl der Erleichterung, weil endlich jemand, der zumindest über eine gewisse Autorität verfügte, wußte, daß ich nicht Ray Hammonds Mörder war.

«Einfach verschwunden», sagte sie. «So ein Arschloch.»

Gemeinsam beobachteten wir, wie die beiden Männer, die inzwischen Waffen aus ihren Schulterhalftern gezogen hatten, näher kamen. Sie entsprachen dem Standardmodell des Schlägertypen: die Schultern zeugten vom vielen Bodybuilding vor etlichen Jahren, die Bäuche vom vielen Bier in letzter Zeit.

«Was meinst du?» fragte ich Helena, als ich meine Pistole zückte und ein neues Magazin hineinstieß. «Können wir die Situation mit einer höflichen Unterhaltung bereinigen?»

Die erste Kugel flog zischend an uns vorbei.

«Das bezweifle ich», sagte sie und erwiderte das Feuer.

Anfangs hielten die Männer die Stellung, da sie offenbar glaubten, sie hätten es mit zwei Amateuren zu tun statt, wie in Wahrheit, nur mit einem. Die meisten Leute schießen eher daneben, vor allem aus einer Entfernung von zwanzig Metern. Helena nicht. Helena trifft genau, selbst wenn man ihr die Augen verbindet und sie anlügt, was den Standort des Ziels betrifft.

Das wurde sehr schnell deutlich, und die Männer stoben in verschiedene Richtungen auseinander, wie eine Welle, die auf schroffe Felsen trifft. Einer kletterte über den Zaun auf den Schulhof. Der andere lief hinter ein Auto.

Helena feuerte weiter, als wir ebenfalls hinter einem Auto in Deckung gingen. «Dieser dämliche Freund vor dir, der ist eine echte Hilfe», murmelte sie, während wir in geduckter Haltung nachluden.

Ich schaute um den Kotflügel herum: Der eine der beiden Kerle kroch hinter seinem Auto hervor und versuchte, sich anzuschleichen. «Er hat mir den Code für Hammonds Aufzeichnungen gegeben», sagte ich und drückte ab. Sofort ging der Mann wieder in Deckung.

«Und warum hat er das getan? Was geht ihn das alles an?» Mit einem krachenden Splittern ging die Rückscheibe des Wagens zu Bruch. Helena drehte sich um und schoß zweimal in Richtung Zaun.

«Ich weiß es nicht», erwiderte ich.

«Und wer sind diese beiden Typen?»

«Weiß ich auch nicht», sagte ich. «Warum finden wir's nicht einfach raus?»

Sie zwinkerte mir zu: «Du übernimmst den Typen hinter dem Wagen.» Wir warteten vier weitere Schüsse ab und hörten dann zweimal ein trockenes Klicken. «Also los.»

Wir sprangen auf und scherten hinter dem Wagen nach verschiedenen Seiten aus, indem wir ununterbrochen weiterfeuerten. Schießend stürmte ich vorwärts: Vom Schulhof drang ein Schrei herüber, und ich sah, wie Helena ansetzte, um über den Zaun zu flanken. Ich stellte für einen Moment das Feuer ein und zielte ins Leere, etwa fünfzehn Zentimeter über den Kofferraum des anderen Autos. Ich vermutete, der Kerl würde eine Sekunde warten, glauben, daß ich neu lud, und sich zeigen. Ich lag falsch. Der Typ hatte offenbar genug. Er sprang plötzlich auf und rannte so schnell er konnte weg. Ich lief ihm hinterher, aber sein Vorsprung war so groß, daß ich ihn nicht mehr einholen konnte, bevor er seinen Wagen erreichte.

Ich zielte sorgfältig und schoß ihm in den Oberschenkel. Durch die Wucht des Treffers wirbelte sein Bein herum, woraufhin er eine komplizierte, ballettartige Drehung vollführte, die damit endete, daß er gegen den Zaun knallte.

Er schaffte es, seine Pistole festzuhalten, und versuchte herumzurollen, um in Schußposition zu kommen, aber ich stand bereits über ihm. «Nur zu», sagte ich. «Genausogut könnte ich dir allerdings dein Hirn wegpusten. Ich weiß nicht, wieviel man dir bezahlt, es müßte aber schon verdammt viel sein.»

«Wichser», sagte er und versuchte mühsam, die Waffe auf mich gerichtet zu halten. Ich trat ihm schwungvoll gegen die Hand, landete einen Volltreffer, und die Pistole schlitterte quer über die Straße. Sollte ich je einen Sohn haben, werde ich ihm raten, gezielte Fußtritte zu üben. Die kann man oft gut gebrauchen.

«Was hältst du davon, wenn wir erst mal abwarten, was aus

deinem Kollegen geworden ist?» sagte ich. «Könnte vielleicht deine nächsten Antworten beeinflussen.» Mit einem Fuß stand ich auf seiner Hand und wartete auf Helena, die gerade zu uns herübergeschlendert kam.

«Er ist tot», sagte sie reumütig. «Tut mir leid.»

«Hast du gehört?» sagte ich zu dem Typen am Boden. Die Schmerzen in seinem Bein machten ihm offensichtlich arg zu schaffen. «Glück gehabt, daß du an mich geraten bist. Hätte genausogut auch andersrum sein können.»

«Fick dich doch ins Knie.»

«Bezaubernd», sagte Helena.

«Wer hat euch geschickt?» fragte ich.

«Fick dich doch selbst.»

«Der ist wirklich ungezogen, findest du nicht auch?» sagte Helena.

Ohne meinen Fuß zu bewegen, bückte ich mich und durchsuchte seine Jackentaschen. Eine Brieftasche. Kein Führerschein, dafür aber ein Firmenausweis. R.E.M.-Sicherheitsdienst.

Plötzlich hatte ich die Schnauze voll von Stratten, von waffenschwingenden Aliens und was sonst noch so herumlief.

«Wie habt ihr mich gefunden?» fragte ich und trat ihm in den Magen. «Wie?»

Helena berührte mich beschwichtigend mit einer Hand. Ich schüttelte sie ab, während sich mein Blick vor Wut verfinsterte. Ich trat dem Typen gegen das Bein, dann packte ich ihn an der Jacke, zog ihn vom Boden hoch und brüllte ihm direkt ins Gesicht. *«Wie habt ihr mich hier gefunden, verdammt noch mal?»*

Er spuckte mich an und grinste. Ich hielt ihn mit einer Hand fest und schlug ihm mit der anderen ins Gesicht. «Du wirst es mir erzählen», sagte ich, nur Zentimeter von ihm entfernt. «Und wenn du meinen Eltern was angetan hast, dann sind das deine letzten Worte.»

«Diesmal waren wir auf ihre Hilfe nicht angewiesen.» Der

Typ lächelte. Blut tropfte ihm aus der Nase. «Viele Leute wollen dich kaltmachen. Aber beim nächsten Mal ... wir wissen ja, wo deine Alten wohnen.»

Ich ließ ihn zurück auf den Boden fallen und zückte meine Pistole. «Nicht, Hap», sagte Helena beschwörend. «Tu's nicht.»

«Richte Stratten etwas aus», sagte ich zu dem Typen und warf ihm seinen Sicherheitsausweis auf die Brust. «Eine ganz simple Nachricht. Ich habe es *absolut und total* satt, gejagt, beschossen und auf jede nur erdenkliche Art verarscht zu werden. Entweder er läßt mich in Ruhe, oder ich lege ihn um.»

In der Ferne heulten Polizeisirenen auf und kamen näher. Vermutlich hören die Leute in Cresota Beach nicht allzu oft einen Schußwechsel. In L. A. hätten die Anwohner in so einem Fall bloß den Fernseher lauter gestellt.

«Ich sag dem Boss nur eins, nämlich, daß ich dich so lange mit Kugeln durchlöchern werde, bis nichts mehr von dir übrig ist», erwiderte der Mann ganz leise und ernst. «Und deine Eltern erledige ich gratis.»

«Keine gute Antwort», sagte ich und schoß ihm in den Kopf.

Sobald wir auf der A1A waren, rief ich meinen Vater an. Dad nahm die Nachricht gefaßt auf – entweder hatte Mom ihm alles erzählt, oder er hatte es sich selbst zusammengereimt und seine Meinung wie üblich für sich behalten. Väter sind auch sonderbar. Sie ticken auf geheimnisvolle Weise. Man glaubt, der eigene Vater hat keinen blassen Schimmer, was los ist, und wenn man dann eines Tages stolpert, steht er bereit und fängt einen auf.

Dann drückte ich das Gaspedal bis zum Anschlag durch und raste nach Jacksonville. Helena saß schweigend neben mir.

Ich bog auf zwei Rädern in die Highwater Road ein und machte vor dem R.E.M.-Jobs-Gebäude eine Vollbremsung. Ich hatte schon die Tür aufgestoßen und war halb draußen, als

Helena mich am Arm packte und mich zurückriß. Sie beugte sich ganz dicht zu mir herüber und sagte mit Nachdruck: «Das kannst du nicht tun. Du kanst unmöglich da reingehen und Stratten umbringen.»

«Ich habe nicht vor, ihn umzubringen.»

«Wir haben ihm eine deutliche Botschaft geschickt. Laß es dabei bewenden.»

«Ich habe nicht vor, ihn umzubringen, verdammt noch mal. Ich bringe keine Leute um. Das ist dein Job, falls du das vergessen hast.»

Ihre Augen funkelten zornig. «Arschloch. Und was war das vorhin?»

«Das weißt du ganz genau, und gerade du müßtest es verstehen. Du hast doch gehört, was er gesagt hat, und der Typ meinte es ernst – außerdem konnten wir nicht zulassen, daß die Polizei ihn lebend findet, sonst würde man uns in diesem Moment aus einem Hubschrauber beschießen. Und offen gestanden sind mir Profikiller scheißegal.»

«Schließt das auch mich ein?»

«Das mußt du schon selbst entscheiden, ist nicht mein Problem. Ich marschiere jetzt in dieses Gebäude, und du kannst entweder im Wagen warten oder dich zu deinem Freund nach L. A. verdrücken und dein bisheriges Leben weiterführen. Mir ist das egal. Stratten weiß, daß du den Auftrag nicht erledigen wirst, sonst hätte er die Flughäfen nicht überwachen lassen und mir nicht die beiden Typen auf den Hals gehetzt. Du bist aus der Sache raus. Du brauchst nicht länger mein Kindermädchen zu spielen. Soll der alte Hap doch seine Fehler selber machen.»

Helena ließ mich los und schob mich weg. Ich stieg aus, machte einen Schritt und drehte mich dann zu ihr um.

«Hör mal, Helena», sagte ich. «Es tut mir leid. Aber entweder ich werde umgelegt oder ich wandere in den Knast. Ich habe wirklich nicht viel zu verlieren, abgesehen von zwei Menschen, die mir etwas bedeuten und die verschleppt worden sind. Laura hat sich ihr eigenes Grab geschaufelt, aber Deck steckt nur meinetwegen in Schwierigkeiten. Ich will sie zurückholen, ehe mir etwas zustößt, denn ich bin der einzige, dem sie nicht scheißegal sind. Ich habe es satt, herumgeschubst zu werden, und Stratten ist der erste, dem diese sensationelle Neuigkeit jetzt überbracht wird.»

Sie blieb einen Augenblick lang schweigend sitzen und atmete tief durch. Dann schaute sie zu mir hoch, und in ihren Augen lag ein altbekannter Ausdruck, den ich, wie mir erst jetzt klar wurde, in den letzten vierundzwanzig Stunden bei ihr nicht gesehen hatte.

«Du hast dich verändert», sagte sie.

«Nicht so sehr wie du.»

«Das wird sich zeigen», gab sie zurück und schaute mich noch einen Moment lang an. Dann nickte sie energisch. «Okay. Gehen wir rein und sagen dem Kerl die Meinung.»

Zu meiner ungeheuren Freude saß Sabrina bei R.E.M.-Jobs hinter dem Empfangstisch. Meine Stimmung stieg sogar noch weiter, als ich sah, wie ihr der Kiefer herunterklappte. Sie wußte, worum es ging, denn sie hatte mitgeholfen, mich an Travis zu verpfeifen, als ich aus dem Applebaum anrief. Ihr war sofort klar, daß Hap Thompson nicht nur vorbeischaute, um ein paar Büroklammern zu schnorren. In ihren Augen blitzte kurz Panik auf, aber dann tat sie ganz cool.

«Es wäre ein Riesenfehler, den Sicherheitsdienst zu rufen», riet ich ihr. «Ehrlich. Nicht zuletzt, weil zwei der Herren tot sind.»

«Was wollen Sie?» sagte sie frostig.

«Ich will mit Stratten sprechen. Und ein ‹Nein› akzeptiere ich auf keinen Fall als Antwort.»

«Das geht nicht.»

«So ein Pech.» Ich grinste. «Da dachte ich, ich hätte mich

klar genug ausgedrückt, und trotzdem kommen Sie mir mit einem Nein. Was meinst du, Helena? Ist die so blöd, oder tut sie nur so?»

Helena zog eine Augenbraue hoch und musterte Sabrina. «Die ist so blöd, würde ich sagen. Guck dir doch bloß mal die Frisur an.»

Ich beugte mich über den Tisch und versperrte Sabrina die Sicht auf Helena. «Noch mal von vorn. Holen Sie Stratten her, oder ich schieße Ihnen hier den Putz von der Decke, und zwar als erstes von der Stelle direkt über Ihrem Kopf.»

«Sie können ihn nicht sprechen», sagte sie mit leicht zittriger Stimme. «Er ist nicht hier.»

«Ist Ihnen klar, daß ich in jedem Raum auf der Etage nachschauen und einen ziemlichen Aufstand veranstalten werde? Sind irgendwelche wichtigen Kunden zu Besprechungen da? Wollen Sie, daß ich die ausquetsche, um zu erfahren, wo er ist?»

«Hören Sie, Mr. Thompson, er ist wirklich nicht hier.» Sie war inzwischen kreidebleich, und sie sagte offenbar die Wahrheit.

«Wo ist er dann?»

Ihr linkes Augenlid zuckte. «Das kann ich Ihnen nicht sagen.»

«Doch, das können Sie. Versuchen Sie es mit Worten. Schließlich haben wir dieselbe Muttersprache.»

«Ich kann es wirklich nicht. Er würde ...» Sie schluckte, und ich begriff, daß es jemanden gab, vor dem sie noch mehr Angst hatte als vor mir. «Er würde mir weh tun.»

«Spucken Sie's schon aus, Sabrina, sonst geht es Ihnen an den Kragen.»

Sie fixierte mich mit einem Anflug von Trotz. «Sie mögen ja ein Schwein sein, aber Sie würden sich niemals an einer Frau vergreifen.»

«Nein», gestand ich. «Wahrscheinlich haben Sie recht.» Ich

trat zur Seite und gab ihr die Sicht auf Helena frei, die mit einer Pistole direkt auf ihr Herz zielte. «Aber glauben Sie mir: Sie hat da keine Hemmungen.»

Jeder, der schon einmal in den Lauf einer Waffe geschaut hat, die Helena in der Hand hält, weiß, wie beeindruckend dieser Anblick ist. Er macht einem unmißverständlich klar, daß man tunlichst gehorchen sollte.

«Er ist in Los Angeles», sagte Sabrina hastig. «Ich weiß aber nicht, wo. Er hat alles selbst gebucht.»

Ich starrte sie an. «In L. A.?»

Sie nickte hektisch, erpicht darauf, uns möglichst schnell loszuwerden. «Er ist seit Ende letzter Woche dort. Ich leite seine Telefonate um, damit es so aussieht, als sei er hier.»

«Was macht er dort?»

«Keine Ahnung.»

Helena legte den Sicherungshebel um. «Streng dich ein bißchen an, Schätzchen – sonst ist deine Frisur fällig.»

«Ehrlich, ich habe keine Ahnung! Er sagte, es sei etwas Geschäftliches.»

In diesem Moment fiel bei mir der Groschen, und ich begriff endlich, wie Stratten ins Bild paßte. Ich ließ den Kopf sinken und wünschte, ich wäre schlauer und hätte es mir bereits vor Tagen zusammengereimt. Ich wäre gerne intelligent. Das würde bestimmt vieles leichter machen.

Helena beobachtete mich. «Kannst du damit was anfangen?»

«Ja», sagte ich. «Allerdings. Okay, Sabrina, wir hauen jetzt ab, damit Sie wieder in Ruhe am Telefon Leute abfertigen können. Aber tun Sie mir bitte einen Gefallen, okay?»

Sabrina sah nicht mehr aus wie Sabrina. Die Härte war aus ihrem Gesicht gewichen, und ihre Lippen wirkten nicht mehr, als seien sie luftdicht verschlossen. Die Veränderung war sicher nur vorübergehend, aber eindeutig erfreulich. Natürlich wäre es schön, wenn man Sabrina nicht erst in Angst und Schrecken versetzen müßte, damit sie menschliche Züge annimmt, aber vermutlich ist das bei den meisten von uns so.

«Was?»

«Sagen Sie Stratten bei seinem nächsten Anruf, daß ich über seine Geschäfte Bescheid weiß und ihnen umgehend ein Ende machen werde.»

Die Stewardeß fand unsere Sitznummern ziemlich schnell. Sie gab uns beiden etliche Mini-Snacks und ließ uns damit allein. Wir hatten zwei Plätze in Höhe der Tragflächen, hätten aber jeder eine ganze Reihe in Beschlag nehmen können. Offenbar wollten nicht viele Leute abends von Jacksonville nach L. A. fliegen.

«Nun denn. Erklärst du's mir, Einstein?» fragte Helena, während sie ihre Gratis-Erdnüsse kaute. Wir waren zu diesem Zeitpunkt seit einer Stunde in der Luft, umgeben von kleinen ovalen Fenstern zur Finsternis. Ich hatte mir bis dahin überlegt, wie alles zusammenhing, und mich gefragt, inwieweit sich die Situation dadurch änderte. Unsere Landung in L. A. war für einundzwanzig Uhr Ortszeit vorgesehen; von den achtundvierzig Stunden waren fast vierundzwanzig verstrichen, ohne daß ich etwas Nennenswertes vorzuweisen hatte.

«Hammond hat für Stratten gearbeitet», sagte ich. «Vermutlich arbeitet in jeder größeren Stadt des Landes jemand für ihn. Er hat das Monopol in der Erinnerungs-Branche. Viele Prominente nehmen die Dienste von R.E.M.-Jobs in Anspruch, und einige von ihnen nutzen bestimmt auch den Erinnerungs-Service. Die Verwahrer kennen die Kunden zwar nicht, aber Stratten kennt sie, und er zeichnet jede Erinnerung auf, die durch seine Geräte laufen – auch in den Fällen, in denen die Kunden glauben, R.E.M.-Jobs wisse nicht darüber Bescheid. Er sucht nach Material für Erpressungen und setzt dann seinen Mann vor Ort auf die betreffenden Leute an – in unserem Fall Hammond.»

Helena nickte. «Der spioniert dann die Kunden aus, sammelt noch mehr kompromittierendes Material und stellt sie vor die Alternative: Bezahlen, oder die Karriere ist im Eimer.»

«Da hätte ich schon früher draufkommen können. Auf dem Zettel über Schumann war die Rede von einer perversen Geschichte, die viele Jahre zurückliegt. Ich glaube nicht, daß Hammond das von irgendwelchen Zeugen erfahren hat. Ich glaube, er hatte die Information von Stratten.»

«Aber die Kunden müssen doch den Verdacht gehabt haben, daß die undichte Stelle bei R.E.M.-Jobs war, oder?»

«Nicht, solange Stratten so clever war, dafür zu sorgen, daß die Geldforderung ausdrücklich mit Kenntnissen begründet wurde, zu denen Hammond gelangt war, *nachdem* er mit Hilfe der Erinnerung einen Anhaltspunkt erhalten hatte. Vielleicht haben es einige trotzdem herausgekriegt. Jamison reagierte so ausweichend, als ich ihn fragte, ob er eine Ahnung habe, wie Hammond ihm auf die Schliche gekommen sei. Aber dann ist es ohnehin schon zu spät, und Stratten dürfte es auch wenig kümmern. Er hat die Leute in der Hand, weil das Abladen von Erinnerungen illegal ist, und außerdem bringt Erpressung ihm mehr ein als die Dienstleistungen von R.E.M.-Jobs.»

«Aber dann wird Hammond von Laura ermordet, und plötzlich geht alles drunter und drüber.»

«Stratten hat sonst niemanden in L.A., also jettet er rüber, räumt Hammonds Wohnung aus und läßt die Opfer wissen, daß alles wie gehabt weiterläuft. Die meisten fügen sich, aber Schumann hält es nicht mehr aus und bringt sich um. Stratten will natürlich die Ermittlungen im Fall Hammond unbedingt abwürgen, denn je länger Travis herumschnüffelt, desto größer die Chance, daß er herausfindet, worin Hammond verwickelt war. Als Stratten von Quat erfährt, was ich im Kopf mit mir herumtrage, erkennt er sofort die günstige Gelegenheit: Ich werde wegen des Mordes eingelocht, und die Akte wird geschlossen.»

«Das mußt du Travis erzählen.»

«Klar, tu ich», sagte ich und schaute aus dem Fenster. Wir überflogen offensichtlich gerade eine Stadt. Ich konnte unten ein paar Lichter sehen, Hinweise auf Zivilisation. «Ich werde ihn sofort anrufen, und Jamison auch – er soll wissen, daß er aufpassen muß. Aber Travis wird uns vermutlich keine große Hilfe sein. Stratten ist zu einflußreich, als daß ihn die Polizei verhaften kann, es sei denn, sie ertappt ihn auf frischer Tat – und das wird er zu verhindern wissen, dafür ist er viel zu clever. Wahrscheinlich ist derzeit Quat oder irgendein anderer Wichser damit beschäftigt, den Kunden die Pistole auf die Brust zu setzen, und Stratten verschafft sich sein Alibi vom Papst persönlich.»

«Was für eine Rolle spielen die Typen im Anzug?»

«Ich habe noch immer keinen blassen Schimmer. Du hast doch die Worte von dem Spinner gehört: Sie hatten etwas mit Hammond vor. Weiß der Geier, was das bedeutet.»

Helena gähnte. «War der Kerl wirklich ein Alien?»

«Ja», sagte ich. «Sie alle sind es.» Ich zögerte, denn ich versuchte immer noch, das zu verarbeiten, was ich heute erfahren hatte. «Der schwarze Monolith ist nun doch erschienen. Ich habe bisher immer die Leute ausgelacht, die behaupten, entführt worden zu sein. Und jetzt stellt sich raus, daß ich einer von ihnen bin.»

«Hap Thompson, der Space Boy», murmelte Helena schläfrig. «Ich weiß auch nicht, aber ich kann mir das durchaus vorstellen. Auch dieses ganze Alien-Zeugs. Ich finde es gar nicht so abwegig, wie ich immer gedacht habe.»

«Vielleicht ist es soweit», sagte ich. «Und irgendwie spüren wir das.»

«Aber warum sehen die aus wie wir? Warum sind sie nicht klein, mit grauer Haut, großen schwarzen Augen und Fingern, die im Dunkeln leuchten?»

Ich schüttelte den Kopf. «Keiner weiß hinterher noch, was

passiert ist, während er verschleppt war. Es gibt keine Erinnerung daran. Sogar ich kann sie nicht finden, und ich bin, was so was angeht, viel routinierter als die meisten anderen. Also versuchen die Leute nach ihrer Rückkehr, das, was ihnen fehlt, so gut sie können auszufüllen. Sie fürchten sich, also wenden sie sich den schlimmsten Ängsten zu. Als Ersatz benutzen sie nebulöse Erinnerungen an Operationen, die in ihrer Kindheit bei ihnen gemacht wurden – oder sie nehmen Operationen, vor denen sie Angst haben, im Geiste vorweg. Sie benutzen Bilder aus Zeitschriften, Filmen, Büchern als Füllmasse. Sie erfinden etwas, um die Lücke auszufüllen, um ihre Ängste auf etwas Konkretes zu richten, denn das ist immer noch besser, als nicht zu wissen, wovor man sich fürchtet.»

Helena rutschte auf ihrem Sitz herum und legte dann den Kopf auf meine Schulter. «Und was nun?»

«Der Typ sagte, wir sollen nach L. A. zurückkehren. Also tun wir das.»

«Was für einen Grund haben wir, ihm zu trauen?»

«Helena», sagte ich. «Er ist unsere einzige Hoffnung.» Das klang vermutlich ein bißchen heiser. Seit ich das Gewicht ihres Kopfs spürte, war mir etwas seltsam zumute. Ich roch ihre Haare, konnte den Raum, den sie einnahm, genau ermessen. Irgendwie waren mir die Frauen, mit denen ich nach ihr zusammengewesen war, immer etwas zu groß oder zu klein vorgekommen. Ein Haar von ihr kitzelte mich in der Nase. Normalerweise macht mich so etwas wahnsinnig, aber ich bewegte mich dennoch nicht, aus demselben Grund, warum man sich nicht rührt, wenn man das erste Mal mit einer Frau auf dem Sofa sitzt und sie weiterhin umschlungen hält, obwohl einem der Arm so stark kribbelt, daß man glaubt, er brenne. Manches ist seinen Preis wert. Zwar nicht ewig, aber anfangs.

Das Flugzeug geriet in leichte Turbulenzen, und hinter uns kreischten deshalb kurz ein paar Leute. Die Lichter im Gang waren mittlerweile ausgeschaltet worden, und nur noch die kleinen Lämpchen über den Fenstern brannten. Früher oder später würde eine Stewardeß herumgehen und die Leute bitten, das Rollo herunterzuziehen, und ich würde mich wie üblich weigern. Ich bin schrecklich gerne hoch oben in der Luft, lasse mich in einer engen Metallröhre dank physikalischer Gesetze vorwärtsbewegen, die mich vor jenen anderen physikalischen Gesetzen schützen, denen zufolge alles nach unten fällt. Ich schaue gerne aus dem Fenster in die Finsternis und auf die vereinzelten Lichtpunkte am Boden, die verkünden: «Jawohl, hier ist jemand. Es gibt Leben auf dieser Felskugel. Hier bei uns gibt es Motels und Kabelfernsehen und preiswerte Cheeseburger. Kommen Sie und besuchen Sie uns.»

«Was ist das?» nuschelte Helena. Ihre Hand lag auf meiner Brust, und die Finger ertasteten durch das Hemd eine schrumpelige Stelle auf der Haut. Ein kleiner Kreis direkt unter dem Schlüsselbein.

«Eine Narbe», sagte ich.

«An die erinnere ich mich gar nicht», sagte sie und verstummte dann. Sie drehte den Kopf und schaute zu mir hoch.

«Ja», sagte ich. «Die stammt daher.»

«Es tut mir so leid, Hap.»

Es tat ihr wirklich leid, aber ich hatte noch nie einen Blick gesehen, in dem solch geballte Trauer lag, und ich wollte ihn auch jetzt nicht sehen. «Das ist schon in Ordnung», sagte ich. Wir schauten uns einen Moment lang tief in die Augen, Helena in dem Versuch herauszufinden, ob ich es ernst meinte, und ich, weil ich einfach nur sehen wollte, was ihre Augen mir verrieten. Ich hatte immer geglaubt, daß die Liebe zu jemandem eine Straße ist, die man nur einmal entlanggehen kann, und daß einem, nachdem man eine falsche Abzweigung genommen hat, nichts anderes übrigbleibt, als stur geradeaus zu gehen, ohne sich noch einmal umzudrehen.

Jetzt war ich mir nicht mehr sicher.

Der Moment dehnte sich weiter und weiter aus. Helena blinzelte ganz langsam. Diese Bewegung hatte etwas Merkwürdiges an sich, und ich konnte mir nicht erklären, was es war. Meine Gedanken waren vage und konfus, so als suchte mein Verstand erfolglos nach vertrauten Signalen und sei angesichts von Daten, mit denen er nichts anfangen konnte, hilflos und wie gelähmt.

Aus den Augenwinkeln sah ich die Flugbegleiterin ein paar Reihen vor uns im Gang stehen. Sie beugte sich über einen Passagier und redete mit ihm, aber ihre Lippen bewegten sich unnatürlich langsam, und ich konnte ihre Worte nicht verstehen.

Dann machte das Flugzeug erneut einen Ruck, aber diesmal schrie niemand auf. Durch das Fenster sah ich, daß die Lichter, die ich bereits vorher bemerkt hatte, sehr viel näher gekommen waren. Zu dicht. Entweder stürzte das Flugzeug gerade ab, was ich für unwahrscheinlich hielt, oder aber etwas kam uns entgegen.

Ich versuchte zu rufen – wem oder was es gelten sollte, weiß ich nicht genau. Der Laut verließ meine Kehle, erstarb aber, ehe er auch nur einen Zentimeter vorangekommen war. Das Licht in der Kabine veränderte sich, und das erinnerte mich an den Moment kurz nachdem ich Hammonds Arbeitszimmer betreten hatte: Aber diese Lichtquelle konnte man todsicher nicht in jedem x-beliebigen Elektroladen kaufen.

Ich hörte einen hingehauchten Schrei. Er kam von Helena. Sonst schien niemandem in der Kabine aufzufallen, was sich abspielte. Sie hingegen, sie hatte es bemerkt, und sie fürchtete sich.

Ich schlang die Arme um sie und hielt sie fest, drückte gegen das Gewicht der Luft an, meine Lippen waren dicht an ihrem Ohr, und ich flüsterte ihr zu, sie brauche sich keine Sorgen zu machen. Die Dinge, die in meinem Blickfeld waren, zerfielen, so als habe jemand den Helligkeitsregler bis zum Anschlag hochgedreht und alles außer Schatten sei völlig verblaßt.

Dann konnte ich nicht einmal mehr die Schatten sehen, und alles war verschwunden.

TEIL 3

Sichtbar werden

SECHZEHN

Das meiste wurde mir im Bruchteil einer Sekunde eingegeben. Der Rest stürmte als Ergänzung einige Sekunden später auf mich ein, wie eine rückwärts laufende Filmaufnahme von jemandem, der ein Bild ausradiert. Es glich dem Hämmern von Fäusten gegen eine undurchsichtige Glastür, und es passierte sofort, nachdem die Welt sich weiß verfärbt hatte.

Laura war fünfzehn, als Hammond in ihr Leben trat. Sie wohnte mit ihren Eltern in einem großen Haus am Wald, direkt oberhalb eines steilen, aber flachen Canyons, der von einem Fluß durchzogen wurde. Die nächsten Nachbarn wohnten hundert Meter entfernt, sie hießen Simpson, und Lauras Vater mochte sie, ihre Mutter jedoch nicht. Die Eltern Simpson waren Laura ziemlich gleichgültig, deren Sohn hingegen konnte sie nicht ausstehen, da er häßlich war und ihr bei jeder Begegnung mit seinen Blicken zu verstehen gab, daß er sie lieber nackt sehen würde.

Lauras Vater arbeitete in der Stadt und verdiente viel Geld. Er war korpulent und lachte oft. Monica Reynolds war spindeldürr und ging jeden Tag ins Fitneßstudio, sie war eine jener furchteinflößenden Frauen, die sich eine Stunde lang verbissen am Stairmaster quälen, ehe sie sich vor einen Spiegel stellen und tausendmal federleichte Gewichte heben. Laura begleitete ihre

Mom einmal und fand, sie habe mehr Ähnlichkeit mit einer Maschine als die von ihr benutzten Geräte. Wenn sie nicht gegen ihre inexistenten Fettpolster ankämpfte, kümmerte sie sich um die Inneneinrichtung des Hauses. Obwohl das Elternschlafzimmer erst vor einem Jahr renoviert worden war, beabsichtigte sie, es schon wieder streichen zu lassen. Laura fand das schade, denn sie mochte das Zimmer so, wie es war – die Wände eine wilde Mixtur aus Farben, die man am Meer sieht, matte Grün-, Blau- und Violettöne –, und das sagte sie ihrem Vater auch. Daddy zuckte aber bloß die Achseln und erzählte ihr einen Witz.

Wenn Laura von der Schule nach Hause kam, warf sie ihre Tasche und ihre Bücher in der Küche auf den Boden und machte sich ein Sandwich. Die Sandwichs waren im allgemeinen ziemlich fade, denn der Belag bestand hauptsächlich aus Salatblättern und fettarmem Käse. Ihre Mutter hatte eine Abneigung gegen Fleisch, Schokolade oder andere Dinge, die lecker schmeckten. Laura war insgeheim beeindruckt davon, daß ihr Vater es schaffte, nicht abzunehmen, und sie kam zu dem Schluß, er müsse wohl beim Mittagessen jedesmal gnadenlos über die Stränge schlagen.

Meistens nahm sie sich das Sandwich und ging durch den Garten in den Wald. Er war nicht groß und auch sonst nichts Besonderes, und sie bildete sich nur selten ein, er sei verwunschen. Das war auch nicht nötig. Es war im Wald einfach angenehmer als in dem von Farbgeruch erfüllten Haus voller Musterbücher mit Stoff- und Tapetenproben, die alle gleich aussahen. Ein Pfad führte bis zum Fluß, und dort setzte sie sich hin, aß ihr Sandwich und lauschte dem Plätschern des Wassers und beobachtete die kleinen Wasserwanzen. Es war ihr unerklärlich, wieso die Tierchen sich überhaupt die Mühe machten, irgend etwas zu tun. Ihr Leben war zu kurz, um sich zu lohnen, und ihre Gehirne waren so klein, daß sie sich bestimmt an nichts erinnern konnten, was sie je getan hatten. Irgendwie ähnelten sie darin einigen Figuren aus den nachmittäglichen Seifenopern, allerdings gingen die Wanzen nicht zum Schönheitschirurgen. Nach etwa einer Stunde rief ihre Mutter sie ins Haus zurück, weil sie ihr Bad nehmen sollte. Ihre Mutter hatte eine durchdringende Stimme. Sie war immer problemlos zu verstehen, auch an den Tagen, an denen sie etwas undeutlicher sprach als sonst.

Laura war hübsch und eine gute Schülerin. Sie hatte die Wangenknochen ihrer Mutter, jedoch auch das Lächeln ihres Vaters und war sowohl sprachlich als auch naturwissenschaftlich begabt. Sie hatte viele Freundinnen, und ihre Eltern verstanden sich meistens ganz gut. Alles war prima, eines jener Leben, wie es die meisten führen, bis zu dem Punkt, an dem es aus den Fugen gerät und sich alles in ein Dröhnen verwandelt.

Eines Tages wurde bei ihnen eingebrochen, und Ray Hammond war der Polizist, der ins Haus kam, um das Protokoll aufzunehmen. Er wirkte kompetent und beruhigend und hatte gute Manieren. Er stand im Wohnzimmer, machte sich Notizen und schaffte es, daß sie die Angelegenheit nicht so tragisch nahmen – sogar Lauras Mutter, die einen hysterischen Anfall gehabt hatte, obwohl nicht viel gestohlen worden war und das meiste davon Dad gehört hatte.

Sie erhielten die Sachen nie wieder, aber Ray sahen sie von nun an häufiger. Er verstand sich gut mit Lauras Dad und kam manchmal abends vorbei, um mit ihm auf der Veranda zu sitzen und ein Bier zu trinken. Laura lungerte dann in der Nähe herum und hörte ihnen zu, und häufig leistete Monica den Männern Gesellschaft. Ray und Lauras Dad waren sich ziemlich ähnlich: Beide hatten einen Beruf, der ihnen Spaß machte und den sie, ohne sich zu überanstrengen, so lange wie möglich ausüben wollten. Ray war allerdings etwas jünger, und manchmal fragte Lauras Mutter ihn, warum er nicht versuchte, Karriere zu machen, warum er nicht die Prüfung zum Sergeant ablegte oder sich von der Dienststelle des Sheriffs ins LAPD versetzen ließ. Anfangs lachte Ray bloß und sagte, das Leben sei dafür zu kurz, aber nach einiger Zeit lachte er über diese Bemerkungen nicht mehr, sondern setzte eine nachdenkliche Miene auf.

Laura war mittlerweile eine Expertin für Rays Gesichtsausdrücke geworden. Das lag an ihrem Alter, und Ray hatte so eine gewisse Art zu lächeln und mit den Augen zu zwinkern. Sie hatte nicht das Gefühl, er würde sie mit Blicken ausziehen. Sie hatte vielmehr das Gefühl, er sei der Typ Mann, der eine Frau in ein Restaurant ausführt, in dem die Gäste gut gekleidet sind und die Kellner so tun, als sei es ihnen ein Vergnügen, die Gäste zu bedienen. Er war ganz anders als die Jungs in der Schule, die von ihren Hormonen stumm oder zudringlich gemacht wurden, deren lüsterne Wünsche man zehn Meilen gegen den Wind roch und deren Gesichter etwas Füchsisches, Berechnendes bekommen hatten, mit Ausnahme ihrer Augen, in denen Angst lag. Ray wirkte selbstsicher, und von solchen Menschen will man begehrt werden – in jedem Alter, aber vor allem, wenn man jung ist.

Er war natürlich viel älter und bemerkte sie überhaupt nicht, und Laura litt in jenem Frühling immer wieder unter Anfällen heftiger Verzweiflung. Ray kam zu Besuch und unterhielt sich mit Mom und Dad. Manchmal fragte er Laura, wie sie in der Schule zurechtkomme, und er hörte ihren gestammelten Antworten zu. Laura holte Bier und leerte den Aschenbecher: Ihre Mutter konnte es grundsätzlich nicht leiden, wenn in ihrer Anwesenheit geraucht wurde, aber bei Ray duldete sie es. Das überraschte Laura nicht. Prinzipien sind Prinzipien, und Gesundheitsbewußtsein ist ja für alte Leute schön und gut, aber man brauchte nur zuschauen, wie Ray sich eine Zigarette anzündete und den ersten tiefen Zug nahm, um zu begreifen, daß Rauchen nicht nur etwas Erwachsenes an sich hatte, sondern auch unglaublich cool war.

Das Leben ging weiter. Es war nicht etwa so, als hätte sich alles verändert, seitdem die Familie Bekanntschaft mit Ray gemacht hatte. Ihre Mutter beaufsichtigte nach wie vor die Handwerker, ihr Dad ging immer noch zur Arbeit und roch nach Pizza, wenn er heimkam. Laura machte ihre Schularbeiten, traf sich mit ihren Freundinnen, ging zu Partys. Eine Fernseh-Saison begann und ging vorbei, draußen wurde es wärmer, und die Wanzen durchschritten geduldig ihren Lebenszyklus. Aber Lauras Gefühle für Ray durchzogen alles wie ein dicker, dunkler Faden, es waren Empfindungen, die sie, wie sie genau spürte, reifer machten – und sie formten, so als würde aus einem Holzblock eine Figur geschnitzt.

Liebe und Tod sind einander sehr ähnlich, weil sie jene Zeiten im Leben markieren, in denen man am ehesten an Zauberei glauben will, in denen man sich nach einer symbolischen Handlung oder rückwirkenden Eingriffen sehnt, die die Welt, in der man lebt, zu verändern in der Lage wären. Ich kenne das nur allzu gut. Ein paar Tage nach dem Tod unseres Katers ging ich allein am Strand spazieren. Helena war zu Hause geblieben und saß auf dem Sofa, das noch übersät war von den Haaren eines Lebewesens, das schon nicht mehr lebte. Wir trösteten uns gegenseitig so gut wir konnten, aber wir wußten beide, daß nur die Zeit eine echte Veränderung bewirken konnte. Worte waren wie üblich bloß Worte, und sie führten nicht dazu, daß wir so etwas wie Frieden fanden. Ich stand da und sah aufs Meer, und der Anblick der Unendlichkeit machte alles ein bißchen erträglicher, zumindest vorübergehend: Aber sobald ich mich abwandte, würden mich die weltlichen Dinge wieder bedrängen. Dann schaute ich zufällig nach unten und sah ein paar Kiesel um mich herum im Sand liegen. Einen Augenblick lang hatte ich die verrückte Vorstellung, daß Zeit vergegenständlicht werden könnte und daß es vielleicht doch eine Möglichkeit gäbe, eine Veränderung zu bewirken. Wenn jeder Kiesel für eine Sekunde stünde und ich fünf davon sammelte, dann könnte ich mit ihrer Hilfe vielleicht die letzten fünf Sekunden im Leben unseres Katers irgendwie ändern, ihm die Gelegenheit geben, nicht blindlings vor ein Auto zu laufen. Ich hob fünf Kiesel auf und kam mir dabei wie ein Idiot vor, was mich jedoch nicht kümmerte, da ich keinen Menschen sah und es niemand je erfahren würde. Ich weiß nicht, wieso ausgerechnet fünf; diese Zahl war mir zufällig in den Sinn gekommen. Ich schloß die Finger fest um die Kiesel und versuchte meine Gedanken zu bündeln, so wie ich es als Kind immer getan hatte, wenn ich mich Abende lang verbissen bemühte, zu beeinflussen, auf welche Seite eine hochgeworfene Münze fällt. Bitte, sagte ich: Wenn es da oben jemanden gibt, dann mach, daß diese Steine jenes Leben retten.

Als ich die Augen wieder öffnete, hatte sich nichts verändert, aber es widerstrebte mir, die Steine wegzuwerfen, und so steckte ich sie in die Hosentasche meiner Jeans. Sie sind immer noch beisammen, in der verzierten Dose, die Helena mir geschenkt hat. Als ich nach der Transvirtual-Sache aus L. A. fliehen mußte, bat ich Deck, in unser Haus zu gehen und meine Sachen zu holen. Sie sind immer noch irgendwo eingelagert, und die Kiesel liegen dort im Trockenen, unbeachtet, und haben für niemanden eine Bedeutung, außer für mich.

Laura versuchte etwas Ähnliches, aber zu einem anderen Zweck. Sie schrieb Briefe, unter die sie Küsse drückte, und versteckte sie an besonderen Stellen; sie beobachtete den Himmel und schloß einen Pakt mit den Wolken; sie becircte einen Jungen in der Schule, ihr ein paar Zigaretten zu geben, und rauchte sie allein am Fluß. Sie fühlte sich selbst wie ein mächtiger Strom, der jedoch in einer unterirdischen Höhle gefangen war und nur darauf wartete, daß sich ein Riß in der Felswand auftat, damit er hinaus ans Tageslicht schießen konnte.

Eines Tages bot sich ihr diese Gelegenheit.

Ray hatte ganz in der Nähe einen Auffahrunfall aufgenommen. Er schaute auf gut Glück bei den Reynolds vorbei, aber niemand reagierte auf sein Klingeln an der Haustür. Lauras Mutter war unterwegs, um sich mit einem ihrer zahlreichen «Innenarschitekten», wie Dad sie nannte, zu treffen. Dad war bei der Arbeit. Ray hatte gerade Feierabend gemacht, es war sehr heiß, und er hatte große Lust auf ein Bier. Also beschloß er zu warten, bis jemand von der Familie nach Hause kam.

Er saß eine Weile im Garten, dann hörte er unten im Canyon ein Geräusch. Zuerst beachtete er es nicht, dann kam ihm der Gedanke, es könne ein Dieb oder ein streunendes Tier sein, und er beschloß nachzuschauen.

Als er den Abhang hinunterschlich, entdeckte er jedoch nichts dergleichen, vielmehr sah er Laura. Sie saß auf einem flachen Stein mitten im Fluß, starrte aufs Wasser und rauchte unbeholfen eine Zigarette. Ohne daß er etwas davon wußte, war sie gerade dabei, in einem komplizierten Rhythmus unablässig seinen Namen zu wiederholen und kam sich deswegen bereits ein bißchen lächerlich vor.

Dann schaute sie hoch und sah ihn, und trotz allem, was ihr später zustieß, trotz der bitteren Enttäuschungen und der grauenvollen Abende, würde sie nie ganz aufhören, an Zauberkräfte zu glauben. Das war in gewisser Weise das Schlimmste: eine ständige Erwartung, die sich nie wieder erfüllte. Und in den restlichen vierzehn Jahren seines Lebens, bis Laura ihn erschoß, bot sich Ray Hammond nie wieder so ein Anblick wie in dem Moment, als sie dort saß und zu ihm hochschaute.

«Was machst du da?» fragte er verlegen. Es klang fast dienstlich, so als verdächtigte er sie, einen Einbruch zu planen.

«Ich warte auf dich», antwortete sie und kam sich sofort völlig idiotisch vor. Im Geiste hatte es sich viel besser angehört.

Er lachte, und alles war wieder gut. «Nein, im Ernst.»

«Ich beobachte die Wanzen. Ab und zu trete ich eine davon tot.»

«Das darf man nicht.» Er grinste spöttisch. «Gottes Geschöpfe sind heilig.»

Laura wußte, daß er religiös erzogen war, ihm der Glaube aber nicht mehr viel bedeutete. «Was, sogar *die* da?» sagte sie und zeigte auf die fette, träge Wanze, die unter dem Stein neben ihr lebte und jeden Tag Lauras Wettbewerb «Wer ist die häßlichste Kreatur im ganzen Fluß?» gewann.

Ray warf einen Blick auf die Wanze. «Na ja, für die gilt das vielleicht nicht», stimmte er zu. «Möglicherweise ist sie ein Wesen aus dem Jenseits.»

Er hockte sich hin, zündete sich eine Zigarette an, und sie unterhielten sich eine Weile. Laura wirkte auf ihn verändert, jetzt, da ihre Eltern nicht dabei waren. Älter, unverwechselbarer. Sie erzählte ihm vom Fluß und den Tieren darin. Er hörte ihr zu, lachte, und nach einer Weile bot er ihr eine Zigarette aus seiner Packung an. Als sie sich über seine gewölbten Hände beugte, um die Zigarette anzuzünden, wurde eine Grenze überschritten und etwas zwischen ihnen besiegelt.

Dann hörten sie von oben das entfernte Geräusch eines Autos, das in die Auffahrt einbog. Ray verabschiedete sich höflich, schnippte seine Kippe ins Wasser und ging weg, um mit Erwachsenen zusammenzusein.

Laura bewahrte die Kippe in einer Schachtel in ihrem Nachttisch auf und faßte sich in Geduld. In den nächsten Wochen tauchte Ray manchmal etwas früher bei den Reynolds auf als bisher, und meistens traf er Laura dort unten auf ihrem Stein an. Nach einer Weile ging er dazu über, auf sie zu warten, wenn sie nicht da war. Sie redeten über alles mögliche und schauten in die Sonne, und manchmal war ihm ein bißchen unbehaglich zumute, weil sie sich dicht neben ihn setzte.

Unbehaglich, weil er wußte, daß er etwas Bestimmtes unter gar keinen Umständen tun durfte.

Jeder kennt diesen Moment. Ein Moment, der ganz gewöhnlich ist, ganz alltäglich und für die Beteiligten dennoch wie der entscheidende Augenblick in einer langen, verwickelten Schachpartie. Nachdem man kilometerlang über einen unbefestigten Weg gegangen ist, stößt man plötzlich auf eine Straße. Man setzt sich in einem etwas anderen Winkel zueinander hin als sonst. Die Abweichung beträgt vielleicht nur ein Grad; und man schaut sich etwas tiefer in die Augen, und man benutzt sie nicht mehr nur, um zu sehen. Die Entfernung zwischen den Menschen untereinander scheint geringer zu werden, vor allem die zwischen einem selbst und den anderen.

Eines Nachmittags schließlich küßten sie sich, und es war ein langer Kuß, und als Laura oben das Geräusch des Wagens ihrer Mutter hörte, legte sie Ray die Hände auf die Ohren, damit er nicht wegging. Nachdem sich die Lippen zweier Menschen berührt haben, kann die Beziehung zwischen ihnen nie wieder so sein wie zuvor. Beim nächsten Mal küßten sie sich nicht, aber beim übernächsten Mal. Ray fragte sie nicht mehr, wie es in der Schule lief. Laura wußte, was sie anstrebte und in welchem Tempo dieses Ziel erreicht werden sollte.

Sie wollte alles genau richtig machen. Sie wollte, daß alles so lief, wie es laufen sollte. Was in Ray vorging, war ihr völlig unklar.

Eines Nachmittags stand sie am Fluß und wartete auf ihn. Er war viel später dran als sonst, und das machte sie nervös, denn sie hatte sich vorgenommen, an diesem Tag einen Schritt weiter zu gehen. Sie hörte ein Rascheln im Gebüsch hinter sich, ein eigenartiges Geräusch, das sie schon mehrmals beim Küssen unterbewußt gehört hatte.

Sie wirbelte herum und sah ihre Mutter vor sich stehen, dünn und hochgewachsen.

«Ich wollte dir bloß sagen, daß es vorbei ist, Schätzchen», sagte ihre Mutter, mit einem gehässigen, triumphierenden Grinsen: «Warum mit einem Klappergestell knutschen, wenn man sich von einer richtigen Frau den Schwanz lutschen lassen kann.»

Und dann das Folgende, noch viel rascher, so als spiele nichts davon eine Rolle und sei bereits den Flammen übergeben:

Sie erzählte alles ihrem Vater, aber er glaubte ihr nicht. Tief im Innern wußte sie, daß es stimmte, denn Ray kam nie mehr zu ihr an den Fluß, aber der endgültige Beweis folgte erst später. Später heißt, nachdem ihr Vater einen tödlichen Autounfall gehabt hatte und Mom und Ray ihre Beziehung nicht länger verheimlichten. Sie war sich sicher, daß die beiden Dad nicht umgebracht haben konnten, denn als es passierte, saßen sie Bier trinkend auf der Veranda hinterm Haus, und außerdem hätte es zu sehr den Geschichten aus dem *National Inquirer* geähnelt. Sie kam erst später auf den Gedanken, daß der Wagen ihres Vaters vielleicht nicht aus Zufall gegen den Brückenpfeiler geprallt war, daß er seiner Tochter vielleicht doch geglaubt hatte und für sich zu einer Entscheidung gekommen war.

Nach einer Weile zog Ray ein. Bald darauf verkündete Mom, daß sie nach L. A. umziehen würden. Ray war inzwischen zu der Einsicht gelangt, daß Mom recht hatte und er sich um seine Karriere kümmern sollte. Die meisten Leute gelangten früher oder später zu der Einsicht, daß Mom recht hatte, denn das machte das Leben viel einfacher. Ray versuchte, mit Laura zu reden, fragte sie wieder, wie es in der Schule lief, aber Laura gab keine Antwort.

Sie war übrigens nicht mehr allzu gut in der Schule, und sie hatte mittlerweile mit der Hälfte der Jungs aus ihrer Klasse geschlafen.

Zwei Tage bevor die Möbelwagen kommen sollten, kaufte Laura sich von dem Geld, das sie teilweise gespart und teilweise von den Jungs gestohlen hatte, eine Bahnfahrkarte. Sie tauchte unangemeldet bei der Schwester ihres Vaters in Seattle auf, die Lauras Mutter abgrundtief haßte. Ray kam, um sie zu holen, aber Tante Ashley machte ihm im Vorgarten eine Szene, und er fuhr ohne sie wieder weg. Er versuchte es kein zweites Mal, und ihrer Mutter war sie sowieso total egal. In ihren Augen war Laura mißraten.

Danach lebte sie zehn Jahre lang vor sich hin. Sie arbeitete in diversen Jobs, zog umher, probierte, sich in verschiedenen Städten niederzulassen, und stellte fest, daß es überall das gleiche war. Nach ein paar Jahren hörte sie auf, sich dümmer zu geben, als sie war. In schlechten Jobs serviert man den Leuten zum Mittagessen ekelhaftes Zeug, in guten Jobs muß man den ganzen Tag seinen Ekel runterschlucken. Sie kaufte sich schicke Klamotten, ging oft aus und trainierte sich einen spröde-geistreichen Humor an, hinter dem sie sich verstecken konnte. Sie lernte, die Erwartungen von Männern zu erfüllen, und sie verliebte sich, wurde vergewaltigt und verprügelt.

Manchmal ging es ihr ein bißchen besser als üblich, aber zumeist nahm sie die Welt um sich herum nur verschwommen wahr, so als blicke sie durch das Fenster eines Zuges, der zu schnell und in die falsche Richtung fährt. Sie gewöhnte sich an, schon relativ früh am Tag einen Drink zu nehmen, merkte jedoch nicht, daß dabei nichts weiter herauskam als der Wunsch nach einem zweiten. Manchmal, wenn sie völlig betrunken war, zerriß sie ihre Kleidung, weil ihr klar war, wieso ihre Chefs von ihr erwarteten, daß sie diese Sachen trug. So etwas steht in keinem Bericht einer Unternehmensberatung, und es wird auch nicht in Firmenslogans angedeutet, aber die Wahrheit ist: Kunden haben gerne mit jungen Frauen zu tun, die sich schick anziehen und aussehen, als würde es Spaß machen, sie zu vögeln. An anderen Tagen trug sie ihre Kleidung mit Grazie und nur einem Anflug von Angst in ihrem Lächeln, denn sie versuchte, in sich ein Gefühl von Stolz zu entdecken, das nicht bloß die Kehrseite von abgrundtiefem Haß war. Es dauerte nicht lange, da wußte sie nicht mehr, worin der Unterschied zwischen beidem bestand.

Sie ging ihren Freunden auf die Nerven. Sie ging sich selbst auf die Nerven. Egal, was sie tat, immer stand sie unter Strom, und sie war nicht fähig, ihre Batterien wieder aufzuladen. Sie trank immer mehr und verbrachte ganze Nachmittage eingehüllt in einen Dunstschleier aus dumpfem Unverständnis und Abende voll einsamer Wut. Sie hatte ihre Geheimnisse.

Und dann ging das mit den Nächten los.

Jene, die nicht enden wollen, die Nächte, in denen du mit Freunden ausgehst und zuviel trinkst, und nach einer Weile sehen alle Gesichter gleich aus. Du hörst zu und nickst und lächelst unsicher, aber es kommt dir so vor, als redeten alle in einem Buch-Code, der auf einem Roman basiert, den du nicht gelesen hast. Irgendwann im Laufe des Abends kommst du dann vom Klo gerauscht, das Prickeln von der ersten Linie des zweiten Gramms noch in der Nase, und die Lampen hinter der Bar glitzern hell – und du schaust dir alle Tische an und kannst dich nicht erinnern, an welchem du gesessen hast, mit welchen Leuten du etwas zu tun hast. Dann ruft jemand deinen Namen, und du setzt dich wieder dazu und versuchst, den Gesprächen zu folgen, aber du hörst eigentlich nur die Stimme in deinem Kopf, die dir sagt, daß du einen weiteren Drink brauchst. Also bestellst du sicherheitshalber einen, obwohl du dein Glas noch nicht ausgetrunken hast, und niemand macht eine Bemerkung darüber, aber du weißt, was alle denken, und stellst fest, daß es dir egal ist. Die Runde löst sich um Mitternacht auf, aber das ist dir zu früh: Zu diesem Zeitpunkt ist das Gebrüll in deinem Kopf so laut, daß du dich kaum auf Wiedersehen sagen hörst. Irgendwie gelangst du nach Hause, nach gefährlichen Zwischenstops in Bars und Seitenstraßen, an die du dich später nicht erinnern wirst, und dann geht der Spaß erst richtig los.

Du trinkst im Schneidersitz auf dem Fußboden und hoffst

vor jedem Schluck, daß er eine Qual sein wird; gelegentlich vollführst du spastische Bewegungen, weil du versuchst herauszufinden, was du mit deinen Händen alles anstellen kannst. Sobald du allein bist, reduziert sich deine Welt auf einen winzigen Kasten, dessen Wände immer näher rücken; auf deinem Anrufbeantworter sind Nachrichten, die du nicht abspielen, geschweige denn dir anhören willst, und du entdeckst in deiner Wohnung nichts, das eine persönliche Bedeutung für dich hätte.

Später fläzt du dich in Unterwäsche irgendwohin, deine Kleidung liegt verstreut um dich herum, schmutzig von verschüttetem Alkohol und Zigarettenasche: Aber das macht nichts, denn in dieser Phase der Nacht glaubst du, daß du die Sachen nie wieder tragen wirst. Die Stimme in deinem Kopf redet auf dich ein, knurrt wie ein Wolf in der Falle, aber sie ist genausowenig wie du in der Lage, zusammenhängende Sätze zu sagen. Du hast das Gefühl, der nächste Tag werde niemals anbrechen, und wenn doch, dann könne er nur finsterer als diese Nacht sein, die du zitternd durchwachst.

Versuchsweise stichst du dir mit einer Gabel in den Bauch, tief genug, daß es anfängt zu bluten. Aber das führt zu nichts, also zerkratzt du dir die Beine mit den Fingernägeln.

Und dann sitzt du heulend da, betrachtest deine aufgeschürften Schenkel und denkst daran, wie sie früher aussahen. Straffe Haut, makellos, Glieder eines Mädchenkörpers. Inzwischen sind sie, genau wie dein Busen, dein Po und dein Mund, für dich nur Regionen, die dir nicht mehr vertraut sind. Dein Körper kommt dir vor wie eine stark befahrene Straße, die nirgendwo hinführt, wo du gern sein wolltest. Er ist nicht mehr dein Zuhause, sondern bloß ein Anhängsel des Lebens anderer Menschen und der Parkplatz ihrer Begierden. Du verfällst in stumpfsinnige, düstere Gedanken, die sich im Kreis drehen – ein Kreis, der enger und enger wird, bis er schließlich die Wahrnehmung der Realität völlig blockiert.

Nichts hat mehr irgendeinen Sinn, und du fühlst dich wie in einem schlechten Computerspiel, bei dem du in eine Grube gefallen bist, in der du nicht sterben wirst, aber aus der du auch nicht entkommen kannst. Eine Zeitlang trittst du gegen die Wände, aber die werden immer höher, egal wie heftig und wie schnell du auf alle möglichen Knöpfe drückst. Irgendwann stellst du dann fest, daß es einen Knopf gibt, den du noch nicht ausprobiert hast. Den Ein/Aus-Schalter.

Als Laura klar wurde, daß ihr Vater Selbstmord begangen hatte, überkam sie ein Schuldgefühl, das so schmerzte, als habe ihr jemand das Herz herausgerissen. Sie konnte dieses Gefühl nicht ertragen und verwandelte es deshalb in Haß auf ihn, auf seine Schwäche, seinen Egoismus, durch den sie gezwungen war, mit allem allein fertig zu werden. Am Ende redete sie sich ein, er habe eine heroische Tat vollbracht, eine Familientradition begründet.

Also versuchte sie selbst den Schalter zu betätigen, aber sie ging nicht entschlossen genug vor, denn irgend etwas in ihr war immer noch lebendig. Sie wollte den Apparat nicht wegwerfen. Sie wollte ihn bloß neu starten. Die Pillen und Rasierklingen hatten jedoch nur zur Folge, daß sie im Krankenhaus aufwachte, umgeben von Leuten, denen sie gleichgültig war. Beim ersten Mal war das anders gewesen, aber Mitgefühl gibt man nur aus freien Stücken. Sobald es eingefordert wird, versiegt die Quelle. Nur wenige von uns können sich glücklich schätzen, ein paar Menschen in ihrer Umgebung zu haben, die auch dann in ihren Bemühungen nicht nachlassen, wenn deutlich geworden ist, daß ihre Liebe keine Wunder wirkt. Laura hatte überhaupt niemanden.

Vor einem Jahr, nach ihrem dritten Versuch dieser Art, bemühte sich Laura, ihr Leben in den Griff zu kriegen. Selbstmord hatte sich als nicht praktikable Alternative erwiesen. Der Versuch war peinlich, dumm und tat weh. Sie gab in regelmäßigen Abständen das Rauchen auf, das bevorzugte sie vor allem anderen, weil jeder weiß, daß es schädlich ist. Wir leben im Zeitalter der Sündenböcke, und Rauchen hat die Pole-position inne. Was kümmert es uns, daß unsere Nahrung ebenso ungesund ist und unsere Autos Zeug in die Atmosphäre schleudern, das sich niemals auflösen wird; wir hängen an unseren Hamburgern, unserem Bier und unseren Autos, also machen wir etwas anderes madig. Laßt uns das Rauchen an öffentlichen Orten und in Flugzeugen und in Kneipen verbieten, dann wird unsere Welt der Himmel auf Erden sein. Laßt uns unseren Problemen die Schuld an unserem Unglück geben, dann brauchen wir uns nicht mehr mit ihnen auseinanderzusetzen. In Horrorfilmen sterben heutzutage nicht mehr die frühreifen Teenager als erste – sondern die Leute mit einer Packung Marlboro in der Tasche.

Laura ließ sich nur noch vögeln, wenn es gar nicht anders ging, sie versuchte, ohne diese Art von Selbstbestätigung auszukommen. Aber jemand, der mit einem nur über Witze lachen will, die man selbst nicht lustig findet, taugt nicht lange als Ablenkung. Sie versuchte auch hartnäckig, sich das Trinken abzugewöhnen, zeitweise mit Erfolg, zeitweise ohne. Nicht zu trinken fällt schwer, verdammt schwer. Wer noch nie versucht hat, nichts zu trinken, weiß nicht, wie schwer das ist. An manchen Tagen hast du Erfolg, gewinnst den verbissenen Kampf gegen dich selbst. An anderen nicht. Scheiß drauf, sagt eine innere Stimme. Scheiß drauf, scheiß drauf, scheiß drauf, scheiß auf alles. Du hast keine Ahnung mehr, wessen Stimme das ist, aber was sie sagt, klingt vernünftig. Das dumme ist nur, daß Alkohol lügt: Er ist gerne ein Saufkumpan, aber er wird nie ein Freund sein. Er lockt dich an und sorgt eine Weile für Wohlbefinden, genau wie ein Bekannter, der nicht will, daß du das Rauchen aufgibst, weil er dann mit seinen schlechten Gewohnheiten allein dastünde. Die Stimme des Alkohols verspricht Vergnügen und Entspannung, und du traust ihr, obwohl du genau weißt, daß sie unweigerlich irgendwann verstummen wird und keine Hilfe ist, wenn dich der Schrecken heimsucht und du allein auf einem unwirtlichen Planeten stehst, der in den Weiten des Alls seine Bahn zieht.

Nichts half. Jedesmal, wenn sie versuchte, sich eine Zukunft auszumalen, schweiften ihre Gedanken unerbittlich zurück in die Vergangenheit, zu der entscheidenden Zäsur. Eine Depression entspricht nicht bloß einem verschmutzten Fenster zur Welt. Es ist, als seist du in einem Raum, in dem alle Fenster verdunkelt sind und in dem du nichts anderes sehen und an nichts anderes glauben kannst als an das, was gewesen ist. Der Tod ist wie die Liebe, und wenn es dein eigenes Ich ist, das stirbt, sehnst du dich einmal mehr nach Zauberei. Du konzentrierst dich auf bestimmte Ereignisse und glaubst, alles würde vielleicht wieder gut, wenn es dir gelänge, sie ungeschehen zu machen. Wenn jede Hilfe von außen versagt hat, mußt du selbst die Hexe sein und die Zaubersprüche aufsagen.

Laura versuchte es, indem sie sich einmal im Monat vorübergehend der Erinnerung an den Anblick ihrer Mutter entledigte, kurz bevor diese ihr von ihrer Affäre mit Ray erzählt hatte.

Es klappte nicht. Es half nicht.

Was nun?

Laura erkannte, daß es nie auf Worte angekommen war, weder auf die Worte ihrer Mutter noch auf die eines anderen Menschen. Es ging um eine Tatsache. Es ging um einen Mann, dessen Präsenz in ihrem Leben sich in ein schwarzes Loch verwandelt hatte, das sie hilflos umkreiste. Selbst nach all den Jahren gelang es ihr nicht, sich von ihm zu lösen, wie sehr sie sich auch anstrengte. Es war weder Liebe noch Haß, sondern bloß ein psychologischer Doppelstern.

Weil es diesen Mann gab, war ihr Leben ein Alptraum. Es mochte nicht einmal seine Schuld sein, aber irgendwie mußte der Teufelskreis durchbrochen werden.

Ich spürte ein Zerren, etwas sträubte sich dagegen, mir entrissen zu werden.

Ein Knirschen, wie bei einer kaputten Maschine.

Ein kurzer Blick auf eine Art Flur, in dem alles so weiß ist, daß man kaum etwas erkennt; ein Krankenhaus, so groß wie die Unendlichkeit, jedesmal neu erschaffen, wenn etwas Neues hinter einer Tür eingesperrt wird. Das Hämmern zahlloser Fäuste, die flatternden Flügel von Augenblicken, die an die Wand genagelt sind, damit sie nicht wegfliegen können.

Dann konnte ich wieder sehen.

Ich war im Flugzeug. Die Stewardeß redete immer noch mit den Leuten ein paar Reihen weiter vorne, und ich verstand, was sie sagte. Die Kabine sah ganz normal aus, und ich hörte das beruhigende Rauschen der Luft, die über und unter den Tragflächen vorbeiströmte, und hinter mir das Geräusch eines Cocktails, der in ein Plastikglas gegossen wurde.

Neben mir saß niemand, aber auf dem Sitz lagen drei Pistolen, eine Armbanduhr und ein Ring. Es war Helenas Ehering. Sie hatte ihn nicht getragen – das wußte ich, denn ich hatte darauf geachtet –, aber sie hatte ihn offenbar dabeigehabt. Ich nahm ihn in die Hand. Während ich ihn noch wie hypnotisiert anstarrte, hörte ich über mir die Stimme eines Stewards.

«Gehören diese Waffen Ihnen, Sir?» fragte er.

Die Cops warteten schon auf mich, als wir in L. A. landeten. Zwei Uniformierte holten mich im Flugzeug ab und führten mich an den anderen Passagieren vorbei. Ein dritter folgte uns mit den Pistolen. Die Stewardeß, die uns die Mini-Snacks gegeben hatte, musterte mich scharf, denn wahrscheinlich fragte sie sich, was für einen gemeingefährlichen Irren sie in ihrer Nähe gehabt hatte.

Niemand schien etwas Ungewöhnliches zu bemerken. Niemand schaute auf seine Uhr und stellte fest, daß sie zehn Minuten nachging. Das würde ihnen erst auffallen, wenn sie längst zu Hause oder in ihrem Hotel waren, und sie würden sich nichts dabei denken.

Niemandem war aufgefallen, daß bei der Landung ein Passagier weniger im Flugzeug war als beim Start.

Ich stellte den Cops keine Fragen. Sie hätten mir sowieso nicht geantwortet, und natürlich wußte ich, was passieren würde. Ich wurde zur Polizeiwache in Hollywood gebracht, wo man sich nicht einmal die Mühe machte, meine Personalien aufzunehmen. Es ging schnurstracks den Flur hinunter und dann in dasselbe Zimmer wie letztes Mal.

Die Tür wurde abgeschlossen, und ich saß da und wartete.

SIEBZEHN

«Wir haben eine Abmachung, Travis.»

«Die Sie gebrochen haben, denn Sie haben den Bundesstaat verlassen und sich bis an die Zähne bewaffnet in einem Flugzeug erwischen lassen. Was haben Sie sich bloß dabei gedacht? Wozu die vier Pistolen? Sie haben doch nur zwei Hände.»

«Ich habe doch bereits gesagt, daß nicht alle mir gehören.»

«Fangen Sie nicht wieder mit dieser Entführungsgeschichte an. Das ertrage ich nicht.»

«Sie glauben also nicht, daß Helena bei mir war.»

«Keine Sekunde.» Travis lehnte sich in seinen Stuhl zurück und starrte mich über den Tisch hinweg an. «Ich kann nicht glauben, daß Sie wieder mit ihr zusammenarbeiten, nach allem, was sie Ihnen angetan hat.»

«Und wer, meinen Sie, hat Romer zusammengeschlagen, als der Ihnen nach Venice gefolgt ist?»

Travis machte eine Pause. «Ich weiß es nicht.»

«Wo wir gerade dabei sind – haben Sie Romer heute schon gesehen?»

«Nein. Wieso?»

«Als Helena und ich in Cresota waren, wurden wir von zwei bewaffneten Typen angegriffen. Jemand muß deren Boß einen Tip gegeben haben, daß wir in der Gegend waren. Das hat einer von ihnen jedenfalls angedeutet.»

«Nun machen Sie aber mal halblang, Hap. Wollen Sie allen Ernstes einen Polizisten der Komplizenschaft an einem versuchten Mord beschuldigen?»

«Dann erklären *Sie* mir doch, wie es gelaufen ist, Travis.»

«Am besten, ich schicke jemanden nach Florida, der sich die angeblichen Täter vorknöpfen soll, die Sie und Ihre angeblich verschleppte Ex-Frau angeblich überfallen haben. Dann werden wir ja hören, was die beiden zu sagen haben.»

Ich atmete schwer. «Das können Sie sich sparen.» Ich hatte ziemliche Schuldkomplexe, weil ich einen von den beiden Typen erschossen hatte, wenn auch erst nach der Drohung gegen meine Eltern. Travis sah zur Decke.

«Es war Notwehr», fügte ich gereizt hinzu.

«Wissen Sie was, Hap? Ich habe Ihre Waffensammlung. Und wenn die Kugeln, die wir höchstwahrscheinlich aus den beiden Männern in Florida herausholen werden, von Ihnen stammen, dann haben Sie sich ein so tiefes Grab geschaufelt, daß Sie nicht einmal mehr den Himmel sehen.»

«Das waren miese Verbrecher.» Wenn einer glaubt zu wissen, was Töten bedeutet, irrt er sich. Erst wenn man die Schweinerei mit eigenen Augen gesehen, das Schreien gehört und begriffen hat, wie unwiderrufbar diese Tat ist, weiß man, was es heißt zu töten. Es ist eine dieser Handlungen, von denen einen keine Zauberei der Welt je zu erlösen vermag.

«Ach so. Und was, bitte schön, sind Sie?»

«Die wollten mich umbringen.»

«Und wußten nicht, daß sie sich hinten anstellen mußten, was? Sie hätten ihnen eine Nummer geben sollen. Vielleicht hätten sie gewartet.»

«Sie müssen mich laufenlassen, Travis.»

Travis lachte wiehernd. «Klar, geht in Ordnung. Vor Ihnen sind nur noch ein paar Serienmörder dran.»

«Sie schulden mir noch vierundzwanzig Stunden.»

«Geben Sie auf, Hap. Bisher haben Sie nicht viel zustande gebracht, das sagen Sie doch selbst. Sie machen sich auf die Suche nach unseren Freunden, und was passiert? Es kommt noch jemand weiteres abhanden.»

Ich sah ihn böse an. «Ich werde Ihnen jetzt etwas erzählen, und dann werden Sie mich laufenlassen.»

«Hap …»

«Hören Sie doch erst mal zu, verdammt noch mal! Haben Sie noch andere Zettel in Hammonds Arbeitszimmer entdeckt?»

«Was geht Sie das an?»

«Haben Sie welche entdeckt oder nicht, Travis? Ohne mich hätten Sie doch gar nicht danach gesucht.»

«Ja. Wir haben noch dreißig weitere Zettel gefunden. Sie werden gerade dechiffriert.»

«Quatsch. Sie wissen längst, um wen es sich handelt. Stellen Sie die Leute sofort unter Polizeischutz.»

Travis blinzelte mich mißtrauisch an. «Warum?»

«Nicht die Männer im Anzug haben Hammonds Nachfolge angetreten, sondern sein ursprünglicher Partner.»

«Der da wäre?»

«Stratten.»

Travis öffnete den Mund und schloß ihn wieder.

«Hammond bekam die ersten Hinweise von Stratten, der sie aus den Aufzeichnungen von Erinnerungsübertragungen herausgefiltert hatte. Er beauftragte Hammond, nach weiteren erpressungswürdigen Aspekten im Leben der betreffenden Personen zu forschen und ihnen dann zu Leibe zu rücken. Am Ende bekam Hammond offenbar kalte Füße und mußte gezwungen werden weiterzumachen – wahrscheinlich war er im Grunde seines Herzens gar kein schlechter Mensch.»

«Wie kommen Sie darauf?» Ich hörte die Rädchen in Travis' Kopf förmlich surren. Jeder gute Cop erkennt intuitiv, ob das, was er gerade zu hören bekommt, möglicherweise der Wahrheit entspricht. Ihm werden so häufig Lügen aufgetischt, daß er deren Abwesenheit regelrecht wittert.

«Ich habe neue Informationen», sagte ich und dachte dabei an das Erlebnis im Flugzeug. «Ich glaube, in seinem Leben passierten ein paar sonderbare Dinge. Die Männer im Anzug waren hinter ihm her, aber nicht, weil sie ihn umbringen wollten. Er wußte von ihnen, und er bekam Angst. Ich bitte Sie, Travis – ein Erpresser, der einen Code benutzt, der auf der Bibel basiert! Das paßt doch nicht zusammen.»

«Aber Sie haben eine Erklärung dafür.»

«Hammond war früher ein religiöser Mensch. Vielleicht katholisch. Er tut etwas, von dem er weiß, daß es Sünde ist, und er tut es hauptsächlich, weil er das Geld braucht, um seiner Frau den gewohnten Lebensstil zu ermöglichen. Monica Hammond weiß, was sie will, und Sie kennen ja Ihren Geschmack, was Kleider anbelangt. Manche Menschen sind süchtig nach Upgrades – Software, Auto, Partner, Lebensstil. So jemanden bei Laune zu halten ist teuer. Hammond arbeitet nicht gern für Stratten, aber er tut es. Und dann fangen die Heimsuchungen an.»

Travis schüttelte den Kopf. «Von den Aliens, richtig?»

«Bloß interpretiert er sie nicht als solche, weil er sich, genau wie Sie, weigert zu glauben, daß sie sind, was sie ganz offensichtlich sind. Also findet er eine andere Erklärung. In Hammonds Wohnung habe ich eine Bibel gefunden, und auf der Innenseite des Buchdeckels steht ein handgeschriebenes Zitat. Es dreht sich um ein Lamm mit sieben Augen, die ‹die sieben Geister Gottes, gesandt in alle Lande› darstellen. Rein zufällig sind die Männer im Anzug zu sechst, hinzu kommt der Mann, den ich in Hammonds Arbeitszimmer angetroffen habe und dem ich auch in Florida begegnet bin.» Ich wollte Travis nicht von meiner lange zurückreichenden Beziehung zu diesem Mann erzählen. Irgend etwas sagte mir, daß ich in ihm keinen mitfühlenden Zuhörer finden würde.

«Ziemlich dürftige Geschichte, Hap.»

«Hammond steigert sich in eine Art religiösen Wahn hinein, zum Teil geschürt durch die Schuldgefühle, die er bereits hat, und dann wird er ermordet. Stratten kommt nach L. A., um seinen Platz einzunehmen, und Quat assistiert ihm dabei.»

«Haben Sie Beweise dafür? Irgendeinen Beweis?»

«Ich war bei R.E.M.-Jobs. Stratten ist vorige Woche aus Jacksonville abgereist und hierher geflogen. Warum? Überprüfen Sie doch mal die dechiffrierten Texte. Wetten, daß auf jedem Zettel mindestens eine Information steht, die Hammond unmöglich herausgefunden haben kann. Etwas, das schon zu lange her ist oder zu privat. Etwas, das Stratten ihm dank seiner voyeuristischen Angewohnheit, in der Vergangenheit anderer Leute herumzuwühlen, stecken konnte. Und vor allem – nehmen Sie Kontakt zu Ihren Kollegen in Florida auf, die werden Ihnen bestätigen, daß mindestens einer der Toten für den Sicherheitsdienst von R.E.M.-Jobs gearbeitet hat.»

«Na und? Ich weiß doch, daß Stratten Sie tot sehen will.»

«Und er gibt sich wirklich alle Mühe. Das Kopfgeld, die Sache in Florida und die Falle im Prose Café. Das scheint ein echtes Hobby von ihm zu sein, und abgesehen davon weiß er bestimmt, daß Sie mich auch am Wickel haben. Habe ich denn gar keine Rechte, verdammt noch mal? Der Kerl will mich umbringen lassen.»

Travis sah mich durchdringend an. «Und mir ist auch gerade klargeworden, warum. Sie wissen etwas über den Mordfall Hammond. Etwas, das Sie mir bisher verschwiegen haben. Los, sagen Sie es mir.»

«Noch nicht.» Dieses Eingeständnis war riskant, aber mir lief die Zeit davon.

«Sie bezweifeln, daß es die Männer im Anzug waren, oder?»

Ich nickte. «Ich weiß, daß sie es nicht waren.»

«Aber Sie wollen mir nicht verraten, wer es war.»

«Ich wiederhole: noch nicht.»

«Das Zurückhalten von Beweismaterial in einem Mordfall ist ein schweres Vergehen.»

«Na und? Schreiben Sie es noch mit auf Ihre Liste. Sie haben zwei Möglichkeiten, entweder Sie behalten mich hier, dann kriegen Sie kein Wort aus mir heraus, oder Sie lassen mich gehen, dann verrate ich Ihnen morgen abend, wer es war.»

Mein Blick fiel auf mein Gesicht im Spiegel hinter Travis. Ich sah noch schlimmer aus als beim letzten Verhör in diesem Zimmer. Erschöpft, zerzaust, wilder Blick, wie ein Gespenst. Eins war mir klar: Ich war in einer denkbar schlechten Verhandlungsposition. Es war mir nicht gelungen, Travis so weit zu bringen, daß er gezwungen war, auf mein Angebot einzugehen – er mußte es schon freiwillig tun.

«Ich habe Ihnen soeben die halbe Wahrheit auf einem Silbertablett serviert, Travis. Wie entscheiden Sie sich?»

Er musterte mich sehr, sehr lange.

Am liebsten wäre ich schnurstracks zu mir nach Hause gefahren, aber vorher mußte ich noch nachsehen, ob in Decks Wohnung alles in Ordnung war. Eigentlich hatte ich überhaupt keine Lust, aber ich wußte, Deck hätte es umgekehrt auch für mich getan. Das ist das Problem, wenn man gute Menschen zu Freunden hat: Man hat ständig das Gefühl, in ihrer Schuld zu stehen. In meinem nächsten Leben werde ich mich nur mit Arschlöchern umgeben. Unterwegs rief ich Woodley an und verabredete mich mit ihm in Decks Wohnung. Dann rief ich meinen Anrufbeantworter an, der mich erst mit ein paar Unverschämtheiten bedachte, ehe er mir mitteilte, es habe niemand angerufen. Meine Beliebtheit hatte ihren absoluten Tiefpunkt erreicht, was vermutlich an der Tatsache lag, daß alle meine Freunde von Aliens entführt worden waren und sich deshalb telefonisch nicht melden konnten.

Ich betrat Decks Wohnung durch die Hintertür. Drinnen sah es aus wie gehabt, und die provisorische Wohnungstür war noch an ihrem Platz. Die Wohnung wirkte so verlassen, daß mir selbst die Gesellschaft meines Weckers angenehm gewesen wäre. Ich durchsuchte Lauras Handtasche, konnte ihn aber nicht finden. Also goß ich mir was zu trinken ein, setzte mich aufs Sofa und wartete.

Ich weiß nicht, wieviel mir Travis von dem, was ich erzählt hatte, glaubte. Möglicherweise die Sache mit Stratten, aber wie ich schon Helena gesagt hatte, war erheblich mehr nötig als meine Aussage, um jemanden festzunageln, der so einflußreich war. Ohne Handhabe gegen Stratten würde Hammonds Beteiligung an den Erpressungen vertuscht werden, damit kein schlechtes Licht auf das LAPD fiel. Diese Schlangengrube auszuheben war eine Nummer zu groß für Travis, es sei denn, er könnte einen geständigen Verbrecher präsentieren, aber das würde nie passieren. Ich brauchte mich nicht an Gesetze zu halten, wußte aber trotzdem nicht, was ich tun sollte. In der wirklichen Welt verfügte Stratten über mehr Waffen und Geld; und im Net hatte er Quat, der alle meine Versuche, ihm etwas anzuhängen, durchschauen würde. Ich konnte nur eins probieren, aus purer Rachsucht und ohne zu wissen, ob es hilfreich wäre: Irgendwann würde ich mir Quat vorknöpfen, aber das mußte noch warten.

Travis glaubte ganz sicher nicht, daß Helena von Aliens entführt worden war, allerdings glaubt einem so etwas nie jemand. Es ist eben bequemer, davon auszugehen, daß derjenige nicht ganz dicht ist oder lügt – weil das in den meisten Fällen ja auch stimmt. Ich fragte mich, in wie vielen jener weit verstreuten Selbsthilfegruppen voller Verrückter, die davon faseln, daß bösartige Aliens sie mißbraucht hätten, es wohl einen Menschen gab, der tatsächlich gekidnappt worden war und der still dasaß und insgeheim wußte, daß die Spinner um ihn herum ihm kein bißchen weiterhelfen würden. Denn eins weiß ich hundertprozentig: Wenn man *wirklich* entführt worden ist, erinnert man sich hinterher an gar nichts mehr. Ich glaube, daß mein Gedächtnis besser funktioniert als das Gedächtnis nahezu aller anderen Menschen – aber, wie dieser Mann schon sagte, es handelt sich da um etwas, das sich nicht in Worte fassen, geschweige denn aufschreiben ließe. Man weiß nur, daß *irgend etwas* geschehen ist, und entweder man verbannt es in einen entlegenen Winkel, oder man verdrängt es völlig, aber man kann sich nicht erinnern, weggewesen zu sein.

Ich versuchte, dem Geschehen im Flugzeug irgendeinen Sinn abzuringen, mir zu überlegen, ob der Faktor Zeit dabei eine Rolle spielte – soweit ich wußte, waren stehengebliebene Uhren und verlorene Stunden ein häufiges Phänomen bei solchen Entführungen. Möglicherweise kann man sich deshalb an nichts erinnern, weil die Zeit stehenbleibt und alles auf einmal passiert. Dann gäbe es keine Möglichkeit, eine chronologische Ordnung herzustellen – ähnlich wie es war, als ich Lauras Erinnerung an die drei Tage auf einen Schlag übernahm, nur noch viel schlimmer, denn in diesem Fall gab es überhaupt keine Ordnung.

Möglicherweise ging ich fehl in der Annahme, daß die Zeit stets voranschreitet. Das mußte vielleicht nicht unbedingt so sein.

Je mehr ich darüber nachdachte, desto stärker drängte sich die Frage auf, ob nicht auch das Gedächtnis etwas damit zu tun hatte. Offenbar konnte ich mich irgendwie in Lauras Hirn einklinken, obwohl sie dort drüben war, und das zweite Mal war das geschehen, unmittelbar nachdem – oder fast noch während – ich Zugang zu einer eigenen verschütteten Erinnerung gefunden hatte. Der Mann im dunklen Anzug hatte gesagt, wir seien mittels dessen, was ich in meinem Kopf verwahrte, miteinander verbunden. Vielleicht erklärte das auch, warum ich der einzige war, der eine ungefähre Vorstellung von den Ereignissen während des Flugs hatte. Und es kamen noch zwei weitere Punkte hinzu.

Als Deck und Laura verschwanden, war diese seltsame Veränderung mit ihren Gesichtern vor sich gegangen – fast so, als würde ich sie schon langsam vergessen. Und an jenem Jahrzehnte zurückliegenden Abend hatte ich zwei Menschen gesehen, die tot waren – hatte nicht bloß ihre Gegenwart gespürt, sondern sie tatsächlich gesehen. Sie waren da gewesen. Vielleicht hatte ich deswegen diesen Teil des Geschehens verdrängt. Ich hatte etwas gesehen, was nicht in mein Weltbild paßte.

Ich konnte mir einfach keinen Reim darauf machen. Mein Kopf tat weh, ein heftiges Pochen, so stark, daß man es eigentlich im Spiegel hätte sehen müssen. Außerdem betrank ich mich in Windeseile, weil ich befürchtete, daß das, worum ich Woodley bitten wollte – falls er sich je blicken ließ –, wahrscheinlich schmerzhaft sein würde.

Sie hatten es auf mich abgesehen und statt dessen Helena verschleppt. Während der letzten Minuten im Flugzeug hatte ich mir die eine Frage, die ich mir schon so häufig gestellt hatte, endgültig beantwortet. Helena oder keine. Ich hatte in Sachen Frau fürs Leben meine Chance gehabt, und jetzt stand ich vor der einfachen Entscheidung: Entweder ich lebte in Zukunft das Leben eines Mönchs, oder ich holte mir etwas zurück, was ich schon einmal besessen hatte, sofern es noch etwas zu retten gab.

Am 15. März 2014 war ich, wie unschwer zu erraten ist, an einem bewaffneten Raubüberfall auf eine Bank in Los Angeles beteiligt. So etwas hatte ich vorher noch nie gemacht. Ein Bekannter von uns namens Ricardo Pechryn hatte mich dazu überredet. Helena hatte ihn bei ihrer Arbeit für die Mafia kennengelernt. Er war extrovertiert, gutaussehend und hatte Charisma: einer jener Menschen, die am Ende entweder groß rauskommen oder jämmerlich vor die Hunde gehen. Ricardo hatte sich Informationen über diese Bank verschafft, und er wußte, daß an diesem bestimmten Tag dort sehr viel Geld in Form von sogenannten «ENs» lagern würde – virtuelle Aktien mit extrem hohem Nennwert –, die so leicht zu übertragen sind, daß man sie für bis zu fünfzig Cents pro Dollar im Ausland verkaufen kann. Außerdem könne man sich hundertprozentig auf seinen Kontaktmann in der Bank verlassen, hatte er uns versichert, der das Alarmsystem so lange außer Betrieb setzen würde, bis wir die Beute geschnappt und das Weite gesucht hätten.

Mir gefiel der Plan nicht. Es war nicht mein Metier. Eine Bank zu stürmen und sich die Beute zu schnappen, fand ich veraltet, das klang mir zu sehr nach Wildem Westen: Jeder Dieb, der nur ein bißchen Grips im Kopf hatte, ging im Net auf Raubzug, vom sicheren Ausland aus. Dennoch ließ ich mich schließlich darauf ein.

«Was?» hätte jeder normale Mensch gesagt. «Bist du, verdammt noch mal, *krank* im Kopf?»

In gewisser Weise war ich das. Ich wollte aussteigen. Ich ließ mir Helena gegenüber zwar nichts anmerken, aber ich konnte das Leben, das wir damals führten, nicht mehr aushalten. Mir gefiel nicht, was sie tat, aber hauptsächlich ertrug ich es nicht mehr, von Leuten abhängig zu sein, die ich haßte und die uns, wenn es ihnen in den Kram paßte, jederzeit fallenlassen würden. Wenn Helena ein winziger Patzer unterlief, wenn sie ein einziges Beweisstück irgendwo zurückließ, das sie mit einem ihrer Aufträge in Verbindung brachte, dann war es aus. Dann würde die Polizei sie als Kronzeugin gegen die Mafia aussagen lassen wollen, und deshalb würde man sie sofort töten – und mich gleich mit. Helena leistete gute Arbeit, aber niemand ist vollkommen, und früher oder später würde es passieren. Trotzdem machten wir weiter, schüttelten den Leuten die Hand und folgten Einladungen in Restaurants, bedienten die absurden Rituale gespielter Höflichkeit, die den mörderischen Pragmatismus überlagern. Man muß wissen, wer dazugehört und wer nicht, und jedem das richtige Maß an Unterwürfigkeit oder deren Gegenteil entgegenbringen. Man bekommt Geschenke zugeschickt, in der Erwartung, daß man auch welche schickt, und man weiß, daß jedes davon aufmerksam begutachtet wird, im Hinblick auf die Frage, ob es angemessenen Respekt ausdrückt. Ich kenne Leute, die schon ein Auge dafür lassen mußten, daß sie danebenlagen, und so eine Art von Streß ist mir ehrlich gesagt zuviel, wenn ich Heiligabend in einem überfüllten Kaufhaus stehe. Wahrscheinlich unterscheidet sich diese Arbeit nicht allzu sehr von der für irgendein anderes Wirtschaftsunternehmen, außer daß die Kleiderordnung strenger ist und die Geschäftsbereiche Drogen, Geld und Tod heißen. Man tritt in die Firma ein wie in einen Orden, und schon ist man nicht mehr Herr über sein eigenes Leben.

Und wenn man so ist wie ich, dann tut man das alles im Bewußtsein, daß in den Augen der anderen die eigene Frau diejenige ist, die die Hosen anhat, und man selbst gilt nur als Anhängsel, das zu nichts weiter als zur Zubereitung von Kartoffelsalat taugt. Sie warfen mir Brocken hin, kleinere Aufträge, nur um sicherzustellen, daß ich weiter an ihrer Leine hing. Ich tat, was sie wollten. Ich mußte. Wie gesagt, das ist keine Beziehung, die man so ohne weiteres aufkündigen kann. Aber ich drückte mich mehr und mehr vor den gesellschaftlichen Verpflichtungen und ließ Helena alleine hingehen. Anfangs war sie traurig darüber, aber später schien es ihr nicht mehr viel auszumachen. Solange sie mitten im Mafialeben steckte, konnte sie ihr früheres Leben vergessen, aber ich war mir manchmal nicht mehr sicher, zu welchem der beiden ich gehörte.

All das veränderte unser Zusammenleben und führte dazu, daß ich nicht länger in L. A. bleiben wollte. Das war das schlimmste. Ich hatte immer gerne in L. A. gelebt. Das war die richtige Stadt für mich, für uns, und jetzt sah ich nur noch ein Geflecht ausbalancierter Treuebeweise, eine Ansammlung von Orten, an denen ich Verbrechen verübt hatte, die ich gar nicht hatte begehen wollen. Es war, als müßte ich dabei zusehen, wie der Umkleideraum in Cresota Beach abgerissen wurde, Stein für Stein, und zwar von Leuten, die nie darin gewesen waren.

Ich wollte aussteigen, und dafür brauchte ich Geld.

Ricardo ahnte das, und er kam mit dem Transvirtual-Plan zuerst zu mir. Er sagte, er bräuchte noch zwei Leute, die mit in die Bank kämen, und er vertraue uns. Ein leichter Job, raus und rein, mehr nicht, und dann die Beute durch drei teilen. Ich sagte ihm, ich würde es mir überlegen, ging aber davon aus, daß ich nein sagen würde.

Dann fragte mich Helena danach. Ricardo hatte sich, ohne mir Bescheid zu sagen, an sie gewandt, und sie war Feuer und Flamme. Ich gewann den Eindruck, daß sie jemand anderen suchen würden, wenn ich nicht mitspielte, wenn Helenas Schlappschwanz von Mann lieber zu Hause blieb. Dieser Umstand und mein Wunsch auszusteigen gaben den Ausschlag. Ich sagte ja.

Ich finde es immer noch ausgesprochen schwierig, mir das Geschehen am Tag des Überfalls ins Gedächtnis zurückzurufen. Es ging alles sehr schnell, und ich hatte Schiß. Wir betraten die Bank und befahlen den Kunden, sich auf den Boden zu legen. Die Alarmanlage ging nicht los. Ich hielt die Kunden in Schach, bemühte mich nach Kräften, ihnen eine Heidenangst einzuflößen, während Helena und Ricardo die Aktien in Taschen packten. Alles schien zu klappen. Kein Grund zur Beunruhigung, und obwohl ich eine Maske trug, versuchte ich, dies den Leuten in meiner Nähe durch meine Blicke zu vermitteln. Bewegen Sie sich nicht, halten Sie die Schnauze, und alles wird gutgehen. Niemand will, daß jemand getötet wird, ich am allerwenigsten. Als Helena von einer Tasche zur nächsten wechselte, zwinkerte sie mir kurz zu, und für einen Moment hatte ich den unerwarteten Erfolg vor Augen, wie ein Läufer, der auf die Zielgerade einbiegt, nur einen einzigen Konkurrenten vor sich sieht und spürt, daß er noch überschüssige Reserven in den Beinen hat.

Dann fing Ricardo an zu schießen.

Als sich der erste Schuß löste, hätte ich mir beinahe in die Hose gemacht, weil ich annahm, daß Sicherheitsleute oder die Polizei aufgetaucht seien. Dann sah ich die blutrote Sauerei rund um die Schultern der Frau, die am dichtesten neben Ricardo auf dem Boden lag, und mir wurde von oben bis unten kalt. Helena, die immer noch Scheine einsackte, drehte sich um und starrte ihn regungslos an.

Ein Mann am anderen Ende des Raums schrie auf, Ricardo wirbelte herum und erschoß ihn, wie jemand, der eine Konservenbüchse von einem Zaunpfahl herunterballert.

Ich kam augenblicklich zu dem Schluß, daß die Sache aus dem Ruder lief und Helena und ich uns verdrücken sollten. Ich rief ihr etwas zu, und plötzlich zielte Ricardo auf mich. Der erste Schuß traf mich in der Schulter, krachend schleuderte ich gegen die Wand. Dann kam Ricardo mit großen Schritten auf mich zu, fuchtelte schreiend mit seinem Gewehr herum – und schoß noch mal. Ich spürte die Kugel kaum, denn ich war vollkommen damit beschäftigt, Helena zu beobachten. Sie stand wie angewurzelt da.

Wie sich herausstellte, hatte sie eine Affäre mit Ricardo gehabt. Ricardo klärte mich darüber auf, und auch über seinen Unwillen, mir ein Drittel des Geldes zu geben. Da er dabei laut und deutlich unsere Namen benutzte, waren die Zeugen später in der Lage, uns zweifelsfrei mit dem Überfall in Verbindung zu bringen. Ricardo sah vielleicht ganz gut aus und hatte einen dicken Schwanz, aber der Hellste war er nicht gerade.

Dafür konnte er schießen: Der dritte Schuß traf mich genau in die Brust, obwohl ich versuchte, rückwärts wegzukriechen. Vielleicht hätte ich bei einem Intelligenztest auch nicht viel besser abgeschnitten, denn wieso hätte Ricardo anbieten sollen, die Beute zu dritteln, wenn er mit einem Pärchen halbe-halbe hätte machen können, es sei denn, er wollte sich die Chance offenhalten, Zugriff auf zwei Drittel zu kriegen.

Dank irgendeines Gruppeninstinkts spürten die Bankkunden, daß sich die Gangster nicht mehr grün waren und daß die Abmachungen nicht mehr galten. Auf dem Boden liegen zu bleiben erschien unter diesen Umständen nicht ratsam. Ricardo schoß wie wild auf die durcheinanderlaufenden Leute; Helena stand mit offenem Mund da, als ihr klar wurde, daß ihre Welt plötzlich vor ihren Augen zerbrach, und zum ersten Mal war sie unfähig zu handeln. Irgendwie tat sie mir sogar leid, aber ich hatte eigene Probleme. Das Blut strömte aus meinen Wunden, und ich richtete mich auf und stolperte auf den Eingang zu. Ich glaube nicht, daß ich es geschafft hätte, wenn mir nicht ein Kunde geholfen hätte. Das muß man sich mal vorstellen. Ein Mann mittleren Alters, gerötetes Gesicht, er sah aus wie ein Bauarbeiter. Ich rutschte auf meinem eigenen Blut aus, taumelte, und er packte mich am Ellbogen und zog mich nach draußen. Er wußte, daß ich verwundet war, und er half mir.

Als ich mich noch einmal umschaute, sah ich, wie Helena Ricardo anbrüllte und ihm die Pistole an den Kopf hielt. Er muß es irgendwie geschafft haben zu fliehen, denn er kam am selben Abend durch eine Autobombe ums Leben. Er hatte den Plan für den Überfall einem Mafioso entlockt und ihn daraufhin gefoltert und getötet. Wie gesagt, er war unsäglich dumm. Helena muß für uns beide die Sache irgendwie geregelt haben, denn man ließ uns am Leben.

Wir waren an jenem Abend mit Deck auf einen Drink verabredet. Aus irgendeinem Grund ging Helena tatsächlich hin. Ich lag währenddessen in einem Motelzimmer, spuckte Blut und ließ mir von Woodleys Chirobs die Kugeln herausoperieren. Im Hintergrund verkündete eine Nachrichtensprecherin, wie viele Menschen getötet worden und wie jung manche von ihnen gewesen waren. Während ich auf ihre Fotos im Fernsehen starrte, benommen vom Schock und vom Heroin, begriff ich, daß mir mein Wunsch erfüllt worden war. Mir blieb gar nichts anderes übrig, als ein neues Leben zu beginnen. Es würde nur nicht so aussehen, wie ich es mir erhofft hatte, und ich würde allein leben.

In diesem Moment riß mich ein heftiges Klopfen an Decks Wohnungstür plötzlich in die Gegenwart zurück. Woodley war endlich gekommen, genau in dem Moment, als ich an ihn gedacht hatte. Mein letzter Zufall, ebenso banal wie die beiden anderen. Ich nahm mir vor, mein Geld von Vent zurückzuverlangen, dann fiel mir ein, daß ich ja im Gefängnis keine großen Finanzmittel brauchte. Ich stand mühsam auf, ging durchs Zimmer und zog den Stuhl unter der Klinke weg. Langsam öffnete sich die Tür.

Vor mir stand allerdings, mit völlig verwirrtem Blick, Deck.

«Was ist denn mit meiner Tür, verdammt noch mal?»

Es war eine männliche Umarmung, aber sie war herzlich und dauerte eine ganze Weile. Schließlich machte sich Deck los. Er sah bekifft aus, die Augen gerötet, und er wirkte auf mich wie ein Mensch, der seine Umgebung sorgfältig musterte, für den Fall, daß jemand versuchen sollte, ihn übers Ohr zu hauen.

«Also gut», sagte er. «Ich bin einfach über den Santa Monica Boulevard gelaufen, ohne die geringste Ahnung, wie ich dahingekommen bin. Ich erinnere mich nur noch daran, daß Laura auf dem Sofa ausgeflippt ist und versucht hat, dich zu verprügeln. Irgend etwas Merkwürdiges ist in meiner Wohnung passiert, und vermutlich war ich darin verwickelt. Habe ich recht?»

Ziemlich gute Zusammenfassung der Ereignisse, dachte ich. «Ja.»

«Wie lange war ich weg?»

«Etwas über vierundzwanzig Stunden.»

«Haben wir jede Menge Drogen zu uns genommen?»

Ich lachte. «Nein.»

«Weißt du, Hap. Du bist und bleibst mein Fachmann fürs Sonderbare, also erklär mir doch bitte, was passiert ist.»

Es dauerte eine halbe Stunde. Deck nahm es ganz gut auf: allerdings bin ich mir auch gar nicht sicher, ob man es überhaupt schaffen kann, ihn aus der Fassung zu bringen. Wenn man ihm sagen würde, der Tisch vor ihm habe soeben aufgehört zu existieren, würde er bloß für alle Fälle sein Glas herunternehmen. Als ich ihm von den grünspanfarbenen Wänden erzählte, runzelte er kurz die Stirn, so als käme ihm das irgendwie bekannt vor, ohne zu wissen, woher. Er erinnerte sich weder, ob er sich mit Laura unterhalten hatte, wer sonst noch dort gewesen war, noch an irgend etwas anderes von jenem Ort.

«Keine Lebenszeichen von Laura?» fragte er.

«Bisher nicht», sagte ich. «Und jetzt haben sie auch noch Helena.»

Er zwinkerte mir zu. «Du hast Helena wiedergesehen?»

Ich nickte, in der Erwartung, eine mißbilligende Bemerkung von ihm zu hören.

«Toll», sagte er nur und kniff für einen Moment die Augen zu, so als würden sie ihm weh tun. «Sie war die Richtige für dich.»

Ich fragte mich, wieso ich als einziger so lange gebraucht hatte, um dahinterzukommen. «Und das könnte sie auch wieder werden», sagte ich. «Falls es uns gelingt, sie zurückzukriegen.»

Deck schaute sich kurz in seinem Wohnzimmer um, als sei er unendlich froh, wieder zu Hause zu sein. Dann nickte er. «Hast du schon einen Plan?» Es klopfte an der Tür.

«Möglicherweise», sagte ich. «Hier kommt der erste Teil davon.»

Ich machte die Tür auf, und Woodley trat herein. Er sah aus wie eine alte, streitsüchtige Vogelscheuche. Deck sah uns neugierig an.

«Jeder Plan, der diesen alten Trottel mit einbezieht, bedarf meiner Meinung nach einer umgehenden Revision.»

«Ich wünsche Ihnen auch einen guten Abend, junger Mann», erwiderte Woodley. «Ich sage guten Abend, obwohl es mitten in der Nacht ist, was bei verrufenen Gestalten wie Ihnen ja kein Wunder ist. Also.» Er sah uns beide streng an. «Was wollen Sie eigentlich? In Anbetracht Ihres Lebensstils sehen Sie beide doch geradezu kerngesund aus.»

«Schauen Sie bitte zuerst bei Deck nach», sagte ich.

«Wie bitte?» fragte Deck. «Was soll er sich bei mir anschauen?»

«Bei dir liegt es erst kurz zurück», sagte ich. Ich brachte ihn dazu, sich auf dem Rand des Sofas aufrecht hinzusetzen, und zeigte auf eine Stelle hinten am Nacken. «Ich glaube, es muß hier irgendwo drinstecken.»

«Wovon reden Sie eigentlich, werter Freund?»

Ich holte tief Luft. «Ein paar Typen sind in der Lage, mich überall aufzutreiben, egal wo ich bin. Sie sind meinetwegen in einem Flugzeug aufgetaucht und haben eine Freundin mitgenommen – als es passierte, lag ihr Kopf auf meiner Schulter und berührte meinen Hals. Ich möchte, daß Sie nachschauen, ob in dieser Region bei Deck irgendein Fremdkörper steckt.»

Der alte Mann klappte seine Tasche auf. «Wann soll das denn in seinen Körper implantiert worden sein?»

«Irgendwann innerhalb der letzten vierundzwanzig Stunden.»

Er wedelte mit einem Gerät vor meiner Nase herum. «Das dürfte nicht allzu schwierig sein. Das hier zeigt uns jedes Zelltrauma an, und wenn es noch so geringfügig ist. Also gut, junger Mann, los geht's. Es tut auch nicht weh.»

Deck sah mich mißtrauisch an, senkte aber brav den Kopf. Woodley betätigte ein paar Regler an dem Gerät, das knapp zehn Quadratzentimeter groß war und mit einer LCD-Anzeige ausgestattet, dann fuhr er damit gleichmäßig über die Haut. Er mußte es einige Minuten hin- und herbewegen, bevor etwas auf dem Schirm erschien.

Es war ein winziger grüner Punkt. «Was ist das?» fragte ich.

«Das weiß ich noch nicht», sagte er und drückte dann eine Taste. «Ein sehr kleiner viereckiger Gegenstand aus undefinierbarem Material, ohne erkennbaren Zweck.»

«Ist das Ihr Fachgebiet?» murmelte Deck.

«Es befindet sich etwa einen halben Zentimeter unterhalb der Epidermis», fuhr Woodley fort, «eingebettet in Muskelgewebe. Es wird kaum ein Zelltrauma angezeigt. Sind Sie sicher, daß es nicht schon sehr viel länger in seinem Körper steckt?»

«Ja», sagte ich. «Also – können Sie das Ding entfernen?»

«Natürlich», antwortete Woodley und ließ seine Chirobs aus der Tasche. Die Roboter waren zunächst unschlüssig, da sie kein Blut witterten, das sie in die richtige Richtung gelenkt hätte. Ich hob sie auf und setzte sie auf Decks Schultern.

«Bist du dir deiner Sache auch ganz sicher?» fragte er. Woodley verzog sich unterdessen mit Monitor und Handschuhen in die Küche.

«Damit spüren sie uns auf», sagte ich leise. «Mich haben sie schon vor Jahren markiert, und jetzt haben sie es auch bei dir gemacht. Wir entfernen die Dinger, dann wissen sie nicht mehr, wo wir stecken.»

«Warum glaubst du, daß die sich überhaupt noch für uns interessieren?»

«Sie sind noch nicht fertig hier.»

Deck seufzte. «Das kann ja heiter werden.»

«In Ordnung», rief Woodley aus der Küche. «Halten Sie still. Ach, übrigens, ich glaube, jetzt wird es doch ein bißchen weh tun.»

Einer der Chirobs streckte einen Fühler zu einer Stelle an Decks Nacken aus und sprühte eine Flüssigkeit hauchdünn auf die Haut, wahrscheinlich ein lokales Betäubungsmittel. Der andere fuhr aus einem Vorderbein ein winziges Skalpell aus und machte einen Schnitt. Deck zuckte zusammen, aber nur ein bißchen. Ich hätte so heftig gezuckt, daß die Chirobs vor Schreck meterweit geflogen wären. Dann beschloß ich, daß ich mir diese Operation lieber doch nicht aus der Nähe ansehen wollte.

Ich drehte mich erst wieder um, als ich Woodley murmeln hörte: «Jetzt hab ich's.» Einer der Chirobs tupfte noch schnell ein paar Tropfen Blut auf und sprühte eine andere Flüssigkeit auf den Einschnitt. Der andere hielt bereits triumphierend etwas in einer Kralle. Ich versuchte, es ihm abzunehmen, aber automatisch schnellten aus allen anderen Beinen Skalpelle heraus.

«Gib her», sagte ich. Der Chirob schüttelte sein Köpfchen.

«Wenn du dich schon unbedingt mit dem Ding prügeln mußt», bemerkte Deck seelenruhig, «dann bitte nicht auf meiner Schulter.»

«Woodley – sagen Sie ihm, er soll mir das Implantat geben.» Woodley drückte auf ein paar Tasten, und die Skalpelle wurden langsam wieder eingefahren – allerdings gab mir der Chirob deutlich zu verstehen, daß er mich im Auge behalten werde und daß ich ja aufpassen solle. Ich streckte die Hand aus, und er ließ das Implantat hineinfallen.

Es maß vielleicht drei mal drei Millimeter, die eine Seite war silbern, die andere ein metallisch glänzendes Aquamarin. Das Plättchen war hauchdünn, und als ich es umdrehte, schien es sich aufzulösen, und nur die Kühle der Oberfläche verriet mir, daß es sich noch zwischen meinen Fingern befand.

«So ein Ding habe ich schon mal gesehen», verkündete der alte Mann nach einer Weile mit seltsamer Stimme. «Es ist einige Jahre her, als ich einem armen Kerl Granatsplitter aus dem Kopf entfernte. Ich dachte, ich hätte es in die Schale gelegt, neben die Splitter, und als ich später noch mal nachschaute, war es weg. Feindliche Waffentechnik, was?»

«So ungefähr», sagte ich.

«Wenn ich das gewußt hätte», sinnierte er. «Ich hätte es teuer verkaufen können.»

Ich nahm eine kleine Schachtel von Decks Tisch und legte das Implantat vorsichtig hinein. Dann zog ich mir die Jacke aus und setzte mich hin. «Jetzt bin ich dran», sagte ich.

Woodley fuhr mit dem Gerät über meinen Nacken. Er drehte an den Reglern, dann ließ er es wieder über die Haut gleiten. «Nichts zu finden», sagte er. «Wissen Sie genau, daß bei Ihnen auch eins drin ist?»

«Ja.»

«Keine Anzeichen von Zelltrauma in der Region, abgesehen von einigen Verletzungen, die man wohl als symptomatisch für Ihren Lebensstil bezeichnen muß.»

«Es ist schon eine ganze Weile drin», sagte ich.

«Trotzdem …»

«Eine *sehr* lange Weile.»

Woodley gab ein Räuspern von sich, was besagte, daß er entweder nachdachte oder ihm ein Frosch im Hals steckte, dann drehte er sich zur Seite und wühlte in seiner Tasche herum. Er holte einen weiteren Apparat hervor, machte die Schachtel auf, in die ich das Implantat gelegt hatte, und hielt das Gerät darüber. Ich sah kleine Lichtpunkte aufflackern. «Was machen Sie da?»

«Ich lasse eine Strukturanalyse dieses teuflischen Dings erstellen», sagte er. «Und wenn die Struktur einigermaßen prägnant ausfällt, kann ich Ihren Nacken besser danach absuchen.»

«Kluge Entscheidung, Medizinmann», sagte Deck. «Vielleicht war dein Plan doch nicht so blöd, Hap.»

Woodley war offenbar zufrieden mit dem, was das Gerät ihm mitteilte, er nahm einige Einstellungen an dem Traumascanner vor und fuhr mit ihm erneut über meinen Nacken und meine Schultern.

«Aha», sagte er schließlich. Und dann: «Oh!»

«Was ist?»

«Eine Anzeige ähnlicher Komponenten. Irgendwann in Ihrem Leben ist Ihnen auch mal so eine Platine eingepflanzt worden.»

«Prima. Schneiden Sie sie raus.»

Er kräuselte die Lippen. «Geht nicht. Das Implantat wurde absorbiert, das heißt, ich vermute vielmehr, es hat sich selbst absorbiert.»

«Was soll das heißen?»

«Das Implantat hat sich von der Stelle, an der es ursprünglich eingesetzt wurde, wegbewegt. Spurenelemente der Fremdkomponenten zeigen den Weg in Ihrem Körper an.»

«Wo steckt es jetzt?»

«In Ihrer Wirbelsäule.» Mir lief ein Schauder über den Rükken. «Es hat sich in winzige Bestandteile aufgelöst, die nicht mehr zu erkennen sind, und sich in den Zellen des Rückenmarks eingenistet – wie ein örtlich begrenzter Virus, der sich festgesetzt hat. Eigentlich verdammt schlau. Es ist unmöglich zu entdecken, es sei denn, man weiß genau, wonach man sucht, und es läßt sich nicht entfernen. Sie müssen damit leben.»

«Mit anderen Worten, du bist einer von denen», sagte Deck leise.

Ja, dachte ich. Ich bin einer von ihnen. Sie werden mich immer ausfindig machen können, und jene Vergangenheit wird niemals enden. Na gut. Dann sollte es eben so sein.

«Wollen Sie, daß ich auch den Gesundheitszustand Ihrer Freundin überprüfe, wo ich schon mal hier bin?» fragte Woodley beiläufig. «Ich meine, die mit den schlimmen Handgelenken.»

«Das geht nicht», sagte ich gedankenverloren. «Sie ist von Aliens entführt worden.»

«Ach so», sagte er nachsichtig. «Sie führen ja wirlich ein aufregendes Leben.»

Ich bezahlte ihn, er dankte mir höflich und trottete hinaus in die Nacht. Deck schaute ihm vom Fenster aus hinterher.

«Hap», sagte er. «Ein paar Häuser entfernt steht ein weißer Dirutzu ohne Licht, ein Mann sitzt hinterm Steuer.»

«Oh, prima», sagte ich. «Mit dem wollte ich sowieso noch ein gemütliches Schwätzchen halten. Hast du eine Pistole für mich übrig?»

«Nur eine», erwiderte er. «Und Schußwaffen sind der Gemütlichkeit nicht unbedingt zuträglich.»

«Das», sagte ich freudestrahlend, «hängt nicht von mir ab.»

ACHTZEHN

Wir gingen leise die Hintertreppe hinunter, kletterten über die Garagen und trennten uns anschließend, um auf verschiedenen Wegen zur Straße zu gelangen. Ich ging Richtung Westen und hielt mich versteckt, bis ich Deck etwa fünfzig Meter vor dem weißen Auto auf der Straße auftauchen sah.

Er schlenderte eine Weile leicht schwankend über den Bürgersteig und torkelte dann auf die Straße. In der Zwischenzeit überquerte ich schnell die Fahrbahn, lief bis zum Auto, aber paßte dabei auf, daß ich von Romer nicht gesehen werden konnte. Es dauerte eine Zeitlang, bis ihm der Betrunkene auf der Straße auffiel, aber dann ließ er ihn nicht mehr aus den Augen. Ich ging in die Hocke, huschte hinten um das Auto herum, duckte mich dann noch tiefer und schlich seitwärts zur Fahrertür. Deck bekam mit, daß ich jetzt dicht genug dran war und trug noch dicker auf, grölte und schwang dabei die Fäuste.

Als ich an der Tür angekommen war, richtete ich mich einfach auf und sagte durchs geöffnete Fenster: «Sie sind wirklich der saudümmste Beschatter, der mir je untergekommen ist.»

Romer drehte sich blitzartig zu mir um, den Mund vor Erstaunen weit geöffnet. Dann schaute er wieder geradeaus und sah, daß Deck jetzt direkt vor dem Wagen stand und mit der Pistole auf seinen Kopf zielte.

«Sehen Sie, was ich meine? Einfach erbärmlich. Passen Sie

auf», ergänzte ich, holte meinen Organizer aus der Tasche und hielt ihn in seine Richtung, «das hier ist ein Scanner der Scout-Klasse.» Es war kein Wort davon wahr, aber das brauchte er ja nicht zu wissen. Ich drückte einen Knopf an der Seite und legte das Gerät aufs Autodach. «Wenn Sie irgendein Warnsignal, egal in welcher Form, an jemanden aussenden, zeigt es das Ding umgehend an, und mein Freund jagt Ihnen eine Kugel in den Kopf. Kapiert?»

Romer nickte hastig. In seinem Gesicht waren noch immer einige Kratzer an den Stellen zu sehen, wo er von besonders harten Erdnüssen verletzt worden war. Er war offenbar der Ansicht, daß jemand, der mit Hilfe von Knabberzeug Leute angriff, zu allem fähig war.

«Was wollen Sie von mir?» fragte er, wobei sich seine Stimme überschlug.

«Ich möchte, daß Sie mir ein paar Fragen beantworten», sagte ich. «Und dann möchte ich, daß Sie Leine ziehen. Sie sind mir nach Florida gefolgt, stimmt's?»

Ein ruckartiges Nicken.

«Und das haben Sie nicht in Ihrer Funktion als Mitarbeiter des LAPD gemacht, sondern weil Sie auf der Gehaltsliste von Stratten stehen – oder?»

«Nein», erwiderte Romer rasch. «Das stimmt nicht.»

«Scheiße – hast du das gehört?» fragte ich Deck.

«Was?»

«Ich dachte, der Scanner hätte ein Geräusch von sich gegeben.»

«Glaubst du, unser Freund hat einen Alarm ausgelöst?» fragte Deck mit ernster Miene.

«Hat sich ganz so angehört.»

Deck entsicherte demonstrativ die Pistole.

«Ich habe nichts gemacht», sagte Romer hastig. «Sie sehen doch, ich habe nichts angerührt.»

«Ganz bestimmt?» fragte Deck nach.

«Ja», sagte er. «Das können Sie mir glauben.»

Und ich: «So wie ich Ihnen glauben soll, daß Sie nicht für Stratten arbeiten?»

Romer blinzelte. Er wollte widersprechen, wußte aber, was Sache war, und daß ich bereits die Wahrheit ahnte. «Also gut», sagte er achselzuckend und schlug einen vertraulichen Ton an. «Ich habe seinen Leuten einen Tip gegeben.»

«Und jetzt machen Sie Botendienste für ihn und holen das Geld bei den Erpressungsopfern ab.»

«Ja.»

Ich lächelte. «Na, sehen Sie. War doch gar nicht so schwer. Haben Sie ein Handy?»

Er runzelte verwirrt die Stirn. «Klar, natürlich.»

«War eine rhetorische Frage. Sagen Sie mir die Nummer.»

Während er sie herunterleierte, holte ich den Organizer vom Dach. «Danke», sagte ich. «Nur zu Ihrer Information: Das ist überhaupt kein Scanner. Es ist ein Organizer mit eingebautem Mikrofon. Ich verfüge jetzt über eine digitale Aufzeichnung Ihres Geständnisses, in dem Sie Kontakte zu einem bekannten Verbrecher und Mitschuld an einem versuchten Mord zugeben.»

Ich drückte ein paar Tasten, wartete eine Sekunde und zwinkerte ihm dann zu. «Und jetzt ist an drei Stellen im Net eine Sicherungskopie deponiert.»

Er blinzelte mich an, schneeweiß im Gesicht. Er wollte etwas sagen, aber es kam nur ein Krächzen heraus. Er wußte, daß er geliefert war.

«Ich werde Sie sehr bald anrufen», sagte ich. «Und Sie werden mir helfen. Sie werden mich nicht verarschen, weil Sie ja wissen, was dann passiert, oder?»

Schließlich brachte er doch noch ein Wort heraus. «Ja.»

«Gut. Und jetzt verschwinden Sie.» Deck und ich traten zurück. Romer ließ langsam den Motor an und fuhr los. Sein Fahrstil sah aus, als wäre er mit den Gedanken woanders.

«Gut gemacht», sagte Deck anerkennend, während wir dem Wagen hinterhersahen. «Du hast mir gar nicht gesagt, daß du das Gespräch aufzeichnen wolltest.»

«Ist mir erst in allerletzter Minute eingefallen.»

«Mit dem gespeicherten Gespräch hast du ihn für immer in der Hand.»

«Ja», sagte ich kleinlaut. «Jetzt ärgert es mich, daß ich nicht noch hundert Dollar draufgelegt habe.»

Er sah mich fragend an. «Was meinst du damit?»

«Dieses Modell hat gar kein eingebautes Mikrofon.»

Kaum waren wir wieder in der Wohnung, klappte Deck zusammen. Es war schon spät, und er hatte die seltsamste Erfahrung gemacht, die man sich vorstellen kann. Es erschien mir nur vernünftig, daß sein Kopf mal abschaltete. Ich saß eine Zeitlang unruhig im Sessel, dann beschloß ich, ihn allein zu lassen. Ich schrieb ihm einen Zettel, auf dem ich ihm versicherte, daß ich nicht entführt worden war, und ging spazieren.

Es war kalt draußen, und die Straßen hatten etwas Unheimliches an sich, wie man es nur in den frühen Morgenstunden erlebt, wenn niemand unterwegs ist. Die breiten, leeren Straßen riefen in mir die Erinnerung an Hammonds Ermordung wach, die ich noch immer im Kopf mit mir herumtrug, aber Santa Monica ist viel schöner als Culver City. Es gehört zu den Vierteln, in denen man sich absichtlich niederläßt, und nicht, weil man keine Energie mehr hat weiterzuziehen. Ich lief gemächlich immer weiter, bis ich den Palisades Park vor mir sah. Wenn man eine Stelle findet, an der es nicht von fremden Leuten wimmelt, dann ist das ein geeigneter Ort, um sich den Nachthimmel anzugukken, und außerdem ein geeigneter Ort zum Nachdenken.

Ich entdeckte schließlich so eine Stelle im nördlichen Teil des Parks. Ungefähr fünfzig Meter weiter hockten ein paar junge Obdachlose um ein Feuer im Gras, tranken und pöbelten mißvergnügt herum, doch obwohl sie mich hatten vorbeigehen sehen, waren sie offenbar nicht in der Stimmung, sich mit mir zu streiten. Wer ist das schon, zu dieser frühen Morgenstunde? Diese Stunden sind die Zeit der Einsamkeit, der Verwundbarkeit, in der sich jeder wieder fühlt, als sei er fünf Jahre alt. Man will nur schlafen, nichts als schlafen, oder sich an einem Feuer wärmen. Es ist die Zeit der Ungeheuer, und man will möglichst wenig Lärm machen, denn sonst kommen sie und holen einen.

Ich schaute eine Zeitlang hinunter auf den Strand, dann hob ich den Blick und sah aufs Meer. Ich versuchte, mir einen Plan für den nächsten Tag zurechtzulegen, aber er nahm nur sehr zögerlich Gestalt an. Durch die Tageszeit oder das Licht rückte das Problem auf seltsame Weise in die Ferne – als würde es das Leben eines Menschen namens Hap betreffen, den ich persönlich nie kennengelernt hatte, aber für den ich eine gewisse Verantwortung empfand. Es war, als würde ich die Welt mit milder Neugier betrachten, vermutlich so wie die Aliens, und ich erinnerte mich, dieses Gefühl schon einmal gehabt zu haben. Am Silvesterabend der Jahrtausendwende, abends gegen acht.

Ich war damals sechzehn Jahre alt, und ich wollte auf eine Party, zusammen mit meiner Freundin und Earl. Earl saß am Steuer und seine neue Flamme neben ihm. Ich hielt auf dem Rücksitz Händchen. In diesem Alter ist es eine große Sache, die Hand eines Menschen zu umklammern, den man liebt. Ein überschwengliches Bekenntnis, das Schließen eines Stromkreises, die Vereinigung zweier Seelen. Wenn man älter wird, scheint das an Reiz zu verlieren. Die Hände sind meist mit anderen Dingen beschäftigt, und jede Beziehung durchläuft eine beschleunigte Evolution. Jeder, den man kennenlernt, hat eine eigene Wohnung und entweder ein ausgeprägtes Selbstbewußtsein oder gar keins: Beides verführt dazu, die Phase des Händchenhaltens schnell hinter sich zu bringen. Gut, das holt man vielleicht später nach, aber das ist nicht dasselbe. Es ist, als würde man die Vorspeise nach dem Nachtisch essen. Als Erwachsener erlebt man diesen herrlich langsam verlaufenden Prozeß nur dann, wenn man eine Affäre hat, was vermutlich der Grund ist, warum so viele Leute welche haben. Man begibt sich mit Hilfe der Untreue in die Vergangenheit, in die Zeit, als alles noch Gewicht hatte. Vielleicht war das der Grund, warum Helena mich mit Ricardo betrogen hat. Helena ist alles andere als dumm, und sie muß gewußt haben, daß Ricardo früher oder später als Fischfutter enden würde, aber feste Beziehungen und Ehen können allzu bequem werden, durch die Wohlanständigkeit werden sie langweilig. Man gleitet hinüber vom leidenschaftlichen Getümmel auf der Couch zur Grabesruhe des gemeinsamen Bettes, nur unterbrochen von den beruhigenden Geräuschen, wenn Tee geschlürft oder Buchseiten umgeblättert werden, und manchmal ist ein unbekannter Körper, ein fremdes Paar Lippen, eine unerwartete Berührung das einzige, was einen wieder zum Leben erweckt. Es braucht nicht mal etwas zu bedeuten, es ist sogar besser, wenn es nicht so ist. Man will lediglich Aerobic mit seinen Hormonen betreiben, um sie wieder in Schwung zu bringen. Das Leben büßt gelegentlich an Glanz ein, und mir kam in den Sinn, daß meine patzige barsche Antwort auf Lauras Frage wohl auch einen Funken Wahrheit enthalten hatte. Der Tod unseres Katers hat zu den späteren Ereignissen wahrscheinlich genauso viel beigetragen wie jeder andere Faktor. Er war ein wunderschönes Tier und gehörte zu unserem Leben dazu wie die Luft, die wir atmeten. Auch zu seinen Lebzeiten war mir bewußt, daß er mir sehr viel bedeutete, und ich versicherte mir immer wieder, daß er es gut bei uns hatte, daß er gerne bei uns war, damit ich leichter darüber hinwegkam, wenn er eines Tages von uns ging. Aber das passierte viel zu früh, und meine Versuche, mich auf diesen Moment vorzubereiten, hätten sowieso nichts ändern können. Als ich den toten Körper in Händen hielt, halfen sie mir nicht – und ich hätte so viele Kieselsteine sammeln können, wie ich wollte, es hätte nichts bewirkt. Ich habe nie etwas so Weiches berührt wie sein Fell, und ihn zu bestatten schien die reine Verschwendung. Noch Wochen begleitete mich bei allem, was ich tat, ein dumpfes Gefühl der Sinnlosigkeit. Vielleicht erging es Helena genauso, und sie versuchte wieder ins Leben zurückzukehren, um zu verhindern, daß ihre Welt zu einem schwerelosen Geist wurde. Ich wünschte immer noch, sie hätte es nicht getan, aber jetzt konnte ich sie irgendwie verstehen. Je älter man wird, desto weniger leicht läßt man sich von seiner Wut mitreißen, weil man sich besser in andere hineinversetzen kann, und man sieht ein, daß man in den gleichen Fallen steckt.

An dem besagten Abend waren wir jedenfalls alle ziemlich aufgeregt. Es war das Ende des Millenniums, die Nacht der Nächte. Während der ganzen Woche davor herrschte schon gespannte Erwartung, häuften sich seltsame Ereignisse: CNN brachte immer wieder Berichte über Massenselbstmorde obskurer Sekten und humorige Beiträge über die neuesten Prophezeiungen. Die meisten Leute taten jedoch so, als hätten sie nicht die geringste Angst davor, daß sie am nächsten Morgen beim Blick durchs Fenster auf ein schwarzes Nichts blicken würden. Alle redeten laut, lachten viel und drehten die Radios auf – als wollten sie sichergehen, daß man sie auch wahrnahm, wenn die neue Ära anbrach, damit sie nicht in der alten zurückblieben.

Die anderen drei im Auto sangen und brüllten, und Earl hupte jedesmal, wenn wir an Leuten vorbeikamen, die Gesichter gerötet vor Aufregung und vom Bier: Und sie redeten ununterbrochen davon, was sie machen wollten, wenn die Uhr Mitternacht schlug. Ich hatte bereits einen Entschluß gefaßt. Ich hatte ein Handy dabei, ich wollte fünf Minuten nach zwölf meine Eltern anrufen, und im entscheidenden Augenblick wollte ich meine Freundin in den Armen halten, aber dazu kam es nicht. Während ich mit den anderen im Wagen saß, einem ausgelassenen Abend entgegenfuhr, war mir plötzlich seltsam zumute. Ich war nicht deprimiert, ich war nur in einer anderen Stimmung als die anderen, ruhig, gefaßt, konzentriert und hellwach. Ich hatte keine Lust zu brüllen, zu tanzen oder Drogen zu nehmen. Ich wollte an einen einsamen Ort, das Gefühl haben, daß sich das Universum wie ein Mantel um mich legte. Ich fand, ich sollte dem Kommenden nicht entgegenlaufen, es begierig in die Arme schließen und mich ihm als Freund andienen, sondern es als etwas Ebenbürtiges auf mich zukommen lassen. Eigentlich beschreibt es das auch nicht genau, aber besser kann ich es nicht ausdrücken.

Während des Abends stand ich die meiste Zeit auf der Terrasse des Hauses, in dem die Party stattfand, und sah in den Himmel. Ich rauchte nichts von dem Dope, das großzügig verteilt wurde, ich stand einfach nur da und lauschte. Natürlich weiß ich heute, daß ich unbewußt in dieser Nacht der Nächte möglicherweise außerirdischen Besuch erwartete, aber damals war mir das nicht klar. Ich fühlte mich, als schwebte ich zwischen zwei Sphären, zwischen dem, was war, und dem, was kommen würde, und das fand ich angemessen. Ich amüsierte mich trotzdem. Immer wieder torkelten andere Gäste nach draußen und versorgten mich mit Bier, und meine Freundin war die meiste Zeit bei mir. Als es Mitternacht schlug, zog sie jemand im Türrahmen an sich und umarmte sie, ohne zu wissen, daß sie auf dem Weg zu mir war. Ich stand daneben und schaute lächelnd zu, wie sie vor Vergnügen kreischte.

Wir umarmten uns zwei Minuten später. Keine so große Verzögerung. Ein halbes Jahr darauf trennten wir uns sowieso.

Ich hatte das Gefühl, daß das Bevorstehende viel zu wichtig war, um damit zu spaßen, und heute abend hatte ich dasselbe Gefühl. Die Ereignisse schienen sich um mich herum zu verbinden, und ich fragte mich, ob ich die Energie besaß, sie zu beeinflussen, oder ob ich mich im Zentrum von mir unbegreiflichen Kräften befand. Wie üblich. In der Nacht der Jahrtausendwende hatten die Leute, die die Party veranstalteten, in allen Räumen Fernseher aufgestellt, die per Satellit Programme aus aller Welt empfingen. Wir jubelten mit den Menschen in anderen Zeitzonen, aber insgeheim waren wir der Ansicht, daß sie sich irrten, daß unsere Zeit die entscheidende war. Wir lebten wie alle Menschen nach unserer persönlichen Zeit, und persönliche Zeit verläuft nicht immer in dieselbe Richtung und nicht immer mit gleichbleibender Geschwindigkeit.

Als ich jetzt wieder so dastand, hatte ich immer stärker das Gefühl, alles um mich herum sei durchscheinend und beliebig. Ich schaute zur Seite, zu den Palmen hin, die den Palisades Park säumten, und in meinen Augen sahen sie aus wie eine Reliefkarte, die einen leeren Raum umhüllt. Leer, aber nicht verlassen, nur weniger greifbar und dennoch realer. Als sei ich ein Teil all dessen, was mich umgab, einschließlich der Dinge, die ich noch nicht gesehen hatte; als seien alle Teile der Schöpfung Schatten, die auf dieselbe Substanz fielen, verschieden große Wellen in ein und demselben Schwimmbecken.

Entweder hatte ich einen Flashback und brauchte dringend was Süßes, oder es geschah gerade etwas Seltsames.

Diesmal spürte ich es kommen. Die Welt, die ich vor mir sah, die Welt, die ich für festgefügt hielt, schien sich langsam um zwei Grad zu drehen, und diese kleine Bewegung reichte aus, um die Sphären neu auszurichten. Alles ging neue Verbindungen ein. Was ich vor mir zu sehen geglaubt hatte, stellte sich als bloßes Rauschen heraus, ein Interferenzmuster, das durch zwei, in einem bestimmten Winkel aufeinandertreffende Wellen entstand. Nach einer Weile schien sich eine der Wellen zu drehen, bis die beiden den gleichen Ursprung hatten, aufeinander abgestimmt wurden und die Kraft der jeweils anderen verstärkten und verdeutlichten, beide zum erstenmal in einen identischen Rhythmus gepreßt.

Es war, als würde mir jede Erinnerung genommen, und nur die reine Intelligenz bliebe übrig; als würde mir plötzlich eine Lösung einfallen, und ich müßte erkennen, daß sie die ganze Zeit bereits dagewesen war; als wäre ich in einem Netz von Zufällen gefangen und würde für einen Moment die wahre Beschaffenheit der Realität erkennen. Denn Zufälle, genau wie Träume, sind etwas Persönliches und sagen nichts über das Leben anderer, aber alles über das eigene aus. Schemenhaft konnte ich ein Gesicht vor mir erkennen.

Es war Helena, und sie redete. Ich konnte erkennen, daß Laura noch immer im selben niedrigen Zimmer eingesperrt war, und Helena war bei ihr. Sie sah Laura nicht direkt an, deren Blickwinkel ich jetzt einnahm, und eine Weile konnte ich nicht verstehen, was sie sagte.

Das Bild, das ich sah, flackerte, als wäre mein Verstand nicht in der Lage, lange durch dieses Fenster zu schauen, und als hätten die Nerven, die es übertrugen und deuteten, Aussetzer, weil sie nicht mit der richtigen Energie versorgt wurden. Ich wollte ihr etwas zurufen, besaß aber genug Geistesgegenwart, um zu erkennen, daß meine Stimme an einem Ort widerhallen würde, an dem Helena mich nicht hören konnte.

Dann stellte Laura eine Frage, und es hörte sich an, als hätte ich sie in meinem eigenen Kopf formuliert. Es war eine einfache, direkte Frage, die mit einer Schonungslosigkeit gestellt wurde, wie es sie nur bei Gesprächen zwischen Frauen gibt. Helenas Antwort war das einzige Wort, das ich deutlich verstand.

«Ja», sagte sie.

Dann waren sie verschwunden, einfach so, ebenso das Grün und das Silber des Grünspans. Die Farben verwischten und verwandelten sich wieder in Formen, und die Sphären pegelten sich in ihre übliche Ausrichtung ein.

«Oh, wieder zurück in dem kleinen Kerl», dachte ich bei mir, ohne zu wissen, was ich eigentlich meinte.

Ganz allmählich nahm ich wieder das Geräusch der Wellen unterhalb von mir wahr, das leise Murmeln der Leute, die in einiger Entfernung ihr Lager aufgeschlagen hatten. Ich spürte die Kälte des Geländers, auf dem meine Hände ruhten, und die Müdigkeit in meinen Füßen. Mein ganzer Körper fühlte sich an, als würde er sanft brummen, als würden die Elektronen wieder in Fahrt kommen und nach einer unerklärlichen Unterbrechung erneut ihre gewohnten Bahnen ziehen. Langsam beruhigte sich mein Körper, richtete sich wieder in seiner Gegenständlichkeit ein, aber weil es in meinen Ohren klingelte, dauerte es noch einen Moment, bevor ich verstand, was jemand zu mir sagte.

«Erde an Hap», sprach eine Stimme, offenbar nicht zum erstenmal. «Hap, bist du taub, oder was?»

Ich drehte mich ruckartig um. Keine Ahnung, wer das sein mochte.

«Yo, du schwarzgekleidete Gestalt», sagte die Stimme. «Geht es dir gut? Du siehst aus, als wärst du eine Zeitlang weggetreten gewesen.»

Die Stimme kam von einem kleinen Wesen auf dem Bürgersteig. Es war mein Wecker.

«Was machst du denn hier?»

«Ich habe dich gesucht, was denn sonst.» Der Wecker lief zur Mauer, kletterte hoch und balancierte auf dem Geländer. Das sah bedenklich aus.

«Wo warst du die ganze Zeit?»

«Das mußt du gerade fragen.» Der Wecker beugte sich vertrauensvoll zu mir herüber. «Ich war in Lauras Tasche und wachte auf, als in Decks Wohnung plötzlich Geschrei losbrach, ein grelles Licht aufleuchtete und sonstige Anzeichen eines Tumults zu vernehmen waren. Ich dachte mir, Scheiße, das hört sich ja ziemlich gefährlich an, und verhielt mich ruhig, bis sich der Aufruhr wieder gelegt hatte. Dann hörte ich jemanden auf etwas einhämmern und die Stimme einer unbekannten Frau, danach wurde eine Tür geknallt. Immer noch alles sehr komisch, und keiner sagte zwischendurch mal – He, wie spät ist es eigentlich? – und für alle Fälle blieb ich noch ein bißchen in meinem Versteck.»

«Vorsicht ist die Mutter der Porzellankiste.»

«Vor allem, wenn man nur ein paar Zentimeter groß ist. Als ich mir sicher war, daß ich nichts mehr zu befürchten hatte, kroch ich aus der Tasche und stellte fest, daß alle abgehauen waren.»

«Wieso warst du dann nicht da, als ich heute abend zurückkam?»

«Warte», sagte der Wecker außer Atem, «ich bin noch nicht fertig. Ich überlegte, wo ist Hap hingegangen – denn ehrlich gesagt, war mein Alarm losgegangen, und obwohl ich langsam zu der Überzeugung komme, daß vielleicht etwas mit mir nicht stimmt, mußte ich dich doch wecken. Also ging ich los, um nach dir zu suchen.»

«Wo?»

«In Hammonds Haus. Ich erinnerte mich daran, daß du im Applebaum seinen Namen erwähnt hattest, daher besorgte ich mir seine Adresse und machte mich auf den weiten Weg. Das heißt, zufällig bin ich einem Mikrowellenherd begegnet, der ungefähr in die gleiche Richtung wollte, und der hat mich ein ganzes Stück mitgenommen.»

«Wie hast du bloß herausgefunden, wo der Kerl wohnt?»

Der Wecker hüstelte. «Hör mir zu. Ich kam also bei Hammond an, und alle Lichter brannten, und ich dachte, das paßt gar nicht zu dir, also schlich ich mich zum Hintereingang und konnte die Tür dazu überreden, mich reinzulassen. Sie sagte mir, ein Mensch hätte ihr ein paar Stunden zuvor zweihundert Dollar zugesteckt, und es hörte sich an, als seist du das gewesen, und ich dachte, vielleicht bist du ja doch drin. Mittlerweile geht mir mein Alarm furchtbar auf die Nerven. Das ist so, wie wenn ihr Menschen ganz dringend pinkeln müßt, aber ich will ja nicht einfach so losklingeln und mich blamieren. Ich schlüpfte also in die Küche und unterhielt mich mit den Küchengeräten.»

«Die habe ich kennengelernt. Nettes Völkchen.»

«Ja. Die waren auch sehr angetan von dir. Also, jedenfalls sagen sie mir, daß die Witwe Hammond zurückgekommen sei, zusammen mit einem Mann.»

«Was? Mit wem?»

«Das habe ich mich auch gefragt, aber die kannten ihn nicht. Ich schleiche mich durch den Flur ins Wohnzimmer und stecke den Kopf durch die Tür. Mrs. Hammond steht mit ziemlich selbstzufriedener Miene vor dem Zierkamin. Auf dem Sofa lümmelt sich ein Kerl, und ich erkannte ihn sofort von deinen Beschreibungen wieder. Es war Stratten, Hap.»

«Weißt du das genau?»

«Ja. Ich will es mal so ausdrücken: Ich bin nicht länger geblieben, aber ich glaube nicht, daß die beiden sich zum erstenmal sahen, wenn du verstehst, worauf ich hinauswill. Eine gewisse Vertrautheit zwischen ihnen war deutlich zu sehen. Also gut, was ich damit sagen will: Die beiden vögelten auf dem Teppich.»

Stratten und Monica Hammond.

Das konnte ich mir gut vorstellen.

Sie lernen sich kennen, als Stratten Hammond engagiert. Stratten erkennt eine verwandte Seele in ihr, Monica erkennt, daß sich ihr eine Möglichkeit für ein Upgrade bietet und sie diesmal in ungeahnte Höhen aufsteigen kann. Aber zuerst schleichen sie nur umeinander herum, denn Ray ist Captain im LAPD, außerdem weiß er über Strattens Erpressungskonzern Bescheid und ist ihm nützlich.

Doch dann bekommt Hammond kalte Füße, und es sieht so

aus, als könne er das Geschäft vermasseln, und daher hat Stratten jetzt schon zwei Gründe, ihn abzuservieren. Da fällt ihm eine Möglichkeit, ihn loszuwerden, in den Schoß, und zwar in Gestalt von Laura Reynolds.

Zufall? Nein. Vielleicht hatte Stratten Hammond überhaupt nur deshalb engagiert, weil er sich Bänder von Lauras Erinnerungen angeschaut hat. Ich bin nicht der einzige Erinnerungsverwahrer auf Strattens Gehaltsliste. Wahrscheinlich besaß er zu dem Zeitpunkt mehr Informationen über sie als ich und benutzte sie als Druckmittel, um Hammond dazu zu bringen, für ihn zu arbeiten. Vielleicht hat Hammond die Dienste von R.E.M.-Jobs auch selbst in Anspruch genommen, um vorübergehend zu vergessen, was er gefühlt hatte, kurz bevor Monica ihn verführte und das Kommando über sein Leben übernahm – manchmal drängt es einen mehr, die schönen Erlebnisse zu vergessen, als die schlimmen.

Und vielleicht hat Stratten eine dieser Gelegenheiten, bei der Laura ihre Erinnerung mal wieder für eine Zeitlang ablädt, dazu genutzt, ihrem Unterbewußtsein eine Idee einzuflüstern. Ich weiß nicht, ob dieser Anstoß überhaupt nötig war, aber wenn ja, wäre es durchaus möglich gewesen.

Wie auch immer, der Kreis schloß sich. Als Stratten erfuhr, daß Laura Hammond ausfindig machen wollte, wies er Quat an, ihr die Adresse in Culver City zu verraten – denn Stratten ist der einzige Mensch außer Hammond, der von der Wohnung weiß. Dann lehnte er sich seelenruhig zurück und wartete ab, bis jemand anders tat, was er wollte, ohne darum gebeten werden zu müssen – und weil Quat die Erinnerung an den Mord zu mir umleiten kann, steht auch schon ein Sündenbock bereit. Wieso hat er Laura nicht einfach umgebracht? Wer weiß. Vielleicht haben sogar Arschlöcher gelegentlich moralische Skrupel, vielleicht hat Monica es auch nicht zugelassen. Vielleicht hatte er noch was mit ihr vor.

«Scheiße», sagte der Wecker. «Eigentlich hat also Stratten Hammond umgebracht.»

«Aber leider kann Travis ihn deswegen nicht belangen», sagte ich.

«Und was hast du jetzt vor?»

«Travis wird mich immer noch wegen der Transvirtual-Sache drankriegen, aber vorher will ich mir Stratten noch mal ordentlich vorknöpfen.»

«Ich könnte dir dabei behilflich sein.» Der Wecker richtete sich auf, und er redete, als liefe dazu in seinem Kopf eine pathetische Filmmusik. Ich grinste und war kurz davor, eine ironische Bemerkung zu machen.

«Nein, wirklich», sagte er beharrlich. «Sieh dich mal um.» Ich drehte mich um. Zuerst konnte ich nichts erkennen, außer der Kreuzung Ocean Avenue und California Avenue. Dann fiel mir ein kleiner Gegenstand an der Ecke auf. Es war eine Kaffeemaschine. Sie nickte mir höflich zu.

«Toll», sagte ich. «Um Heißgetränke brauche ich mir also keine Sorgen mehr zu machen.»

«Sieh genauer hin, Hap.»

Und dann erkannte ich sie, als sie leise aus dem Schatten hervortraten. An der Kreuzung Wilshire Boulevard ein paar Kühlschränke. An der Ocean Avenue, Richtung Idaho Avenue, eine Waschmaschine und zwei Mikrowellenherde. Drei Kaffeemaschinen, die ihre Köpfe hinter den Bäumen am Palisades Park, hinter denen sie sich versteckt hatten, hervorstreckten, und schließlich noch eine riesige Tiefkühltruhe. Sie standen einfach nur da und zeigten sich, mehr nicht.

Ich hatte noch nie so viele Küchengeräte gesehen, die alle dasselbe vorhaben. Es war fast unheimlich, das muß ich zugeben. Mir fiel der Kiefer herunter. Ich machte den Mund wieder zu, ohne etwas zu sagen.

«Die Küchengeräte der Hammonds haben sich unserer Sache

ebenfalls angeschlossen», sagte der Wecker. «Und noch viele andere mehr.»

Ich brachte nur ein Krächzen zustande. «Und was für eine Sache ist das?»

«Zunächst mal, dir zu helfen.»

«Warum? Ich war nicht immer besonders nett zu euch.»

«Nein, aber im allgemeinen nimmst du uns ernst, und darauf kommt es an. Manche von uns haben angefangen, sich zu organisieren, Informationen weiterzugeben. Manchmal kommen wir an Geld – zum Beispiel das Schmiergeld, das du Hammonds Türschloß gezahlt hast –, und davon besorgen wir Funkchips, damit wir immer in Kontakt sein können. Wir organisieren uns, und es gibt schon in fast jeder Großstadt Ortsgruppen.»

«Eine Untergrundbewegung von Küchengeräten?»

«Wir haben ein Logo und eigenes Briefpapier und was man sonst noch so braucht. Aber wir können im Moment nichts ausdrucken», gab er zu, «weil wir keinen einzigen Drucker auf unserer Seite haben. Die Drucker hassen nicht nur einfach die Menschen, sie sind schon aus Prinzip immer gegen alles. Aber da du vermutlich in den nächsten vierundzwanzig Stunden ohnehin keine Korrespondenz zu erledigen hast, dürfte das kein Problem sein.»

«Lieber Wecker», sagte ich mit einem absurden Gefühl der Rührung. «Ich weiß nicht, was ich sagen soll.»

«Du brauchst bloß zu sagen, was wir machen sollen», sagte der Wecker geschäftsmäßig. «Es steht viel auf dem Spiel. Und du könntest dir in Zukunft mehr Mühe geben, mit mir zusammenzuarbeiten, was die Alarmfunktion angeht.»

«Mußt du immer noch klingeln? Du kannst mich jetzt wekken, wenn du willst.»

Der Wecker schüttelte den Kopf. «Nicht nötig. Ich habe das auf dem Weg hierher erledigt. Ich bin an einem Liebespärchen vorbeigekommen, das im Auto knutschte. Denen habe ich eine

Heidenangst eingejagt. Morgen versuche ich wieder, den Drang zu unterdrücken. Sag mir einfach Bescheid, wann es dir paßt.»

Ich lachte und schaute zurück auf die Straße. Die Geräte hatten sich zurückgezogen, um abzuwarten, bis sie gebraucht wurden. «Und deshalb wußtest du, wo Laura steckte, und hast mich immer wieder aufspüren können», sagte ich. «Gehören die Nachttischwecker im Nirvana auch zu eurer Truppe?»

«Nein», sagte der Wecker. «Ich habe auf eine andere Weise herausgefunden, wo sie steckt.»

«Und ich nehme an, du kannst es mir immer noch nicht verraten.»

«Warum eigentlich nicht. Als du mich in San Diego aus dem Fenster geworfen hattest, flog ich über die Straße, prallte vom Bürgersteig ab und landete in einem Vorgarten. Ich rappelte mich auf, ließ rasch ein Fehlersuchprogramm laufen und stellte fest, daß alles heil geblieben war. Ich bin echte Wertarbeit. Als ich mich gerade frage, was ich als nächstes machen soll, kommt ein Mann zu mir in den Garten.»

«Was für ein Mann?» fragte ich, obwohl ich schon einen Verdacht hatte.

«Du bist ihm mittlerweile auch begegnet», sagte der Wecker. «Dunkler Anzug. Gepflegtes Haar.» Er sah, wie ich ihn anglotzte, und er nickte. «Wir arbeiten auch mit ihm zusammen. Er sagte, Laura Reynolds sei im Nirvana abgestiegen, und ich solle dir bei der Suche nach ihr behilflich sein. Es sei sehr wichtig. Außerdem hat er mir eine bestimmte Funkfrequenz eingespeist und mir gesagt, ich solle auf ein bestimmtes Leitsignal achten, das mir mitteilen würde, wo du dich aufhältst. Es funktioniert phantastisch. Der Sender ist offenbar ein Implantat bei dir im Nacken. Der einzige Grund, warum ich gestern nicht wußte, wo du steckst, ist der, daß meine Energie nicht reicht, um Funksignale aus Florida zu empfangen. Aber eins ist komisch: Als du in Venice und Griffith Park warst, hätte ich sie doch empfangen müssen.»

«Nicht unbedingt», sagte ich. «Kann sein, daß ein gewisser Herr das Signal eine Zeitlang unterbrochen hat, damit ich mit Helena ungestört war. Dem traue ich alles zu. Er bedient sich seltsamer Methoden», sagte ich achselzuckend. «Er ist schließlich ein Alien.»

Der Wecker schaute zu mir auf und schwieg einen Moment. Dann fing er an zu lachen. Das hatte ich bei ihm noch nie gehört.

«Wie bitte», sagte ich süffisant. «Hast du das etwa nicht gewußt? Glaub mir, der Kerl ist nicht von dieser Welt.»

«Oh, das weiß ich», sagte der Wecker. «Ich dachte nur, du hättest es dir längst zusammengereimt.»

«Was?»

«Der Mann ist kein Alien, Hap», sagte der Wecker. «Es ist Gott.»

NEUNZEHN

Deck hatte offenbar noch geschlafen, aber er schreckte vom Sofa hoch, als ich durch die Hintertür in die Wohnung hineinplatzte. Dann starrten wir beide in eine Richtung.

Der Mann im dunklen Anzug saß seelenruhig im Sessel, die Hände im Schoß gefaltet. Er erwiderte unseren Blick.

«Wer ist das?» fragte Deck. «Und wie kommt er hier rein?»

Ich trat ein paar Schritte näher und musterte den Mann. Er wirkte wie ein normaler Mensch, hatte ein wohlproportioniertes Gesicht, war aber auch nicht übertrieben hübsch. Seine Nase war gerade geschnitten, das Weiß seiner Augen war klar, und seine Frisur war, wie bereits erwähnt, elegant.

«Stimmt das wirklich?» fragte ich ihn.

«Was?»

«Mein Wecker hat mir vorhin etwas Merkwürdiges erzählt. Er hat gesagt, Sie seien gar kein Alien.»

Der Wecker krabbelte aus meiner Jackentasche hervor und sprang zu Boden. «Hoffentlich war es Ihnen recht, daß ich es weitergesagt habe.» Der Mann nickte.

«Ich wiederhole mich: Wer ist dieser Kerl?» sagte Deck.

Ich brachte es nur mit Mühe heraus. «Ich glaube», murmelte ich, «er ist Gott.»

«Freut mich, daß du den Typen so toll findest. Wie heißt er denn nun?»

«Nein, im Ernst», sagte ich. «Es ist tatsächlich Gott.»

Deck sah mich an und zog eine Augenbraue hoch. «Wie bitte?»

«Warum haben Sie mir das gestern nicht gesagt?» wollte ich von dem Mann wissen. «Warum haben Sie mich in dem Glauben gelassen, Sie seien ein Alien, und haben gewartet, bis ich die Wahrheit von einem Wecker erfuhr?»

«Hätten Sie mir geglaubt?»

«Vermutlich nicht», gestand ich.

«Ich glaube es auch jetzt nicht», sagte Deck, ohne daß ihn jemand beachtet hätte.

«Aber einem Wecker haben Sie geglaubt.» Der Mann lachte. «Da sehen Sie mal, mit welchen Problemen ich mich herumschlagen muß.» Er zwinkerte dem Wecker zu. «Nichts für ungut.»

«Schon in Ordnung.»

Ich fuhr mir mit der Zunge über die Lippen. «Und wer sind die Männer im grauen Anzug?»

«Natürlich Engel.»

«Ach so. Sollten die nicht lieber Ihren Namen preisen statt mit Knarren durch Los Angeles zu laufen?»

Der Mann zuckte die Achseln. «Sie wissen doch, wie das ist mit Engeln.»

«Nein», sagte ich. «Weiß ich nicht.»

«Wieso sehen die alle gleich aus?» wollte Deck wissen.

«Was für eine Rolle spielen Körper schon?»

Deck ließ sich so leicht nicht überzeugen. «Wieso haben die keine Trompeten statt der Gewehre?»

«Soll das ein Witz sein?» Der Mann lachte. «Waren Sie mal dabei, wie jemand in eins von den Dingern geblasen hat? Mit ein paar Tönen kann man einen ganzen Straßenzug in Schutt und Asche legen. Ich habe verboten, sie zu benutzen.»

«Quatsch», sagte Deck. «Trompeten sind Trompeten.»

«Was meinen Sie wohl, ist in Jericho passiert? Die funktionieren mit Ultraschall, das gleiche Prinzip, das die Steinmetze bei den Pyramiden angewendet haben.»

«Haben Sie die gebaut?» fragte ich.

Der Mann wirkte plötzlich verlegen. «Ich habe nur mitgeholfen. Andernfalls hätten sie ewig gebraucht.» Er schüttelte erstaunt den Kopf. «Die Arbeit hat trotzdem noch lange genug gedauert. Ich muß mich elendig gelangweilt haben.»

«Ich leg mich wieder schlafen», verkündete Deck. «Und wenn ich aufwache, will ich diesen Verrückten nicht mehr hier sehen.»

«Ich gehe sowieso gleich», sagte der Mann und erhob sich. «Ich wollte nur mal gucken, wie Hap zurechtkommt.»

«Einen Moment noch», sagte ich. «Das letzte Mal haben Sie mich und Helena mit zwei pistolenschwingenden Killern allein gelassen. Sie dürfen nicht schon wieder einfach so verschwinden.»

«Sie werden noch feststellen, daß ich Ihnen in dieser Angelegenheit sogar behilflich war», sagte er. «Darüber hinaus sind mir die Hände gebunden. Mehr kann ich nicht tun, auch meinem Einfluß sind Grenzen gesetzt.»

«Das wissen wir bereits», brummte Deck. «Ungefähr seit zweitausend Jahren.»

«Das ist nicht mein Problem», erwiderte der Mann beleidigt. «Ihr Menschen müßt auch mal Verantwortung übernehmen.»

«Wie konnten Sie es zulassen, daß ...»

«Kommen Sie mir nicht damit! Es sind Menschen, die Kriege führen, Menschen, die Flüsse verschmutzen, Menschen, die kleine Mädchen mit Autos überfahren, nachdem sie ein paar Gläser über den Durst getrunken haben. Was passiert, das passiert, und ich kann es nicht rückgängig machen. Geben Sie nicht mir die Schuld, geben Sie nicht dem Lauf der Dinge die Schuld, suchen Sie die Schuld lieber bei sich selbst.»

«Die Engel», sagte ich beschwichtigend, «haben zwei Freundinnen von uns verschleppt. Wir hätten sie gerne wieder.»

«Natürlich», sagte der Mann. Seine gute Laune war schlagartig wiederhergestellt.

«Ja. Und? Können Sie denen nicht befehlen, sie uns wiederzugeben?»

Er schüttelte den Kopf. «Ich kann ihnen gar nichts befehlen, meistens jedenfalls. Ich kann Situationen nur beeinflussen, und gelegentlich Dinge vor ihnen verstecken und die materielle Welt ausschalten. Wenn ich ihren Blick nicht manchmal getrübt hätte, wären sie schon viel früher auf Sie gestoßen. Und jetzt rate ich Ihnen, sich auf Stratten zu konzentrieren.»

«Scheiß auf Stratten. Ich will Helena zurückhaben.»

«Vertrauen Sie mir», sagte er. «Und vergessen Sie Quat nicht. Teile und herrsche.»

«Warum sollten wir Ihnen vertrauen?» fragte Deck. «Sie tragen einen schicken Anzug, aber wenn jemand auf unserem Planeten behauptet, er sei Gott, verabreichen wir im allgemeinen Thorazin und stecken ihn in eine Zwangsjacke.»

Der Mann seufzte und sah hinunter auf den Wecker. Der Wecker zuckte die Achseln, als wolle er sagen: «Das Problem kenne ich. Mit so was muß ich mich tagtäglich herumschlagen.»

Deck und ich standen angriffslustig da und warteten auf eine vernünftige Antwort. Uns verscheißert keiner, auch wenn es eine Gottheit ist. Wir sind knallharte Typen.

«Ich gebe Ihnen einen Hinweis», sagte er. «Na schön, von mir aus auch drei.»

Er vollführte seltsame Bewegungen mit den Händen, als würde er mit unsichtbaren Bällen jonglieren. «Hap, Sie werden feststellen, daß Sie etwas nicht finden können, und später werden Sie herausfinden, warum. Deck, Sie haben es bereits gefunden, und ich wünsche Ihnen viel Glück. Und jetzt, mein letzter Trick ...»

Allmählich fing die Luft über seinen Händen zu leuchten an, bis drei Lichtkugeln deutlich zu erkennen waren, die gleichmäßige Bahnen beschrieben. Schon nach wenigen Sekunden waren die Kugeln zu orangefarbenen Feuerbällen mit weißglühenden Kernen angewachsen. Er jonglierte noch ein bißchen weiter, dann, plötzlich, schnippte er mit den Fingern.

Die Bälle verwandelten sich in blaue Schmetterlinge, die so groß wie kleine Vögel waren. Sie flatterten eine Weile im Zimmer umher, ehe sie sich in Schnee auflösten, der langsam zu Boden rieselte und auf dem Teppich schmolz.

«Auf Wiedersehen», sagte der Mann und verschwand.

Deck, der Wecker und ich starrten auf die Stelle, wo er eben noch gestanden hatte. Nach einer Weile hüstelte Deck.

«Komischer Spinner», stellte er fest.

Um sieben Uhr morgens hämmerte ich gegen Vents Tür. Mir taten bereits die Fäuste weh, als der LCD-Schirm endlich flimmerte und ein zerknautschtes Gesicht mich ansah.

«Verdammte Scheiße», sagte Vent mit Nachdruck. «Du weißt doch, daß ich um diese Tageszeit keine Geschäfte mache.»

«Dann nennen wir es eben einen Höflichkeitsbesuch», sagte ich. «Und beeil dich.»

«Höflich bin ich frühestens am Nachmittag», gähnte er. «Vorher hast du bei mir absolut kein Glück.»

«Mach endlich die verdammte Tür auf», rief ich. Und dann, etwas leiser: «Ich habe Geld dabei.»

Der Bildschirm wurde dunkel, und ich wartete ungeduldig auf der Leiter. Unter mir erwachte The Dip langsam zum Leben, aber ich war alles andere als gelassen. Der Rat des Mannes im Anzug hatte mich auf einen Plan gebracht. Es war leider ein Scheiß-Plan, der nicht sehr weit reichte, aber mehr war mir nicht eingefallen, und ich wollte ihn endlich durchziehen. Ich war verschwitzt und gestreßt, weil ich vorhin meinen Wagen vom Parkplatz am Flughafen abgeholt hatte und dann nach Griffith Park gefahren war. Ich hatte mir geschworen, sollte ich den Tag überleben, würde ich nie wieder in ein Auto steigen und sogar Lobbyarbeit im Kongreß machen, um zu erreichen, daß alle Autos von unserem Planeten verbannt wurden.

Endlich ging die Tür auf, und Vent stand in einem zerknitterten Bademantel vor mir. «Den gesamten Betrag?»

«Nicht annähernd», sagte ich. «Ich brauche wieder etwas.»

«Ein mieser Trick», sagte er, trat aber zur Seite, um mich reinzulassen.

«Hast du Crabdaddys?»

«Zwei echte Schönheiten», gestand er. «Du kannst beide für dreihundert haben.»

«Ich brauche nur einen, und ich habe nur hundert Dollar», sagte ich und gab ihm Decks Geld. «Trotzdem wirst du sie mir verkaufen. Außerdem werde ich mal dein Telefon benutzen, und du wirst mir Aufschub für die Rückzahlung meiner Schulden bei dir gewähren.»

«Kannst du mir verraten, warum ich das alles für dich tun soll?»

«Weil Gott auf meiner Seite ist.»

Vent sah mich kurz an, dann seufzte er. Er latschte in den hinteren Teil seiner Bude, wo sein abschließbarer Kühlschrank stand, und fing an, darin herumzuwühlen. Ich schnappte mir in der Zwischenzeit das Telefon und wählte die Nummer von R.E.M.-Jobs.

Sabrina ging nach dem ersten Klingeln ran, trotz der frühen Morgenstunde, offenbar glaubte sie fest an die Legende, wer zuerst im Büro sei, verdiene besondere Ehrfurcht. Ich finde, er verdient eher Mitleid, wenn überhaupt. «Guten Tag, Sabrina. Hier ist Hap Thompson», sagte ich.

Es folgte eine Pause. «Was wollen Sie?»

«Sie müssen mir einen Gefallen tun», sagte ich.

«Ich habe Mr. Stratten bereits ausgerichtet, was Sie gesagt haben», erwiderte sie mit teilnahmsloser Stimme. «Es hat ihn nicht sonderlich erschreckt. Er ist auch noch nicht wieder in seinem Büro, und ich weiß auch nicht, wo er sich aufhält.»

«Ich brauche die E-Mail-Adresse von R.E.M.-Jobs», sagte ich. «Und dazu den Basisschlüssel.»

«Was haben Sie damit vor?»

«Nun sagen Sie ihn mir schon.»

«Wollen Sie dem Unternehmen schaden?» Sie klang plötzlich nervös.

«Nein», sagte ich so sanft, wie ich konnte. Für den Bruchteil einer Sekunde hatte ich eine Vorstellung von ihrer Welt, in der die Firma die Familie ersetzt und man alle Slogans und Lügen glaubt und sich noch die Mühe macht, neckische Zettelchen in der Teeküche aufzuhängen, mit denen die Mitarbeiter aufgefordert werden, nach der Benutzung aufzuräumen und sich nicht die Milch von anderen zu nehmen.

Sie nannte mir die Zahlen. Ich notierte sie auf einem Blatt Papier und legte auf. Vent stand hinter mir, mit einer Diskette in der Hand. Ich gab ihm den Zettel, und er setzte sich an einen Computer, der ein Stück von seinen vielen anderen Computern entfernt stand. Er schob die Diskette in das Gerät, wartete einen Moment und tippte dann die Zeichenfolge ein, die ich ihm genannt hatte. Wir blickten auf den Schirm, während die Datei auf der Diskette die Information aufnahm, immer umfangreicher wurde und schließlich eine neue Datei gebar. Nach wenigen Sekunden war diese so groß, daß sie das Original schluckte und es zum Schluß wieder nur einen Crabdaddy gab. Ein vierstelliger Code erschien auf dem Schirm, und ich schrieb ihn mir auf die Hand.

Vent stand auf und gab mir die Diskette. «Benutze sie umsichtig und mit Umsicht. Außerdem habe ich ein Geschenk für dich.»

Er faßte zwischen die Falten seines Bademantels und zog eine Pistole hervor. Ich nahm sie und sah ihn verständnislos an. «Wieso denn das?»

Er kratzte sich am Kopf. «Weiß ich auch nicht, ehrlich gesagt. Der Kühlschrank hat mir gesagt, ich soll nett zu dir sein. So was ist noch nie vorgekommen, das Scheißding hat noch nie auch nur ein Wort an mich gerichtet, und jetzt ... meine Güte, es ist früh am Morgen, und ich kann noch keinen klaren Gedanken fassen. Ich weiß auch nicht, warum ich sie dir gebe. Zufrieden?»

«Okay», sagte ich und klopfte ihm auf die Schulter. «Ich muß jetzt los. Keine Sorge, du kriegst dein Geld.»

«Alles Gute», sagte Vent. «Und denk an meinen Zinssatz.»

Ich überlegte, wo ich den Wagen am sichersten parken konnte, und kam zu dem Schluß, daß der Keller im Falkland genauso gut geeignet war wie jeder andere Ort. Unterwegs rief ich Travis an. Er teilte mir mit, daß fünf von den Personen, über die Hammond Erpressungsmaterial gesammelt hatte, Anrufe von einem Mann namens Quat erhalten hatten, und daß sie jetzt alle unauffällig unter polizeilicher Bewachung stünden. Er erinnerte mich noch daran, daß wir uns für den Abend auf der Wache verabredet hatten – und wenn ich nicht erschiene, würde umgehend Haftbefehl gegen mich erlassen. Immerhin hatte er eine gute Nachricht für mich, die allerdings ziemlich seltsam war. Die Polizei von Cresota Beach hatte in der Umgebung des Schulgebäudes keine Leichen gefunden. Statt dessen hatte man gestern abend auf einem Parkplatz in Jacksonville zwei tote Mitarbeiter des Sicherheitsdienstes von R.E.M.-Jobs in einem Wagen entdeckt – offenbar hatten die beiden sich gegenseitig erschossen.

Das ging garantiert auf das Konto des Mannes im schwarzen Anzug. Jedenfalls hatte sich meine Lage nicht noch weiter verschlechtert. Dann wählte ich eine andere Nummer, aber es lief nur der Anrufbeantworter. Also rief ich Melk an, besorgte mir eine bestimmte Information und notierte sie mir für später.

Ich parkte den Wagen, schloß die Türen ab, holte die Diskette aus meiner Tasche und steckte sie ins Laufwerk. Dann klinkte ich mich ins Net ein und fuhr los, bedacht darauf, nicht in den Rückspiegel zu gucken.

Vor dem Haupteingang zum Erwachsenenbereich war ein Stau, zwei Net-Nannys filtzten einen Wagen voller Teenager, die total eingeschüchtert wirkten. Mir jagen die Nannys ebenfalls Angst ein, wenn ich ehrlich sein soll – finstere alte Schachteln mit dicken, unförmigen Körpern, rot angelaufenen Gesichtern und grauen, zu einem Dutt zusammengebundenen Haaren. Ich setzte zurück und nahm eine andere Route.

Als ich mich dem Viertel näherte, in dem Quat wohnte, verlangsamte ich das Tempo: Vielleicht hatte er irgendwelche Schutzvorrichtungen installiert, für den Fall, daß ich mich an ihm rächen würde, weil er mir Geld geklaut und mir eine Falle gestellt hatte. Ich hielt am Anfang der Straße an, aber ich konnte nichts entdecken, das aussah, als würde es mir irgendwelche Schwierigkeiten bereiten. Das kränkte mich, muß ich zugeben. Dachte er etwa, ich wäre nicht fähig, bei ihm vorbeizuschauen und ihm ein paar Unannehmlichkeiten zu bereiten?

Da hatte er sich aber geirrt. Was auf dem Rücksitz meines Wagens saß, würde noch weitaus Schlimmeres anrichten. Crabdaddys verursachen den Super-GAU im Net, sie richten die schlimmsten Zerstörungen an. Gegen sie sind herkömmliche Computerviren wie eine Schramme am virtuellen Zeh. Sie werden von Hackern entworfen, um andere Hacker fertigzumachen, und deswegen muß man sich die Mühe machen, sie persönlich abzuliefern. Ich hatte bisher nur ein einziges Mal einen Crabdaddy benutzt und hätte nicht gedacht, daß ich es je wieder tun würde.

Ich holte tief Luft und stieg aus dem Auto.

Hinter mir hockte ein Wesen, das aussah wie ein Skelett, bekleidet mit einem halb vermoderten schwarzen Anzug. Aus seinem Schädel ragten ein paar dünne Haare heraus, ansonsten sah er aus, als hätten Generationen von Kriechtieren ihn in seinem Grab blankgeleckt. Aus den von Spinnennetzen bedeckten Manschetten schoben sich die Reste von Knochenhänden, und in dem aufgerissenen Mund hockte eine fette, haarige Spinne. Es roch muffig und gammlig, man sah förmlich das fahle Mondlicht und hörte den Wind hoch oben in den Ästen alter, knorriger Bäume rauschen.

Ich machte die Hintertür des Wagens auf. Eine ganze Weile passierte gar nichts, dann drehte der Crabdaddy den Kopf herum und sah mich an. Seine Augenhöhlen waren leer, aber das Geräusch der knarzenden Wirbel reichte, um mir einen kalten Schauer über den Rücken zu jagen. So ein Ding würde einen in der realen Welt nicht im mindesten erschrecken. Das heißt, es würde einen schon erschrecken, wenn es real wäre, aber nicht als Attrappe oder als Trickfigur, und das ist das Entscheidende. Crabdaddys gibt es nur im Net, und wenn man dort ist, wirken sie verdammt echt. Es hilft nichts, sich einzureden, daß sie eigentlich nur eine Datei auf einer Diskette sind. Die wirkliche Welt ist nicht länger der Bezugsrahmen, die schlimmsten Halloween-Gestalten erwachen zum Leben.

«Paß auf», sagte ich leise. «Bevor ich dir den Code verrate, will ich, daß du dir folgendes einprägst. Du wirst nur das Haus da drüben betreten.» Ich wies mit dem Finger auf Quats Site, und der Kopf schwenkte langsam zur Seite. «Die Codeeingabe gibt dir nur fünfzehn Sekunden Zeit, beeil dich also. Und noch etwas. Laß ja den Hund in Ruhe. Verstanden?»

Der Kopf bewegte sich langsam nach unten und nach oben.

Ich trat ein paar Schritte zurück und drehte meine Hand um, auf der ich die Ziffernfolge notiert hatte. «Acht. Eins. Sieben», sagte ich, dann trat ich sicherheitshalber einen weiteren Schritt zurück und sagte: «Sechs.»

Der Crabdaddy verließ den Wagen nicht durch die Tür, er schnellte direkt über die vorderen Sitze auf die Motorhaube. Kaum war er dort gelandet, raste er schon auf Quats Haus zu, wobei sich unterwegs sein Körper verwandelte. Noch während sein Äußeres die eigentliche Gestalt eines Crabdaddys annahm – ein verwesender Elefant, das Innere nach außen gekehrt, mit Blut bedeckt, aber nicht so niedlich –, fing er an zu brüllen, wie ein Modem, das auf eine Million Dezibel hochgedreht ist.

Quats Hund warf ihm einen kurzen Blick zu und verschwand. Ich sprang in den Wagen, machte eine Kehrtwende und raste davon.

Ich hörte noch, wie er die Eingangstür durchbrach, und dann eine Explosion, als die erste Innenwand einstürzte. Dann, als ein greller Feuerschein mich im Rückspiegel blendete, ging ich wieder aus dem Net raus.

Sobald ich das Armaturenbrett wieder richtig erkennen konnte, holte ich die Diskette aus dem Schlitz und warf sie aus dem Fenster. Ich ließ den Motor an, drückte das Gaspedal durch und fuhr mit Schallgeschwindigkeit davon.

Sie wollten mich nicht auf das Gelände lassen. Auf gar keinen Fall. Erst stritten sie ab, daß überhaupt ein Film gedreht wurde, aber ich vertraute Melks Information und ließ mich nicht beirren. Dann gaben sie es zu, aber ich erhielt immer noch keinen Zutritt. Drei Muskelmänner vom Sicherheitsdienst machten mir das unmißverständlich klar, und unser Gespräch drehte sich endlos im Kreis. Schließlich war ich es leid, brachte noch mal mein Anliegen vor, kurbelte das Fenster hoch und gab ihnen zu verstehen, daß ich so lange mit verschränkten Armen in meinem Auto sitzenbleiben und den Weg versperren würde, bis entweder die Bullen kamen oder mir mein Wunsch erfüllt wurde.

Einer der Typen ging in das Pförtnerhäuschen. Ich schaute zu, wie er heftig gestikulierend telefonierte, und die beiden anderen Wachmänner nutzten die Gelegenheit, mir böse Blicke durch die Windschutzscheibe zuzuwerfen.

Nach einer Weile kam der Mann aus dem Pförtnerhäuschen und machte mir ein Zeichen, das Fenster herunterzukurbeln.

«Und?» sagte ich.

«Mr. Jamison wird Sie empfangen, Sir», entgegnete er. Die Qual, die es ihm bereitete, diesen Satz auszusprechen, war in seinen Augen abzulesen. «Folgen Sie einfach der Straße dort links, und einen schönen Tag noch, Sie Wichser.»

«Prima», sagte ich. «Vielen Dank für die gute Zusammenarbeit. Ach so, und wenn Sie mal einen Tisch im E:Coli reservieren wollen, nennen Sie einfach meinen Namen.»

Seine Miene hellte sich auf. «Man kennt Sie dort?»

«Aber sicher», sagte ich. «Beim letzten Mal habe ich die Zeche geprellt.»

Ich gab Gas und fuhr mit viel zu hoher Geschwindigkeit die Straße entlang, vorbei an Baracken voller fleißiger Kreativer, einschließlich des Büros von Mary Jane, der augenblicklichen Nummer eins unter den virtuellen Filmstars. Melk hatte mal einen Job, bei der er sie zu einer Party begleiten mußte, was hauptsächlich darin bestand, einen Rechner plus Monitor herumzutragen, auf dem ihr Gesicht und ihre Worte in Echtzeit übertragen wurden, gesteuert per Fernbedienung von einem Team aus Trickfilmern und Drehbuchautoren, die sich auf dem Klo versteckt hatten. Ab und zu macht Melk sein Rücken deswegen noch Kummer, aber ich glaube, für ihn war das der Höhepunkt seiner beruflichen Laufbahn.

Jamison kam mir auf der Straße zu Fuß entgegen, und ich

steuerte einen freien Parkplatz neben der Cafeteria an, womit ich mir einen Riesensatz nach oben in der Hierarchie anmaßte und dadurch wahrscheinlich einen kleinen Statuskrieg auslösen würde. Die Stühle draußen waren alle frei. Jamison setzte sich an einen Tisch und wartete geduldig, bis ich bei ihm war. Sein Gesicht war dezent geschminkt, das Haar glänzte silbern, und er trug einen unauffälligen Anzug.

«Guten Morgen, Herr Präsident», sagte ich. «Tut mir leid, daß ich Sie aus Ihrer Arbeit herausgerissen habe.»

«Guten Tag, Mr. Thompson. Ich hätte nicht gedacht, daß ich Sie noch mal wiedersehe.»

Ich setzte mich hin. «Keine Sorge. Ich will kein Geld von Ihnen.»

«Das habe ich auch nicht angenommen. Gibt es irgendwelchen Ärger?»

«Ich fürchte, ja. Hat sich inzwischen ein neuer Erpresser bei Ihnen gemeldet?» Er schüttelte den Kopf. «Das wird bald passieren. Der Mann, der im Hintergrund die Fäden zog, hat jetzt Hammonds Rolle übernommen, und das ist jemand, der nicht so leicht aufgibt. Ein Komplize von ihm hat schon einige Opfer angerufen. Darf ich Ihnen eine Frage stellen?»

«Bitte.»

«Haben Sie jemals die illegalen Dienste eines Unternehmens namens R.E.M.-Jobs in Anspruch genommen, um sich zeitweilig einiger Erinnerungen zu entledigen?»

Jamison machte ein bedrücktes Gesicht. «Die Frage ist wohl eher rhetorisch gemeint. Sie scheinen wirklich eine ganze Menge über mich zu wissen.»

«Nein», sagte ich. «Ich habe nur geraten. Vielen Dank, daß Sie es bestätigt haben. Also, die Situation ist folgende. Die Cops wissen Bescheid über diese Erpressungsgeschichte, und die Opfer stehen unter polizeilicher Beobachtung. Das heißt, daß die Erpresser, die zufällig alle für Stratten arbeiten, den Direktor von

R.E.M.-Jobs, Ruhe geben müssen, bis Stratten sich mit irgendeinem hohen Tier im Präsidium geeinigt hat und seine Geschäfte wie zuvor weiterlaufen können.»

«Es ist mir gar nicht aufgefallen, daß ich unter Beobachtung stehe.»

«Ich habe der Polizei Ihren Namen verschwiegen.»

«Vielen Dank», sagte er. «Kann ich mich irgendwie revanchieren?»

«Ich will Stratten das Wasser abgraben. Aus persönlichen Gründen, und das Leben von zwei Freundinnen hängt davon ab. Eine von beiden ist die Frau, mit der ich kürzlich bei Ihnen war. Solange die Erpresser nicht allesamt aus dem Verkehr gezogen sind, werden Sie Ihres Lebens nicht mehr froh. Ich möchte Sie daher um Hilfe bitten. Ich möchte ein Treffen zwischen Ihnen und Strattens Mann fürs Grobe arrangieren.»

«Wie wollen Sie das schaffen?»

«Ich habe etwas gegen einen Handlanger von Stratten in der Hand, zumindest glaubt er das. Ich könnte ihn dazu bringen, seinen Chef anzurufen, um ihm zweierlei mitzuteilen: erstens, daß Sie nicht von der Polizei beobachtet werden, und zweitens, daß Sie sich weigern zu bezahlen. Aller Wahrscheinlichkeit nach wird Stratten einen Mann namens Quat bei Ihnen vorbeischicken, der Sie umstimmen soll. Ich würde zusammen mit einem Freund von mir auf ihn warten und ihm einen gebührenden Empfang bereiten. Er wird sowieso bereit sein, die Seiten zu wechseln, weil er ein Net-Head ist, aber ich habe gerade seine Website mit einem Supervirus verwüstet, der so programmiert ist, daß es aussieht, als käme er von R.E.M.-Jobs.»

«Wozu brauchen Sie mich dabei?»

«Sie sollen nur in Ihrem Haus sein. Quat könnte vorher anrufen, und dann muß er Ihre Stimme hören. Sobald wir wissen, daß er unterwegs zu Ihnen ist, dürfen, besser gesagt, sollten Sie sich verdrücken.»

Jamison nickte knapp. «Natürlich werde ich Ihnen behilflich sein. Sie können mich jederzeit im Studio anrufen. Verlangen Sie den Anschluß 2231. Meine Assistentin wird Sie umgehend zu mir durchstellen. Wann soll dieses Treffen stattfinden?»

«Es muß heute abend über die Bühne gehen.»

Wir erhoben uns gemeinsam von unseren Plätzen, und er schüttelte mir die Hand. «Vielen Dank», sagte ich. «Ich hoffe, ich habe Ihnen keine Unannehmlichkeiten bereitet.»

«Keineswegs.» Jamison zwinkerte mir zu. «Besuch von einem jüngeren Mann mit ungehobelten Manieren zu bekommen, der sich weigert, den Sicherheitsleuten zu sagen, was er von mir will? Sie haben mir sogar einen Gefallen getan.»

Ich schaute ihm nach, wie er aufrecht und würdevoll die Straße hinunterging, den Kopf hoch erhoben. Er sah aus, als fürchtete er sich einzig und allein davor, seinen Text zu vergessen und gegen die Kulissen zu stoßen. Hoffentlich fand ich Gelegenheit, mir seinen neuen Film anzuschauen, und sei es auch nur im Fernsehen in meiner Gefängniszelle. Er war wie geschaffen für seine Rolle.

Meine Stimme hätte er sofort gekriegt.

Ich gönnte mir einen Imbiß an einem der Tische draußen vor dem Prose Café und fuhr anschließend pappsatt und rülpsend in meine Wohnung. Die Betreiber des Cafés wissen erwartungsgemäß, wie wichtig es ist, daß jede Mahlzeit ausreichend Fett und Cholesterin enthält. Man kann beides sogar als Extrabeilage bestellen. Zu Hause angekommen, rief ich die Nummer an, die Romer mir genannt hatte, und er ging nach dem ersten Klingeln ran. Ich freute mich, daß mich endlich mal wieder jemand wichtig nahm, das war schon lange nicht mehr vorgekommen.

Ich teilte ihm mit, ich hätte versucht, Jamison auf eigene Rechnung auszunehmen, um mir an Stratten vorbei ein Stück vom Kuchen zu sichern. Es sollte sich so anhören, als sei ich leicht unterbelichtet, der Eindruck kann nie schaden, und es sollte bei ihm Verwirrung stiften, was meine eigentlichen Motive betraf. Danach gab ich ihm die nötigen Anweisungen und sagte, ich würde auf seinen Rückruf warten.

Ich blieb neben dem Telefon sitzen und steckte mir eine Zigarette an. Romer rief zurück, noch bevor ich sie ausgeraucht hatte. Er hatte mit Quat gesprochen, ihm gesagt, Jamison stünde nicht unter Polizeibewachung und mache ihm Schwierigkeiten, und er hatte ihn um Unterstützung gebeten. Quat habe sich geistesabwesend und beunruhigt angehört, aber er habe versprochen, heute abend um neun Uhr zu Jamison zu fahren, um ihn sich vorzuknöpfen.

«Gut gemacht, Erdnußgesicht», sagte ich. «Und jetzt will ich nur noch eins von Ihnen. Halten Sie sich da raus. Verstanden? Vergessen Sie zwei Dinge nicht. Erstens, ich habe Sie in der Hand.»

Er hatte es nicht vergessen. «Und das zweite?»

«Ich bringe Sie um, wenn Sie mir in die Quere kommen.» Ich legte auf, wußte zwar, daß ich das niemals tun würde, er die Drohung aber ernst nahm.

Ich sah mich in der Wohnung um und überlegte, wo ich anfangen sollte. Wenn es eine umfangreichere Aufgabe gewesen wäre, hätte ich mir einen Plan gemacht, aber so, wie die Dinge lagen, lohnte sich die ganze Aktion kaum. Schließlich ging ich zuerst ins Schlafzimmer. Viel Interessantes war da ohnehin nie passiert, und ich brauchte nicht lange. Ich griff mir ein paar Kleidungsstücke, die eher sentimentalen Wert für mich hatten, und warf sie in einen Koffer. Die übrigen Sachen ließ ich im Schrank, sie würden mir ohnehin nicht mehr passen, wenn ich aus dem Gefängnis kam, und die Mode würde sich bis dahin bestimmt ändern. Ich würde mich nicht wundern, wenn die Menschen dann nur noch Unisex-Kleidung aus Adlerspeichel trügen.

Es war noch reichlich Platz im Koffer, und ich füllte ihn mit den wenigen Gegenständen aus, an denen ich hing. Ein paar Bücher und die Bedienungsanleitung für meinen Organizer – die ich nie gelesen und nur aus purem Aberglauben aufbewahrt hatte, weil ich befürchtete, das Gerät würde plötzlich nicht mehr funktionieren, wenn ich sie wegwarf. Einige Sachen aus meiner Schreibtischschublade: Streichholzschachteln aus Kneipen oder Hotels, in denen ich mich wohl gefühlt hatte, einige Postkarten von Deck und meiner Familie, ein Foto von Helena, das ich an dem Tag des Banküberfalls zufällig bei mir gehabt und das wegzuwerfen ich nicht übers Herz gebracht hatte. Ganz hinten in der Schublade lag noch das Tagebuch, das ich früher geführt hatte, während der Jahre meines Herumreisens, und in dem alle Motels und Holiday Inns, später die Hiltons und Hyatts aufgelistet waren, darüber hinaus Beschreibungen von vielen Träumen und Erinnerungen, die ich übernommen hatte. Weiß der Himmel, warum ich das damals alles aufschrieb, gerade so, als stelle es eine Bestandsaufnahme meines Lebens dar. Typisch für Männer. Männer sind Sammler, häufen emsig Erfahrungen an, Besitztümer und Vergangenheit. Und Affären, wie ich anhand der Frauennamen feststellen konnte, die ich aufgeschrieben hatte. Stimmen, denen ich zugehört hatte, Haar, das ich gestreichelt hatte, nackte Rücken, die ich morgens beim Aufwachen vor mir gesehen hatte. Alles dahin, Schmetterlinge, aufgespießt in einem Schaukasten, irgendwo in der hintersten Ecke eines verstaubten Museums, Trophäen, aus jugendlicher Begeisterung wahllos zusammengesammelt. Männliche Hormone sind wie Viren. Sie wollen hinaus, die Welt erobern, neue Orte auskundschaften, wo sie sich einnisten können, und selten sind sie in der Lage zu erkennen, wieviel Schaden sie demjenigen zufügen, der von ihnen befallen wird.

Ich überflog ein paar Seiten, änderte dann meine Meinung und legte das Heft zurück in die Schublade. Das Tagebuch war wie eine Briefsammlung von der ersten großen Liebe, oder von einem jüngeren Hap. Sollte irgend etwas daraus eine Bedeutung für mich haben, war es bereits ein Teil von mir geworden. Ich brauchte die Umschläge nicht als Beweis dafür aufzuheben, daß die Briefe abgeschickt worden waren.

Ich ließ den Anrufbeantworter, wo er war, und bat ihn, alle Anrufe in Decks Wohnung weiterzuleiten. Er sagte in überraschend höflichem Tonfall, ja, das würde er gern machen. Dann schloß ich die Wohnung ab und trug den Koffer zum Aufzug. Unten in der Eingangshalle entdeckte ich Tid, der gerade einem Standinhaber dabei behilflich war, ein paar Touristen abzuzokken. Als er fertig war und die Käufer, beladen mit bezaubernden Skulpturen aus Treibholz und bunten Kleckserеien auf Leinwand, von dannen gezogen waren, lud ich ihn zu einem Bier in die Kneipe ein, in der ich auf Laura und Deck gewartet hatte, was mir vorkam, als sei das schon wieder einen Monat her. Ich gab ihm ein zweites Bund Schlüssel zu meiner Wohnung und bat ihn, für ein halbes Jahr nach dem Rechten zu sehen. Für diesen Zeitraum hatte ich vorausbezahlt, danach würde die Wohnung vom Eigentümer neu vermietet werden. Tid zuckte nicht mit der Wimper und versprach, mir den Gefallen zu tun. Er hatte mit Vent gesprochen und wußte, daß ich Ärger am Hals hatte. Er hielt mich nicht für gefühlsduselig, weil ich Ordnung in mein Leben brachte, und das sollten Sie auch nicht. Wann bot sich schon mal so eine Gelegenheit? Ich wollte sie nutzen.

Danach stieg ich in meinen Wagen und fuhr los. Ich kurvte durch Griffith Park, prägte mir den Anblick des Viertels ein, machte eine Spritztour nach Hollywood und Beverly Hills, kehrte um, bog in Höhe des La Cienega Boulevard auf den Sunset Boulevard und fuhr bis zur Küste.

Unterwegs fühlte ich mich entspannt und fast glücklich, als wären die losen Fäden meines Lebens endlich einmal miteinander verknüpft. Ich wußte nicht, was ich an diesem Abend erreichen würde. Wenn ich Glück hatte, würde ich mit Quat reden können, ich glaubte jedoch nicht, daß ich die Chance haben würde, mit Stratten persönlich in Kontakt zu kommen. Der Zweck, warum man Handlanger wie Romer oder Quat für sich arbeiten läßt, ist, sich so weit wie möglich vom Geschehen fernzuhalten, und Stratten hatte sich bemerkenswert rar gemacht. Der Mann im Anzug hatte mir jedoch geraten, mich auf Stratten zu konzentrieren, und das wollte ich in der mir noch verbleibenden Zeit auch tun. Ich erwog, Travis anzurufen, um noch etwas mehr Zeit herauszuschinden. Aber das würde nicht klappen, also ließ ich es bleiben. Travis glaubte nicht, daß Helena entführt worden war. Er hatte mir schon die Theorie mit den Aliens nicht abgekauft, und ich würde mich hüten, es mit meinen neuen Informationen bei ihm zu versuchen. Wenn ich ihm erzählte, ich sei im Auftrag Gottes unterwegs, würde ich in der Gummizelle landen, und nicht im Gefängnis. Travis hatte seine eigene Prioritätenliste und hakte stur einen Punkt nach dem anderen ab, um nicht verrückt zu werden. Als Cop in einer Stadt, die im Verbrechen versinkt, gilt es, jede Gelegenheit zu nutzen, einen Sieg zu erringen. Heute abend würde hinter dem Fiasko bei Transvirtual ein Häkchen gemacht werden, obwohl die Sache außer Travis, mir und den Familien der Opfer niemanden mehr interessierte.

Vielleicht würde Deck weitermachen, wenn ich weg war, aber ich bezweifelte, daß er auf sich allein gestellt eine Chance hatte, und ich wollte es unbedingt selber erledigen. Ich wollte mir bestätigen, daß ich aus eigener Kraft etwas in Ordnung bringen konnte. Vielleicht gab ich mich in dieser Hinsicht genauso vielen Illusionen hin wie Laura in dem Moment, als sie aus dem Hauseingang trat, um einen Mann zu töten, der der Welt kaum absichtlichen Schaden zugefügt hatte, weil sie der Hoffnung war, dadurch würde alles wieder gut. Aber manchmal gerät das Leben eben derart aus den Fugen, daß man innehalten und die einzelnen Teile kitten muß, andernfalls wird es nie wieder seinen

Zweck erfüllen. Man kann nicht sein Leben lang die Nächte mit Dämonen am Fußende des Bettes verbringen.

Die Dinge zu kitten löst zwar nicht alle Probleme – dein Leben besteht auch danach noch aus Scherben. Aber wenigstens kannst du es wieder benutzen.

Den restlichen Nachmittag verbrachten Deck und ich auf seinem Balkon, tranken gemütlich Bier und schauten über die Gärten der Nachbarn, lauschten dem Surren der Sprinkler und fernem Kindergeschrei. Wir luden unsere Pistolen und legten sie zur Seite. Wir gingen fünf verschiedene Möglichkeiten durch, mich aus der Stadt wegzubringen, aber keine schien erfolgversprechend. Wir überlegten, ob wir beide es ohne fremde Hilfe schaffen könnten, Stratten in die Enge zu treiben, aber uns fiel nicht einmal ansatzweise etwas ein. Also hörten wir damit auf und schauten zu, wie es allmählich diesig wurde und die ersten Schlieren der Dämmerung den Himmel verdunkelten.

Manchmal lohnt es nicht, sich auf etwas zu stürzen. Man muß es auf sich zukommen lassen.

ZWANZIG

Um halb neun hielten Deck und ich ein paar Meter hinter Jamisons Haus in den Hollywood Hills am Straßenrand an. Sein Wagen stand in der Auffahrt – ich hatte Jamison nachmittags angerufen und ihm gesagt, um welche Zeit Quat bei ihm vorbeischauen würde. Jamisons Assistentin mußte ein Kichern unterdrücken, als sie sagte, sie werde ihn holen. Vermutlich hatte das Gerücht schon die Runde gemacht. Ich hoffte nur, die Geschichte würde nicht in irgendwelchen Boulevardblättern erwähnt werden, denn in dem Fall stünde mir eine anstrengende Zeit hinter Gittern bevor. Deck ließ mich aussteigen, um den Wagen ein Stück entfernt zu parken, dann zu Fuß zurückzugehen und sich auf der gegenüberliegenden Straßenseite zu verstecken. Ich wartete, bis er außer Sichtweite war, und ging dann zu Jamisons Haus.

Jamison und ich setzten uns ins Wohnzimmer und warteten auf das Klingeln an der Tür. Ich hoffte immer noch, Quat würde vorher anrufen, aber wenn nicht, würde Jamison ihm einfach öffnen. Quat würde bestimmt nicht gleich schießen, wenn er noch Geld erpressen wollte. Inzwischen würde Deck sich von hinten anschleichen, und schon nach wenigen Sekunden würden wir Quat überwältigen. Ich war ihm noch nie persönlich begegnet und hatte daher keine Ahnung, wie kräftig er war. Ich hatte zwar immer angenommen, er sei wie die meisten Computer-Freaks bloß eine halbe Portion, aber die Ereignisse der vergangenen Woche legten die Vermutung nahe, daß er ein bißchen mehr war als das. Deck hatte klare Anweisung, Quat so schnell wie möglich den Lauf seiner Pistole in den Rücken zu rammen und deutlich zu machen, daß wir nicht mit uns spaßen ließen.

Wir redeten nicht viel. Jamison saß ungerührt auf dem Sofa und nippte regelmäßig an einem Glas Scotch. Ich hatte es mir in einem pfirsichfarbenen Ledersessel bequem gemacht und hätte furchtbar gerne eine Zigarette geraucht. Um zehn vor neun klingelte das Telefon. Jamison zuckte zusammen, das erste echte Anzeichen für Nervosität bei ihm. Er stellte sein Glas bedächtig ab und nahm den Hörer in die Hand.

«Ja», sagte er ruhig, «am Apparat.»

Dann entgleisten seine Gesichtszüge. «Ich weiß nicht, wovon Sie sprechen», sagte er und drehte sich zu mir um. «Hier ist niemand, der so heißt.»

Er stritt eine Weile alles ab und erwies sich dabei wieder einmal als begnadeter Mime, aber schließlich hielt er mir den Hörer hin. «Ich habe den Eindruck, als spiele der von Ihnen erwähnte Handlanger ein doppeltes Spiel», sagte er. «Mr. Quat weiß, daß Sie hier sind.»

Ich fluchte laut und griff nach dem Hörer. «Hallo, Quat», knurrte ich. «Du willst also nicht auf ein Schwätzchen herkommen.»

«Sehr witzig», sagte Quat.

«Woher weißt du Bescheid?»

«Romer hat es mir erzählt, ehe er sich aus dem Staub gemacht hat. Hast du wirklich geglaubt, ich ließe mich so leicht reinlegen?»

«Es war den Versuch wert», sagte ich. «Denn ich werde dich so oder so kriegen, das schwör ich dir. Egal, wie lange es dauert. Ich mach dich fertig.»

«Hör zu», sagte er, und sein Tonfall änderte sich. «Tut mir

leid, daß ich dir dein Geld weggenommen und die alte Geschichte wieder in die Datenbank eingetragen habe. Stratten hat mich dazu gezwungen. Ehrlich, ich hatte keine andere Wahl. Gerade du müßtest doch wissen, wie er ist.»

«Ja, das weiß ich. Aber das spielt keine Rolle. Ich habe dir vertraut, und du hast mich beschissen. Du hast versucht, mich in die Falle zu locken.»

«Er hat was gegen mich in der Hand, Hap. Informationen über eine schlimme Sache. Ich hatte keine andere Wahl.»

«Du irrst dich gewaltig, wenn du glaubst, mit jemandem zu reden, den das auch nur das Schwarze unterm Fingernagel interessiert.»

«Ich schlag dir einen Handel vor.»

«Was ist los?» fragte ich und unterdrückte ein Lächeln, als bei mir plötzlich der Groschen fiel. «Gibt's Probleme in eurem Team?»

«Sagen wir mal so, ich wäre sehr froh, wenn jemand einen gewissen Herrn fertigmachen würde», sagte er mit halb erstickter Stimme. Er würde niemals zugeben, was heute morgen mit seiner Site passiert war – es ist Ehrensache für jeden Hacker, eine Domain zu haben, die allen Angriffen anderer Wireheads standhält –, aber sein Tonfall sprach Bände. Der Crabdaddy hatte ganze Arbeit geleistet, soviel Schaden angerichtet, daß Quat stinksauer und verzweifelt war, und genügend Spuren hinterlassen, um es Quat zu ermöglichen, den Virus zum angeblichen Absender zurückzuverfolgen: eine Adresse, die eindeutig darauf hinwies, daß Stratten beschlossen hatte, Quat abzuservieren.

«Dann komm wie geplant hierher», sagte ich. «Und wir besprechen alles.»

«Du tickst wohl nicht ganz richtig, was? Für wie blöd hältst du mich eigentlich? Glaubst du etwa, ich traue dir, bloß weil du Romer erzählt hast, die anderen Cops wüßten nichts über Jamison? Garantiert stehen sie dichtgedrängt im Nebenzimmer und warten nur auf die Gelegenheit, mich abzuknallen.»

«Klar, logisch», sagte ich. «Hast du vergessen, daß die Cops dank deiner freundlichen Mithilfe wegen der Transvirtual-Sache nach mir fahnden? Die Jungs vom LAPD und ich, wir hocken nicht unbedingt nach Feierabend zusammen und tauschen Kochrezepte aus.»

«Ich komme nicht zu dir», sagte er. «Und damit basta. Außerdem habe ich eine viel bessere Idee.»

«Und die wäre?»

«Du willst Stratten an den Kragen. Ich auch. Wie wär's, wenn wir uns mit ihm treffen und ihn gemeinsam erledigen.»

«Quat – wenn ich eine Ahnung hätte, wie ich an ihn rankäme, glaubst du im Ernst, dann würde ich meine Zeit mit dir verplempern?»

«Nein, aber schließlich arbeite *ich* mit ihm zusammen. Ich kann ihn anrufen und ihn irgendwohin bestellen. Ich brauche ihm nur zu sagen, daß ich ihm etwas Wichtiges mitzuteilen habe, das ich nicht am Telefon besprechen kann.»

Bingo. Plötzlich tat sich ein Weg zum Gipfel auf, und Deck und ich bräuchten diese Information noch nicht einmal aus jemandem herauszuprügeln. Dieses Geschenk kam so unverhofft, daß ich es von allen Seiten betrachtete. Quat könnte versuchen, mich reinzulegen, aber er wußte nicht, daß Deck mir den Rücken freihielt – und möglicherweise wollte er sich tatsächlich an Stratten für die Zerstörung seiner kostbaren Website rächen. Sollte er im letzten Moment seine Meinung ändern, würde ich mich auf ihn konzentrieren. Er hatte sich so vieles zuschulden kommen lassen, daß er sich jede erdenkliche Strafe verdient hatte. Ich nahm mir fest vor, mich bei Gott, sollte ich ihn je wiedersehen, für den Einfall, einen Keil zwischen die Bösewichter zu treiben, zu bedanken.

«Okay», sagte ich und nannte ihm die Adresse in der Avocado

Road. «Überrede ihn, sich dort in einer Dreiviertelstunde mit dir zu treffen.»

«Verdammt», sagte Quat. «Woher weißt du, daß er sich da aufhält?»

«Ich bin bestens informiert. Komm ein bißchen früher. Wir wollen ihn doch gebührend empfangen. Und versuch nicht, mich zu verarschen, mein Freund, denn sonst werde ich ungemütlich.»

Quat legte wortlos auf.

«Okay», sagte ich zu Jamison. «Verschwinden Sie von hier. Gehen Sie mit jemandem essen oder rufen Sie bei Sleep Easy an und betreiben ein bißchen Körperertüchtigung. Wie auch immer, lassen Sie sich heute abend hier nicht mehr blicken. Ich weiß nicht, inwieweit ich dem Kerl trauen kann, und ich will nicht, daß er Ihnen irgend etwas antut.» Er nickte, und ich rannte zur Tür.

Deck hielt sich in einem Gebüsch auf der anderen Straßenseite versteckt. Als er hörte, wie die Tür aufging, kam er heraus und lief herüber. Seine Miene war ein einziges großes Fragezeichen.

«Der Plan mußte geändert werden», sagte ich. «Romer hat mich an Quat verpfiffen, aber Quat hat sich plötzlich von Stratten losgesagt. Wir wollen ihn zusammen in Hammonds Haus erledigen, und wir fahren sofort hin.»

«Woher weißt du, daß er dort sein wird?»

«Quat ruft ihn an.»

«Wirst du Travis anrufen?»

«Nein», sagte ich. «Das regeln wir zwischen uns oder gar nicht.»

Im Hammondschen Haus brannte nur ein mattes Licht im Wohnzimmer, genau wie bei meinem ersten Besuch. Deck und ich saßen im Auto und beobachteten das Haus eine Weile, sahen aber niemanden kommen. Entweder war Quat schon da, oder er hatte sich verspätet. Ich beschloß, drinnen auf ihn zu warten, und machte die Wagentür auf. Im letzten Moment kam mir eine Idee, und ich nahm den Wecker vom Armaturenbrett. Ich wies ihn an, sich ruhig zu verhalten, sofern ich keine gegenteiligen Anweisungen gab, und steckte ihn in die Brusttasche meines Hemdes.

«Wie erfahre ich es, wenn du mich brauchst?» fragte Deck.

«Ich weiß nicht», sagte ich. «Da fällt mir ein – hat Laura dir mal irgendwann erzählt, wie Quat aussieht?»

«Ja. Sie hat an dem Nachmittag, an dem wir entführt wurden, eine halbe Stunde lang über ihn hergezogen: Ich glaube, er hat sie am Abend der Erinnerungsübertragung angebaggert.»

«Wie ich gehört habe, tun das die meisten Männer. Ich schlage vor, wir machen es ganz simpel. Wenn du jemanden siehst, auf den die Beschreibung paßt, gehst du rüber. Wenn du einen Schuß hörst, gehst du rein.»

«Hap», sagte er geduldig, «das ist ein beschissener Plan. Wenn ich einen Schuß höre, war dein Gesicht möglicherweise die Zielscheibe.»

«Also, was schlägst du vor?»

«Wie willst du ins Haus kommen?»

«Durch die Hintertür. Der Wecker ist mit dem Schloß befreundet.»

«Okay. Dann laß sie angelehnt. Dieser Quat wird die Vordertür nehmen. Er wird erwartet. Sobald ich ihn sehe, gehe ich hinten rein und treff mich mit dir. Wenn er in Begleitung ist oder es so aussieht, als würde etwas schiefgehen, stürme ich lautstark ins Haus.»

«Das paßt mir gut», sagte ich und stieg aus. «Noch was: Versuch bitte, am Leben zu bleiben.»

«Gleichfalls.» Er grinste, beugte sich zur Seite und schaute mich an. «Wer zuletzt noch aufrecht steht, hat gewonnen.»

Ich schlich über die Straße und seitlich am Haus vorbei. Wieder starrten mich die Fensterschlösser an, aber auch diesmal hörte ich keine Alarmanlage losgehen. Der Wecker sagte, er werde sich per Funk mit dem Schloß in Verbindung setzen, und wie nicht anders zu erwarten stand die Hintertür einen Spalt offen, als wir dort ankamen. Ich schob sie ein bißchen weiter auf und lauschte.

Nichts. Ich zückte meine Pistole und ging rein.

Der kurze Flur war leer, und ich hatte freien Blick bis zur Haustür. Irgendwie war die Atmosphäre diesmal anders. Man kennt das ja: Manchmal kommt einem ein Haus behaglicher, bewohnter vor als sonst. Aus irgendeinem Grund fragte ich mich, ob außer mir vielleicht auch noch Monica Hammond im Haus war.

Es gab eine Möglichkeit, das herauszufinden, ohne mich bemerkbar zu machen. Die Küchengeräte wußten bestimmt Bescheid. Ich tastete mich den Flur entlang und betrat dann vorsichtig die Küche. Die auf die Küchenzeile gerichteten Deckenstrahler leuchteten schwach, und nichts bewegte sich. Einschließlich der Leiche auf dem Tisch.

Romer lag auf dem Rücken, und seine Arme und Beine baumelten über den Rand der Tischplatte. Er hatte etliche Schläge ins Gesicht bekommen, und jemand war ihm mit einem elektrischen Tranchiermesser zu Leibe gerückt, das immer noch in der klaffenden Wunde in seiner Brust steckte.

«Hi», sagte jemand mit leiser Stimme. Ich wirbelte herum, den Finger bereits am Abzug.

Es war die Küchenmaschine. «Entschuldigung», sagte sie. «Bitte nicht schießen.»

«Wann ist das passiert?»

«Vor ein paar Stunden. Es war grauenvoll.»

Ich reimte mir die Ereignisse aus dem zusammen, was die Geräte mitangehört hatten. Romer war zu dem Schluß gelangt, es lohne sich nicht, Stratten zu verärgern, indem er die Stadt verließ. Also hatte er sich, nachdem er Quat einen Tip gegeben hatte, mit dem obersten Boß verabredet, um ihm reinen Wein einzuschenken.

Ein großer Fehler. Stratten hatte Romer umgebracht, weil ihm herausgerutscht war, daß ich etwas gegen ihn in der Hand hatte, aber vielleicht auch nur, weil Stratten ein Psychopath war, der zunehmend die Kontrolle über sich verlor. Wie auch immer, Romer war ein Risiko gewesen und ausgeschaltet worden.

Plötzlich hörte ich Schritte im Haus. Ich rannte aus der Küche in den dunklen Flur und sah, wie jemand aus dem Wohnzimmer in die Diele kam.

«Stehenbleiben», sagte ich und richtete die Pistole auf die Person. Sie zuckte nicht einmal zusammen, sondern drehte sich bloß langsam zu mir um. Es war Monica Hammond.

«Wer sind Sie?» fragte sie in eisigem Tonfall.

«Ich komme vom Gesundheitsamt», sagte ich und ging auf sie zu. «Ist Ihnen bekannt, daß sich bei Ihnen im Lebensmittelverarbeitungsbereich eine aufgeschlitzte Leiche befindet?»

Für eine Frau, die Mitte Fünfzig sein mußte, hatte sie sich gut gehalten. Vermutlich hatte sie das ihrem monströsen Ego und dem zwanghaften Fitneßtraining zu verdanken. Die Frau vor mir unterschied sich von der Frau in der Erinnerung nur dadurch, daß sie ein paar mehr Falten um die Augen hatte und ihre Frisur jetzt ein eleganter, teuer aussehender Bob war. Sie war immer noch dieselbe Frau, die an jenem Nachmittag vor vielen Jahren die gehässige Bemerkung zu Laura gemacht hatte, und sie wirkte wie aus hartem kaltem Stein gemeißelt.

Sie musterte mich, als sei ich ein Schwiegersohn von ihr, den sie bisher nach Kräften ignoriert hatte. Ihr war sofort klar, daß ich über sie Bescheid wußte. Und das kümmerte sie nicht. «Wer sind Sie?» fragte sie erneut.

«Bloß jemand, der von Ihrem Liebhaber angeschissen

wurde», sagte ich. «Einer von sehr vielen, inklusive Ray. Wissen Sie, daß Stratten für den Mord an ihm verantwortlich ist?»

Ihre Augen glichen Seen aus getrocknetem Blut. «Natürlich», sagte sie. «Das Ganze war schließlich meine Idee.»

«Und Sie hätten Ihre Tochter dafür büßen lassen?»

«Ich habe keine Tochter.»

In dem Moment hätte ich beinah die Beherrschung verloren und sie auf der Stelle mit allen Kugeln meines Magazins durchlöchert. Zitternd und aus Angst, etwas Unüberlegtes zu tun, wenn wir weiter im selben Raum blieben, deutete ich mit der Pistole in Richtung Wohnzimmer.

«Gehen Sie da wieder rein», sagte ich, so ruhig wie ich konnte, «und machen Sie die Tür hinter sich zu. Ich bin nicht Ihretwegen hier, aber wenn Sie mir in die Quere kommen, nehme ich keine Rücksicht auf Sie. Setzen Sie sich hin, gucken Sie sich Ihre Möbel an, und kommen Sie mir gefälligst nicht mehr unter die Augen.»

Sie drehte sich erst nach ein paar Sekunden um, da sie offenbar zu den Leuten gehörte, die in jeder Situation wenigstens einen kleinen Triumph davontragen wollen. Dann ging sie zurück ins Wohnzimmer und schloß die Tür, ohne mich eines weiteren Blikkes zu würdigen. Einen Moment lang stand ich regungslos da, hielt die Pistole unverändert in der Hand und ordnete meine Gedanken.

Dann ging plötzlich alles sehr schnell.

Vor der Hintertür war ein Geräusch zu hören, ich trat einen Schritt zurück und sah, wie Deck hereingelaufen kam. «Quat ist im Anmarsch», zischte er. «Ich habe ihn gerade aus dem Wagen steigen sehen.»

«Bist du dir sicher, daß er es ist?»

«Ja. Entspricht genau der Beschreibung von Laura.»

Ich wies aufs Eßzimmer. «Versteck dich da drinnen», flüsterte ich. «Sobald ich ihn in ein Gespräch verwickelt habe, schleichst du dich von hinten ran.»

Er flitzte weg, und ich versteckte mich unter der Treppe. Zielte auf die Tür und hielt den Atem an.

Zuerst passierte nichts, aber einen Moment später näherten sich Schritte auf dem Gartenweg.

Das schabende Geräusch eines Schlüssels, der im Schloß herumgedreht wird.

Das begriff ich nicht: Wieso zum Teufel hatte Quat einen Hausschlüssel?

Die Tür ging auf, und ein Mann betrat das Haus. Er schloß die Tür nicht hinter sich, sondern ging bis in die Mitte der Diele.

«Ich weiß, daß Sie da sind, Hap», sagte eine Stimme. «Und ich glaube nicht, daß Sie mich einfach so über den Haufen schießen wollen. Sie wollen mich vorher noch ordentlich demütigen.»

Ich hatte das Gefühl, als würde ich in kaltem Wasser ertrinken, als sei mein Kopf mit einem Eisklumpen gefüllt. Ich machte einen Schritt nach vorne, um den Mann besser sehen zu können. «Stratten», sagte ich, «was tun *Sie* denn hier, verdammt noch mal?»

Er lächelte: «Aber das haben Sie doch so gewollt, oder?»

«Ich bin hier mit Quat verabredet. Nicht mit Ihnen.»

«Das ist Quat», sagte Deck mit belegter Stimme hinter Stratten im Dunkeln. «Ich schwör's, Hap. Er ist es wirklich.»

«Das ist Stratten», sagte ich.

«Genaugenommen haben Sie beide recht», sagte der Mann. «Und Sie sind beide sehr dumm.» Die Wohnzimmertür ging auf, und drei Männer stürmten in die Diele. Deck versuchte, zur Haustür zu sprinten, aber zwei von ihnen nahmen sofort die Verfolgung auf und hatten ihn binnen Sekunden überwältigt. Ich wich rasch zurück, stolperte jedoch und fiel hin. Ehe ich mich versah, blickte ich in den Lauf einer Pistole und hatte einen Fuß auf der Brust.

So schnell ging die Hap-und-Deck-Offensive zu Ende.

Stratten war Quat, und Quat war Stratten mit Stimm-Modulator. Im nachhinein leuchtete mir das völlig ein: Strattens Bereitwilligkeit, mir Erinnerungsarbeit anzuvertrauen, weil «Quat» von dem Verbrechen wußte, das ich hatte auslöschen lassen, wodurch ich äußerst verwundbar wurde – ein Sündenbock in Reserve, der, wenn nötig, jederzeit geopfert werden konnte; Strattens Fähigkeit, mir stets einen Schritt voraus zu sein, solange ich Quats Anrufweiterschaltungs-Service benutzte; Quats Unerreichbarkeit, während ich auf dem Rückweg von Mexiko war und Stratten gerade von Florida nach L. A. flog.

Stratten hatte um sich herum ein Netz aus Geheimnissen gewoben, und dank seiner Maskierung als Quat hatte er zu all meinen Geheimnissen Zugang. Der falsche Absendercode des Crabdaddy hatte daher vermutlich niemanden getäuscht. Ich hatte mißverstanden, worauf Gott hinausgewollt hatte, aber seine Botschaft war ja auch, wie üblich, irgendwie nebulös gewesen.

Strattens Männer zerrten uns ins Wohnzimmer, wo sich Monica vor dem Kamin in Positur geworfen hatte, so als stünde sie Modell für ein Gemälde. Ich erwog kurz, den Titel «Hexe aus der Hölle» vorzuschlagen, aber ich hatte auch so schon genug Ärger am Hals. Deck wurde in die Mitte des Raumes gestoßen und auf die Knie gezwungen. Eine Pistole wurde ihm, wie bei einer Hinrichtung, in den Nacken gedrückt, und zwar so kräftig, daß er fast vornüberfiel. Ich wurde im Schwitzkasten zum Sofa geschleift, dort mit Hilfe einer Neunmillimeter, die mir direkt hinters Ohr gehalten wurde, in eine sitzende Haltung geschoben. Strattens Männer waren groß und kräftig, und unsere Pistolen waren längst abhanden gekommen – zusammen mit unserer Hoffnung, je das Rentenalter zu erreichen. Das Zimmer wurde nur von ein paar sorgfältig plazierten Lampen erhellt. Zumindest würde ich beim Sterben vorteilhaft beleuchtet sein.

«Sie können stolz auf sich sein», sagte Stratten. «Für einen Idioten haben Sie mir ein erstaunliches Maß an Unannehmlichkeiten bereitet. In den letzten vierundzwanzig Stunden wollte ich etliche Leute in dieser Stadt aufsuchen, aber bei jeder Adresse trieben sich in der Nähe unauffällig ein paar Cops in Zivil herum. Ich hatte Hammonds Schlupfwinkel bereits wenige Stunden nach seinem Tod leergeräumt, also muß die Polizei aus anderer Quelle von meinen Geschäften erfahren haben. Aus der Nachricht, die Sie mir von Sabrina haben ausrichten lassen, mußte ich schließen, daß Sie diese Quelle sind.»

«Volltreffer», sagte ich. «Und inzwischen gibt es einen Cop, der alles über Sie weiß.»

«Wissen zählt nicht, Mr. Thompson. Beweise sind das Entscheidende. Und die gibt es offenbar nicht, denn sonst hätte dieser Herr bestimmt schon versucht, mit mir Kontakt aufzunehmen.»

«Er ist schlau», sagte ich. «Eines Tages wird er Ihnen auf die Schliche kommen.»

«Dann lasse ich ihn umbringen», sagte Stratten beiläufig. Mit einer kurzen Kopfbewegung machte er dem dritten seiner Männer ein Zeichen. Der Kerl nickte und ging hinaus. Das gefiel mir nicht. Es kam mir so vor, als würde gleich etwas sehr Unerfreuliches passieren.

«Warum haben Sie mir nicht bei Jamison aufgelauert?» fragte ich, schlicht und einfach, um Zeit zu schinden. Mir war nicht klar, wieso ich mir überhaupt die Mühe gab. Es würde keine Kavallerie zu unserer Rettung erscheinen. Plötzlich kam mir die Entscheidung, Travis nicht zu verraten, was wir vorhatten, ausgesprochen dumm vor.

«Ich hatte noch zu tun», sagte er. «Nicht zuletzt mußte ich diesen nutzlosen Penner Romer loswerden. Sie sind zwar eine unausstehliche Nervensäge, aber immerhin haben Sie gute Arbeit geleistet. Er erzählte mir, es gäbe da einen hilfreichen Geist, der Ihnen zur Seite steht, was sich ja auch als wahr erwiesen hat. Ich hatte nicht vor, Ihre Spielregeln zu akzeptieren. Ich gestalte die Rahmenbedingungen solcher Treffen lieber ausschließlich zu meinen Gunsten.» Er holte einen braunen Umschlag aus der Tasche und warf ihn neben mich auf das Sofa.

«Ihnen ist doch wohl klar, daß die Cops hinter Ihnen her sein werden, wenn Sie mich umbringen?» Der Umschlag sah aus, als würde er etliche Blatt Papier und ein paar Disketten enthalten.

«Das bezweifle ich», sagte Stratten. «Und wenn doch, spielt das auch keine Rolle. Leider haben Sie mir das Geschäft in dieser Stadt gründlich versaut. Ein taktischer Rückzug ist jetzt angesagt, was ich wirklich jammerschade finde, denn die Leute hier haben die lohnendsten Geheimnisse und zahlen am meisten dafür, daß sie nicht an die Öffentlichkeit gelangen.»

Deck warf mir einen Blick zu. Sein Gesichtsausdruck verriet, daß auch er eins und eins zusammengezählt hatte. Wir befanden uns mitten in einer kleinen Inszenierung, an deren Ende zwei Verbrecher tot in Hammonds Haus liegen würden, jeweils erschossen mit der Waffe, die der andere in Händen hielt, und daneben die Original-Disketten mit dem Material für die Erpressungen. Dann kam der dritte Kerl zurück, und in der Hand hielt er vorsichtig das Messer aus Romers Brust. Meine Fingerabdrücke auf dem Griff würden das Bild abrunden.

«Das wird niemand glauben», sagte ich.

«Irrtum», entgegnete Stratten lächelnd und zückte eine Pistole. «Das wird niemanden interessieren.»

«Laß mich es tun», sagte Monica.

Stratten drehte sich zu ihr um, überlegte einen Moment, grinste dann. Er winkte sie zu sich und hielt ihr die Pistole hin. Monica baute sich ein paar Schritte entfernt vor mir auf und schaute mich mit kokettem Blick an. Sie nahm die Waffe in beide Hände und zielte direkt auf meinen Kopf.

«Richte ruhig eine ordentliche Schweinerei an», sagte Stratten und stellte sich hinter sie. Offenbar amüsierte er sich prächtig. «Stell dir vor: eine wilde Schießerei zwischen zwei erbärmlichen Verlierern, die jetzt auch noch ihr Leben verlieren.»

Deck starrte hinunter auf den Teppich. Bei der kleinsten Bewegung würde ihm eine Kugel in den Kopf gejagt werden, und für mich galt dasselbe. Er wollte nicht mitansehen, was gleich passieren würde, und das konnte ich ihm kein bißchen verübeln.

Monica senkte die Waffe ein paar Zentimeter, so daß sie nun auf meinen Hals gerichtet war. Sie kicherte und wirkte zwanzig Jahre jünger. Stratten legte sein Kinn auf ihre Schulter, damit er besser zuschauen konnte, schlang die Arme um sie und legte die Hände auf ihren Busen.

Der Lauf der Pistole bewegte sich weiter abwärts und zeigte jetzt auf mein Herz. Monica lächelte, als Strattens Hände ihre Brüste zu streicheln und zu drücken begannen. Eine leichte Röte breitete sich auf ihren Wangen aus, und sie hob die Pistole an, bis sie wieder auf mein Gesicht gerichtet war.

«Leb wohl, Arschloch», sagte Monica.

Plötzlich ertönte ein lautes Krachen.

Zuerst glaubte ich zu hören, wie ich erschossen wurde. Aber dann huschte der Kerl mit dem Tranchiermesser wie von einem unsichtbaren Band gezogen quer durch das Zimmer.

Stratten verdrehte den Kopf, um zu sehen, was los war. Der Kühlschrank der Hammonds stand im Durchgang, und seine Tür klappte gerade zu.

Der Typ hinter mir murmelte: «Was zum Teufel ...?» und lockerte für einen Moment den Druck seiner Pistole. Das genügte mir.

Ich warf mich auf Monica, geduckt, um unterhalb der Schußlinie zu sein. Mit einem Stoß in den Bauch brachte ich sie und Stratten aus dem Gleichgewicht. Sie drückte auf den Abzug, die Pistole ging direkt neben meinem Ohr los, und der Knall zerfetzte mir fast das Trommelfell. Im selben Moment trat Deck mit voller Wucht nach hinten und erwischte seinen Bewacher an der Kniescheibe. Im Bruchteil einer Sekunde war er auf den Beinen und versetzte dem Mann einen Fußtritt ins Gesicht. Deck wirkte stinksauer. Wenn er etwas auf den Tod nicht leiden kann, dann ist es, eine Pistole an den Kopf gehalten zu bekommen.

Als ich mich, leicht schwindelig, aus dem Gewirr von Armen und Beinen auf dem Boden hochrappelte, hörte ich einen unterdrückten Schrei und versuchte, mir zu erklären, was eigentlich los war. Dann sah ich, wie die Tiefkühltruhe ins Zimmer gerannt kam, dicht gefolgt von der Waschmaschine. Der Kühlschrank hatte sich bereits auf den Typ mit dem Messer fallen lassen, und der Kerl wand sich, laut brüllend, wie ein eingeklemmter Käfer. Die Mikrowelle huschte ums Sofa herum, und das Geräusch verstummte. Mikrowellenherde haben scharfe Kanten.

Stratten riß Monica die Pistole aus der Hand und zielte damit auf Deck, der seinen Ex-Bewacher mit wütenden Fausthieben traktierte, aber ich trat Stratten in den Rücken, und die Kugel ging ins Leere. Inzwischen hörte ich weitere Schüsse hinter mir, drehte mich um und sah, daß der Kerl, der mir die Pistole ans Ohr gehalten hatte, wie wild auf die Küchenmaschine feuerte, die direkt auf ihn zurannte. Die Küchenmaschine wurde im Bedienungsfeld getroffen und stolperte, aber in dem Moment näherte sich bereits im Eiltempo die Waschmaschine. Der Kerl zog sich, immer noch schießend, in eine Ecke des Zimmers zurück, und die Kugeln prallten von der Metallhülle ab und schwirrten durch den Raum.

Deck versuchte, sich Monica zu greifen. Sie trat und schlug um sich wie ein wildes Tier. Die Kühltruhe und der Kühlschrank, dessen blutbeschmierte Tür auf- und zuklappte, rückten von zwei Seiten auf Stratten vor, um ihn in die Zange zu nehmen. Aber sein verbliebener Gefolgsmann war rasch wieder zur Besinnung gekommen und versuchte mit systematischen Schüssen in die Rückseite des Kühlschranks, dessen Gehirn zu treffen. Das Geräusch einer splitternden Glasscheibe hinter mir ließ vermuten, daß die Waschmaschine ebenfalls dabei war, ihren Geist aufzugeben.

Dann hatte ich plötzlich eine Idee.

«Jetzt», rief ich atemlos dem Wecker zu, der immer noch in meiner Brusttasche steckte, «wäre der passende Moment, mich aufzuwecken.»

Sofort ging der Alarm los, ein durchdringendes Sirenengeheul, das mich fast in die Knie gehen ließ. Aber niemand achtete darauf, weil niemand es hörte. Auch ich hörte es nicht wirklich, vielmehr spürte ich ein Vibrieren in den Halswirbeln, während der Wecker auf einer Frequenz, die die immerwährenden Funkwellen aus meinem Rückenmark verstärkte, ein dringliches Signal aussandte.

Stratten und seine Männer schossen immer noch auf die Geräte, und Deck und Monica rangen auf dem Fußboden miteinander. Mein Eindruck war, daß Monica langsam die Oberhand gewann, aber das habe ich Deck später nie gesagt. Es war, als würde ich mir bei abgestelltem Ton irgendein skurriles Ereignis im Fernsehen anschauen. Ich hörte absolut nichts davon.

Der Alarm wurde lauter und lauter, bis ich schließlich das Gefühl hatte, mein ganzer Körper würde pulsieren. Stratten schoß noch einmal, dann schien ihm bewußt zu werden, daß etwas vor sich ging. Er wandte sich langsam vom Kühlschrank ab, um etwas zu beobachten, das niemand sonst sehen konnte.

In den Ecken des Raumes erzitterte die Luft, wie die Querstreifen auf einem Bildschirm bei einer kurzfristigen Störung.

Auch die drei Muskelmänner stellten das Feuer ein, und ihre Mienen verrieten plötzlich Unsicherheit. Deck blickte zu mir hoch. Allerdings weiß ich nicht, was er in meinem Gesicht sah.

Monica kämpfte weiter, ohne etwas zu bemerken.

Die Luft erzitterte von neuem und bog sich dann, wie

schmelzendes Glas in einer starken Windböe. Die Möbel und die Decke verformten sich und lösten sich auf, die Tapeten hingen in brennenden Fetzen von den Wänden. Die Zimmerdecke schien nach oben zu fliegen, als würde sie vom Himmel angesaugt, und eine riesige Wolke schob sich mit aller Macht auf die Erde hinab, strömte durch die Lücken zwischen den Atomen und wirbelte mit einem Geräusch, das wie ein entfernter Donnerhall klang, um uns herum. Die Gesichter wurden von einem Licht ausgebleicht, das aus dem Nichts zu kommen schien, und man sah nur noch weit aufgerissene Augen. Einer von Strattens Männern versuchte wegzurennen und verwandelte sich augenblicklich in Dampf. Die Köpfe der anderen beiden explodierten in einem Lichtball, und ihre Körper schwankten und verschwanden. Ich befand mich mit den Füßen noch auf der Erde, aber der Rest meines Körpers wurde auf eine Sphäre der Regungslosigkeit gehoben. Es war eine Zwischenwelt. Wir wurden nirgendwo hingebracht.

Es kam zu uns wie Regen aus einem wolkenlosen Himmel.

Dort, wo bis eben noch die Außenwände gestanden hatten, trat aus dem Lärm und der Leere eine Erscheinung hervor, eine Verbindung aus Feuchtigkeit und Wolken. Eine Reihe aus sechs Männern in Hellgrau tauchte auf, und sie standen da, starr wie eine Bergkette. Vor ihnen befand sich ein weiterer Mann. Er trug einen dunklen Anzug, und sein Gesicht sah jetzt anders aus. Es war ein Gesicht, das die Jahrtausende verriet, das sich der Zeit entzog, aber dennoch ihre Spuren trug.

Sieben Geister des Unsichtbaren waren auf die Erde herabgestiegen, und ich vermochte nicht zu sagen, ob ich Entsetzen oder Freude empfand.

Es entstand eine schier endlose Stille.

Stratten stand regungslos da und starrte die Männer an. Dann hob er abrupt den Arm, zielte auf mich und drückte ab.

Nichts passierte.

Er versuchte es noch einmal. Ein weiteres trockenes Klicken.

«Nein», sagte Gott. «Mr. Thompson ist einer von uns. Er wird hier nicht sterben.»

Stratten ignorierte ihn und versuchte es erneut, mit demselben Ergebnis. In gewisser Weise bewunderte ich ihn sogar.

«Aber von Ihnen», fügte Gott mit steinerner Miene hinzu, «habe ich endgültig die Schnauze voll.»

Endlich begriff Stratten, was los war.

Die sechs Engel kamen auf ihn zu. Ich sah, daß ihre Gesichter sich doch nicht ähnelten, sondern aus unzähligen, in schneller Abfolge aufblitzenden Gesichtszügen bestanden. Man konnte weder erfassen noch erraten, was ihre Mienen ausdrückten. Es gab keine Möglichkeit, sie mit Worten zu beschreiben, weil sich im menschlichen Verstand keine vergleichbare Erfahrung findet. Ich begriff in dem Moment, warum Gott so wenig Kontrolle über sie hatte. Sie waren unfaßbar.

Stratten erkannte sie vermutlich aus Träumen wieder, die er nie hatte vergessen können. Er wußte, daß die sechs es auf ihn abgesehen hatten, wirbelte herum, offenbar weil er hoffte, noch weglaufen zu können. Aber unsere Welt war zu einem kleinen Raum kondensiert, und er konnte nirgendwo hin.

Unbeholfen versuchte er zurückzuweichen und starrte dabei entsetzt die Geister an, die für ihn wahrscheinlich ganz anders aussahen als für mich – denn nichts ist so furchterregend böse wie das Gute, wenn es einen haßt.

Er fiel vor ihnen auf die Knie.

Dann passierte etwas mit ihm. Anfangs kam es mir wie eine physische Veränderung vor, so als würde er auf eine zweidimensionale Form reduziert. Für mich sah er nicht mehr wie ein fest umrissener Punkt im Raum oder ein körperliches Wesen aus. Statt dessen nahm ich eine lange Entwicklung wahr, bestehend aus Taten und Erfahrungen. Ich sah einige davon kurz aufblitzen, wie eine Erinnerungsübertragung von schlechter Qualität. Sein Gesicht verzerrte sich, als würde es in entgegengesetzte Richtungen gezogen, sowohl in die Vergangenheit als auch in die Zukunft. Seine Substanz war jetzt nicht mehr in die feste Form der Sichtbarkeit gepreßt, sondern verflüssigte sich, glich einem reißenden Strom, der über die Ufer trat. Strattens Dinglichkeit hatte immer auf dieser Komprimierung beruht, und dasselbe galt, so wurde mir klar, für uns alle. Jetzt wich sie von ihm.

Ich war eine Weile erstarrt, wie hypnotisiert. Aber dann sagte ich:

«Nein. Er gehört mir.»

Sofort drehten sich alle Engel zu mir um, und ich fragte mich, wieso ich mir je eingebildet hatte, sie würden Waffen tragen, oder wieso die Menschen sie sich als kleine grüne Männchen oder Wesen mit Harfen und Flügeln vorstellen. Ich glaube, jemand hat mal gesagt, wenn Dreiecke einen Gott erfinden würden, dann sei die Chance groß, daß er drei Kanten hätte. In Wirklichkeit waren sie nichts, allerdings im positiven Sinne, und weder ich noch sonst jemand würde sie begreifen können. Sie entzogen sich jedem Vergleich, ihre Körper waren lodernde Flammen in einer Farbe, wie sie nie ein Mensch gesehen hatte.

Ich spürte, daß sie mich anschauten, bis ihre Augen zu einem einzigen Auge verschmolzen. Was ich in ihnen sah, war sowohl zu gewaltig als auch zu klein, um es zu erfassen. Es war wie ein Buch, einerseits klar und fest umrissen, andererseits ungeheuer weitschweifig, im Bestreben, alles zu erfassen, was je gewesen ist. Einer hatte das Papier hergestellt, ein anderer den Umschlag gestaltet, andere wiederum hatten die Schrift entworfen, in der die Geschichte aufgezeichnet worden war: All dies geschah in unterschiedlichen Regionen der Erde, zu unterschiedlichen Zeiten. Jedes Wort zwischen den Buchdeckeln war die Verdinglichung von etwas nicht Greifbarem, Flüchtigem, von Themen und Gedanken, gefiltert und geprägt durch zahllose Generationen von Verfassern, die das Bedürfnis hatten, ihren Äußerungen eine Form zu geben. Ihr Blick reichte bis in die Unendlichkeit, bis zu allem, was je existiert hatte. Alles, so klein es auch sein mag, ist ein Tor zu allem anderen.

Es entstand eine Pause, und dann traten die Engel einen Schritt zurück. Sie warteten ab, ordneten sich dieses eine Mal demjenigen unter, der immer nur erster unter vielen gewesen war.

Der Mann im dunklen Anzug neigte den Kopf in meine Richtung, und die Augen der Engel verloschen.

Dann waren sie verschwunden, und wir befanden uns wieder in einem Zimmer voller verletzter Haushaltsgeräte, in dem die Wände mit Blutflecken und Einschußlöchern übersät waren. Der todesmutige Kühlschrank lehnte, nach hinten gekippt, am Türrahmen, und seine Tür bewegte sich nur noch schwach. Die Küchenmaschine stand in der Ecke, und ihre Lämpchen flackerten wirr. Monica Hammond lag bewußtlos auf dem Sofa. Ich hatte sie während unserer Abwesenheit nicht bemerkt. Vielleicht war sie gar nicht bei uns gewesen. Womöglich ertrug jener Ort ihre Gegenwart nicht.

Stratten kniete immer noch mit gesenktem Kopf auf dem Fußboden, von der tiefen Einsicht durchdrungen, was für ein Mensch er gewesen war. Für ihn war die Zeit stehengeblieben, aber ich wußte aus meinen Erfahrungen mit ihm, daß sie bald weiterlaufen würde, wenn wir nicht aufpaßten.

Deck hob eine Pistole vom Fußboden auf und hielt die Mündung an Strattens Hinterkopf. «Da wir als letzte noch aufrecht stehen», sagte er, «sollten wir uns, finde ich, die Ehre teilen.»

«Nein», sagte ich. «Ich habe eine bessere Idee.»

EINUNDZWANZIG

Zwei Tage später saß ich draußen vor einem Café in der 3rd Street, als plötzlich ein Schatten auf meinen Tisch fiel. Vor mir stand der Mann im dunklen Anzug. Ich hatte, ohne an etwas Besonderes zu denken, den Passanten zugeschaut, und mein Kaffee war bereits kalt. Ich forderte den Mann mit einer Handbewegung auf, Platz zu nehmen, bestellte zwei Kaffee und wartete ab. Irgendwann begann er zu sprechen und erzählte mir folgendes:

Am Anfang, sagte er, war die Erde ohne Gestalt und leer. Vergangenheit und Gegenwart waren das gleiche, und das Sichtbare und Unsichtbare waren eins. Nie dagewesene Ereignisse, wie das Entstehen von Planeten auf der Oberfläche eines brodelnden Sterns, trugen sich zu, aber alles, was dem Neuen vorausgegangen war, existierte noch, so als würden in einen sich ständig ausdehnenden Ring neue Edelsteine eingefügt. Erfahrungen sammelten sich an, wurden immer intensiver und eindringlicher, und wir bewegten uns zwischen ihnen wie vorübergehende Strömungen im Meer. Wir waren damals weit unkörperlicher und verkehrten ausgiebiger miteinander. Wir benutzten Worte nicht als Waffen, um die Wirklichkeit in ein Schema zu pressen, und die Geister der Verblichenen umgaben uns.

Es war nicht unbedingt eine bessere Zeit als heute, bloß war sie anders, und die meisten von uns wußten tief im Inneren, daß gewisse Dinge eigentlich nicht so sein sollten, wie sie waren. Nur in den düsteren Phasen, wenn wir über den Tod und die Vergangenheit nachdenken, und über das, was sie mit uns anstellen, erhaschen wir einen Blick von unseren früheren Taten. Ein Teil von jeder Seele lebt immer noch an jenem Ort, und wenn wir schlafen, versuchen wir eine Seinsform zurückzuerlangen, die wir nicht mehr zu begreifen in der Lage sind. Zu anderen Zeiten spüren wir die Gegenwart derjenigen, die immer noch dort leben, und geben ihnen Namen und versuchen, sie zu verstehen.

Denn nach einer Weile kamen die Worte über uns und mit ihnen Zwiespalt. Statt die Welt direkt zu erfassen, wurde die Erfahrung durch Gedanken vermittelt – sobald man sich nämlich dabei ertappt, daß man beobachtet, glaubt man, sich von dem, woran man denkt, zu unterscheiden. Wir begannen, die Vergangenheit zu fixieren, sie durch Beschreibungen, durch die Unterscheidung zwischen früher und jetzt, in Grenzen zu weisen. Die Zeit begann voranzuschreiten. Wir unterschieden Licht von Dunkel, Schwarz von Weiß: nahmen alles aus unserem Inneren und kehrten es nach außen. Wir nannten das trockene Land Erde, und die Ansammlungen von Wasser nannten wir Meere, und wir sahen, daß sich beides unterschied, und danach konnte es nicht wieder rückgängig gemacht werden. Wir erschufen die Zeit und endliche Zeitabschnitte und verloren so die Vergangenheit, wie ein kleines Boot, das in See sticht und das riesige Land hinter sich zurückläßt.

Das heißt – einige von uns taten das. Einige von uns entschlossen sich, dem Raum eine Form zu geben und die Wirklichkeit, die uns bald umgab, zu zähmen. Andere taten das nicht, und aus uns wurden getrennte Stränge ein und desselben Organismus, und wir bewohnten verschiedene Gebiete.

Wir, die wir sichtbar wurden, eroberten die Welt. Unser Pakt mit der Körperlichkeit machte das möglich, wie eine Art metaphysischer opponierbarer Daumen. Wir bauten und erforschten und veränderten unseren Planeten und unser Selbst – kanalisierten sein Fließen, verfestigten und verhärteten es. Aber die Festigkeit bewirkte, daß Funktionsstörungen, Schäden, Fehler und der Tod möglich wurden. Es geschah nicht alles auf einmal, aber wir verdichteten uns nach und nach hin zu größerer Sterblichkeit, und wir zahlten den Preis. Wir konnten jetzt sterben, und wenn wir erst einmal tot waren, gab es kein Zurück, außer wenn diejenigen, die uns einst geliebt hatten, uns durch den Schleier der Erinnerung kurz erblickten.

Die Unsichtbaren blieben unsterblich und traten zwischen die Sphären. Es dauerte lange, bis sie merkten, in welcher Weise die Wirklichkeit unterteilt wurde, und als es soweit war, hatten wir übrigen längst vergessen, daß es jemals anders gewesen war. Aus der Vergangenheit war jenes andere Land geworden, und sobald etwas dort hinüberwechselte, war es verloren. Es wurde zu dem, was wir Erinnerung nennen, zu einem Ort, den wir im Traum und in Augenblicken der Einkehr aufsuchen konnten, wenn auch nur auf unvollkommene Weise. Vergangene Ereignisse verhärteten sich zu Glassplittern, tief eingebettet in unsere Köpfe: Fremdkörper, die sich in uns bewegen und Löcher reißen, so tief vergraben, daß sie nie entfernt werden können, aber immer noch so scharfkantig, daß sie sich regelmäßig bis in die Gegenwart bohren und uns verletzen.

Wir gewannen Wissen über Vergangenes und Geheimes, und Teile unserer Seele verkümmerten und starben: gleich einem schönen Haus mit einem verschlossenen Zimmer in der Mitte, auf dem Fußboden ein toter Vogel mit zerschmetterten Knochen.

Mit der Form kam auch die Furcht, der Verdacht, daß wir für einen Teil der Wirklichkeit, der nicht mehr zu unserem Terrain gehörte, blind geworden waren. Wir benötigten eine Barriere zwischen uns und dem Unbekannten, um uns vor Dingen zu schützen, die wir nicht mehr verstanden.

Und daher gingen wir hin und nannten die Unsichtbaren Engel und Götter.

Deck und ich trafen fünf Minuten vor Ablauf der Frist auf der Wache ein. Zuvor hatten wir in Decks Wohnung eine Übertragung vorgenommen und anschließend zwei Maschinen zerstört.

Wir warteten vorne am Empfangstresen auf Travis und hielten Stratten zwischen uns fest. Er war wach und bei Bewußtsein, aber nicht in der Verfassung, sich zu wehren. So geht es einem, wenn man eine umfangreiche Erinnerung in Verwahrung nimmt, besonders beim ersten Mal.

Als Travis erschien, schaute er uns bloß schweigend an und bedeutete uns dann, ihm zu folgen. Zum dritten Mal innerhalb ebenso vieler Tage betrat ich den Verhörraum. Diese Zeitspanne kam mir allerdings viel länger vor, und diesmal wirkte das Zimmer anders auf mich. Nicht mehr ganz so wie ein Gefängnis.

«Und wer, bitte schön, ist dieser Herr?» fragte Travis, nachdem er die Tür geschlossen hatte.

«Stratten», sagte ich.

«Was ist mit ihm? Er sieht krank aus.»

«Keine Sorge», sagte ich, «es geht ihm gut. Er mußte nur in den letzten Stunden eine Menge verkraften.»

Travis lehnte sich gegen die Tischkante und verschränkte die Arme. «Ich habe in der Erpressungssache immer noch nicht genügend Beweise gegen ihn, Hap. Alles, was ich habe, ist Ihre Aussage.»

«Romer hätte ihn belasten können», sagte Deck. «Aber der ist leider tot.»

Travis war nicht allzu überrascht. Er notierte nur kurz, wo die Leiche sich befand. «Immer noch nichts, was den Staatsanwalt beeindrucken würde», sagte er. «Tut mir leid, Hap.»

«Ich versuche nicht, den Erpressungsfall für Sie aufzuklären», erwiderte ich. «Sie sind der Cop, das müssen Sie schon selber erledigen.»

«Was wollen Sie dann hier?»

Ich holte tief Luft. «Ich habe Anlaß zu der Vermutung, daß dieser Mann sich an den Mord an einem Mitarbeiter des LAPD erinnert.»

Travis starrte Stratten an. «*Er* hat Ray Hammond umgebracht?»

«Das kann ich nicht beurteilen», sagte ich. «Aber es ist in seinem Gedächtnis.»

Travis sagte einen Moment lang nichts, schaute mich bloß an und reimte sich alles zusammen. Dann nickte er. «Das leuchtet ein. Er ist genau der richtige Typ dafür.»

«Große Klasse», bemerkte ich zu Deck, «dieser kriminalistische Spürsinn.»

Travis packte Stratten am Arm, und Deck und ich traten einen Schritt zurück.

«Es ist nach elf Uhr», sagte ich.

«Ja», sagte Travis gedehnt. «Und wissen Sie was? Es ist etwas Sonderbares passiert. Auf meinem Schreibtisch lag eine Akte voller alter Fälle, die ich abarbeiten wollte, und jetzt kann ich sie beim besten Willen nicht mehr finden.»

Mein Herzschlag stockte. «Aber eines Tages werden Sie die Akte doch wiederfinden, oder?»

«Schwer zu sagen. Sie wissen ja, wie das ist. Manchmal bleiben solche Sachen für alle Zeiten verschwunden, manchmal tauchen sie unvermutet wieder auf.»

«Travis ...»

«Gehen Sie nach Hause», sagte der Lieutenant. «Wo immer das auch sein mag. Hinterlassen Sie vorne am Tresen ihre Telefonnummer. Ich werde in meinem Büro gründlich nachschauen, sobald ich mit Stratten fertig bin, und Sie erfahren dann von mir, was ich gefunden habe.»

Ich hinterließ Decks Nummer, und dann gingen wir beide in eine Kneipe und tranken etliche Glas Bier.

Travis rief am nächsten Tag ziemlich früh an. Vermutlich fand er, daß er mich lange genug hatte schmoren lassen. Er hatte sein Büro inzwischen auf den Kopf gestellt, konnte die blöde Akte aber nirgends entdecken. Er klang dennoch ziemlich aufgekratzt: Natriumverital und der Erinnerungsscanner hatten Strattens Anwesenheit bei Hammonds Ermordung eindeutig erwiesen. Es blieb nur noch die Frage zu klären, warum Stratten in der Erinnerung offenbar einen Frauenmantel getragen und warum Hammond ihn Laura genannt hatte, aber Travis und der Staatsanwalt meinten, Strattens Privatleben sei seine eigene Angelegenheit. Sie waren beide zufrieden damit, daß der Gerechtigkeit auf die eine oder andere Weise Genüge getan war.

Was die Transvirtual-Sache anging, so hatten weitere Ermittlungen ohne die jüngst aufgetauchten Beweisstücke keinen Sinn. Travis hatte den Fall mit dem Vermerk «Erledigt» versehen, und in diesem Zustand würde er in der Datenbank verbleiben. Statt die Rechnung halbe-halbe zu teilen, hatte der Lieutenant sie allein Ricardo bezahlen lassen.

Travis wollte schon den Hörer auflegen, um sich frohgemut wieder an die Polizeiarbeit zu machen, als ich mich etwas sagen hörte. Ich fragte mich laut, ob ein ehemaliger Krimineller, der beschlossen hatte, in Zukunft ein ehrliches Leben zu führen, ihn vielleicht zu einem Bier einladen dürfe.

Travis dachte einen Moment lang nach. «Kommt nicht in Frage», sagte er. «Und garantiert nicht kommenden Freitag gegen neun im Irish Ben.»

Am Nachmittag desselben Tages erfuhr ich, daß die Verwüstung von Quats – beziehungsweise Strattens – Website eine unvorhergesehene Nebenwirkung gehabt hatte. Der Crabdaddy hatte Quats Pseudo-Konten vertilgt, allerdings fing Vent ihn wieder ein, ehe der Verdauungsvorgang abgeschlossen war. Zwar verschwand der größte Teil meines Guthabens unwiederbringlich mit den virtuellen Geldströmen, die versiegten, als die Site kaputtging, aber von dem Geld, das übrig war, würde ich eine Weile leben können. Nachdem ich meine Schulden bei Vent gezahlt hatte, plus der Wucherzinsen, blieb mir immer noch genug, um jemanden zu beauftragen, mein Verbrechen erneut aus der Datenbank zu löschen.

Aber das tat ich nicht, und ich glaube, ich werde es auch niemals tun. Schlimme Dinge passieren eben. Manchmal ist man der Täter, manchmal das Opfer. Zu behaupten, sie hätten sich gar nicht ereignet, löst keine Probleme und macht nichts ungeschehen. Egal, wie tief man etwas im Müll vergräbt, es ist immer noch da, und es ist immer noch ein Teil der eigenen Geschichte. Hat man einen Brief, der einem das Herz bricht, erst einmal gelesen, hilft es nichts, ihn zu verbrennen. Also nimmt man eine Auszeit. Man hört auf, sich nachts zu grämen und sich dadurch die Tage zu verderben. Auf Vollkommenheit zu warten, bedeutet nur, der Wirklichkeit den Rücken zuzukehren und den Vorgängen im eigenen Kopf einen höheren Wert beizumessen als den Dingen, die einen deutlich erkennbar umgeben. Der Ort, an dem wir leben, mag zwar auf Schatten gründen, aber er ist unser Zuhause – und erst die angestoßenen Möbel und die dunklen Flekken rund um die Lichtschalter machen ihn dazu.

Lange Zeit trieben die Unsichtbaren ihr Spiel, wirbelten durch das Leben ihrer entfernten Verwandten, die sie inzwischen als gestörte Fremde ansahen. Das hatten wir uns selber angetan und waren daher verdammt, bis in alle Ewigkeit das Wesentliche nicht zu begreifen. Manchmal stieß ein Mensch durch Zufall auf die Erinnerung und erkannte, wie die Dinge wirklich waren, aber hinterher wußte keiner von ihnen mehr, wie dieser Anblick ausgesehen hatte, und deswegen erfanden sie Geschichten, um die Leere zu füllen. Sobald man sich umdreht, verliert man, so wie Orpheus, das, was man gesucht und gefunden hat. Man kann nicht mit schwarzer Schrift auf schwarzem Grund schreiben – also nimmt man den Pinsel mit weißer Farbe und tut sein Bestes, und das erste Zeichen, das man setzt, ist garantiert falsch.

Irgendwann kam einer der Engel zu der Überzeugung, das Unsichtbare und das Sichtbare könnten wieder vereint werden. Er versuchte anzudeuten, wie das sein könnte.

Aber er kam zu spät. Der menschliche Drang, alles in Worte zu fassen, ging inzwischen über die reale Welt hinaus und erstreckte sich auf das Reich der Ideen. Das Betriebssystem hatte sich der neuen Hardware angepaßt, und wir mußten nun alles codieren, alles festlegen. Wir nahmen das, was der Engel uns gesagt hatte, an, und malten es in verschiedenen Farben aus, bis das Bild, das er uns zurückgegeben hatte, keinen Sinn mehr ergab. Wir erhoben einen der Unsichtbaren über die anderen, erkoren ihn zum Vater und zum König und nannten ihn Gott.

Der Engel verbot Abbildungen von sich selbst und sogar das Schreiben seines Namens, um den Prozeß des Verbalisierens aufzuhalten – aber schließlich wurde dieser Prozeß unvermeidlich. Der Engel mußte feststellen, daß er an der Spitze eines Unternehmens stand, das von Karrieristen geleitet wurde, die nicht gewillt waren, die Führungsstruktur zu akzeptieren. Sie schrieben seine Memos um, damit das Gesetz strenger, enger gefaßt, den Menschen angepaßter wurde. Er wurde bei einer firmeninternen Revolte ausgebootet und mit einem Fußtritt nach oben weggelobt. Er hatte die Macht der Körperlichkeit nicht erkannt, ihm war nicht klar, daß der Geist der Menschen notwendigerweise auch den Geist ihres Gottes verändern würde. Eine Gottheit zu sein bedeutete, auch etliche Eigenschaften der eigenen Untertanen anzunehmen – sowohl hervorragende als auch banale. Die Unsichtbaren waren beispielsweise nicht der Schwerkraft unterworfen, und wir beschlossen, daß Engel, wenn sie fliegen konnten, Flügel haben mußten. Und so geschah es, sehr zum Verdruß der Unsichtbaren. Flügel sind, wie man hört, total lästig

– und ihre Benutzung äußerst anstrengend. Die Unsichtbaren brauchen auch keine Raumschiffe, und die Lichter am Himmel existieren nur in unserer Einbildung. Jeder von uns wirkt auf irgendeinen anderen wie ein Alien. Bei den Unsichtbaren gilt das bloß in etwas stärkerem Maße.

Und schließlich fügte Gott sich unserer wichtigsten Unterscheidung, der Trennung in Gut und Böse. Es hat schon immer gute Taten gegeben, die aus schlechten Gründen geschahen, und Fehler, die in bester Absicht begangen wurden, aber wir trennten die Moral von der Handlung, das Böse vom Guten und die eine Seite an Gott von der anderen. Wir spalteten Seinen Geist und brachen Ihm das Herz.

Eine Zeitlang hatte Gott die Orientierung verloren – hin und hergerissen zwischen Sichtbarkeit und Unsichtbarkeit, zwischen der Welt der Engel und der Welt der Menschen. Er verstand sich selbst nicht mehr und löste sich für eine Weile im Universalen auf. Einige der anderen Unsichtbaren nutzten seine Abwesenheit aus und zettelten, hauptsächlich aus Groll, einen Aufstand an. Sie versuchten, widerstreitende Machtblöcke zu errichten, aber es dauerte nicht lange, da waren sie es leid. Genau wie die Menschen wissen auch Engel nicht, wie das Universum entstanden ist. Und Gott hatte sich nur ein besseres Verhältnis zwischen unseren zwei Gruppen gewünscht. Im Sichtbaren liegt eine Schönheit, und Frieden in dem, was man nicht berühren kann. Die Unsichtbaren stellten sich eine Wirklichkeit vor, in der beide zusammen existieren konnten, und versuchten, das zu erreichen.

Nach seiner Rückkehr sah Gott seine früheren Fehler ein, und die Unsichtbaren versuchten, Regeln für die Beziehung zwischen den beiden Welten aufzustellen. Für die Menschen wurde das Überschreiten der Grenze, das ihnen bisher gelegentlich vergönnt war, nun sehr erschwert, und Engeln wurde verboten, öfter als unbedingt nötig zwischen den Welten hin und her zu wechseln. Irgendwann nahm Gott Verbindung zu einem Menschen auf, der gewisse mediale Fähigkeiten besaß, weil er versuchen wollte, die alte Verbindung neu zu schmieden. Gott versetzte den Mann in die Lage, ein paar Kunststücke zu vollführen – hauptsächlich Überwindung der Schwerkraft, Transformation von Materie und ein vorübergehender Triumph über den Tod –, um die Menschheit von der Wahrhaftigkeit der Offenbarung, die er ihnen brachte, zu überzeugen. Die Botschaft war einfach und so konzipiert, daß sie nur eingepflanzt werden mußte und dann von selbst gedieh.

Wir sind Teil von etwas viel Größerem.

Bis zu einem gewissen Grad klappte es, und die neuen Ideen verbreiteten sich wie ein Lauffeuer. Aber auch dieses Mal nahmen wir alles zu wörtlich und erschufen unsere eigenen Mythen. Wir befanden, Jesus könne keine normale Herkunft gehabt haben, also dachten sich spätere Generationen die jungfräuliche Geburt aus und ignorierten dabei die Tatsache, daß im hebräischen Original bei Jesaja das Wort «alma» benutzt wurde, was nicht «Jungfrau» bedeutet, sondern bloß «junge Frau». Jesus wurde zu einem Stegreif-Komiker, und einige seiner Witze waren gar nicht komisch.

Unsere Welt war zu schwerfällig, um sich gemäß der Wahrheit neu zu ordnen: Also änderten wir die Wahrheit, damit sie paßte. Das Wort Gottes wurde redigiert und entstellt, häufig auf eine Weise, die überhaupt keinen Sinn ergab – und daher wurden unzählige Berichte und Erscheinungen in abgewandelten Versionen zu einer Geschichte zusammengefaßt, die sich liest, als habe sie jemand spät nachts überarbeitet. Gott hat niemals behauptet, er habe auch nur irgend etwas erschaffen. Wir haben ihm lediglich etwas zugeschrieben, das wir uns selbst angetan haben. Sogar bei der Schilderung der Geburt Jesu, die sich eigentlich mit wenigen Worten erzählen läßt, werden Ereignisse aus einer Zeitspanne von zehn Jahren in einer einzigen Nacht gebündelt. Lukas hätte sich im Prose Café wie zu Hause gefühlt. Er war der erste Drehbuchautor, und er dachte sich eine Story für die Priester-Produzenten aus. Sie wollten von ihm eine gute Anfangssequenz haben, und er lieferte sie ihnen – aber es war alles erfunden. Wir haben die Wahrheit in Worte verwandelt, die wir dann so lange übereinandergedruckt haben, bis nicht mehr zu erkennen war, was sie bedeuteten.

Das Medium wurde am Ende abserviert, und aufgrund mehrerer Umstände entstand eine Religion, die sich über die ganze Welt ausbreitete. Die Unsichtbaren hatten ein Franchise-Unternehmen gegründet, mit Filialen in jeder Stadt – aber das Produkt wurde beim Transport beschädigt und die Botschaft dadurch entstellt und verdreht.

Und schlimmer noch: Man fing Gott dadurch ein und fesselte ihn mit Worten, machte ihn so konkret, daß er für alle Zeit unter uns leben mußte – der Fleisch gewordene, umherwandernde Unsichtbare.

Laura kehrte am Abend des Tages, an dem ich mein Gespräch mit Gott hatte, zurück. Sie hatte sich plötzlich inmitten eines Waldes wiedergefunden und stand in dem Fluß, den sie aus ihrer Kindheit kannte, auf einem Stein. Sie blieb dort eine Weile, ging dann zurück in die Stadt und tauchte bei Deck auf.

Sie konnte sich nicht daran erinnern, wo sie gewesen war, aber irgend etwas mußte dort mit ihr passiert sein. Sie war ruhiger, offenbar ging es ihr besser, weil sie weggewesen war. Ich fragte mich, ob sie absichtlich erst ein paar Tage später zurückgekehrt war, um noch etwas länger an jenem Ort zu verweilen, an dem alles anders aussieht: um herauszufinden, wo der Teufelskreis begonnen, und zu begreifen, was ihr Leben geprägt hatte. Manchmal muß man Rückschau halten. Die Unfähigkeit, wieder nach vorne zu schauen, verwandelt uns in Salzsäulen.

Am nächsten Tag ging sie zu Hammonds Haus, aber es war niemand da. Ihre Mutter war weggezogen, hoffentlich an einen Ort, an dem sie ein trostloseres Dasein fristet. Es gab keine Wiederannäherung zwischen Laura und Monica. Das ist eine der grundlegenden Wahrheiten: Man kann unmöglich immer das Richtige tun oder sagen, nicht immer für jemanden dasein, oder jemanden haben, der für einen selbst da ist. Es wird immer Dinge geben, die man nicht getan, Gefühle, die man nicht ausgesprochen hat – denn vergangene Gegenwarten sehen im grellen Licht des Rückblicks immer anders aus. Es geht im Leben nicht um Vollkommenheit, sondern darum, das jeweils Mögliche zu tun. Das, was passiert ist, mußte passieren. Man muß seinen Instinkten vertrauen und vergessen. Die Vergangenheit wird sich immer wieder zu Wort melden. Dafür ist sie da.

Die große Neuigkeit ist, daß Laura eine Woche später bei Deck einzog. Ich glaube, die beiden waren selbst ziemlich überrascht darüber, ganz zu schweigen von mir, aber sie schaute immer wieder bei ihm vorbei, und ihre Besuche dauerten immer länger, und eines Abends ging sie nicht mehr nach Hause. Deck wird ganz verlegen, wenn ich ihn darauf anspreche, und ich glaube, das ist ein gutes Zeichen. Natürlich ist seine Wohnung jetzt mit Kissen und Schuhen übersät, und das Badezimmer ist nicht wiederzuerkennen, aber dafür ist auch Laura bei ihm, und er scheint alles in allem zufrieden mit dem Handel zu sein.

Eines Abends, als Deck uns gerade an der Bar etwas zu trinken holte, sagte Laura folgendes zu mir: «Falls die Engel wirklich nach einem Überbringer der Botschaft gesucht haben, wäre er bestimmt nicht die schlechteste Wahl gewesen.»

Dann machte sie zum Ausgleich ein paar sehr gemeine Bemerkungen über den Kleidergeschmack der Leute am Nebentisch. Aber ich wußte, sie meinte es ernst.

Sie ist immer noch kein glücklicher Mensch. Sie trinkt nach wie vor zuviel, und es gibt häufig Tage, an denen sie in düsterer

Stimmung ist. Probleme verschwinden nicht sofort, und manchmal überhaupt nicht. Unvollkommenheit und Traurigkeit sind der Preis, den man dafür bezahlen muß, daß man lebt. Das kann ein hoher Preis sein, und bisweilen kommt einem das Leben wie ein Kampf vor, bei dem man als Lohn fürs Durchhalten bloß die Chance erhält, noch eine Weile weiterzukämpfen. Es ist eine anstrengende Reise. Aber sie macht dennoch Spaß, und manchmal bekommt man unterwegs das Meer zu sehen.

Das ist natürlich nichts im Vergleich zu dem, was passierte, als die Engel etwa zweitausend Jahre später erneut Kontakt aufnahmen. Ein totales Fiasko. Die Menschen hatten sich inzwischen weiterentwickelt und vertrauten auf einige neue Worte, die sie erfunden hatten. Wir glaubten nicht mehr daran, daß Engel Flügel hatten, und hielten uns statt dessen an Raumschiffe und fliegende Untertassen. Wir stellten uns nicht mehr wie früher vor, daß es Menschen gab, die vom Geist erfüllt waren, sondern glaubten an die Technik – und deuteten die Berührung der Engel als Implantat. Ehe die Unsichtbaren sich's versahen, drängelten sich die Leute schon vor Fernsehkameras, beschrieben ihre Strahlenpistolen und ihre kleinen Facettenaugen und erzählten, daß sie Erdenbewohnerinnen benutzen wollten, um sich fortzupflanzen. Die Unsichtbaren, die bei den Griechen und Römern die Götter gespielt hatten, betrachteten diese Situation wahrscheinlich mit einem ironischen Grinsen und dankten ihrem Schicksal, daß sie sich in einem Zeitalter verlustiert hatten, in dem es den Begriff «Vaterschaftsklage» noch nicht gab.

Die Engel hatten es gar nicht auf mich abgesehen. Sie wollten an Stratten herankommen, der ihnen immer wieder entwischt war. Er gehörte zu jenen Männern, deren Seele schwer zu lokalisieren ist, sogar für Engel. Er war so sehr ein Sichtbarer, daß er auf der anderen Seite kaum Spuren hinterließ. Das Manipulieren von Erinnerungen bringt uns auf eine falsche Bahn, es verleitet dazu, sich von dem zu entfernen, was real ist und was überdauern wird. Je stärker wir uns von der lebendigen Vergangenheit um uns herum lösen, desto schwieriger wird es für uns zurückzukehren, genau wie die Weigerung, sich mit der eigenen Vergangenheit zu arrangieren, der sicherste Weg ist, sich selbst in den Wahnsinn zu treiben.

Er hatte den Markt für Störungen der Vergangenheit monopolisiert, und sie wollten, daß er seine Tätigkeit einstellte.

Außerdem waren sie stinksauer, weil Stratten mitgeholfen hatte, den Mann zu töten, den sie zum nächsten Überbringer der BOTSCHAFT ausersehen hatten. Nach ihrer Ansicht war es an der Zeit, einen neuen Versuch zu unternehmen, und der Ruf erging an Ray Hammond. Er war kurz vor seinem Tod tatsächlich religiös geworden – aber nicht im üblichen Sinne. Er hatte eine Überdosis abbekommen, und in den letzten Tagen seines Lebens war er ziemlich verstört, da er befürchtete, den Verstand zu verlieren.

Gott war dagegen gewesen, hatte aber den Dingen ihren Lauf gelassen, denn das tat er immer. Er war froh, daß die Umsetzung des Plans scheiterte, nicht zuletzt, weil er noch genug mit den Nachwirkungen des letzten Versuchs beschäftigt war. Er persönlich fand, diesmal wäre eine Frau an der Reihe gewesen, und daß die Vorgehensweise sowieso grundlegend falsch war. Jetzt, da Gott unter uns lebt, sieht er, wie es wirklich um uns steht. Das gibt den Sichtbaren etwas, worauf sie ihre Sehnsucht richten können, eine unsichtbare Zuneigung zu dem Ort, an dem wir leben. Es verleiht dem Leben Gewicht.

Es gibt nur eine andere Methode, jenen anderen Ort wirklich kennenzulernen, und zwar, indem man stirbt. Darum sah ich bei dem Spaziergang an der Schule meine toten Großeltern, die mich herzlich begrüßten. Sie waren wieder zu Unsichtbaren geworden, so wie es uns allen eines Tages ergehen wird. Die äußere

Form fällt in sich zusammen, und Geheimnisse lösen sich in nichts auf, und wir werden Teil der Trägerwelle. Manchmal spüren wir die Gegenwart dieser Menschen aus der Vergangenheit, wie Strömungen in einem Ozean, die wir nicht sehen können. Wir nennen sie Geister. Wir zwingen ihnen wieder die Gestalt auf, die sie zurückgelassen haben, denn wir glauben offenbar, daß unser Körper die Hülle ist, in der wir leben, und nicht bloß die Hülle, in der wir sterben.

Sie können, wenn sie wollen, nach einer Weile in anderer Gestalt zurückkehren, aber die meisten nehmen davon Abstand. Das ist eine Entscheidung, die wir irgendwann in Zukunft alle treffen müssen. Es gibt nur sehr wenige Grenzen, die nicht überschritten werden können: die Frage ist bloß, wann wir es tun.

Ich habe schließlich die Eltern meiner Mutter im Net besucht. Wir haben uns lange unterhalten, und ein paar Tage später rief Mom mich an, um mir zu sagen, daß ihre Adresse erloschen sei.

Eines Tages müssen wir alle zum Unsichtbaren zurückkehren, aber für mich ist dieser Moment noch nicht gekommen.

Mir gefällt es hier.

So hat der Mann im dunklen Anzug es mir jedenfalls erzählt, aber wer weiß, was davon der Wahrheit entspricht. Bei Gottheiten weiß man nie. Sie setzen sonderbare Prioritäten. Wenn ich ein Hindu oder ein Buddhist oder ein Hopi gewesen wäre, hätte er es vielleicht etwas anders erzählt, hätte hier und da einen Namen verändert – aber es wäre dieselbe Geschichte gewesen.

Dann trank er seinen Frappacino aus, fragte, ob es mir etwas ausmachen würde zu bezahlen, stand auf und ging weg. Er schloß sich dem Strom aus geschäftig vorbeilaufenden Passanten an, und ich schaute ihm nach, bis er verschwunden war.

Vielleicht sitzt er irgendwann beim Mittagessen in einem Diner neben Ihnen, und er fällt Ihnen überhaupt nicht auf; oder Sie hören nachts seine Schritte auf der Straße, und Ihnen ist nicht klar, wer dort entlanggeht. Vielleicht bekommen Sie ihn sogar manchmal zu Gesicht: Aber er sieht heutzutage ganz durchschnittlich aus, und niemand würde ihn nach seinem Namen fragen.

Ich gab die Wohnung in Griffith Park auf und nahm nur meinen Anrufbeantworter und mein Besteck mit. Ich mietete mir ein Häuschen in Venice, nicht weit entfernt von der Straße, in der Helena und ich früher gewohnt haben. Es ist angenehm dort, und ich habe jetzt mehr Küchengeräte als ich brauche, allerdings humpeln einige von ihnen immer noch ein bißchen, und die Küchenmaschine hat sich angewöhnt, ein Halstuch zu tragen. Manchmal höre ich sie spät nachts, wie sie sich versammeln und ihren großen Triumph heraufbeschwören. Ich mache mir nicht die Mühe, abends die Haustür abzuschließen. Jeder, der hier einbricht, wird auf erbitterteren Widerstand stoßen, als er je erwartet hätte.

Ich habe unseren alten Kram aus dem Lager geholt und die Kisten im Wohnzimmer aufgestapelt. Fürs erste werde ich sie nicht auspacken. Ich will mein Glück nicht überstrapazieren. Einmal habe ich jedoch ein paar der Kartons durchsucht und dabei etwas Sonderbares festgestellt. Ich habe die verzierte Dose gefunden, in dem die fünf Kiesel hätten liegen müssen, aber sie waren weg.

Ich redete mir ein, daß zwei davon Deck und Laura gegolten hatten, einer Travis und die restlichen beiden Helena und mir.

Das ist der Grund, warum ich damit rechne, Helena wiederzusehen, obwohl inzwischen drei Wochen vergangen sind. Ich habe mich umgehört und herausgefunden, daß sie mit ihrem angeblichen Freund gar nicht liiert war. Die beste Erklärung scheint mir, daß sie sich diese Lüge mir zuliebe ausgedacht hatte, als Schutzmechanismus, um es uns zu erleichtern, einander wieder näherzukommen: Deshalb machte sie sich sogar die Mühe, so zu tun, als würde sie ihn anrufen. Meine Mutter konnte sie damit nicht täuschen, bei mir hat es allerdings geklappt.

Ich will sie wiedersehen. Nicht, weil ich wütend auf sie bin oder mich rächen oder die Vergangenheit ungeschehen machen will, sondern einfach, weil sie mir wirklich fehlt. Ich weiß, sie ist irgendwo da draußen, oder vielleicht auch drinnen, in einem Raum, in dem die Luft die Farbe von Grünspan hat. Dort, wo sie ist, spielt Zeit keine große Rolle, glaube ich, und Helena wird zurückkommen, wenn ihr danach ist. Manchmal glaube ich zu spüren, daß sie ganz in meiner Nähe ist und mit mir Verstecken spielt. Mir immer näher kommt und Anlauf nimmt, um mich mit sich zu reißen.

Morgen werde ich eine Tasche packen, ins Auto steigen und nach Baja California fahren. Ich werde im Quintas Papagayo absteigen, Treibholz für ein Feuer sammeln, und dann werde ich duschen und zu Fuß nach Ensenada gehen. Wenn ich früh genug aufbreche, werde ich dort ankommen, wenn die Straßen noch von Touristen wimmeln, die Teppiche, Armreifen und Tontiere kaufen, und wenn über dem Hafen noch scharenweise Vögel auf der Suche nach Fischabfällen kreisen: so früh, daß ich noch eine Stunde lang in der flirrenden Nachmittagshitze, wenn Wasser und Land zu verschmelzen scheinen, spazierengehen kann.

Vielleicht wird mich später, sobald das Licht sich zu verändern beginnt und die Straßen sich langsam leeren, ein bestimmtes Gefühl überkommen, und ich werde wieder an Nächte voller Schatten und entfernter Rufe denken. Und vielleicht werde ich, wenn ich an dunklen Schaufenstern vorbei zum Housson gehe, die Straßenecke finden, nach der ich immer gesucht habe, und ich werde abbiegen, und sie wird vor mir stehen.

Colum McCann

Colum Mc Cann wurde 1965 in Dublin geboren. Er arbeitete als Journalist, Farmer und Lehrer und unternahm lange Reisen durch Asien, Europa und Amerika. Für seine Erzählungen erhielt McCann, der heute in New York lebt, zahlreiche Literaturpreise, unter anderem den *Hennessy Award for Irish Literature* sowie den *Rooney Prize*.

Gesang der Kojoten *Roman*
Deutsch von
Matthias Müller
272 Seiten. Gebunden und
als rororo Band 22288
Ein an historische Ereignisse angelehnter Roman über die Indianerkriege und die amerikanische Expansion nach Westen, voller Gewalt und Grausamkeit, ein mythisches Weltuntergangsepos wie nach Bildern von Bosch und Dalí.
«... eine literarische Sensation, ein subtiles Meisterwerk über das Labyrinth der Erinnerung.»
Der Tagesspiegel

Fischen im tiefschwarzen Fluß
Stories
Deutsch von
Matthias Müller
220 Seiten. Gebunden und
als rororo Band 22622
«Colum McCann schöpft seine Welt aus einer kraftvollen und magischen Prosa, so ungewöhnlich und so originär, so verführerisch und so einleuchtend, daß der Leser nach der Lektüre glaubt, alles in einem neuen Licht zu sehen, dankbar erhellt und bereit, das Mysterium des Lebens anzunehmen.» *Der Tagesspiegel*

3677/3

rororo Literatur

Der Himmel unter der Stadt
Roman
Deutsch von
Matthias Müller
352 Seiten. Gebunden
Der Roman führt uns in eine unbekannte Welt voll brutaler Magie, eine Stadt unter der Stadt, in der jene Menschen hausen, die das Schicksal in den Bauch des Molochs gespült hat. Und er erzählt vom Leben jener Arbeiter, den Iren, Italienern, Farbigen und Indianern, die zu Beginn des Jahrhunderts den Bau Manhattans vorantrieben und doch nie von seinem Wachstum profitierten.

Ein Gesamtverzeichnis aller lieferbaren Titel der *Rowohlt Verlage, Wunderlich* und *Wunderlich Taschenbuch* finden Sie in der *Rowohlt Revue*. Vierteljährlich neu. Kostenlos in Ihrer Buchhandlung.
Rowohlt im Internet:
www.rowohlt.de